U0463112

读古人书　友天下士

百余年前，崇文书局于武昌正觉寺开馆刻书，成晚清四大书局之一。所刻经籍，镌工精雅，数量众多，流布甚广，影响巨大。为赓续前贤，昌明国学，弘扬文化，本社现致力于传统典籍的出版。既专事文献整理，效力学术，亦重文化普及，面向大众。或经学，或史论，或诸子，或诗词，各成系列，统一标识，名之为“崇文馆”。

崇文馆

中华经典全本译注评

梦溪笔谈

译注评

罗昌繁　郑诗傧　温燎原　译注

长江出版传媒　崇文书局

前 言

20世纪，英国著名科学史家李约瑟(Joseph Needham)博士编著了一部《中国科学技术史》，对中国古代科学技术方面作了详细的介绍。有一个人，被李约瑟誉为中国整部科学史中最卓越的人物，他就是北宋的沈括。沈括其人，不仅得到了西方文化圈的李约瑟的高度赞扬，古往今来，东方文化圈对沈括有高度评价的大有人在。随举两例：

> 清代四库馆臣在《四库全书总目》中撰写《梦溪笔谈》提要说："(沈)括在北宋，学问最为博洽，于当代掌故及天文、算法、钟律尤所究心。"
>
> 日本数学史家三上义夫在《中国算学之特色》第三章《中国算学者与算学之进步》中说："日本之算学者，实无堪与沈括相较之人物……盖如沈括之人物，全世界算学史上多无之，惟中国产此人而已。予以沈括为中国算学者之模范的人物或理想的人物，诚克当也。"

沈括在东西方享有如此盛名，可谓名副其实。沈括之所以被认为博学多才，主要是由于《梦溪笔谈》一书，此书被认为是中国科学史上的里程碑。《梦溪笔谈》自问世就引起了较大关注，并且900多年来一直是畅销书。那么这本书到底是什么样子的呢？要了解这本书，首先需要了解一下沈括的生平。

沈括(1031 年—1095 年)，字存中，杭州钱塘(今浙江杭州)人。沈括出身于传统的官宦之家，从小就随做官的父亲沈周四处游历，步入仕途后又四处为官，故而见多识广，加之沈括自己的勤恳，各种因素一起成就了他的博洽多闻、多才多艺，这给其晚年撰写《梦溪笔谈》提供了深厚的学养基础。

大致说来，沈括父亲沈周曾中进士，且长期为官，出生在这样的诗礼之家，沈括从小就有机会阅读典籍，且养成了勤学苦思的习惯。沈括 20 岁时，父亲沈周去世。23 岁时，沈括以父荫入仕，任海州沭阳(今江苏沭阳)主簿，开始管理治水、垦田等事务。32 岁时，沈括又进士及第。此后沈括的仕途一度较为顺利。35 岁前后，沈括得以在京师编校昭文馆书籍，后升任馆阁校勘，有机会接触皇家藏书，这进一步充实了他的学识。沈括中年时期，适逢王安石变法(1069 年—1085 年)，这是北宋中期历史上的大事，当时的士人几乎无一不卷涉其中。沈括支持新法改革，受到了宋神宗与王安石的器重，先后在京师的刑法、天文、史馆、财务等机构任职，也曾到地方管理水利等事务。后来，沈括又奉命出使辽国，熟悉了沿途的地理风物，增长了异国见闻。在沈括接近 50 岁时，他又被派往西北边境，为北宋戍守边境，抵御西夏。在此期间，沈括又熟悉了军旅生活，尤其对兵器、兵法、筑城等较为醉心。约两年后，西夏出重兵攻占永乐城(今陕西米脂西北)，宋军失利，沈括因兵败受到牵连被贬到随州，至此，他的仕途基本就算结束了。三年后，宋神宗去世，哲宗即位，沈括得以内迁秀州(治今浙江嘉兴)。58 岁时，沈括又得闲职，遂举家迁居故乡杭州附近的润州(治今江苏镇江)。晚年的沈括，将自己在润州的居所命名为梦溪园，且自号梦溪丈人，《梦溪笔谈》书名之“梦溪”即来源于此。在润州的六年时间，沈括最终完成了《梦溪笔谈》的创作。

综观沈括的一生，其仕途履历丰富，曾任职京师的图书机构，所到之处也遍及京师与地方、边疆与内地，造就了其阅读与阅历的丰富。沈括的任职兼及文官与武将，有机会接触天文、医药、地理、农业、水利、艺术、经济等各方面，这给其晚年撰写《梦溪笔谈》带来了极大的便利。沈括一生著述颇丰，目前，有关沈括的作品汇集，有杨渭生教授辑佚的《沈括全集》(浙江大学出版社 2001 年版)，共计约 110 万字，是迄今为止海内外收集沈括著作最齐全的版本。

大致了解沈括的生平之后，再来看畅销近千年的《梦溪笔谈》是一本什么样的书。

《梦溪笔谈》是一部笔记体著作。所谓笔记体，是古人常用的一种文体，它具有分条随笔记录、篇幅短小、内容驳杂、趣味性强等特点。《梦溪笔谈》内容极为丰富，包括天文历法、数学、物理、化学、地理、地质、医药、农学、工程技术、军事、文学、史学、音律、美术等，可以说，这是一部涵盖了人文社会科学与自然科学的百科全书式的著作。全书最有价值之处，是其记载了中国科学史上的不少科学认识和重要发明。如关于小孔和阳燧(凹面镜)成像、毕昇发明活字印刷术、指南针的安装、肯定地磁偏角的存在、日月食的相关认识、浑天仪、极星观测、刻漏、海市蜃楼、声学共振、冶炼钢铁等等，其中很多都是中国科技史上第一次全面准确的记载。这里，我们简单介绍一下“活字印刷术”的记载。沈括说：

板印书籍，唐人尚未盛为之。自冯瀛王始印五经，已后典籍，皆为板本。庆历中，有布衣毕昇，又为活板。其法：用胶泥刻字，薄如钱唇，每字为一印，火烧令坚。先设一铁板，其上以松脂、腊和纸灰之类冒之。欲印，则以一铁范置铁板上，乃密布字印。满铁范为一板，持就火炀之。药稍镕，则以一平板按其面，则字平如砥。若止印三二本，未为简易；若印数十百千本，则极为神速。常作二铁板，一板印刷，一板已自布字；此印者才毕，则第二板已具，更互用之，瞬息可就。每一字皆有数印，如“之”“也”等字，每字有二十余印，以备一板内有重复者。不用则以纸贴之，每韵为一贴，木格贮之。有奇字素无备者，旋刻之，以草火烧，瞬息可成。不以木为之者，木理有疏密，沾水则高下不平，兼与药相粘，不可取。不若燔土，用讫，再火令药镕，以手拂之，其印自落，殊不沾污。昇死，其印为予群从所得，至今宝藏。

沈括认为雕版印刷发展到北宋庆历年间，而后毕昇发明了活字印刷，提高了书籍印数较多时的印刷效率。沈括在《梦溪笔谈》中详细介绍了活字印刷的具体步骤，让我们了解了当时印刷术的实际发展情况。欧洲的古腾堡(1398 年—1468 年)活字印刷术，极大地推动了西方的文明发展。从时间来看，中国古代的活字印刷比西方的活字印刷早了约 400 年。

还有一些专有名词，比如“石油”，也是由于沈括的正式命名，才沿用至今。请看沈括的记载：

鄜延境内有石油，旧说“高奴县出脂水”，即此也。生于水际，沙石与泉水相杂，惘惘而出。土人以雉尾裛之，乃采入缶中。颇似淳漆，然之如麻，但烟甚浓，所沾幄幕皆黑。予疑其烟可用，试扫其煤以为墨，黑光如漆，松墨不及也，遂大为之，其识文为“延川石液”者是也。此物后必大行于世，自予始为之。盖石油至多，生于地中无穷，不若松木有时而竭。

中国对石油的利用很早，沈括将这种地下产出的黑色能燃烧的液体命名为“石油”，他还亲自利用石油燃烧后的烟制作墨，并断言“石油至多，生于地中无穷”，这是 900 多年前的一位古人的预言。现代人熟知，石油虽说不是绝对无穷无尽的能源，但也确实是促进人类文明发展，且蕴藏量极为巨大的重要能源。

此外，在古代文艺方面，沈括也有相关论述，如关于中国画散点透视、钟琴笛等乐器。尤其有趣的是，沈括还对一些历史掌故、典章制度以及名人轶事等进行了记载。比如沈括记载韩愈画像时说：

> 世人画韩退之，小面而美髯，著纱帽，此乃江南韩熙载耳。尚有当时所画，题志甚明。熙载谥文靖，江南人谓之韩文公，因此遂谬以为退之。退之肥而寡髯。元丰中，以退之从享文宣王庙，郡县所画，皆是熙载。后世不复可辨，退之遂为熙载矣。

沈括认为在当时的江南地区，人们误把韩熙载之画像当作韩愈，以至于大家普遍以为韩愈脸型小且有好看的胡须，实际上韩愈脸型较胖且胡须不多。诸如此类的逸闻趣事，在此不一一举例。

《梦溪笔谈》涉及的学科分类甚广，可谓包罗万象，是一部知识性与趣味性兼有的名著，上述简单举例已颇能体现出沈括的博学多闻。那么，作为900多年以来的畅销书，《梦溪笔谈》的受欢迎程度体现在哪里？

南宋乾道二年（1166年），扬州的州学教授汤修年在州学本《梦溪笔谈跋》中说“此书公库旧有之，往往贸易以充郡帑，不及学校”，言下之意，是说当时当地政府办公经费不足时，往往售印《梦溪笔谈》等书来弥补不足，这些售书所得并未分配到州学。汤修年所言透露出一个信息，即作为畅销书的《梦溪笔谈》往往被官方组织售印以牟利。乾道二年的扬州州学本《梦溪笔谈》，是目前所知该书存世的最早刻本，但从汤修年的话中可以知道，在此之前，《梦溪笔谈》也曾被刻印流通。州学本《梦溪笔谈》应该不是沈括的定稿原版，可能是后人加以整理的版本。此后历朝历代，《梦溪笔谈》被各地多次刊刻，官私书目对其记载比比皆是，兹不赘举。《补笔谈》《续笔谈》首见于明代万历年间，一般认为它们是从沈括子孙手中流传出来的《梦溪笔谈》的删余稿。此后《梦溪笔谈》的流通，一般都将《补笔谈》《续笔谈》一起刻印。

《梦溪笔谈》除了在中国较为畅销，也早已流传至日本等国。晚清杨守敬编写的《日本访书志》，就载有他所见到的日藏《梦溪笔谈》乃南宋扬州州学本。《梦溪笔谈》的重要影响力不仅体现在汉文化圈，同时也体现在英语文化圈。如19世纪的英国传教士伟烈亚力(Alexander Wylie)和美国传教士卫三畏(Samuel Wells Williams)，都曾将《梦溪笔谈》中的科学条目翻译到英语世界，后来李约瑟博士也翻译了其中不少条目。20世纪，英、美、法、德、意等国家的汉学家都对《梦溪笔谈》做过较为深入系统的研究，各种语言的译本流传于世界各地。由此可见，《梦溪笔谈》的影响力遍及东西方文化圈。

在大致了解了《梦溪笔谈》的作者沈括及此书的主要内容、版本、畅销情况之后，我们再介绍一下本书的编著宗旨。需要强调的是，本书是一本通俗读物，旨在向大众简单介绍《梦溪笔谈》一书的博洽，相关注释力求简洁易懂。迄今为止，关于《梦溪笔谈》的注疏与校订，胡道静先生做得最为精善。所以本书原文的录入以胡道静《梦溪笔谈校证》(上海古籍出版社1987年版)一书为底本，同时参照胡道静等译《梦溪笔谈全译》(贵州人民出版社1998年版)一书。本书在注释和翻译方面，也充分参考了《梦溪笔谈全译》一书，不敢掠前贤之美，此处提及，谨致谢忱。

目 录

自 序

予退处林下[①]，深居绝过从[②]。思平日与客言者，时纪[③]一事于笔，则若有所晤言[④]，萧然移日[⑤]，所与谈者，唯笔砚[⑥]而已，谓之《笔谈》。圣谟国政[⑦]，及事近宫省[⑧]，皆不敢私纪。至于系[⑨]当日士大夫毁誉[⑩]者，虽善亦不欲书，非止[⑪]不言人恶而已。所录唯山间木荫，率意谈噱[⑫]，不系人之利害[⑬]者。下至闾巷之言[⑭]，靡所不有[⑮]。亦有得于传闻者，其间不能无缺谬[⑯]。以之为言，则甚卑，以予为无意于言，可也。

【注释】

①退处林下：退隐居住在幽静之地。此处指沈括被罢官后，退居在江苏镇江梦溪园。

②绝过从：断绝往来。

③纪：通“记”，即记录。

④晤（wù）言：见面谈话。

⑤萧然移日：萧然，形容凄清的样子。移日，日影移动，表示时间久。

⑥笔砚（yàn）：毛笔和砚台。此处形容谈话的内容大都是天下趣闻、日常琐事等，值得用笔记录。

⑦圣谟（mó）国政：圣谟，君王的诏命等。国政，国家政事。

⑧宫省：皇宫及设于宫内的官署。

⑨系（xì）：关系、关联。

⑩毁誉：毁谤和称赞。

⑪止：只，仅。

⑫率意谈噱（jué）：随意谈笑。

⑬利害：利益和损害。

⑭闾(lǘ)巷之言：形容乡里民间上不得台面的话题。闾巷，小街道。

⑮靡(mǐ)所不有：无所不有。

⑯缺谬(miù)：缺漏和错误。

【译文】

我退隐居住在幽静之地，深居在家不与外界往来。想起平日与友人谈论的话，便不时用笔一一记录下来，就好像我们面对面谈话一样，这样在寂寞中过了好久，所谈论的话，都付诸笔砚加以记录，那就叫作《笔谈》吧。有关君王的诏命和国家政事，以及宫廷和官署相关的事情，我不敢私自记录。至于关系到当时士大夫名声毁谤和称赞的事情，虽然有好的我也不想去写，并非只是不写别人的丑事而已。所记录的只是在山间的树荫下面，随意谈笑的话题，不会关系到别人的利害。那些乡里民间上不得台面的话题，没有不写的。也有一些来自传闻，这中间不可能没有缺漏和错误。用这些记载作为谈资，那是低下的，把我记录的当作没什么意图的东西，倒是可以的。

故事

这里所谓故事，主要是记载宋朝有关官制、礼仪、服饰、图书、科举、封赐等内容，间或涉及唐朝。比如第10条记载了宋朝人帽子的情况，第25条记录了宋朝科举考试如何防止考生作弊，第40条则记录了唐代以前百官上朝时如何排列座次的情况。通过阅读此类记载，我们可以了解唐宋部分典章制度，以及当时士人的行为规范、工作环境、生活服饰等。

1　上亲郊庙[①]，册文[②]皆曰“恭荐岁事”[③]。先景灵宫[④]，谓之朝献；次太庙[⑤]，谓之朝飨[⑥]；末乃有事于南郊。予集《郊式》[⑦]时，曾预讨论，常疑其次序，若先为尊，则郊不应在庙后[⑧]；若后为尊，则景灵宫不应在太庙之先[⑨]。求其所从来，盖有所因。按唐故事[⑩]，凡有事于上帝则百神皆预，遣使祭告，唯太清宫[⑪]、太庙则皇帝亲行。其册祝皆曰：“取某月某日有事于某所，不敢不告。”宫、庙谓之奏告[⑫]，余皆谓之祭告。唯有事于南郊，方为正祠。至天宝[⑬]九载，乃下诏曰：“告者，上告下之词。今后太清宫宜称朝献，太庙称朝飨。”自此遂失奏告之名，册文皆谓正祠。

【注释】

①上亲郊庙：皇上亲自参加祭祀天地和祖先的祭礼。郊庙，郊宫和宗庙。

②册文：书写祭祀时致告神灵或祖先的文辞。

③恭荐岁事：恭敬地进献每年祭祀的祭品。

④景灵宫：位于皇宫正门(南门)附近，用以安放皇帝祖先的画像、衣冠等遗物，在宋朝，景灵宫的地位非常重要。

⑤太庙：为皇帝祭拜祖先而建的庙宇。

⑥朝飨(cháo xiǎng):皇帝祭祀宗庙。

⑦予集《郊式》:指沈括在熙宁年间(1068年—1077年)奉诏编修《南郊式》。

⑧郊不应在庙后:因为郊祀的对象是上天,在宗庙祭祀的是祖先,皇帝又称为天子,按理应该先祭祀上天,后祭祀祖先。

⑨景灵宫不应在太庙之先:景灵宫供奉的是皇帝祖先的遗物,理应尊于太庙。

⑩故事:先例,此处指旧日的典章制度。

⑪太清宫:供奉老子的庙宇。自从唐代皇室把老子定为远祖加以祭祀,后来的朝代都沿袭祭拜。

⑫奏告:奏,用于下对上陈述意见。因为太清宫、太庙供奉的都是皇帝的祖辈,所以皇帝要以晚辈的身份致祭祀祝辞,称为奏告。

⑬天宝:唐玄宗李隆基的年号,公元742年至756年。

【译文】

皇上亲自参加祭祀天地和祭祀祖先的祭礼,祭祀的文辞都说"恭荐岁事"。先祭祀景灵宫,叫作朝献;再祭祀太庙,叫作朝飨;最后在南郊祭祀上天。我在编订《南郊式》的时候,曾经参加讨论,常怀疑它的次序,如果先祭祀尊的,那么南郊不应该在太庙后面;如果后祭祀尊的,那么景灵宫不应该在太庙前面。探求它的由来,是有原因的。依照唐代的典章制度,凡是祭祀上天时都附带祭祀各种神灵,派遣使者祭告,只有太清宫、太庙由皇帝亲自去祭祀。祭祀的文辞都说:"取某月某日有事于某所,不敢不告。"太清宫、太庙的祭祀文辞叫作奏告,其他的都叫作祭告。只有在南郊祭祀上天,才是正祠。到了天宝九载,皇帝下诏说:"告,是上告下用的词。今后祭祀太清宫应该称朝献,祭祀太庙称朝飨。"从此以后就没有奏告的名称了,祭祀的文辞都称为正祠。

2 正衙[①]法座[②],香木[③]为之,加金饰,四足,堕角[④],其前小偃[⑤]，织藤冒[⑥]之。每车驾出幸，则使老内臣[⑦]马上抱之，曰驾头[⑧]。辇[⑨]后曲盖[⑩]谓之筤[⑪]，两扇夹心通谓之扇筤，皆绣，亦有销金[⑫]者，即古之华盖[⑬]也。

【注释】

①正衙：皇帝每天朝见百官的前殿，即文德殿。

②法座：古代皇帝的坐具。

③香木：指能做香料（如檀香、沉香等）的木材。

④堕角：无角，即圆角。按照当时的绘画，法座的式样为堕角兀子。兀子，即后来所说杌凳，一种方形无靠背的坐具。

⑤偃：指凹陷。

⑥冒：覆盖。此处指驾头的坐面用藤织的云龙覆盖。

⑦内臣：宦官。

⑧驾头：因法座在仪仗中的位置在皇帝坐车之前，故称。

⑨辇（niǎn）：皇帝的坐车。

⑩曲盖：仪仗中柄部弯曲的伞盖。

⑪筤（láng）：曲柄伞。

⑫销金：用金线或金色敷贴装饰物品。

⑬华盖：仪仗中所使用的直柄伞盖。此处指筤在仪仗中的位置相当于古代仪仗中的华盖。

【译文】

文德殿中的法座，是用香木制成的，外表再用黄金装饰，四条腿，圆角，它的前面稍微凹陷，座面上用藤织的云龙覆盖。每当皇帝出行，就让一个年纪大的宦官在马上抱着，称作驾头。皇帝车驾后的曲盖称为筤，曲盖左右各有一扇夹持着，统称为扇筤，扇和筤都绣有花纹，有的扇筤装饰的花纹还是用金线绣的，相当于古代仪仗中的华盖。

3　唐翰林院在禁中[①]，乃人主[②]燕居之所[③]，玉堂[④]、承明[5]、金銮殿[6]皆在其间。应供奉[7]之人,自学士[8]已下,工伎[9]群官司隶籍其间者,皆称翰林,如今之翰林医官[10]、翰林待诏[11]之类是也。唯翰林茶酒司[12]止称翰林司,盖相承阙文。

【注释】

①禁中:也作“禁苑”“禁内”,指帝王居住的宫苑,因不能让人随意进出,故称。

②人主:指皇帝。

③燕居之所:退朝之后休息闲居的地方。

④玉堂:唐代翰林学士办公场所之一,此处代指学士院。因处皇宫禁苑,接近皇帝,到了宋代,也称玉署。

⑤承明:汉代未央宫有承明殿,此处借指唐代集贤殿书院。

⑥金銮殿:唐代,金銮殿位于大明宫太液池南边,并非皇宫正殿。殿旁有金銮坡,与麟德殿、翰林院等相邻。后逐渐将皇宫正殿统称为金銮殿。

⑦应供奉:为皇帝服务任职。

⑧学士:本为皇帝的文学侍从,后逐渐成为正式的官名。

⑨工伎:指从事各种技艺的人。

⑩翰林医官:为宋代医官中的一阶。

⑪翰林待诏:一般以文学、书画、经术等为专长,以专长听候君主的召见,待诏指等待召见,意指等候皇帝的差遣任用。

⑫翰林茶酒司:主管茶酒供奉的官名。

【译文】

唐代翰林院位于皇宫禁内,是皇帝退朝后休息闲居的地方,学士院、集贤殿书院、金銮殿都在它的附近。凡是在翰林院供职服务的人,从学士以下,到从事各种技艺之人,各类官员,都称为翰林,比如现在的翰林医官、翰林待诏等官职就是这类。唯独翰林茶酒司这个官名只称翰林司,大概是在沿袭应用中逐渐省略成这样的。

4 唐制，自宰相而下，初命[1]皆无宣召[2]之礼，惟学士宣召。盖学士院[3]在禁中[4]，非内臣宣召无因得入，故院门别设复门，亦以其通禁庭也。又学士院北扉[5]者，为其在浴堂[6]之南，便于应召。今学士初拜，自东华门[7]入，至左承天门[8]下马待诏，院吏自左承天门双引至阁门[9]，此亦用唐故事也。唐宣召学士自东门入者，彼时学士院在西掖[10]，故自翰林院东门赴召，非若今之东华门也。至如挽铃[11]故事，亦缘其在禁中，虽学士院吏亦止于玉堂门外，则其严密可知。如今学士院在外，与诸司无异，亦设铃索，悉皆文具[12]故事而已。

【注释】

①初命：新任命。

②宣召：指皇帝召见。

③学士院：唐代学士初称翰林供奉，属翰林院，玄宗开元末改称学士，另置学士院。此处为翰林学士办公场所之一，即前所说玉堂。

④禁中：指皇帝的生活区，即俗称的宫中。

⑤北扉：北门。

⑥浴堂：唐代大明宫内的殿名，位于内朝紫宸殿的东侧。为皇帝的住处之一，皇帝常在此召见待诏的学士。

⑦东华门：北宋皇宫的东门。宫城西门称西华门。

⑧左承天门：东华门内的一道城门。西华门内的称右承天门。

⑨阁门：北宋宫城正殿文德殿的东西掖门，分称为东上阁门与西上阁门。因宋代的翰林学士院在东，故此处应指东上阁门。

⑩西掖：指大明宫的西侧。

⑪挽铃：唐代翰林学士院在禁中，初为夜间值班时备皇帝诏命，故设悬铃，系以绳索，以代传呼。后渐成故事，凡欲入院者，皆须先拉铃，经院官允许方得入内。宋太宗时曾恢复铃索的设置。

⑫文具：徒具形式的文饰。

【译文】

唐朝的制度，从宰相以下，新任命的官员都没有皇帝召见就职的礼节，只有学士会被召见。这是因为学士院在皇宫内，如果没有宦官传旨召入，就不能进入皇宫内，所以翰林学士院门外另设旁门，也是因为它与皇帝居住的内廷相通。学士院又开北门，因为它在浴堂殿的南侧，便于从北门应承皇帝的诏令。现在新任命的学士，从东华门进入，到左承天门下马听命，由学士院中的两个吏人从左承天门引至东上阁门，这也是沿袭唐代的旧制。唐代传旨召见学士从东门进入，是因为当时的学士院在大明宫的西部，所以要从翰林院的东门赴召，这个东门并不是现在的东华门。至于设置铃索的成例，也是因为唐代的学士院在皇宫内，即使是学士院的办公人员也只要止步于院内正厅外，那么学士院管理森严的程度可想而知。如今的学士院在皇宫之外，和朝廷的其他机构没有区别，却也设置铃索，都只不过是徒具形式的文饰成例而已。

5 学士院玉堂，太宗皇帝[①]曾亲幸[②]，至今唯学士上日[③]许正坐，他日皆不敢独坐。故事[④]：堂中设视草台[⑤]，每草制，则具衣冠据台而坐。今不复如此，但存空台而已。玉堂东承旨阁子[⑥]窗格上有火燃处。太宗尝夜幸玉堂，苏易简[⑦]为学士，已寝，遽起，无烛具衣冠，宫嫔自窗格引烛入照之。至今不欲更易，以为玉堂一盛事。

【注释】

①太宗皇帝：此处指宋太宗赵炅，是宋太祖赵匡胤的弟弟，宋太宗为北宋第二位皇帝。

②亲幸：指帝王到达某地。

③上日：又称朔日，指农历每月初一。

④故事：先例，此处指旧日的典章制度。

⑤视草台：翰林学士院起草或修正诏书文诰的地方。

⑥承旨阁子：宋代翰林学士院东侧最北的一间屋子称为承旨阁子，一般供翰林学士办公及休息之用。承旨，唐代翰林院有翰林学士承旨一官，位在诸学士之上，宋代沿袭此制。

⑦苏易简：字太简，北宋官员，宋太宗太平兴国五年(980 年)进士第一，曾任翰林学士承旨。

【译文】

学士院的玉堂，宋太宗曾经亲自到过，到现在只有翰林学士在每月初一才允许在正厅就座，其他时间皆不能独自去坐。按照旧时的典章制度，玉堂中设有视草台，每当为皇帝起草诏书文诰时，翰林学士就穿上官服坐在台上。现在不再这样了，仅剩下空台而已。玉堂东侧的承旨阁子的窗户框子上有火烧过的痕迹。宋太宗曾经在晚上来到学士院，正值苏易简为翰林学士值夜班，他已经就寝，匆忙起床，当时屋内没有灯烛用来照明穿衣戴帽，宫女就从窗户格子递入灯烛照明。到现在也没打算更换被烛火烧过的窗户，而是把它当作玉堂的一件盛事。

6　东、西头供奉官①本唐从官②之名。自永徽③以后人主多居大明宫④，别置从官，谓之东头供奉官。西内⑤具员不废，则谓之西头供奉官。

【注释】

①东、西头供奉官：宋代武官官阶，真宗时定为同八品，哲宗时改从八品。

②唐从官：唐代中书、门下的属官均称为供奉官，包括左右散骑常侍、门下中书侍郎、谏议大夫、给事中、中书舍人、起居郎及舍人、左右补阙、左右拾遗、通事舍人等。

③永徽：唐高宗李治的年号，公元 650 年至 655 年。

④大明宫：唐宫室名，位于长安城外东北部的龙首原上。唐代皇帝经常居住在大明宫，它与皇宫内廷及开元年间建成的兴庆宫并称三大政

治中心。

⑤西内：西边的大内，指正式的皇宫。皇宫大内位于长安城北部中央，相对于大明宫而言处在西部，故称西内。

【译文】

东、西头供奉官原本是唐代中书、门下属官的名号。自永徽年间以后，唐代的皇帝经常居住在大明宫，因此在大明宫另外设置属官，称为东头供奉官。西边大内原有的属官也不废除，称为西头供奉官。

7 唐制：两省供奉官[①]东西对立，谓之蛾眉班。国初[②]，供奉班于百官前横列。王溥[③]罢相，为东宫一品[④]，班在供奉班之后，遂令供奉班依旧分立。庆历[⑤]中，贾安公[⑥]为中丞[⑦]，以东西班对拜[⑧]为非礼，复令横行。至今初叙班分立；百官班定，乃转班横行；参罢，复分立；百官班退，乃出。参用旧制也。

【注释】

①两省供奉官：两省指中书省、门下省。供奉官，指中书省与门下省的官员。

②国初：国朝初年，此处指北宋初年。

③王溥(922年—982年)：字齐物，五代宋初官员，曾任周太祖、周世宗、周恭帝、宋太祖一共两代四朝宰相，在北宋朝，封祁国公，谥文献。

④东宫一品：东宫是太子的居所，此处东宫一品指太子太保(太子的老师)的官职。

⑤庆历：宋仁宗赵祯的年号，公元1041年至1048年。

⑥贾安公：即贾昌朝(997年—1065年)，字子明，曾任宰相、枢密使等，封安国公、魏国公，故称贾安公或贾魏公。

⑦中丞：指御史中丞，负责监察，贾昌朝曾经在庆历年间担任过御史中丞。

⑧东西班对拜：北宋时，皇帝视朝，百官要在殿内分班排列，皇帝上

殿后，百官要分班拜见，然后退回重新分班排列，其中，中书省和门下省的官员要在重新分班排列前互相作揖，即所谓东西班对拜。

【译文】

唐代的典章制度：中书省、门下省的官员在朝会时要东西相对站立，叫作蛾眉班。本朝初年，供奉班横列在百官前面。王溥罢相后，担任太子太保，因为他所在的班在供奉班之后，皇帝就命令供奉班按照过去那样东西分列。庆历年间，贾昌朝任御史中丞，认为东西班对立不合礼仪，又重新改为横列。到现在，供奉班在初叙班时分东西排列；百官重新排班时，改为横列；奏事完毕后，重新分为东西排列；百官分班以后，再退出。这是参照运用了过去的制度。

8　衣冠[①]故事多无著令，但相承为例。如学士舍人[②]蹑履[③]见丞相、往还用平状[④]、扣阶乘马[⑤]之类，皆用故事也。近岁多用靴简[⑥]，章子厚[⑦]为学士日，因事论列[⑧]，今则遂为著令[⑨]矣。

【注释】

①衣冠：此处指翰林学士的日常礼仪。

②学士舍人：指翰林学士。

③蹑履：穿着鞋子。

④往还用平状：指学士院与中书的往来公文使用平行文书。

⑤扣阶乘马：指翰林学士可以骑马进入宫门。

⑥简：指笏，即古代官员朝会时持的手板，用玉、象牙或者竹片制成，可在上面记事。

⑦章子厚：即章惇（1035 年—1105 年），字子厚，嘉祐年间进士，《宋史》有传。

⑧论列：指言官上书检举弹劾。

⑨著令：正式条令。

【译文】

翰林学士的日常礼仪大多没有正式的条令，只是相沿承袭作为成例。比如翰林学士穿鞋子见丞相、与中书的往来公文使用平行文书、骑马进入宫门等等，都是沿用旧制。近几年翰林学士面见丞相时大多穿靴持笏，章惇当学士的时候，因为议论过这种做法，如今就制定出了正式的条令。

9　中国衣冠，自北齐①以来，乃全用胡服。窄袖、绯绿短衣、长靿靴②，有蹀躞带③，皆胡服也。窄袖利于驰射，短衣、长靿皆便于涉草。胡人乐茂草，常寝处其间，予使北时皆见之。虽王庭亦在深荐④中。予至胡庭日，新雨过，涉草，衣裤皆濡⑤，唯胡人都无所沾。带衣所垂蹀躞，盖欲佩带弓剑、帉帨⑥、算囊⑦、刀砺⑧之类。自后虽去蹀躞，而犹存其环，环所以衔蹀躞，如马之鞦⑨根，即今之带銙⑩也。天子必以十三环为节，唐武德⑪、贞观⑫时犹尔。开元⑬之后，虽仍旧俗，而稍褒博⑭矣，然带钩⑮尚穿带本为孔，本朝加顺折⑯，茂人文⑰也。

【注释】

①北齐：北朝政权之一。公元550年高欢之子高洋代东魏称帝，国号齐，都邺，史称北齐，亦称高齐。

②靿(yào)靴：即筒靴。靿，靴或袜子的筒儿。

③蹀躞(dié xiè)带：指腰间用以随身垂挂小物件的带子，多为皮质材质，饰以玉石或金属，后来也称玉带。唐时，宫廷官员及显贵均以佩戴玉带为荣，玉带底色各异，以示官阶高低。蹀躞，佩带上的饰物名。

④深荐：深草丛。荐，草。

⑤濡(rú)：沾湿。

⑥帉帨(fēn shuì)：拭物的佩巾。

⑦算囊：贮放物品的袋子。

⑧刀砺：小刀和磨刀石。

⑨鞦(qiū)：又作"鞧"，套车时拴在驾辕牲口股后的皮带。

⑩带銙(kuǎ):佩带上衔蹀躞之环,用以挂弓矢刀剑等。

⑪武德:唐高祖李渊的年号,公元 618 年至 626 年。

⑫贞观:唐太宗李世民的年号,公元 627 年至 649 年。

⑬开元:唐玄宗李隆基的年号,公元 713 年至 741 年。

⑭褒博:衣服宽松。

⑮带钩:腰带上用以连接两头的钩子。

⑯顺折:疑指腰带下垂的金属饰物。

⑰茂人文:使得人文教化繁荣。茂,使动用法,使……茂盛、繁荣。

【译文】

中原衣冠,从北齐以来,都是用的西、北方少数民族的服装样式。窄小的袖口、红绿短衣、长筒靴,有蹀躞带等,都是少数民族的服式。窄小的袖口利于骑马射箭,短衣、长靴利于草地行走。少数民族的人喜欢茂盛的草丛,常常在里面坐卧,我出使北方时曾经见过。即使是王庭也在深深的草丛中。我到达王庭的那天,天刚好下过雨,走过草地时,衣裤都沾湿了,只有那些少数民族的人都没有弄湿衣裤。衣带上所挂着的蹀躞,是用来佩挂弓箭、佩巾、小口袋、佩刀及磨刀石等之类的东西。后来虽然去掉了蹀躞,却留下了挂环,这些环是用来连接蹀躞的,就像系在马上的鞦带,即现在佩带上衔的带环。皇帝的玉带必须饰有十三块带环,唐武德、贞观年间的服饰还是这样的。开元年间,虽然仍然沿袭旧时的衣俗,但是衣、带已经变得稍微宽松了,不过带钩还是穿在带身的小孔中,本朝的服饰增加了顺折,使得人文教化更为繁荣。

10　幞头①一谓之四脚,乃四带也。二带系脑后垂之,二带反系头上,令曲折附顶,故亦谓之折上巾。唐制,唯人主得用硬脚②。晚唐方镇擅命③,始僭用④硬脚。本朝幞头有直脚⑤、局脚⑥、交脚⑦、朝天⑧、顺风⑨,凡五等。唯直脚贵贱通服之。又庶人所戴头巾,唐人亦谓之四脚,盖两脚系脑后,两脚系颔下,取其服劳不脱也,无事则反系于顶上。今人不复系颔下,两带遂为虚设。

【注释】

①幞(fú)头:裹头的头巾。

②硬脚:幞头脑后两带,原为软垂,后用铜、铁等金属丝为干,将软脚撑起,称为硬脚。

③方镇擅命:指晚唐时期,藩镇割据,擅自发号施令,不受中央节制。方镇,即藩镇。

④僭用:指地位在下的人越分使用在上的人的名号、礼仪、器物等。

⑤直脚:幞头脑后的两脚平直,向左右伸展,又称展脚。

⑥局脚:幞头脑后的两脚朝上卷曲,又称曲脚。

⑦交脚:幞头脑后的两脚上翻在脑后交叉。

⑧朝天:幞头脑后的两脚上翻直上。

⑨顺风:幞头脑后的两脚向后顺直展开。

【译文】

幞头也称为四脚,是指它的四根带子。其中两根系在脑后下垂,另外两根上翻系在头顶,使其顺着头型附着在头顶上,所以又称为折上巾。唐朝的制度规定,只有皇帝才能用硬脚幞头。晚唐时期,各藩镇僭越使用硬脚幞头。本朝的幞头有两脚向左右伸展的、两脚朝上卷曲的、两脚上翻在脑后交叉的、两脚上翻直上的、两脚向后顺直展开的,一共五种样式。只有两脚向左右伸展的幞头无论贵贱都可以佩戴。又有老百姓所戴的头巾,唐代时也称为四脚,大概是两根带子系在脑后,两根系在下巴下面,这样佩戴在劳动时就不会脱落,无事休息时则把它们上翻系到头顶。现在的人不再把它们系在下巴下了,这两条带子也就成了虚设的了。

11　唐中书[①]指挥[②]事谓之堂帖[③],予曾见唐人堂帖,宰相签押[④],格[⑤]如今之堂札子[⑥]也。

【注释】

①中书:指中书省,唐代中央三大主要行政机构(中书、门下、尚书)之一。长官称中书令,相当于宰相。

②指挥:处理公务、发号施令。

③堂帖:中书省长官的判事文书。

④签押:草书签名,即花押。

⑤格:格式。

⑥札子:宋代官府中用来奏事的一种文书。

【译文】

唐代中书省处理公务的文书称为堂帖,我曾经见过唐人的堂帖,有宰相签名花押,格式类似于现在的堂札子。

12 予及史馆[①]检讨[②]时,枢密院[③]札子问宣[④]、头所起。予按唐故事,中书舍人[⑤]职掌诏诰皆写四本,一本为底[⑥],一本为宣。此“宣”谓行出耳,未以名书也。晚唐枢密使[⑦]自禁中受旨,出付中书,即谓之宣。中书承受,录之于籍,谓之宣底。今史馆中尚有梁[⑧]宣底二卷,如今之圣语簿也。梁朝初置崇政院[⑨],专行密命。至后唐庄宗[⑩]复枢密使,使郭崇韬[⑪]、安重诲[⑫]为之,始分领政事,不关由中书直行下者谓之宣,如中书之敕[⑬]。小事则发头子[⑭]、拟堂帖也。至今枢密院用宣及头子。本朝枢密院亦用札子,但中书札子宰相押字[⑮]在上,次相及参政[⑯]以次向下;枢密院札子枢长[⑰]押字在下,副贰以次向上,以此为别。头子唯给驿马之类用之。

【注释】

①史馆:官修史书机构。北齐设立,唐太宗时始由宰相兼领,以后沿为定制。

②检讨：史馆官职之一。史馆的日常负责人称为直馆，下设检讨、编修等职。

③枢密院：宋代最高军事机构，掌军事机密和边防事务，与政事堂对掌军政大权，合称二府。其长官称为枢密使，时人称为枢相。

④宣：枢密院处理军务的一种文书。

⑤中书舍人：中书省的属官之一，职掌侍奉进奏、参议表草。

⑥底：枢密院文书称作底。其他公家文书，中书谓之草，三司谓之检。

⑦晚唐枢密使：自唐代宗开始以宦官掌枢密院，此后擅权的宦官多以枢密使的名义干政。故曰“自禁中受旨”。

⑧梁：指后梁朝(907年—923年)，五代时期的第一个朝代，由梁王朱温建立。

⑨崇政院：后梁为惩宦官专权之弊，改枢密院为崇政院，并以亲信大臣任崇政使。崇政使可参与朝廷机密，但仅备皇帝顾问，承旨宣于宰相而行之，并无决策权。

⑩后唐庄宗：即李存勖(885年—926年)，五代后唐的建立者。同光元年(923年)，庄宗将崇政院改为枢密院，并且恢复枢密使的称谓。

⑪郭崇韬(？—926年)：字安时，后唐将领，庄宗时为宰相兼任枢密使。自此枢密院专掌军事。

⑫安重诲(？—931年)：后唐将领，庄宗时任枢密使，明宗时累加侍中兼中书令。

⑬敕(chì)：由中书省下达的皇帝命令文书称作敕。

⑭头子：即宣，或称宣头、头子，为枢密院处置具体事务的一种文书。中书省则称堂帖或札子。

⑮押字：即签押，草书签名。

⑯参政：即参知政事，相当于副宰相。

⑰枢长：枢密院长官。

【译文】

我担任史馆检讨的时候，枢密院行文询问宣和头子的来历。我考察了唐代的旧例，由中书舍人起草的诏令文书都抄写四份，其中一份为底，另一份为宣。这个“宣”是由宫廷颁行出来的意思，还没有用作文书的名称。唐代后期，枢密使从皇宫领受皇帝诏令，出来交付中书省，便称为宣。中书省领旨之后，抄录一份登记在册，就称为宣底。现在史馆中还有后梁的两卷宣底，类似于现在的皇帝语录。后梁首次设置崇政院，专门传达皇帝的机密指令。后唐庄宗又恢复了枢密使，让郭崇韬、安重诲担任，枢密院才开始分领部分政务，当时不经由中书省而直接由枢密院传达、颁行于下级部门的皇帝指令就称为宣，性质如同中书省所颁行的敕。较小的事务就由枢密院发头子、中书省拟堂帖。这就是如今枢密院所使用的宣和头子的来历。本朝枢密院也使用札子，但中书省的札子上面有宰相的签名画押，次相及参知政事（副宰相）依次向下签名画押；枢密院札子的长官签名画押在下面，副长官及属官的签名画押依次向上排列，以此来与中书省的札子相区别。枢密院的头子只在派给驿马之类的小事上使用。

13　百官于中书①见宰相，九卿②而下，即省吏③高声唱一声“屈”，则趋而入。宰相揖及进茶，皆抗声④赞唱，谓之屈揖⑤。待制⑥以上见，则言请某官，更不屈揖，临退仍进汤⑦，皆于席南横设百官之位。升朝则坐，京官⑧已下皆立。后殿引臣寮，则待制已上宣名拜舞⑨；庶官⑩但赞拜⑪，不宣名，不舞蹈。中书则略贵者，示与之抗⑫也。上前则略微者，杀礼⑬也。

【注释】

①中书：唐、宋时期宰相办公场所。北宋时，于禁中设政事堂（东府），也称中书门下，简称中书，与枢密院（西府）分别掌政治、军事领导权，号称二府。

②九卿：宋代，九卿分别指太常寺、崇禄寺、宗正寺、卫尉寺、太仆寺、大理寺、鸿胪寺、司农寺、太府寺等九寺的行政长官，大都为正四品或从

四品，无太大实权。分别执掌祭祀仪礼、宫中杂物诸事、皇族宗室事务、宫廷武器和宫廷警备、国家车马、司法裁判、接待外国使臣、国库收支及货币、财货交易等。

③省吏：唐、宋时期，在中央政府及三馆任职的官吏，此处指在中书任职的官员。

④抗声：大声、高声。

⑤屈揖：唐、宋时期，百官于中书省见宰相时所行之礼。

⑥待制：宋代，于诸殿阁置待制，位在学士与直学士之下，为侍从官。如龙图阁待制、保和殿待制之类。

⑦进汤：即送茶、进茶。

⑧京官：宋代特指不经常列班上朝的一品以下官员。

⑨宣名拜舞：宣名指高声自报姓名；拜舞指跪拜、舞蹈等朝拜礼节。

⑩庶官：百官，多指一般官员。

⑪赞拜：朝拜时，司仪官长声高呼官员姓名。

⑫抗：对等之意。此处指在中书减少品级较高的官员礼节，表示他们与宰相平等。

⑬杀礼：简化礼仪。

【译文】

百官在政事堂见宰相，九卿以下的官员，在中书任职的官员高声传呼一声“屈”时，则快步进入政事堂。宰相行礼及送茶，都由办事官员大声传呼，这叫作屈揖。待制以上的官员见宰相，则称请某官，不用行屈揖礼，在退出时仍送茶，百官的位置都设在宰相座位之南。宰相在上朝时有座位，不经常列班上朝的一品以下官员则站着。皇帝在后殿召见群官，待制以上的官员都要高声自报姓名，并行跪拜、舞蹈等朝拜礼节；其他官员则由办事官员高呼姓名，不用自报姓名及行跪拜、舞蹈等礼。在中书省内简化高品级官员的礼节，是为了表示他们与宰相平等。在皇帝面前简化低品级官员的礼节，是为了简化礼仪。

14 唐制，丞郎[①]拜官即笼门[②]谢。今三司[③]副使已上拜官则拜舞于子阶[④]上，百官拜于阶下而不舞蹈，此亦笼门故事也。

【注释】

①丞郎：指侍郎、丞一类的官职。

②笼门：向殿门跪拜。

③三司：唐朝后期，在户部尚书以外设户部使、度支使、盐铁使等分管租赋、财政收入和盐铁专营等事务，后唐天成元年(926年)并为一使，称三司使。宋代承五代旧制，设三司统管盐铁、度支、户部，为主管国家财政的机关，长官亦称三司使。

④子阶：主阶旁边的副阶。

【译文】

唐代的旧制，被授予侍郎和丞一类官职的人要向殿门跪拜谢恩。如今被授予三司副使以上官职的官员要在主阶旁边的副阶上行跪拜、舞蹈礼，其他官员则在副阶下跪拜，不舞蹈，这也是沿用唐代笼门谢恩的成例。

15 学士院第三厅学士阁子，当前有一巨槐，素号槐厅。旧传居此阁者，多至入相[①]。学士争槐厅，至有抵彻前人行李而强据之者。予为学士[②]时，目观此事。

【注释】

①入相：升职为宰相。翰林学士为皇帝起草制诰、赦敕等，相当于皇帝的秘书和顾问，往往能升职为宰相。

②予为学士：此处指沈括曾经在熙宁年间担任过翰林学士之职。

【译文】

翰林学士院的第三厅名为学士阁子，它的正前方有一棵大槐树，所以学士阁子向来被称为槐厅。过去传说居住在这个阁子的学士，大都能够在日后升职为宰相。学士们都争着要居住槐厅，甚至有强行搬离先进入者行李而占据此处的人。我当翰林学士的时候，亲眼见过这样的事情。

16 谏议[①]班[②]在知制诰[③]上，若带待制[④]则在知制诰下，从职也，戏语谓之带坠[⑤]。

【注释】

①谏议：指左、右谏议大夫，掌规谏讽谕。

②班：指文武官员在朝会时的排列顺序，亦称合班之制。

③知制诰：职掌起草诏令，原为中书舍人，后常以他官代行其职，称某官知制诰。宋初这些官职的朝班顺序为：左、右谏议大夫，中书舍人，知制诰，待制。

④待制：宋代在诸阁学士、直学士下设待制，作为文臣本官之外所加的美称之一。

⑤带坠：意指兼带了官职班次反而下降了。

【译文】

谏议大夫在朝会上的次序是在知制诰上面的，但是如果兼带了待制头衔则要排在知制诰的下面，因为这个是根据职务来排定的，所以被戏称为带坠。

17 《集贤院记》[①]："开元故事，校书官许称学士。"今三馆[②]职事皆称学士，用开元故事也。

【注释】

①《集贤院记》：即《集贤注记》，唐人韦述撰。

②三馆：宋代以史馆、昭文馆、集贤院为三馆，皆在崇文院，掌修史、藏书、校书事务。太宗时增建秘阁，与三馆合称为馆阁。凡供职馆阁及崇文院者，有学士、直学士、直馆、直阁、修撰、校理、检讨、校勘、校书等职名，统称馆职，为文臣清贵之选。元丰五年（1082年）改官制后，崇文院

并入秘书省，秘书省官著作郎、著作佐郎、秘书郎、校书郎、正字等仍称馆职。

【译文】

《集贤院记》记载："开元年间的旧制，校书官允许称作学士。"如今在三馆任职的官员都被称为学士，沿用的是唐开元间的成例。

18　馆阁[①]新书净本[②]有误书处，以雌黄[③]涂之。尝校改字之法：刮洗则伤纸，纸贴之又易脱，粉涂[④]则字不没，涂数遍方能漫灭。唯雌黄一漫则灭，仍久而不脱。古人谓之铅黄，盖用之有素矣。

【注释】

①馆阁：宋代掌管国家藏书、编修国史的官署。主要分为昭文馆、史馆、集贤院、秘阁、龙图阁等，馆阁是这些官署的通称。

②净本：誊清本，即手抄本，一般是定稿。

③雌黄：一种矿石，呈柠檬黄色，主要成分是三硫化二砷（AS_2S_3），有毒。可用作医药、炼丹、染料、颜料等。

④粉涂：用白色颜料涂抹，一般是用铅粉。

【译文】

馆阁编修的新书手抄本如果有写错的地方，就用雌黄涂抹。我曾经考察比较过改错字的方法：刮洗容易损坏纸张，用纸贴盖又容易脱落，用铅粉涂抹则原来的字迹不容易掩盖，要涂好多次才能完全掩盖原字。只有用雌黄涂抹一次就能掩盖字迹，而且很久都不会脱落。古人称为铅黄，可见这样用是有来历的。

19　予为鄜延[①]经略使[②]日，新一厅，谓之五司厅。延州正厅乃都督[③]厅，治延州事；五司厅治鄜延路军事，如唐之使院[④]

也。五司者，经略、安抚、总管[5]、节度[6]、观察[7]也。唐制，方镇[8]皆带节度、观察、处置[9]三使。今节度之职多归总管司，观察归安抚司，处置归经略司，其节度、观察两案并支[10]、掌[11]、推官[12]、判官[13]，今皆治州事而已。经略、安抚司不置佐官，以帅[14]权不可更不专也。都总管、副总管、钤辖[15]、都监[16]同签书，而皆受经略使节制。

【注释】

①鄜(fū)延：路名，治延州(今陕西省延安市)。

②经略使：唐初在沿边重要地区设置的边防军事长官，后多由节度使兼任。宋代置于沿边各路，常兼任安抚使，称经略安抚使，掌一路军事及民政。宋代经略安抚使多由文官担任，并兼任该路行政长官。沈括在元丰三年(1080年)担任鄜延路经略安抚使。

③都督：本为汉末出现的地方军政长官名称。唐初于各州设置都督府，并设都督。开元后，节度使成为地方长官，都督遂成虚设。宋初沿置。

④使院：唐代节度使等地方军政大员的官署。

⑤总管：即都部署，又称都总管(兵马总管)，多由诸路地方长官兼任，掌管一路、府或州的兵马。南宋时多成闲职。

⑥节度：唐代在沿边重要地区设置节度使，总揽一方的军、政、财权。宋代的节度使作为将相及宗室勋戚的荣衔，并无实际职掌。

⑦观察：唐代在道一级设观察使，考察州县官吏的政绩，兼理民事。凡不设置节度使的地方就以观察使为地方行政长官；设节度使的地方，也兼观察使。宋代的观察使成为武官的职衔，也没有实际职掌。

⑧方镇：亦称藩镇，指地方军政长官。

⑨处置：唐代在道一级设处置使，职掌举劾所属州县官吏。唐肃宗以后改称观察处置使，即观察使。

⑩支：指观察支使，观察使下属的办事人员。

⑪掌：指节度掌书记，节度使下属的办事人员。

⑫推官：节度、观察两使的幕职官员，掌本州司法。

⑬判官：节度、观察两使的幕职官员，掌行政事务。

⑭帅：经略安抚使主一方军、民之政，故有帅司或帅臣之称。

⑮钤辖：又称兵马钤辖。为统兵官，位在都部署、部署之下。北宋时往往由文臣地方官兼任，后亦多成闲职。

⑯都监：又称兵马都监。性质与钤辖同，位在钤辖之下。

【译文】

我在担任鄜延路经略安抚使的时候，新创建了一处办事场所，叫作五司厅。延州的正厅是都督厅，治理延州的政事；五司厅负责处理鄜延路的军务，如同唐代节度使的官署。所谓的五司，指的是经略司、安抚司、总管司、节度司、观察司五个部门。唐代的制度，地方军政长官都兼带节度使、观察使、处置使的职名。如今节度使的职掌大多归于总管司，观察使的职掌归安抚司，处置使的职掌归经略司，其中节度、观察两个司及其下属的幕职官员，如今都只治理州里的政事而已。经略、安抚这两个司不设置助理官员，是因为地方长官的统领之权不可不专擅。都总管、副总管、钤辖、都监虽然共同签署军事文书，但都要受经略安抚使的节制。

20　银台司[①]兼门下封驳[②]，乃给事中[③]之职，当隶门下省[④]，故事乃隶枢密院。下寺监[⑤]皆行札子，寺监具申状[⑥]，虽三司亦言上银台。主判[⑦]不以官品，初冬独赐翠毛锦袍[⑧]。学士以上自从本品[⑨]。行案[⑩]用枢密院杂司人吏[⑪]，主判食枢密厨[⑫]，盖枢密院子司也。

【注释】

①银台司：门下省的下属机构，归给事中管辖，职掌天下奏状案牍。因司署设在银台门内，故名。

②门下封驳：指门下省所负责的封还皇帝不适宜的诏令、驳回大臣有错误的奏章等职责。

③给事中：门下省的主要属官之一，掌封驳事。

④当隶门下省：唐代末期，门下封驳之职被弃。北宋初年，宋太宗设给事中行封驳之责，不久这一工作归于银台司，设封驳司。封驳司没有自己的官印，借用门下省的官印，故而又称门下封驳司。元丰改制以后，给事中恢复职责，封驳司归于门下省。

⑤寺监：指的是太常寺、宗正寺及国子监、少府监等，这些均为职掌尚书六部以外专门事务的机构，其长官的官品一般为四至六品。

⑥申状：宋代各国家机关之间上行公文的称谓。

⑦主判：指银台司的长官。

⑧初冬独赐翠毛锦袍：按宋制，每逢端午、十月一日，皇帝要遍赐文武百官和禁军将校时服。所赐时服分六等，其中，防御团练使、刺史、皇亲诸司副使赐翠毛细锦袍。锦是一种具有五彩的丝织物，翠毛细锦是在花纹上起翠色绒毛的高级云锦。据《宋史·舆服志》载，银台司的官员受赐时服为第六等的红锦，参考此处沈括的记载可知，赐给银台司长官的时服要比一般官员所得的红锦高出一个档次。

⑨自从本品：根据自身的官品来赐予时服。

⑩行案：指处理公务。

⑪杂司人吏：非主要行政机构的办事人员。

⑫枢密厨：宋代官员的俸禄名目中有餐钱、厨料等，会分别按其所在部门发放给中央官署中的官员钱、茶、酒、米、面等实物。此处的意思即银台司的待遇是按照枢密院系统发给。

【译文】

银台司所兼管的门下省封驳事务，原是给事中的职责，所以应当隶属于门下省，然而沿袭的旧制却隶属于枢密院。银台司行文到寺、监都采用札子，而寺、监向它行文则使用申状，即使是三司向它行文也称上银台。银台司的主管官员不论是什么官品，初冬时都要特别赏赐翠毛细锦袍。如果是学士以上的官员担任银台司长官，那么就根据他自身的官品来赐予时服。处理公务时用的是枢密院非主要机构的办事官员，主管官员按的是枢密院的级别发放津贴，所以实际上是枢密院的下属机关。

21　大驾卤簿[①]中有勘箭[②]，如古之勘契[③]也。其牡谓之雄牡箭，牝谓之辟仗箭。本胡法也，熙宁[④]中罢之。

【注释】

①大驾卤簿：皇帝出行的仪仗。

②勘箭：由两部分组成，一为金属制成的箭头，称为雄牡箭，亦作雄鹘箭；一为香檀木制成的箭杆，称为辟仗箭。后者可以密合无间地插入前者。皇帝的仪仗出宫时，执雄牡箭而将辟仗箭交与负责奉引仪仗以肃禁卫的左右金吾仗司（属卫尉寺）收藏，等皇帝的仪仗回宫时，要在宫门口举行勘箭仪式。即由仪仗取出雄牡箭交与金吾仗司进行勘合，勘合无误之后方可开宫门迎进仪仗。

③勘契：性质与勘箭略同，只不过所勘之物为香檀木雕刻而成的鱼形与鱼形凹进的木板。唐代皇帝仪仗出行时，所经宫殿、城门都要举行勘契仪式。

④熙宁：宋神宗赵顼的年号，公元 1068 年至 1077 年。

【译文】

皇帝出行的仪仗中有勘箭，类似于古代的勘契。其中可以插进去的（金属制成的箭头）称为雄牡箭，被插入其中的（香檀木制成的箭杆）称为辟仗箭。这本来是少数民族的做法，（勘箭仪式）熙宁年间就被废除了。

22　前世藏书，分隶数处，盖防水火散亡也。今三馆[①]、秘阁[②]，凡四处藏书，然同在崇文院[③]。其间官书多为人盗窃，士大夫家往往得之。嘉祐[④]中，置编校官八员，杂雠四馆[⑤]书，给吏百人，悉以黄纸为大册写之。自此私家不敢辄藏。校雠累年，仅能终昭文一馆之书而罢。

【注释】

①三馆：宋置昭文馆、史馆、集贤院，合称三馆，主要负责藏书、校书与修史。

②秘阁：北宋曾在崇文院中建秘阁，收藏三馆书籍、墨迹古画等，有直秘阁、秘阁校理等官。

③崇文院：北宋都城开封贮藏图书的官署，与三馆、秘阁一起，总称崇文院。

④嘉祐：宋仁宗赵祯的年号，公元 1056 年至 1063 年。

⑤杂雠(chóu)四馆：综合校勘三馆、秘阁的藏书。

【译文】

前代的藏书，分别收藏在不同的地方，这样是为了防止水火灾害和散佚。现在昭文馆、史馆、集贤院、秘阁四个地方都有藏书，但是都在崇文院内。这里的官书常常被人盗窃，士大夫家里往往可以得到它们。嘉祐年间，设置了校对官员八名，综合校对三馆、秘阁这四馆的藏书，并配置了一百人的抄书人员，都用黄纸抄写并做成大本的书籍。从此私人不敢随意私藏官书。这样校勘抄写了几年，仅仅能校完昭文馆一个馆藏的图书。

23 旧翰林学士地势清切①，皆不兼他务。文馆职任②，自校理③以上，皆有职钱④，唯内外制⑤不给。杨大年⑥久为学士，家贫，请外⑦，表辞千余言，其间两联曰："虚忝甘泉之从臣⑧，终作莫敖之馁鬼⑨。""从者之病莫兴⑩，方朔之饥欲死⑪。"

【注释】

①地势清切：地势，地位和势力；清切，清贵而切近。指翰林学士是清贵而接近皇帝的官职。

②文馆职任：在昭文馆、史馆、集贤院、秘阁等处任职。

③校理：掌管校勘国家藏书的官职。北宋时有秘阁校理、集贤校理等官职。

④职钱：官吏任职时所得俸钱。

⑤内外制：翰林学士直接为皇帝起草诏令，称为内制；中书舍人或知制诰在中书门下的正式机构分房起草诏令，称为外制。总称为两制。

⑥杨大年：即杨亿（974 年—1020 年），字大年。北宋前期著名文学家，曾经两度任职翰林学士。

⑦请外：请求离开京城而外任地方官。

⑧虚忝甘泉之从臣：虚忝，自谦词。甘泉，汉代有甘泉宫，汉武帝时期，众多文学侍从常常在甘泉宫侍奉皇帝，所以此处杨亿用“甘泉之从臣”比喻皇帝的文学侍从。

⑨终作莫敖之馁鬼：莫敖，实为若敖，有成语若敖鬼馁，比喻没有后代，无人祭祀。此处用若敖的典故，是指生活无依靠。

⑩从者之病莫兴：孔子被困在陈蔡之地，绝粮少水，跟随他的人都饿得不能起身。兴，起来，起身。

⑪方朔之饥欲死：方朔指西汉的东方朔，他曾说自己的俸禄还不及宫中的侏儒所得。

【译文】

过去的翰林学士官职清贵而接近皇帝，大都不兼其他职务。在昭文馆、史馆、集贤院、秘阁等处任职，从校理官员以上，都有任职俸钱，只有内外制官员没有。杨亿曾长期为翰林学士，因为家贫而自请外任，辞职报告写了一千多字，其中有两联说：“虚忝甘泉之从臣，终作莫敖之馁鬼。”“从者之病莫兴，方朔之饥欲死。”

24　京师百官上日[①]，唯翰林学士敕设用乐[②]，他虽宰相，亦无此礼。优伶[③]并开封府点集[④]。陈和叔[⑤]除[⑥]学士，时和叔知开封府，遂不用女优[⑦]。学士院敕设不用女优，自和叔始。

【注释】

①上日:又称朔日,指农历每月初一。

②敕(chì)设用乐:皇帝诏令允许伴有音乐。

③优伶:古时从事演艺的歌舞艺人。

④点集:集合派给。

⑤陈和叔:陈绎(1021 年—1088 年),字和叔。宋神宗时任翰林学士,权知开封府。

⑥除:任命官职称除。

⑦女优:女性艺人,此处指歌伎。

【译文】

每到初一,京城开封百官中只有翰林学士被诏令允许可以欣赏歌舞,其他即使如宰相,也都没有这样的礼仪待遇。歌舞艺人都是在开封府集合并派给各处。陈绎任翰林学士时,兼知开封府,不用歌伎陪酒。翰林学士院不用歌伎陪酒,是从陈绎这儿开始的。

25　礼部贡院[①]试进士日,设香案[②]于阶前,主司[③]与举人对拜,此唐故事也。所坐设位供张[④]甚盛,有司[⑤]具茶汤饮浆。至试学究,则悉彻[⑥]帐幕毡席之类,亦无茶汤,渴则饮砚水[⑦],人人皆黔其吻[⑧]。非故欲困之,乃防毡幕及供应人私传所试经义[⑨]。盖尝有败者,故事为之防。欧文忠[⑩]有诗:"焚香礼进士,彻幕待经生。"以为礼数重轻如此,其实自有谓也。

【注释】

①贡院:科举考试的考场。乡试、会试都有贡院。

②香案:放置香炉烛台的条桌。

③主司:主持考试的主考官。

④设位供张:考生的座位布置、陈设。

⑤有司:相关办事人员。

⑥彻:撤除。

⑦砚水:用来倒入砚台中磨墨的水。

⑧黔其吻:黔,本意为黑色,此处形容词作动词,意为弄黑了嘴唇。

⑨经义:儒家经书的义理,此处指科举考试中学究科目考试的答案之类。

⑩欧文忠:即欧阳修(1007年—1072年),谥号文忠,世称欧阳文忠公。北宋著名的政治家、文学家、史学家。

【译文】

礼部在贡院举行进士科考试的那一天,会在台阶前摆设香炉烛台等,主考官与参加考试的举人相对作揖,这是唐代的旧例。考生的座位布置与陈设准备得很隆重,相关办事人员会准备茶水等饮品。等到考学究一科时,则全部撤去帐幕、毡席之类的东西,也没有茶水供应,考生口渴了就喝用来磨墨的水,人人因此而弄黑了嘴唇。这样做并非故意为难考生,而是为了防止有人利用毡幕和供应茶水时私传考试答案。曾经有人这样做被发现而失败了,所以这样做是为了预防。欧阳修有诗句说:“焚香礼进士,彻幕待经生。”以为对待考进士与考学究或明经的考生礼仪轻重如此不同,其实是自有道理的。

26　嘉祐中,进士奏名讫,未御试[①],京师妄传王俊民[②]为状元,不知言之所起,人亦莫知俊民为何人。及御试,王荆公[③]时为知制诰,与天章阁待制[④]杨乐道[⑤]二人为详定官。旧制,御试举人设初考官先定等第,复封弥[⑥]之以送覆考官再定等第,乃付详定官,发初考官所定等以对覆考之等。如同即已,不同则详其程文[⑦],当从初考或从覆考为定,即不得别立等。是时王荆公以初、覆考所定第一人皆未允当,于行间别取一人为状首。杨乐道守法,以为不可,议论未决。太常少卿[⑧]朱从道[⑨]时为封弥官,闻之谓同舍[⑩]曰:“二公何用力争。从道十日前已闻王俊民为状元，事必前定，二公恨自苦耳。”既而二人各以己意进禀，而诏从荆公之请。及发封，乃王俊民也。详定官得别立等，自此始遂为定制。

【注释】

①御试：即殿试，又称廷试、亲试。名义上由皇帝亲自主考，故名。

②王俊民：字康侯，莱州掖县（今山东莱州）人。北宋嘉祐六年（1061年）进士第一，授官不久，得狂病卒。

③王荆公：即王安石（1021年—1086年），字介甫，号半山，抚州临川（今江西抚州）人，元丰年间封荆国公，故名。北宋政治改革家、文学家，官至宰相。

④天章阁待制：天章阁是收藏宋真宗御制文集等物的殿阁，设学士、直学士、待制等职，作为文臣本官之外的加衔，并无实际职掌。

⑤杨乐道：即杨畋（1007年—1062年），字乐道，新泰（今属山东）人。官至龙图阁直学士，知谏院。

⑥封弥：一作弥封，又称糊名，即在科举考试中为防止评卷作弊，在考生纳卷后密封卷头（或截去卷头），誊录副本以供评阅。宋仁宗明道二年（1033年）正式在科考中建立封弥制。

⑦程文：指科举考试中考生的答卷。因按一定的程序作文，故称程文。

⑧太常少卿：太常寺的副长官。太常寺为负责朝廷祭祀、制定礼乐的机构。

⑨朱从道：字复之，沛县（今属江苏）人。历官员外郎、郎中。

⑩同舍：指参加监考的同僚。

【译文】

嘉祐年间，贡院已经将录取的进士名册奏上，还没有举行殿试，京城里就已经谣传王俊民会被录取为状元，不知道这种传言是从哪里传起来的，人们也不知道王俊民是何等人物。等到殿试的时候，王安石当时担任知制诰，和天章阁待制杨畋二人担任详定官。按照以往的规定，殿试举人由初考官阅卷后先定夺名次，然后密封试卷，送到覆考官那里审核后再确定一个名次，之后才移送详定官，拆封检视初考官所定的名次与覆考官所定的名次进行对照。如果二者相同就正式确定，不同的话就要再仔细检阅考生的答卷，应当在初考官所定的名次与覆考官所定的名次中选定一种，不得另外再确定一个名次。当时王安石认为初考官和覆考官所选的第一名都不允当，于是就在名册上另外选定一人为状元。杨畋坚持旧规，认为不可以这样做，两个人议论未决。太常少卿朱从道当时担任密封试卷的官员，听说这件事后就对参加监考的同僚说："他二位何必这样争执不下。我在十天前就已经听说王俊民是状元，这件事必定是预先定好的，他二位不过自寻烦恼罢了。"后来二人都把各自的意见禀奏给皇帝，皇帝下诏采用王安石的意见。等到打开试卷上的密封时，状元果然是王俊民。详定官能够另外确定进士名次，从这次殿试开始就成了定例。

27　选人①不得乘马入宫门。天圣②中，选人为馆职③，始欧阳永叔④、黄鉴⑤辈，皆自左掖门⑥下马入馆，当时谓之步行学士。嘉祐中，于崇文院置编校局，校官皆许乘马至院门。其后中书五房⑦置习学公事官，亦缘例乘马赴局。

【注释】

①选人：品级较低的文官和地方官的总称。通过考核和推荐，才能升任京官和中高品级。

②天圣：宋仁宗赵祯的年号，公元1023年至1032年。

③馆职：在昭文馆、史馆、集贤院、秘阁等馆阁任职。

④欧阳永叔：欧阳修(1007年—1072年)，字永叔，北宋著名的政治家、文学家、史学家。

⑤黄鉴：字唐卿，曾任国子监直讲、太常博士等职。

⑥左掖门:宫门的南正门两侧有两扇门,分别称为左、右掖门。

⑦中书五房:北宋,于宫苑内设政事堂,政事堂内设有孔目、吏、户、兵礼、刑等五房,分别处理事务。

【译文】

选人不能骑马进入宫门。天圣年间,选人担任馆阁职务,欧阳修、黄鉴等人,都是在左掖门下马入馆阁的,当时称他们为步行学士。嘉祐年间,在崇文院设置编校局,编校官都允许骑马到崇文院门口。后来在中书五房设立习学公事官,也依照成例允许骑马到省署。

28 车驾行幸,前驱谓之队,则古之清道[①]也。其次卫仗[②],卫仗者,视阑入宫门[③]法,则古之外仗也。其中谓之禁围[④],如殿中仗[⑤]。《天官·掌舍》:"无宫,则供人门。"[⑥]今谓之殿门天武官[⑦],极天下长人[⑧]之选八人,上御前殿[⑨],则执钺[⑩]立于紫宸门[⑪]下;行幸则为禁围门,行于仗马之前。又有衡门[⑫]十人,队长一人,选诸武力绝伦者为之。上御后殿[⑬],则执挝[⑭]东西对立于殿前,亦古之虎贲[⑮]、人门[⑯]之类也。

【注释】

①清道:古代帝王出行时,在前面引路并驱散行人。

②卫仗:皇帝出行时护卫的仪仗队伍。

③阑入宫门:指未经允许而进入宫门。阑入,擅自进入不该进入的地方。

④禁围:皇帝外出,仪卫人员环绕,谓之禁围。

⑤殿中仗:朝会时在殿庭所设的仪卫。

⑥《天官·掌舍》:"无宫,则供人门":《天官·掌舍》出自儒家典籍《周礼》。《周礼》分设六官,以天官冢宰居首,总御百官。掌舍是天官之属,掌管王者出行馆舍之事。"无宫,则供人门",指天子外出暂时驻留,就用高大之人来守门。

⑦殿门天武官：天武是宋代京城禁军的番号之一。宋代以捧日、天武、龙卫、神卫四支军队为禁军上军，负责皇宫的禁卫任务，拥有很强的战斗力，它们都由殿前司管辖。在朝会和仪仗队伍中任禁卫的，是这些禁卫军中的军官，所以称殿门天武官。

⑧长人：高大之人。宋代禁军大都骁勇善战，在选拔时需要格外强调身高体型。

⑨前殿：指紫宸殿，其在垂拱殿之前，故称前殿。元丰年间以后，皇帝视朝一般在垂拱殿，特殊日子则在紫宸殿。

⑩钺（yuè）：古代兵器，类似大斧。

⑪紫宸门：紫宸殿的殿门。

⑫衡门：守门的人。

⑬后殿：指垂拱殿，其在紫宸殿之后，故称后殿。

⑭挝（zhuā）：古代兵器，带爪，常用作仪仗。

⑮虎贲（bēn）：周代有虎贲军，负责仪仗与护卫，后世常用虎贲军比喻勇猛善战的军队。贲，同“奔”，指像虎一样奔跑，形容勇猛。

⑯人门：用人环列护卫以作门。

【译文】

皇帝车驾出行，前面的开道人员称为队，就是古代的清道。其次是卫仗，卫仗就是不允许他人擅自进入宫门的护卫人员，就是古代的外仗。再里面是禁围，如朝会时在殿庭所设的仪仗。《周礼·天官·掌舍》说：“天子外出暂时驻留，就用高大之人来守门。”现在叫作殿门天武官，选拔出天下最高大的八个人，皇帝在紫宸殿上朝时则手握钺站在紫宸殿的殿门旁；皇帝出行时则担任禁卫门户之责，走在仪仗马队的前面。还有守门的十人，队长一人，都是挑选武艺超群的人担任。皇帝在垂拱殿听政时，他们就手执挝东西相对站在殿前，相当于古时的虎贲、人门之类的护卫人员。

29　予尝购得后唐闵帝[①]应顺元年[②]案检[③]一通，乃除宰相刘昫[4]兼判[5]三司堂[6]检，前有拟状[7]云：

具官[8]刘昫

右[9]，伏以[10]刘昫经国才高，正君志切，方属体元之运[11]，实资[12]谋始之规。宜注宸衷[13]，委司判计，渐期富庶，永赞圣明。臣等商量，望授依前[14]中书侍郎兼吏部尚书[15]、同中书门下平章事[16]，充集贤殿大学士[17]兼判三司，散官勋封如故[18]，未审可否。如蒙允许，望付翰林[19]降制处分[20]。

谨录奏闻[21]。

其后有制书曰：

宰臣刘昫

右，可兼判三司公事，宜令中书[22]、门下[23]依此施行。付中书、门下准此[24]。四月十日。

用御前新铸之印，与今政府[25]行遣稍异。本朝要事对禀[26]，常事拟进，入画“可”然后施行，谓之熟状；事速不及待报，则先行下，具制草奏知[27]，谓之进草。熟状白纸书，宰相押字，他执政[28]具姓名；进草即黄纸书，宰臣、执政皆于状背押字。堂检宰、执皆不押，唯宰属于检背书日，堂吏[29]书名用印。此拟状有词，宰相押检不印，此其为异也。大率唐人风俗，自朝廷下至郡县决事皆有词，谓之判，则书判科[30]是也。押检二人，乃冯道[31]、李愚[32]也，状检瀛王亲笔，甚有改窜勾抹处。按《旧五代史》“应顺元年四月九日己卯，鄂王薨[33]。庚辰，以宰相刘昫判三司”，正是十日，与此检无差。宋次道[34]记《开元宰相奏请》、郑畋[35]《凤池稿草》、《拟状注制集》悉多用四六[36]，皆宰相自草。今此拟状冯道亲笔，盖故事也。

【注释】

①后唐闵帝：即李从厚（914 年—934 年）。于明宗长兴四年（933

年)十二月即位,次年正月改元应顺。三月被废为鄂王,不久遇害,在位仅数月。

②应顺元年:即公元934年。

③案检:公文底稿。

④刘昫(xù):字耀远,涿州归义(今河北容城)人,后唐宰相。

⑤判:在唐宋官制中,高官兼任低职称判。

⑥堂:指政事堂,唐宋时期宰相处理政务的场所。

⑦拟状:唐五代臣僚初拟政事意见或建议上书皇帝的奏状。

⑧具官:申报升迁官员公文开头的文书套语。

⑨右:唐宋文书正文开始的用语。

⑩伏以:臣僚向皇帝奏事的套语。

⑪体元之运:意指正赶上建功立业之际。体元,效法体现作为万物之本始的天地之德。

⑫资:借助,依赖。

⑬宸衷:帝王的心意。

⑭依前:公文套语,指原有的官职。

⑮吏部尚书:吏部为尚书省下属的六个主要政务机构之一,职掌全国官吏的任免、考核、调动等事务。最高长官为尚书。

⑯同中书门下平章事:简称同平章事,唐五代时,凡以他官代行宰相职务者,即加授此衔。参与政务决策,与中书、门下长官协商处理国家政务,为事实上的宰相。

⑰集贤殿大学士:此为给当时相当于宰相的官员所加的官衔。

⑱散官勋封如故:文书套语,指实际官职之外的称号、官阶照旧。散官是一种表示官员等级而无实际职事的官称,亦称散阶、阶官。

⑲翰林:指翰林院。当时的皇帝诏令由中书省及翰林院起草,经由皇帝审批后送门下省审核,然后交由尚书省颁发执行。

⑳降制处分:下达诏令处理上述事务。

㉑谨录奏闻:公文套语,意已将有关事项向皇帝奏禀,多用于公文

结尾。

㉒中书：即中书省，负责议政、决策。

㉓门下：即门下省，与中书省同掌机要、议论国政，并负责审核诏令。

㉔准此：公文用语，意为照此办理，多用于上级对下级命令文书的结尾。

㉕政府：唐宋时亦称宰相处理政务的场所为政府。

㉖对禀：指当面向皇帝禀告。

㉗具制草奏知：即在禀告事务的同时，把准备以皇帝名义颁发的有关指令也拟好上报。

㉘执政：指除宰相外的其他参与议政的官员。宋代宰相与执政有别，二者合称宰执。

㉙堂吏：指政事堂的办事人员。

㉚书判科：即书判拔萃科，唐宋铨选考试的名目之一。其中书指书法，判指文理。

㉛冯道（882 年—954 年）：字可道，瀛洲景城（今河北沧州西北）人。历任后唐、后晋、后汉、后周朝要职，去世后追封瀛王。

㉜李愚（？—935 年）：字子晦，渤海无棣（今属山东）人。官至后唐宰相。

㉝薨（hōng）：唐代规定，皇帝去世称崩，三品以上的官员去世称薨。因其时闵帝已经被废黜为鄂王，所以史官记事将其作为官员来称呼。

㉞宋次道：即宋敏求（1019 年—1079 年），字次道，赵州平棘（今河北赵县）人，历仕仁宗、英宗、神宗三朝，官至龙图阁直学士。以文章见称于当时，为北宋著名的藏书家。

㉟郑畋（825 年—883 年）：字台文，荥阳（今属河南）人，唐僖宗时官至宰相。

㊱四六：以四字、六字相对偶的一种文体，亦称骈文。隋唐时的表章诏令多用四六体书写，取其便于诵读。

【译文】

我曾经买到一件后唐闵帝应顺元年的文书底稿，是任命宰相刘昫兼任三司使的诏令，文书前面有进拟的奏状说：

关于具官刘昫任职一事

谨拜伏奏上，刘昫有治国的高才，辅佐君主意志恳切，正当陛下您即位效天法地建功立德的时候，实在有赖于他谋划奠基的经营规划。陛下应当倾心眷顾，委以三司判官，期待国家能够逐渐富裕起来，长久襄助圣明天子的治世。臣等商量，希望授予刘昫的官职，仍依其旧任，以中书侍郎兼吏部尚书、同中书门下平章事，担任集贤殿大学士兼理三司，其官阶和勋爵封禄等都不变，不知适当与否。如果承蒙允许，望交付翰林学士院下达诏令处理上述事务。

谨录此状，奏闻陛下。

后面还有皇帝的诏书：

宰臣刘昫

可兼判三司公事，应令中书、门下依此施行。交付中书、门下准此。

四月十日。

诏书上盖有新铸的御印，和现在的政府文书稍微有些不同。本朝重要事务都要当面向皇帝禀告，一般性的事务草拟处理意见后送呈，由皇帝批阅"可"之后方可施行，这种称作熟状；假如事情紧迫来不及等到报批回复，就先行处理，将事先起草好的向皇帝报告有关命令称为进草。熟状用白纸书写，宰相签押，其他执政官员一起签名；进草用黄纸书写，宰相和其他执政官员都在文书背后签押。政事堂的公文底稿宰相、执政官都不签押，只由下属官员在文书背后书写日期，再由办事人员写上有关官员的名字并盖章。这份拟状有一段骈体文辞，宰相签押却没有盖印，这一点和现在有所不同。大体上唐人的风俗，是从中央到地方的官署决断公务都用骈体文辞，称作判，就是制举中书判拔萃科考试的内容。该拟状签押的二位官员为冯道和李愚，拟状由冯道亲笔起草，其中还有涂改、勾画的地方。根据《旧五代史》记载"应顺元年四月九日己卯，鄂王薨。

庚辰，以宰相刘昫判三司"，所记日期正是十日，和这份拟状一致。宋敏求记的《开元宰相奏请》、郑畋的《凤池稿草》、《拟状注制集》所载的文书都是用骈体书写而成，都是宰相自己起草。现在这一份拟状由冯道亲笔书写，看来也是秉承旧例。

30 旧制，中书①、枢密院②、三司使③印并涂金。近制④，三省⑤、枢密院印用银为之，涂金，余皆铸铜而已。

【注释】

①中书：此为中书门下的省称，即政事堂。

②枢密院：宋代置枢密院掌管军事和边防，长官称枢密使。

③三司使：三司指盐铁司、户部司、度支司，主管财政，长官称三司使。

④近制：最近的制度。此处指宋神宗赵顼（xū）熙宁、元丰年间的制度。

⑤三省：中书省、门下省、尚书省的合称。

【译文】

过去的制度规定，中书门下、枢密院、三司使的官印都涂金。最近的制度规定，中书省、门下省和尚书省，以及枢密院的官印用银铸造，并涂金，其他的官印都用铜铸造。

31 三司使班在翰林学士之上①。旧制，权使即与正同②，故三司使结衔③皆在官职之上。庆历中，叶道卿④为权三司使，执政有欲抑道卿者，降敕⑤时移权三司使在职下结衔，遂立翰林学士之下，至今为例。后尝有人论列⑥，结衔虽依旧，而权三司使初除，阁门取旨⑦间有叙⑧学士上者，然不为定制。

【注释】

①三司使班在翰林学士之上：元丰改制后，翰林学士官阶正三品，三

司使则以五品以上的知制诰、杂学士、学士担任，从官品上说，三司使不一定可以排在翰林学士前面。但三司使有计相之称，其恩禄与参、枢同，故得以排在翰林学士前。

②权使即与正同：指代理性质的三司使权使公事与正式任命的三司使职权相同。宋代权三司使本称三司使权使公事，简称权使。

③结衔：官员在正式场合下对自己所有官衔的称呼方法，一般由官阶、所行实际职务、封爵、食封等几个部分按规定的顺序组合而成。

④叶道卿：即叶清臣（1000 年—1049 年），字道卿，长洲（今江苏苏州）人。天圣进士，官至翰林学士、权三司使。

⑤降敕：颁布皇帝任命诏令。

⑥论列：指提出这件事与旧制不合。

⑦阁门取旨：东、西上阁门是通往皇帝常朝场所文德殿的掖门。宋代设东、西上阁门使，职掌承旨禀命，于朝会时在阁门颁布命令，故称阁门取旨。

⑧叙：与“班”同，指等级排列次序。

【译文】

三司使的朝班次序在翰林学士之上。按旧制，权三司使与三司使职任相同，所以权三司使与三司使在结衔的时候都列在官职的前面。庆历年间，叶道卿任权三司使，执政的官员有想压制叶道卿的，就在颁发任命诏书时把权三司使移到翰林学士职下结衔，于是权三司使的班次就在翰林学士之下，并且至今沿用成为定例。后来曾有人奏议提出来这件事与旧制不合，虽然权三司使的结衔没有改变，但新任命的权三司使，阁门取旨时偶尔也有排列次序在翰林学士前面的，然而这不是固定的制度。

32　宗子[①]授南班[②]官，世传王文正[③]太尉为宰相日，始开此议，不然也。故事：宗子无迁官法，唯遇稀旷大庆[④]，则普迁一官。景祐[⑤]中，初定祖宗并配南郊[⑥]，宗室欲缘大礼乞推恩，使诸王宫教授[⑦]刁约[⑧]草表上闻。后约见丞相王沂公[⑨]，公问："前日宗室乞迁官表，何人所为?"约未测其意，答以不知。归而思之，恐事穷且得罪，乃再诣[⑩]相府。沂公问之如前，约愈恐，不复敢隐，遂以实对。公曰："无他，但爱其文词耳。"再三嘉奖，徐曰："已得旨，别有措置。更数日，当有指挥[⑪]。"自此遂有南班之授。近属自初除小将军[⑫]，凡七迁则为节度使[⑬]，遂为定制。诸宗子以千缣[⑭]谢约，约辞不敢受。予与刁亲旧，刁尝出表稿以示予。

【注释】

①宗子：宗室子弟。

②南班：宋仁宗于南郊大祀时，赐皇族子弟的官爵，谓之南班。

③王文正：王旦(957年—1017年)，北宋名臣，谥文正，故称王文正。

④稀旷大庆：不常见的隆重庆典。如新帝即位等。

⑤景祐：宋仁宗赵祯的年号，公元1034年至1038年。

⑥祖宗并配南郊：此处指景祐二年(1035年)祭祀天地于开封南郊，并将宋太祖、宋太宗、宋真宗三位先帝一并祭祀。古时帝王祭天地，常常以先祖配祭。

⑦王宫教授：宋太宗时设置的学官，负责为宗室子弟讲学。

⑧刁约(?—1082年)：字景纯，丹徒(今江苏镇江)人。其人与范仲淹、欧阳修、司马光等有交往，备受诸人尊敬。

⑨王沂公：王曾(978年—1038年)，曾连中三元(乡试、会试、殿试皆为第一名)，历任枢密使、平章事等官，封沂国公，故称王沂公。

⑩诣(yì)：到，拜访。

⑪指挥：处理公务、分派任务。

⑫小将军：宋代置环卫官，皆为空官无实权。环卫官分上将军、大将军、将军，此处小将军应指将军。

⑬节度使：掌管一方军、政、财权的地方长官。唐代的节度使，往往

坐拥数州，拥兵数万。宋初统治者削弱节度使权力，节度使逐渐变为一种有名无实的荣誉性虚衔。

⑭缣（jiān）：细绢，属于丝织品。

【译文】

授予宗室子弟南班官职，相传是王旦太尉任宰相时开的先例，其实不是这样。按照旧例：宗室子弟没有迁官的具体制度规定，只有当较少见的隆重庆典出现时，才普遍加升一级。景祐年间，第一次决定以祖先配祭南郊，宗室成员想趁机要求皇帝施加恩典，就请当时任王宫教授的刁约代写奏章提出此事。后来刁约见到宰相王曾，王曾问："先前宗室成员请求加官晋级的表章，是什么人所写？"刁约不知道他是什么意思，就回答说不知道。回去之后，又仔细想想，恐怕将来事情被查出来并且会得罪王曾，于是再次拜访王曾。王曾又像之前那样问他，刁约更加害怕，不敢再隐瞒，就把实话告诉了王曾。王曾说："没什么别的意思，只是喜爱这表章的文辞。"并再三夸奖刁约，又慢慢说道："已经得到皇上的批准，将有另外的举措。想必过几天，会有新的安排。"从此就有了宗室子弟授予南班官职的先例。宗室中的近亲从开始任环卫将军，经历七次迁升就可以加封节度使，这样就成了确定的制度。诸宗室子弟以一千匹细绢酬谢刁约，刁约推辞不敢接受。我与刁约有老交情，刁约曾经把奏章底稿给我看过。

33　大理法官①皆亲节案②，不得使吏人③。中书检正官④不置吏人，每房给楷书⑤一人，录净⑥而已。盖欲士人躬亲职事，格⑦吏奸，兼历试人才也。

【注释】

①大理法官：指在大理寺工作的官员。大理，指大理寺，中央一级的司法机关，掌管刑狱案件的审理。

②节案：断案。

③吏人：官署中的办事人员。

④中书检正官：宋代特有的职官，在中书省下的吏、户、兵礼、刑、孔目等五房任职。

⑤楷书：指抄写人员。

⑥录净：誊写完文书。

⑦格：阻碍、防止。

【译文】

大理寺的官员都需要亲自断案，不能分派给办事人员做。中书检正官下面不设置办事人员，只是给每房配一名抄写人员，帮忙誊写完文书而已。这样做是想官员亲自处理公务，防止办事人员揽权徇私，同时还能考察人才。

34 太宗命创方团球带[①]赐二府[②]文臣，其后枢密使兼侍中张耆[③]、王贻永[④]皆特赐，李用和[⑤]、曹郡王[⑥]皆以元舅赐，近岁宣徽使[⑦]王君贶[⑧]以耆旧[⑨]特赐，皆出异数，非例也。

【注释】

①方团球带：即笏头带。宋代大臣用的一种腰带，其上绣有球形花纹，束于袍服之外。

②二府：宋代因中书门下(政事堂)、枢密院分掌文武二权，故称“二府”。

③张耆(？—1048年)：字元弼，开封(今属河南)人，《宋史》有传。

④王贻永：字季长，北宋将领，司空王溥之孙，娶郑国公主，被授予右卫将军、驸马都尉。

⑤李用和(988年—1050年)：字审礼，《宋史》有传。宋真宗李宸妃的弟弟，所以此处称元舅。

⑥曹郡王：指曹佾(yì)，字公伯，《宋史》有传。其姐为仁宗皇后，他是曹皇后的长弟，故此称元舅；被封济阳郡王，故亦称曹郡王。

⑦宣徽使：唐五代时掌管宫廷事务的要职。宋初，该官职基本没有实际职掌，为表示荣宠的虚职。

⑧王君贶：即王拱辰（1012 年—1085 年），字君贶，开封咸平（今河南通许）人。曾任御史中丞，《宋史》有传。

⑨耆（qí）旧：年高望重者。

【译文】

太宗下达诏令创制方团球路纹金带赏赐给中书门下和枢密院二府的文臣，后来枢密使兼侍中张耆、王贻永都受到特别的赏赐，李用和、曹郡王都因为是元舅也受到赏赐，近年宣徽使王君贶因为是老臣也受到特别的赏赐，这些都是出于特别的礼遇，并非成例。

35　近岁京师士人朝服乘马，以黪[①]衣蒙之，谓之凉衫，亦古之遗法也，《仪礼》“朝服加景”[②]是也，但不知古人制度章色如何耳。

【注释】

①黪（cǎn）：灰黑色。

②朝服加景：《仪礼·士昏礼》原文为：“妇乘以几，姆加景，乃驱。”意即新妇被迎娶上路时要在衣外加景，郑玄注云：“景之制，盖如明衣，加之以为行道御尘，令衣鲜明也。”此处属沈括误记。

【译文】

近年来京城里的士人穿着官服骑马时，用灰黑色的衣服蒙在官服的外面，称为凉衫，也是古代遗留下来的做法，就是《仪礼》中所说的“朝服加景”，只是不知道古人“景”的式样、纹饰和颜色是怎样的。

36　内外制[①]凡草制除官，自给谏[②]、待制[③]以上，皆有润笔[④]物。太宗[⑤]时，立润笔钱数，降诏刻石于舍人院[⑥]。每除官，则移文督之，在院官下至吏人院驺[7]，皆分沾。元丰[8]中，改立官制，内外制皆有添给，罢润笔之物。

【注释】

①内外制：翰林学士直接为皇帝起草诏令，称为内制；中书舍人或知制诰在中书门下的正式机构分房起草诏令，称为外制。总称为两制。

②给谏：宋代，门下省有给事中，负责封驳政令违失，还有左、右谏议大夫分隶门下、中书二省，负责规谏讽谕，两者合称给谏。

③待制：宋代，于诸殿阁置待制，位在学士与直学士之下，为侍从官。如龙图阁待制、保和殿待制之类。

④润笔：古人请他人写文章、书画所付的报酬。此处指馈赠给为除授官职而撰写制书公文的撰者一些钱物。

⑤太宗：宋太宗赵炅，为北宋第二位皇帝。

⑥舍人院：中书省设有中书舍人，舍人院为其办公场所。

⑦院驺(zōu)：此处指舍人院里负责掌管车马的人。驺，养马驾车之人。

⑧元丰：宋神宗赵顼(xū)的年号，公元1078年至1085年。

【译文】

凡是内外制官员起草除授官职的制书公文时，被授予给谏、待制以上的官员都要给其润笔钱。宋太宗时，规定了润笔钱的数量，并下诏令将标准刻碑文立在舍人院内。每逢授官，则行文催讨，在舍人院的官员下到办事人员与负责掌管车马的人，都能分得一些润笔钱。元丰年间，改革官制，内外制官员都加了俸禄，于是废除了润笔钱。

37　唐制，官序[1]未至而以他官权摄[2]者为直官，如许敬宗[3]为直记室[4]是也。国朝学士、舍人皆置直院[5]，熙宁中复置直舍人、学士院，但以资浅者为之，其实正官也。熙宁六年，舍人皆迁罢，阁下无人，乃以章子平[6]权知制诰而不除直院者，以其暂摄也。古之兼官多是暂时摄领，有长兼者即同正官。予家藏《海陵王墓志》，谢朓[7]文，称兼中书侍郎。

【注释】

①官序：指官品。

②权摄：官员的品级晋升有一定的程序和要求，如因需要以低品级的身份暂时担任或者兼任高品级的官职，即称权摄。

③许敬宗：字延族，杭州新城（今浙江省杭州市富阳区西南）人。历任唐太宗、高宗朝要职，武则天时官至中书令。两《唐书》有传。

④直记室：据《旧唐书》，许敬宗为秦王府十八学士时的官职为著作佐郎摄记室。著作佐郎为正七品下，亲王府记室参军为正六品下，以著作佐郎的身份任记室参军，故称摄。

⑤直院：指宋代入翰林学士院而未授学士职者。

⑥章子平：即章衡（1025 年—1099 年），字子平，浦城（今福建浦城）人。嘉祐进士，后以直舍人院拜宝文阁待制，历知州府。《宋史》有传。

⑦谢朓：字玄晖，陈郡阳夏（今河南太康）人。南朝齐文学家，官至尚书吏部郎。《南齐书》有传。

【译文】

唐代制度，凡是官品不够而以其他官职暂任或兼任的官员称为直官，例如许敬宗称直记室就属这一类。本朝的翰林学士、中书舍人都设置直院，熙宁年间又重新设置直舍人院、直学士院，只是以资历较浅的人来担任，实际上是正官。熙宁六年，舍人都被贬迁改任他职，官署中就没有担任此职的人了，于是让章衡权知制诰，但不授予直院之职，因为他只是暂时兼任。古代的兼官大多数都是暂时兼任，如有长期兼任的就相当于正官。我家藏有《海陵王墓志》，是谢朓撰写的，落款的官衔称兼中书侍郎。

38　三司[1]、开封府[2]、外州长官[3]升厅事[4]，则有衙吏前导告喝[5]。国朝之制，在禁中唯三官得告：宰相告于中书[6]，翰林学士告于本院[7]，御史告于朝堂[8]，皆用朱衣吏[9]，谓之三告官。所经过处，阍吏[10]以梃[11]扣地警众，谓之打杖子。两府[12]、亲王，自殿门打至本司[13]及上马处[14]；宣徽使[15]打于本院；三司使、知开封府打于本司。近岁寺监长官[16]亦打，非故事。前宰相赴朝，亦有特旨，许张盖[17]、打杖子者，系临时指挥[18]。执丝梢鞭入内，自三司副使以上；副使唯乘紫丝暖座[19]从入。队长持破木梃，自待制以上。近岁寺监长官持藤杖，非故事也。百官仪范，著令之外，诸家所记，尚有遗者。虽至猥细[20]，亦一时仪物也。

【注释】

①三司：此指盐铁司、户部司、度支司，主管财政，长官称三司使。

②开封府：北宋京城开封地方官署，行政长官为开封知府或开封府尹（不常置）。

③外州长官：指京城开封以外的州级地方长官。

④升厅事：登上厅堂处理公务，即升堂。

⑤告喝：大声传呼。

⑥中书：即中书门下，主要行使行政大权。

⑦本院：翰林学士院，翰林学士的办公场所。

⑧朝堂：泛指群臣集体议事之处，此处当指尚书省都堂。

⑨朱衣吏：穿红色外衣的吏役。

⑩阍（hūn）吏：守门的仆役。

⑪梃（tǐng）：棍棒。

⑫两府：指中书门下（政事堂）与枢密院。

⑬本司：自己所属官署。

⑭上马处：官员进入宫城，按制需要在规定的地方上马、下马。

⑮宣徽使：供职于宣徽院，总领内诸司使及三班内侍名籍，掌其迁补、郊祀、朝会、宴享供帐，检视内外进奉名物。

⑯寺监长官：太常寺、宗正寺、将作监等寺、监两级官署的长官。

⑰张盖：张开仪仗伞盖。北宋时，京城之内，只有执政官与宗室允许张盖。

⑱临时指挥：临时举措、临时处理。

⑲暖座：围帘坐轿。

⑳猥(wěi)细：繁杂琐碎。

【译文】

三司使、开封知府、州级地方长官升堂处理公务时，有衙役在前面开道传呼。本朝的制度规定，在宫中只有三种官职可以传呼：宰相传呼于政事堂，翰林学士传呼于翰林学士院，御史传呼于御史台，均用穿红色外衣的吏役，称为三告官。所经过的地方，守门的仆役会用棍棒敲击地面以警示他人，叫作打杖子。宰相、枢密使、亲王，从殿门一直打到自己所属官署及上马的地方；宣徽使打于宣徽院；三司使、开封知府打于自己所属官署。近年来，寺、监两级长官也打杖子，不是成例。过去的宰相朝见，也有特别旨意允许张开仪仗伞盖、打杖子的，这是临时举措。手持丝梢鞭入宫的，是三司副使以上的官员；三司副使只能坐紫丝围帘坐轿入宫。允许随从仪仗队长持旧木棍的，是待制以上的官员。近年来，寺、监两级长官持藤杖，不是成例。百官的礼仪规范，除了正式的律令制度以外，各家所记载的，还有所缺漏。所记载的虽然繁杂琐碎，但也是有关一个时期的礼仪典制。

39 国朝[①]未改官制以前，异姓未有兼中书令[②]者，唯赠官方有之。元丰中，曹郡王[③]以元舅[④]特除兼中书令，下度支[⑤]给俸。有司[⑥]言："自来未有活中书令请受则例。"

【注释】

①国朝：古人对当前本朝的尊称，此处指宋朝。据考察，这种指当朝的说法最早出于宋初。

②中书令：中书省的长官。宋代，中书令一般只由亲王、使相兼任，

不实际总理政务。

③曹郡王：曹佾，字公伯，其姐为宋仁宗的皇后，曾被封为济阳郡王，故称曹郡王。

④元舅：因为曹佾为曹皇后的长弟，故称元舅。“元”有始、大、头等意，如元旦、元首等。

⑤度支：度支司，掌管全国财政赋税的统计与支调。

⑥有司：有关部门的官员。古代设官分职，各自主管、负责其分内工作，故称有司。司有主管、负责之意。

【译文】

本朝在没有改革官制以前，没有宗室以外的人兼任中书令的，只有死后追赠官时才授予这个官职。元丰年间，曹佾以曹皇后长弟的身份被授予兼任中书令，并命令度支司为其发放薪俸。有关官员说：“本朝从来没有活着的中书令领薪俸的惯例。”

40　都堂[①]及寺观百官会集坐次，多出临时。唐以前故事皆不可考，唯颜真卿[②]与左仆射[③]定襄郡王郭英乂[④]书云：“宰相[⑤]、御史大夫[⑥]、两省[⑦]五品已上供奉官[⑧]自为一行。十二卫大将军[⑨]次之。三师[⑩]、三公[⑪]、令仆[⑫]、少师[⑬]、保傅[⑭]、尚书左右丞[⑮]、侍郎[⑯]自为一行。九卿[⑰]、三监[⑱]对之。从古以来，未尝参错。”此亦略见当时故事，今录于此，以备阙文。

【注释】

①都堂：指尚书省都堂。

②颜真卿(709 年—785 年)：字清臣，曾任礼部尚书、太子太师等职，为唐代著名书法家，创立“颜体”，尤擅长楷书。

③左仆射(yè)：唐代尚书省长官，分为左、右仆射，从二品，前期行宰相之职，后期权力被限制。

④郭英乂：曾在广德元年(763 年)任尚书右仆射，封定襄郡王。此

处言左仆射应误。

⑤宰相：古代最高行政长官的通称，其正式官名随着朝代的更替而变换多次。

⑥御史大夫：御史台的主要长官，正三品，主管监察。

⑦两省：中书省、门下省。

⑧供奉官：唐代，中书省、门下省的属官通称为供奉官，如左右散骑常侍、中书舍人等。

⑨十二卫大将军：唐中央设十二卫，分别为左右卫、左右骁卫、左右武卫、左右威卫、左右领军卫、左右金吾卫，其长官为大将军，正三品。十二卫负责卫戍京师，同时还“遥领”（只任职名不亲往任职）全国府兵。

⑩三师：太师、太傅、太保，正一品。周代三师相当于宰相，后世沿用多为虚衔。

⑪三公：太尉、司徒、司空，正一品，唐代也多为虚衔。

⑫令仆：指尚书省的长官尚书令与尚书左、右仆射，分别为正二品、从二品。

⑬少师：太子少师，从二品。

⑭保傅：太子少保、太子少傅，从二品。太子少师、太子少保、太子少傅通称为“东宫三少”，均负责教习太子。后世渐为虚衔，不常置。

⑮尚书左右丞：唐代，尚书省所属吏部、礼部、兵部、刑部、户部、工部的长官都称为尚书，如礼部尚书，均为正三品。左、右丞是尚书省的副长官，正四品。

⑯侍郎：唐代中书省、门下省、尚书省三省下面都有侍郎，此处按文意当指尚书省的六部侍郎，均为正四品。

⑰九卿：唐代，九卿分别指太常寺、光禄寺、宗正寺、卫尉寺、太仆寺、大理寺、鸿胪寺、司农寺、太府寺等九寺的行政长官，为从三品，无太大实权。分别执掌祭祀仪礼、宫中杂物诸事、皇族宗室事务、宫廷武器和宫廷警备、国家车马、司法裁判、接待外国使臣、国库收支及货币、财货交易等。

⑱三监：将作监、少府监、国子监，三监长官均为从三品。分别执掌土木营造、百工技巧、教育管理。

【译文】

朝廷官员在尚书省都堂及寺观集合开会议事时的座次，多是临时安排的。唐以前的成例无法准确考知，只有颜真卿在写给尚书左仆射、定襄郡王郭英乂的信中说道："宰相、御史大夫、中书省和门下省五品以上的供奉官列为一行。其次是十二卫大将军列为一行。三师、三公、尚书令与尚书左右仆射、太子的教谕官、尚书左右丞、尚书省的六部侍郎等列为一行。九寺的长官、三监的长官的座位与之相对。自古以来，都没有出过错。"从这可以大略看到当时的惯例，现在写下来，以补有关记载的不足。

41 赐功臣号始于唐德宗[①]奉天之役[②]，自后藩镇下至从军资深者例赐功臣，本朝唯以赐将相。熙宁中，因上皇帝尊号[③]，宰相率同列面请三四，上终不允，曰："徽号正如卿等功臣，何补名实？"是时吴正宪[④]为首相，乃请止功臣号，从之。自是群臣相继请罢，遂不复赐。

【注释】

①唐德宗：指唐朝皇帝李适。

②奉天之役：唐德宗建中四年（783 年）十月，因京师发生兵变，德宗逃往奉天（今陕西乾县），史称"奉天之役"。次年，叛乱被平定，德宗下罪己诏，赖诸将平叛收复京师，故凡从行人员皆赐号功臣。

③尊号：亦称徽号，指古代给皇帝（或皇后）所加的用于歌功颂德的名号。凡皇帝登位，都要行上尊号仪。宋神宗熙宁元年（1068 年），群臣曾请加神宗以"奉元宪道文武仁孝"之号，神宗不许。后来神宗又有"绍天法古运德建功英文烈武钦仁圣孝皇帝"之号。

④吴正宪：即吴充（1021 年—1080 年），字冲卿，浦城（今福建浦城）

人。官至宰相,卒谥正宪。《宋史》有传。

【译文】

朝廷赐予臣下功臣的封号,始于唐德宗奉天之役后,从那以后各地方军政长官以至其下资历深的僚属和参军都循例赐予功臣封号,本朝只将功臣的封号赐予将相大臣。熙宁年间,按制要给皇帝上尊号,宰相率领执政同僚当面请示多次,神宗始终不予答应,并说:“这种尊号正如同你们的功臣封号,对一个人的名实又有什么补益呢?”当时吴充担任宰相,于是就请求取消已赐给他的功臣封号,得到神宗的准许。从那以后群臣相继请求撤销功臣封号,于是便不再赐予。

辩 证

这里所谓辩证，是指对相关传说、文献记载进行辨别证实，遍及天文地理、人伦典章、物理现象等。其中包括对古代度量衡的考辨，对古代若干河流名称变迁的考察，对古代文学作品中心思想的挖掘等。其中较为人熟知的如第44条，记载了凹面镜倒立成像的原因，说明了古人对光学现象的思考；又如第56条，对钢铁锻造的记载较为详细，呈现了宋代钢铁冶炼技术的发达程度。通过阅读此类记载，我们可以了解到沈括具有强烈的问题意识，他对考察对象的考辨严谨细致，并且时常融入自己的亲身经历与体会。

42 钧石之石，五权[①]之名，石重百二十斤。后人以一斛[②]为一石，自汉已如此，饮酒一石不乱是也。挽蹶弓弩[③]，古人以钧石率之。今人乃以粳米[④]一斛之重为一石。凡石者，以九十二斤半为法，乃汉秤三百四十一斤也。今之武卒蹶弩，有及九石者，计其力，乃古之二十五石，比魏之武卒[⑤]，人当二人有余。弓有挽三石者，乃古之三十四钧，比颜高之弓[⑥]，人当五人有余。此皆近岁教养[⑦]所成。以至击刺驰射，皆尽夷夏之术。器仗铠胄[⑧]，极今古之工巧。武备之盛，前世未有其比。

【注释】

①五权：五种重量单位，即石（dàn）、钧、斤、两、铢。这五种重量单位，所代表的重量在每个朝代不尽相同。在汉代，其换算关系：1石＝4钧，1钧＝30斤，1斤＝16两，1两＝24铢。权，古代秤锤称为权。

②斛（hú）：古时容量单位，十升为一斗，十斗为一斛。南宋末改五斗为一斛。

③挽蹶(jué)弓弩：拉开弓弩。挽是用手臂力量，蹶是用腿脚力量。

④粳(jīng)米：颗粒较短圆、黏性较强、胀性小的米。

⑤魏之武卒：战国时期魏国的士兵。《荀子·议兵》说魏之武卒“操十二石之弩”，二十五石是十二石的两倍有余，所以此处言“人当二人有余”。

⑥颜高之弓：颜高是春秋时期的人，据说臂力大，能拉开六钧弓。三十四钧是六钧的五倍多，所以此处言“人当五人有余”。

⑦教养：训练培养，此处指宋神宗熙宁年间的军队改革与整理。

⑧铠胄(kǎi zhòu)：铠甲与头盔。

【译文】

钧石的石，是五种重量单位之一，一石为一百二十斤。后人把一斛作为一石，从汉朝开始就已经这样了，所谓喝一石酒都不会醉倒就是如此。拉开弓弩，古人用钧石来计算力气。现在的人以一斛粳米的重量为一石。大概这石，相当于九十二斤半，是汉秤的三百四十一斤。现在的士兵用腿脚张弩，有能达到九石的，计算他的力气，相当于古代的二十五石，和魏国的士兵相比，相当于两个多人。拉弓有到三石的，是古代的三十四钧，和颜高能拉开的弓相比，一人相当于五个多人。这都是近年来军队训练培养的结果。以至于刺杀骑射，都学到了夷狄与华夏的各种技艺。武器铠甲头盔，都极尽古今的技艺。武器装备之精良，前世没有能比得上的。

43 《楚辞·招魂》尾句皆曰“些[①]”，苏个反。今夔峡[②]、湖湘[③]及南北江[④]獠人[⑤]凡禁咒句尾皆称“些”，此乃楚人旧俗。即梵语“萨嚩诃[⑥]”也，萨音桑葛反，嚩无可反，诃从去声。三字合言之即“些”字也。

【注释】

①些：《楚辞·招魂》句尾的“些”一般认为是语助词。

②夔(kuí)峡：即长江三峡地区。北宋夔州路治所在峡口的奉节，荆湖北路峡州治所在峡尾的夷陵，故称夔峡。

③湖湘：即洞庭湖及湘江流域地区。

④南北江：即今湖南省境内的沅江流域地区。

⑤獠(lǎo)人：魏晋以来对分布在西南地区以及湘、鄂一带部分少数民族的泛称。

⑥萨嚩诃：梵语 svāhā 的音译。佛经中的咒语、真言多以此结句。

【译文】

《楚辞·招魂》的句尾都用“些”字，苏个反。如今长江三峡、湖湘及沅江一带的少数民族的咒语的句尾也都用“些”字，这是楚人的旧风俗。也就是梵语“萨嚩诃”，萨音桑葛反，嚩音无可反，诃从去声。这三个字合在一起读就是“些”字。

44　阳燧[①]照物皆倒，中间有碍[②]故也。算家[③]谓之格术。如人摇橹，臬[④]为之碍故也。若鸢[⑤]飞空中，其影随鸢而移，或中间为窗隙所束，则影与鸢遂相违，鸢东则影西，鸢西则影东。又如窗隙中楼塔之影，中间为窗所束，亦皆倒垂，与阳燧一也。阳燧面洼[⑥]，以一指迫而照之则正，渐远则无所见，过此遂倒。其无所见处，正如窗隙、橹臬、腰鼓[⑦]碍之，本末相格，遂成摇橹之势。故举手则影愈下，下手则影愈上，此其可见。阳燧面洼，向日照之，光皆聚向内。离镜一二寸，光聚为一点，大如麻菽[⑧]，著物[⑨]则火发，此则腰鼓最细处也。岂特物为然，人亦如是，中间不为物碍者鲜矣。小则利害相易，是非相反；大则以己为物，以物为己。不求去碍，而欲见不颠倒，难矣哉！《酉阳杂俎》[⑩]谓“海翻则塔影倒”，此妄说也。影入窗隙则倒，乃其常理。

【注释】

①阳燧(suì)：利用太阳光取火的凹面镜。燧，取火的器具。

②碍：障碍，此处指凹面镜的聚焦焦点。

③算家：算学家，相当于现在的数学家及天文学家。

④臬(niè)：安装在船的甲板上用以支架橹的短木桩。

⑤鸢(yuān)：一种鹰。

⑥面洼：表面凹陷。

⑦腰鼓：古时腰鼓中间细两头粗，与现在的腰鼓形状不一样。

⑧麻菽(shū)：芝麻和豆子，此处形容聚焦焦点小。

⑨著(zhuó)物：本指接触物体，此处指用焦点接触要点燃的物体。著，同“着”，接触、挨上的意思。

⑩《酉阳杂俎(zǔ)》：唐代段成式撰写的笔记小说集，内容广泛驳杂，记载了神仙鬼怪、动物植物、天文地理、历史政治、矿产医药、风俗民情等。

【译文】

阳燧照出来的物体影像都是倒置的，这是因为中间有焦点。算学家称之为格术。就如人摇橹划船，是凭借臬作为支点的缘故。如鹰在空中飞翔，它的影子也会随之移动，如果中间有窗户孔所约束，那么影子就会与鹰飞的方向相反，鹰向东飞则影子向西，鹰向西飞则影子向东。又如通过窗户孔看楼和塔的影子，因为中间窗户孔的约束，也都是倒置的，这与阳燧照物是一样的道理。阳燧的表面凹陷，以一根手指靠近它则照出正像，手指逐渐远离则没有像了，继续移动则会出现倒像。看不到影像的地方，正如窗户孔、橹臬、腰鼓一样受到约束，正倒相对，就成了摇橹的情形。所以(在凹面镜)前举手则影子会向下，手往下则影子会向上，这是很容易看见的情形。阳燧表面凹陷，朝着太阳照射，阳光都向内聚焦。离镜面一二寸的地方，光聚焦到一点，有如芝麻或豆子大小，接触物体则会燃起，这一焦点处也就如腰鼓最细之处。哪里仅仅物体是这样，人也一样，心中能不被外物阻碍的很少啊。轻的则利与害相互更换，是与非相反；重的则把自己当作外物，把外物当作自己。不求去除内心的阻碍，却想见到不颠倒的外物，很难的啊！《酉阳杂俎》说“海翻倒则塔影倒”，这是胡说。影子通过窗户孔看就是倒置的，这是一般的规律。

45　先儒以日食正阳之月止谓四月[①]，不然也。正、阳乃两事，正谓四月，阳谓十月，"岁亦阳止"[②]是也。《诗》有"正月繁霜"[③]"十月之交，朔月辛卯，日有食之，亦孔之丑"[④]二者，此先王所恶也。盖四月纯阳[⑤]，不欲为阴所侵[⑥]；十月纯阴，不欲过而干阳也。

【注释】

①日食正阳之月止谓四月：《左传·庄公二十五年》载："夏六月辛未朔，日有食之，鼓用牲于社，非常也。唯正月之朔慝未作，日有食之，于是乎用币于社、伐鼓于朝。"注曰："正月，夏之四月、周之六月，谓正阳之月。"因这一记载，后世遂以四月日食为不祥。

②岁亦阳止：语出《诗·小雅·采薇》。郑笺："十月为阳。"朱熹注："阳，十月也。时纯阴用事，嫌于无阳，故名之曰阳月也。"

③正月繁霜：语出《诗·小雅·正月》："正月繁霜，我心忧伤。"郑笺："夏之四月，建巳之月，纯阳用事而霜多，急恒寒若之异伤害万物，故心为之忧伤。"朱熹注："言霜降失节，不以其时，既使我心忧伤矣。"

④十月之交，朔月辛卯，日有食之，亦孔之丑：语出《诗·小雅·十月之交》。郑笺："周之十月，夏之八月也，八月朔日，日月交会而日食，阴侵阳，臣侵君之象……故甚恶也。"朱熹注："彼月则宜有时而亏矣，此日不宜亏而今亦亏，是乱亡之兆也。"

⑤四月纯阳：《西京杂记》载："阳德用事则和气皆阳，建巳之月是也，故谓之正阳之月；阴德用事则和气皆阴，建亥之月是也，故谓之正阴之月。"建巳之月即四月，建亥之月即十月，故称四月纯阳、十月纯阴。

⑥为阴所侵：古人认为日食是太阳受阴气侵蚀所致。

【译文】

前代的学者认为日食于正阳之月只是指四月，其实不是这样的。正和阳是两码事，正指四月，阳指十月，即“岁亦阳止”。《诗》有“正月繁霜”“十月之交，朔月辛卯，日有食之，亦孔之丑”两种情形，这两种情形是先王所厌恶的。大概是因为四月是纯阳之月，不愿被阴气所侵蚀；十月是纯阴之月，不愿阴气太盛而干犯阳气。

46　予为《丧服后传》[①]，书成，熙宁中，欲重定五服敕[②]，而予预讨论。雷[③]、郑[④]之学，阙谬[⑤]固多，其间高祖远孙[⑥]一事，尤为无义。《丧服》但有曾祖齐衰[⑦]六月，远曾缌麻三月，而无高祖远孙服。先儒皆以谓“服同曾祖曾孙，故不言可推而知”。或曰“经之所不言则不服”，皆不然也。曾，重也。由祖而上者，皆曾祖也；由孙而下者，皆曾孙也，虽百世可也。苟有相逮者，则必为服丧三月。故虽成王之于后稷[⑧]，亦称曾孙。而祭礼祝文[⑨]，无远近皆曰曾孙。《礼》所谓“以五为九”[⑩]者，谓旁亲[⑪]之杀也。上杀、下杀至于九，旁杀至于四，而皆谓之族。族昆弟[⑫]父母、族祖父母、族曾祖父母。过此则非其族也，非其族则为之无服。唯正统[⑬]不以族名，则是无绝道也。

【注释】

①《丧服后传》：儒家经典著作《仪礼》中有一篇叫《丧服》，记载不同亲属去世后，按照血缘关系的亲疏远近之不同，为之服丧所穿戴的服饰的等级。丧服制度在儒家传统中很受重视，后人多有研究丧服的著作，此处指沈括撰写的《丧服后传》，为研究丧服的作品。

②五服敕（chì）：五服，指古代以亲疏为差等的五等丧服，即斩衰（cuī）、齐（zī）衰、大功、小功、缌（sī）麻。敕，指帝王的诏书、命令等。北宋前期，国家曾经颁布《五服制度敕》《五服年月敕》，是官方规定的丧服制度。

③雷：指南北朝刘宋时期的学者雷次宗（386 年—448 年），对儒家经典“三礼”（《周礼》《礼记》《仪礼》）等有较深的研究，撰有《略注丧服

经传》。

④郑：指汉代的著名学者郑玄（127 年—200 年），字康成，对儒家经典“三礼”有精深的研究，后世流传的“三礼”注释大都以郑玄的注释为标准。

⑤阙谬（miù）：缺漏与错误。

⑥高祖远孙：高祖，一般指祖父的祖父，也指始祖或远祖。远孙，本作“玄孙”，因为宋太祖赵匡胤的始祖名玄朗，所以避讳，改成远孙。玄孙，指曾孙的子辈。

⑦齐衰：古代丧服的等级之一，服饰为粗疏麻布制成，衣裳分制，缘边部分缝合整齐，故名齐衰。服丧年月有三年（为继母、慈母）、一年（孙为祖父母，夫为妻）、五月（为曾祖父母）、三月（为高祖父母）。

⑧成王之于后稷（jì）：成王指周成王姬诵，后稷是传说中周族的始祖。

⑨祝文：祭祀时致告神灵或祖先的文辞。

⑩以五为九：出自《礼记·丧服小记》，是按照血缘关系的亲疏远近之不同来规定服丧等级的，原文为“亲亲以三为五，以五为九，上杀、下杀、旁杀而亲毕矣”。三，指父、己、子三代，由父亲往上推一代是祖父，由儿子向下推一代就是孙子，所以称为“以三为五”。再推及到高祖、曾祖、祖、父、己、子、孙、曾孙、玄孙九代，所以称为“以五为九”。此处“杀（shài）”的意思是逐渐减去服丧时间，如旁杀，就是说旁系亲属按照亲疏远近逐渐递减服丧的时间。

⑪旁亲：旁系亲属。

⑫昆弟：兄弟。

⑬正统：此处指皇族。

【译文】

我撰写了《丧服后传》，书成以后，熙宁年间打算重新制定五服法令，我参加了讨论。雷次宗、郑玄研究丧服的学问，缺漏和错误本来就多，而其中关于高祖、玄孙服丧制度的研究，尤其没有道理。《丧服》只有为曾祖服齐衰六个月，为曾孙服缌麻三个月，而没有为高祖、玄孙服丧的规定。过去的学者认为“服丧的规定与曾祖曾孙相同，所以不说就可以推断知道”。有的人说“经书中没有说的就不用服丧”，这都不对。曾，是重的意思。从祖父以上的人，都是曾祖；从孙子以下的人，都是曾孙，即使过了一百代也是这样。如果遇见丧事，就必须为他服丧三个月。所以周成王相对于后稷，也是曾孙。在祭祀时致告神灵或祖先的文辞中，不管远近都要自称曾孙。《礼记》所说的“以五为九”，是说旁系亲属的服丧等级逐渐递减。父祖辈的递减、子孙辈的递减达到九代，旁系亲属的递减达到四代，在这之内的都称为族。族昆弟父母、族祖父母、族曾祖父母。超过这个范围就不是一个族了，不是一个族内的就不用服丧。只有皇族宗室不用族来限制，那是体现绵延不绝的道理。

47　旧传黄陵二女①尧子舜妃，以二帝道化之盛始于闺房，则二女当具任姒②之德。考其年岁，帝舜陟方③之时二妃之齿已百岁④矣，后人诗骚⑤所赋皆以女子待之，语多渎慢⑥，皆礼义之罪人也。

【注释】

①黄陵二女：据《水经注·湘水》所载，在湘水和洞庭湖交汇的黄陵水口附近有二妃庙，即世人所说的黄陵庙。当地传说，二妃即舜的二位夫人娥皇、女英。《史记·五帝本纪》载：“尧以二女妻舜以观其内，使九男与处以观其外。舜居妫汭，内行弥谨。尧二女不敢以贵骄事舜亲戚，甚有妇道。尧九男皆益笃。”舜“践帝位三十九年，南巡狩，崩于苍梧之野”。传说他的二位夫人闻讯奔丧，却葬身湘江。《楚辞·九歌》所咏叹的湘君、湘夫人或即指这二位夫人。

②任姒(sì)：指周文王的母亲太任和妻子太姒，二人均为古代贤妇。

③陟(zhì)方：语出《尚书·舜典》，指帝王巡视自己的领土。

④齿已百岁：据《尚书·舜典》推算，舜去世的年龄为一百岁，他的二位夫人年岁当与他相去不远，故此处亦称她们齿已百岁。

⑤诗骚：指各类文学作品。

⑥渎慢：亵渎、轻慢。

【译文】

旧时传说黄陵二妃庙里供奉的是尧的女儿、舜的夫人，因尧、舜二帝以道德化成天下的伟绩应是从治理自家开始的，所以这二位夫人应该是具有像传说中太任和太姒那样贤良的品德。考察她们的年龄，当舜在南巡途中去世时她们二人的年龄也已经满百岁了，后人所撰写的各类文学作品中都把她们描绘成妙龄少妇，造词用语也多有亵渎、轻慢，这些人都是礼义的罪人啊。

48　历代宫室中有謻门[①]，盖取张衡[②]《东京赋》“謻门曲榭”也。说者谓冰室门[③]。按《字训》，謻，别也。《东京赋》但言别门耳，故以对曲榭[④]，非有定处也。

【注释】

①謻(yí)门：古代宫殿的侧门。

②张衡(78年—139年)：字平子，南阳西鄂(今河南南阳)人，东汉科学家、文学家。历任郎中、太史令、侍中、河间相等职，《后汉书》有传。

③冰室门：三国吴薛综为《东京赋》注解云：“謻门，冰室门也。”

④榭(xiè)：《尚书·泰誓》载：“宫室台榭，陂池侈服。”孔传云：“土高曰台，有木曰榭。”榭即建筑在台上的房屋。

【译文】

历代的宫殿中有侧门，大概是取自张衡的《东京赋》里的“謻门曲榭”。后人注解说是冰室门。根据《字训》的说法，謻为别的意思。《东京赋》里只是说侧门罢了，所以“謻门”和“曲榭”相对，并不是有固定的位置。

49　水以“漳”名、“洛”名者最多，今略举数处：赵、晋之间有清漳[①]、浊漳[②]，当阳[③]有漳水，赣上[④]有漳水，鄣郡[⑤]有漳江，漳州[⑥]有漳浦，亳州[⑦]有漳水，安州[⑧]有漳水。洛中[⑨]有洛水，北地郡[⑩]有洛水，沙县[⑪]有洛水。此概举一二耳，其详不能具载。予考其义，乃清浊相蹂者为“漳”。章者，文[⑫]也，别[⑬]也。漳谓两物相合有文章，且可别也。清漳、浊漳，合于上党[⑭]。当阳即沮、漳合流，赣上即漳、湞合流，漳州予未曾目见，鄣郡即西江[⑮]合流，亳、漳即漳、涡[⑯]合流，云梦[⑰]即漳、郧合流。此数处皆清浊合流，色理如䗖蝀[⑱]，数十里方混。如“璋”亦从“章”，璋，王之左右之臣所执。《诗》云：“济济辟王，左右趣之；济济辟王，左右奉璋。”[⑲]璋，圭之半体[⑳]也，合之则成圭。王左右之臣，合体一心，趣乎王者也。又诸侯以如聘[㉑]，取其判合[㉒]也。有事[㉓]于山川，以其杀[㉔]宗庙礼之半也。有牙璋以起军旅，先儒谓“有钼牙之饰于剡侧”[㉕]，不然也。牙璋，判合之器也，当于合处为牙，如今之合契[㉖]。牙璋，牡契[㉗]也，以起军旅，则其牝宜在军中，即虎符[㉘]之法也。“洛”与“落”同义，谓水自上而下有投流处。今淝水[㉙]、沱水[㉚]天下亦多，先儒皆自有解。

【注释】

①清漳：东源出山西昔阳县，西源出山西和顺县。

②浊漳：南源出山西长子县，西源出山西沁县，北源出山西榆社县。

③当阳：今湖北当阳地区，这里的漳水源于湖北南漳荆山地区。

④赣上：赣水(赣江)上流，名章(漳)水，与贡水在今赣州合为赣水。

⑤鄣郡：秦汉时期所置郡名，主要辖今江苏南部、安徽南部及浙江北部地区。

⑥漳州：今福建漳州地区。这一地区有漳江，发源于福建平和县，入于海。

⑦亳(bó)州：今安徽亳州地区。这一地区的漳水应为此条笔记所言

涡水支流。

⑧安州：今湖北安陆地区。这一地区的漳水源于湖北大洪山地区，入于汉江。

⑨洛中：宋代西京洛阳地区。这一地区的洛水(今洛河)源于陕西洛南，入于黄河。

⑩北地郡：秦汉时期所置郡名，主要辖今甘肃庆阳地区。这一地区的洛水又被称为北洛河，发源于陕西定边，属于黄河的二级支流。

⑪沙县：今福建沙县地区。

⑫文：本义为纹理。

⑬别：有别、区别。

⑭上党：今山西长治市。

⑮西江：西来江水。

⑯涡：涡水，源于河南开封，经安徽怀远入淮河。

⑰云梦：今湖北云梦地区。这一地区有府河、漳河。

⑱螮蝀(dì dōng)：彩虹。

⑲济济辟王，左右趣之；济济辟王，左右奉璋：意思大致是“周王气度绝美无伦，左右群臣紧紧跟随；周王气度绝美无伦，左右群臣手捧玉璋”。出自《诗经·大雅·棫朴》，意在赞美歌颂周王。

⑳圭之半体：即圭的一半，称为璋。圭是一种上圆(或尖)下方的玉制礼器。

㉑如聘：如，到达。聘，访问。

㉒判合：即分开合拢。判，区分、分开。

㉓有事：指祭祀。

㉔杀：此处指降低礼仪等级。

㉕有锄牙之饰于剡(yǎn)侧：指有像锯齿一样的饰物装饰在刀的刃口。锄牙，如锯齿一样不平。剡，一种刀。

㉖合契：契约，双方各执一半，合在一起验证生效。

㉗牡契：指凸起的合契。牝契指凹陷的合契。牡契、牝契可以合到

一起。

㉘虎符：古代调兵遣将所用的兵符，一般铸为虎的形状，分为两半，一半为地方将帅持有，一半为朝廷（一般为皇帝）持有，合到一起才能调动地方军队。

㉙淝水：发源于今安徽定远地区，淝水之战曾发生于此。

㉚沱水：河水名称，如四川有沱江。

【译文】

江河以“漳”“洛”命名的最多，现在略举几个地方：赵、晋地区之间有清漳、浊漳，当阳地区有漳水，赣水上游有漳水，鄣郡地区有漳江，漳州地区有漳浦，亳州地区有漳水，安州地区有漳水。洛阳地区有洛水，北地郡有洛水，沙县地区有洛水。这里只是大概举一些例子，其详情不能完全记载。我考察它（“漳”）的含义，清与浊相混合叫“漳”。章，有纹理、区别的意思。漳是指两物合在一起有纹理，且可以区别开来。清漳、浊漳，在上党汇合。当阳的漳水就是沮河、漳河的合流，赣水上游就是漳水、渍水的合流，漳州我没有亲眼见过，鄣郡的漳水就是西来的江水合流成的，亳州的漳水就是漳水与涡水的合流，云梦的漳水是漳水与郧水的合流。这几个地方都是清水浊水合流的，颜色纹理有如彩虹，绵延数十里长才混在一起。如“璋”以“章”为偏旁，璋，是君王左右群臣所手持的东西。《诗》说：“济济辟王，左右趣之；济济辟王，左右奉璋。”璋，就是圭的一半，合在一起就称为圭。王左右的群臣，团结成一条心，跟随趋奉君王。又如诸侯互相访问，取其互相分合的意思。祭祀山川的时候，用璋的意思是降低祭祀宗庙礼仪等级的一半。所谓用牙璋调动军队，过去的学者说它是“有像锯齿一样的饰物装饰在刀的刃口”，不是这样的。牙璋，是一种能分能合的东西，应该在结合的地方制作成锯齿一样，如现在的合契。牙璋，是有凸起的合契，可以调动军队，那么它的凹陷的合契那一部分应该在军队中，这就是虎符的用法。“洛”与“落”含义一样，是说水自上而下有汇集之处。现在天下称为淝水、沱水的也很多，过去的学者对此也各有说法。

50　解州[①]盐泽方百二十里。久雨，四山之水悉注其中，未尝溢，大旱未尝涸。卤色[②]正赤，在版泉[③]之下，俚俗谓之蚩尤血[④]。唯中间有一泉，乃是甘泉[⑤]，得此水然后可以聚人。其北有尧梢水[⑥]，亦谓之巫咸河。大卤之水，不得甘泉和之，不能成盐。唯巫咸水入，则盐不复结，故人谓之无咸河，为盐泽之患。筑大堤以防之，甚于备寇盗。原其理，盖巫咸乃浊水，入卤中，则淤淀卤脉[⑦]，盐遂不成，非有他异也。

【注释】

①解州：今山西运城地区。境内盐湖是著名的盐产地。

②卤色：卤水的颜色。卤水，指盐类含量大于5%的液态矿产，此处指盐湖表面呈现出的颜色。

③版泉：盐湖表层的矿物结晶体，主要成分为硫酸钠、硫酸镁等。

④蚩(chī)尤血：蚩尤是上古时期少数民族的部落领袖，曾与另一部落首领黄帝大战于河北涿鹿地区，兵败被杀，传说其被斩首分尸之处就在今盐湖地区，血流四处，所以把盐湖红色卤水叫作蚩尤血。

⑤甘泉：此处指可以饮用的淡水。

⑥尧梢(xiāo)水：又称白沙河，发源于山西中条山。隋朝水利官员姚暹曾经率人疏通此河，以便灌溉农田，后人为了纪念他将此河命名为姚暹渠，“尧梢”可能为“姚暹”转音。

⑦淤淀卤脉：淤淀，淤积沉淀。卤脉，盐湖盐层脉系。

【译文】

解州的盐湖方圆有一百二十里。长期下雨，四方山中的水都注于其中，从没有漫出来，大旱时也未曾干涸。盐湖表面的水呈现出鲜红色，在盐层结晶体下面，民间称其为蚩尤血。唯独湖中有一道泉水，是可以饮用的淡水，找到此水人才可以聚居。盐湖的北方有尧梢水，也叫作巫咸河。盐湖中的卤水，不加淡水以混合，则不能凝结成盐。唯独引入巫咸河水，则盐就不能凝结，所以也称为无咸河，是盐湖凝盐的大患。修筑堤坝来截防它，比防备盗贼还要麻烦。究其原理，大概是由于巫咸河水是浊水，与卤水混在一起，就会淤积沉淀盐湖盐脉，盐就制不成了，并不是有其他特殊原因。

51 《庄子》云“程生马”[①]，尝观文子注：“秦[②]人谓豹曰程。”予至延州[③]，人至今谓虎豹为程，盖言虫也。方言如此，抑亦旧俗也。

【注释】

①程生马：语出《庄子·至乐》篇：“羊奚比乎不笋，久竹生青宁，青宁生程，程生马，马生人，人又反入于机。”

②秦：相当于今陕西、甘肃一带。

③延州：即今陕西延安。

【译文】

《庄子》中云“程生马”，我曾经看到文子的注解说：“秦地的人把豹叫作程。”我到过延州，当地人如今还是称虎豹为程，大概是说虫的意思吧。方言里是这样讲，恐怕也是延续旧有的习俗吧。

52 《唐六典》[①]述五行[②]，有“禄”[③]“命”“驿马”[④]“湴河”[⑤]之目。人多不晓湴河之义。予在鄜延[⑥]，见安南行营[⑦]诸将阅兵马籍，有称过范河损失。问其何谓范河？乃越人谓淖沙[⑧]为范河，北人谓之活沙。予尝过无定河[⑨]，度活沙，人马履[⑩]之，百步之外皆动，澒澒然[⑪]如人行幕上。其下足处虽甚坚，若遇其一陷，则人马驼车，应时皆没，至有数百人平陷无孑遗[⑫]者。或谓此即流沙也。又谓沙随风流，谓之流沙。湴，字书亦作“埿”[⑬]蒲滥反。按古文，埿，深泥也。术书[⑭]有湴河者，盖谓陷运[⑮]，如今之空亡[⑯]也。

【注释】

①《唐六典》：唐玄宗时期官方制定的一部行政法典。该书主要记载各级官署及组织规模、官员编制及其职权等。

②五行：金、木、水、火、土。五行被认为是构成万物的五种基本元素。

③禄：福。

④驿马：一般指传递公文、军情等官方文件的马匹。因为马善于走奔，又劳碌纯良，古人外出常骑，所以古人在算命中，常将马与人的命运吉凶联系起来，此处驿马即用此意。

⑤湴（bàn）河：陷入泥沼之中，常用于比喻遭遇厄运。

⑥鄜（fū）延：今陕西延安地区，此处指沈括曾经在元丰三年（1080）任鄜延路经略安抚使。

⑦行营：行军军营。

⑧淖（nào）沙：泥沼流沙。

⑨无定河：发源于陕西北部定边县，流入黄河。

⑩履：行走。

⑪澒（hòng）澒然：摇摇晃晃的样子。

⑫孑（jié）遗：剩下一个。

⑬埿（ní）：古同“泥”。

⑭术书：算命书。

⑮陷运：厄运。

⑯空亡：古代算命术语，亡即无，意指孤单无伴，无依无靠。

【译文】

《唐六典》在叙述五行的时候，有“禄”“命”“驿马”“湴河”等条目。人们大都不知道湴河的含义。我在任鄜延路经略安抚使时，见到安南行军军营检阅兵马的典册，有过范河损失的说法。问他们什么叫作范河？原来是南方人称呼淖沙为范河，北方人叫作活沙。我曾经过无定河，穿越过活沙，人与马行走在上面，百步远之外都会动，摇摇晃晃如人走在帐幕上面。虽然脚下踩的地方很坚硬，如果遇到一处塌陷，则人、马、驼、车，都会马上陷没，甚至有数百人都陷入而不剩下一个的。有的人说这就是流沙。又有说沙子会随风流动，叫作流沙。溘，字典里也写作“埿”蒲滥反。依据古文，埿，就是指深泥。算命书有溘河的说法，大概是说厄运，相当于现在所说的空亡。

53 古人藏书辟蠹[①]用芸[②]。芸，香草也，今人谓之七里香者是也。叶类豌豆，作小丛生，其叶极芬香，秋后叶间微白如粉污，辟蠹殊验[③]。南人采置席下，能去蚤虱。予判昭文馆[④]时，曾得数株于潞公[⑤]家，移植秘阁[⑥]后，今不复有存者。香草之类，大率多异名，所谓兰荪[⑦]，荪，即今菖蒲是也；蕙[⑧]，今零陵香是也；茝[⑨]，今白芷[⑩]是也。

【注释】

①辟蠹（dù）：驱赶蛀虫。

②芸：又叫芸香，多年生草本植物，有强烈的香味，可以用来入药、驱虫。

③殊验：特别的效果。

④判昭文馆：指沈括曾任昭文馆判官。

⑤潞公：文彦博（1006年—1097年），历仕仁宗、英宗、神宗、哲宗四位皇帝，乃北宋名相，谥忠烈，被封潞国公，故称为潞公或文潞公。

⑥秘阁：北宋曾在崇文院中建秘阁，收藏三馆书画等，有直秘阁、秘阁校理等官。

⑦兰荪（sūn）：即菖蒲，单子叶植物，多年生水生草本植物，有强烈的香味，多用于驱虫，也可入药，也可以酿酒。

⑧蕙（huì）：多年生草本植物，叶丛生，狭长而尖，夏初开黄绿色花，有香味，常供观赏，亦可用于入药、驱虫。

⑨茝（chǎi）：古书中所说的一种香草。

⑩白芷：多年生草本植物，一般根粗大，夏天开白色小花。可入药。

【译文】

古人用芸来驱逐藏书中的蛀虫。芸，是一种香草，就是现在人们说的七里香。叶子像豌豆叶，呈小丛状生长，它的叶子极为芬芳，立秋后叶子间的微白色有如沾上了粉一样，驱赶蛀虫有特别的效果。南方人采摘放到席子下面，可以驱除跳蚤虱子。我担任昭文馆判官时，曾经在文彦博家取得几株，移栽到秘阁后面，现在已经不再有活的了。香草之类的植物，大都有很多别名，所谓兰荪，荪就是现在所说的菖蒲；蕙，就是现在所说的零陵香；茝，就是现在所说的白芷。

54 祭礼有腥[①]、燖[②]、熟[③]三献，旧说以谓腥、燖备太古、中古之礼[④]，予以为不然。先王之于死者，以之为无知则不仁，以之为有知则不智。荐可食之熟所以为仁，不可食之腥、燖所以为智。又一说，腥、燖以鬼道[⑤]接之，馈食[⑥]以人道接之，致疑也。或谓鬼神嗜腥、燖，此虽出于异说，圣人知鬼神之情状，或有此理，未可致诘。

【注释】

①腥：指生肉。

②燖(xún)：亦作"爓"，指在水中煮成半熟的肉。

③熟：亦作"孰"，指经烹煮的牲肉。

④旧说以谓腥、燖备太古、中古之礼：《礼记·礼运》："荐其血毛，腥其俎，孰其殽。"郑玄注云："腥其俎谓豚解而腥之，及血毛，皆所以法于太古也；孰其殽谓体解而爓之，此以下皆所法于中古也。"

⑤鬼道：指鬼神的行为规范。

⑥馈食：以熟食祭飨鬼神。

【译文】

祭礼中有腥、燖、熟三种祭品，过去的说法认为腥、燖具备了远古、中古的礼仪程式，我认为不是这样的。先王对于死者，认为他们无知就算不上仁，认为他们有知就算不上智。献祭可以食用的熟食是为了表示仁，献祭不可食用的生肉、半熟的肉是为了表示智。又有一种说法，认为用生肉、半熟的肉是以鬼神的行为规范来对待他们，熟食则是以生人的行为规范来对待他们，来使他们迷惑。有人说鬼神喜好生肉和半熟的肉，这虽然是出于经义之外的说法，但是圣人了解鬼神的情况，或者有它的道理，不能怀疑否定它。

55　世以玄为浅黑色，璊[①]为赭[②]玉，皆不然也。玄乃赤黑色，燕羽是也，故谓之玄鸟[③]。熙宁中，京师贵人戚里多衣深紫色，谓之黑紫，与皂[④]相乱，几不可分，乃所谓玄也。璊，赭色也，"毳衣如璊[⑤]"，音门。穄[⑥]之璊色者谓之穈，穈字音门，以其色命之也。《诗》"有穈有芑[⑦]"。今秦人音穈，声之讹也。穈色在朱黄之间，似乎赭，极光莹，掬[⑧]之，粲泽熠熠如赤珠。此自是一色，似赭非赭。盖所谓璊，色名也，而从玉，以其赭而泽，故以谕之也，犹鴴[⑨]以色名而从鸟，以鸟色谕之也。

【注释】

①璊(mén)：《说文解字》："璊，玉赪色也。""赪，赤色也。"

②赭(zhě)：《说文解字》："赭，赤土也。"指红褐色。

③玄鸟：《诗·商颂·玄鸟》："天命玄鸟，降而生商。"殷人有先祖是玄鸟所生的神话传说。

④皂：黑色。

⑤毳(cuì)衣如璊：语出《诗·王风·大车》，即细毛皮的衣服像璊玉一样光泽。毳衣即一种上衣彩绘、下裳刺绣而五色具备的礼服。毳指鸟兽的细毛。

⑥穄(jì)：古代的一种粮食作物，古典文献中穄常与粟、黍相混或并称。

⑦有穈(mén)有芑(qǐ):语出《诗・大雅・生民》,原文作"维穈维芑"。两者都是粟的不同品种。穈,赤粱粟也。芑,白粱粟也。

⑧掬(jū):捧。

⑨鴘(biǎn):鹰二岁时的羽色。张华注《禽经》曰:"鹰色苍黄谓之鴘。"此指青黄色。

【译文】

一般认为玄是浅黑色,璊是赭色的玉,其实是不对的。玄是红黑色,如同燕子的羽毛那种颜色,所以燕子被称为玄鸟。熙宁年间,京师里有地位的人和皇亲国戚多穿深紫色的衣服,称为黑紫,颜色与黑色差不多,几乎不可分辨,这也是人们所称的玄色。璊是赭色,《诗》里说"毳衣如璊"。"璊"字的读音同"门"。稷如果是璊色的,就叫作穈,"穈"字的读音同"门",是根据它的颜色来命名的。《诗》里说"有穈有芑"。现在秦地的人把"穈"字读作"穈",是读音发生了讹变。穈的颜色在红黄之间,与赭色很像,极为光洁晶莹,捧在手上,颜色鲜亮散发出来的光泽像红色宝珠。这又是一种颜色,近似于赭色而不是赭色。大抵所谓的"璊",是一种颜色的名称,其字用"玉"作部首,因其近乎赭色而有光泽,所以用玉来比喻,这也就如同鴘同样作为一种颜色的名称但其字以"鸟"作为部首,也是用鸟的颜色来比喻。

56 世间锻铁所谓钢铁者,用柔铁[①]屈盘[②]之,乃以生铁[③]陷其间,泥封炼之,锻令相入,谓之团钢,亦谓之灌钢。此乃伪钢耳,暂假[④]生铁以为坚,二三炼则生铁自熟,仍是柔铁。然而天下莫以为非者,盖未识真钢耳。予出使至磁州[⑤]锻坊[⑥],观炼铁,方识真钢。凡铁之有钢者,如面中有筋,濯[⑦]尽柔面[⑧],则面筋乃见。炼钢亦然,但取精铁锻之百余火,每锻称之,一锻一轻,至累锻而斤两不减,则纯钢也,虽百炼不耗矣。此乃铁之精纯者,其色清明,磨莹[⑨]之,则黯黯然青且黑,与常铁迥异。亦有炼之至尽而全无钢者，皆系地之所产。

【注释】

①柔铁：即熟铁，相对于生铁含碳量较低，质地柔软，可塑性与延展性好，容易锻造。

②屈盘：曲折盘绕。

③生铁：相对于熟铁来说，生铁含碳量较高，又称铸铁，质地脆硬，不容易锻造。古时候的生铁、熟铁概念，与今天有所不同，出炉后，未经过炒钢（冶炼过程中像炒菜一样搅拌）的叫作生铁，炒过的叫作熟铁。

④假：借助、依靠。

⑤磁州：今河北磁县地区。

⑥锻坊：古时候，手工业者打铁的作坊。

⑦濯（zhuó）：洗。

⑧柔面：指制作面筋时，用水洗去的淀粉。

⑨磨莹：磨治使光洁明亮。

【译文】

世间锻铁所说的钢铁，是把柔铁曲折盘绕起来，然后用未经炒过的生铁包嵌在其间，用泥巴封好煅烧冶炼，再锻打使它们融合渗入，这叫作团钢，也叫作灌钢。这种钢实际是假钢，只是暂时借助生铁的坚硬而变得坚硬，继续经过两三次煅烧冶炼就会成为熟铁，仍然还是柔铁。但是天下之人也不认为这是错误的，大概是没有见识过真正的钢吧。我出使时曾到过磁州的打铁作坊，看了炼铁，才见识了真钢。凡是铁中有钢的，就如面团中含有面筋，洗去其中的淀粉，则面筋就呈现出来了。炼钢也是如此，只要取精良的铁经过百余次的煅烧冶炼，每煅烧冶炼一次则变轻一次，直到多次冶炼到斤两不减的时候，就是纯钢了，即使再锻炼百次也不会有减损了。这就是铁中的精华部分，它的颜色明朗，打磨到光洁明亮时，则会暗暗呈现出青且黑的颜色，与普通的铁大不一样。也有炼到最后没有一点纯钢的，这就和铁的产地相关了。

57 《诗》"芄兰之支,童子佩觿"[①],觿,解结锥也。芄兰生荚支出于叶间,垂之正如解结锥。所谓佩韘[②]者,疑古人为韘之制亦当与芄兰之叶相似,但今不复见耳。

【注释】

①芄(wán)兰之支,童子佩觿(xī):语出《诗·卫风·芄兰》。芄兰,草名,亦名萝藦,多年生蔓草。茎叶长卵形而尖。夏开白花,有紫红色斑点。茎、叶、种子皆可入药。觿,锥,即用来解绳结的角锥。

②韘(shè):古人射箭时戴在大拇指上的用以钩弦的工具,用象骨制成,俗称扳指。

【译文】

《诗经》中说"芄兰之支,童子佩觿",觿是用来解绳结的角锥。芄兰长出来的果荚是从叶子间伸出来的,垂到下面就好像解结的锥子一样。古人所说的佩戴韘,怀疑是制造出来的韘的形状和芄兰的叶子相似,只是现在不再能见到了。

58 江南有小栗谓之茅栗[①],茅音草茅之茅。以予观之,此正所谓芧[②]也,则《庄子》所谓"狙公赋芧[③]"者,芧音序。此文相近之误也。

【注释】

①茅栗:多年生落叶灌木或小乔木,属山毛榉科。果实为坚果,似板栗而细,如橡子。

②芧(xù):亦称芧栗,即今天所说的橡子。

③狙公赋芧:语出《庄子·齐物论》。

【译文】

江南地区有一种小栗子叫作茅栗,茅读音为草茅之茅。在我看来,这正是所说的芧,就是《庄子》中所说的"狙公赋芧",芧读音为序。这是因字形相近而产生的讹误。

59 予家有阎博陵[①]画唐秦府十八学士[②]，各有真赞，亦唐人书[③]，多与旧史[④]不同。姚柬字思廉，旧史乃姚思廉[⑤]字简之；苏台[⑥]、陆元朗[⑦]、薛庄[⑧]，《唐书》皆以字为名；李玄道[⑨]、盖文达[⑩]、于志宁[⑪]、许敬宗[⑫]、刘孝孙[⑬]、蔡允恭[⑭]，《唐书》皆不书字；房玄龄[⑮]字乔年，《唐书》乃房乔字玄龄；孔颖达[⑯]字颖达，《唐书》字仲达；苏典签[⑰]名从日从九，《唐书》乃从日从助；许敬宗、薛庄官皆直记室，《唐书》乃摄记室。盖《唐书》成于后人之手，所传容有讹谬，此乃当时所记也。以旧史考之，魏郑公[⑱]对太宗云“目如悬铃者佳”，则玄龄果名，非字也；然苏世长，太宗召对玄武门，问云“卿何名长意短[⑲]”，后乃为学士，似为学士时方更名耳。

【注释】

①阎博陵：即阎立本(601年—673年)，唐代著名画家。官至宰相，因曾被封博陵县公，故称阎博陵。

②秦府十八学士：唐太宗为秦王时，因海内统一，留意儒学，起文学馆招延天下文士，虞世南等十八人以本官兼文学馆学士。诸学士并给珍膳，分为三番，更直宿于阁下，每军国务静，参谒归休，即便引见，讨论坟籍，时人称为秦府十八学士。

③亦唐人书：据《旧唐书·褚亮传》，在这幅画像上题写赞语的是十八学士中的褚亮。

④旧史：指后晋刘昫等人所撰的《旧唐书》。

⑤姚思廉(557年—637年)：字简之，一说名柬，字思廉，雍州万年(今陕西西安)人。唐初史学家，撰有《梁书》《陈书》。

⑥苏台：当作苏壹，即苏世长。雍州武功(今属陕西)人。官至谏议大夫，《旧唐书》有传。

⑦陆元朗：即陆德明(约550年—630年)，名元朗，以字行。苏州吴(今江苏苏州)人，隋唐时著名的经学家、训诂学家，著有《经典释文》，两

《唐书》有传。

⑧薛庄：即薛元敬。字子诚，蒲州汾阴（今山西万荣）人。《旧唐书》只列薛元敬，未进一步标明名、字。

⑨李玄道（？—629年）：字元易，祖籍陇西，隋唐时期文学家。

⑩盖文达（678年—644年）：字艺成，冀州信都（今河北衡水市冀州区）人。唐代大儒。

⑪于志宁（588年—665年）：字仲谧，雍州高陵（今陕西西安市高陵区）人，官至宰相。

⑫许敬宗（592年—672年）：字延族，杭州新城（今浙江杭州市富阳区）人。历任唐太宗、高宗朝要职，武则天时官至中书令。两《唐书》有传。

⑬刘孝孙（？—632年）：荆州（今湖北江陵）人。本不在十八学士之列，后因薛收去世，李世民方征其入馆。

⑭蔡允恭（561年—628年）：字克让，荆州江陵（今属湖北）人。隋末唐初文学家。

⑮房玄龄（579年—648年）：名乔，字玄龄，以字行。齐州临淄（今山东淄博市临淄区北）人。唐初政治家，官至宰相。

⑯孔颖达（574年—648年）：字冲远，一作仲达，冀州衡水（今属河北）人。唐代著名经学家，所疏或正义的经书包括《周易》《尚书》《诗经》《礼记》和《左传》等。

⑰苏典签：即苏勖，典签为其职名。字慎行，武功（今属陕西）人。

⑱魏郑公：即魏徵（580年—643年）。字玄成，馆陶（今属河北）人。官至宰相，封郑国公，故称魏郑公。

⑲名长意短：《旧唐书·苏世长传》载唐高祖在玄武门引见苏世长，因其曾接受王世充的授职，王世充被平定之后才降唐，故高祖取笑他名为世长而忠贞之意不足。此处沈括云太宗，应属误记。

【译文】

我家中藏有阎立本所画的唐初秦王府十八学士图，每张画像上都题有赞语，也是唐人撰写的，不过大多和《旧唐书》的记载不一致。姚柬字思廉，《旧唐书》则作姚思廉字简之；苏台、陆元朗、薛庄，《旧唐书》皆把他们的字当作名；李玄道、盖文达、于志宁、许敬宗、刘孝孙、蔡允恭，《旧唐书》则都没有记他们的字；房玄龄字乔年，《旧唐书》则作房乔字玄龄；孔颖达字颖达，《旧唐书》载他字仲达；苏典签本名旭，《旧唐书》却写作勗；许敬宗、薛庄的官职都是直记室，《旧唐书》却作摄记室。大抵是因为《旧唐书》成于后人之手，所传述的内容就免不了会有讹谬，而这幅十八学士图上的赞语却是当时人的记录。根据旧史考查，魏徵曾对唐太宗说“目如悬铃者佳”，那么玄龄的确是房氏的名，而不是他的字；然而苏世长，高祖曾在玄武门召见他，问他说“你为何名长而意短”，他是后来才成为十八学士之一的，似乎是在成为学士时才改名的。

60　唐贞观中，敕下[①]度支[②]求杜若[③]。省郎[④]以谢朓诗云“芳洲采杜若”，乃责坊州[⑤]贡之。当时以为嗤笑。至如唐故事，中书省中植紫薇花[⑥]，何异坊州贡杜若，然历世循之，不以为非。至今舍人院[⑦]紫薇阁前植紫薇花，用唐故事也。

【注释】

①敕(chì)下：即下诏书。敕，帝王的诏书。

②度支：官署名。掌管全国财政赋税的统计与支调，隶属于户部。

③杜若：多年生草本植物，叶呈暗绿色，夏开白色小花，根茎细长，可入药。

④省郎：此处指户部侍郎，户部的副长官，负责钱谷、财赋、土地等工作。

⑤坊州：今陕西黄陵地区。

⑥紫薇花：又名“百日红”“满堂红”等，花期长，一般在七月至十月间开花，落叶灌木。

⑦舍人院：中书省设有中书舍人，舍人院为其办公场所。

【译文】

唐代贞观年间，下诏令命度支司寻求杜若，户部侍郎根据谢朓“芳洲采杜若”的诗句，责成坊州地区进贡杜若。当时以为笑谈。至于一些唐代惯例，在中书省内种植紫薇花，与要坊州地区进贡杜若没有什么两样，但是历来都这样遵循，也就不认为是错误的了。到现在舍人院内的紫薇阁前种植紫薇花，也是用唐代的惯例。

61 汉人有饮酒一石[①]不乱[②]，予以制酒法较之，每粗米二斛[③]，酿成酒六斛六斗。今酒之至醨[④]者，每秫[⑤]一斛，不过成酒一斛五斗。若如汉法，则粗有酒气而已，能饮者饮多不乱，宜无足怪。然汉之一斛，亦是今之二斗七升。人之腹中，亦何容置二斗七升水邪？或谓“石乃钧石之石，百二十斤”。以今秤计之，当三十二斤，亦今之三斗酒也。于定国[⑥]饮酒数石不乱，疑无此理。

【注释】

①石(dàn)：古时容量单位。《汉书·律历志上》：“三十斤为钧，四钧为石。”

②乱：此处指醉酒倒下。

③斛：古时容量单位。一斛为十斗，南宋末改为五斗。

④醨(lí)：味道不浓烈的酒。

⑤秫(shú)：黏高粱，可以用来酿烧酒。

⑥于定国(？—前40年)：字曼倩，东海郯县人。西汉丞相，史载其酒量大，饮酒数石而不醉倒。

【译文】

汉代有人能饮酒一石而不醉倒的，我以酿酒的方法检验，当时用二斛粗米，可以酿成六斛六斗酒。今天味道最清淡的酒，用一斛黏高粱，只不过能酿成一斛五斗酒。如果用汉代酿酒的方法，这样只能稍微有一些酒的味道而已，酒量大的人饮下很多也不会醉倒，这没有什么值得奇怪的。然而汉代的一斛，也相当于今天的二斗七升。人的肚子，怎么容得下二斗七升水呢？有人说“这个石是钧石的石，有一百二十斤”。用今天的秤计算的话，相当于三十二斤，也就是今天的三斗酒。于定国能饮酒数石而不醉倒，恐怕也没有这样的道理。

62　古说济水[①]伏流地中，今历下[②]凡发地皆是流水，世传济水经过其下。东阿[③]亦济水所经，取井水煮胶[④]，谓之阿胶。用搅浊水则清。人服之，下膈[⑤]、疏痰、止吐，皆取济水性趋下、清而重，故以治淤浊及逆上之疾[⑥]。今医方[⑦]不载此意。

【注释】

①济水：古河水名，发源于今河南，流经山东，入于渤海。

②历下：今山东济南地区。

③东阿(ē)：今山东东平西北地区，并非今天东阿县。

④煮胶：煮炼驴皮或其他牛、马科动物的皮，熬制成固体胶状，可以用来滋阴补血、安胎等。东阿阿胶为著名的阿胶品牌。

⑤下膈(gé)：膈指位于胸腔和腹腔之间的阔肌，为呼吸肌。此处下膈，指可以治疗胸腹胀痛的膈食病等。

⑥淤浊及逆上之疾：此处指积食、胀气及呕吐等疾病。

⑦医方：医疗处方，此处指医书之类。

【译文】

古人说济水是在地下流动的，今天历下一带凡是发掘地下都有流水，相传济水流经历下地下。东阿也是济水流经的地方，取井水煮炼皮胶，叫作阿胶。用它来搅拌浊水能够使水变清澈。人如果服用，可以治疗膈食病、化痰、止吐，这都是由于济水天性趋下、水清而重，所以可以治疗积食、胀气及呕吐等疾病。现在的医书没有记载这个意思。

63　予见人为文章多言“前荣”。荣[①]者，夏屋[②]东西序[③]之外屋翼[④]也谓之东荣、西荣，四注屋[⑤]则谓之东溜[⑥]、西溜，未知前荣安在。

【注释】

①荣:《说文解字》云:"屋梠之两头起者为荣。"指屋檐两端上翘的部分。

②夏屋:即厦屋,指大的房屋。

③序:隔开正堂东西夹室的墙,亦指东西两厢。

④屋翼:屋檐两端翘起的挑角。

⑤四注屋:指屋宇四边有檐,可使顶上的水从四面流下。

⑥溜(liù):屋檐的流水处。

【译文】

我看到人们写文章经常提到"前荣"。荣这个部位,在大房屋东西墙外侧的两端翘起的部分称作东荣、西荣,在四角攒尖式顶的房屋上就称作东溜、西溜,倒是不知道前荣在什么地方。

64 宗庙[①]之祭西向[②]者,室中[③]之祭也。藏主[④]于西壁,以其生者之处奥[⑤]也,即主祏[⑥]而求之,所以西向而祭。至三献则尸[⑦]出于室,坐于户西南面,此堂上之祭也。户西谓之扆[⑧],设扆于此。左户、右牖[⑨],户牖之间谓之扆。坐于户西,即当扆而坐也。上堂设位而亦东向者,设用室中之礼也。

【注释】

①宗庙:指安放祖宗神位的祠庙。

②西向:指面向西行礼。

③室中:宗庙的主殿,在横梁稍后的位置分出前后两间,前为堂、后为室,堂与室之间有门户相通。

④主:指所供奉的逝者牌位。

⑤奥:指室之西南隅。皇侃《论语义疏》曰:"奥,内也,谓室中西南角。室向东南开户、西南安牖,牖内隐奥无事,恒尊者所居之处也。"

⑥祏(shí):指宗庙里用来藏神主的石匣。程大昌《演繁录》:"宗庙神主皆设石函,藏诸庙室之西壁,故曰祏室。室必用石者,防火也。"

⑦尸:古代举行祭祀时,称代替死者受祭、象征死者神灵的人为尸,一般由臣下或者死者的后辈来充任。

⑧扆(yǐ):指设在门窗之间、画有斧形的大屏风。

⑨牖(yǒu):窗户。

【译文】

宗庙祭祀的时候面向西行礼,是指在室内的祭奠。逝者的牌位被收藏在西面的墙壁,因为那儿是活人居处的方位,对着藏有逝者牌位的石匣祈祷,所以要面向西祭奠。三献之后尸从室里出来,坐在门户的西侧面向南,这是在堂上的祭奠。门户的西边称为扆,因为有扆设在那儿。门户的西边、窗子的东边,门与窗之间叫扆。坐在门户的西侧,就是背靠着扆而坐。堂上设置位次时也要面向东,这是由于设置位次用的是室内祭奠的礼节。

65 "人而不为《周南》《召南》,其犹正墙面而立也。"[①]《周南》《召南》,乐名也,"胥鼓南"[②]"以雅以南"[③]是也。《关雎》[④]《鹊巢》[⑤],二《南》之诗,而已有乐有舞焉。学者之事,其始也学《周南》《召南》,末至于舞《大夏》[⑥]《大武》[⑦],所谓"为《周南》《召南》"者,不独诵其诗而已。

【注释】

①人而不为《周南》《召南》,其犹正墙面而立也:语出《论语·阳货》。《周南》《召南》是《诗经》国风部分开始的两类诗篇的名称。

②胥鼓南:语出《礼记·文王世子》。胥指乐师。据郑玄的注,此处的"南"是指南夷之乐。

③以雅以南:语出《诗·小雅·鼓钟》。雅指雅乐,南指南夷之乐。

④《关雎》:《周南》的首篇。

⑤《鹊巢》:《召南》的首篇。

⑥《大夏》:夏禹时期的乐舞。

⑦《大武》:周代的乐舞,相传为周公所编,歌颂武王克商的丰功伟业。

【译文】

《论语》中说:“为人而不去学习《周南》《召南》,就好像是面对墙壁站在那里,(什么也看不见)。”《周南》《召南》是乐曲名称,也就是《礼记》中所说的“胥鼓南”、《诗经》中所说的“以雅以南”。《关雎》《鹊巢》是《周南》《召南》中的诗歌,“二南”原是有歌有舞的。学者基本的任务,开始的时候学习《周南》《召南》之诗,最终要掌握《大夏》《大武》之舞,所以孔子所说的“学习《周南》《召南》”,不仅仅是吟诵那些诗篇就够了。

66 《庄子》[①]言:“野马也,尘埃也。”乃是两物。古人即谓野马为尘埃,如吴融[②]云:“动梁间之野马。”又韩偓[③]云:“窗里日光飞野马。”皆以尘为野马,恐不然也。野马乃田野间浮气耳,远望如群马,又如水波,佛书谓“如热时野马阳焰”,即此物也。

【注释】

①《庄子》:道家学派的经典著作,分内、外、杂篇,现存三十三篇。唐朝时,被尊称为《南华真经》。此书由战国思想家庄子本人与其门人及后来的学者集体创作。其中《逍遥游》云:“野马也,尘埃也,生物之以息相吹也。”

②吴融(? —903年):字子华,唐代诗人。

③韩偓(842年—923年):唐末诗人,曾任左拾遗、左谏议大夫、度支副使等。其七律《安贫》有云:“窗里日光飞野马,案头筠管长蒲卢。”

【译文】

《庄子》说:“野马也,尘埃也。”这是两种事物。古人就把野马看作尘埃,比如吴融说:“动梁间之野马。”又如韩偓说:“窗里日光飞野马。”这都是把尘埃当作野马,恐怕不是这样。野马是田野间浮起来的气,远看像一群马,又像水波,佛书说“如热时野马阳焰”,就是说的这个东西。

67 蒲芦,说者以为蜾裸[①],疑不然。蒲芦即蒲[②]、苇[③]耳,故曰“人道敏政,地道敏艺”[④]。夫政,犹蒲芦也,人之为政,犹地之艺蒲、苇,遂之而已,亦行其所无事也。

【注释】

①蜾(guǒ)裸:郭璞认为是细腰蜂。

②蒲:即香蒲。多年生草本植物,生池沼中,高近两米。根茎长在泥里,可食。叶长而尖,可编席、制扇,夏天开黄花。

③苇(wěi):即芦苇。多年生草本植物,多生于水边,茎中空,茎可编席,亦可造纸。

④人道敏政,地道敏艺:语出《礼记·中庸》。人道指治理百姓的途径。敏即勤勉、努力之意。艺指耕种。

【译文】

蒲芦,解经的人认为是蜾裸,我怀疑是不对的。蒲芦就是香蒲和芦苇,所以《礼记》中说“治理百姓的途径就是要勤勉为政,管理土地的方法就是要努力耕种”。为政这种事情,就像是蒲芦,人君施行政事,犹如土地上长出来香蒲和芦苇,只是顺从它们的天性生长而已,也就是施行无为而治的意思吧。

68 予考乐律[①],及受诏改铸浑仪[②],求秦汉以前度量斗、升:计六斗当今一斗七升九合;秤,三斤当今十三两;一斤当今四两三分两之一,一两当今六铢半。为升中方,古尺二寸五分十分分之三,今尺一寸八分百分分之四十五强。

【注释】

①乐律:即音律。

②浑仪:古代的天体观测仪器。装有赤道环、赤经环等。

【译文】

我考订音律,以及受诏令改制浑仪的时候,推求秦汉以前的度量衡单位斗、升:那时六斗相当于现在的一斗七升九合;秤重单位,三斤相当于现在的十三两;一斤相当于现在的四又三分之一两,一两相当于现在的六铢半。标准的升,中间是古尺二寸五分三见方,现在的尺是一寸八分四五多一些。

69 太一十神[①]:一曰太一,次曰五福太一,三曰天一太一,四曰地一太一,五曰君基太一,六曰臣基太一,七曰民基太一,八曰大游太一,九曰九气太一,十曰十神太一。唯太一最尊,更无别名,止谓之太一,三年一移。后人以其别无名,遂对大游而谓之小游太一,此出于后人误加之。京师东、西太一宫[②],正殿祠五福,而太一乃在廊庑,甚为失序。熙宁中,初营中太一宫[③],下太史考定神位,予时领太史[④],预其议论。今前殿祠五福,而太一别为后殿,各全其尊,深为得体。然君基、臣基、民基避唐明帝[⑤]讳改为"綦",至今仍袭旧名,未曾改正。

【注释】

①太一十神:太乙术中用以推断吉凶的神祇。太乙是术数的一种,与遁甲、六壬合称三式,是推算天时以及历史变化规律的术数学。

②东、西太一宫:东太一宫位于北宋汴京城东南郊的苏村,初建于太平兴国年间,为迎合五福太乙巡行方位而建,太平兴国八年建成。西太一宫位于汴京城西南郊的八角镇,因五福太乙将移入西南的坤宫,故司天监官员上奏请建之。

③中太一宫：宋神宗熙宁四年，司天监官员上奏请建，建址于南薰门外的五岳观附近。

④予时领太史：指沈括在熙宁五年(1072 年)提举司天监。

⑤唐明帝：即唐玄宗李隆基，因其尊号为至道大圣大明孝皇帝，故称唐明皇。

【译文】

太乙术中的十神：一是太乙，二是五福太乙，三是天一太乙，四是地一太乙，五是君基太乙，六是臣基太乙，七是民基太乙，八是大游太乙，九是九气太乙，十是十神太乙。其中唯有太乙最尊贵，没有别名，只称为太乙，每三年迁移一次宫。后人因为太乙没有别名，就相对大游太乙而称它为小游太乙，这是后人误加在它头上的名称。汴京城中的东太一宫、西太一宫，正殿中供奉着五福太乙，而太乙却被供奉在偏殿，是很不合次序的。熙宁年间，开始营建中太一宫时，朝廷指令由太史考定这些神祇的位次，我当时任司天监提举，参与了这一事项的讨论。现在中太一宫的前殿供奉五福太乙，而另外修筑后殿供奉太乙，各自顾全了他们的尊位，处置得十分得体。然而君基太乙、臣基太乙、民基太乙中的“基”字因避唐玄宗的讳而改为“綦”字，至今仍在沿袭着旧称，还没有改正过来。

70　予嘉祐中客宣州宁国县①，县人有方玙者，其高祖②方虔，为杨行密③守将，总兵戍宁国，以备两浙。虔后为吴人所擒，其子从训代守宁国，故子孙至今为宁国人。玙有杨溥④与方虔、方从训手教⑤数十纸，纸札皆精善。教称委曲⑥，书押⑦处称使，或称吴王。内一纸报方虔云“钱镠⑧此月内已亡殁⑨”，纸尾书“正月二十九日”。按《五代史》⑩，钱镠以后唐长兴⑪二年卒，杨溥天成⑫四年已僭即伪位，岂得长兴二年尚称吴王？溥手教所指挥⑬事甚详，翰墨印记，极有次序，悉是当时亲迹。今按，天成四年岁庚寅，长兴二年岁壬辰，计差二年。溥手教，予得其四纸，至今家藏。

【注释】

①客宣州宁国县：客，以客人身份居住。宣州宁国县，今安徽宁国地区。

②高祖：一般指祖父的祖父，也可指始祖或远祖。

③杨行密(852年—905年)：唐末拥兵占据安徽庐州地区，后来又拥有淮南、江东等地，被唐王朝封为吴王。为五代十国中南吴的实际开创者。

④杨溥：杨行密的第四个儿子，继吴王位，后来称帝。

⑤手教：即亲笔手谕，亲笔所写的指示或命令。

⑥委曲：长官给下属的手谕一般以“不具委曲”结尾，意思是说不完全说明事情的原委。

⑦书押：署名、签名。

⑧钱镠(liú)(852年—932年)：本为唐末拥兵两浙地区的将领，曾被封为吴王、吴越王，兼任淮南节度使，后自称吴越王，是五代十国中吴越国的开创者。钱镠卒于长兴三年(932年)壬辰，此处系沈括误记。

⑨亡殁(mò)：死亡，也作“亡没”。

⑩《五代史》：此指《旧五代史》，北宋初薛居正等修撰，记载五代十国时期的史书。北宋中期，欧阳修撰《新五代史》。

⑪长兴：后唐明宗李嗣源的年号，公元930年至933年。

⑫天成：后唐明宗李嗣源的年号，公元926年至930年。

⑬指挥：处理事务、分派任务等。

【译文】

我在嘉祐年间曾经客居宣州宁国县，县里有一个叫方玙的人，他的高祖叫方虔，是杨行密的守将，率兵镇守宁国县，以防备两浙地区的其他割据势力。方虔后来被钱镠的部下擒获，他的儿子方从训就代替他镇守宁国县，所以他的子孙到现在都是宁国县人。方玙收藏有杨溥给方虔、方从训的亲笔手谕数十张纸，纸张都还很精美完整。这些手谕称呼都用委曲，签名落款处称使，或称吴王。其中有一份给方虔的指示说“钱镠此月内已经死亡”，结尾落款日期是“正月二十九日”。依据《五代史》的记载，钱镠在后唐长兴二年去世，杨溥在后唐天成四年已僭越称帝，怎么能在长兴二年还自称吴王呢？杨溥的手谕所记载处理事务的事情很详细，书写与印章，都很有次序，应该都是当时的真迹。现在我考证，天成四年是庚寅年，长兴二年是壬辰年，相差两年。杨溥的手谕，我得到了其中的四份，到现在还收藏在家中。

71　司马相如[①]《上林赋》叙上林[②]诸水曰：“丹水[③]，紫渊[④]，灞[⑤]、浐[⑥]、泾[⑦]、渭[⑧]，八川[⑨]分流，相背而异态，灏溔潢漾[⑩]，东注太湖[⑪]。”八川自入大河[⑫]，大河去太湖数千里，中间隔太山[⑬]及淮[⑭]、济[⑮]、大江[⑯]，何缘与太湖相涉？郭璞[⑰]《江赋》云：“注五湖以漫漭[⑱]，灌三江[⑲]而漰沛[⑳]。”《墨子》曰：“禹治天下，南为江、汉[㉑]、淮、汝[㉒]，东流注之五湖。”孔安国[㉓]曰：“自彭蠡[㉔]江分为三，入于震泽后，为北江[㉕]而入于海。”此皆未尝详考地理。江、汉至五湖自隔山，其末乃绕出五湖之下流径入于海，何缘入于五湖？淮、汝径自徐州[㉖]入海，全无交涉。《禹贡》[㉗]云：“彭蠡既潴[㉘]，阳鸟[㉙]攸居。三江既入，震泽底定[㉚]。”以对文言，则彭蠡，水之所潴；三江，水之所入，非入于震泽也。震泽上源皆山环之，了无大川，震泽之委[㉛]乃多大川，亦莫知孰为三江者。盖三江之水无所入则震泽壅[㉜]而为害，三江之水有所入然后震泽底定。此水之理也。

【注释】

①司马相如(约前179年—前118年)：字长卿，蜀郡成都人，西汉著名辞赋家，著有《子虚赋》《上林赋》等。

②上林：指秦汉时期的上林苑，旧址约在今陕西西安一带。

③丹水：源出今陕西商洛市商州区，下游注入汉水。

④紫渊：源出今山西吕梁市离石区西北。

⑤灞：即灞水，源出今陕西蓝田，流经西安注入渭水。

⑥浐(chǎn)：即浐水，源出今陕西蓝田，与灞水汇合后注入渭水。

⑦泾：即泾水，源出今宁夏六盘山，在陕西西安市高陵区注入渭水。

⑧渭：即渭水，源出今甘肃渭源，流经西安，在潼关县注入黄河。

⑨八川：据《上林赋》原文，八川除了以上提到的灞、浐、泾、渭四水外，还有酆(fēng)、镐(hào)、潦(láo)、潏(jué)四水。

⑩灏溔(yǎo)潢(huáng)漾：形容水势浩大。

⑪太湖：古名五湖、震泽，位于今江苏南部与浙江交界的地方。《上林赋》原文作“大湖”，故此处的“大湖”或为泛称，或为神话传说中北方之大泽。

⑫大河：专指黄河。

⑬太山：即泰山。

⑭淮：即淮河。

⑮济：即济水。古代所称的济水包括黄河以南、以北两个部分，黄河以北的部分源出今河南济源西，流入黄河；黄河以南的部分系黄河的支流，流经山东注入大海，因分流口与北岸的济水入口遥相对应，因而被视为济水的下游。

⑯大江：专指长江。

⑰郭璞(276年—324年)：字景纯，河东郡闻喜县(今山西闻喜)人。两晋时期著名文学家、训诂学家、风水学者。《江赋》是其以长江为题所作的赋。

⑱漫漭(mǎng)：形容水势广阔无边。

⑲三江：据《尚书·禹贡》所载，三江为扬州境内众多河流的总称。

⑳濆(pēng)沛：同“澎湃”。

㉑汉：即汉水。源出今陕西宁强县北嶓冢山，注入长江。

㉒汝：即汝水。

㉓孔安国(前156年—前74年)：字子国，孔子后裔。西汉中期经

学家。

㉔彭蠡：即今江西鄱阳湖。

㉕北江：指扬州境内三江中的北江。

㉖徐州：指古九州中的徐州。《尚书·禹贡》载："海、岱及淮惟徐州。"其中，海指今黄海，岱指泰山，淮即淮水。《尔雅·释地》："济东曰徐州。"济东指济水以东。

㉗《禹贡》：《尚书》篇名之一，为现存记述古代地理的重要资料。

㉘潴(zhū)：水停聚的地方。

㉙阳鸟：据孔传云："随阳之鸟，鸿雁之属，冬月所居于此泽。"

㉚底定：安定。

㉛委：指水的下游。

㉜壅(yōng)：堵塞。

【译文】

司马相如在《上林赋》中描绘上林苑的诸条河流说："丹水，紫渊，灞、浐、泾、渭，八川分别流淌，流向不同而水势各异，都浩大无边，向东注入太湖。"这八条河流本来流入黄河，黄河距离太湖有数千里，中间还隔着泰山以及淮河、济水、长江，怎么会与太湖牵扯到一起？郭璞的《江赋》中说："注入太湖水势漫漭，导灌三江气势澎湃。"《墨子》中说："禹治理天下，南方治理了长江、汉水、淮河、汝水，使之往东流淌注入太湖。"孔安国说："从鄱阳湖出来长江分为三支，流入太湖后，变成北江而流入大海。"这些话都是没有详细考察地理的结论。长江、汉水到太湖已经隔着山岭，到了下游则是绕过太湖往下直接流入大海，怎么说会流入太湖呢？淮水、汝水直接在古徐州境内流入大海，和太湖也全无关系。《禹贡》中说："鄱阳湖的水停聚，候鸟在这里安居。三江流入大海，太湖也安定了。"从文字的对偶上来说，彭蠡是水停聚的地方，三江是水流入的地方，并不是说三江会流入太湖。太湖上游的水源都被群山环绕着，根本没有大的河流，太湖的下游才有很多大的河流，但是也没有谁知道哪些是所谓的三江。大概三江的水如果没有去处，就会使太湖堵塞进而成为灾害;如果三江的水有了去处,太湖才会安定。这就是水的特性。

72 海州东海县[①]西北有二古墓,《图志》[②]谓之黄儿墓。有一石碑,已漫灭不可读,莫知黄儿者何人。石延年[③]通判[④]海州,因行县[⑤]见之,曰:“汉二疏[⑥],东海人,此必其墓也。”遂谓之二疏墓,刻碑于其傍。后人又收入《图经》。予按,疏广,东海兰陵人,兰陵今属沂州承县[⑦]。今东海县,乃汉之赣榆[⑧],自属琅琊郡[⑨],非古之东海也。今承县东四十里自有疏广墓,其东又二里有疏受墓。延年不讲地志,但见今谓之东海县,遂以二疏名之,极为乖误。大凡地名如此者最多,无足纪者。此乃予初仕为沭阳主簿[⑩]日,始见《图经》中增此事,后世不知其因,往往以为实录。谩志[⑪]于此,以见天下地书[⑫],皆不可坚信。其北又有孝女冢[⑬],庙貌甚盛,著在祀典[⑭]。孝女亦东海人,赣榆既非东海故境,则孝女冢庙,亦后人附会县名为之耳。

【注释】

①海州东海县:今江苏连云港地区。

②《图志》:地方志,专门记载某一区域的自然、社会、政治、经济、文化等情况的书籍。

③石延年(994年—1041年):字曼卿,北宋官员,文学家、书法家。

④通判:宋时,置于各地州府,地位次于州府长官,掌管钱谷、户口、赋役、狱讼等,可以监察地方官吏,又称监州。

⑤行县:巡视州下属县。

⑥二疏:西汉疏广与疏受两叔侄,两人均因学识渊博、品德高尚而被征召为博士,后都任太子的老师。二疏辞官归乡后,将皇帝赏赐的金银分赠给乡里,两人去世之后,乡人感其散金之恩,在当地筑散金台,世代祭祀。

⑦兰陵今属沂州承县:西汉时的兰陵县,治所在今山东兰陵县西南。

北宋时，该地为兰陵镇，属京东东路沂州（治所在今山东临沂）的承县。

⑧赣榆：西汉的赣榆县，治所在今江苏连云港市赣榆区之北。宋代则在今连云港市赣榆区之南偏东。

⑨琅琊郡：秦郡名，今山东诸城一带。

⑩沭（shù）阳主簿：沭阳，今江苏宿迁沭阳地区。主簿，辅佐县令，主管簿籍文书。

⑪谩志：指记载不实而蒙蔽了真相。谩，欺骗、蒙蔽。

⑫地书：有关地理的书籍。

⑬孝女冢：史载，西汉东海有孝妇，赡养婆婆十分周到，却被太守冤判致斩首，孝妇临行前发誓死后要六月飞雪、大旱三年等，后一一应验。孝女冢，即其死后所立的坟墓，后人常常祭奠此人。此故事影响深远，《窦娥冤》中的窦娥原型即东海孝妇。

⑭著在祀典：记录在祭祀的典册和制度上。此句的意思是说孝女墓、庙等，是官方所定的祭奠场所。

【译文】

海州东海县的西北方有两座古墓，《图志》称为黄儿墓。有一块石碑，已经漫漶无法认清，不知道黄儿是什么人。石延年在海州任通判时，因为巡视属县而见到这两座坟墓，就说："汉代的疏广与疏受，是东海人，这肯定就是他们的墓。"于是就称它们为二疏墓，并刻碑立于旁边。后人把它记载到《图经》中。据我考证，疏广是东海兰陵人，兰陵今属沂州承县。现在的东海县，是汉代的赣榆县，本来属于琅琊郡，不是古时候所说的东海。现在的承县以东四十里处有疏广的墓，在它东面二里处又有疏受的墓。石延年不考察地理文献，只是看见现在名为东海县，就以二疏来命名它们，这是极为错误的。大凡地名有这种情况的最多了，都无法完全记载分辨清楚。这是我开始当官任沭阳主簿的时候，第一次见到《图经》中增加了这事，后世不知道它的来由，往往以为是真实的记载。随意记载蒙蔽了真相，足以见得天下的地理书籍，都不可完全相信。古墓的北方又有孝女冢，庙的外形很宏伟，是官方所定的祭奠场所。孝女也是汉代东海人，现在的东海既然不是汉代东海的故地，那孝女的墓和庙，也是后人附会县名而造的。

73　《杨文公谈苑》[①]记江南后主[②]患清暑阁[③]前草生，徐锴[④]令以桂屑[⑤]布砖缝中，经宿[⑥]草尽死。谓《吕氏春秋》[⑦]云："桂枝之下无杂木。"盖桂枝味辛螫[⑧]故也。然桂之杀草木，自是其性，不为辛螫也。《雷公炮炙论》[⑨]云："以桂为丁，以钉木中，其木即死。"一丁至微，未必能螫大木，自其性相制耳。

【注释】

①《杨文公谈苑》：北宋初期，杨亿口述，其门人黄鉴记录下来的一部笔记，原书约在明清时期散佚。

②江南后主：李煜(937年—978年)，五代十国时南唐的最后一位皇帝，又称南唐后主或李后主，是中国文学史上著名的词人。

③清暑阁：南唐宫廷中的殿阁名。

④徐锴(kǎi)：字楚金，南唐著名文人及官员，尤精通文字训诂。

⑤桂屑：肉桂树枝的碎屑。

⑥经宿：过了一晚上。

⑦《吕氏春秋》：秦国丞相吕不韦主持编撰的一部百科全书式的著作，其对先秦诸子的思想做了总结性记载与批判。

⑧辛螫(shì)：毒虫刺螫人。

⑨《雷公炮炙论》：一般认为是南朝刘宋雷敩(xiào)撰写的中药炮制学著作，原书已佚，内容散见于《证类本草》中。

【译文】

《杨文公谈苑》记载江南后主李煜不喜欢清暑阁前面长草，徐锴就命人把肉桂树枝的碎屑放入砖缝中，经过一晚上草就都死了。并说《吕氏春秋》中说："肉桂树下没有其他树木。"大概是肉桂树枝辛辣致害的缘故吧。然而肉桂之所以能够杀死草木，是它自己的天性，而不是辛辣致害。

《雷公炮炙论》说："以肉桂树制成木钉，钉进树中，这树马上就会死。"一颗钉子极其微小，未必能危害大树，自然是它们的天性相互抑制造成的。

74 天下地名错乱乖谬，率难考信。如楚章华台，亳州[①]城父县[②]、陈州[③]商水县[④]、荆州[⑤]江陵[⑥]、长林[⑦]、监利县[⑧]皆有之，乾溪亦有数处。据《左传》[⑨]，楚灵王七年"成章华之台，与诸侯落[⑩]之"，杜预[⑪]注："章华台，在华容[⑫]城中。"华容即今之监利县，非岳州[⑬]之华容也，至今有章华故台在县郭中，与杜预之说相符。亳州城父县有乾溪，其侧亦有章华台，故台基下往往得人骨，云楚灵王战死于此；商水县章华之侧亦有乾溪，薛综[⑭]注张衡《东京赋》引《左氏传》乃云"楚子成章华之台于乾溪"，皆误说也，《左传》实无此文。章华与乾溪元非一处。楚灵王十一年"王狩于州来，使荡侯、潘子、司马督、嚣尹午、陵尹喜帅师围徐以惧吴，王次于乾溪"[⑮]，此则城父之乾溪[⑯]，灵王八年"迁许于夷"[⑰]者乃此地。十二年公子比为乱[⑱]，使观从从师于乾溪，王众溃，灵王亡不知所在。平王即位，杀囚，衣之王服而流诸汉[⑲]，乃取葬之以靖国人，而赴以乾溪。灵王实缢于芋尹申亥氏，他年申亥以王柩告乃改葬之，而非死于乾溪也。昭王二十七年[⑳]，吴[㉑]伐陈[㉒]，王帅师救陈，次于城父。将战，王卒于城父[㉓]，而《春秋》又云"弑其君于乾溪"[㉔]，则后世谓灵王实死于是，理不足怪也。

【注释】

①亳州：州名，属淮南东路，治所在今安徽亳州。

②城父县：治所在今安徽涡阳东北。

③陈州：州名，属京西北路，治所在今河南周口市淮阳区一带。

④商水县：治所在今河南周口市南偏西。

⑤荆州：指前代之荆州，辖境大致在今湖北松滋至石首之间的长江

流域，治所在今湖北江陵。

⑥江陵：县名，荆湖北路所属江陵府的府治所在地，即今湖北江陵。

⑦长林：县名，荆湖北路所属荆门军的治所，即今湖北荆门。

⑧监利县：江陵府治下的属县，即今湖北监利。

⑨《左传》：儒家经典之一，编年体史书，相传为春秋时期鲁国的左丘明所撰，晋代杜预为此书作过注。

⑩落：指祭祀。

⑪杜预（222 年—285 年）：字元凯，京兆杜陵（今陕西西安）人，西晋时期著名的政治家、军事家和学者。笃好《左传》，为之作注，今《十三经注疏》中的《左传》即采用杜预的注。《晋书》有传。

⑫华容：西晋时期的华容在今湖北监利之北。

⑬岳州：州名，属荆湖北路，治所在今湖南岳阳。宋代岳州所属的华容县治所在今湖南华容。

⑭薛综（？—243 年）：字敬文，沛郡竹邑（今安徽濉溪）人，三国时期吴国名臣。曾为张衡的《东京赋》作注。据薛注原文："《左氏传》曰：楚子成章华之台，于乾溪一朝叛之。"故此处沈括所引"楚子成章华之台于乾溪"当属误读薛注引文。

⑮王狩于州来，使荡侯、潘子、司马督、嚣尹午、陵尹喜帅师围徐以惧吴，王次于乾溪：引文出自《左传·昭公十二年》，略有差异。

⑯城父之乾溪：据杜预注，此处之乾溪在谯国城父县南。西晋时的城父所在地与北宋亳州城父治所同。

⑰迁许于夷：楚灵王八年相当于鲁昭公九年，《左传·昭公九年》载："二月庚申，楚公子弃疾迁许于夷，实城父。"杜预注云："此时改城父为夷，故传实之。城父县属谯郡。"

⑱公子比为乱：公子比为楚灵王的弟弟，当时逃亡在晋国。灵王末年耽于享乐，流连乾溪不能去，与灵王有杀父之仇的观从联合公子比以及灵王的另外两个弟弟子皙、弃疾发动政变，杀死灵王的儿子禄，立公子比为王。然后观从率军进攻在乾溪享乐的楚灵王，灵王的部队溃败后，

灵王逃到申亥的家中自缢身亡。灵王去世的消息没有传出来，发动政变的一方产生了内乱，公子比与子皙皆自杀，弃疾继承王位，是为楚平王。事见《左传·昭公十三年》和《史记·楚世家》。

⑲汉：指汉水，源出今陕西宁强县北蟠冢山，注入长江。

⑳昭王二十七年：指楚昭王二十七年（前 489 年）。

㉑吴：春秋时吴国，约在今江苏大部、安徽及浙江的部分地区，都城在吴（今江苏苏州）。

㉒陈：春秋时陈国，约在今河南东部和安徽省一小部分地区，都城在宛丘（今河南淮阳）。

㉓王卒于城父：事见《左传·哀公六年》和《史记·楚世家》。

㉔弑其君于乾溪：古代称臣杀君或子女杀父母为弑。楚灵王是自缢于申亥之家，非死于乾溪。但是按照《春秋》微言大义的叙事体例，灵王自缢出于公子比作乱的胁迫，所以史官要将灵王的死归罪于公子比等人并追溯至他们攻打乾溪。

【译文】

天下地名上的错误混乱，大概很难考订明白。例如楚王的章华台，在亳州的城父、陈州的商水、荆州的江陵、长林、监利县都有，乾溪也有好几处。据《左传》，楚灵王七年“建成章华台，和诸侯一起祭祀”，杜预的注释是：“章华台，在华容城中。”当时的华容就是如今的监利县，而不是岳州的华容县，监利县至今还有章华台的遗址在县城内，和杜预的说法一致。亳州的城父县有乾溪，它旁边也有章华台，所以在遗址的台基下面常常能发现人骨，据说楚灵王就战死在这里；商水县的章华台旁边也有乾溪，薛综注张衡的《东京赋》引《左氏传》云“楚子成章华之台于乾溪”，这些都是错误的说法，《左传》中其实没有这些记载。章华和乾溪原本不是一个地方。楚灵王十一年“王狩于州来，使荡侯、潘子、司马督、嚣尹午、陵尹喜帅师围徐以惧吴，王次于乾溪”，这里的乾溪是城父县的乾溪，楚灵王八年“迁许于夷”中的“夷”就是指这个地方。楚灵王十二年，公子比作乱，派遣观从率领军队进攻乾溪，楚灵王的军队溃败，灵王不知逃亡到什么地方。楚平王继位后，杀了一个囚徒，把楚灵王的衣服穿到囚徒的尸体上后投进汉水中，然后把尸体打捞上来当作灵王安葬，以此来安定民众，而且让人把灵柩运到乾溪报丧。楚灵王实际上是在芋尹申亥家中自缢而死的，后来申亥把楚灵王真正安葬的地方上报朝廷才又重新改葬，楚灵王并非死在乾溪。楚昭王二十七年，吴国讨伐陈国，楚昭王率领军队救援陈国时，驻扎在城父县。将要开战的时候，楚昭王在城父的军营里去世了，而《春秋》又把灵王之死写成"弑其君于乾溪"，那么后人认为楚灵王实际上死在乾溪，按理说也就不足为怪了。

75　今人守郡[①]谓之建麾，盖用颜延年[②]诗"一麾乃出守"，此误也。延年谓"一麾"者，乃"指麾"之"麾"，如武王[③]"右秉白旄以麾"之"麾"，非"旌麾"之"麾"也。延年《阮始平[④]》诗云"屡荐不入官，一麾乃出守"[⑤]者，谓山涛[⑥]荐咸为吏部郎[⑦]，三上，武帝[⑧]不用，后为荀勖[⑨]一挤，遂出始平，故有此句。延年被摈，以此自托耳。自杜牧[⑩]为《登乐游原》诗云："拟把一麾江海去，乐游原上望昭陵。"[⑪]始谬[⑫]用"一麾"，自此遂为故事[⑬]。

【注释】

①守郡：本指郡太守，此处泛指地方行政长官。

②颜延年(384 年—456 年)：颜延之，字延年，南朝宋文学家。

③武王：西周开国君主武王姬发。

④阮始平：阮咸，字仲容，西晋人。曾历官散骑侍郎，补始平太守，故称阮始平。阮咸与嵇康、阮籍、山涛、向秀、刘伶、王戎并称"竹林七贤"。《阮始平》一诗出自《五君咏》一诗，是赞美歌咏阮籍、嵇康、刘伶、阮咸、向秀五位文人的。

⑤屡荐不入官，一麾乃出守：屡次举荐都没有做官，一旦遭到排挤就出任地方官。

⑥山涛(205 年—283 年)：字巨源，西晋人，"竹林七贤"之一。

⑦吏部郎：隶属于吏部尚书，主管官吏的任选、调动等事务。

⑧武帝：晋武帝司马炎(236年—290年)，西晋的开国君主。

⑨荀勖(xù)：字公曾，博学多才，魏晋时期的著名文人与官员。

⑩杜牧(803年—852年)：字牧之，晚唐时期的著名文人，诗文俱佳。

⑪拟把一麾江海去，乐游原上望昭陵：打算手持一面旗帜随着江海而去，再次登上乐游原遥望昭陵。

⑫谬(miù)：错误地。

⑬故事：过去的惯例、成例。

【译文】

现在的人称呼出任地方行政长官为建麾，是取典于颜延年的诗句“一麾乃出守”，这是错误的。颜延年所说的“一麾”，乃是“指麾”的“麾”，比如周武王“右秉白旄以麾”的“麾”，并非“旌麾”的“麾”。颜延年《五君咏》一诗说阮咸“屡荐不入官，一麾乃出守”，是指山涛举荐阮咸出任吏部郎，三次举荐，晋武帝司马炎都没有任命，后来遭到荀勖的排挤，于是出任了始平太守，所以就有了这句诗。颜延年被排挤，因此用此事自比。自从杜牧写了《登乐游原》一诗说：“拟把一麾江海去，乐游原上望昭陵。”开始错误地使用“一麾”，从此就成为成例了。

76 除拜官职谓除其旧籍[①]，不然也。除犹易也，以新易旧曰除，如新旧岁之交谓之岁除[②]。《易》“除戎器，戒不虞”[③]，以新易弊，所以备不虞也。阶[④]谓之除者，自下而上，亦更易之义。

【注释】

①旧籍：此处指任新职之前的原职务。

②岁除：即除夕，农历年的最后一天。

③除戎器，戒不虞：语出《易·萃卦》象传，意为修治兵器，以防不测。

④阶：指台阶。《说文解字》：“阶，陛也”；“除，殿陛也”；“陛，升高阶也”。

【译文】

现在把除授官职中的除理解为解除原职，其实是不正确的。这个除如作交换讲的易，用新的替换旧的叫作除，如新旧岁之交的日子就称为岁除。《易经》上说“除戎器，戒不虞”，就是用新的兵器更换陈旧的兵器，以防备意外事件的发生。台阶之所以被称为除，是因为登阶要自下而上，也具有更易的意思。

77 世人画韩退之①，小面而美髯②，著纱帽③，此乃江南韩熙载④耳。尚有当时所画，题志甚明。熙载谥⑤文靖，江南人谓之韩文公，因此遂谬以为退之。退之肥而寡髯。元丰中，以退之从享文宣王庙⑥，郡县所画，皆是熙载。后世不复可辩，退之遂为熙载矣。

【注释】

①韩退之：韩愈(768年—824年)，字退之，唐代著名文学家，诗文俱佳。谥号文公，故世称韩文公。

②髯(rán)：两腮边的胡须，也可泛指胡须。

③纱帽：用纱制成的一种帽子。因为一般为官员所戴，所以也称乌纱帽。

④韩熙载(902年—970年)：字叔言，五代十国时期南唐著名官员，谥号文靖。

⑤谥(shì)：古代帝王或高品级官员去世后，朝廷根据其生前事迹等所给定的评号。

⑥从享文宣王庙：文宣王，指孔子，孔子是儒学宗师，后世的封建统治者因为儒学思想治国的需要，所以大都给他追封各种尊号。从享，配享、附祭。此处指元丰七年，皇帝下诏以孟子、荀子、扬雄、韩愈等一起，附祭于孔庙。

【译文】

世人所画的韩愈，脸小而有漂亮的胡须，还戴着纱帽，其实这是南唐的韩熙载。现在还存有当时人的画，画上的题跋说得明明白白。韩熙载谥号是文靖，南唐人也称为韩文公，所以就错误地以为是韩愈了。韩愈肥胖而胡须稀少。元丰年间，把韩愈配祭在孔庙中，各地郡县所画的韩愈像，也都是韩熙载。后人不能再分辨，于是韩愈就成了韩熙载的模样。

78 今之数钱，百钱谓之陌[①]者，借陌字用之，其实只是佰字，如什与伍耳。唐自皇甫镈[②]为垫钱法[③]，至昭宗[④]末乃定八十为陌。汉隐帝[⑤]时，三司使王章[⑥]每出官钱又减三钱，以七十七为陌，输官仍用八十。至今输官钱有用八十陌者。

【注释】

①陌：本义为田间小路，后假借为钱的指称。

②皇甫镈(bó)：唐贞元年间进士，官至宰相。史称其虽有吏才，素无公望，特以聚敛媚上，刻削希恩。两《唐书》有传。

③垫钱法：即宋人所称省陌法。中唐以后，由于钱币缺乏，实际开支时便把不足百钱之数称为陌，如以九十二钱当百钱，称为垫陌，其中不足的数目则称为除陌。宋太宗时曾规定以七十七钱为陌，习称省陌，钱陌足百数则称足陌。

④昭宗：即唐昭宗李晔。

⑤汉隐帝：指五代后汉隐帝刘承祐。

⑥王章：五代时人，历仕后唐、后汉，官至同平章事。

【译文】

如今计算钱币的数目，一百钱称为陌，是借用了陌字，实际上它只是佰字，就和十钱用什字、五钱用伍字一样。唐代自皇甫镈施行垫钱法，到唐昭宗末年规定八十钱为一陌。后汉隐帝时，三司使王章每次开支官府钱币时又减去三钱，以七十七钱为一陌，而交纳给官府的钱币则仍然以八十钱为一陌。至今交纳给官府的钱币则仍然有以八十钱为一陌的。

79 《唐书》[1]开元钱[2]“重二铢四参”[3]，今蜀郡[4]亦以十参为一铢。“参”乃古之“絫”[5]字，恐相传之误耳。

【注释】

①《唐书》：指欧阳修等撰写的《新唐书》。

②开元钱：指唐初颁行的“开元通宝”钱。

③重二铢四参：据《唐书·食货志》，开元通宝钱径八分，重二铢四絫，积十文重一两。

④蜀郡：宋无郡一级建置，此处沿袭古称，指四川地区。

⑤絫（lěi）：古代重量单位。十黍为一絫，十絫为一铢，二十四铢为一两。

【译文】

《新唐书》说开元通宝钱“重二铢四参”，如今四川地区也以十参为一铢。“参”就是古代的“絫”字，恐怕是在流传过程中产生的讹误。

80 前史称严武[1]为剑南节度使[2]，放肆不法，李白[3]为之作《蜀道难》[4]。按孟棨[5]所记，白初至京师，贺知章[6]闻其名，首诣[7]之，白出《蜀道难》，读未毕，称叹数四[8]。时乃天宝初也，此时白已作《蜀道难》。严武为剑南，乃在至德[9]以后肃宗[10]时，年代甚远。盖小说所记，各得于一时见闻，本末不相知，率多舛误[11]，皆此文之类。李白集中称刺章仇兼琼[12]，与《唐书》[13]所载不同，此《唐书》误也。

【注释】

①严武（726年—765年）：字季鹰，唐玄宗时期的名臣，曾任京兆少尹、御史中丞等京官，尤其是担任多年的剑南节度使，是镇守一方的武

将，但也能作诗。

②剑南节度使：即剑南西川节度使，主要管辖今四川地区。

③李白（701年—762年）：字太白，唐代著名诗人，有“诗仙”之称。

④《蜀道难》：李白的代表诗作之一，是一首七言古诗，全诗气势磅礴，极力表现蜀道的险峻。

⑤孟棨（qǐ）：唐代人，所撰写的《本事诗》，是一部主要记载唐代众多诗人事迹的笔记。

⑥贺知章（659年—744年）：字季真，自号四明狂客，唐代诗人，曾任礼部侍郎、秘书监等，代表诗作有《咏柳》《回乡偶书》等。

⑦首诣（yì）：第一个拜访。

⑧数四：数次、多次。

⑨至德：唐肃宗李亨的年号，公元756年至757年。

⑩肃宗：指唐肃宗李亨，死于宫廷政变。

⑪舛（chuǎn）误：错误。

⑫刺章仇兼琼：刺，讽刺。章仇兼琼，人名，唐代官员，曾在唐玄宗时期任剑南节度使。

⑬《唐书》：一般指《旧唐书》与《新唐书》两部有关唐代历史的正史，又称两唐书。

【译文】

以前的史官说严武在当剑南节度使的时候，放肆不遵守法度，李白就因此写了《蜀道难》。根据孟棨的记载，李白初到京师，贺知章听闻他的大名，第一个去拜访他，李白就拿出《蜀道难》，贺知章还没有读完，就称叹了好几次。那时是天宝初年，此时李白就已经写作了《蜀道难》。严武任剑南节度使，是在唐肃宗至德年以后，年代相差很远。大概是小说所记载，来源于一时的听闻，所以事情本末不熟悉，就有很多错误，大都如前面所说的例子一样。李白的诗集说这首诗是讽刺章仇兼琼的，这与《唐书》记载不一样，是《唐书》弄错了。

81 旧《尚书·禹贡》云"云梦[1]土作乂[2]"，太宗皇帝[3]时得古本《尚书》，作"云土梦作乂[4]"，诏改《禹贡》从古本。予按，孔安国注"云梦之泽在江南"，不然也。据《左传》：吴人入郢[5]，"楚子[6]涉睢[7]济江，入于云中。王寝，盗攻之，以戈击王，王奔郧[8]"。楚子自郢西走涉睢，则当出于江南；其后涉江入云中，遂奔郧，郧则今之安州[9]。涉江而后至云，入云然后至郧，则云在江北也。《左传》曰："郑伯[10]如楚，王以田江南之梦[11]。"杜预注云："楚之云、梦，跨江南、北。"曰"江南之梦"，则云在江北明矣。元丰中，予自随州[12]道安陆[13]入于汉口[14]，有景陵[15]主簿[16]郭思者能言汉、沔间[17]地理，亦以谓江南为梦、江北为云。予以《左传》验之，思之说信然。江南则今之公安[18]、石首[19]、建宁[20]等县，江北则玉沙[21]、监利[22]、景陵等县，乃水之所委[23]，其地最下，江南上浙[24]，水出稍高，云方土而梦已作乂矣，此古本之为允也。

【注释】

①云梦：战国时期楚国的游猎区，在今江陵以东的江汉平原上，先秦文献中所说的云梦泽指的是这一地区的湖泽。

②土作乂：乂为除草之义，引申为耕作。该句的意思为云梦泽中有高平之地，水退时便可以耕作。

③太宗皇帝：指宋太宗赵炅。

④云土梦作乂：云泽中土地将要露出的时候，梦泽已经开始耕作了。

⑤郢(yǐng)：春秋时楚国国都，楚曾多次迁都，此指今湖北江陵。

⑥楚子：指楚昭王，楚平王之子，于吴楚柏举之战时流亡郧、随，使楚国得以延续。

⑦睢(jū)：即今湖北省中部偏西的沮水。

⑧郧(yún)：春秋时期的郧国，在今湖北安陆北。

⑨安州：州名，属荆湖北路，治所在今湖北安陆。

⑩郑伯：指春秋时期郑国的国君。

⑪王以田江南之梦：引文出自《左传·昭公三年》，此处的王指的是楚灵王。田指打猎。

⑫随州：州名，属京西南路，治所在今湖北随州。

⑬安陆：即今湖北安陆县，为荆湖北路所属安州的治所。

⑭汉口：指汉水注入长江的入口附近。

⑮景陵：即今湖北天门，为荆湖北路所属复州的治所。

⑯主簿：宋代县一级职官名。掌县之簿书，凡户租出版、出纳之会，符檄之委，狱讼之成，皆总而治之。

⑰汉、沔（miǎn）间：泛指今汉水与长江交汇的地区。汉、沔本一水，汉水注入长江处谓之沔口，即今汉口。

⑱公安：即今湖北公安，宋代属江陵府。

⑲石首：即今湖北石首，宋代属江陵府。

⑳建宁：在今湖北监利西南，宋代属江陵府。

㉑玉沙：在今湖北仙桃东南，宋代属复州。

㉒监利：即今湖北监利，宋代属江陵府。

㉓委：指水流的汇聚。

㉔上淅：指地势稍高。

【译文】

以往的《尚书·禹贡》记载“云梦土作乂”，本朝太宗皇帝时得到古本《尚书》，该句作“云土梦作乂”，于是下令将《禹贡》篇中的这五个字改从古本。据我查考，现存孔安国的注“云梦之泽在江南”，这种说法是不恰当的。据《左传》的记载：吴人攻入郢都，“楚昭王涉过雎水，又渡长江，逃入云泽之中。昭王在云泽中睡觉时，有盗贼攻击他，用戈来击打昭王，昭王于是逃奔郧国”。楚昭王从郢都往西逃而涉过雎水，那么他应该是先逃到了长江以南；此后又渡江进入云泽，再从云泽逃奔郧国，郧就是现在的安州。渡过长江以后进入云泽，进入云泽然后到达郧国，那么云泽就是在长江以北。《左传》又载：“郑伯来到楚国，楚王和他一起在江南的梦泽打猎。”杜预注释说：“楚国的云、梦泽，跨长江的南、北。”既然《左传》说

“江南之梦”，那么云泽在江北就显而易见了。元丰年间，我从随州取道安陆来到汉水的入江口，有个担任景陵主簿叫郭思的人颇能谈论汉、沔地区的古今地理，他也认为在长江以南的是梦泽，长江以北的是云泽。我用《左传》的记载来验证，认为郭思的说法是可信的。长江以南就是如今的公安、石首、建宁等县，长江以北则是玉沙、监利、景陵等县，这一带是众多水流汇聚的地方，因为地势最低，而长江以南地势稍高，大水消退后露出水面的地也较江北要稍高一些，所以才说云泽中的土地刚刚露出水面而梦泽中的土地已经可以耕作了，这也是古本的记载更为妥当的地方。

乐　律

这里所谓乐律，指与音乐有关的音律、曲子、乐器，以及与音乐有关的故事。如第99条记载了《霓裳羽衣曲》这一唐代著名乐曲的相关传说；第106条记载了《广陵散》这一名曲与政治之间的若干联系，体现了这一名曲背后的政治意义；第115条则体现了沈括对共振现象的深刻思考。通过阅读此类记载，我们可以了解沈括在音乐方面的精深造诣，说明古人对物理声学现象已经有了较深的认知。

82 《周礼》[①]："凡乐，圜钟[②]为宫[③]，黄钟为角，太蔟为徵，姑洗为羽，若乐六变[④]则天神皆降，可得而礼[⑤]矣；函钟[⑥]为宫，太蔟为角，姑洗为徵，南吕为羽，若乐八变即地祇皆出，可得而礼矣；黄钟为宫，大吕为角，太蔟为徵，应钟为羽，若乐九变则人鬼可得而礼矣。"凡声之高下列为五等，以宫、商、角、徵、羽名之，为之主者曰宫，次二曰商，次三曰角，次四曰徵，次五曰羽，此谓之序。名可易[⑦]，序不可易。圜钟为宫，则黄钟乃第五羽声也[⑧]，今则谓之角[⑨]，虽谓之角，名则易矣，其实第五之声安能变哉，强谓之角而已，先王为乐之意盖不如是也。世之乐[⑩]异乎郊庙之乐[⑪]者，如圜钟为宫则林钟角声也，乐有用林钟者则变而用黄钟[⑫]，此祀天神之音云耳，非谓能易羽以为角也；函钟为宫则太蔟徵声也，乐有用太蔟者则变而用姑洗，此求地祇之音云耳，非谓能易羽以为徵也；黄钟为宫则南吕羽声也，乐有用南吕者则变而用应钟，此求人鬼之音云耳，非谓能变均[⑬]外间声以为羽也。应钟，黄钟宫之变徵[⑭]，文、武之世不用二变声，所以在均外。鬼神之情当以类[15]求之，朱弦[16]、越席[17]、太羹[18]、明酒[19]，所以交于冥莫[20]者异乎养道[21]，此所以变其律也。

声之不用商[22]，先儒以谓恶杀声也，黄钟之太蔟、函钟之南吕皆商也[23]，是杀声未尝不用也。所以不用商者，商，中声也。宫生[24]徵，徵生商，商生羽，羽生角。故商为中声。降兴上下之神，虚其中声人声也，遗乎人声所以致一于鬼神也。宗庙之乐宫为之先[25]，其次角，又次徵，又次羽。宫、角、徵、羽相次者，人乐之叙也，故以之求人鬼。世乐之叙宫、商、角、徵、羽，此但无商耳，其余悉用，此人乐之叙也。何以知宫为先，其次角，又次徵，又次羽？以律吕次叙知之也。黄钟最长[26]，大吕次长，太蔟又次，应钟最短，此其叙也。圜丘方泽之乐[27]皆以角为先，其次徵，又次宫，又次羽。始于角木，木生火[28]，火生土，土生水。越金，不用商也。木、火、土、水相次者，天地之叙，故以之礼天地。五行之序：木生火，火生土，土生金，金生水。此但不用金耳，其余悉用。此叙天地之叙也。何以知其角为先，其次徵，又次宫，又次羽？以律吕次叙知之也。黄钟最长，太蔟次长，圜钟又次，姑洗又次，函钟又次，南吕最短，此其叙也。此四音之叙也。

天之气始于子[29]，故先以黄钟，天之功毕于三月，故终之以姑洗；地之功见于正月，故先之以太蔟，毕于八月，故终之以南吕；幽阴之气钟于北方，人之所终归、鬼之所藏也，故先之以黄钟、终之以应钟，此三乐之始终也。角者物生之始也[30]，徵者物之成[31]，羽者物之终[32]。天之气始于十一月，至于正月万物萌动，地功见处则天功之成也，故地以太蔟为角、天以太蔟为徵；三月万物悉达，天功毕处则地功之成也，故天以姑洗为羽、地以姑洗为徵；八月生物尽成，地之功终焉，故南吕以为羽，圜丘乐虽以圜钟为宫而曰“乃奏黄钟，以祀天神”[33]，方泽乐虽以函钟为宫而曰“乃奏太蔟，以祭地祇”。盖圜丘之乐始于黄钟，方泽之乐始于太蔟也。天地之乐止是世乐黄钟一均耳，以此黄钟一均分为天地二乐。黄钟之均，黄钟为宫、太蔟为商、姑洗为角，林钟为方泽乐而已，唯圜钟一律不在均内[34]。天功毕于三月，则宫声自合在徵之后、羽之前，正当用夹钟也。二乐何以专用黄钟一均？盖黄钟，正均也[35]，乐之全体，非十一均之类也。故《汉志》“自黄钟为宫则皆以正声应，无有忽微[36]；他律虽当其月为宫，则和应之律有空积[37]忽微，不得其正”。其均起十一月，终于八月[38]，统一岁之事也。他均则各主一月而已。古乐有下徵调[39]，沈休文[40]《宋书》曰：“下徵调法：林钟为宫，南吕为商。”林钟本正声黄钟之徵变，谓之下徵调。马融[41]《长笛赋》曰：“反商下徵，每各异善。”谓南吕本黄钟之羽[42]，变为下徵之商，皆以黄钟为主而已。此天地相与之叙也。人鬼始于正北[43]，成于东北，终于西北，萃于幽阴之地[44]也。始于十一月而成于正月者，幽阴之魄，稍出于东方也，全处幽阴则不与人接，稍出于东方，故人鬼可得而礼也；终则复归于幽阴，复其常也。唯羽声独远于他均[45]者，世乐始于十一月、终于八月者，天地岁事之一终也，鬼道无穷，非若岁事之有卒，故尽十二律然后终。事先追远之道，厚之至也。此庙乐之始终也。人鬼尽十二律为义则始于黄钟、终于应钟，以宫、商、角、徵、羽为叙则始于宫声，自当以黄钟为宫也。天神始于黄钟、终于姑洗，以木、火、土、金、水为叙，则宫声当在太蔟徵之后、姑洗羽之前[46]，则自当以圜钟为宫也。地祇始于太蔟、终于南吕，以木、火、土、金、水为叙，则宫声当在姑洗徵之后、南吕羽之前，中间唯函钟当均[47]，自当以函钟为宫也。天神用圜钟之后、姑洗之前，唯有一律自然合用也。不曰夹钟而曰圜钟者，以天体言之[48]也；不曰林钟曰函钟者，以地道言之[49]也；黄钟无异名，人道也。此三律为宫，次叙定理，非可以意凿也。

圜钟六变，函钟八变，黄钟九变，同会于卯。卯者昏明之交[50]，所以交上下、通幽明、合人神，故天神、地祇、人鬼可得而礼也。自辰以往常在昼，自寅以来常在夜，故卯为昏明之交，当其中间、昼夜夹之，故谓之夹钟。黄钟一变[51]为林钟，再变为太蔟，三变南吕，四变姑洗，五变应钟，六变蕤宾，七变大吕，八变夷则，九变夹钟。函钟一变为太蔟，再变为南吕，三变姑洗，四变应钟，五变蕤宾，六变大吕，七变夷则，八变夹钟也。圜钟一变为无射，再变为中吕，三变为黄钟清宫[32]，四变合至林钟，林钟无清宫[33]，至太蔟清宫为四变；五变合至南吕，南吕无清宫，直至大吕清宫为五变；六变合至夷则，夷则无清宫，直至夹钟清宫为六变也。十二律，黄钟、大吕、太蔟、夹钟四律有清宫，总谓之十六律。自姑洗至应钟八律皆无清宫，但处位而已。此皆天理不可易者，古人以为难知，盖不深索之。听其声，求其义，考其序，无毫发可移。此所谓天理也，一者人鬼，以宫、商、角、徵、羽为序者；二者天神，三者地祇，皆以木、火、土、金、水为序者；四者以黄钟一均分为天地二乐者；五者六变、八变、九变皆会于夹钟者。

【注释】

①《周礼》：以下引文出自《周礼·春官·大司乐》，略有删节。《周礼》为儒家经典之一，据说为西周时期的周公旦所著。

②圜钟：即十二律中的夹钟。十二律为我国传统音乐所用的律制，即用三分损益法将一个八度音分为十二个不完全相等的半音的律制。各律从低到高依次为：黄钟、大吕、太蔟(cù)、夹钟、姑洗、中吕、蕤(ruí)宾、林钟、夷则、南吕、无射(yì)、应钟。其中奇数序的各律称作律，偶数序的各律称作吕，合称为六律六吕或者律吕。

③宫：我国传统音乐中的五音之一。五音，亦称五声，由宫、商、角、徵(zhǐ)、羽五个音阶(相当于现代音乐中的1、2、3、5、6)构成。将十二律和五音相结合能构成不同音高的调式，五音本身也能构成宫调、商调、角调、徵调、羽调等五种调式，每种调式的主音都能据十二律来固定音高。如将宫调的主音1取黄钟音高，即为黄钟宫；商调的主音2取南吕音高，即为南吕商。也即《礼记·礼运》所云“五声、六律、十二管还相为宫”，古称之为旋宫。圜钟为宫就是宫调的主音取夹钟音高，余皆仿此。

④六变：解经的人众说纷纭：贾公彦认为六变是指配合乐曲的舞蹈变换六次队形；孙诒让认为指演奏六段乐曲；还有人认为指乐曲的声调变换。

⑤礼：指正式的祭祀仪式。

⑥函钟：即十二律中的林钟。

⑦名可易：指音高可以有变动。

⑧圜钟为宫，则黄钟乃第五羽声也：宫调主音若取夹钟音高，则其音阶中五个音级的音高分别为：宫音夹钟、商音中吕、角音林钟、徵音无射、羽音黄钟。下文“圜钟为宫则林钟角声也”亦指此而言。

⑨今则谓之角：指引文中的“黄钟为角”。沈括的意思为，若按圜钟为宫来推算，黄钟应为羽，但行文中把它称为角。

⑩世之乐：指不同于宗庙祭祀的一般乐曲而言。

⑪郊庙之乐：指引文中“天神”“地祇”“人鬼”的三大祭之乐。

⑫乐有用林钟者则变而用黄钟：此处仍在解释“黄钟为角”。按圜钟为宫来推算，角的音高为林钟，但是在祭天神的时候，奏这个调的角音要改以黄钟为音高。因为黄钟在这个调式中原应是羽的音高，所以下文“易羽以为角”即指此。

⑬均(yùn)：指按十二律取定音高的某一组音阶。以此处提到的“黄钟为宫”为例，宫调的主音取黄钟音高，则宫音黄钟、商音太蔟、角音姑洗、徵音林钟、羽音南吕。而前文提到的应钟不在这一组音阶之内，或者说合不上这组音阶中的任何一个音级，所以称为“均外间声”。

⑭变徵：我国传统乐曲所采用的音阶除了五声之外，还有七声音阶。七声是在五声的基础上加入变徵、变宫(相当于现今的4、7音，其中，变徵置于角、徵之间，变宫置于羽、宫之间)，这两个变声合称为二变。这里的变徵是二变的泛称，不专指变徵。

⑮类：指性质。

⑯朱弦：指祭祀时弦乐器上的弦为红色。《礼记·乐记》云：“清庙之瑟朱弦而疏越。”郑玄注云，用朱弦是为了使乐音低沉。

⑰越席：蒲席。

⑱太羹：即大羹，指不加调味料的肉汁，祭祀时的供品。《礼记·礼器》云“大羹不和”，孔颖达疏云：“太古初变腥，但煮肉而饮其汁，未知调和。后人祭既重古，但盛肉汁，谓之大羹不和。”

⑲明酒：指祭祀中所用的新酒。

⑳交于冥莫：指沟通神灵幽冥。

㉑异乎养道：即不同于平常的生活习俗。

㉒声之不用商：指《周礼》所列三大祭的乐调中没有商调。郑玄注云："此乐无商者，祭尚柔，商坚刚也。"所谓"商坚刚也"可以理解为商调比较高昂，不宜用作祭祀之乐；更主要的可能是从其社会象征含义来考量的。古人将五音和五行、方位、季节相配，角为东方、木、春，徵为南方、火、夏，商为西方、金、秋，羽为北方、水、冬，宫为中央、土。与商所配的西方、金、秋都有肃杀之意，故商又称杀声、坚刚。也即下文所说的"先儒以谓恶杀声也"之意。

㉓黄钟之太蔟、函钟之南吕皆商也：若宫调主音取黄钟音高，则太蔟一音就相当于商；若宫调主音取林钟音高，则南吕一音就相当于商。沈括此处的意思是说《周礼》三大祭中实际上是有商音的。但是"声之不用商"可以理解为不用商调，也可以理解为乐曲中不用商音，所以此处的反驳稍显片面。

㉔生：指用三分损益法在基本音高的基础上产生出音阶中各音的标准音高。

㉕宗庙之乐宫为之先：指《周礼》三大祭乐中的"人鬼"之乐。所谓"人鬼"即指已逝去的先祖，故此称宗庙之乐。沈括这里的意思是说祭祀"人鬼"之乐的四音（宫、角、徵、羽）中，宫的次序在最前面。

㉖黄钟最长：在祭祀"人鬼"之乐中，"黄钟为宫，大吕为角，太蔟为徵，应钟为羽"。按照十二律次序排比，依次为黄钟、大吕、太蔟、应钟，与之对应的五音次序为宫、角、徵、羽。十二律从黄钟到应钟的先后次序也是这一组乐音从低到高的次序，如果用同样管径的律管（定音管）来确定音高，则音律越低律管越长，所以说"黄钟最长"。

㉗圜丘方泽之乐：指《周礼》三大祭乐中的祀"天神""地祇"之乐。圜丘是祭天的场所，方泽是祭地的方形水池（类似于清代在京城所建的地坛）。

㉘木生火：此指五行相生，其序为木生火、火生土、土生金、金生水。

㉙天之气始于子：古人将十二地支（子、丑、寅、卯、辰、巳、午、未、申、酉、戌、亥）分别代表十二个月（十一月为子，十二月为丑，正月为寅……以此类推），并以阴、阳二气的此消彼长来说明一年之内的气候与自然现象。十一月（子）阳气始生，阴气最旺盛；正月（寅）阳气开始成长而阴气则活力衰弱；三月（辰）阳气走向繁荣而阴气终止活动；五月（午）阳气最旺盛而阴气始生；八月（酉）阳气逐渐停止活动而阴气开始活跃，如此循环不息。古人也将十二月与十二律相配，黄钟配十一月而为子，大吕配十二月而为丑……以此类推。这里所说的“天之气始于子”，是把“天之气”对应“阳气”而言。

㉚角者物生之始也：角对应东方、春，正是万物始生的季节。《汉书·律历志》载：“角，触也，物触地而出，戴芒角也。”

㉛徵者物之成：徵对应南方、夏，正是万物繁茂生长的季节。《汉书·律历志》载：“徵，祉也，物盛大而繁祉也。”

㉜羽者物之终：羽对应北方、冬，是万物终藏蛰伏的季节。《汉书·律历志》载：“羽，宇也，物聚藏宇覆之也。”

㉝乃奏黄钟，以祀天神：与下文“乃奏太蔟，以祭地祇”均引自《周礼·春官·大司乐》。

㉞圜钟一律不在均内：若宫调取黄钟音高，则圜钟（夹钟）一音不合于这一组五声音阶中的任何一个音级。

㉟正均也：指宫调主音取黄钟音高的这一组音阶的乐音最纯正准确，而且十二个半音都是以黄钟音为基础确定的，所以后文也说它为“乐之全体”。

㊱无有忽微：即没有误差。孟康注云：“忽微，若有若无，细于发者也。谓正声无有残分也。”

㊲空积：指没有相应的律与音阶相对应。

㊳均起十一月，终于八月：黄钟宫这一组音阶，始于黄钟，终于南吕。黄钟对应十一月、子，南吕对应八月、酉。所以这里说“均起十一月，终于

八月”。

㊴下徵调：指七声音阶中的新音阶。在新音阶中，变徵改取比角升半个音，相对于古音阶之变徵取比徵低半个音来说，又低了半个音，所以说是下徵。

㊵沈休文：即沈约(441年—513年)，字休文。南朝文学家、史学家。撰有《宋书》一百卷。

㊶马融：字季长，东汉著名的经学家、文学家。

㊷南吕本黄钟之羽：在黄钟宫中，羽的音高相当于南吕。

㊸人鬼始于正北：《周礼》三大祭中的“人鬼”之乐，以“黄钟为宫，大吕为角，太蔟为徵，应钟为羽”。黄钟配十一月、子，子在十二支中位正北。下文“成于东北”，即上文“徵者物之成”，乐配一月、寅之太蔟为徵，寅在十二支中近东北；同理，“终于西北”，即“羽者物之终”，乐配十月、亥之应钟为羽，亥在十二支中近西北。

㊹幽阴之地：按照五行理论，北方属水，为幽阴之地。

㊺羽声独远于他均：指“人鬼”之乐中徵、羽之间的音距比“天神”“地祇”的徵、羽音距都要长。

㊻宫声当在太蔟徵之后、姑洗羽之前：“天神”之乐始于黄钟、终于姑洗，其中太蔟徵属火、姑洗羽属水，按照五行次序，属土之宫应在这两者之间。这两个音中间的一个半音是夹钟，即下文所云“自当以圜钟为宫”。

㊼中间唯函钟当均：在姑洗与南吕之间有四个半音，用五声音阶衡量，只有林钟合于音阶，其他三个半音都不在音级上，所以说“中间唯函钟当均”。

㊽以天体言之：古有天圆地方说，《易·说卦》：“乾为天，为圜。”所以这里沈括认为夹钟用于“天神”之乐而称“圜钟”，是“以天体言之”。

㊾以地道言之：古人以地能包容万物，所以这里沈括认为林钟用于“地祇”之乐而称“函钟”，是“以地道言之”。

㊿卯者昏明之交：按照十二支纪时法，卯时相当于早晨的五至七时，

此后即是白天(即下文“自辰以往常在昼”),此前尚属黑夜和凌晨(即下文“自寅以来常在夜”),所以位于寅、辰之间的卯是在“昏明之交”。

(51)变:指按照三分损益法在基本音高的基础上产生十二律的各个半音。

(52)黄钟清宫:若以宫调主音的音高为黄钟,则以比它高一个八度音声为宫调主音音高的称黄钟清宫,也即黄钟宫音阶各音都升高八度为黄钟清宫。

(53)无清宫:从理论上说,与五音相配的十二律都可升高八度,但由于十二律的半音不相等,所以升高一个八度后,不一定能和原来相合的五声音阶相对应,这种情况称为无清宫。

【译文】

《周礼》云:“凡乐,圜钟为宫,黄钟为角,太蔟为徵,姑洗为羽,若乐六变则天神皆降,可得而礼矣;函钟为宫,太蔟为角,姑洗为徵,南吕为羽,若乐八变即地祇皆出,可得而礼矣;黄钟为宫,大吕为角,太蔟为徵,应钟为羽,若乐九变则人鬼可得而礼矣。”音声按高低分为五等,各用宫、商、角、徵、羽来命名,首先是宫,其次是商,其三是角,其四是徵,最后是羽,这就是次序。名称可以改变,次序不可以变动。如果以圜钟为宫声,那么黄钟就是第五位的羽声,现在却称它为角声,虽然称它为角声,名称变了,但是实质是第五羽声怎能变呢,只不过是牵强地称它为角声罢了,远古的圣王制乐的本意大概不是这样。一般的音乐和郊庙祭祀的音乐有差别,比如圜钟为宫,那么林钟就是角声,乐中每逢有用林钟的地方就改用黄钟,这是祭祀天神的音乐,所以需要如此,并不是说能把羽声变成角声;再如函钟为宫,那么太蔟就是徵声,乐中每逢有用太蔟的地方就改用姑洗,这是祭祀地祇的音乐,所以需要如此,并不是说能把羽声变为徵声;又如黄钟为宫,那么南吕就是羽声,乐中每逢有用南吕的地方就改用应钟,这是祭祀祖宗的音乐,所以需要如此,并不是说能把音阶之外的音声变为羽声。应钟是黄钟宫的变徵,周文王、周武王的时代不用变徵、变宫这两个变声,所以它们在音阶之外。鬼神在音乐上的喜好应当根据其性质来推求，如朱弦、蒲席、太羹、新酒，这些用来沟通鬼神的东西都不同于人们的日常生活习惯，这也就是祭祀鬼神的音乐要改换音声的缘故。

郊庙祭祀之乐中不用商声，从前的学者认为是厌恶肃杀之声，实际上黄钟为宫时的太蔟、函钟为宫时的南吕都是商声，因此并不是不用商声。之所以不用商声，是因为商声是中声。宫生徵，徵生商，商生羽，羽生角。商在中间，所以说它是中声。恭请天上、地下的鬼神降临，把中声即人声略去，略去人声是为了向鬼神致以虔诚的心意。祭祀宗庙的音乐中，宫的次序在最前面，其次是角，再次是徵，最后是羽。以宫、角、徵、羽的次序排列，是人乐的顺序，所以用它来恭迎祖先。一般的音乐顺序为宫、商、角、徵、羽，宗庙的祭祀音乐只是不用商声而已，其他的音声都用，这是人乐的次序。如何知道祭乐是将宫排在最前，其次是角，再次是徵，最后是羽呢？是根据音律的次序知道的。黄钟最长，其次是大吕，再次是太蔟，应钟最短，这就是它的次序。在祭祀天地时所用的音乐都是将角排在最前面，其次是徵，再次是宫，最后是羽。在相应的五行中，角对应木，木生火，火生土，土生水。越过金，因其不用商。木、火、土、水这样的次序是天地自然的次序，因此可以用来作为敬奉天地的礼仪。五行的次序是：木生火，火生土，土生金，金生水。这里只是不用金而已，其他的都用。这个次序是天地的次序。如何知道祭乐是将角排在最前，其次是徵，再次是宫，最后排羽呢？是根据音律的次序知道的。黄钟最长，太蔟比黄钟短，圜钟又比太蔟短，姑洗又比圜钟短，函钟又比姑洗短，南吕最短，这就是它的次序。这是祭乐中四音的次序。

天之气始于子，所以把黄钟放在最前面，天之功完成于三月，所以把姑洗放在最后；地之功从正月开始显示，所以把太蔟放在最前面，完成于八月，所以把南吕放到最后；幽阴之气聚集在北方，这里是人的归宿，是鬼魂藏身的地方，所以祭祀祖先的音乐以黄钟开始，以应钟结束，这是三大祭乐的始终。角代表万物初生，徵代表万物繁茂，羽代表万物蛰伏。天之气始于十一月，到了正月万物萌发活动，地功开始显现而天功已经成熟，所以地以太蔟为角、天以太蔟为徵；三月万物都生长起来，天功完毕而地功也已成熟，所以天以姑洗为羽、地以姑洗为徵；八月万物都已成熟，地功全部终结，所以地以南吕为羽，祭天之乐虽以圜钟为宫，却说“乃奏黄钟，以祀天神”，祭地之乐虽以函钟为宫，却说“乃奏太蔟，以祭地祇”。大概是因为祭天之乐始于黄钟，而祭地之乐始于太蔟。祭祀天神地祇的音乐只是一般音乐中的黄钟宫一调而已，把这一黄钟宫调分为天、地二乐。黄钟宫之调，以黄钟为宫、太蔟为商、姑洗为角，林钟则用于祭祀地祇之乐，唯有圜钟这一音声不在音级之内。天功在三月完成，那么宫声应当在徵之后、羽之前，正应当用夹钟。祭祀天神地祇的音乐为何专用黄钟宫一调？大概是因为黄钟的乐声相对纯正，也包含了全体乐声，和其他十一调不一样。所以《汉书·律历志》说“自黄钟为宫，那么都以正声应和，没有偏差；其他律虽然在其对应的月份为宫，然而应和之律会有偏差或者没有相应的律与音阶对应，不能获得正声”。黄钟宫开始于十一月，终于八月，统摄一年的事情。其他音声则只各自主持所对应的一个月而已。古乐有下徵调，沈约的《宋书》云：“下徵调法：林钟为宫，南吕为商。”林钟一宫以正声黄钟为变徵，这就称为下徵调。马融《长笛赋》云：“反商下徵，每各异善。”是说南吕原本是黄钟宫的羽声，变成了下徵调中的商声，这都是以黄钟为主。这是祭祀天神、地祇的次序。祭祀祖先的音乐始于正北的黄钟，成于东北的太蔟，终于西北的应钟，都汇聚于幽阴的北方。始于十一月而成就于正月，是因为幽阴的魂魄在东方稍现，如果完全处于幽阴的地方就不能与人接触，稍现于东方，那么逝去的祖先才能得到敬奉；祖先最终会回归于幽阴之地，即恢复其常态。乐中唯独羽声的音阶比其他音调要长，是因为一般的音乐始于十一月、终于八月，代表天地间时令的一个循环，鬼道没有穷尽，不像岁时那般有尽头，所以要穷尽十二律之后才终结。这里侍奉祖先、追怀先人的用意是相当深远的。这就是祭祀祖先的音乐的开始和终结。祭祀祖先之乐以穷尽十二律为义则开始于黄钟、终结于应钟，以宫、商、角、徵、羽为序则始于宫声，自然应当以黄钟为宫。祭祀天神之乐开始于黄钟、终结于姑洗，以木、火、土、金、水为序，那么宫声应当在太蔟徵之后、姑洗羽之前，那么自然应当以圜钟为宫声。祭祀地祇之乐始于太蔟、终结于南吕，以木、火、土、金、水为序，那么宫声应当在姑洗徵之后、南吕羽之前，中间只有函钟在音阶上，自然应当以函钟为宫声。祭祀天神之乐的宫声在圜钟之后、姑洗之前，中间唯有一个音声自然合用。不称为夹钟而称为圜钟，是按照天的形状来称呼的；不称为林钟而称为函钟，是用地的性质来说的；黄钟没有别的称呼，是因为人道。祭乐中以这三律为宫声，其次序都有一定的道理，是不可以随意穿凿附会的。

圜钟之音六变，函钟之音八变，黄钟之音九变，都会集于卯。卯是黑夜和光明的交汇点，所以能交联天地、沟通幽明、会合人神，所以天神、地祇、人鬼都能够在这里得到敬奉。自辰以后都是白天，寅以前都是黑夜，所以卯时为昼与夜的交汇，与卯相应的音律处于白昼和黑夜的夹持之中，所以称之为夹钟。黄钟一变为林钟，再变为太蔟，三变为南吕，四变为姑洗，五变为应钟，六变为蕤宾，七变为大吕，八变为夷则，九变为夹钟。函钟一变为太蔟，再变为南吕，三变为姑洗，四变为应钟，五变为蕤宾，六变为大吕，七变为夷则，八变为夹钟。圜钟一变为无射，再变为中吕，三变为黄钟清宫，四变正好到林钟，林钟无清宫，至太蔟清宫为四变；五变正好到南吕，南吕无清宫，直至大吕清宫为五变；六变正好到夷则，夷则无清宫，直至夹钟清宫为六变。十二律中，黄钟、大吕、太蔟、夹钟四律有清宫，总称为十六律。从姑洗至应钟这八律都没有清宫，只是占据一个位置罢了。这些都是天理不可改动的，古人认为难以理解，恐怕是没有深入地探索。聆听其乐声，推求其含义，考定其次序，不可有丝毫的改动。这里所谓的天理，一是指祭祀祖先的音乐以宫、商、角、徵、羽为序；二是祭祀天神的音乐，三是祭祀地祇的音乐，都以木、火、土、金、水为序；四是以黄钟宫一调分为祭祀天、地两种音乐；五是六变、八变、九变都会聚于夹钟。

83　六吕[①]，三曰钟，三曰吕。夹钟、林钟、应钟。大吕、中吕、南吕。钟与吕常相间，常相对，六吕之间复自有阴阳[②]也。纳音之法[③]：申子辰巳酉丑为阳纪，寅午戌亥卯未为阴纪。亥、卯、未曰夹钟、林钟、应钟[④]，阴中之阴[⑤]也。黄钟者，阳之所钟[⑥]也。夹钟、林钟、应钟，阴之所钟也。故皆谓之钟。巳、酉、丑曰大吕、中吕、南吕[⑦]，阴中之阳也。吕，助也，能时出而助阳也，故皆谓之吕。

【注释】

①六吕:古乐的十二调称为十二律,又分为六律六吕。六律,黄钟、太蔟、姑洗、蕤宾、夷则、无射。六吕,大吕、应钟、南吕、林钟、中吕、夹钟。

②复自有阴阳:大吕、南吕、中吕为阳吕;应钟、林钟、夹钟为阴吕。

③纳音之法:古代术数之学,以天干、地支与五行、五音等相配,可用于占卜。

④亥、卯、未曰夹钟、林钟、应钟:夹钟为卯、林钟为未、应钟为亥。这是用十二地支与十二律相配。

⑤阴中之阴:原作"阳中之阴",此处根据文义改。

⑥钟:汇集、汇聚、凝聚。

⑦巳、酉、丑曰大吕、中吕、南吕:原作无"曰"字,此处根据文义增补。这也是地支与音律相配。大吕为丑、中吕为巳、南吕为酉。

【译文】

十二律中的六吕,三个叫作钟,三个叫作吕。夹钟、林钟、应钟。大吕、中吕、南吕。钟与吕一般是相间隔的,也是相对应的,并且六吕之间也是有阴阳之分的。纳音的方法:申子辰巳酉丑归为阳纪,寅午戌亥卯未归为阴纪。亥、卯、未对应夹钟、林钟、应钟,是阴中有阴。黄钟,是阳气聚集之音。夹钟、林钟、应钟,是阴气聚集之音。所以都称作钟。巳、酉、丑对应大吕、中吕、南吕,是阴中有阳。吕,是辅助的意思,即能够时常出现辅助阳气,所以都称作吕。

84 《汉志》①:"阴阳相生,自黄钟始,而左旋②,八八为伍③。"八八为伍者,谓一上生与一下生相间④,如此则自大吕以后律数皆差⑤,须自蕤宾再上生方得本数,此八八为伍之误也。或曰律无上生吕之理,但当下生而用浊倍⑥。二说皆通,然至蕤宾清宫⑦生大吕清宫又当再上生,如此时上时下即非自然之数,不免牵合矣。自子至巳⑧为阳律、阳吕,自午至亥⑨为阴律、阴吕。凡阳律、阳吕皆下生[10]，阴律、阴吕皆上生[11]。故巳方之律谓之中吕，言阴阳至此而中也；中吕当读如本字，作“仲”非也。至午则谓之蕤宾，阳常为主、阴常为宾[12]，蕤宾者，阳至此而为宾也。纳音之法，自黄钟相生至于中吕而中谓之阳纪，自蕤宾相生至于应钟而终谓之阴纪，盖中吕为阴阳之中、子午为阴阳之分也。

【注释】

①《汉志》：指《汉书·律历志》，专门记载乐律、历法等，为班固所撰写。

②左旋：指逆时针方向。

③八八为伍：亦称隔八相生，是依据作为基准的标准律管（一般是黄钟）长度，用三分损益法来定出其他各律标准管长的规律。按照十二律相生的次序，黄钟生林钟，林钟生太蔟，太蔟生南吕，南吕生姑洗，姑洗生应钟，应钟生蕤宾，蕤宾生大吕，大吕生夷则……黄钟配子、林钟配未、太蔟配寅，从子至未共八个支辰，从未至寅也是八个支辰，故称八八为伍。

④一上生与一下生相间：黄钟生林钟为三分损一，林钟生太蔟为三分益一，太蔟生南吕又是三分损一，故称一上生与一下生相间。

⑤自大吕以后律数皆差：大吕由蕤宾所生，蕤宾本身由应钟三分益一得来，按照一上生与一下生相间的原则，应该是蕤宾三分损一得大吕，但是这样得到的律数只有应有长度的一半，所以蕤宾必须仍经三分益一生大吕，即后文所说的“须自蕤宾再上生方得本数”。

⑥下生而用浊倍：即仍以蕤宾三分损一生大吕，然后按照浊音之例加倍。

⑦清宫：十二律均有正、清、浊之分，清宫比正声高八度音，浊宫比正声低八度音。在同样管径的条件下，清宫各律管长只有正声同律的一半，浊宫各律管长则为正声同律的一倍。

⑧自子至巳：指子、丑、寅、卯、辰、巳。其中和子、寅、辰对应的是律，和丑、卯、巳对应的是吕。

⑨自午至亥：指午、未、申、酉、戌、亥。其中和午、申、戌对应的是律，和未、酉、亥对应的是吕。

⑩阳律、阳吕皆下生：黄钟、太蔟、姑洗为阳律，大吕、夹钟、中吕为阳吕。黄钟生林钟、太蔟生南吕、姑洗生应钟，大吕生夷则、夹钟生无射、中吕生清黄钟，均为三分损一，故称下生。

⑪阴律、阴吕皆上生：蕤宾、夷则、无射为阴律，林钟、南吕、应钟为阴吕。蕤宾生大吕、夷则生夹钟、无射生中吕，林钟生太蔟、南吕生姑洗、应钟生蕤宾，均为三分益一，故称上生。

⑫阳常为主、阴常为宾：根据阴阳循环说，阳气始于子，至午达到极盛，这段时期的阳气均处于上升阶段，午以后阳气开始衰减；阴气始孕于午，至子达到极盛，这段时期的阴气均处于上升阶段，子以后阴气开始衰减。沈括的意思是说午是阴阳变化的转折点，此以前阳处于上升时期，故为主，此以后阳气衰降，故为宾。同样，子也是阴阳变化的转折点，所以下文说“子午为阴阳之分”。

【译文】

《汉书·律历志》说：“阴阳相生，自黄钟始，而左旋，八八为伍。”所谓八八为伍是指隔八律上生与隔八律下生相交错，这样推算到大吕以后律数就不对了，所以必须从蕤宾再次上生才能得到应有的律数，这是八八为伍错误的地方。有人说律没有上生吕的道理，仍应下生而用加倍的浊律数。其实这两种说法都解释得通，但到了蕤宾清宫生大吕清宫的时候又应该再一次上生，这样时而上生、时而下生就不是自然之数，不免有些牵强。从子至巳是阳律、阳吕，从午至亥是阴律、阴吕。凡阳律、阳吕都是下生，凡阴律、阴吕都是上生。所以对应的巳的音律称为中吕，说它是阴阳到此交替的中点；中吕的“中”应当读作本音，作“仲”是不对的。到午就称为蕤宾，此以前阳为主而阴为宾，蕤宾的意思就是阳从这里开始退居为宾了。按照纳音的方法，从黄钟开始相生到中吕交替称为阳纪，从蕤宾开始相生到应钟结束称为阴纪，因为中吕是阴阳的中点而子午则是阴阳两纪的分界。

85　《汉志》言数[①]曰："太极元气[②]，函三为一[③]。极，中[④]也。元，始也。行于十二辰[⑤]，始动于子。参[⑥]之于丑，得三。又参之于寅，得九。又参之于卯，得二十七。"历十二辰，"得十七万七千一百四十七。此阴阳合德，气钟于子，化生万物者也"。殊不知此乃求律吕长短体算立成法耳，别有何义？为史者但见其数浩博，莫测所用，乃曰"此阴阳合德，化生万物者也"。尝有人于土中得一朽弊捣帛杵[⑦]，不识，持归以示邻里。大小聚观，莫不怪愕，不知何物。后有一书生过，见之曰："此灵物也。吾闻防风氏[⑧]身长三丈，骨节专车[⑨]。此防风氏胫骨[⑩]也。"乡人皆喜，筑庙祭之，谓之胫庙。班固[⑪]此论，亦近乎胫庙也。

【注释】

①数：此处指天文历数。

②太极元气：太极，中国古代的哲学术语，是一个抽象概念，古人认为由它产生万事万物。元气，指天地未分的混沌之气。

③函三为一：包含天、地、人三气，三者混合为一。

④中：充盈，引申为包罗宇宙万事万物。

⑤十二辰：古人用十二地支(子、丑、寅、卯、辰、巳、午、未、申、酉、戌、亥)来划分一周天。

⑥参：即叁，此处指三倍。

⑦捣帛杵：即古人捶打衣服的捣衣棒。

⑧防风氏：传说中上古时期的巨人，据说他有三丈三尺高。

⑨骨节专车：据说古时吴国攻打越国，攻破越国都城以后，得到一根大骨头，可以装满一辆车子，于是吴国派使臣去请教孔子，孔子说："从前大禹在会稽山召集众神，防风氏因为迟到，大禹将其处死，因为他是巨人，所以骨头也巨大，可以装满一辆车。"

⑩胫骨：小腿骨。

⑪班固：字孟坚，扶风安陵人，东汉著名史学家、文学家，撰写《汉书》，此书是中国第一部纪传体断代史，主要记载西汉历史。

【译文】

《汉书·律历志》在谈到天文历数的时候说："太极元气，包含了天、地、人而混合为一。极，是包容万物的意思。元，是开始的意思。太极元气流转于十二辰之间，从子开始运动。三倍于子而在丑处得三。又三倍而在寅处得九。又三倍而在卯处得二十七。"一共经过了十二辰，"得十七万七千一百四十七。这是阴阳混合，气凝聚于子，从而化生出万事万物"。竟然不知道这是求律管长短而制定的计算方法，哪里还有什么别的意义呢？记载历史的人仅仅因为其数目庞大，不知道它们的作用，于是就说"这是阴阳混合，从而化生出万事万物"。曾经有人从土中得到一根朽坏的捣衣棒，不认识，拿回去给乡邻们看。年老年少的人都来围观，没有不感到惊奇的，不知道是什么东西。后来有一个书生经过，见到了说："这是个灵物啊。我曾经听说防风氏身长三丈，一根骨头就可以装满一辆车。这是防风氏的小腿骨啊。"同乡的人都很欢喜，建造了庙宇来祭祀它，称作胫庙。班固的这个说法，也和这胫庙的说法差不多。

86　吾闻《羯鼓录》[①]序羯鼓之声云："透空碎远，极异众乐。"唐羯鼓曲，今唯有邠州[②]一父老能之。有《大合蝉》《滴滴泉》之曲。予在鄜延时，尚闻其声。泾原[③]承受公事[④]杨元孙[⑤]因奏事回，有旨令召此人赴阙[⑥]。元孙至邠，而其人已死，羯鼓遗音遂绝。今乐部[⑦]中所有，但名存而已，"透空碎远"了无余迹。唐明帝[⑧]与李龟年[⑨]论羯鼓云："杖之弊者四柜[⑩]。"用力[⑪]如此，其为艺可知也。

【注释】

①《羯鼓录》：唐代南卓撰写的一部关于羯鼓的著作。羯鼓，一种打击乐器，原流行于西域地区，后来传入中原。又称为两杖鼓。

②邠(bīn)州：今陕西彬州地区。

③泾原：路名，北宋康定二年(1041年)分陕西路置，治渭州(今甘肃平凉)。

④承受公事：即走马承受公事。宋代，在每路(宋代有路、州、县三级行政区域)设置承受公事一员，无事则每年定期向皇帝报告一次各地情况，有事则随时报告。

⑤杨元孙：北宋官员，曾任泾原路走马承受公事。

⑥赴阙(què)：入朝。指陛见皇帝。阙，本指皇宫门口的瞭望楼，也代指京城、朝廷、皇宫等。

⑦乐部：掌管音乐事宜的部门。

⑧唐明帝：当为"唐明皇"之讹，即唐玄宗李隆基，因为谥号是"至道大圣大明孝皇帝"，所以后世简称唐明皇。

⑨李龟年：唐玄宗时期的著名乐工，精通音律。

⑩杖之弊者四柜：敲打坏掉的鼓棒可以装满四柜子，形容演奏次数多。

⑪用力：花费精力，形容很用功。

【译文】

我听说《羯鼓录》记载羯鼓的声音称："声音响彻空中，与其他乐器大有不同。"唐代的羯鼓曲，现在只有邠州的一位老人可以演奏。有《大合蝉》《滴滴泉》等曲子。我在任鄜延路经略安抚使时，还听过那声音。泾原路承受公事杨元孙因为有奏报回到朝廷，朝廷下旨召此人入朝。杨元孙到了邠州的时候，那个人已经去世了，流传的羯鼓演奏曲也就从此失传了。现在乐部中所拥有的，只是存有名字而已，"透空碎远"的风貌已经一无所存。唐玄宗与李龟年谈论羯鼓的时候说："敲打坏掉的鼓棒可以装满四柜子。"用功到这种程度，他们的演奏技艺可想而知了。

87 唐之杖鼓[①]本谓之两杖鼓[②]，两头皆用杖。今之杖鼓一头以手拊[3]之，则唐之汉震第二鼓[4]也，明帝[5]、宋开府[6]皆善此鼓，其曲多独奏，如鼓笛曲是也。今时杖鼓常时只是打拍，鲜有专门独奏之妙，古曲悉皆散亡。顷年王师南征，得《黄帝炎》[7]一曲于交趾，乃杖鼓曲也。炎或作盐。唐曲有《突厥盐》[8]《阿鹊盐》[9]，施肩吾[10]诗云“颠狂楚客歌成雪，妩媚吴娘笑是盐”，盖当时语也，今杖鼓谱中有炎杖声[11]。

【注释】

①杖鼓：古代的一种打击乐器，以木为框，细腰，两头蒙皮，缚以五彩绣带，亦称细腰鼓。

②两杖鼓：即羯鼓。

③拊(fǔ)：用手拍击。

④汉震第二鼓：《羯鼓录》载：“宋开府璟虽耿介不群，亦深好声乐，尤善羯鼓。始承恩顾，与上(玄宗)论鼓事曰‘不是青州石末，即是鲁山花瓷，撚小碧上，掌下须有朋肯之声’。据此乃是汉震第二鼓也。”

⑤明帝：即唐玄宗李隆基。

⑥宋开府：指宋璟(663 年—737 年)，玄宗开元年间曾官至开府仪同三司，所以被称为宋开府。

⑦《黄帝炎》：曲名，或作《黄帝盐》。炎与盐均为古维文音译，是“曲”的意思。宋代吴曾在《能改斋漫录》卷五中指出，《黄帝炎》不是近年征交趾所得，因元丰时在衡山南岳庙的祭乐中早有此曲。

⑧《突厥盐》：曲名，《羯鼓录》所载乐曲中有此曲，属太蔟商。突厥为南北朝至隋唐时期活动在西北地区的少数民族。

⑨《阿鹊盐》：曲名。吴曾的《能改斋漫录》卷五载：“杜佑《理道要诀》云：‘天宝十三载七月改诸乐名，太蔟宫时号娑陀调，《饩鸽盐》改为《白鸽盐》；太蔟商时号大石调，《野鹊盐》改为《神鹊盐》；太蔟羽时号般涉调，《大序盐》；中吕商时号双调，《神雀盐》。’有此四曲，凡存中所谓《阿鹊盐》在焉。”

⑩施肩吾：字希圣，唐代诗人。著有《西山集》十卷。

⑪炎杖声：杖鼓曲。

【译文】

唐代的杖鼓原本称作两杖鼓，两头都能用鼓杖敲击。现在的杖鼓一头用鼓杖敲击，另一头用手拍打，就是唐人所称的汉震第二鼓，唐玄宗、宋璟都擅长演奏两杖鼓，两杖鼓演奏的曲子多是独奏，如和玉笛相配的鼓笛曲就是如此。现在的杖鼓一般只是用来击打节拍，很少显示出专门独奏的妙处，所以旧时杖鼓曲也全都散失了。近年王师南征时，在交趾得到一首《黄帝炎》，就是杖鼓曲。炎或作盐。唐代的杖鼓曲有《突厥盐》《阿鹊盐》，施肩吾的诗云"颠狂楚客歌成雪，妩媚吴娘笑是盐"，就是当时的用语，现在杖鼓乐谱中还有炎杖声的名目。

88　元稹[①]《连昌宫词》有"逡巡[②]大遍[③]《凉州》[④]彻[⑤]"，所谓大遍者，有序[⑥]、引、歌、𪛆[⑦]、嗺、哨、催、攧[⑧]、衮、破、行、中腔、踏歌之类，凡数十解[⑨]，每解有数叠[⑩]者。裁截用之则谓之摘遍[⑪]，今人大曲皆是裁用，悉非大遍也。

【注释】

①元稹(779 年—831 年)：字微之，河南府东都洛阳(今河南洛阳)人，唐代诗人。

②逡(qūn)巡：指乐声的回旋。

③大遍：唐宋大曲的专用术语，每套大曲由十余遍组成，且各有专名。凡是把全套各遍都演的，就称为大遍。

④《凉州》：指唐代著名大曲作品《凉州大曲》。《新唐书·礼乐志》载："天宝乐曲皆以边地名，若《凉州》《伊州》《甘州》之类。"

⑤彻：结束、完结。

⑥序：即散序，是大曲的开始部分，由器乐独奏、轮奏或合奏，节奏自由，不歌不舞。唐宋大曲全曲大致可分为三段，第一段是序，即散序；第

二段以歌为主，称中序或拍序；第三段歌舞并作，以舞为主，节拍急促，称作破。

⑦𣱼(sà)：指大曲散序至中序之间的过渡段落。

⑧攧(diān)：指大曲的中序与破之间的过渡段落。

⑨解：指大曲中的段落。

⑩叠：段落中曲调的全部或者部分重复。

⑪摘遍：从大曲的许多遍内摘取其中的自为起讫的一遍或者多遍进行演奏或另行填词谱唱。

【译文】

元稹的《连昌宫词》中有"逡巡大遍《凉州》彻"一句，这里所谓的大遍，包括序、引、歌、𣱼、嗺、哨、催、攧、衮、破、行、中腔、踏歌之类，总共有数十解，每解有数叠。摘取其中的部分采用称作摘遍，如今的大曲都是选用的，都不是大遍了。

89 鼓吹部[①]有拱辰管[②]，即古之叉手管也，太宗皇帝[③]赐今名。

【注释】

①鼓吹部：唐代乐部(乐队)之一。专管宫廷典礼器乐的演奏。以钲、鼓、角、笳、箫等为主要乐器。

②拱辰管：又名拱宸管、叉手笛。《宋史·乐志》载："乐器中有叉手笛，乐工考验，皆与雅音相应。……其制如雅笛而小，长九寸，与黄钟管等。其窍有六，左四右二，乐人执持，两手相交，有拱揖之状，请名之曰拱宸管。"

③太宗皇帝：据《宋史·乐志》，为拱辰管命名的是宋太祖，而非太宗。此处属沈括误记。

【译文】

鼓吹乐部中有拱辰管，就是古时候的叉手管，是太祖皇帝赐予了现在的名称。

90 边兵每得胜回，则连队抗声[①]凯歌，乃古之遗音也。凯歌词甚多，皆市井鄙俚[②]之语。予在鄜延时，制数十曲，令士卒歌之，今粗记得数篇。其一："先取山西十二州[③]，别分子将[④]打衙头[⑤]。回看秦塞[⑥]低如马，渐见黄河直北流。"其二："天威卷地过黄河，万里羌人[⑦]尽汉歌。莫堰[⑧]横山倒流水[⑨]，从教西去作恩波。"其三："马尾胡琴[⑩]随汉车，曲声犹自怨单于[⑪]。弯弓莫射云中雁，归雁如今不寄书[⑫]。"其四："旗队浑如锦绣堆，银装背嵬[⑬]打回回[⑭]。先教净扫安西路[⑮]，待向河源饮马[⑯]来。"其五："灵武[⑰]西凉[⑱]不用围，蕃家[⑲]总待纳王师[⑳]。城中半是关西种[㉑]，犹有当时轧吃根匆切儿[㉒]。"

【注释】

①抗声：高声、大声。

②鄙俚：粗野、庸俗。

③山西十二州：此处泛指横山以西的西夏国境内的领土。横山，今陕西榆林市横山区北部，无定河中游地区。

④子将：此处指精锐的士兵。

⑤衙头：敌军的指挥部，此处指西夏军队。

⑥秦塞：陕西、甘肃一带秦时修筑的长城。

⑦羌(qiāng)人：古时对西部少数民族的称呼，此处指西夏人。

⑧堰(yàn)：挡水的堤坝。

⑨横山倒流水：指无定河在横山地区由东向西流。

⑩胡琴：西北少数民族地区的流行乐器，是用马尾毛等制成的拉弦乐器。现在的二胡就是胡琴演变而来的。

⑪单(chán)于：古时候是匈奴部落首领的称呼，此处指西夏国统治者。

⑫归雁如今不寄书：南归的大雁现在也不带书信了。此处用了苏武的典故，史载汉代使者苏武出使匈奴，被扣留十九年而不屈服，后来因为借助大雁南飞传递书信到汉朝廷，苏武最终被释放回国。

⑬银装背嵬（wéi）：银装，银白色的铠甲。背嵬，皮革制成的圆形盾牌。

⑭回回：此处泛指当时在西北地区的回鹘人。

⑮安西路：唐代在西北地区设置安西都护府，此处泛指北宋希望收回的西北地区的疆土。

⑯饮（yìn）马：给马喂水喝。

⑰灵武：今宁夏银川地区，北宋时，曾经被西夏占领。

⑱西凉：今甘肃武威地区，北宋时，曾经被西夏占领。

⑲蕃家：泛指西北地区的少数民族。

⑳纳王师：指迎接北宋中原地区皇帝的军队。纳，容纳、接受、迎接等。

㉑关西种：此处指函谷关、潼关这些关口以西地区的汉人后裔。

㉒轧吃（gù）儿：指说关西方言的汉人后代。

【译文】

边防士兵每当取得胜利回师时，就一起高声大唱凯歌，用的是古时候流传下来的曲调。凯歌的歌词很多，大都是市井街巷流传的俗语。我任鄜延路经略安抚使时，制作了数十种曲调，令士兵们去唱，现在还大概记得几篇。其一："先取山西十二州，别分子将打衙头。回看秦塞低如马，渐见黄河直北流。"其二："天威卷地过黄河，万里羌人尽汉歌。莫堰横山倒流水，从教西去作恩波。"其三："马尾胡琴随汉车，曲声犹自怨单于。弯弓莫射云中雁，归雁如今不寄书。"其四："旗队浑如锦绣堆，银装背嵬打回回。先教净扫安西路，待向河源饮马来。"其五："灵武西凉不用围，蕃家总待纳王师。城中半是关西种，犹有当时轧吃根忽切儿。"

91　《柘枝》[①]旧曲遍数极多，如《羯鼓录》所谓浑脱解[②]之类，今无复此遍。寇莱公[③]好《柘枝》舞，会客必舞《柘枝》，每舞必尽日，时谓之柘枝颠。今凤翔[④]有一老尼，犹是莱公时《柘枝》妓，云当时《柘枝》尚有数十遍，今日所舞《柘枝》比当时十不得二三。老尼尚能歌其曲，好事者往往传之。

【注释】

①《柘枝》：唐代健舞名，是一种从少数民族地区传入中原的舞蹈。曲调极为明快，有鼓声贯穿始末。唐代的《柘枝》是一种小型舞蹈，流传到宋代，已经和中原的大曲、朗诵相结合，演变成有一百多人演出的大型舞蹈。

②浑脱解：《羯鼓录》载："夫曲有不尽者，须以他曲解之可尽其声也。"自注云："如《柘枝》用浑脱解，《甘州》用吉了解之类是也。"据此可知，浑脱不是《柘枝》中的遍数。

③寇莱公：即寇准(961年—1023年)，字平仲，北宋政治家。因曾被封莱国公，故称寇莱公。

④凤翔：府名，属秦凤路，治所在今陕西宝鸡市凤翔区。

【译文】

《柘枝》旧曲的遍数极多，比如《羯鼓录》中所说的浑脱解这类，现在的《柘枝》曲就不再有这一遍。寇准喜好《柘枝》舞，宴请客人时必定要舞《柘枝》，而且每舞一次必定是一整天，当时的人称他为柘枝颠。如今在凤翔有一个老尼，是当年为寇准舞《柘枝》的妓，她说当时的《柘枝》还有几十遍，现在所舞的《柘枝》和当时的相比，遍数不到原来的十分之二三。老尼还能歌唱出那时的曲子，有兴致的人往往还在传唱她的曲子。

92　古之善歌者有语，谓"当使声中无字，字中有声"。凡曲，止是一声清浊[①]高下如萦缕[②]耳，字则有喉、唇、齿、舌等音不同。当使字字举本[③]皆轻圆，悉融入声中，令转换处无磊块[④]，此谓声中无字，古人谓之如贯珠[⑤]，今谓之善过度[⑥]是也。

如宫声字[⑦]而曲合用商声[⑧]，则能转宫为商歌之，此字中有声也，善歌者谓之内里声。不善歌者，声无抑扬，谓之念曲；声无含韫[⑨]，谓之叫曲。

【注释】

①清浊：十二律都有正、清、浊之分，主要是依据律管管径相同时律管长度的不同来划分。律管管径相同时，清宫律管长度是正声的一半，浊宫律管长则为正声的一倍。

②萦(yíng)缕：盘绕的细丝。

③举本：当作"举末"，指自始至终。

④磊块：本指块状物、疙瘩等，此处应是不和谐的意思。

⑤如贯珠：像连起来的一串珠子，古人用来比喻连贯。

⑥善过度：很好的过渡。过度，即过渡。

⑦宫声字：五音中的宫声调发音的部位。

⑧商声：五音中的商声调。

⑨含韫(yùn)：即含蕴，含蓄蕴藉。

【译文】

古时候善于唱歌的人说，即"应该使声中无字，字中有声"。凡是乐曲，实际上只是一系列如盘绕的细丝相连串的清浊音，吐字则有喉、唇、齿、舌等不同发音部位。应该使每个字的发音都圆润和谐，都能融入乐声中，使得转换的地方没有不和谐，这就是所谓的声中无字，古人所说的如贯珠，现在所说的善过渡。比如用宫声字发音而曲调适合用商声，那么在演唱时就可以转宫声为商声来唱，这就是所谓的字中有声，善于唱歌的人叫作内里声。不善于唱歌的人，声音没有高低起伏，叫作念曲；声音不够含蓄蕴藉，叫作叫曲。

93　五音，宫商角为从声、徵羽为变声，从谓律从律、吕从吕[①]，变谓以律从吕、以吕从律[②]。故从声以配君臣民[③]，尊卑有定，不可相逾；变声以为事物，则或过于君声无嫌。六律为君声，则商角皆以律应，徵羽以吕应；六吕为君声，则商角皆以吕应，徵羽以律应。加变徵，则从变之声已渎矣。隋柱国[④]郑译[⑤]始条具七均[⑥]，展转相生为八十四调，清浊混淆，纷乱无统，竞为新声。自后又有犯声[⑦]、侧声[⑧]、正杀[⑨]、寄杀、偏字、傍字、双字、半字之法，从变之声无复条理矣。

【注释】

①律从律、吕从吕：宫、商、角之间各隔着一个音律，因此，以律音为宫，与商、角对应的也是律音；以吕音为宫，则与商、角对应的也是吕音。比如，以律音黄钟为宫，则对应的商之太蔟、角之姑洗均为律音；以吕音林钟为宫，对应的商之南吕、角之应钟均为吕音。

②以律从吕、以吕从律：角与徵、羽与宫之间均隔着两个音律，因此，以律音为宫，与徵、羽对应的就是吕音；以吕音为宫，与徵、羽对应的就是律音。比如，以律音黄钟为宫，则对应的徵之林钟、羽之南吕均为吕音；以吕音林钟为宫，对应的徵之太蔟、羽之姑洗均为律音。

③从声以配君臣民：《宋史·乐志》云："宫为君，商为臣，角为民，徵为事，羽为物。君者，法度号令之所出，故宫生徵；法度号令所以授臣而行之，故徵生商；君臣一德，以康庶事，则万物得所，民遂其生，故商生羽，羽生角。然臣有常职，民有常业，物不常形，而迁则失常，故商、角、羽无变声。君总万化，不可执以一方；事通万务，不可滞于一隅，故宫、徵有变声。"

④柱国：隋代设置的以酬勤劳的勋级，相当于正二品。

⑤郑译(540年—591年)：字正义，北周至隋著名乐师，开皇年间曾奉诏参与制定朝廷雅乐。

⑥七均：即七音。郑译曾采纳时人万宝常提出的以七音与十二律相配为八十四调的理论，要求在宫廷雅乐中使用。

⑦犯声：亦称犯调，指在既定的音调中改换音声侵犯其他的音调。

犯调有两种类型，一种是将既定音阶中的某音换用另一音阶的某音，称异宫相犯；一种是将音阶中的某音代替主音，从而转换成另一种调式，称同官相犯。

⑧侧声：亦称侧调，指借正调演奏其他乐调。

⑨杀：指杀声，亦称结声、煞声，即乐调的结束音。

【译文】

五音中的宫、商、角是从声，徵、羽是变声，从是说以律音为宫则从属律音、以吕音为宫则从属吕音，变是说以律音为宫则从属吕音、以吕音为宫则从属律音。所以从声与君、臣、民相配，尊卑高低有一定的标准，不可以相互逾越；变声与事、物相配，那么这样即使超过君声也没有影响。以六律为君声，则商、角都以律音相应，徵、羽以吕音相应；以六吕为君声，则商、角都以吕音相应，徵、羽以律音相应。五音中加上变徵、变宫，则从、变之声已经受到亵渎了。隋代的柱国郑译首次正式确定下七音，并与十二律相配合为八十四调，清浊之音混淆杂乱，纷乱而没有条理，人们竞相演奏新声。此后又出现了犯声、侧声、正杀、寄杀、偏字、傍字、双字、半字之法，从声和变声就再也没有原先的条理了。

94　外国[①]之声，前世自别为四夷[②]乐。自唐天宝十三载，始诏法曲[③]与胡部[④]合奏。自此乐奏全失古法，以先王之乐[⑤]为雅乐[⑥]，前世新声为清乐[⑦]，合胡部者为宴乐[⑧]。

【注释】

①外国：此处指中原地区以外的地区。

②四夷：古代以中原地区为中心，把东夷、南蛮、西戎、北狄并称为四夷，泛指边远少数民族地区。

③法曲：汉民族传统的清商乐与外来的胡曲、佛乐等融合而成的乐曲。因为常运用于佛教法会而得名，在唐代极为流行。主要演奏乐器有：铙钹(náo bó)、钟、磬(qìng)、幢(chuáng)箫、琵琶等。《霓裳羽衣曲》

即为唐代著名的法曲。

④胡部：泛指少数民族的乐曲。

⑤先王之乐：应泛指流传已久的前代乐曲。先王，一般是指前代君王，也指上古时期的贤明君王。

⑥雅乐：原指宫廷、朝会、祭祀等礼仪所用的音乐，后来与民间的俗乐相对而称。

⑦清乐：即清商乐。魏晋南北朝时期，原来汉民族传统清商乐与少数民族的民间俗乐逐渐融合在一起，形成了新的清商乐。

⑧宴乐：亦作“燕乐”。指在宫廷宴饮时所演奏的音乐。

【译文】

中原地区以外的音乐，前代单独区分为四夷乐。从唐代天宝十三载开始，下诏令把法曲与胡乐融合在一起演奏。从此音乐演奏完全失去了古代的章法，把流传已久的前代乐曲称为雅乐，把魏晋南北朝时期形成的新乐曲称为清乐，与胡部音乐一起演奏的称为宴乐。

95　古诗皆咏[①]之，然后以声[②]依咏以成曲，谓之协律。其志[③]安和，则以安和之声咏之；其志怨思[④]，则以怨思之声咏之。故治世之音安以乐[⑤]，则诗与志、声与曲，莫不安且乐；乱世之音怨以怒，则诗与志、声与曲，莫不怨且怒。此所以审音而知政[⑥]也。诗之外又有和声[⑦]，则所谓曲也。古乐府[⑧]皆有声有词，连属书之。如曰贺贺贺、何何何之类，皆和声也。今管弦之中缠声[⑨]，亦其遗法也。唐人乃以词填入曲中，不复用和声。此格虽云自王涯[⑩]始，然贞元[⑪]、元和[⑫]之间，为之者已多，亦有在涯之前者。又小曲[⑬]有“咸阳沽酒[⑭]宝钗空”之句，云是李白[⑮]所制，然李白集中有《清平乐》[⑯]词四首，独欠是诗。而《花间集》[⑰]所载“咸阳沽酒宝钗空”，乃云是张泌[⑱]所为。莫知孰是也。今声词相从，唯里巷间歌谣，及《阳关》[⑲]《捣练》[⑳]之类，稍类旧俗。

然唐人填曲，多咏其曲名，所以哀乐与声，尚相谐会。今人则不复知有声矣，哀声而歌乐词，乐声而歌怨词。故语虽切而不能感动人情，由声与意不相谐故也。

【注释】

①咏：富含感情而又高低起伏地念、读。

②声：此处指富有一定感情的声调、曲调。

③志：思想感情。

④怨思：怨恨悲伤。

⑤治世之音安以乐：太平盛世时的音乐充满了安适与快乐。这一句及本条中的下面几句，都出自《礼记·乐记》，原文为："治世之音安以乐，其政和；乱世之音怨以怒，其政乖；亡国之音哀以思，其民困。声音之道，与政通矣。"这是中国古时候常常把音乐与政治、国家兴衰结合而谈的典型。

⑥审音而知政：辨别、审查、体察音乐而知道、了解政治。

⑦和声：唱歌时，一人或众人应和、附和着唱的部分。

⑧古乐府：乐府，原是西汉音乐官署，亦即音乐管理部门的名称。后来人们把乐府机关所采编制作的作品称为乐府诗或乐府歌辞等。

⑨缠声：重复的和声。

⑩王涯（？—835年）：字广津，唐代官员，曾任工部侍郎、宰相等职。

⑪贞元：唐德宗李适的年号，公元785年至805年。

⑫元和：唐宪宗李纯的年号，公元806年至820年。

⑬小曲：乐曲体裁之一，与大曲相对而言。大、小曲的主要区别在于演奏遍数的多少。一般来说，小曲演奏遍数多，大曲演奏遍数少。

⑭沽(gū)酒：买酒。

⑮李白(701年—762年)：字太白，唐代著名诗人，有"诗仙"之称。

⑯《清平乐》：词牌名。李白集中的四首《清平乐》词，作者是否为李白，尚存争议。

⑰《花间集》：五代十国时期的后蜀赵崇祚所编的一部词集，是现存

最早的词总集。该书选取了晚唐五代时期18位词人共500首词作。

⑱张泌:字子澄,五代十国时期南唐词人。

⑲《阳关》:唐代曲名,即《阳关曲》(或《阳关三叠》),取名自王维《送元二使安西》一诗中的名句:"劝君更尽一杯酒,西出阳关无故人。"全曲主要表现了惜别之情。

⑳《捣练》:唐代曲名,全曲主要表现了妇女对远方亲人的思念。

【译文】

古诗都可富有感情地吟咏,然后加上富有感情的声调依据韵律等谱成歌曲,这就叫作协律。诗歌的思想感情安适平和,就用安适平和的声调来吟咏;诗歌的思想感情怨恨悲伤,就用怨恨悲伤的音调来吟咏。所以太平盛世时的音乐充满了安适与快乐,那么诗歌与感情、声调与乐曲,没有不安逸且快乐的;动乱衰世时的音乐充满了怨恨与愤怒,那么诗歌与感情、声调与乐曲,没有不怨恨且愤怒的。这就是审查音乐而了解政治。诗歌之外加上和声,就是所谓的曲。古乐府诗都有声调有歌词,合在一起记录。比如贺贺贺、何何何之类的,都是和声。现在的乐曲中的缠声,就是遗留下来的和声的方法。唐代人把词填入曲中,不再用和声。虽说传闻这种方式是从王涯开始的,但是在贞元、元和之间,这样做的人已经很多了,也有在王涯前面的。此外小曲有"咸阳沽酒宝钗空"的句子,说是李白创作的,但是李白集中有《清平乐》词四首,唯独没有这首诗。而《花间集》记载的"咸阳沽酒宝钗空",说是张泌所作。也不知道哪种说法正确。现在声调与歌词能相配的,只有民间街头小巷的歌谣,以及《阳关》《捣练》之类的乐曲,比较接近过去的传统。但是唐代人填曲,多依照曲名含义来填写,所以悲伤快乐与声调,还可以相和谐。现在的人则不再懂得富有感情的声调了,用悲伤的声调来歌唱快乐的歌词,用快乐的声调来歌唱哀怨的歌词。所以词句虽然深切却不能感动人,这是声调与意境不和谐的缘故。

96　古乐有三调①声,谓清调②、平调③、侧调④也。王建⑤

诗云“侧商调里唱《伊州》”是也。今乐部中有三调乐，品皆短小，其声噍杀[⑥]，唯道调、小石[⑦]法曲用之。虽谓之三调乐，皆不复辨清、平、侧声，但比他乐特为烦数耳。

【注释】

①古乐有三调：这里的古乐指清商乐，三调即三种调式，即清调、平调、瑟调。此处沈括认为侧调即瑟调，有学者认为沈括是误解了古乐三调。

②清调：以商声为主的调式。

③平调：以角声为主的调式。

④侧调：汉代清商乐三调之外的调式，侧调来源于楚调，与清商乐三调一起合称为相和歌。

⑤王建（约767年—约830年）：字仲初，唐代诗人。他的新乐府诗与另一唐代诗人张籍齐名，世称“张王乐府”。

⑥噍（jiào）杀：声音急促。

⑦道调、小石：都是燕乐（宫廷宴饮时所演奏的音乐）的调名。

【译文】

古代清商乐有三种调式，即清调、平调、侧调。王建诗句说“侧商调里唱《伊州》”就是指这个。现在乐部中有三调乐，曲子都短小，它们的声音也急促，唯独道调、小石调的法曲用它们。虽然名为三调乐，但都不再区分清、平、侧调了，只是比其他乐调更加复杂一些而已。

97　唐《独异志》[①]云：“唐承隋乱，乐簴[②]散亡，独无徵音[③]，李嗣真[④]密求得之。闻弩营[⑤]中砧[⑥]声，求得丧车一铎[⑦]，入振之于东南隅，果有应者。掘之得石一段，裁为四具，以补乐簴之阙。”此妄也。声在短长厚薄之间，故《考工记》[⑧]：“磬氏[⑨]为磬，已上则磨其旁[⑩]，已下则磨其端[⑪]。”磨其毫末则声随而变，岂有帛砧裁琢为磬而尚存故声哉。兼古乐宫商无定声，随律命之，迭为宫徵。嗣真必尝为新磬，好事者遂附益为之说，既云裁为四具，则是不独补徵声也。

【注释】

①《独异志》：唐李亢所撰笔记小说。主要杂录古事以及日常琐闻，大抵语怪者居多。

②簴（jù）：古代悬挂钟、磬的立柱。乐簴则指钟、磬之类的乐器。

③无徵音：段安节《乐府杂录》载："太宗朝挑丝竹为胡部，用宫、商、角、羽，其徵音有其声无其调。"

④李嗣真：字承胄，初唐人，精通音律。

⑤弩营：指军队中制作弓弩的作坊。

⑥砧（zhēn）：用来捣洗衣物的石板。

⑦铎（duó）：指挂在车上的铃铛。

⑧《考工记》：春秋末年齐国记述各种手工业技术的官书。后因《周礼》缺《冬官》篇，于是把此书补入，得以留存至今，亦称《周礼·考工记》。

⑨磬（qìng）氏：指制造磬的人。磬是古代用玉或石制作而成的打击乐器，形状有点像曲尺，单个的称特磬，一组称编磬。

⑩已上则磨其旁：音声太高就磨其两侧。磨其旁使乐板变薄，以降低其发音频率。

⑪已下则磨其端：音声太低就磨其两头。磨其端使乐板相对变厚，提高发音频率。

【译文】

唐代的《独异志》中说："唐朝继承了隋朝动乱的形势，成套的乐器都散失不全了，缺少能够奏出徵音的乐器，李嗣真私下访求得到了它。他听到军营中制造弓弩的作坊里捶衣石发出的声音，就找来一个丧车上的铃铛，跑到弩营的东南角上去摇，果然引起了应和的声音。于是在那里挖掘得到了一段石头，把它分割成四块，以补充乐器所缺。"这种说法是十分荒谬的。音声取决于乐器的长短厚薄，所以《考工记》里面说："做磬的人在制作磬的过程中，如果磬的音声太高就磨其两侧，音声太低就磨其两头。”稍微磨去一点，磬的音声就会随之发生变化，哪里有把砧切割打磨成磬还能保持原有声音的呢。再说古代音乐中的宫音和商音没有固定音高，而是根据乐律的变化来确定，同一音声可以交替作为宫音、徵音。李嗣真肯定曾做过新的磬，好事者便牵强附会、添油加醋地编造出了上述故事，既然说分成了四块，那就不会只用来补徵音了。

98 《国史纂异》云：“润州[①]曾得玉磬十二以献，张率更[②]叩其一，曰：‘晋某岁所造也。是岁闰月，造磬者法月数，当有十三。宜于黄钟[③]东九尺掘，必得焉。’从之，果如其言。”此妄也。法月律[④]为磬当依节气[⑤]，闰月自在其间，闰月无中气[⑥]，岂当月律？此懵然者为之也。扣其一，安知其是晋某年所造？既沦陷在地中，岂暇复按方隅尺寸埋之？此欺诞之甚也。

【注释】

①润州：唐代州名，属江南东道，治所在今江苏镇江。

②率更：掌宗族次序、礼乐、刑罚及漏刻政令的官员。

③黄钟：指音高为黄钟的那个磬。

④月律：指十二律与十二月相配。如黄钟代表十一月、大吕代表十二月等。

⑤节气：古人把两年冬至之间的时间等分为二十四段，每一分点为一气，共二十四气。按照历法规定，单数次序的气称作中气，有冬至、大寒、雨水、春分、谷雨、小满、夏至、大暑、处暑、秋分、霜降、小雪十二个中气；双数次序的气称作节气，有小寒、立春、惊蛰、清明、立夏、芒种、小暑、立秋、白露、寒露、立冬、大雪十二个节气。

⑥闰月无中气：凡是中气都要安排在一定的月份，如冬至在十一月、大寒在十二月等，由于中气之间的间隔为30多日，一个朔望月只有29日，因此有时一个月里可能没有中气，为此必须加一个月来调整，这个加出的、没有中气的月就称作闰月。

【译文】

《国史纂异》中说:“润州曾挖到十二只玉磬并献给了皇帝,掌管漏刻的张姓官员敲击了其中的一只磬后说:‘这是晋代某年所造。那一年有闰月,造磬的人是依照月数制作的,所以应当有十三只磬。可以到发现黄钟磬往东九尺远的地方去挖掘,一定会找到那只。’于是按照他说的去挖,果然如他所说的那样。”这种说法是十分荒唐的。依照月律制造磬应该按照节气,闰月已经包括在里面了,闰月没有中气,怎么能按照月律来造磬呢?这是无知的人在胡说八道。敲击其中的一只磬,如何就能知道它是晋代某年制造的呢?既然被掩埋在泥土里,哪里还有机会按照一定的方位和间隔去埋藏呢?这种说法真是荒诞到了极点。

99 《霓裳羽衣曲》[①]。刘禹锡[②]诗云:“三乡陌[③]上望仙山,归作《霓裳羽衣曲》。”又王建诗云:“听风听水作《霓裳》。”白乐天[④]诗注云:“开元中,西凉府[⑤]节度使杨敬述[⑥]造。”郑嵎[⑦]《津阳门诗》注云:“叶法善[⑧]尝引上入月宫,闻仙乐。及上归,但记其半,遂于笛中写之[⑨]。会西凉府都督杨敬述进《婆罗门曲》[⑩],与其声调相符,遂以月中所闻为散序[⑪],用敬述所进为其腔[⑫],而名《霓裳羽衣曲》。”诸说各不同。今蒲中[⑬]逍遥楼楣[⑭]上有唐人横书[⑮],类梵字[⑯],相传是《霓裳谱》,字训不通,莫知是非。或谓今燕部[⑰]有《献仙音曲》,乃其遗声。然《霓裳》本谓之道调[⑱]法曲,今《献仙音》乃小石调[⑲]耳。未知孰是。

【注释】

①《霓裳羽衣曲》:也称《霓裳羽衣舞》,是唐代大曲中的著名法曲,被认为是唐代歌舞的集大成之作。后失传。

②刘禹锡(772 年—842 年):字梦得,唐代著名诗人。此处诗句引自其《三乡驿楼伏睹玄宗望女几山诗小臣斐然有感》。

③陌:泛指田间小路。

④白乐天：即白居易(772年—846年)，字乐天，唐代著名诗人。

⑤西凉府：即凉州地区，今甘肃武威地区，唐代河西节度使驻守于此，主要防范吐蕃、突厥等西北少数民族入侵。

⑥杨敬述：唐玄宗时期的官员，开元年间曾任河西节度使。

⑦郑嵎(yú)：字宾光(或作宾先)，唐代诗人。

⑧叶法善：字道元，唐代道士。

⑨于笛中写之：用笛子把曲子吹出来，意指通过笛声创作演奏曲子。

⑩《婆罗门曲》：是天竺(古印度)的舞曲，从西域、中亚地区传入唐朝。婆罗门本为古印度的贵族，掌宗教祭祀等，在古印度社会中享有崇高地位。

⑪散序：燕乐大曲的开始部分，即序曲。

⑫腔：此处指《霓裳羽衣曲》的主要旋律。

⑬蒲(pú)中：今山西永济地区。

⑭楣(méi)：门框上的横木。

⑮横书：古代书写习惯通常是从右至左写，在横木上横着从右至左写的字就称为横书。

⑯梵(fàn)字：古印度所使用的一种文字。

⑰燕部：即燕乐，宫廷宴饮时所演奏的音乐。

⑱道调：燕乐调名。

⑲小石调：燕乐调名。

【译文】

《霓裳羽衣曲》。刘禹锡的诗句说："三乡陌上望仙山，归作《霓裳羽衣曲》。"又有王建的诗句说："听风听水作《霓裳》。"白居易在自己的诗歌中注释说："开元年间，西凉府节度使杨敬述创作。"郑嵎的《津阳门诗》注解说："叶法善曾经带着唐玄宗进入月宫，听仙人演奏的音乐。等到玄宗回来，只能记住其中的一半了，于是用笛子将其吹出来。恰逢西凉府都督杨敬述进献《婆罗门曲》，与仙乐的声调相符，于是就以在月宫中所听见的曲子为序曲，用杨敬述所进献的曲子为主要旋律，取名叫作《霓裳羽衣曲》。”这些说法各有不同。现在蒲中逍遥楼门框上的横木上有唐人的横书，像梵文，相传是《霓裳羽衣曲》的乐谱，字义解释不通，不知道是不是真的。有人说现在的燕乐有《献仙音曲》，是《霓裳羽衣曲》遗留下来的乐调。但是《霓裳羽衣曲》本来被称为道调法曲，现在的《献仙音曲》是小石调。不知道哪一种说法是正确的。

100 《虞书》①曰：“戛②击③鸣球④，搏拊琴瑟以咏，祖考来格。”鸣球非可以戛击，和之至，咏之不足，有时而至于戛且击；琴瑟非可以搏拊⑤，和之至，咏之不足，有时而至于搏且拊。所谓手之舞之，足之蹈之而不自知其然⑥，和之至，则宜祖考之来格也。和之生于心，其可见者如此。后之为乐者，文备而实不足，乐师之志，主于中节奏、谐声律而已。古之乐师皆能通天下之志，故其哀乐成于心，然后宣于声，则必有形容以表之，故乐有志，声有容。其所以感人深者，不独出于器而已。

【注释】

①《虞书》：指《尚书》中记载唐尧、虞舜时代事迹的《尧典》《舜典》《大禹谟》《皋陶谟》《益稷》等篇。以下引文出自《益稷》。

②戛：指演奏古乐器敔(yǔ)的动作。

③击：指演奏古乐器柷(zhù)的动作。

④鸣球：圆形的玉磬。

⑤搏拊：原是一种古乐器，此处指演奏这种乐器的动作。

⑥手之舞之，足之蹈之而不自知其然：语出《孟子·离娄上》，原文为“生则恶可已也，恶可已则不知足之蹈之、手之舞之”。

【译文】

《虞书》说：“戛击鸣球，搏拊琴瑟以咏，祖考来格。”玉磬原本不可以像敔、柷那样刮击，当声情和谐到了极致，吟咏不足以表达感情，有时候竟至于又刮又击；琴瑟原本不可以像搏拊那样拍打，当声情和谐到了极致，吟咏不足以表达感情，有时候竟至于又拍又打。这就是所说的情不自禁地手舞足蹈而自己不觉得，当声情和谐到了极致，那么祖先自然就会降临。和谐的心绪是发源于内心的，表现出来就是可以见到的样子。后代演奏音乐的乐师，只有完备的形式而缺乏充实的情感，乐师的心志，只追求节奏准确、声律谐和而已。古代的乐师都能与其所处的时代情意相通，所以他们的悲哀与喜乐都起源于内心，然后用乐声来宣泄，那么必然有动作表情来表现，所以乐声里有情志，歌唱里有感情。古代乐师的音乐之所以能感人至深，不只是依靠乐器而已。

101 《新五代史》[①]书唐昭宗幸华州[②]，登齐云楼西北顾望京师，作《菩萨蛮》[③]辞三章，其卒章曰："野烟生碧树，陌上行人去。安得有英雄，迎归大内中？"今此辞墨本犹在陕州[④]一佛寺中，纸札甚草草，予顷年过陕曾一见之，后人题跋多盈巨轴矣。

【注释】

①《新五代史》：北宋欧阳修撰，为记载五代史事的纪传体正史。此书之前已有薛居正撰写的《五代史》，故后人称此书为《新五代史》。

②唐昭宗幸华州：指唐昭宗因军阀混战而出逃事。乾宁三年（896年），凤翔节度使李茂贞出兵进犯京师，昭宗在逃往太原的途中被华州（今陕西渭南市华州区）节度使韩建迎至华州，并受挟制，故常登城楼远望京师思归。乾宁五年，诸军阀相互妥协，昭宗才得以回京。

③《菩萨蛮》：原指唐代教坊曲名，后成为词牌名。

④陕州：州名，属永兴军路，治所在今河南三门峡。

【译文】

《新五代史》中记载唐昭宗出奔华州，曾经登临齐云楼往西北方向眺望京城，并写下《菩萨蛮》辞三章，其中的最后一首写道："野烟生碧树，陌上行人去。安得有英雄，迎归大内中？"如今此辞的手迹还保留在陕州的一座佛寺里面，纸张十分粗糙，字迹也颇潦草，我前几年路过陕州时曾看到过,后人的题跋多得已经写满了一大卷。

102 世称善歌者皆曰郢人,郢州[①]至今有白雪楼。此乃因宋玉[②]问曰:"客有歌于郢中者,其始曰《下里巴人》,次为《阳阿薤露[③]》,又为《阳春白雪》,引商刻羽[④],杂以流徵[⑤]。"遂谓郢人善歌,殊不考其义。其曰"客有歌于郢中者",则歌者非郢人也。其曰"《下里巴人》,国中属而和者数千人;《阳阿薤露》,和者数百人;《阳春白雪》,和者不过数十人;引商刻羽,杂以流徵,则和者不过数人而已"。以楚之故都,人物猥盛[⑥],而和者止于数人,则为不知歌甚矣。故玉以此自况[⑦],《阳春白雪》皆郢人所不能也,以其所不能者名其俗,岂非大误也?《襄阳耆旧传》[⑧]虽云:"楚有善歌者,歌《阳菱白露》《朝日鱼丽》,和之者不过数人。"复无《阳春白雪》之名。又今郢州本谓之北郢,亦非古之楚都。或曰楚都在今宜城[⑨]界中,有故墟尚在。亦不然也。此鄢也,非郢也。据《左传》[⑩]:"楚成王使斗宜申为商公,沿汉溯江[⑪],将入郢,王在渚宫[⑫]下见之。"沿汉至于夏口[⑬],然后溯江,则郢当在江上,不在汉上也。又在渚宫下见之,则渚宫盖在郢也。楚始都丹阳[⑭],在今枝江[⑮],文王迁郢[⑯],昭王迁都[⑰],皆在今江陵境中。杜预注《左传》云:"楚国,今南郡江陵县北纪南城也。"谢灵运[⑱]《邺中集》诗云:"南登宛郢城。"今江陵北十二里有纪南城,即古之郢都也,又谓之南郢。

【注释】

①郢(yǐng)州:古代楚国的都城在郢州(一般认为是今湖北荆州地区)。此处所说郢州,是北宋京西南路下的郢州,在今湖北钟祥地区。

②宋玉:相传是屈原的学生,也是战国后期楚国著名的辞赋作家。任过顷襄王的文学侍从。

③薤(xiè)露:薤上的露水。薤,是一种多年生草本植物。

④引商刻羽:引,延长、延缓。刻,急促、急切。此处可能指将商声急切地加到羽声上。引商刻羽具体何意,尚无定论,可能是转调手法,是一种高超的歌唱技巧。

⑤杂以流徵(zhǐ):流徵为何物,众说纷纭,尚无定论。此处可能指混合流动顺畅的徵声。杂以流徵可能是转调手法,是一种高超的歌唱技巧。

⑥猥(wěi)盛:众多。

⑦自况:自比。

⑧《襄阳耆旧传》:也称《襄阳耆旧记》,东晋习凿齿撰写,是研究襄阳地区古代人文的重要历史文献。

⑨宜城:今湖北宜城地区。

⑩《左传》:又称《左氏春秋》或《春秋左氏传》,相传是春秋末年鲁国史官左丘明为解释孔子所编《春秋》而写作的,主要记载鲁国的历史。《左传》对后世文学、史学影响很大。

⑪溯(sù):逆着水流的方向走。

⑫渚(zhǔ)宫:春秋时楚国行宫,在当时楚国首都郢偏南地区。

⑬夏口:古地名,位于汉水下游与长江交汇处。

⑭丹阳:楚国最开始建都丹阳,丹阳具体在什么位置,至今无法确定。

⑮枝江:今湖北枝江地区。

⑯文王迁郢:指楚文王即位后,楚国迁都于郢。历史上楚国多次迁都,并且常把都城命名为郢,所以至今学界对于楚都郢的具体位置有较多争议。

⑰昭王迁鄀(ruò):指楚昭王在吴楚之战后迁都于鄀,即今湖北宜城东南地区。

⑱谢灵运(385年—433年):南朝宋著名山水诗人。幼时寄养于外,族人因名为客儿,也称谢客。晋时袭封康乐公,故称谢康乐。

【译文】

世人把善于唱歌的人都叫作郢人，郢州至今还有白雪楼。这是因为宋玉在《对楚王问》中说："有一个客人在郢中唱歌，开始唱的叫作《下里巴人》，其次唱的叫作《阳阿薤露》，再次唱的叫作《阳春白雪》，将商声急切地加到羽声上，又混合流动顺畅的徵声。"于是就说郢人善于唱歌，这是完全没有考察其真正含义。该文中说"有一个客人在郢中唱歌"，那么唱歌的人就不是郢人。他说"唱《下里巴人》时，全郢都有数千人附和跟着唱；唱《阳阿薤露》时，有数百人附和；唱《阳春白雪》时，能够附和的只有数十人了；等到将商声急切地加到羽声上，又混合流动顺畅的徵声，这时能够附和的只有几个人而已"。郢作为楚国的故都，人口众多，而能够附和的只有几个人，那么就太不懂得唱歌了。所以宋玉因此自比，《阳春白雪》是大多数郢人不能跟着唱的，用不能唱歌的事例来证明郢人有善于唱歌的习俗，这不是很大的错误吗？《襄阳耆旧传》虽然说："楚国有善于唱歌的人，唱《阳菱白露》《朝日鱼丽》的时候，能够跟着唱的不过几个人而已。"不再有《阳春白雪》的名称。又有，现在的郢州本来叫作北郢，也不是古时候的楚国都城。有的人说楚国都城在现在的宜城地区，有遗留的故址在。这也不对。这是鄢，不是郢。根据《左传》记载："楚成王令斗宜申为商公，沿着汉江逆流而上，即将进入郢都的时候，楚成王在渚宫下见他。"沿着汉江到夏口，然后逆长江而上，那么郢应在长江边上，不在汉水边上。楚成王又在渚宫下见他，那么渚宫大概应该在郢。楚国最开始建都在丹阳，就是现在的枝江，楚文王迁都到郢，楚昭王迁都到都，都是在现在的江陵地区。杜预注释《左传》时说："楚国，现在的南郡江陵县北方的纪南城。"谢灵运《邺中集》中有诗云："南登宛郢城。"现在的江陵北方十二里有纪南城，就是古时候的郢都，又称作南郢。

103　六十甲子有纳音，鲜原其意，盖六十律旋相为宫法也。一律含五音，十二律纳六十音也。凡气始于东方而右行①，音起于西方而左行[②]，阴阳相错而生变化。所谓气始于东方者，四时始于木[③]，右行传于火，火传于土，土传于金，金传于水；所谓音始于西方者，五音始于金[④]，左旋传于火，火传于木，木传于水，水传于土。纳音与《易》纳甲[⑤]同法。乾纳甲而坤纳癸，始于乾而终于坤。纳音始于金，金，乾也；终于土，土，坤也。纳音之法，同类娶妻，隔八生子，此《汉志》[⑥]语也。此律吕相生之法也。五行先仲而后孟，孟而后季，此遁甲[⑦]三元[⑧]之纪也。甲子金之仲，黄钟之商[⑨]，同位娶乙丑，大吕之商。同位，谓甲与乙、丙与丁之类。下皆仿此。隔八[⑩]下生[⑪]壬申，金之孟。夷则之商。隔八，谓大吕下生夷则也。下皆仿此。壬申同位娶癸酉，南吕之商。隔八上生[⑫]庚辰，金之季。姑洗之商。此金三元终。若只以阳辰言之，则依遁甲逆传仲孟季；若兼妻言之，则顺传孟仲季也。庚辰同位娶辛巳，中吕之商。隔八下生戊子，火之仲。黄钟之徵。金三元终，则左行传南方火也。戊子娶己丑，大吕之徵。生丙申，火之孟。夷则之徵。丙申娶丁酉，南吕之徵。生甲辰，火之季。姑洗之徵。甲辰娶乙巳，中吕之徵。生壬子，木之仲。黄钟之角。火三元终，则左行传于东方木。如是左行至于丁巳，中吕之宫，五音一终，复自甲午金之仲娶乙未，隔八生壬寅，一如甲子之法，终于癸亥。谓蕤宾娶林钟，上生太蔟之类。自子至于巳为阳，故自黄钟至于中吕皆下生；自午至于亥为阴，故自林钟至于应钟皆上生。甲子乙丑金与甲午乙未金虽同，然甲子乙丑为阳律，阳律皆下生；甲午乙未为阳吕，阳吕皆上生。六十律相反，所以分为一纪也。予于《乐论》叙之甚详，此不复纪。

【注释】

①右行：亦称右旋，即顺时针方向。按照方位而言，为东、南、中、西、北。

②左行：亦称左旋，即逆时针方向。按照方位而言，为西、南、东、北、中。

③四时始于木：四季以春为始，春与东方、木相配，故称。

④五音始于金：清《星历考原》卷一载："纳音五行始金，次火、次木、次水、次土，既非本其始终，又无取于生克，故说者莫知其所自来。今按，诸术源流无非祖述《易》象之意，纳音之法盖亦兼先、后天之理而用之者也。""先天之图乾、兑居首属金，次以离属火，又次震、巽属木，又次以坎属水，终于艮、坤属土。故始于金终于土者，乾始坤成之义也……此纳音所本于先天之序也。""后天之图亦以乾居首而逆转，自乾、兑之金旺于西方，次转而为离火旺于南方，次又转而为震、巽之木旺于东方，次又转而为坎水旺于北方，而土旺于四季，故退艮、坤以居终焉。此纳音所本于后天之序也。"

⑤纳甲：汉魏学者所倡的《易》学条例。纳甲之法以八卦纳配十天干数，天干以甲为首，故称。朱震的《周易卦图》云："纳甲何也？曰：举'甲'以该十日也。乾纳甲、壬，坤纳乙、癸，震、巽纳庚、辛，坎、离纳戊、己，艮、兑纳丙、丁，皆自下生。"

⑥《汉志》：指《汉书・律历志》。

⑦遁甲：古代术数之一。遁甲法以十天干的乙、丙、丁为三奇，戊、己、庚、辛、壬、癸为六仪，分置九宫，以甲统之，观察其加临吉凶，以为趋避。因甲隐遁于三奇、六仪之中，故称。

⑧三元：术数家以六十甲子与九宫变化相配，历经一百八十年（即三个甲子）恢复原位，故以第一甲子为上元，第二甲子为中元，第三甲子为下元，合称三元。从九宫的变化来说，如以中宫五黄土为首，按照中宫数递减排列，首先出现的是中宫三碧木（中元），其次是中宫一白水（上元），然后是中宫七赤金（下元）。古人以孟、仲、季指代上、中、下，所以这里说"先仲而后孟，孟而后季"是"遁甲三元之纪"。

⑨黄钟之商：五音与五行相配，商属西方金，角属东方木，羽属北方水，徵属南方火，宫属中央土。按照古人排比的《纳音五行歌诀》，六十甲子中属金的是甲子、乙丑、壬申、癸酉、庚辰、辛巳；甲午、乙未、壬寅、癸卯、庚戌、辛亥。前三对为阳纪，后三对为阴纪。根据十二支与十二律相

配的规律，各自对应的音律为：甲子配黄钟、乙丑配大吕、壬申配夷则、癸酉配南吕、庚辰配姑洗、辛巳配中吕、甲午配蕤宾、乙未配林钟、壬寅配太蔟、癸卯配夹钟、庚戌配无射、辛亥配应钟。所以这里说甲子属黄钟之商。

⑩隔八：指相隔八位。从乙丑开始数到第八位为壬申。

⑪下生：指以“三分损一”生律。

⑫上生：指以“三分益一”生律。

【译文】

六十甲子有纳音的方法，很少有人去推究它的含义，实际上是六十律轮流构成不同调式的方法。一律含有五个音，十二律总共就有六十个音。气产生于东方然后顺时针运行，音发端于西方然后逆时针运行，阴阳相互交错发生变化。所谓的气产生于东方，是说一年四季从东方的木开始，顺时针运行传于南方的火，火传于中央的土，土传于西方的金，金传于北方的水；所谓的音发端于西方，五音始于金，是说宫商角徵羽五音从西方的金开始，逆时针运行传于南方的火，火传于东方的木，木传于北方的水，水传于中央的土。纳音与《易》的纳甲是同样的方法。乾纳甲而坤纳癸，从乾开始而到坤完结。纳音发端于金，金就是乾；终结于土，土就是坤。纳音的方法，娶同类律吕为妻，相隔八位产生新律，这是《汉书·律历志》中的话。这就是律吕相互衍生的方法。金、木、水、火、土五行，仲在前面而孟在后面，孟之后是季，这是奇门遁甲上、中、下三元的顺序。甲子是金的仲，黄钟的商音，娶同位的乙丑，大吕的商音。同位，指甲与乙、丙与丁之类。以下都和这些相似。相隔八位用三分损一之法衍生出壬申，是金的孟。夷则的商音。相隔八位，指大吕用三分损一之法衍生出夷则。以下都和这些相似。壬申娶同位的癸酉，南吕的商音。相隔八位用三分益一之法衍生出庚辰，是金的季。姑洗的商音。到这里金的三元终结。如果只是就阳辰来说，那么是依照遁甲顺序的仲、孟、季逆时针运行；如果是兼顾它所娶的同位来说，那么是孟、仲、季顺时针运行。庚辰娶同位的辛巳，中吕的商音。相隔八位用三分损一之法衍生出戊子，是火的仲。黄钟的徵音。金的三元终结，然后逆时针运行传于南方的火。戊子娶同位的己丑，大吕的徵音。衍生出丙申，是火的孟。夷则的徵音。丙申娶同位的丁酉，南吕的徵音。衍生出甲辰，是火的季。姑洗的徵音。甲辰娶同位的乙巳，中吕的徵音。衍生出壬子，是木的仲。黄钟的角音。火的三元终结，然后逆时针运行传于东方的木。像这样逆时针运行到了丁巳，就是中吕的宫音，宫、商、角、徵、羽五音一轮循环完结，又开始从甲午金的仲娶同位的乙未，相隔八位衍生出壬寅，就像从甲子开始的循环一样，终止于癸亥。指蕤宾娶同位的林钟，三分益一衍生出太蔟之类。从子到巳是阳，所以从黄钟到中吕都是三分损一；从午到亥是阴，所以从林钟到应钟都是三分益一。甲子、乙丑的金和甲午、乙未的金虽然相同，但是甲子、乙丑是阳律，阳律都是三分损一衍生他律；甲午、乙未是阳吕，阳吕都是三分益一衍生他律。六十律都是这样相互对应，所以分成一个循环。我在《乐论》中叙述得很详细，这里就不再重复了。

104 今太常[①]钟镈[②]，皆于甬[③]本为纽[④]，谓之旋虫，侧垂之。皇祐[⑤]中，杭州西湖侧发地得一古钟，匾[⑥]而短，其枚[⑦]长几半寸，大略制度如《凫氏》[⑧]所载，唯甬乃中空[⑨]，甬半以上差小，所谓衡[⑩]者。予细考其制，亦似有义。甬所以中空者，疑钟縻[⑪]自其中垂下，当衡甬之间，以横栝[⑫]挂之，横栝疑所谓旋虫也。今考其名，竹筩[⑬]之筩，文从竹、从甬，则甬仅乎空；甬半以上微小者，所以碍横栝，以其横栝所在也，则有衡之义[⑭]也。其横栝之形，似虫而可旋，疑所谓旋虫。以今之钟镈校之，此衡甬中空，则犹小于甬者，乃欲碍横栝，似有所因。彼衡甬俱实，则衡小于甬，似无所因。又以其栝之横于其中也，则宜有衡义。实甬直上植之，而谓之衡者何义？又横栝以其可旋而有虫形，或可谓之旋虫。今钟则实其纽不动，何缘得旋名？若以侧垂之，其钟可以掉荡[⑮]旋转，则钟常不定，击者安能常当其隧[⑯]？此皆可疑，未知孰是。其钟今尚在钱塘，予群从[⑰]家藏之。

【注释】

①太常：太常寺，掌管宫中的祭祀、礼乐等，宫中演奏所用的各种仪器归其所管。

②钟镈(bó)：钟、镈都是古时候金属制成的打击乐器。镈的形状与钟类似，只是钟的口呈弧形，镈为平口，且钟的横截面一般为圆形，镈的横截面一般为椭圆形。

③甬(yǒng)：钟顶部的筒形长柄。

④纽：钟在甬的下面设有可以挂绳的环，叫作旋，旋与甬的连接通过纽，一般铸成兽面。

⑤皇祐：宋仁宗赵祯的年号，公元 1049 年至 1054 年。

⑥匾：同"扁"。

⑦枚：钟带之间的突起部分，也叫作钟乳。

⑧《凫氏》：是《周礼·考工记》中的一节，主要记载钟各个部分的名称及其尺寸比例等。凫氏，周代掌管钟的官职。

⑨甬乃中空：一般认为甬空心的为西周前期的钟，甬是实心的为西周中后期的钟。

⑩衡：钟的顶部为衡。衡在甬上面。

⑪钟縻(mí)：挂钟的绳子。縻，本为牛缰绳。

⑫栝(kuò)：此指甬中空的内部挂绳的部件。

⑬竹筩(tǒng)：即竹筒。筩，同"筒"。

⑭衡：同"横"。

⑮掉荡：摇荡、摆动。

⑯隧(suì)：钟身上受到敲击发出声音的部位。

⑰群从：堂兄弟及子侄辈。

【译文】

现在太常寺所掌管的钟镈，都在甬的下面铸有纽，称作旋虫，偏向一侧向下垂着。皇祐年间，从杭州西湖旁边的地下挖掘出一个古钟，扁且短，它的枚长几乎只有半寸，规模体制和《周礼·考工记·凫氏》所记载的差不多，唯独甬的中部是空心的，甬的上半部分较小，也就是所说的衡。我仔细研究了它的形制，也似乎有它的道理。甬之所以是中部空心的，可能是钟绳在里面垂下来，在衡甬之间，有一个横的栝来系挂钟绳，横栝可能就是所说的旋虫。现在仔细考察它的名字，竹筩的筩字，是竹字头，加个甬，那么甬就有空的含义；甬的上半部较小的部位，是为了挡住横栝，因为横栝就在这个地方，那么就有了衡的含义。钟的横栝的形状，像虫而又可以旋动，可能就是所说的旋虫。用现在的钟、镈来与这个古钟比较，这个古钟的衡甬中部是空心的，那么衡比甬小，是为了挡住横栝，这似乎是有道理的。现在的钟的衡、甬都是实心的，那么衡比甬小，就似乎没有道理了。又因为古钟的栝横在甬中，那么就应该有衡的含义。实心的甬上下一样大置于钟身上，称呼它为衡又有什么意义呢？又因为横栝可以旋动且有虫的形状，也许可以叫作旋虫。现在的钟都把纽固定在钟身上，为什么也用旋来命名？如果把它侧挂起来，钟就可以摇摆旋转，那么钟常常就不能固定，敲打它的人怎么能准确地敲中它呢？这些都是有疑问的地方，不知道哪个是对的。这个出土的古钟现在还在钱塘，我的侄子们将其收藏在家中。

105 海州士人李慎言[①]，尝梦至一处水殿中观宫女戏球，山阳[②]蔡绳[③]为之传，叙其事甚详。有《抛球曲》[④]十余阕，词皆清丽，今独记两阕："侍燕[⑤]黄昏晚未休，玉阶夜色月如流。朝来自觉承恩醉，笑倩旁人认绣球。""堪恨隋家几帝王，舞裀[⑥]揉尽绣鸳鸯。如今重到抛球处，不是金炉旧日香[⑦]。"

【注释】

①李慎言：字希古，北宋仁宗时人。

②山阳：淮南东路所属楚州的治所，即今江苏淮安。

③蔡绳：可能是沈括的友人。

④《抛球曲》：据胡震亨《唐音癸签》，《抛球曲》为酒宴中抛球为令所

唱之词。

⑤燕：通“宴”。

⑥舞裀（yīn）：指跳舞时所垫的地毯。

⑦不是金炉旧日香：意指不再是旧时的朝代。

【译文】

海州有个叫李慎言的士人，曾经在梦中到过一个临水的宫殿里观看宫女抛球的游戏，山阳人蔡绳对这件事进行了记载，把这件事叙述得很详细。其中有十几首《抛球曲》，文辞都很清新华丽，如今只记得两首：“侍燕黄昏晚未休，玉阶夜色月如流。朝来自觉承恩醉，笑倩旁人认绣球。”“堪恨隋家几帝王，舞裀揉尽绣鸳鸯。如今重到抛球处，不是金炉旧日香。”

106　《卢氏杂说》①：“韩皋②谓嵇康③琴曲有《广陵散》④者，以王陵⑤、毌丘俭⑥辈皆自广陵⑦败散，言魏⑧散亡自广陵始，故名其曲曰《广陵散》。”以予考之，散自是曲名，如操、弄、掺、淡、序、引⑨之类。故潘岳⑩《笙赋》：“辍⑪张女⑫之哀弹，流广陵之名散。”又应璩⑬《与刘孔才书》云：“听广陵之清散。”知“散”为曲名明矣。或者康借此名以谏讽时事，“散”取曲名，“广陵”乃其所命，相附为义耳。

【注释】

①《卢氏杂说》：唐代人卢言所撰写的一部笔记，后来散佚。

②韩皋（gāo）（744年—822年）：字仲闻，唐代官员，精通音律。

③嵇（jī）康（223年—262年，或224年—263年）：字叔夜，三国时期曹魏集团的思想家、文学家、音乐家。因反对司马氏专权而遭到杀害，临行前弹奏《广陵散》一曲。

④《广陵散》：又名《广陵止息》，古代著名琴曲，其旋律激昂、慷慨。嵇康临刑前曾弹奏此曲。

⑤王陵：一般作王淩，字彦云，三国时魏国大臣，因为反对司马氏专权而谋反，事情败露，服毒而死。

⑥毌(guàn)丘俭(？—255年)：字仲恭，三国时期魏国将领，因为反对司马氏专权而发动兵变，失败被杀。

⑦广陵：扬州的别名。

⑧魏：汉末三国(魏、蜀、吴)之一，由曹操之子曹丕建立，266年，为司马炎篡夺，改国号为晋。

⑨操、弄、掺、淡、序、引：都是不同体裁的乐曲。

⑩潘岳(247年—300年)：字安仁，西晋文学家。

⑪辍(chuò)：停止、终止。

⑫张女：弹曲名，其声音哀怨。

⑬应璩(qú)(190年—252年)：字休琏，三国时期魏国文学家。

【译文】

《卢氏杂说》说："韩皋说嵇康有琴曲《广陵散》，因为王淩、毌丘俭等人都是在广陵败亡的，所以说魏国的逐渐消亡从广陵开始，因此将曲子命名为《广陵散》。"根据我的考察，散本来就是曲名，如操、弄、掺、淡、序、引等一样。所以潘岳《笙赋》说："辍张女之哀弹，流广陵之名散。"又有应璩《与刘孔才书》说："听广陵之清散。"可见"散"为曲名是很明显的。或许嵇康借助这个名称来影射当时的政治事件，"散"为曲名，"广陵"是他命名的，两者结合起来具有一定的意义。

107　马融[①]《长笛赋》云"裁以当榰便易持"，李善[②]注谓："榰，马策[③]也。裁笛以当马榰，故便易持。"此谬说也，笛安可为马策[④]？榰，管也，古人谓乐之管为榰，故潘岳《笙赋》云："修榰内辟[⑤]，余箫[⑥]外逶。"裁以当榰者，余器多裁众榰以成音，此笛但裁一榰五音皆具，当榰之工[⑦]不假繁猥，所以便而易持也。

【注释】

①马融(79年—166年)：字季长，东汉著名的经学家、文学家。

②李善(？—689年)：初唐人，曾任太子内率府录事参军、秘书郎等职，晚年以教授为业。其《文选注》是文选学历史上的一部集大成的著作，后世评价颇高。

③马策：马鞭。

④笛安可为马策：按，据宋代程大昌《演繁露》中的记载，古代确有笛与马鞭兼用的情况。

⑤修䉶内辟：修䉶，长管。辟，开。

⑥余箫：指修䉶之外依次排列的众笙笛。

⑦当䉶之工：指制作笙管的工艺。

【译文】

马融的《长笛赋》中说“裁以当䉶便易持”，李善注解道：“䉶，是马鞭。裁笛以当马䉶，故便易持。”这是荒谬的说法，笛子哪里可以作为马鞭呢？䉶是管的意思，古人把乐管称作䉶，所以潘岳的《笙赋》中说：“修䉶内辟，余箫外逶。”所谓的裁以当䉶，意思是其他乐器大多是用许多乐管来演奏乐声，但是笛子仅仅用一根管就可以使五音具备，制作笙管的工艺没有很繁琐的步骤，所以说它是简便易持的。

108　笛有雅笛[①]，有羌笛[②]，其形制所始，旧说皆不同。《周礼》：“笙师[③]掌教篪[④]篴[⑤]。”或云：“汉武帝[⑥]时，丘仲[⑦]始作笛。”又云：“起于羌人。”后汉[⑧]马融所赋长笛，空洞无底，剡[⑨]其上孔五孔，一孔出其背，正似今之尺八[⑩]。李善为之注云：“七孔，长一尺四寸。”此乃今之横笛耳，太常鼓吹部[⑪]中谓之横吹，非融之所赋者。融《赋》云：“《易》京君明[⑫]识音律，故本四孔加以一。君明所加孔后出，是谓商声五音毕[⑬]。”沈约《宋书》[⑭]亦云：“京房备其五音。”《周礼·笙师》注：“杜子春[⑮]云：‘篴乃今时所吹五空竹篴。’”以融、约所记论之，则古篴不应有五孔，则子春之说，亦未为然。今《三礼图》[⑯]画篴，亦横设而有五孔，又不知出何典据。

【注释】

①雅笛：笛的别名。据说笛可以清除、驱逐邪秽，被认为是典雅方正的乐器，所以称为雅笛。

②羌(qiāng)笛：由西北地区的少数民族创制出来的乐笛。

③笙师：掌管乐器的官。笙，管乐器名。

④篪(chí)：横吹竹管乐器。

⑤篴：同“笛”。

⑥汉武帝：西汉皇帝刘彻(前156年—前87年)，是一位有雄才大略的皇帝，为西汉开疆拓土贡献巨大。

⑦丘仲：西汉武帝时的乐官，据说发明了十二孔笛。

⑧后汉：东汉(25年—220年)。

⑨剡(yǎn)：削。

⑩尺八：竹制的吹管乐器，因为管长一尺八寸而得名。

⑪太常鼓吹部：太常，指太常寺，掌管宫中的祭祀、礼乐等。鼓吹部，掌管宫廷典礼曲乐的演奏。

⑫京君明：京房(前77年—前37年)，本姓李，字君明，西汉著名学者，以研究《易》学而闻名。

⑬五音毕：据说商声为杀声，雅乐多忌用，当时的笛子是四孔，只能吹四音，京房加了一孔为商声，五音(宫、商、角、徵、羽)就完整了，所以称五音毕。

⑭《宋书》：沈约撰写的一部记述南朝宋历史的纪传体史书。

⑮杜子春(约前30年—约58年)：东汉学者，教授《周礼》，影响较大。

⑯《三礼图》：宋朝之前有多种《三礼图》，大都亡佚不存。此处指五代末期北宋初期的聂崇义所编《三礼图》，此书用文字配图解释“三礼”(《周礼》《仪礼》《礼记》)中的宫室、车马、服饰等物，流传至今。

【译文】

笛子有雅笛，有羌笛，它们的形状起源，过去的说法都不一样。《周礼》说："笙师主管教授篪篴。"有人说："汉武帝时，丘仲开始制作笛子。"又有人说："笛子起源于羌人。"东汉马融赋中写到的长笛，空心无底，修削笛管的一面并开五个孔，还有一孔在笛管的背面，正像现在的尺八。李善为它作注解说："七个孔，长一尺四寸。"这就是现在的横笛，太常寺的鼓吹部中称它为横吹，不是马融赋中写到的那种笛子。马融的《长笛赋》说："京房精通音律，所以在四孔之外再加一个孔。京房所加的孔是后来才出现的，之后可以说商声五音才完备了。"沈约的《宋书》也说："京房使五音完整。"《周礼·笙师》注解说："杜子春说：'篴就是现在所吹的五孔竹笛。'"根据马融、沈约所记载的来看，古时候的篴不应该有五个孔，那么杜子春的说法，也不一定正确。现在《三礼图》画的篴，也横着设有五个孔，又不知道有什么依据。

109　琴虽用桐[①]，然须多年木性都尽[②]，声始发越[③]。予曾见唐初路氏琴[④]，木皆枯朽，殆不胜指[⑤]，而其声愈清。又常见越[⑥]人陶道真畜[⑦]一张越琴[⑧]，传云古冢中败棺杉木[⑨]也，声极劲挺。吴僧智和[⑩]有一琴，瑟瑟徽[⑪]，碧纹石为轸[⑫]，制度音韵皆臻妙，腹[⑬]有李阳冰[⑭]篆数十字，其略云："南溟岛[⑮]上得一木，名伽陀罗[⑯]，纹如银屑，其坚如石，命工斫[⑰]为此琴。"篆文甚古劲。琴材欲轻、松、脆、滑，谓之四善。木坚如石，可以制琴，亦所未谕[⑱]也。《投荒录》[⑲]云："琼管[⑳]多乌樠[㉑]、呿陀[㉒]，皆奇木。"疑"伽陀罗"即"呿陀"也。

【注释】

①桐：落叶乔木，一般树干高大，叶大，开紫色或白色的花，木材可以制作琴、船等。

②木性都尽：指桐树木材中的胶质脱尽，水分脱干。

③发越：激扬、悠扬。

④路氏琴：唐代长安以樊氏、路氏琴为第一，樊氏、路氏都是当时的制琴名家。

⑤殆(dài)不胜指：指几乎不能承受手指触摸的力量，此处形容路氏琴的琴身枯朽。殆，几乎。胜，承受。

⑥越：指浙江部分地区。

⑦畜：收藏、珍藏。

⑧张越琴：张越为唐代江南地区著名的制琴家，与当时的四川雷氏家族齐名，宋代多以张琴与雷琴为模板制造官琴。

⑨杉木：常绿乔木，一般树干通直，木材纹理、结构均匀，可以制作家具、琴等。

⑩吴僧智和：智和为当时秀州(今浙江嘉兴地区)祥符院的僧人。

⑪瑟瑟徽：瑟瑟当指绿松石，此处当指以绿松石作为琴徽。

⑫碧纹石为轸(zhěn)：此处以带碧绿色花纹的玉石作为轸。轸，指调整琴弦音高的转轴。

⑬腹：此处指琴身底板的中间部分。

⑭李阳冰：字少温，唐代书法家、文学家，尤其擅长小篆的书写。

⑮南溟(míng)岛："南溟"出自《庄子·逍遥游》，此处当指中国南部海域的群岛。

⑯伽陀(qié tuó)罗：树木名，依照文意，伽陀罗当为亚热带或热带树木。

⑰斫：本为砍、削的意思，此处指制作琴，古人常常将制琴称为斫琴。

⑱未谕(yù)：不知道、不明白。

⑲《投荒录》：即《投荒杂录》，唐代房千里所撰写的一部笔记。

⑳琼管：琼州，治所在今海南海口市琼山区南。

㉑乌樠(mán)：乌梨木。

㉒呿陀(qù tuó)：树木名，可能是伽陀罗树。

【译文】

制琴虽然用桐木，但须等到多年后桐木脱干水，所演奏出来的声音才激扬。我曾经见到过唐初的路氏琴，琴身木材都枯朽了，几乎都不能承受手指触摸的力量，但它演奏出的声音却越发清脆。我还见到过越人陶道真珍藏的一张张越琴，传说是用古老的坟墓中败坏的杉制棺木做成的，它的声音极其刚劲有力。吴地的僧人智和有一张琴，以绿松石作为琴徽，以碧绿色的玉石作为琴轸，规格声音都达到了神妙的境地，它底板的中间部分有李阳冰所写的几十个篆体字，大概是说："在南海的某岛上得到一段木材，名字叫作伽陀罗，它的纹理如银屑，坚硬如石头，就请工匠做成了这张琴。"篆书写得苍劲有力。制琴的材料要轻、松、脆、滑，叫作四善。木材坚硬如石头，可以制琴，也是没有听说过的。《投荒录》说："琼管地区多乌樠、呿陀，都是珍奇的木材。"我怀疑"伽陀罗"就是"呿陀"吧。

110　高邮[①]人桑景舒性知音，听百物之声，悉能占其灾福，尤善乐律。旧传有虞美人草[②]，闻人作《虞美人曲》则枝叶皆动，他曲不然。景舒试之，诚如所传，乃详其曲声，曰皆吴音[③]也。他日取琴，试用吴音制一曲对草鼓之，枝叶亦动，乃谓之《虞美人操》。其声调与《虞美人曲》全不相近，始末无一声相似者，而草辄应之与《虞美人曲》无异者，律法同管[④]也，其知音臻妙如此。景舒进士及第，终于州县官。今《虞美人操》盛行于江湖间，人亦莫知其如何者为吴音。

【注释】

①高邮：即今江苏高邮，时为淮南东路所属高邮军的治所。

②虞美人草：即丽春花，又名仙女蒿、赛牡丹，罂粟科一或二年生草本，茎高30～70厘米，有粗毛，叶羽状互生，五月开红、紫或白色花，果实为壶形裂果。

③吴音：此指江南一带的民间音乐。

④律法同管：指音律相同。管是指校正音律的标准乐管。

【译文】

高邮人桑景舒生下来就通晓音律，听到各种东西的声音，就可以一一推测吉凶祸福，尤其擅长乐律。过去传闻有一种虞美人草，听到了人演奏《虞美人曲》就会枝叶摇动，演奏其他的曲子就不这样。桑景舒试验了一下，果然和传闻一样，于是仔细考察《虞美人曲》的音声，说都是吴音。过了几天他取来一把琴，试着用吴音创制了一首曲子对着虞美人草弹奏，枝叶也摇动，于是称之为《虞美人操》。《虞美人操》的曲调和《虞美人曲》一点也不接近，自始至终也没有一处相似的地方，然而虞美人草仍然像和演奏《虞美人曲》那样与之相应，没有分别，是音律相同的缘故，桑景舒对音律的精通就能到达如此地步。桑景舒曾高中进士，在州县官的任上去世。如今《虞美人操》在江湖间流行，人们也不知道其中的哪些部分是吴音。

111 前世遗事，时有于古人文章中见之。元稹诗有"琵琶宫调八十一，三调弦中弹不出"，琵琶[①]共有八十四调[②]，盖十二律各七均，乃成八十四调，稹诗言八十一调，人多不喻所谓。予于金陵丞相[③]家得唐贺怀智[④]《琵琶谱》一册，其序云："琵琶八十四调，内黄钟、太蔟、林钟宫声弦中弹不出[⑤]，须管色[⑥]定弦，其余八十一调皆以此三调为准，更不用管色定弦。"始喻稹诗言。如今之调琴，须先用管色合字[⑦]定宫弦，乃以宫弦下生徵、徵弦上生商，上下相生终于少商，凡下生者隔二弦、上生者隔一弦取之[⑧]，凡弦声皆当如此。古人仍须以金石为准，《商颂》[⑨]"依我磬声"是也。今人苟简，不复以弦管定声，故其高下无准，出于临时。怀智《琵琶谱》调格[⑩]与今乐全不同，唐人乐学精深，尚有雅律遗法。今之燕乐，古声多亡而新声大率皆无法度，乐工自不能言其义，如何得其声和？

【注释】

①琵琶：古代的一种调拨乐器。原本称作批把，是弹奏手法的名称。刘熙《释名》载："推手前曰批，引手却曰把，象其鼓时，因以为名也。"从秦汉至唐代，凡是演奏手法属于这一类的弹拨乐器都可称作琵琶。大约四世纪时，从西域传入了曲项琵琶，在其基础上不断改进，终于形成了现在的四弦曲项、半梨形音箱的琵琶，所以从宋代开始，琵琶成为特定乐器的专名。

②八十四调：段安节《乐府杂录》载："琵琶八十四调，方得是五弦五本。"意即只有五弦五柱的琵琶才能弹奏出八十四调，一般的四弦四柱琵琶只能弹出二十八调，所谓的燕乐二十八调即由此而来。

③金陵丞相：指王安石。因王安石去职后退居金陵（今江苏南京），故称金陵丞相。

④贺怀智：唐玄宗时期梨园乐工，是当时颇有名气的琵琶演奏者。曾撰《琵琶谱》一卷，后亡佚。

⑤黄钟、太蔟、林钟宫声弦中弹不出：此是就四弦四柱琵琶来说。这种琵琶四根弦的散音依次为：第一弦应钟、第二弦姑洗、第三弦南吕、第四弦太蔟；按照音阶依次为变宫、角、羽、商。每弦四个柱位上的音，若以第四弦为例，依次为第一柱姑洗、第二柱中吕、第三柱蕤宾、第四柱林钟。如果不加调弦，那么黄钟、太蔟、林钟三调的宫声在空弦上就弹不出。

⑥管色：管乐器的统称。

⑦合字：这里的"合"指古代的记谱专用字，相当于黄钟。用这些字所记的乐谱即工尺谱。

⑧下生者隔二弦、上生者隔一弦取之：这里是用调琴法来比喻琵琶调弦，琴有七弦，依次为宫、商、角、徵、羽、少宫、少商。按照三分损益的顺序，宫下生徵，琴上的宫弦下隔二弦就是徵弦；徵上生商，徵弦上隔一弦就是商弦。其他均可依此类推。

⑨《商颂》：《诗经》中的类目名，一般认为这一组诗是公元前 7 至 8

世纪宋国宗庙祭祀的乐歌。

⑩调格：或指调名。唐代的调名多为均调式，宋代的调名多为律调式。所以沈括这里说“与今乐全不同”。

【译文】

前代流传下来的事情，有时候可以在古人的文章中看到。元稹有诗云“琵琶宫调八十一，三调弦中弹不出”，琵琶总共有八十四调，大概十二律每一律各有七调，总共构成了八十四调，元稹的诗中说八十一调，人们大多不了解他为什么这么说。我在金陵丞相王安石家获得一册唐朝贺怀智的《琵琶谱》，其序言说：“琵琶八十四调，内黄钟、太蔟、林钟宫声弦中弹不出，须管色定弦，其余八十一调皆以此三调为准，更不用管色定弦。”看到这里才明白元稹诗中所说的意思。其实就如同现今的调琴法，需要先用管乐记谱的方法确定宫弦，然后根据宫弦下生徵音、根据徵弦上生商音，依次相生直到确定少商弦为止，凡是下生的音隔二弦、上生的音隔一弦来取定，所有弦确定音声都应该是这样。古人还必须用金石乐器来作为定音的标准，《商颂》中“依我磬声”说的就是这一情形。如今的人贪图省事，不再用管乐器定弦，所以声音的高低没有标准，都是出于临时调配。贺怀智《琵琶谱》中的调名和现在的乐调名完全不同，唐人的乐学十分精深，还保留有上古雅乐的声律法度。如今的燕乐，古代的声律大多散失而新创制的声律大体上都没有一定的法度，乐工自身都不能讲清楚其中的道理，如何能使音声和谐呢？

112 今教坊[①]燕乐，比律高二均弱[②]。“合”字比太蔟微下[③]，却以“凡”字当宫声[④]，比宫之清宫微高。外方乐[⑤]尤无法，大体又高教坊一均以来。唯北狄[⑥]乐声，比教坊乐下二均。大凡北人衣冠文物[⑦]，多用唐俗，此乐疑亦唐之遗声也。

【注释】

①教坊：宫廷中负责掌管教习音乐的机构。

②比律高二均弱：律，此处指唐代乐律。均，指音律。宋代的乐律与前代的乐律在音高方面有不同。此句是说宋代燕乐比唐代的乐律高不到二律。

③“合”字比太蔟(cù)微下：古代记录乐谱时用“合”字与黄钟(十二律之一)相配。太蔟，是十二律之一。此句是说宋代燕乐的黄钟律比唐代太蔟律稍微低一些。

④以“凡”字当宫声：“凡”字指“高凡”调，与应钟相配。宫声，指黄钟清宫。此句是说宋代燕乐的应钟律比唐代黄钟清宫律稍微高一些。

⑤外方乐：当时所谓中原地区以外的音乐。

⑥北狄：泛指北方少数民族。

⑦衣冠文物：服饰器用等风俗。

【译文】

现在教坊的燕乐，比唐代的乐律高不到二律。黄钟律比唐代太蔟律稍微低一些，却以应钟当作黄钟清宫，应钟律比唐代黄钟清宫律稍微高一些。中原地区以外的音律尤其没有法度，大都又比教坊的乐律高出一律多。唯独北方少数民族的乐律，比教坊的乐律低二律。大概北方少数民族的服饰器用等风俗，一般袭用唐代习俗，他们的乐律也可能是唐代乐律的遗传吧。

113　今之燕乐二十八调[①]布在十一律[②]，唯黄钟、中吕、林钟三律各具宫、商、角、羽四音，其余或有一调至二三调，独蕤宾一律都无。内中管仙吕调乃是蕤宾声，亦不正当本律，其间声音出入亦不全应古法，略可配合而已。如今之中吕宫却是古夹钟宫，南吕宫乃古林钟宫，今林钟商乃古夷则商，今南吕调乃古林钟羽，虽国工亦莫能知其所因。

【注释】

①燕乐二十八调：指由宫、商、角、羽等四调(燕乐无徵音)与黄钟、大

吕、夹钟、中吕、林钟、夷则、无射等律配合而成的二十八个燕乐调名，包括正宫、大石调、大石角、般涉调、高宫、高大石调、高大石角、高般涉调、中吕宫、双调、双角、中吕调、道调宫、小石调、小石角、正平调、南吕宫、歇指调、歇指角、南吕调、仙吕宫、林钟商、林钟角、仙吕调、黄钟宫、越调、越角、黄钟羽等。

②布在十一律：十二律与官、商、角、羽四调，应有四十八调，其中，黄钟律四调全，大吕律只有官调，太蔟律无官调，夹钟律无官、羽调，姑冼律无官、商调，中吕律四调全，蕤宾律无一调，林钟律四调全，夷则律只有官调，南吕律无官调，无射律无角调，应钟律仅有角调。综上，除掉蕤宾律无一调外，四调全者三律（黄钟、中吕、林钟），三调者三律，二调者二律，一调者三律，共得二十八调，故称。

【译文】

如今的燕乐二十八调分布在十一律上，唯有黄钟、中吕、林钟三律各自具备宫、商、角、羽四调，其余的律或者有一调，至多二三调，唯有蕤宾一律什么调都没有。其中的管仙吕调是蕤宾律，也不正好是与本律相合，燕乐二十八调中的音声起止也与古代的法度有出入，只是大体上可以相互配合而已。比如现在燕乐的中吕宫实则是古代的夹钟宫调，南吕宫是古代的林钟宫调，林钟商是古代的夷则商调，南吕调是古代的林钟羽调，即使是当下最通晓声律的大师也不清楚其中的缘由。

114　十二律并清宫当有十六声，今之燕乐止有十五声，盖今乐高于古乐[①]二律以下，故无正黄钟声，只以合字[②]当大吕犹差高，当在大吕、太蔟之间，下四字近太蔟，高四字近夹钟，下一字近姑洗，高一字近中吕，上字近蕤宾，勾字近林钟，尺字近夷则，下工字近南吕，高工字近无射，下凡字近应钟，下凡字为黄钟清，高凡字为大吕清，下五字为太蔟清，高五字为夹钟清。法虽如此，然诸调杀声不能尽归本律，故有偏杀、侧杀、寄杀、元杀之类，虽与古法不同，推之亦皆有理，知声者皆能言之，此不备载也。

【注释】

①古乐：指唐乐。

②合字：此处的“合”与下文的“下四”“高一”等都是古代记谱时用于代表乐律的字，用这些字所记的乐谱即工尺谱。

【译文】

十二律连同清宫应当有十六声，如今的燕乐只有十五声，大概是因为现在的乐律比古乐高不到二律，所以没有准确的黄钟声，即使把“合”字当成大吕仍然偏高，本当在大吕、太蔟二律之间，“下四”字接近古乐的太蔟，“高四”字接近古乐的夹钟，“下一”字接近古乐的姑洗，“高一”字接近古乐的中吕，“上”字接近古乐的蕤宾，“勾”字接近古乐的林钟，“尺”字接近古乐的夷则，“下工”字接近古乐的南吕，“高工”字接近古乐的无射，“下凡”字接近古乐的应钟，“下凡”字是古乐的黄钟清，“高凡”字是古乐的大吕清，“下五”字是古乐的太蔟清，“高五”字是古乐的夹钟清。法度虽然如此，但是各调的结束音不能完全划归到本来所属的音律上，所以有偏杀、侧杀、寄杀、元杀之类的手法，虽然和古代的法度不同，推敲起来也自有道理，通晓声律的人都能讲明白，这里就不一一记载了。

115　古法，钟磬每簴十六，乃十六律[①]也。然一簴又自应一律，有黄钟之簴，有大吕之簴，其他乐皆然。且以琴言之，虽皆清实，其间有声重者，有声轻者。材中自有五音，故古人名琴，或谓之清徵，或谓之清角。不独五音也，又应诸调。予友人家有一琵琶，置之虚室，以管色奏双调，琵琶弦辄有声应之，奏他调则不应，宝之以为异物[②]，殊不知此乃常理。二十八调但有声同者即应。若遍二十八调而不应，则是逸调声[③]也。古法，一律有七音[④]，十二律共八十四调。更细分之，尚不止八十四，逸调至多。偶在二十八调中，人见其应，则以为怪，此常理耳。此声学至要妙处也。今人不知此理，故不能极天地至和之声⑤。世之乐工，弦上音调尚不能知，何暇⑥及此？

【注释】

①十六律：十二律加上黄钟清宫、太蔟清宫、大吕清宫、夹钟清宫，合称为十六律。

②宝之以为异物：此处是意动用法，指以为是异物而把它当作宝贝。

③逸调声：此处指二十八调以外的声音。

④七音：在五音（宫、商、角、徵、羽）的基础上加上变徵、变宫两音，合为七音。

⑤至和之声：阴阳和谐之音。

⑥暇：闲暇、空闲。

【译文】

古代的法度，钟磬每簴有十六个，就是十六律。每一簴又各自对应一律，有黄钟之簴，有大吕之簴，其他乐器也都是这样。就以琴作为例子来说，虽然发音都是清越有力，但其中有音声重的，有音声轻的。琴本身自有五音，所以古人给琴取名，有的叫作清徵，有的叫作清角。不仅仅是五音，琴还应和各种调式。我朋友家有一支琵琶，把它放在空房间里，用管乐器吹奏双调时，琵琶的弦就发出声音相应和，吹奏其他音调就不应和，于是以为是异物而把它当作宝贝，竟然不知道这是常理。二十八调中只要遇到音高相同的就会应和。如果演奏二十八调都没有应和，那么就是二十八调之外的音声。古代的法度，一律有七个调式的主音，十二律共有八十四个调式。再细分的话，还不止八十四调，其他调式还很多。音高偶尔出现在二十八调中，人们见到它应和，就觉得奇怪，这本身就是常理。这是音律学中最为微妙的地方。现在的人不知道这个道理，所以不能表现天地间阴阳最为和谐的声音。世间的乐工，连乐弦上的音调都尚且不清楚，哪有空闲顾及这些？

象　数

中国古人所谓象数，多与占卜、风水、中医、星相等有关，这里所谓象数，主要与天文历法有关，同时涉及节气、医学、占卜等。如第 116 条说明了唐宋时期的历法制作与使用情况；第 131、133、139 条等体现了古人天文学的发展水平，说明当时在有限条件下对天象的观察与思考已经有了比较高的水平；第 148 条则体现了沈括科学严谨的研究态度与实事求是的研究精神。

通过阅读此类记载，我们可以了解沈括在天文学方面的精深造诣，其中包括了许多科学研究，同时也折射出当时人认知水平的有限。于此，我们应该辩证看待。

116　开元《大衍历》[①]法最为精密，历代用其朔法[②]。至熙宁中考之，历[③]已后天五十余刻[④]，而前世历官，皆不能知。《奉元历》[⑤]乃移其闰朔。熙宁十年，天正[⑥]元用午时[⑦]，新历改用子时[⑧]，闰[⑨]十二月改为闰正月。四夷[⑩]朝贡者用旧历，比未款塞[⑪]，众论谓气至无显验可据，因此以摇新历。事下有司[⑫]考定。凡立冬晷景[⑬]，与立春之景相若者也。今二景短长不同，则知天正之气偏也。移五十余刻，立冬、立春之景方停。以此为验，论者乃屈。元会[⑭]使人亦至，历法遂定。

【注释】

①《大衍历》：开元年间在实测基础上制定的历法，较之以前的历法有较大进步。

②朔法：确定朔日(初一)的计算方法。

③历：此处指北宋时期，由楚衍等编制的《崇天历》，北宋官方曾在

1024 年—1064 年以及 1068 年—1074 年使用。

④刻:古时用刻漏(漏水计时器)计时,一昼夜(24 小时)共一百刻,平均每刻约 15 分钟。

⑤《奉元历》:熙宁七年(1074 年)由平民盲人天文学家卫朴所编制,北宋官方曾在 1075 年—1093 年使用。

⑥天正:旧时传统历法将上一年的十一月冬至作为下一年的开端,称为天正。

⑦午时:11 点—13 点为午时。旧时用天干地支计时,每个时辰为现在的两小时,一天 24 小时即 12 个时辰分别是:23 点—1 点为子时;1 点—3 点为丑时;3 点—5 点为寅时;5 点—7 点为卯时;7 点—9 点为辰时;9 点—11 点为巳时;11 点—13 点为午时;13 点—15 点为未时;15 点—17 点为申时;17 点—19 点为酉时;19 点—21 点为戌时;21 点—23 点为亥时。

⑧改用子时:此处指《奉元历》将冬至日的时刻从午时改到了子时,以与实际天象相符合。

⑨闰(rùn):此处指闰月。简单地说,传统历法按照月亮的圆缺(即朔望)制定大月(30 天)和小月(29 天),一年共计 354 天,这样叫作一个农历年,比一个回归年(365 天)少了 11 天,时间长了会有误差,为了正常计一年四季,所以加一个月来调整,所加的这个月称为闰月。

⑩四夷:古代以中原地区为中心,把东夷、南蛮、西戎、北狄并称为四夷,泛指边远少数民族地区。

⑪比未款塞:此处指到了新历元旦,四方少数民族都没有来朝见。

⑫有司:有关部门的官员,此处指掌管天文历法的官员。古代设官分职,各自主管、负责其分内工作,故称有司。司有主管、负责之意。

⑬晷(guǐ)景:晷,通过观测日影来测定时刻的仪器。晷景(影),此处指用圭表(通过观测日影长短测定时刻的仪器)测出的正午时的日影。立春与立冬相对冬至点来说几乎是对称的,所以它们正午时分的日影长度应相同。

⑭元会：元旦时，皇帝朝会群臣及四方少数民族、外国使臣所举行的典礼。

【译文】

开元年间的《大衍历》是最为精密的，历代都用它来计算朔日。到了熙宁年间考察它，历法已经落后实际天象五十多刻了，而前代的历法官员，都没有察觉。《奉元历》就改动了旧历的闰期与朔日。熙宁十年，新一年的起算点原来是在午时，新的历法改在了子时，把旧历的闰十二月改为了新历的闰正月。四方少数民族前来朝贡的人都还在用旧历，到了时间都没有来，大家都说节气来到却没有明显的迹象可以依据，因此反对新历。这件事情就交给有关部门去核查确定。凡是立冬的晷影，应该与立春的晷影相同。现在它们的长短不同，那么就知道新年起算点有了偏差。移动了五十余刻，立冬与立春的晷影才相同。以此作为检验，于是批评者无话可说了。元旦朝会时四方使者都到了，新的历法就此采用了。

117　六壬[①]天十二辰[②]，亥曰登明[③]登避仁宗嫌名[④]为正月将，戌曰天魁为二月将，古人谓之合神[⑤]，又谓之太阳过宫[⑥]。合神者，正月建寅合在亥，二月建卯合在戌之类；太阳过宫者，正月日躔[⑦]娵訾，二月日躔降娄之类，二说一也。此以《颛帝历》[⑧]言之也，今则分为二说者，盖日度随黄道岁差[⑨]。今太阳至雨水后方躔娵訾、春分后方躔降娄，若用合神则须自立春日便用亥将[⑩]、惊蛰便用戌将，今若用太阳则不应合神，用合神则不应太阳。以理推之，发课[⑪]皆用月将加正时[⑫]，如此则须当从太阳过宫，若不有太阳躔次，则当日当时日月、五星、支干、二十八宿皆不应天行，以此决知须用太阳也。然尚未是尽理，若尽理言之，并月建[⑬]亦须移易，缘目今斗杓昏刻已不能当月建，须当随黄道岁差。今则雨水后一日方合建寅，春分后四日方合建卯，谷雨后五日方合建辰，如此始与太阳相符，复会为一说。然须大改历法，事事厘正，如东方苍龙七宿当起于亢，终于斗；南方朱鸟七宿起于井，终于角；西方白虎七宿起于娄，终于参；北方玄武七宿起于东井，终于角。如此历法始正，不止六壬而已。

【注释】

①六壬：古代占卜吉凶的方术，与遁甲、太乙合称为三式。因其认为“数根于五行而五行始于水，举阴以起阳，故称壬焉；举成以该生，故用六焉”，所以称之为六壬。六壬占法分六十四课，用刻有干支的天盘、地盘相叠，转动天盘后得出所指的干支及时辰的部位，以此来判别吉凶。

②天十二辰：六壬中用以判断吉凶的十二支神，根据太阳和月亮的运行分为十二天神、十二天将，合称为十二神将。从天文的角度来说，每年十二月将所代表的支辰就是该月太阳、月亮交会的方位。

③登明：原称徵明，宋初避仁宗赵祯的嫌名而改为登明。

④嫌名：与皇帝名字音近或形近的字。

⑤合神：六壬中用来判断吉凶的格局之一，分干合、支合、行合三种。

⑥太阳过宫：太阳和月亮沿黄道运行一周，每年会合十二次，每次会合都有一定的部位，古人因此将黄道周天三百六十度分为十二段，每段三十度，名为十二宫。十二宫的名称与十二支的对应关系为：玄枵（子）、星纪（丑）、析木（寅）、大火（卯）、寿星（辰）、鹑尾（巳）、鹑火（午）、鹑首（未）、实沉（申）、大梁（酉）、降娄（戌）、娵訾（亥）。

⑦躔（chán）：特指太阳运行的度数。《方言》载“日运为躔”，后用来概指星辰运行。

⑧《颛（zhuān）帝历》：即《颛顼（xū）历》，因避宋神宗讳，故称《颛帝历》。一般认为《颛顼历》属四分历，创制于战国晚期，并一直沿用到汉初，以十月为岁首，置闰于年终，以365.25日为一回归年。

⑨日度随黄道岁差：由于地球的自转，造成冬至点在黄道上西移以及恒星年长于回归年的现象，这就是岁差。大约在公元4世纪，我国晋代天文学家虞喜发现了岁差现象，定出了冬至点每50年后退1°的常数，

知每岁渐差之所至，岁差之名由此而来。黄道指地球上看太阳于一年内在恒星之间所走的视路径，即地球的公转轨道平面与天球相交的大圆。

⑩立春日便用亥将：立春是正月的节气，按照合神，到此日应用亥将；但从太阳行度来说，此时尚在玄枵宫，应用丑将。下文“惊蛰便用戌将”，依此类推。

⑪发课：指按照六壬方法起课占卜。

⑫月将加正时：指把天、地盘上代表本月与占卜时辰的位置对准。

⑬月建：农历每月所置之辰称为月建，如正月建寅、二月建卯等。由于是根据北斗七星斗柄的摇光星（亦称天罡）在节气那天初昏所在方位而定的，故亦称斗建。

【译文】

六壬中的十二神将，亥称作登明登避仁宗皇帝的嫌名是正月的月将，戌称作天魁是二月的月将，古人称之为合神，又叫作太阳过宫。合神，是指正月建寅而与亥相合，二月建卯而与戌相合之类；太阳过宫，是指正月太阳运转到娵訾宫，二月太阳运转到降娄宫之类，这两种说法是一致的。这是根据《颛顼历》的说法来的，如今分成两种说法，大概是由于太阳的行度在黄道上有岁差。如今太阳要过了雨水节气之后才运转到娵訾宫、过了春分节气之后才运转到降娄宫，如果采用合神就必须从立春之日起就使用登明、惊蛰之日起就使用天魁，如果采用太阳过宫就和合神不相符合，采用合神就和太阳过宫不相符合。按照道理来推论，六壬起课都用月将加临在时辰之上，如果是这样就必须依照太阳过宫，如果不采用太阳的运转行度，那么当天当时的日月、五星、支干、二十八宿都和天体运转的行度不相符合，由此知道必须采用太阳过宫。但是这样还不是彻底的定论，如果彻底地说，连同月建也必须改易，因为如今斗柄在黄昏时刻所指的方位已经不符合月建了，必须按照黄道岁差来修正。如今斗柄在雨水节气过后一天才指向寅位，春分过后四天才指向卯位，谷雨过后五天才指向辰位，这样才能和太阳过宫相符合，这两种说法才能重新统一。然而这样就必须对历法进行大的调整，事事加以纠正，比如东方的苍龙七宿应当从亢宿开始，终止于斗宿；南方的朱鸟七宿应当从井宿开始，终止于角宿；西方的白虎七宿应当从娄宿开始，终止于参宿；北方的玄武七宿应当从东井宿开始，终止于角宿。如此历法才是准确的，这不只是六壬的问题。

118 六壬天十二辰之名，古人释其义曰："正月阳气始建[①]，呼召万物，故曰登明。二月物生根魁[②]，故曰天魁。三月华叶[③]从根而生，故曰从魁。四月阳极无所传[④]，故曰传送。五月草木茂盛，逾于初生，故曰胜先。六月万物小盛，故曰小吉。七月百谷成实，自能任持[⑤]，故曰太一。八月枝条坚刚，故曰天罡。九月木可为枝干，故曰太冲。十月万物登成，可以会计[⑥]，故曰功曹。十一月月建在子[⑦]，君复其位，故曰大吉。十二月为酒醴[⑧]，以报百神，故曰神后。"此说极无稽。据义理，予按：登明者，正月三阳始兆于地上[⑨]，见龙在田，天下文明[⑩]，故曰登明。天魁者，斗魁第一星[⑪]也，斗魁第一星抵于戌，故曰天魁。从魁者，斗魁第二星[⑫]也，斗魁第二星抵于酉，故曰从魁。斗杓一星建方，斗魁二星建方，一星抵戌，一星抵酉。传送者，四月阳极将退，一阴欲生，故传阴而送阳也。小吉，夏至[⑬]之气，大往小来[⑭]，小人道长[⑮]，小人之吉也，故为婚姻酒食之事。胜先者，王者向明而治[⑯]，万物相见乎此，莫胜莫先[⑰]焉。太一者，太微垣[⑱]所在，太一所居[⑲]也。天罡者，斗刚之所建也。斗杓谓之刚[⑳]，苍龙第一星[㉑]亦谓之刚，与斗刚相直[㉒]。太冲者，日月五星[㉓]所出之门户[㉔]，天之冲[㉕]也。功曹者，十月岁功成而会计也。大吉者，冬至之气，小往大来[㉖]，君子道长[㉗]，大人之吉也，故主文武大臣之事。十二月子位，北方之中[㉘]，上帝所居[㉙]也。神后，帝君之称也。天十二辰也，故皆以天事名之。

【注释】

①阳气始建：古人用十二地支（子、丑、寅、卯、辰、巳、午、未、申、酉、戌、亥）分别代表十二个月，并用阴、阳二气的此消彼长来解释说明自然气候与自然现象的产生。十一月（子），阳气开始生长，阴气此时最为旺盛；正月（寅），阳气逐渐增强，阴气逐渐减弱。所以说，正月阳气始建。

②根魁（kuí）：即根芽。魁，首、本。

③华叶：即花叶。华，同“花”。

④阳极无所传：阳气没有后继者。四月，阳气到达顶点，即将下降，所以说没有后继者。

⑤任持：支撑。

⑥会计：核算考核功绩。

⑦月建在子：北斗七星斗柄指向子位。

⑧酒醴（lǐ）：泛指各种酒。

⑨三阳始兆于地上：古人称冬至（在传统历法的十一月，公历12月21日至23日之间）为一阳生，十二月为二阳生，正月为三阳开泰，预示春天到来，万物即将生长，好运即将来临等。兆，事物发生前的预示或征兆，此处指地上万物开始生长。

⑩见龙在田，天下文明：出自经典著作《易·文言》。意为阳气初生，天下万物开始生长而焕发光彩。

⑪斗魁第一星：北斗七星斗口上的第一颗星天枢星（大熊座α星）。斗柄指向卯位时，天枢星对应戌位，所以说“斗魁第一星抵于戌”。

⑫斗魁第二星：北斗七星斗口上的第二颗星天璇星（大熊座β星）。斗柄指向辰位时，天璇星对应酉位，所以说“斗魁第二星抵于酉”。

⑬夏至：传统历法的五月，公历的6月21日或22日。

⑭大往小来：出自经典著作《易·否（pǐ）》卦爻辞。否卦为乾上坤下，乾代表阳，主声息，为大，坤代表阴，主消耗，为小，所以说阳气往而阴气来，即大往小来。

⑮小人道长（zhǎng）：出自经典著作《易·否》的《彖传》。原文为“内

阴而外阳，内柔而外刚，内小人而外君子。小人道长，君子道消也”。小人道长，意为小人的日子逐渐好过。

⑯向明而治：出自经典著作《易·说》卦，原文为“圣人南面而听天下，向明而治”。意为圣人坐北朝南而治理天下，向着光明、光亮而治理天下，用作形容勤于政事。

⑰莫胜莫先：没有不超过之前的，形容万物茂盛到极点。

⑱太微垣(yuán)：古人把北半球星空的星象分为上垣之太微垣、中垣之紫微垣、下垣之天市垣，合称为三垣。其中紫微垣居北天空中央，太微垣在紫微垣的东北方、北斗的南方。农历七月，北斗的斗柄正好指向太微垣区域，所以说“太微垣所在”。

⑲太一所居：太一(也作泰一)指太一神，是传说中的最高神明，据说常居住在紫微垣。

⑳斗杓(sháo)谓之刚：斗杓，即北斗七星的斗柄，称为天罡。

㉑苍龙第一星：苍龙，是对二十八星宿(xiù)中东方七宿(角、亢、氐、房、心、尾、箕)的总称，其中第一宿为角，代表坚硬的龙角。

㉒与斗刚相直：斗刚即斗柄(斗杓)，相直即相对，此处说苍龙第一星角与斗柄相对。

㉓日月五星：指太阳、月亮、金星、木星、水星、火星、土星。

㉔门户：门的入口。

㉕天之冲：即天庭的要冲。要冲为多条重要道路汇合的地方。

㉖小往大来：出自经典著作《易·泰》卦爻辞。泰卦为坤上乾下，与否卦相反，所以，小往大来象征着阴气往而阳气来。

㉗君子道长(zhǎng)：出自经典著作《易·泰》的《彖传》。原文为“内阳而外阴，内健而外顺，内君子而外小人。君子道长，小人道消也”。君子道长，意为君子的日子逐渐好过。

㉘十二月子位，北方之中：十二月，神将位于子位，子位在北方所对应的亥、子、丑的中间，所以说“十二月子位，北方之中”。

㉙上帝所居：上帝所居住的地方。因为天象上的帝星(小熊座β星)

位于三垣中的紫微垣，而紫微垣居北天空中央，所以说为上帝所居。

【译文】

六壬术中的十二神将名字，古人解释它们的含义说："正月阳气刚刚建立，召唤万物，所以叫作登明。二月万物生出根芽，所以叫作天魁。三月花叶从根底而生，所以叫作从魁。四月阳气没有后继者，所以叫作传送。五月草木茂盛，超过了最初萌生的时候，所以叫作胜先。六月万物仍然茂盛，所以叫作小吉。七月各种谷物长出了果实，自己能够支撑自身，所以叫作太一。八月作物的枝条坚硬，所以叫作天罡。九月树木长成了可用之材，所以叫作太冲。十月万物全部成熟，可以核算功绩，所以叫作功曹。十一月北斗七星斗柄指向子位，上帝回到了原来的位置，所以叫作大吉。十二月准备各种酒水，用来回报祭祀众神，所以叫作神后。"这些说法极其荒唐。根据实际道理，我认为：登明，就是说正月三阳开泰，地上万物开始生长，阳气初生，天下万物开始生长而焕发光彩，所以叫作登明。天魁，是北斗七星斗口上的第一颗星，斗口上的第一颗星指向戌位，所以叫作天魁。从魁，是北斗七星斗口上的第二颗星，斗口上的第二颗星指向酉位，所以叫作从魁。斗柄是一颗星指示方位，斗口是两颗星指示方位，一颗星抵达戌位，一颗星抵达酉位。传送，是说四月阳气到达极点并即将消退，阴气即将萌生，所以迎接阴气而送走阳气。小吉，是夏至的气象，阳气过去而阴气到来，小人的日子逐渐好过，是小人的吉兆，所以可以举行婚姻酒食之类的事情。胜先，是说君王坐北朝南向着光明而治理天下，万物都在这时继续生长，茂盛到极点。太一，是太微垣所在的区域，太一神所居住的地方。天罡，是北斗七星的斗柄指向方位的星。斗柄叫作天罡，苍龙第一颗星角星也可称坚硬，它与斗柄相对。太冲，是太阳、月亮、金星、木星、水星、火星、土星所出入的门户，是天庭的要冲。功曹，是说每年的十月份事情完成而核算功绩。大吉，是冬至的气象，阴气过去而阳气到来，君子的日子逐渐好过，是大人的吉兆，所以象征着文武大臣的事情。十二月神将位于子位，是北天空的中央，是上帝所居住的地方。神后，是皇帝、君王的称呼。因为是天上的十二神将，所以都以天上的事象来命名。

119 六壬有十二神将[①]，以义求之，止合有十一神将。贵人为之主，其前有五将，谓螣蛇、朱雀、六合、勾陈、青龙也，此木火之神在方左者；方左谓寅、卯、辰、巳、午。其后有五将，谓天后、太阴、玄武、太常、白虎也，此金水之神在方右者。方右谓未、申、酉、亥、子。唯贵人对相无物，如日之在天，月对则亏，五星对则逆行[②]避之，莫敢当其对，贵人亦然，莫有对者故谓之天空。空者，无所有也，非神将也，犹月杀[③]之有月空[④]也，以之占事，吉凶皆空，唯求对见及有所伸理于君者遇之乃吉。十一将，前二火、二木、一土间之，后当二金、二水、一土间之。玄武合在后二，太阴合在后三，今二神差互[⑤]，理似可疑也。

【注释】

①十二神将：指十二神将中的十二天将，其名称及方位、吉凶如下：中央，贵人(亦称天乙贵人)，神将之主；前一，螣蛇，丁巳火凶将；前二，朱雀，丙午火凶将；前三，六合，乙卯木吉将；前四，勾陈，戊辰土凶将；前五，青龙，甲寅木吉将；后一，天后，壬子水吉将；后二，太阴，辛酉金吉将；后三，玄武，癸亥水凶将；后四，太常，己未土吉将；后五，白虎，庚申金凶将；后六，天空，戊戌土凶将。《六壬大全》卷二载："凡壬课吉凶系于天将，五行虽各有所属，而用者专取天盘乘神决之。"

②逆行：行星与地球一样围绕太阳运转，因为它们公转的轨道和速度各不相同，所以在运动着的地球上看，行星在运转的过程中有时候好像是在后退，这种现象称为逆；而在进退转变之际又像有一个停止不动的时刻，这种现象则称为留。

③月杀：亦称月煞日，是选择术中所用的吉凶概念。月杀日忌停宾客、兴穿掘、营种植、纳群畜。相应的日子是：正、五、九月的丑日，二、六、十月的戌日，三、七、十一月的未日，四、八、十二月的辰日。

④月空：同为选择术中所用的吉凶概念。月空日乃月中之阳辰，所理之日宜设筹谋、陈计策。相应的日子是：正、五、九月的壬日，二、六、十月的庚日，三、七、十一月的丙日，四、八、十二月的甲日。

⑤二神差互：这里沈括的意思是说，前五神从一至五的次序是火、火、木、土、木，后六神除去天空从一至五的次序是水、金、水、土、金，两相比较，后神中第二、三位的次序颠倒，似乎应该是玄武(水)居后二、太阴(金)居后三。

【译文】

六壬中的十二天将，按照数理来推求，应该只有十一位神将。贵人为神将主宰，在它之前有五将，即为螣蛇、朱雀、六合、勾陈、青龙，这是在左方的木、火之神；在左方指寅、卯、辰、巳、午。在它之后有五将，即为天后、太阴、玄武、太常、白虎，这是在右方的金、水之神。在右方指未、申、酉、亥、子。唯独贵人没有相对应的事物，如同是太阳在天空中一样，月亮与之相对就亏损，五星与之相对就逆行趋避，没有敢处在它的对立面的，贵人也是如此，没有与之相对应的事物所以才称为天空。所谓的空，就是没有事物，不是神将，就如同月杀有月空那样，用它来占卜事情，吉凶都落空，只有要求面见奏对以及在君主面前申诉一些道理时占得它才是一个吉兆。十一位神将，贵人之前是二火、二木、一土相间，贵人之后应当是二金、二水、一土相间。玄武应当在后二，太阴应当在后三，如今这两位神将互相颠倒，按照道理来说似乎值得怀疑。

120　天事以辰名者为多，皆本于辰巳之辰，今略举数事。十二支[①]谓之十二辰，一时谓之一辰，一日谓之一辰，日、月、星谓之三辰[②]，北极谓之北辰，大火谓之大辰[③]，五星中有辰星[④]，五行之时，谓之五辰，《书》曰“抚于五辰”是也，已上皆谓之辰。今考，子、丑至于戌、亥谓之十二辰者，《左传》云“日月之会是谓辰”，一岁日月十二会，则十二辰也。日月之所舍始于东方，苍龙角、亢之星起于辰[⑤]，故以所首者名之。子、丑、戌、亥之月既谓之辰，则十二支、十二时皆子、丑、戌、亥，则谓之辰无疑也。一日谓之一辰[⑥]者，以十二支言也。以十干言之谓之今日，以十二支言之谓之今辰，故支干谓之日辰。日、月、星谓之三辰者，日、月、星至于辰而毕见，以其所见者名之，故皆谓之辰。四时所见有早晚，至辰则四时毕见，故日加辰为晨，谓日始出之时也。星有三类，一经星[⑦]，北极为之长；二舍星，大火为之长；三行星，辰星为之长，故皆谓之辰。北辰居其所而众星拱之，故为经星之长。大火，天王之座，故为舍星之长。辰星，日之近辅，远乎日不过一辰，故为行星之长。五行之时谓之五辰者，春、夏、秋、冬各主一时，以四时分属五行，则春、夏、秋、冬虽属木、火、金、水，而建辰、建未、建戌、建丑之月各有十八日属土，故不可以时言，须当以月言。十二月谓之十二辰，则五行之时谓之五辰也。

【注释】

①十二支：指十二地支。

②三辰：《国语·鲁语》："帝喾能序三辰以固民。"韦昭注："三辰，日、月、星。"

③大火谓之大辰：《公羊传·昭公十七年》："大火谓之大辰。"大火就是心宿二，用它确定季节。

④辰星：五大行星中的水星。

⑤苍龙角、亢之星起于辰：二十八宿中的东方苍龙七宿，角、亢是这七宿中开始的两宿，对应的地支是辰。

⑥一辰：古人把一天分成十二次，一辰就是一次。

⑦经星：古人将恒星称作经星，行星称作纬星。

【译文】

天上的事象用辰来命名的很多，都是源于辰、巳中的辰，现在简略列举几件事。十二支被称作十二辰，一时叫作一辰，一天叫作一辰，日、月、星被称作三辰，北极被称作北辰，大火被称作大辰，五大行星中有辰星，五行与四季的配合，称为五辰，就是《尚书》所说的“抚于五辰”，上面这些都叫作辰。现在考证，子、丑到戌、亥被叫作十二辰，《左传》说“日、月之会是谓辰”，一年中日、月相会十二次，就是十二辰。日、月的运行都是从东方开始的，苍龙角、亢之星也是从辰开始的，所以用开头的方位进行命名。子、丑、戌、亥的月份既然叫作辰，就是十二支、十二时都是子、丑、戌、亥，那么把它们称作辰也就毫无疑问了。一日被称作一辰，是根据十二支来说的。根据十干而言就被称作今日，根据十二支而言就被称作今辰，所以用支干记录的日子就被称作日辰。日、月、星被称作三辰，日、月、星到了辰时就会同时出现，按照它们所出现的时辰来命名，所以都被称作辰。日、月、星在四季中出现的时间有早晚之别，到了辰时就无论是哪个季节都同时出现，所以日加辰就是晨，是太阳刚出来的时间。星有三类，第一类是经星，北极星是它们的首领；第二类是舍星，大火星是他们的首领；第三类是行星，辰星是它们的首领，所以都被称作辰。北辰星处在自己的位置上，四周的星星都围绕着它，所以是经星的首领。大火星是天王的座次，所以是舍星的首领。辰星是最靠近太阳的行星，距离太阳不超过一辰，所以是五大行星的首领。五行和四季搭配称为五辰，因为春、夏、秋、冬各自主导一个季节，以四季分属五行，那么春、夏、秋、冬虽然属木、火、金、水，而三月、六月、九月、十二月各有十八日属土，所以不可以按照季节来说，必须以月份来说。十二月称为十二辰，那么五行搭配四季就称为五辰了。

121　《洪范》[1]“五行”[2]数，自一至五。先儒谓之此“五行生数”[3]，各益以土数，以为成数[4]。以谓五行非土不成，故水生一而成六，火生二而成七，木生三而成八，金生四而成九，土生五而成十，合之为五十有五。唯《黄帝·素问》[5]：“土生数五，成数亦五。”盖水、火、木、金皆待土而成，土更无所待，故止一五而已。画而为图，其理可见。为之图者，设木于东，设金于西，火居南，水居北，土居中央。四方自为生数，各并中央之土以为成数。土自居其位，更无所并，自然止有五数，盖土不须更待土而成也。合五行之数为五十，则大衍之数[⑥]也。此亦有理。

【注释】

①《洪范》：经典著作《尚书》的篇名，主要记载箕子向周武王陈述治国治民之事。

②五行：金、木、水、火、土。五行被认为是构成万物的五种基本元素。

③五行生数：把数字一至五与五行联系起来，分别为天一生水，地二生火，天三生木，地四生金，天五生土，称为五行生数。生数意为生成万物之数。

④成数：把数字六至十与五行联系起来，分别为水生一而成六，火生二而成七，木生三而成八，金生四而成九，土生五而成十，称为五行成数。成数意为成就万物之数。

⑤《黄帝·素问》：现存最早的中医理论著作《黄帝内经》分为《灵枢》与《素问》两部分，《素问》主要以人与自然的统一观、阴阳五行学说、脏腑经络学说为主线，论述生理学、病理学、诊断学等。本条笔记所引用的不是《素问》原文，而是对原文的概括。

⑥大衍(yǎn)之数：数字五十被称为大衍之数。

【译文】

《洪范》所说的五行数，是从一到五。前代学者称呼为五行生数，各自给它们加上土数，以构成成数。表示五行没有土就不完整，所以水生一而成于六，火生二而成于七，木生三而成于八，金生四而成于九，土生五而成于十，合起来就是五十五。只有《黄帝·素问》认为："土的生数是五，成数也是五。"因为水、火、木、金都需要土才能成就，土不再需要其他东西来成就，所以就只有一个五而已。把它们画成图，这些道理就可以显见了。画成的图,设定木在东方,设定金在西方,火在南方,水在北方,土在中央。四个方向各自为生数,分别再加上中央的土就成了成数。土独自处在中央的位置,不需要与其他合并,自然只有五数,因为土不再需要土来成就。把五行的生成数合起来是五十,就是大衍之数。这也是有道理的。

122 揲蓍[①]之法,四十九蓍聚之则一,而四十九隐于一中;散之则四十九,而一隐于四十九中。一者道[②]也,谓之无则一在,谓之有则不可取;四十九者用也,静则归于一,动则惟睹其用,一在其间而不可取,此所谓"大衍之数五十,其用四十有九"。

【注释】

①揲(shé)蓍(shī):以蓍草占卜。据《易·系辞上》,须用蓍草50根,抽去1根不用,用其余的49根进行演算,即所谓"大衍之数五十,其用四十有九"。蓍草是一种多年生草本植物的茎,亦可入药,古人认为它是天生的神物,故用来占卜。

②道:指天地万物所遵循的普遍规律。

【译文】

以蓍草占卜的方法,四十九根蓍草合拢来是一个整体,而四十九根蓍草就蕴含在这个一中;分散开来演算就是四十九根蓍草,而一就蕴含在四十九之中。这个一就是天地万物所遵循的普遍规律,如果说它不存在则有一个整体,如果说它存在则这个一不能取出;四十九根蓍草是实际运用的,静止来看可以归结为一个整体,变动起来则就只见到它的运用,一在其中间而不能取出,这就是所说的"大衍之数五十,其用四十有九"。

123 世之谈数者,盖得其粗迹。然数有甚微者,非恃历[①]

所能知，况此但迹而已。至于感而遂通天下之故[②]者，迹不预焉。此所以前知之神，未易可以迹求，况得其粗也。予之所谓甚微之迹者，世之言星者，恃历以知之，历亦出乎亿[③]而已。予于《〈奉元历〉序》论之甚详。治平[④]中，金、火合于轸[⑤]，以《崇玄》[⑥]《宣明》[⑦]《景福》[⑧]《明》[⑨]《崇》[⑩]《钦天》[⑪]凡十一家大历[⑫]步之，悉不合，有差三十日以上者，历岂足恃哉？纵使在其度，然又有行黄道[⑬]之里者，行黄道之外者，行黄道之上者，行黄道之下者，有循度者，有失度者，有犯经星者，有犯客星[⑭]者，所占各不同，此又非历之能知也。又一时之间，天行三十余度，总谓之一宫。然时有始末，岂可三十度间阴阳皆同，至交他宫则顿然差别？世言星历难知，唯五行时日[⑮]为可据，是亦不然。世之言五行消长者，止是知一岁之间，如冬至后日行盈度为阳[⑯]，夏至后日行缩度为阴[⑰]，二分行平度。殊不知一月之中，自有消长，望[⑱]前月行盈度为阳，望后月行缩度为阴，两弦[⑲]行平度。至如春木、夏火、秋金、冬水，一月之中亦然。不止月中，一日之中亦然。《素问》云："疾在肝，寅卯患，申酉剧。病在心，巳午患，子亥剧。"此一日之中，自有四时也。安知一时之间无四时？安知一刻、一分、一刹那之中无四时邪？又安知十年、百年、一纪[⑳]、一会[㉑]、一元[㉒]之间，又岂无大四时邪？又如春为木，九十日间，当亹亹[㉓]消长，不可三月三十日亥时[㉔]属木，明日子时顿属火也。似此之类，亦非世法可尽者。

【注释】

①恃(shì)历：依据历法。

②感而遂通天下之故：意为通过感知阴阳二气的交融而懂得天下万事万物。

③亿：同"臆"，猜测、推测。

④治平：宋英宗赵曙的年号，公元 1064 年至 1067 年。

⑤金、火合于轸(zhěn)：金星与火星会合于二十八星宿中的轸宿。

⑥《崇玄》：唐昭宗时边冈等编制的历法。

⑦《宣明》：唐穆宗时徐昂等编制的历法。

⑧《景福》：即《崇玄》的别称，此处记载重复，似乎有误。

⑨《明》：即《明天历》，宋英宗时周琮等编制修订的历法。

⑩《崇》：即《崇天历》，宋仁宗时楚衍等编制的历法。

⑪《钦天》：五代十国时期后周王朴编制的历法。

⑫大历：朝廷官方颁布的历法。

⑬黄道：地球绕太阳公转的轨道平面与天球相交的大圆。黄道之里、之外即黄道北侧与南侧，下面所言黄道上下与黄道里外同义。

⑭客星：古人称新出现的星象为客星，如彗星、流星、极光等。

⑮五行时日：古人将五行(金、木、水、火、土)与一年四季联系起来，即春木、夏火、秋金、冬水、四季土，称为五行四时或五行时日。

⑯冬至后日行盈度为阳：冬至后太阳运行速度增加为阳。

⑰夏至后日行缩度为阴：夏至后太阳运行速度减慢为阴。

⑱望：月圆的时候称望，一般是农历每月十五日左右。

⑲两弦：上弦月(农历初七、初八日)与下弦月(农历二十二、二十三日)。

⑳一纪：一般称 12 年为一纪，但此处指 1520 年为一纪。

㉑一会：10800 年为一会。古人对于世、运、会、元的换算关系为：30 年＝1 世，12 世＝1 运，30 运＝1 会，12 会＝1 元。

㉒一元：129600 年。

㉓亹亹(wěi wěi)：不断地、无休无止地。

㉔亥时：21 点—23 点为亥时。

【译文】

世上谈论历数的人，只不过懂得它粗略的迹象。然而历数有极为微细精妙的地方，并不是依仗历法就能知道的，况且这样知道的只是迹象而已。至于通过感知阴阳二气的交融而懂得天下万事万物，与迹象是没有关系的。这就是先知的神妙之处，不能轻易从迹象来察觉，何况只是懂得了粗略迹象。我所说的极为微细精妙的迹象，是说世上谈论星象的人，是依仗历法来了解它们，而历法也只是源于推测而已。这点我在《奉元历》的序言中已经说得很详细了。治平年间，金星与火星会合于轸宿，用《崇玄历》《宣明历》《景福历》《明天历》《崇天历》《钦天历》等十一种官方颁布的历法来检验，都不符合，甚至有相差三十天以上的，历法岂可以依仗啊？即使在某个方位上，又有运行在黄道北侧的，运行在黄道南侧的，运行在黄道上方的，运行在黄道下方的，有遵循法度的，有不遵循法度的，有犯经星的，有犯客星的，所占卜的吉凶又各不相同，这又不是历法所能知道的。又有在一个时辰里，天体运行三十度左右，总称为一宫。然而时辰有始末，岂能在三十度里阴阳都相同，而进入下一宫就顿时有不同呢？世人都说星象、历法难懂，只有五行配合四季可以作为依据，其实不是这样的。世上说五行消长的人，只是知道一年之内的变化，比如冬至后太阳运行速度增加为阳，夏至后太阳运行速度减慢为阴，春、秋分运行速度相同。竟不知道一个月之内，也自有消长，月亮变圆之前月亮运行速度增加为阳，月亮变圆之后月亮运行速度减慢为阴，上、下弦月时月亮运行速度相同。至于如春木、夏火、秋金、冬水，一个月之内也是这样的。不只是一个月之内，一天之内也是这样的。《素问》说："疾病在肝，寅时、卯时患病，申时、酉时加剧。疾病在心，巳时、午时患病，子时、亥时加剧。"这就是一天之内，自有四时之分。怎么能知道一个时辰之内没有四时呢？怎么能知道一刻、一分、一刹那之内没有四时呢？又怎么能知道十年、百年、一纪、一会、一元之内，又不会有大的四时呢？又如春季属木，九十天内，应该不断地消长，不可能三月三十日的亥时属木，到第二天的子时就马上属火了。像这样的例子，也不是世上的历法可以穷尽的。

124　历法步岁之法[1]，以冬至斗建[2]所抵，至明年冬至所得辰、刻，衰、秒谓之斗分[③]。故“岁”文从“步”、从“戌”。戌者，斗魁[④]所抵也。

【注释】

①步岁之法：推算一年的时间的方法。

②斗建：北斗七星的斗柄。

③斗分：度数的小数部分。此处衰（cuī）、秒就是推算所得出的余数，即非整数部分。

④斗魁：北斗七星的斗口。

【译文】

历法中推算一年的时间的方法，从冬至北斗七星斗柄所指向的方位，到第二年冬至同样的方位所得的时间长度，非整数部分叫作斗分。所以“岁”字以步为偏旁、以戌为读音。戌，就是北斗七星斗口所指的方位。

125　正月寅、二月卯谓之建，其说谓斗杓所建。不必用此说，但春为寅、卯、辰，夏为巳、午、未，理自当然，不须因斗建也，缘斗建有岁差。盖古人未有岁差之法。《颛帝历》“冬至日宿牛初”[①]，今宿斗六度[②]；古者正月斗杓建寅，今则正月建丑矣。又岁与岁[③]合，今亦差一辰，《尧典》[④]曰“日短星昴”[⑤]，今乃日短星东壁[⑥]，此皆随岁差移也。

【注释】

①日宿牛初：太阳停留在北方七宿中牛宿的开端。

②今宿斗六度：宋代冬至时太阳停留在斗宿（在牛宿后一宿）六度。

③岁：指每年的起始点。

④《尧典》：儒家经典《尚书》中的篇名。

⑤日短星昴：冬至那天黄昏时西方七宿中的昴宿在天顶。日短指冬至日。

⑥东壁：指北方七宿中的壁宿。

【译文】

正月寅、二月卯叫作斗建，这种说法是指它们恰是斗柄所指的方位。不一定要用这种说法，只说春为寅、卯、辰，夏为巳、午、未，也是理所当然，不需要依据斗建，因为斗建有岁差。大概是古人不知道有岁差的道理。《颛帝历》说“冬至日宿牛初”，如今冬至时太阳停留在斗宿六度；古代正月斗柄指向寅位，如今正月已经指向丑位了。将古代和如今一年的起始点相比较，现在的位置也相差了三十度，《尧典》中说“冬至那天黄昏时西方七宿中的昴宿在天顶”，如今冬至日黄昏时在天顶的是北方七宿中的壁宿，这些都是由于岁差的存在而发生的改变。

126 《唐书》云：“落下闳[①]造历，自言后八百年当差一算[②]。至唐，一行[③]僧出而正之。”此妄说也。落下闳历法极疏[④]，盖当时以为密耳，其间阙略甚多，且举二事言之。汉世尚未知黄道岁差，至北齐[⑤]张子信[⑥]方候知岁差，今以今古历校之，凡八十余年差一度[⑦]，则闳之历八十年自已差一度，兼余分疏阔[⑧]，据其法推气朔[⑨]五星，当时便不可用，不待八十年。乃曰“八百年差一算”，太欺诞也。

【注释】

①落下闳(hóng)：字长公，西汉武帝时曾参与编修《太初历》。

②一算：一度。据《汉书·律历志》，《太初历》采用的是八十一分法，即将一日的长度分成八十一分来计算。一度当是1/81日的误差。

③一行(683年—727年)：唐代天文学家，原名张遂，一行是出家为僧的法号，《旧唐书·方伎传》有传。一行在唐玄宗开元年间曾主持编制《大衍历》。

④历法极疏：《太初历》中回归年的长度为365.2502日、朔望月的长度为29.5309日，均比实际值大，季节每四百年差三日、朔望每三百年差

一日。因此在使用一百多年后,就有人发现有一日的误差,到了东汉章帝元和二年(85 年)就正式废止了《太初历》,实际上使用了 188 年。

⑤北齐:南北朝时北朝政权之一,550 年建国,577 年被北周所灭,历 6 帝,28 年。

⑥张子信:北齐民间天文学家,《北齐书》有传。《隋书·天文志》称其"学艺博通,尤精历数","专以浑仪测候日月五星差变之数,以算步之"。按,发现岁差的人是晋代虞喜,而不是张子信。

⑦八十余年差一度:虞喜测算的岁差是冬至点每 50 年后退一度。

⑧余分疏阔:即前面所说的年、月取值均大于实际值。余分指两数相除不尽的部分。

⑨朔:月亮运行到地球与太阳之间称朔,编制历法的人以朔作为历法月的起点,故农历每月初一亦称朔日,在历法上确定朔日的计算方法称作朔法。

【译文】

《唐书》中说:"落下闳编制历法,自称八百年之后会误差一算。到了唐朝,僧人一行出来纠正了误差。"这是错误的说法。落下闳的历法十分粗疏,大概是当时觉得还算精密,然而其中有很多缺漏,姑且举两个例子来说。汉代还不知道黄道岁差的现象,到了北齐的张子信才观测得知岁差的存在,现在用古今的历法校算,大体上是八十多年误差一度,所以落下闳的历法经过八十年之后已经有一度的误差,再加上年、月取值均大于实际值,按照他的方法来推算节气、朔日、五星运行,在当时就不能使用了,也等不到八十年。他居然敢说"八百年误差一算",实在是太荒谬了。

127 天文家有浑仪①,测天之器,设于崇台②,以候垂象③者,则古玑衡④是也。浑象⑤,象天之器,以水激之,或以水银转之,置于密室,与天行相符,张衡⑥、陆绩⑦所为,及开元中置于武成殿[8]者，皆此器也。皇祐中，礼部试《玑衡正天文之器赋》，举人皆杂用浑象事，试官亦自不晓，第为高等。汉以前皆以北辰[9]居天中，故谓之极星[10]。自祖亘[11]以玑衡考验天极不动处，乃在极星之末犹一度有余。熙宁中，予受诏典领历官[12]，杂考星历，以玑衡求极星。初夜在窥管中，少时复出，以此知窥管小，不能容极星游转，乃稍稍展窥管[13]候之。凡历三月，极星方游于窥管之内，常见不隐，然后知天极不动处，远极星犹三度有余。每极星入窥管，别画为一图。图为一圆规，乃画极星于规中。具初夜、中夜、后夜所见各图之，凡为二百余图，极星方常循圆规之内，夜夜不差。予于《熙宁历奏议》[14]中叙之甚详。

【注释】

①浑仪：即浑天仪。古代的天体观测仪器。装有子午环、赤道环、赤经环等，环上标有刻度，中心设有窥管，用来测量所要观测的天体。

②崇台：高台。

③垂象：天空中显现出来的星象。

④玑衡：璇玑玉衡的简称。一般认为是古代观测天象、天体的仪器。

⑤浑象：古代演示天体运动的仪器，类似现代的天球仪。浑象的主体是一个可以绕轴转动的圆球，上面刻画有星宿、赤道、黄道等，用来演示天体运动。

⑥张衡(78 年—139 年)：字平子，东汉著名的文学家、天文学家、地理学家、发明家。张衡发明制造出了候风地动仪、浑天仪等。

⑦陆绩(187 年—219 年)：字公纪，汉末三国时期吴国人，精通天文、历算，曾制作过浑象，并作过《浑天图》。

⑧武成殿：位于唐代东都洛阳。唐玄宗时，僧一行与梁令瓒制造出一台浑天铜仪，置于洛阳武成殿。

⑨北辰：北极星。

⑩极星：一般指北极星。古人为了方便辨别天北极而把其附近的星

称作极星，不同时期所确定的极星不尽一致。

⑪祖亘：一般作祖暅（gèng），字景烁，南北朝时期数学家、科学家祖冲之的儿子，也精通天文、数学。

⑫予受诏典领历官：指沈括在熙宁五年（1072年）提举司天监（主管天文、历法的机构）。

⑬展窥管：增大窥管的口径，以扩大可以观测的视野范围。

⑭《熙宁历奏议》：指沈括在熙宁八年（1075年）将卫朴所制定的《奉元历》上呈给宋神宗时所写的奏议。

【译文】

天文学家有浑仪，是观测天体的仪器，设置在高台上，用来观测显现的星象，就是古时候的璇玑玉衡。浑象，是模拟天体的仪器，用水的动力推动它，或者用水银使它运转，置放在密室中，与天体的运行相符合，张衡、陆绩所制作的，以及开元年间置放于武成殿的，都是这种仪器。皇祐年间，礼部以《玑衡正天文之器赋》为科举考试题目，举人们都混用了浑象的相关概念，考官自己也不懂，把他们列为了优等。汉代以前都因为北极星在北天空的正中央，所以叫作极星。自从祖暅用浑仪考察验证后才发现，天极不动的部位，在离极星还有一度多的地方。熙宁年间，我提举司天监负责天文、历法相关事务，多方考察相关天文典籍，用浑仪来观测确认极星。夜初时分极星在窥管中，过了不久就移动出去了，因此知道窥管口径小导致视野小，不能容纳极星游转移动，于是就稍微增大了窥管的口径再来观测。前后经历了三个月，极星才游转移动在窥管视野范围之内，始终能看见而不再消失，然后知道了天极不动的部位，离极星仍然有三度多。每当极星进入窥管视野之内，就另外画一张图。图中有一个圆形的尺度，把极星画在尺度中。把夜初时分、夜半时分、夜末时分所见到的分别画图，总共画了二百多张图，极星才始终在圆形尺度所规定的位置上运行，每夜都没有差误。我在《熙宁历奏议》中对此叙述得很详细。

128　古今言刻漏[1]者数十家，悉皆疏谬[2]。历家言晷[3]、漏者，自《颛帝历》[4]至今见于世谓之大历[5]者，凡二十五家。其步漏[6]之术，皆未合天度。予占天候景[7]，以至验于仪象[8]，考数下漏，凡十余年，方粗见真数[9]，成书四卷，谓之《熙宁晷漏》[10]，皆非袭蹈前人之迹。其间二事尤微：一者，下漏家常患冬月水涩[11]，夏月水利[12]，以为水性如此；又疑冰澌所壅[13]，万方理之，终不应法。予以理求之，冬至日行速，天运未期，而日已过表[14]，故百刻而有余；夏至日行迟，天运已期，而日未至表，故不及百刻。既得此数，然后覆求晷景漏刻，莫不吻合。此古人之所未知也。二者，日之盈缩，其消长以渐，无一日顿殊之理。历法皆以一日之气短长之中者[15]，播为刻分，累损益，气初日衰[16]，每日消长常同；至交一气，则顿易刻衰。故黄道有觚[17]而不圜，纵有强为数以步之者，亦非乘理用算[18]，而多形数相诡。大凡物有定形，形有真数。方圜端斜，定形也；乘除相荡[19]，无所附益，泯然冥会[20]者，真数也。其术可以心得，不可以言喻。黄道环天正圜，圜之为体，循之则其妥[21]至均，不均不能中规衡；绝之则有舒有数[22]，无舒数则不能成妥。以圜法相荡而得衰，则衰无不均；以妥法相荡而得差，则差有疏数。相因以求从，相消以求负。从、负相入，会一术以御日行[23]。以言其变，则秒刻之间，消长未尝同；以言其齐，则止用一衰，循环无端，终始如贯，不能议其隙。此圜法之微，古之言算者，有所未知也。以日衰生日积[24]，反生日衰，终始相求，迭[25]为宾主，顺循之以索日变，衡别之求去极之度[26]，合散无迹，泯如运规。非深知造算之理者，不能与其微也。其详具予《奏议》[27]，藏在史官，及予所著《熙宁晷漏》四卷之中。

【注释】

①刻漏：古代计时仪器之一。一昼夜(24 小时)共一百刻，平均每刻

约 15 分钟。

②疏谬：粗略差错。

③晷(guǐ)：通过观测日影测定时刻的仪器，主要根据日影的位置来判定时间。

④《颛(zhuān)帝历》：即《颛顼(xū)历》，因为宋神宗叫作赵顼，为了避讳而改称《颛帝历》。此历法创制于战国末期，秦代推广使用，沿用到西汉汉武帝时。

⑤大历：朝廷官方颁布的历法。

⑥步漏：推算刻漏计时情况。

⑦占天候景(yǐng)：观察天象测量日影。沈括曾经为了避免蒙气差(光线由真空进入地球空气层而发生的折射效应)对测量日影的影响，专门制作了三只铜表来测量日影，以期尽量使数据精确。

⑧仪象：浑仪与浑象，分别为古代天体观测与演示仪器。

⑨真数：符合实际的数据。

⑩《熙宁晷漏》：该书作于熙宁年间，是沈括关于测定时间的著作，现在已经失传。

⑪水涩：水流迟滞、缓滞。

⑫水利：水流滑利、匀称。

⑬冰凘(sī)所壅(yōng)：指水结成冰堵塞了刻漏的漏嘴。凘，泛指水结成的冰。壅，堵塞、阻塞。

⑭表：此处指圭表上的刻度。圭表是通过观测日影测定时刻的仪器，主要根据日影的长短来判定时间。

⑮一日之气短长之中者：节气(二十四节气)中每天长短的平均值。

⑯日衰(cuī)：因太阳运行速度的快慢而产生的差额。

⑰觚(gū)：本指古代的一种酒器，又古时候数学家将正多边形称为觚，此处觚指棱角。

⑱乘理用算：符合实际道理的运算。

⑲乘除相荡：用乘法除法运算。

⑳泯(mǐn)然冥会：与自然规律暗中相契合得很好。

㉑妥：当指内插法所得的差额。妥法，内插法。

㉒有舒有数(shuò)：有疏有密(有大有小)。舒，同“疏”，间隙大。数，屡次，形容密。

㉓会一术以御日行：得到了一种计算太阳每天运行长短的方法。一般认为此处指沈括用不等距的内插法来计算不同季节太阳日(一昼夜，即 24 小时)的长短。

㉔日积：此指 24 小时内太阳运行的绝对距离。

㉕迭(dié)：轮流、交换。

㉖去极之度：指太阳在黄道上距离北极的度数。

㉗予《奏议》：可能指沈括在熙宁七年(1074 年)上奏的《浮漏议》，内容是关于时间测量的。

【译文】

古今谈论刻漏的有数十家学说，全部都有粗略差错。历法家谈论日晷、刻漏，从《颛帝历》到现在见于世人所说的大历，共有二十五家。他们推算刻漏计时的方法，都不合天体运行的法度。我观察天象测量日影，并用浑仪浑象来验证，考核数据、操作刻漏，经过十多年，才初步测得符合实际的数据，写成一共四卷的书，起名叫作《熙宁晷漏》，都不是沿袭前人的说法。其中有两件事情尤其微细精妙：第一，操作刻漏的人常常因为冬天水流缓滞，夏天水流滑利而忧虑，认为水性就是这样；又疑惑水结成冰而堵塞刻漏的漏嘴，使用了各种方法，最终都没有达到要求。我根据道理进行推理，冬至时太阳运行快，还没有绕大圆运行一周，而日影就已经超过了圭表所定的刻度，所以一天就超过了一百刻；夏至时太阳运行慢，已经绕大圆运行了一周，而日影还没有到达圭表所定的刻度，所以一天就没有一百刻。我测得这些数据，然后再用日晷、刻漏来验证，没有不与实际相符的。这是古人所不知道的。第二，太阳一天运行的速度，减慢和增加都是逐渐的，没有一天突然有很大变动的道理。历法上都以节气中每天长短的平均值，来均分为刻、分，累计增减，节气之初每天因太阳运行速度的快慢而产生的差额都相同;到了下一个节气,就会马上改变差额。所以黄道就像有了棱角而不是圆形的,即使勉强用数据进行推测,也是不符合实际道理的运算,大多数形状与数据也不相符合。物体大都有确定的形状,每种形状都有符合实际的数据。方、圆、正、斜,都是确定的形状;用乘法除法运算,不做增减修改,与自然规律暗中相契合得很好,这就是符合实际的数据。这种方法可以用心领会,不能用言语描述。黄道环绕天空是一个正圆形,圆这个物体,沿着它的周边逐次计算其差额就相同,不相同就不能符合圆规尺度的衡量;否则就有疏有密,没有疏密就不能计算出差额。如果用圆形的法度来计算差额,那么差额没有不相等的;用内插法计算而得到的差额,那么所得的数据有疏有密(有大有小)。把这些数据相乘以求取总值,相减求取差额。总值与差额综合起来,就得到了一种计算太阳每天运行长短的方法。说到太阳的变化,即使少到每秒每刻,增减也不是完全相同的;说到太阳运行的大致情况,只用求取一个差额,就可以循环往复,始终连贯,这样就不能再说它有误差了。这种圆形法度的微细精妙,古代探讨历算的人,是不完全知道的。通过每个间隔的差额计算 24 小时内太阳运行的绝对距离,反过来也可以计算每个间隔的差额,这样反复运算,交换为主为辅,依据这个方法计算太阳每天运行长短的变化,相比用别的方法来求取太阳在黄道上距离北极的度数,分析综合没有破绽,自然而又如圆规画圆一样符合运行的规律。不是精通历算的人,不能察觉到这么细微。关于这方面的详细解说都在我的奏议里,收藏在史官那里,以及在我写的四卷《熙宁晷漏》之中。

129　予编校昭文书[①]时,预详定浑天仪。官长问予:“二十八宿[②],多者三十三度,少者止一度,如此不均,何也?”予对曰:“天事本无度,推历者无以寓其数,乃以日所行分天为三百六十五度有奇。日平行三百六十五日有余而一期天[③],故以一日为一度也。既分之，必有物记之，然后可窥而数，于是以当度之星记之。循黄道，日之所行一期，当者止二十八宿星而已。度如伞橑[4]，当度谓正当伞橑上者。故车盖[5]二十八弓，以象二十八宿。则予《浑仪奏议》[6]所谓：'度不可见，可见者星也。日月五星之所由，有星焉。当度之画[7]者凡二十有八，谓之舍。舍所以挈[8]度，度所以生数也。'今所谓距度星者是也。非不欲均也，黄道所由当度之星，止有此而已。"

【注释】

①编校昭文书：此处指沈括曾在治平三年（1066年）任昭文馆编校，负责图书的编辑校订。

②二十八宿（xiù）：古人为描述日、月、五星（金星、木星、水星、火星、土星）的运动而对天空划分的区域。东西南北每个方向有七宿，分别是，东方七宿：角、亢、氐、房、心、尾、箕（jī）。西方七宿：奎、娄、胃、昴（mǎo）、毕、参、觜（zī）。南方七宿：井、鬼、柳、星、张、翼、轸。北方七宿：斗、牛、女、虚、危、室、壁。

③期（jī）天：周天。

④伞橑（lǎo）：伞骨，即下文所说的"盖弓"。

⑤车盖：古代车盖为圆形的篷，形状像伞。

⑥《浑仪奏议》：此处指沈括曾在熙宁七年（1074年）上奏的关于浑仪、浮漏、景表的奏议。

⑦画：标记每星宿之间的度数。

⑧挈（qiè）：此处指标记。

【译文】

我在昭文馆编校书籍时，曾参与制定浑天仪。长官问我："二十八星宿，度数多的有三十三度，少的只有一度，如此不均匀，为什么呢？"我回答说："天体原本就没有度数，推算历法的人没有什么东西可以表现相关数据，就把太阳运行的路径分为三百六十五度多一点。太阳平均运行三百六十五天多一周天，所以用一天的路径表示一度。既然已经划分了度数，必定要有东西来标记，然后才能观测和计算，于是就用正当度数的星来标记。沿着黄道，太阳所运行的一周的路径上，正好有正当度数的二十八宿星。度就像伞骨，当度就是正在伞骨上。所以车盖有二十八根伞骨，以象征二十八宿。就像我在《浑仪奏议》中所说的：'度数不可见，可见的是星。日月五星所经过的地方，有星存在。正当度数的标记共有二十八处，叫作舍。舍是用来标记度数的，度数是用来表示数据的。'这就是现在所说的距度星。并非不想平均，而是黄道路径上当度的星，只有这些罢了。"

130　又问予以："日月之形如丸邪，如扇也？若如丸，则其相遇岂不相碍①？"予对曰："日月之形如丸。何以知之？以月盈亏可验也。月本无光，犹银丸，日耀之乃光耳。光之初生②，日在其傍，故光侧而所见才如钩；日渐远，则斜照而光稍满。如一弹丸以粉涂其半，侧视之则粉处如钩，对视之则正圜，此有以知其如丸也。日月，气也，有形而无质，故相值而无碍。"

【注释】

①相遇岂不相碍：古人认为日、月与地球的距离相同，所以会提出日、月相遇岂不相碍的问题。

②光之初生：月光初现，指阴历月初刚有月牙之时。

【译文】

（长官）又问我："日月的形状是像弹丸呢，还是像团扇呢？如果像弹丸，那么它们遇到时难道不会互相妨碍吗？"我回答道："日月的形状像弹丸。如何知道这一点呢？可以通过月亮的盈缺来验证。月亮本身不会发光，好像银制的弹丸，太阳照射到时月亮才会发光。月初刚有月牙之时，太阳在旁边，所以光从侧面照过来，看到的月亮就像钩一样；太阳逐渐转远，太阳光斜照，发光的部分逐渐变得圆满。比如一颗弹丸用粉来涂抹它的半边，从侧面看被涂抹的部分就像钩一样，从正面来看就是圆的，由此得知月亮像颗弹丸。日月都是气，有形状但是没有实体，所以相遇了也不会互相妨碍。"

131 又问："日月之行，月一合一对①，而有蚀②不蚀，何也？"予对曰："黄道与月道③，如二环相叠而小差。凡日月同在一度④相遇，则日为之蚀；正一度相对，则月为之亏。虽同一度，而月道与黄道不相近⑤，自不相侵；同度而又近黄道、月道之交，日月相值⑥，乃相陵掩⑦。正当其交处则蚀而既⑧；不全当交道，则随其相犯浅深而蚀。凡日蚀，当月道自外而交入于内⑨，则蚀起于西南，复于东北；自内而交出于外，则蚀起于西北，而复于东南。日在交东，则蚀其内⑩；日在交西，则蚀其外。蚀既则起于正西，复于正东。凡月蚀，月道自外入内，则蚀起于东南，复于西北；自内出外，则蚀起于东北，而复于西南。月在交东，则蚀其外；月在交西，则蚀其内。蚀既则起于正东，复于西。交道每月退⑪一度余，凡二百四十九交⑫而一期。故西天法⑬罗睺、计都⑭，皆逆步⑮之，乃今之交道也。交初谓之罗睺，交中谓之计都。"

【注释】

①一合一对：传统历法的每月初一，太阳与月亮在地球的同一侧，称为相合，每月十五日前后，太阳与月亮在地球的两侧，称为相对。

②蚀：同"食"。

③月道：月亮围绕地球运行的轨道平面与天球相交的大圆，也称白道。

④同在一度：同在一个黄经圈（天球上通过黄极并与黄道相垂直的所有大圆）上。

⑤月道与黄道不相近：白道（月道）与黄道有两个交点，由北向南的交点称为"降交点"，由南向北的交点称为"升交点"。月道与黄道不相近，指太阳、月亮都不在这两个交点附近。

⑥相值：相遇。

⑦陵掩：遮掩。

⑧既：指全食。

⑨月道自外而交入于内：月亮由南向北穿过黄道，黄道北侧为内，南侧为外。

⑩日在交东，则蚀其内：太阳在升交点以东发生日食，此时月亮在黄道内侧，所以太阳北部被食。

⑪退：指自东向西运行，因一般天体都是自西向东运行，故名。

⑫交：指交点月（月面中心连续两次通过黄白交点的时间差，约27.21天）。

⑬西天法：古印度的历法。

⑭罗睺（hóu）、计都（dū）：都是梵语的音译，罗睺为降交点，计都为升交点。

⑮逆步：朝反方向运行。

【译文】

（长官）又问我："太阳和月亮的运行，每月一次相合、一次相对，而有时发生日（月）食，有时不发生日（月）食，这是为什么呢？"我回答说："黄道与白道，就像两个相互重叠的环而略有交错。凡是太阳和月亮同在一个黄经圈上相遇，那么就发生日食；同在一个黄经圈上相对，那么就发生月食。虽然都在同一个黄经圈上，但白道与黄道不相近，自然不会相互遮掩；同在一个黄经圈上而又接近黄道与白道的交点，太阳和月亮相遇，就会相互遮掩。正好在交点上就会发生全食；不正处在交点上，那么就随着互相遮掩的程度而发生不同程度的食。凡是日食，如果月亮由南向北穿过黄道，日食就起于西南方，再复圆于东北方；如果月亮由北向南穿过黄道，日食就起于西北方，再复圆于东南方。太阳在交点的东方时，太阳的北部就会被食；太阳在交点的西方时，太阳的南部就会被食。日全食则起于正西方，而复圆于正东方。凡是月食，如果月亮由南向北穿过黄道，那么月食就起于东南方，而复圆于西北方；如果月亮由北向南穿过黄道，那么月食就起于东北方，而复圆于西南方。月亮在交点的东方时，月亮的南部就会被食；月亮在交点的西方时，月亮的北部就会被食。月全食则起于正东方，复圆于正西方。黄道与白道的交点每月自东向西运行一度多，凡经过二百四十九个交点月就是一个周期。所以古印度历法中的罗睺、计都，都是朝反方向运行，也就是现在所说的黄道与白道的交点。开始的交点叫作罗睺，中间的交点叫作计都。”

132　古之卜[①]者皆有繇辞[②]，《周礼》三兆“其颂皆千有二百”[③]。如“凤凰于飞，和鸣锵锵”[④]，“间于两社，为公室辅”[⑤]，“专之渝，攘公之羭，一薰一莸，十年尚犹有臭”[⑥]，“如鱼竀尾，衡流而方羊，裔焉，大国灭之，将亡，阖门塞窦，乃自后逾”[⑦]，“大横庚庚，予为天王，夏启以光”[⑧]之类是也，今此书亡矣。汉人尚视其体[⑨]，今人虽视其体而专以五行为主[⑩]，三代[⑪]旧术莫有传者。

【注释】

①卜：指龟卜，即用龟甲来占卜吉凶。

②繇(zhòu)辞：根据龟甲上的兆象判断吉凶的语词，类似于《易》的卦爻辞。

③三兆“其颂皆千有二百”：语出《周礼·春官·太卜》：“太卜掌三兆之法，一曰玉兆，二曰瓦兆，三曰原兆。其经兆之体皆百有二十，其颂皆千有二百。”玉兆、瓦兆、原兆三兆，一般认为是上古时代流传下来的三部占卜书，郑玄引杜子春注云：“玉兆，帝颛顼之兆；瓦兆，帝尧之兆；原兆，有周之兆。”经兆之体，指兆象。颂，指繇辞。每体有十条繇辞，故一百二十体有一千二百颂。

④凤凰于飞，和鸣锵锵：语出《左传·庄公二十二年》。此乃陈国大夫敬仲娶懿氏女时占卜所得的繇辞。意为夫妻二人成婚后，将如凤凰那般比翼双飞，互相应和。

⑤间于两社，为公室辅：语出《左传·闵公二年》。此乃鲁桓公第四个儿子季友出世时占卜所得的繇辞。意为季友将是公室的重要辅佐。两社指周社和亳社，其间是朝廷执政之所在。

⑥专之渝，攘公之羭(yú)，一薰一莸(yóu)，十年尚犹有臭：语出《左传·僖公四年》。此乃晋献公立骊姬为夫人时占卜所得的繇辞。羭，美好，指献公原来的夫人；薰指香草，莸指臭草。繇辞意为，如果另有所爱，将夺去原来美好的东西，把香草和臭草放到一起，十年之后还会有臭味。

⑦如鱼竀(chēng)尾，衡流而方(páng)羊，裔焉，大国灭之，将亡，阖门塞窦，乃自后逾：语出《左传·哀公十七年》。此乃卫庄公为自己所做的一个梦占卜吉凶所得的繇辞。竀，指红色，杜预注云："鱼劳则尾赤。"衡，同"横"。方羊，徘徊、游荡。裔焉，语助词。阖门塞窦，指关闭大门、堵塞狗洞。繇辞意为，如同尾巴是红色的鱼，通过激流而彷徨不安，会被大国所灭，将亡之时，前门的通道堵塞了，翻越后墙可以逃脱。

⑧大横庚庚，予为天王，夏启以光：语出《史记·孝文本纪》。此乃汉文帝被大臣拥立为帝时占卜所得的繇辞。当时所得的兆象为大横，意为平直横贯的纹路。庚庚，双关语，形容兆象的形貌，又含变更意。夏启以光，指禹的儿子启继承光大父亲的业绩。

⑨汉人尚视其体：《汉书·艺文志》中术数略的蓍龟部分录有龟占书五种，褚少孙所补的《史记·龟策列传》也有当时的龟卜繇辞数十条记述，所以沈括这里说"汉人尚视其体"。

⑩专以五行为主：龟卜的起源早于五行，所以上古时代的繇辞不可能以五行来判断吉凶。而流传至今的龟卜文献却杂入了一些五行的内容。

⑪三代：指夏、商、周。

【译文】

古代的龟卜都有繇辞，《周礼》的三兆"都各有一千二百条颂辞"。例如"凤凰于飞，和鸣锵锵"，"间于两社，为公室辅"，"专之渝，攘公之羭，一薰一莸，十年尚犹有臭"，"如鱼竀尾，衡流而方羊，裔焉，大国灭之，将亡，阖门塞窦，乃自后逾"，"大横庚庚，予为天王，夏启以光"之类的，如今这些书亡佚了。汉代的人还能够用它来判断吉凶兆象，如今的人虽然也看得到兆象，但在分析时却专以五行为依据，上古三代的旧方法没有传承下来。

133　北齐张子信候[1]天文，凡月前有星则行速[2]，星多则尤速。月行自有迟速定数，然遇行疾，历其前必有星，如子信说，亦阴阳相感自相契耳。

【注释】

①候：观测。

②月前有星则行速：据史载，张子信发现，当月亮运行遇见木、火、土、金星时，朝向它们则月亮运行速度加快，背对它们则月亮运行速度减慢。

【译文】

北齐的张子信观测天文时，发现月亮运行遇见前方有行星时运行速度就加快，行星越多速度就越快。月亮的运行速度自然有快慢不同的规律，然而在运行加快时，它的前方必定有行星，如张子信所说，也是阴阳相互感应自相契合吧。

134　医家有五运六气[1]之术，大则候[2]天地之变，寒暑风雨，水旱螟蝗[3]，率皆有法。小则人之众疾，亦随气运盛衰。今人不知所用，而胶[4]于定法，故其术皆不验。假令厥阴[5]用事，其气多风，民病湿泄[6]。岂溥天[7]之下皆多风，溥天之民皆病湿泄邪？至于一邑[8]之间，而旸[9]雨有不同者，此气运安在？欲无不谬，不可得也。大凡物理有常有变，运气所主者常也，异夫所主者皆变也。常则如本气，变则无所不至，而各有所占。故其候有从、逆、淫、郁、胜、复、太过、不足之变，其法皆不同。若厥阴用事，多风，而草木荣茂，是之谓从；天气明絜[10]，燥而无风，此之谓逆；太虚埃昏[11]，流水不冰，此之谓淫；大风折木，云物浊扰[12]，此之谓郁；山泽焦枯，草木凋落，此之谓胜；大暑燔燎[13]，螟蝗为灾，此之谓复；山崩地震，埃昏时作，此谓之太过；阴森无时，重云昼昏，此之谓不足。随其所变，疾疠[14]应之。皆视当时当处之候，虽数里之间，但气候不同，而所应全异，岂可胶于一定？熙宁中，京师久旱，祈祷备至，连日重阴，人谓必雨，一日骤晴，炎日赫然。予时因事入对，上问雨期，予对曰："雨候已见，期在明日。"众以谓频日晦溽[15]，尚且不雨，如此旸燥，岂复有望？次日，果大雨。是时湿土[16]用事，连日阴者，从气已效[17]，但为厥阴所胜，未能成雨。后日骤晴者，燥金[18]入候，厥阴当折[19]，则太阴得伸[20]，明日运气皆顺，以是知其必雨。此亦当处所占也。若他处候别，所占亦异。其造微之妙，间不容发。推此而求，自臻[21]至理。

【注释】

①五运六气：五运，指金、木、水、火、土相互推移转变。六气，指风、寒、火、热、湿、燥六种气象。这是将五行与气象及疾病联系起来。

②候：诊断、推断。

③螟蝗(míng huáng)：螟和蝗，都是食稻麦等农作物的害虫。

④胶：拘泥，不知变通。

⑤厥阴：古代医学里有三阴三阳，三阴为太阴、少阴、厥阴，三阳为太阳、少阳、阳明。运气学说把六气作为三阴三阳的主气，其中厥阴的主气为风，配对木运。

⑥湿泄：腹泻。

⑦溥(pǔ)天：遍天下、全天下。

⑧邑(yì)：城市。

⑨旸(yáng)：晴。

⑩明絜(jié)：明亮光洁，指天气晴朗。絜，同"洁"。

⑪太虚埃昏：指天空中尘土飞扬。太虚，指天空。

⑫云物浊扰：乌云密布。

⑬燔燎(fán liáo)：形容酷热。

⑭疾疠(lì)：流行性传染病。

⑮晦溽(huì rù)：阴沉湿热。

⑯湿土：太阴之气，主气为湿，配对土运。

⑰从气已效：跟随运的气已经应验。

⑱燥金：阳明之气，主气为燥，配对金运。

⑲厥阴当折：五行相克中，金克木，厥阴配对木运，燥金配对金运，所以说燥金入候，厥阴当折。

⑳太阴得伸：五行相生中，土生金，太阴为土运，当阳明金运克制了厥阴后，太阴湿土之运因为与金运有相生关系而得以伸展。

㉑臻(zhēn)：达到。

【译文】

医家有五运六气的学说，从大方面可以推断天地的变化，寒暑风雨，水旱螟蝗，都有一定的规律。往小了说则人的众多疾病，也随着气运的盛衰而生发消退。现在的人不知道它的作用，而拘泥于固定的法则，所以该学说都不灵验。假如厥阴占主导地位，它的气多风，民众都患腹泻。岂能全天下都是多风，全天下的民众都患腹泻呢？甚至在一个城市里，晴雨天都有不同，它们的气运在什么地方呢？要想完全没有错误，那是不可能的。万事万物都是有常理、有变化的，运气所主导的就是常理，不同于这些主导的就是变化。常理依照本气，变化就无所不至，而各自有征兆。所以有从、逆、淫、郁、胜、复、太过、不足的变化，它们变化的缘由都不同。如果厥阴占主导，就多风，草木生长茂盛，这叫作从；天气晴朗，干燥没有风，这叫作逆；天空尘土飞扬，流水不结冰，这叫作淫；大风吹断树木，乌云密布，这叫作郁；山林与江河湖泊干枯，草木凋零，这叫作胜；酷暑炎热，螟、蝗成灾，这叫作复；山崩地震，时而出现尘土飞扬，这叫作太过；阴森不止，白天乌云浓厚，这叫作不足。随着气候的变化，流行性传染病也相应发生。这都是依据当时当地的迹象,即使数里之间,只要气候不同,所应验的现象也各不相同,怎么能拘泥于固定的规则?熙宁年间,京师汴梁长期干旱,向神求告了很久,连续几天阴沉得很,人们都说肯定要下雨,忽然一天变晴了,烈日炎炎。我因为有事情向皇帝上奏,皇帝问什么时候会下雨,我回答说:“下雨的征兆已经出现,应该明天就下雨。”大家都说近些天阴沉湿热,尚且没有下雨,像这样天晴干燥,哪有希望下雨?第二天,果然大雨。当时是太阴土运占主导地位,接连几天阴天,跟随运的气已经应验,但是被厥阴所胜过,就没有下雨。后来天气突然放晴,阳明之气进入征兆,厥阴被克制,太阴得以伸展,第二天运气都顺畅,所以知道必定会下雨。这也是当时当地的推测。如果是别的时间和地方气候不同,推测也会不同。这中间的细微精妙,不允许有丝毫差错。据此推测,自然就达到了至理境界。

135　岁运[①]有主气[②],有客气[③]。常者为主,外至者为客。初之气[④]厥阴,以至终之气太阳者,四时之常叙[⑤]也,故谓之主气。唯客气本书[⑥]不载其目,故说者多端。或以甲子之岁天数始于水下一刻[⑦],乙丑之岁始于二十六刻[⑧],丙寅岁始于五十一刻,丁卯岁始于七十六刻者,谓之客气。此乃四分历法[⑨]求大寒之气,何预岁运?又有相火之下,水气承之;土位之下,风气承之[⑩],谓之客气。此亦主气也,与六节[⑪]相须,不得为客。大率臆计[⑫],率皆此类。凡所谓客者,岁半以前,天政主之;岁半以后,地政主之[⑬]。四时常气为之主,天地之政为之客。逆主之气为害暴,逆客之气为害徐[⑭]。调其主客,无使伤沴[⑮],此治气之法也。

【注释】

①岁运:每一年的运气(此运气不是指机会、机遇,而是指五运六气,是古人描述自然界的物质本原与自然现象的一种学说)。

②主气：又叫地气，是主时之气，二十四节气中，每个时节占主导地位的运气叫作主气。六主气分别为厥阴、少阴、少阳、太阴、阳明、太阳。

③客气：又叫天气，分司天之气、在泉之气及上下左右四间气，按三阴三阳次序排列，运行不息，与主气相互关联、相互影响，从而造成一年四季气候的变化。

④初之气：即初气，六主气依次为初气厥阴风木、二气少阴君火、三气少阳相火、四气太阴湿土、五气阳明燥金、终气太阳寒水。

⑤叙：同“序”。

⑥本书：指《素问》。

⑦始于水下一刻：上一轮终气太阳寒水结束之后的第一刻，即下一轮初气厥阴风木的第一刻。

⑧始于二十六刻：一年长度为365.25天，即三百六十五天又二十五刻，所以，此处乙丑之岁，开始于前一年（甲子年）最后一天的第二十六刻。

⑨四分历法：春秋后期产生的一种历法，取一个回归年长度为365.25天，并用十九年七闰。

⑩相火之下，水气承之；土位之下，风气承之：少阳相火之下，由水气来克制（水克火）；太阴湿土之下，由风气来克制（风属木，木克土）。

⑪六节：指分别归属于六主气的节气。全年一共二十四节气，每主气主四节气。

⑫臆（yì）计：主观猜测。

⑬岁半以前，天政主之；岁半以后，地政主之：上半年，由司天之气主导；下半年，由在泉之气主导。

⑭徐：缓慢。

⑮沴（lì）：伤害。

【译文】

每一年的运气中有主气，有客气。常起作用的是主气，除此之外起作用的是客气。初气厥阴，到终气太阳，这是一年四季的正常次序，所以叫作主气。唯独《素问》中没有记载客气的名目，所以说法多种多样。有的人把甲子年开始于前一年结束后的第一刻，把乙丑年开始于前一年结束后的第二十六刻，把丙寅年开始于前一年结束后的五十一刻，把丁卯年开始于前一年结束后的七十六刻，都叫作客气。这是四分历法中求大寒之气的方法，与每年的运气有什么关系呢？又有人把少阳相火之下，由水气来克制；太阴湿土之下，由风气来克制，叫作客气。这也是主气，与六个节气相关联，不能算作客气。大体上那些主观猜测的说法，都与这些差不多。凡是所谓客气，上半年由司天之气主导，下半年由在泉之气主导。四个季节的常气是主气，天地主导的是客气。扰乱主气的危害凶猛，扰乱客气的危害缓慢。协调每年的主客气，不使它们受到伤害，这就是治气的方法啊。

136　六气，方家以配六神[①]。所谓青龙者，东方厥阴之气，其性仁，其神化，其色青，其形长，其虫鳞，兼是数者，唯龙而青者可以体之，然未必有是物也。其他取象皆如是。唯北方有二，曰玄武，太阳水之气也；曰螣蛇，少阳相火之气也。其在于人为肾[②]，肾亦二，左为太阳水，右为少阳相火，火降而息水，水腾而为雨露，以滋五脏[③]，上下相交，此坎离之交以为否泰[④]者也，故肾为寿命之藏[⑤]；左阳、右阴，左右相交，此乾坤之交以生六子[⑥]者也，故肾为胎育之脏[⑦]。中央太阴土曰勾陈，中央之取象惟人为宜，勾陈者天子之环卫[⑧]也，居人之中莫如君，何以不取象于君？君之道无所不在，不可以方言也。环卫居人之中央而中虚者也。虚者，妙万物之地也。在天文，星辰皆居四傍而中虚，八卦分布八方而中虚，不虚不足以妙万物。其在于人，勾陈之配则脾也。勾陈如环，环之中则所谓黄庭也。黄者中之色，庭者宫之虚地也。古人以黄庭为脾，不然也。黄庭有名而无所，冲[⑨]气之所在也，脾不能与也。脾主思虑[⑩]，非思之所能到也，故养生家曰“能守黄庭则能长生”。黄庭者，以无所守为守，唯无所守，乃可以长生。或者又谓“黄庭在二肾之间”，又曰“在心之下”，又曰“黄庭有神人守之”，皆不然。黄庭者，虚而妙者也，强为之名，意可到则不得谓之虚，岂可求而得之也哉？

【注释】

①配六神：指太阳寒水配玄武、厥阴风木配青龙、少阴君火配朱雀、太阴湿土配勾陈、少阳相火配螣蛇、阳明燥金配白虎。

②其在于人为肾：《素问·阴阳应象大论》载北方寒水“在藏为肾”。

③以滋五脏：《黄庭内景经》中云肾部主诸六腑九液源。

④坎离之交以为否泰：坎、离代表水、火与阴、阳，否为下坤上乾、泰为下乾上坤，吉凶相反。意即如同水火、阴阳相交则通泰，不相交则闭塞。

⑤肾为寿命之藏：《黄庭内景经》中云两肾之神主延寿。藏，同“脏”。

⑥乾坤之交以生六子：在八卦中，乾三画皆阳，坤三画皆阴，震、坎、离均一阳二阴，巽、离、兑均一阴二阳，故古人将后六个卦比喻成以乾、坤为父、母所生的六个子女，合称为乾坤六子。其中震为长男，巽为长女；坎为中男，离为中女；艮为少男，兑为少女。

⑦肾为胎育之脏：《黄庭内景经》中云肾神玄冥字育婴，务成子注：“肾属水，故曰玄冥；肾精为子，故曰育婴也。”

⑧勾陈者天子之环卫：指勾陈是紫微垣内最接近于北极的一组星。

⑨冲：空虚。

⑩脾主思虑：《素问·阴阳应象大论》载中央湿土，在藏为脾，在志为思。又《黄庭内景经》中梁丘子注云：“黄者中央之色也，庭者四方之中也。外指事，即天中、人中、地中；内指事，即脑中、心中、脾中，故曰黄庭。”

【译文】

六气，方术家用来与六神相配。所谓的青龙，就是东方厥阴之气，它的性格仁慈，神态变幻，颜色青绿，形状修长，有鳞甲，这几项特点都兼具的，只有青龙符合，然而也未必有这样的动物。其他气的取象也都是这样。唯独北方有两个神，一个称作玄武，是太阳寒水之气；一个称作螣蛇，是少阳相火之气。它们在人身上相对应的是肾，肾也有两个，左侧为太阳寒水，右侧为少阳相火，火气下降而水气止息，水汽上升而化为雨露，以此滋润五脏，上下相互交融，也就是所说的水火交会生出吉凶，所以说肾是与寿命攸关的脏腑；左侧为阳、右侧为阴，左右相互交融，也就是所说的乾坤交合生出六个子女，所以肾又是关系着生长发育的脏腑。中央太阴土的神称作勾陈，中央的取象只有人才适宜，勾陈是天子的护卫，位居人体中央没有比它更像君主的了，为何又不取象君主呢？因为君主的原则无处不在，不可以用方位来比喻。护卫位居人体的中央而中间是空虚的。虚乃是完善万物的场所。在天文上，星宿都位居四周而中央空虚，八卦也是分布在八个方位而中间空虚，不空虚不足以完善万物。在人的身体上，与勾陈相配的是脾。勾陈好比环，环的中央就是所说的黄庭。黄是代表中央的颜色，庭是房屋中的空旷之所。古人把黄庭称作脾，是不对的。黄庭有名称而没有处所，是冲虚之气居停的地方，脾是不能对应的。脾主管思虑，黄庭则不是意念所能够抵达的，所以养生家说“能守护黄庭就能够长生”。黄庭把无从守护作为守护，只有无所守护，才可以长生。有人又说道“黄庭在二肾之间”，也有人说“在心脏的下面”，又有人说“黄庭有神灵守护”，都是不对的。黄庭，是空虚而又神妙的东西，它是勉强被赋予的名称，如果意念可以抵达就不能称之为空虚了，怎么能去寻求坐实呢？

137 《易》象[①]九为老阳[②]，七为少；八为少阴，六为老。旧说阳以进为老，阴以退为老[③]，九六者乾坤之画[④]，阳得兼阴，阴不得兼阳。此皆以意配之，不然也。九七、八六之数，阳顺、阴逆之理，皆有所从来，得之自然，非意之所配也。凡归余之数有多有少[5]，多为阴，如爻之偶[6]，少为阳，如爻之奇。三少，乾也[7]，故曰老阳，九揲而得之，故其数九，其策三十有六；两多一少则一少为之主，震、坎、艮[8]也，故皆谓之少阳。少在初为震，中为坎，末为艮[9]。皆七揲而得之，故其数七，其策二十有八；三多，坤也[10]，故曰老阴，六揲而得之，故其数六，其策二十有四；两少一多则多为之主，巽、离、兑[11]也，故皆谓之少阴。多在初为巽，中为离，末为兑[12]。皆八揲而得之，故其数八，其策三十有二。物盈则变，纯少阳盈，纯多阴盈。盈为老，故老动而少静[13]。吉凶悔吝生乎动者也[14]，卦爻之辞皆九六[15]者，惟动则有占，不动则无朕，虽《易》亦不能言之，《国语》[16]谓"贞《屯》悔《豫》皆八"[17]"遇《泰》之八"[18]是也。今人以《易》筮者，虽不动亦引爻辞断之。《易》中但有九六，既不动则是七八，安得用九六爻辞？此流俗之过也。

【注释】

①《易》象：指卦象。《易》以阳爻和阴爻组成乾、坤、震、巽、坎、离、艮、兑八卦，两两重叠组成六十四卦。八卦各有其象征含义，《易·系辞下》云"八卦成列，象在其中矣"，《易》的六十四卦的卦爻辞就是根据它们之间的相互关系，也就是卦象作为判断吉凶的依据。

②老阳：《易》学中以单数为阳，双数为阴，称 9 为老阳、7 为少阳、8 为少阴、6 为老阴。

③阳以进为老，阴以退为老：指阳数 9、7 中，以较大的 9 为老阳，而阴数 6、8 中，以较小的 6 为老阴。

④九六者乾坤之画：乾三连，坤六断。在《易》的卦爻辞中，以九称阳爻，以六称阴爻，孔颖达疏云："乾体有三画，坤体有六画。阳得兼阴，故其数九；阴不得兼阳，故其数六。"

⑤归余之数有多有少：归余之数，以 9、8 为多，以 5、4 为少。

⑥多为阴如爻之偶：指阴爻画数成双，阳爻画数成单。

⑦三少，乾也：三少指揲蓍三变的每一次归余数都是少。归余为三

少的情形是5、4、4，共计13，余下的蓍草为36，揲数得9；而乾卦的三爻都是阳爻，阳气壮盛，因而把9称作老阳。所以说“三少，乾也”。

⑧震、坎、艮：三卦均由二阴爻、一阳爻组成，所以比拟于“两多一少”的归余数。归余为“两多一少”的情形为5、8、8，或9、4、8，或9、8、4，合计均为21，余下的蓍草为28，揲数得7。震、坎、艮中含一阳爻，象征阴气中开始生出了阳气，因此以阳为主而把7称作少阳。

⑨少在初为震，中为坎，末为艮：八卦各由三爻组成，最下称初爻，中间称中爻，最上称末爻。“少在初为震”指这三卦中初爻为阳爻的是震，中爻为阳爻的是坎，末爻为阳爻的是艮。

⑩三多，坤也：归余为三多的情形为9、8、8，共计25，余下的蓍草为24，揲数得6。坤卦三爻皆阴，阴气壮盛，因而把6称作老阴。所以说“三多，坤也”。

⑪巽、离、兑：三卦均由二阳爻、一阴爻组成，所以比拟于“两少一多”的归余数。归余为“两少一多”的情形为5、4、8，或5、8、4，或9、4、4，合计均为17，余下的蓍草为32，揲数得8。巽、离、兑中含一阴爻，象征阳气中开始生出了阴气，因此以阴为主而把8称作少阴。

⑫多在初为巽，中为离，末为兑：指巽、离、兑这三卦中初爻为阴爻的是巽，中爻为阴爻的是离，末爻为阴爻的是兑。

⑬老动而少静：在占卦的过程中，不仅根据揲蓍所得的卦(本卦)来预测吉凶，同时还要根据该卦的变卦来观测吉凶的发展趋势。变卦即由本卦各爻的揲数来得出，凡揲数为少阴、少阳的阴爻、阳爻皆不变，而揲数为老阴的阴爻变为阳爻、揲数为老阳的阳爻变为阴爻，所以这里说“老动而少静”。

⑭吉凶悔吝生乎动者也：吉、凶、悔、吝是《易》卦爻辞中的判语用词，韩康伯注云：“有变动而后有吉凶。”

⑮卦爻之辞皆九六：《易》的卦、爻辞中，阳爻称九，阴爻称六。

⑯《国语》：记述西周末年和春秋时期周、鲁等国贵族的言论的书籍，相传为春秋时期左丘明所著，可与《左传》相参证，有《春秋外传》之称。

⑰贞《屯》悔《豫》皆八：贞，指本卦；悔，指变卦。《屯》卦由震下坎上组成，《豫》卦由坤下震上组成。根据高亨的说法，本卦《屯》卦中初、四、五爻可变，但宜变之爻为上爻，上爻的揲数为8，乃不变的少阴之数，所以就变动《屯》卦的初、四、五爻得《豫》，以两卦卦辞合占之。由于《豫》的上爻与《屯》的上爻一样，都是8数，故称“皆八”。

⑱遇《泰》之八：《泰》卦由乾下坤上组成。根据高亨的说法，本卦《泰》中可变的只有两爻，不变之爻则有四爻，而宜变之爻适逢揲数为8的不变之爻，所以就得不出变卦。这种情况称之为“遇《泰》之八”，所以主要以《泰》的卦辞来占之。

【译文】

在《易》的卦象中，九是老阳，七是少阳；八是少阴，六是老阴。过去的说法认为阳以数较大者为老，阴以数较小者为老，把九、六作为乾、坤的画数，是因为阳可以兼阴而阴不可以兼阳。这都是人们主观随意配合的结果，其实不是这样的。九七、八六的数字，以及阳顺、阴逆的道理，都有它们自己的来由，得之于自然，而不是由人们主观随意配合的结果。揲蓍归余的数目有多有少，数多的是阴，就如同阴爻的双画，数少的是阳，就如同阳爻的单画。归余三少，就好比是乾，所以称之为老阳，余下的蓍草可经九次揲数得到，所以它的数是九，策数是三十六；揲蓍归余两多一少则以一少为主，就好比是震、坎、艮，所以都称之为少阳。一少出现在一变为震，出现在二变为坎，出现在三变为艮。余下的蓍草都可经七次揲数得到，所以它的数是七，策数是二十八；归余三多，就好比是坤，所以称之为老阴，余下的蓍草都可经六次揲数得到，所以它的数是六，策数是二十四；揲蓍归余两少一多则以一多为主，就好比是巽、离、兑，所以都称之为少阴。一多出现在一变为巽，出现在二变为离，出现在三变为兑。余下的蓍草都可经八次揲数得到，所以它的数是八，策数是三十二。事物充盈了就会发生变化，三少是阳气充盈，三多是阴气充盈。充盈就是老，所以老数动而少数静。占卜的吉凶悔吝产生于变动之中，《易》的卦爻辞都是用九、六来称呼阳爻、阴爻，只有不停变动才能占得吉凶，卦象不动就没有任何征兆，即使是《易》也不能推断，《国语》中所说的“贞《屯》悔《豫》皆八”“遇《泰》之八”都是这个道理。如今根据《易》来占卜的人，即使卦象不动也能够引用爻辞来推断。《易》中只有九、六的爻辞，既然九、六不动，那就是七、八，哪里能够使用九、六的爻辞呢？这是流俗的过错啊。

138　江南人郑夬[①]曾为一书谈《易》，其间一说曰：“乾、坤，大父母[②]也；复、姤，小父母也。乾一变生复，得一阳；坤一变生姤，得一阴。乾再变生临，得二阳；坤再变生遁，得二阴。乾三变生泰，得四阳；坤三变生否，得四阴。乾四变生大壮，得八阳；坤四变生观，得八阴。乾五变生夬，得十六阳；坤五变生剥，得十六阴。乾六变生归妹，本得三十二阳；坤六变生渐，本得三十二阴。乾坤错综，阴阳各三十二，生六十四卦。”

夬之为书皆荒唐之论，独有此变卦之说未知其是非。予后因见兵部员外郎[③]秦君玠[④]，论夬所谈，骇然叹曰：“夬何处得此法？玠曾遇一异人授此数，历推往古兴衰运历，无不皆验，常恨不能尽得其术。西都邵雍[⑤]亦知大略，已能洞吉凶之变，此人乃形之于书，必有天谴，此非世人得闻也。”予闻其言怪，兼复甚秘，不欲深诘之。今夬与雍、玠皆已死，终不知其何术也。

【注释】

①郑夬（guài）：字扬庭，曾应国子监试，以优等登第，后因赃罪贬谪。著有《周易传》《易测》等。

②大父母：《易传》以乾为父、坤为母，八卦中的其他六卦都是由乾、坤相交而产生的。

③兵部员外郎：尚书省下辖兵部正副长官的助理。

④秦君玠：即秦玠，与郑夬均为邵雍的学生。

⑤邵雍（1011 年—1077 年）：字尧夫，北宋著名儒学家，《宋史》有传。

因其晚年定居河南府的洛阳，而洛阳是宋四京中的西京，故称西都邵雍。

【译文】

江南人郑夬曾经写了一本书来谈《易》，其中有一个说法："乾、坤，大父母也；复、姤，小父母也。乾一变生复，得一阳；坤一变生姤，得一阴。乾再变生临，得二阳；坤再变生遁，得二阴。乾三变生泰，得四阳；坤三变生否，得四阴。乾四变生大壮，得八阳；坤四变生观，得八阴。乾五变生夬，得十六阳；坤五变生剥，得十六阴。乾六变生归妹，本得三十二阳；坤六变生渐，本得三十二阴。乾坤错综，阴阳各三十二，生六十四卦。"

郑夬的书本来都是荒唐的言论，唯独这个变卦的观点不知道到底正确与否。我后来见到了兵部员外郎秦玠，谈论起郑夬的观点，秦玠十分惊骇地感叹道："郑夬是从哪里得知这个方法的呢？我曾经遇到一位异人传授这套术数，一一推求过往的兴衰气运，没有不应验的，只是常常遗憾没能够全部学得这套方法。河南洛阳的邵雍也是知道这个方法的大概，就已经能够洞察吉凶的变化，这个人居然把它写成一本书，一定会遭受上天的惩罚的，因为这不是一般人可以听闻的。"我听秦玠的话也是十分怪异，再加上也很神秘，也就不想深入追究了。如今郑夬与邵雍、秦玠都已经过世，终究也不知道是什么法术了。

139　庆历中，有一术士[①]姓李，多巧思。尝木刻一"舞钟馗"[②]，高二三尺，右手持铁简[③]，以香饵[④]置钟馗左手中。鼠缘手取食，则左手扼鼠，右手用简毙之。以献荆王[⑤]，王馆于门下。会太史[⑥]言月当蚀于昏时，李自云："有术可禳[⑦]。"荆王试使为之，是夜月果不蚀。王大神之，即日表闻，诏付内侍省[⑧]问状。李云："本善历术，知《崇天历》[⑨]蚀限[⑩]太弱，此月所蚀，当在浊中[⑪]。以微贱不能自通，始以机巧干荆邸[⑫]，今又假[⑬]禳禬以动朝廷耳。"诏送司天监[⑭]考验。李与判监楚衍[⑮]推步日月蚀，遂加蚀限二刻。李补司天学生[⑯]。至熙宁元年七月，日辰蚀东方不效，却是蚀限太强，历官皆坐谪。令监官周琮[17]重修，复减去庆历所加二刻。苟欲求熙宁日蚀，而庆历之蚀复失之。议久纷纷，卒无巧算，遂废《明天》，复行《崇天》。至熙宁五年，卫朴造《奉元历》，始知旧蚀法止用日平度[18]，故在疾者过之，在迟者不及。《崇》《明》二历加减，皆不曾求其所因，至是方究其失。

【注释】

①术士：指懂得科技、天文、历法等有某方面技艺的人。

②钟馗(kuí)：传说中专门捉鬼的判官，古时候民间常将钟馗画像贴在门上，当作门神。

③铁简：铁制的长板。

④香饵：渔猎用的诱饵，此处是用来吸引老鼠的。

⑤荆王：指宋神宗的弟弟赵頵(yūn)，但赵頵的生卒年与文中所言时间不合，可能沈括记载有误。

⑥太史：此处指司天监的官员，主要负责天文历法。

⑦禳(ráng)：祈祷消除灾祸。

⑧内侍省：皇帝的近侍机构，主要负责侍奉皇帝、传达命令、管理宫廷内部事务。

⑨《崇天历》：宋仁宗时楚衍等编制的历法。

⑩蚀限：即食限，指日、月食的发生所必须具备的日、月、地球三者的相对位置所要满足的一定界限。

⑪浊中：地平线以下。

⑫干荆邸(dǐ)：干指干谒(yè)，即求见。荆邸指荆王的府邸。干荆邸就是到荆王府求见荆王。

⑬假：借助、依靠。

⑭司天监：主管天文历法的机构。

⑮判监楚衍：楚衍为北宋天文历算家，曾任司天监丞等，主要负责编制《崇天历》。

⑯司天学生：司天监下设的下级官员。

⑰监官周琮：周琮为北宋天文历算家，曾任殿中丞判司天监等，主要负责编制修订《明天历》。

⑱日平度：太阳在黄道上运行的平均速度，实际上太阳运行的速度不均匀。

【译文】

庆历年间，有一个术士姓李，多有巧妙的构思。他曾经用木头做了一个活动的钟馗，有二三尺高，右手拿着长铁板，把有香味的诱饵放在木钟馗的左手中。当老鼠沿着木钟馗的左手吃诱饵时，木钟馗就用左手抓住老鼠，右手用铁板打死老鼠。他把这个木钟馗送给了荆王，荆王把他招入王府。恰逢司天监官员说到当天黄昏会有月食，姓李的术士说："我有方法可以祈祷避免月食。"荆王让他试了，当晚果然没有月食。荆王感到很神奇，当天就向皇帝报告，皇帝下令内侍省询问情况。李术士说："我原本就精通历法，知道通过《崇天历》推算食限太弱，这次月食，应该发生在地平线以下。因为我身份低贱不能自己直接通报官府，所以就通过制作了一个巧妙的器物来求见荆王，现在又借助祈祷避免月食的事来惊动朝廷。"皇帝下令将李术士送到司天监对其进行考察。李术士与判监楚衍一起推算日月食，于是把食限加了两刻。李术士被补为司天学生。到了熙宁元年七月，依据历法当天辰时东方会有日食却没有应验，原因是食限太强了，历法官员都遭到贬官处分。命令监官周琮重新修订历法，再次减去了庆历年间所加上的两刻。本来打算确定熙宁年间的日食，庆历年间的日食又不能确定了。大家纷纷议论了很久，最终也没有合适的算法，于是废除了《明天历》，再次使用《崇天历》。到了熙宁五年，卫朴编制了《奉元历》，才知道旧的历法推算日月食只使用了太阳运行的平均速度，所以太阳运行加快时就过了头，减慢时又还差一点。《崇天历》《明天历》加减食限，都没有寻找到发生偏差的原因，到了卫朴这里才发现了错误所在。

140　四方取象[①]：苍龙、白虎、朱雀、龟蛇[②]。唯朱雀莫知何物，但谓鸟而朱者，羽族赤而翔上，集必附木，此火之象[③]也。或谓之长离[④]，盖云离方之长[⑤]耳。或云鸟即凤[⑥]也，故谓之凤鸟。少昊[⑦]以凤鸟至，乃以鸟纪官，则所谓丹鸟氏[⑧]，即凤也。又旗旐[⑨]之饰皆二物，南方曰鸟隼[⑩]，则鸟、隼盖两物也。然古人取象，不必大物也。天文家朱鸟[⑪]，乃取象于鹑[⑫]，故南方朱鸟七宿，曰鹑首、鹑火、鹑尾[⑬]是也。鹑有两种，有丹鹑，有白鹑。此丹鹑也。色赤黄而文，锐上秃下，夏出秋藏，飞必附草，皆火类也。或有鱼所化者。鱼，鳞虫龙类[⑭]，火之所自生也。天文东方苍龙七宿[⑮]，有角、亢[⑯]，有尾[⑰]。南方朱鸟七宿，有喙[⑱]，有嗉[⑲]，有翼而无尾[⑳]，此其取于鹑欤。

【注释】

①四方取象：古人认为东西南北四方的每一方都由一位神灵掌管，分别是东方苍龙、西方白虎、南方朱雀、北方玄武。

②龟蛇：北方的玄武，是一种由龟与蛇组合成的神灵。

③火之象：古人将五行与四方联系起来，其中火配对南方。

④长离：古代传说中的灵鸟。

⑤离方之长：离指离卦，是八卦之一，离卦配对南方。

⑥凤：传说中的百鸟之王。

⑦少昊(hào)：也作“少皞”。传说中远古东夷族的首领。

⑧丹鸟氏：鸟名，同时是少昊时期的官名。

⑨旗旐(zhào)：此指方位旗，四方旗帜颜色不同，形象图案也不同。

⑩隼(sǔn)：一种上嘴呈钩曲状且凶猛的鸟。

⑪朱鸟：即二十八宿中的南方朱鸟七宿(井、鬼、柳、星、张、翼、轸)。

⑫鹑(chún)：属于鸡形目雉科，一般体型小尾巴短。

⑬鹑首、鹑火、鹑尾：十二星次(为了观测日、月、行星的位置和运动，把黄道带分成十二部分)中的三部分。

⑭鳞虫龙类：古人认为鱼龙等都有鳞片，属于同类。

⑮东方苍龙七宿：即东方七宿，分别为角、亢、氐、房、心、尾、箕。

⑯角、亢：角宿与亢宿，传说为寿星。

⑰尾：尾宿。

⑱喙(huì)：嘴。

⑲嗉(sù)：鸟类喉咙下装食物的部位。

⑳有翼而无尾：古人认为鹑以翼(翅膀)为尾。

【译文】

四方所取的神灵形象：苍龙、白虎、朱雀、龟蛇。唯独不知道朱雀是什么，只知道是一种红色的鸟，羽毛聚合呈红色并能飞翔，众多朱雀会一起栖息于树上，这就是火的形象。有人说它叫作长离，因为它主管南方。有人说鸟就是凤，所以叫作凤鸟。少昊因为他继位时凤鸟降临，于是用鸟来命名官名，那么就是所谓的丹鸟氏，就是凤。方位旗都装饰有两个东西，南方的旗叫作鸟隼，那么鸟、隼就是两种动物。但是古人所取的形象，不一定都是大型的东西。天象上所取的朱鸟，是取自鹑的形象，所以南方朱鸟七宿，叫作鹑首、鹑火、鹑尾。鹑有两个种类，有丹鹑，有白鹑。这里所取的是丹鹑。羽毛红黄色而有花纹，嘴巴尖而尾巴秃，夏天活动而秋天隐藏起来，飞翔必定依附草类，这都类似火的性质。也有的是鱼变化而成的。鱼，与鳞虫和龙是同类，火是自己生发出来的。天象上的东方苍龙七宿形象，有角、亢、尾。南方朱鸟七宿形象，有喙、嗉，有翅膀没有尾巴，这可能是取自鹑吧。

141　司马彪[①]《续汉书》候气之法[②]：于密室中以木为案[③]，置十二律管各如其方[④]，实以葭灰[⑤]、覆以缇縠[⑥]，气[⑦]至则一律飞灰。世皆疑其所置诸律方不逾数尺，气至独本律应，何也？或谓古人自有术，或谓短长至数冥符造化，或谓支干方位自相感召，皆非也。盖彪说得其略耳，唯《隋书》[⑧]志论之甚详，其法先治一室，令地极平，乃埋律管皆使上齐，入地则有浅深。冬至阳气距地面九寸而止，唯黄钟一管达之，故黄钟为之应；正月阳气距地面八寸而止，自太蔟以上皆达，黄钟、大吕先已虚，故唯太蔟一律飞灰。如人用针彻其经渠[⑨]，则气随针而出矣。地有疏密，则不能无差忒，故先以木案隔之，然后实土案上，令坚密均一，其上以水平其概[⑩]，然后埋律，其下虽有疏密，为木案所节，其气自平，但在调其案上之土耳。

【注释】

①司马彪(？—306年)：字绍统，西晋史学家，著有《续汉书》。

②候气之法：亦称埋管飞灰，是古代通过埋在土中的律管来预测节气变化的一种方法。

③以木为案：用木材制成圆形斗状的小木板，底部开一个小孔，置于律管之下。

④各如其方：古人将十二律与十二地支相配，即黄钟为子、大吕为丑、太蔟为寅、夹钟为卯、姑洗为辰、中吕为巳、蕤宾为午、林钟为未、夷则为申、南吕为酉、无射为戌、应钟为亥。而十二支与方位的对应关系为：子为北，丑、寅为东北，卯为东，辰、巳为东南，午为南，未、申为西南，酉为西，戌、亥为西北。候气时，要求将律管安置在各自所对应的地支方位上。

⑤葭(jiā)灰：指葭草薄膜烧成的灰。

⑥缇縠(tí hú)：轻薄的丝织物。

⑦气：指某一月份的节气。

⑧《隋书》：记载有隋一代史事的纪传体史书，唐魏徵等撰。

⑨用针彻其经渠：用针在管口所覆盖的丝织物上穿孔。

⑩以水平其概：指水平仪出现以前，古人用盛满水的容器来测量水平的方法。

【译文】

司马彪的《续汉书》中候气的方法：在密室中放置用木材制成圆形的

小案板，把十二律的律管按照各自的方位放在上面，管中用葭草薄膜烧成的灰填充、管口又覆盖上轻薄的丝织物，到了某个节气那么相应的律管中的灰就会飞动起来。世人都怀疑所安放的这些律管之间的距离都不过方圆几尺，到了相应的节气只有对应的律管有所反应，这是什么道理呢？有人认为古人自有办法，有人认为律管的长短到了一定的长度就会暗中与造化相符合，有人认为干支的方位与节气相互感召，这些都是不对的。大概司马彪所说的只是粗略的，倒是《隋书·律历志》中谈论得十分详细，这个方法就是先修治好一个房间，地面要十分平整，然后把律管埋入土中使所有的管口与地面持平，那么埋入土中的部分就有浅有深。冬至阳气止于距离地面九寸的地方，只有黄钟这一根律管达到这个深度，所以黄钟一管就会与这气相应；正月阳气止于距离地面八寸的地方，比太蔟长的律管其实都达到这个深度，但是黄钟、大吕两管中的灰此前已经飞掉了，所以只有太蔟这一根律管飞灰。如果有人用针在管口所覆盖的丝织物上穿孔，那么阳气就会随着针孔逸出。土壤有松有实，那么就不可能不产生偏差，所以要先用木板来隔开，然后再用土埋在案板上，使土的紧密松实如一，表面上再用水来测试平正，然后再埋律管，这样一来，即使下面的土壤有松有实，但是由于木案板的调节，气的到达自然就相对准确了，只不过要调整木案板上的填土才能达到目的。

142 《易》有纳甲[①]之法，未知起于何时[②]，予尝考之，可以推见天地胎育[③]之理。乾纳甲壬、坤纳乙癸者，上下包之也；震巽坎离艮兑纳庚辛戊己丙丁者，六子生于乾坤之包中，如物之处胎甲[④]者。左三刚爻[⑤]，乾之气也；右三柔爻，坤之气也。乾之初爻交于坤生震，故震之初爻纳子午，乾之初爻子午[⑥]故也；中爻交于坤生坎，初爻纳寅申，震纳子午，顺传寅申，阳道顺；上爻交于坤生艮，初爻纳辰戌。亦顺传也。坤之初爻交于乾生巽，故巽之初爻纳丑未，坤之初爻丑未故也；中爻交于乾生离，初爻纳卯酉，巽纳丑未，逆传卯酉，阴道逆；上爻交于乾生兑，初爻纳巳亥。亦逆传也。乾坤始于甲乙，则长男、长女乃其次，宜纳丙丁；少男、少女居其末，宜纳庚辛。今乃反此[⑦]者，卦必自下生，先初爻，次中爻，末乃至上爻，此《易》之叙[⑧]，然亦胎育之理也。物之处胎甲莫不倒生，自下而生者卦之叙，而冥合[⑨]造化胎育之理，此至理合自然者也。凡草木百谷之实皆倒生，首系于干，其上抵于隶处，反是根，人与鸟兽生胎亦首皆在下。

【注释】

①纳甲：汉魏学者所提倡的《易》学条例，其法用八卦纳配十天干数，天干以甲为首，故称纳甲。朱震的《周易卦图说》中云："纳甲何也？曰：举'甲'以该十日也。乾纳甲、壬，坤纳乙、癸，震巽纳庚、辛，坎离纳戊、己，艮兑纳丙、丁，皆自下生。"

②未知起于何时：一般认为纳甲说创始于西汉京房，用于灾异占验；东汉的魏伯阳承袭其说，用以形象比喻鼎炉修炼理论；三国的虞翻始援以为解《易》条例。

③胎育：孕育事物。

④胎甲：指事物还在胞胎的阶段。

⑤左三刚爻：指纳甲图中的左侧为三阳爻。

⑥乾之初爻子午：十二地支中，子、寅、辰、午、申、戌为阳，丑、卯、巳、未、酉、亥为阴。分别以之配乾、坤，则乾的初爻为子午、中爻为寅申、上爻为辰戌；坤的初爻为丑未、中爻为卯酉、上爻为巳亥。

⑦反此：纳甲实际的次序为少男艮纳丙、少女兑纳丁，紧接在乾、坤之后，故称。

⑧叙：同"序"。

⑨冥合：暗中符合。

【译文】

《易》有纳甲的方法，不知道纳甲法起源于什么时候，我曾经对它们进行考察,感觉可以从中推求大自然孕育万事万物的道理。乾纳甲壬、坤纳乙癸,是从上下包含其他的卦;震、巽、坎、离、艮、兑纳庚、辛、戊、己、丙、丁,这六者产生在乾坤的包裹之中,如同事物还处在胞胎的阶段。左侧三阳爻,是乾的气;右侧三阴爻,是坤的气。乾的初爻与坤交合生出震,所以震的初爻纳子午,因为乾的初爻就是子午;乾的中爻与坤交合生出坎,坎的初爻纳寅申,震纳子午,顺向传至寅申,阳气的运行方向是顺时针;乾的上爻与坤交合生出艮,艮的初爻纳辰戌。也是顺向传承。坤的初爻与乾交合生出巽,所以巽的初爻纳丑未,因为坤的初爻就是丑未;坤的中爻与乾交合生出离,离的初爻纳卯酉,巽纳丑未,逆向传至卯酉,阴气的运行方向是逆时针;坤的上爻与乾交合生出兑,兑的初爻纳巳亥。也是逆向传承。乾坤起始于甲乙,长男、长女则紧跟在后面,应该纳丙丁;少男、少女位居最后,应该纳庚辛。现在却与此相反,因为卦一定是从下往上衍生的,先是初爻,其次是中爻,最后才是上爻,这是《易》的次序,然而也是大自然孕育事物的规律。事物处在胞胎阶段的时候没有不是颠倒生长的,从下往上衍生是卦的次序,但暗中也与自然造化、孕育事物的规律相符合,这是因为根本法则是合乎自然规律的。大凡草木百谷的果实都是倒着生长的,它们的头连在枝干上,上面所附着的果实,反倒是根部,人和鸟兽所生的胎儿也都是头朝下出生的。

143 《史记·律书》所论二十八舍、十二律[①]多皆臆配,殊无义理,至于言数亦多差舛,如所谓律数[②]者,“八十一为宫、五十四为徵、七十二为商、四十八为羽、六十四为角”。此止是黄钟一均耳,十二律各有五音,岂得定以此为律数?如五十四在黄钟则为徵,在夹钟则为角,在中吕则为商。兼律有多寡之数[③]、有实积之数[④]、有短长之数[⑤]、有周径之数[⑥]、有清浊之数[⑦],其八十一、五十四、七十二、四十八、六十四止是实积数耳。又云“黄钟长八寸七分一,大吕长七寸五分三分一[⑧],太蔟长七寸七分二，夹钟长六寸一分三分一，姑洗长六寸七分四，中吕长五寸九分三分二，蕤宾长五寸六分三分一，林钟长五寸七分四，夷则长五寸四分三分二，南吕长四寸七分八，无射长四寸四分三分二，应钟长四寸二分三分二”，此尤误也。此亦实积耳，非律之长也。盖其间字又有误者，疑后人传写之失也。余分下分母，凡“七”字皆当作“十”字，误屈其中画耳。黄钟当作“八寸十分一”，太蔟当作“七寸十分二”，姑洗当作“六寸十分四”，林钟当作“五寸十分四”，南吕当作“四寸十分八”，凡言“七分”者皆是“十分”。

【注释】

①二十八舍、十二律：此指《史记·律书》中以五行、八方、八风、二十八宿、十二律相互搭配的论述。二十八舍即二十八宿。

②律数：以下引文有删节。《史记·律书》原文如下：“律数：九九八十一以为宫；三分去一，五十四以为徵；三分益一，七十二以为商；三分去一，四十八以为羽；三分益一，六十四以为角。”

③多寡之数：指按照不同的标准基数得出的同一音律之数有大有小。

④实积之数：指不同周长的律管所容纳的实物有多有少。

⑤短长之数：指律管有短有长。

⑥周径之数：指标准乐管的周长口径。

⑦清浊之数：指十二律有正、清、浊之分。

⑧七寸五分三分一：即七寸五又三分一。

【译文】

《史记·律书》所谈论的二十八宿、十二律大多都是任意相配的，极其没有道理可言，以至于所说的律数也有许多差错舛误，例如其中所说的律数，是“八十一为宫、五十四为徵、七十二为商、四十八为羽、六十四为角”。这仅仅是黄钟宫这一组的律数，十二音律各有五声，怎么能够把这些固定为律数呢？再如五十四在黄钟宫中是徵的调值，在夹钟宫便是角的调值，在中吕宫又成了商的调值。再加上音律有多寡之数、实积之数、短长之数、周径之数、清浊之数，上面所说的八十一、五十四、七十二、四十八、六十四也仅仅是实积数罢了。其中还说道“黄钟长八寸七分一，大吕长七寸五分三分一，太蔟长七寸七分二，夹钟长六寸一分三分一，姑洗长六寸七分四，中吕长五寸九分三分二，蕤宾长五寸六分三分一，林钟长五寸七分四，夷则长五寸四分三分二，南吕长四寸七分八，无射长四寸四分三分二，应钟长四寸二分三分二”，更显荒谬。这也是实积数，而不是律管的长度。大概其中文字又有讹误，怀疑是后人传抄的过失。其余数下的分母，凡“七”字都应当是“十”字，抄写者误把中间的一竖抄写弯曲了。黄钟当作“八寸十分一”，太蔟当作“七寸十分二”，姑洗当作“六寸十分四”，林钟当作“五寸十分四”，南吕当作“四寸十分八”，凡言“七分”的都应是“十分”。

144　今之卜筮皆用古书，工拙[①]系乎用之者。唯其寂然不动，乃能通天下之故[②]。人未能至乎无心也，则凭[③]物之无心者而言之。如灼龟[④]璺瓦[⑤]，皆取其无理，则不随理而震，此近乎无心也。

【注释】

①工拙：指运用古书占卜水平的高低。

②寂然不动，乃能通天下之故：语出《易·系辞上》：“易，无思也，无为也，寂然不动，感而遂通天下之故。”意即《周易》的道理不是冥思苦想得来的，是自然无为所得，它是寂然不动的，根据阴阳交感相应的道理就能够会通天下万物。

③凭：凭借、借助。

④灼龟：古人用龟甲占卜，先在上面钻孔，然后用火烧灼，通过观看龟甲所形成的裂纹来推算吉凶。

⑤璺(wèn)瓦：指灼烧龟甲后所形成的裂纹。《方言》曰：“器破而未离谓之璺。”

【译文】

如今的卜筮都是用的古代的书籍，运用古书的好坏完全在于使用者的水平。只有能够寂然不动的人，才能够会通天下万事万物。人还没能达到无心的境界，所以需要借助事物中无心的东西来言说。比如灼烧龟甲形成裂纹这一类，都是取其没有理性，这样就不会随着理性而有所行动，这也近似于无心的状态了。

145　吕才[①]为卜宅、禄命、卜葬之说[②]，皆以术为无验，术之不可恃[③]，信然。而不知彼皆寓也。神而明之，存乎其人，故一术二人用之，则所占各异。人之心本神，以其不能无累，而寓之以无心之物，而以吾之所以神者言之，此术之微，难可以俗人论也。才又论："人姓或因官，或因邑族[④]，岂可配以宫商[⑤]？"此亦是也。如今姓敬者，或更姓文，或更姓苟。以文考之，皆非也。敬本从茍音亟[⑥]从攴[⑦]，今乃谓之苟与文，五音安在[⑧]哉！此为无义，不待远求而知也。然既谓之寓，则苟以为字，皆寓也，凡视听思虑所及，无不可寓者。若以此为妄，则凡祸福、吉凶、死生、变化，孰为非妄者？能齐[⑨]乎此，然后可与论先知之神矣。

【注释】

①吕才（约600年—665年）：唐代哲学家、音乐家、自然科学家。

②卜宅、禄命、卜葬之说：关于选择住宅、人生福祸命运、丧葬等的占卜学说。此处应该指吕才所撰写的《叙宅经》《叙禄命》及《叙葬书》等。

③恃（shì）：依赖、依据、依仗。

④人姓或因官，或因邑族：人的姓氏有的因为官位而获得，有的因为封地或宗族而获得。

⑤配以宫商：把姓氏与五音联系起来。古人把五行、五音等与人的姓氏联系起来，说明人事的吉凶祸福。

⑥亟（jí）：意为急切。

⑦攴(pū):意为轻轻地敲打。敬本从苟、从攴,此处指敬字,左偏旁是苟,是羊、勹(bāo)、口的省写。

⑧五音安在:五音哪里存在呢。此处指"苟""攴"的读音与"苟""文"的读音不同。

⑨齐:明白、懂得、辨别。

【译文】

吕才有关于选择住宅、人生福祸命运、丧葬等术数的学说,因为术数都是没有应验的,所以认为术数不可以依赖,确实如此。但他不知道这些都是人们的寄托。表面玄妙的道理,在于运用者各自的领会,所以一种术数两个人用它,会有不同的占卜结果。人类的思维本来就是玄妙的,它不可能不受到外物影响,寄托在没有思维的东西上,借助我们的认识领会来述说,这就是术数的精妙,很难与一般人讨论。吕才又说:"人的姓氏有的因为官位而获得,有的因为封地或宗族而获得,怎么能把姓氏与五音相配呢?"这也确实如此。现在姓敬的人,有的改姓文,有的改姓苟。从字面考察,这些说法都不对。敬字本来由苟音亟、攴组成,现在叫作苟与文,本身的五音哪里还存在呢!这是没有意义的,不需要仔细探究就能懂得。然而既然说是寄托,那么如果都是文字,也就都是寄托,凡是能够看到听到想到的,没有不能加以寄托的。如果觉得这是胡说,那么凡是祸福、吉凶、死生、变化,哪一样不是胡说呢?能够懂得这个道理的人,然后才能与他谈论先知的玄妙学说。

146　历法,天有黄、赤二道[①],月有九道[②]。此皆强名[③]而已,非实有也。亦由天之有三百六十五度,天何尝有度,以日行三百六十五日而一期,强谓之度以步[④]日、月、五星行次[⑤]而已。日之所由谓之黄道,南北极之中度最均处谓之赤道。月行黄道之南谓之朱道,行黄道之北谓之黑道,黄道之东谓之青道,黄道之西谓之白道,黄道内外[⑥]各四,并黄道为九。日、月之行有迟有速，难可以一术御[⑦]也，故因其合散分为数段，每段以一色名之，欲以别算位[⑧]而已，如算法用赤筹、黑筹以别正、负之数。历家不知其意，遂以为实有九道，甚可嗤也。

【注释】

①黄、赤二道：黄道，指地球的公转轨道平面和天球相交的大圆。赤道，指天赤道，即通过天球中心和地球赤道面平行的平面同天球相交形成的大圆。

②月有九道：《汉书·天文志》载："日有中道，月有九行。"

③强名：即牵强附会地称作什么。

④步：指推算、测算。

⑤次：指日、月及五星运行到的位置。

⑥黄道内外：黄道将天球一分为二，黄道北侧称为内，黄道南侧称为外。

⑦御：驾驭、支配，这里指用一种方法来概括地说清楚。

⑧别算位：区分、测算月亮运行到的位置。

【译文】

在历法上，天球上有黄、赤二道，月亮则有九条路径。这些都是人们牵强附会的命名，并非天体实际具有的。就如同天上有三百六十五度那样，天又何尝有度数，只是因为太阳每运行三百六十五天形成一个周期，所以勉强划分出度数来测算日、月、五星运行到的位置罢了。太阳所运行的轨道叫作黄道，天球南北极之间最正中、与四周距离最均匀的地方叫作赤道。月亮运行到黄道以南叫作朱道，运行到黄道以北叫作黑道，运行到黄道以东叫作青道，运行到黄道以西叫作白道，黄道内外各有四条运行轨道，加上黄道总共是九道。太阳和月亮的运行有时快有时慢，难以用一种方法来概括地说清楚，所以根据它们会合与离散的情况分成几条路径，每条路径用一种颜色来命名，以此区别、测算它们所在的方位而已，就像算法上用红筹、黑筹来区别正数和负数一样。历法家不明白这样命名的用意，于是就认为月亮的运行轨道有九条，这是十分可笑的。

147 二十八宿，为其有二十八星当度，故立以为宿。前世测候多或改变，如《唐书》测得毕有十七度半、觜只有半度[①]之类，皆谬说也。星既不当度，自不当用为宿次，自是浑仪度距疏密不等耳。凡二十八宿度数皆以赤道为法[②]，唯黄道度有不全度者，盖黄道有斜有直[③]，故度数与赤道不等，即须以当度星为宿。唯虚宿末有奇数[④]，自是日之余分，历家取以为斗分[⑤]者此也，余宿则不然。

【注释】

①《唐书》测得毕有十七度半、觜只有半度：《旧唐书·天文志上》云："毕赤道与黄道度同，觜赤道二度、黄道三度，其二宿俱当黄道斜虚。毕有十六度，尚与赤道度同。觜总二度，黄道损加一度，此即承前有误。今测毕有十七度半，觜觿半度，并依天正。"

②二十八宿度数皆以赤道为法：一般认为二十八宿最初是沿赤道划分的，汉代《四分历》才增加黄道宿度，但隋以后的距度仍以赤道为准。

③黄道有斜有直：黄道与赤道的夹角约为 23°27′，所以有的度数在黄、赤之间是平行的，有的度数在黄、赤之间则是倾斜的。

④虚宿末有奇数：祖冲之以后的许多历法都以虚宿作为赤道度的起点，由于周天分为 365.25°，于是就把小数部分放在虚宿里。

⑤斗分：汉代《四分历》把度数的小数部分放在斗宿里，称作斗分。

【译文】

二十八宿，因为它们有二十八颗星正当度数，所以被立为星宿。前代观测多次有人改变它们的度数，比如《唐书》记载测得毕宿有十七度半、觜宿只有半度之类，都是荒谬的说法。星既然不当度数，自然不应当用来作为行星运行的方位，这应该是浑仪刻度疏密不均所带来的影响。二十八宿的度数都是以赤道的度数为基准的，只有黄道度数才有不是整度的情况，因为黄道有斜有直，所以度数与赤道度数不完全相等，但必须以正当度数的星作为宿星。只有虚宿的度数带有小数，这其实是周天度数的余数，历算家取作斗分的也是这个余数，其他的宿就不是这样了。

148　予尝考古今历法、五星行度，唯留逆[①]之际最多差。自内[②]而进[③]者，其退[④]必向外[⑤]；自外而进者，其退必由内。其迹如循柳叶，两末锐，中间往还之道，相去甚远。故两末星行成度[⑥]稍迟，以其斜行故也；中间成度稍速，以其径绝[⑦]故也。历家但知行道有迟速，不知道径又有斜直之异。熙宁中，予领太史令[⑧]，卫朴造历，气朔[⑨]已正，但五星未有候簿[⑩]可验。前世修历，多只增损旧历而已，未曾实考天度。其法须测验每夜昏、晓、夜半月及五星所在度秒，置簿录之，满五年，其间剔去云阴及昼见日数外，可得三年实行，然后以算术缀[⑪]之。古所谓缀术[⑫]者此也。是时司天历官，皆承世族，隶名食禄，本无知历者，恶朴之术过已，群沮[⑬]之，屡起大狱。虽终不能摇朴，而候簿至今不成。《奉元历》五星步术，但增损旧历，正其甚谬处，十得五六而已。朴之历术，今古未有，为群历人所沮，不能尽其艺，惜哉！

【注释】

①留逆：太阳系中的行星一般是由西向东运行，如果由东向西运行叫作逆行，而由顺行转变为逆行或由逆行转变为顺行的时刻，行星看似不动，叫作留。产生留逆的原因主要是地球和行星在不同的轨道上以不同的速度运行。

②内：黄道北侧。

③进：顺行，天体由西向东运行。

④退：逆行，天体由东向西运行。

⑤外：黄道南侧。

⑥成度：运行速度。

⑦绝：平直。

⑧予领太史令：指沈括在熙宁五年(1072 年)提举司天监(主管天文、历法的机构)。

⑨气朔：节气与朔日(农历每月初一)。

⑩候簿：天文观测的相关记录。

⑪缀：通过推算补足缺少的数据。

⑫缀术：古代天文学的一种测算法，主要用于推算天文历法。南北朝时期的祖冲之、祖暅父子著有《缀术》一书，现已失传。

⑬沮(jǔ)：阻止、阻挠。

【译文】

我曾经考察古今历法、五大行星的运行度数，唯独在留、逆的时候计算偏差最大。从黄道北侧顺行的行星，它逆行时必定是从黄道南侧；从黄道南侧顺行的行星，它逆行时必定是从黄道北侧。行星运行的轨迹就像沿着柳叶一样，两头尖，中间往返的路径相差很远。所以在两头时行星运行速度相对缓慢，因为它相对于黄道是斜行的；当在中间时运行速度相对较快，因为它运行的路径是平直的。历法家只知道运行速度有快有慢，但是不知道运行路径有斜直的不同。熙宁年间，我曾经提举司天监，卫朴编制新的历法，节气与朔日已经确定，但是五大行星还没有观测记录可以验证。前代编修历法，大多只是增减旧历法而已，没有实际考察天体的运行。考察的方法必须是测验每天黄昏、拂晓、夜半时的月亮和五大行星所在的位置，并记载到簿册上，观测满五年，除去其中阴天和白天出现月亮的天数，可以得到三年的实际运行数据，然后通过推算处理数据。古时候所说的缀术就是这样一回事。当时司天监的历法官员，都是继承祖辈的职位，挂着名字领受俸禄，根本没有懂历法的人，他们担心卫朴的本领超过自己，一起阻挠他，多次提起诉讼。虽然最终没有动摇卫朴的地位，但是观测记录到现在也没有完成。因此《奉元历》对五大行星运行的推算，也只是增减旧的历法，纠正一些明显的错误，正确率只能达到十分之五六而已。卫朴的历法才能，古今都没有人能超越，由于遭到一群历法官员的阻挠，不能全部展现其才能，太可惜了！

149 国朝置天文院[①]于禁中，设漏刻、观天台、铜浑仪皆如司天监[②]，与司天监互相检察。每夜天文院具有无谪见[③]、云物[④]、祯祥[⑤]及当夜星次，须令于皇城[⑥]门未发前到禁中。门发后，司天占状[⑦]方到，以两司奏状对勘，以防虚伪。近岁皆是阴相计会[⑧]，符同写奏，习以为常，其来已久，中外具知之，不以为怪。其日、月、五星行次，皆只据小历[⑨]所算躔度誊奏，不曾占候，有司但备员安禄而已。熙宁中，予领太史，尝按发其欺，免官者六人。未几，其弊复如故。

【注释】

①天文院：司天监的下属机构，掌浑仪台昼夜测验辰象。

②司天监：主管天文历法的机构，长官为监（或判监事）与提举官。

③谪见（xiàn）：指天象发生变异。古人认为异常的天象是上天对人间的谴责，故称。

④云物：云气的颜色。《周礼·春官·保章氏》："以五云之物，辨吉凶。"

⑤祯祥：吉凶的征兆。祯，吉兆。《说文·示部》："祯，祥也。"祥，吉凶的征兆。清段玉裁《说文解字注·示部》："祥，凡统言则灾亦谓之祥，析言则善者谓之祥。"这里指吉凶两个方面的征兆。

⑥皇城：亦称宫城（隋唐时代的宫城则在皇城之内），是皇宫所在，外有城墙。

⑦占状：指观测天象的报告。

⑧阴相计会：指双方先商量好有关数据和说法。

⑨小历：指民间历法。

【译文】

本朝在皇宫里设立天文院，所置的漏刻、观天台、铜制浑仪全都与司天监相同，用来和司天监互相校验监督。天文院每天夜里都要把观测到的星象变异、云气的颜色、吉凶的征兆以及星辰的位置等记录下来，在皇城门打开之前报送到宫中。皇城门开启后，司天监的观测报告才送达，把这两份报告进行核对，以防弄虚作假。近年来这两个机构都是暗地里事先商量好要通报的有关数据和情况，写出来的报告像符节一样吻合，他们已经习以为常，这种做法也由来已久，宫廷内外的官员都知道，也不觉得奇怪了。他们报告的日、月、五星运行的位置，都只是将根据民间历法推算得来的情况抄录上报，并没有实地观测记录过，这些机构的官员们只是占了官职、白领俸禄而已。熙宁年间，我掌司天监时，曾经查实揭发过这种欺瞒行为，罢免了六个人的官职。没过多久，这种弊病恢复如故。

150　司天监铜浑仪，景德①中历官韩显符②所造，依仿刘曜③时孔挺④、晁崇⑤、斛兰⑥之法，失于简略。天文院浑仪，皇祐中冬官正⑦舒易简⑧所造，乃用唐梁令瓒⑨、僧一行之法，颇为详备，而失于难用。熙宁中，予更造浑仪，并创为玉壶浮漏⑩、铜表⑪，皆置天文院，别设官领之。天文院旧铜仪，送朝服法物库⑫收藏，以备讲求。

【注释】

①景德：宋真宗赵恒的年号，公元1004年至1007年。

②韩显符(940年—1013年)：北宋天文学家，曾任职于司天监。史载韩显符在至道初年造成铜浑仪，与此处所言景德年间不相符。

③刘曜(yào)：十六国时期前赵的国君，公元318年至329年在位。

④孔挺：前赵的史官，他曾造成铜浑仪。

⑤晁崇：北魏道武帝时期的太史令，曾在天兴年间改造浑仪。

⑥斛(hú)兰：北魏太史丞，曾经模仿孔挺的方法制造浑仪。

⑦冬官正：司天监下设的官职。

⑧舒易简：北宋司天监的官员，曾经制造过浑仪。

⑨梁令瓒(zàn)：唐代天文仪器制造家、画家。

⑩玉壶浮漏：即刻漏(漏水计时器)，沈括曾经将刻漏进行改造，解决了出水不通畅的问题。

⑪铜表：铜制的圭表(通过观测日影长短测定时刻的仪器)。

⑫朝服法物库：宋代官署名，主要掌管存放百官的朝服、礼衣等。

【译文】

司天监的铜浑仪，由景德年间历法官员韩显符所造，仿照了十六国时期前赵刘曜时的孔挺、北魏的晁崇、斛兰的制造方法，其缺点是过于简略。天文院的浑仪，是皇祐年间冬官正舒易简所造，采用了唐代梁令瓒、僧一行的方法，比较详密完备，但缺点是难于操作。熙宁年间，我也新造了浑仪，并且创制了玉壶浮漏、铜圭表，都安放在天文院，分别设有专门官员掌管。天文院中旧的铜浑仪，被送到朝服法物库收藏了，以备研究之用。

人 事

这里所谓人事，与当今所谓人事相差较大，主要指有关历史人物的逸闻趣事。这一门类中，沈括笔下记载了许多宋朝历史名人的小故事，涉及生活的方方面面，从中能体现相关人物性格。如第151条体现了寇准临危不乱的镇定气度，第168条记载了王安石洒脱的风度，第172条则记载了北宋名将狄青的耿直不阿的性格。通过阅读此类记载，我们可以知道宋代士人的别样性格，体会古代士人不一样的精神风貌。

151 景德中，河北用兵，车驾[①]欲幸澶渊[②]，中外之论不一，独寇忠愍[③]赞成上意。乘舆方渡河，虏骑充斥，至于城下，人情恟恟[④]。上使人微觇[⑤]准所为，而准方酣寝于中书[⑥]，鼻息如雷。人以其一时镇物，比之谢安[⑦]。

【注释】

①车驾：皇帝出行的代称。

②澶(chán)渊：今河南濮阳地区。

③寇忠愍(mǐn)：即寇准(961年—1023年)，字平仲，北宋著名官员、诗人，曾任中书侍郎兼工部尚书、同平章事(宰相)，赠莱国公，谥忠愍，故称寇忠愍。

④恟恟(xiōng)：形容惶恐不安、动荡不安。

⑤觇(chān)：看、观测。

⑥中书：唐、宋时期宰相办公场所。北宋时，在中书内省设政事堂(东府)，简称中书。

⑦谢安(320年—385年)：字安石，东晋著名官员。曾主持对前秦苻坚的作战，史称淝水之战，东晋以八万军队对阵前秦号称百万的军队，以

少胜多。面对强敌压境，谢安仍与人下棋，神色不变，镇定稳重。

【译文】

景德年间，河北地区发生了战争，皇上打算亲自去澶渊督战，朝廷内外议论纷纷，唯独寇准赞成皇上的决定。当皇帝的车驾刚刚渡过黄河，敌军的骑兵已经遍布其地，一直到城墙之下，城中人民惶恐不安。皇上派人悄悄察看寇准在干什么，那时寇准正在中书酣睡，鼾声如雷。大家都觉得他在关键时期能够如此镇定，堪比谢安。

152　武昌张谔，好学能议论，常自约[①]仕至县令，则致仕[②]而归。后登进士第，除中允[③]。谔于所居营一舍，榜为中允亭，以志素约也。后谔稍稍进用，数年间，为集贤校理[④]、直舍人院[⑤]、检正中书五房公事[⑥]、判司农寺[⑦]，皆要官，权任渐重。无何，坐事[⑧]夺数官，归武昌，未几捐馆[⑨]，遂终于太子中允，岂非前定？

【注释】

①约：规约。

②致仕：辞官退休。

③中允：官职名，掌侍从礼仪，审核太子给皇帝的奏章文书，并监管用药等事。

④集贤校理：官职名，唐开元中设，掌刊辑经籍、搜求佚书等事。

⑤舍人院：官署名，负责为皇帝起草各种诏令文书。

⑥检正中书五房公事：宋中书门下职官名，熙宁三年(1070 年)置，掌纠正孔目房、吏房、户房、兵礼房、刑房。元丰改制时被废。

⑦司农寺：官署名，掌粮食积贮、仓廪管理以及在京朝官禄米供应等事。宋初置判寺事二人，以两制或朝官以上充任。王安石变法时期，该机构成为推行新法的重要部门。

⑧坐事：因事获罪。

⑨捐馆：捐馆舍的省称，意即舍弃所居住的屋舍，实为去世的婉称。

【译文】

武昌人张谔，喜好学习而且善于对人或事发表自己的看法，他曾经对自己规定做官做到县令后，就退休归家。后来高中进士，被授予中允的官职。张谔在他所居住的房子旁营建了一处屋舍，并且题额为中允亭，用来记述平生的志向。后来张谔渐渐被提拔重用，几年之间，担任了集贤校理、直舍人院，检正中书五房公事、判司农寺，都是重要部门的官员，执掌的权力逐渐变大。但是没过多久，便因事获罪并被削去官职，回到武昌，不久就离开人世，最终的官职恰是太子中允，这难道不是冥冥之中注定的吗？

153 许怀德[①]为殿帅[②]，尝有一举人，因[③]怀德乳媪求为门客，怀德许之。举子曳襕[④]拜于庭下，怀德据座[⑤]受之。人谓怀德武人不知事体[⑥]，密谓之曰："举人无没阶之礼[⑦]，宜少降接[⑧]也。"怀德应之曰："我得打乳媪关节[⑨]秀才，只消[⑩]如此待之。"

【注释】

①许怀德：字师古，宋代祥符（今河南开封）人，曾任殿前都指挥使，谥荣毅。

②殿帅：官职名，即殿前都指挥使，统领京城禁军的主帅。

③因：通过，依托。

④襕（lán）：襕衫，一种上下衣相连的服装，是为举子服。

⑤据座：指坐在座位上。

⑥事体：指事理、礼仪。宋代流行语，今为江浙一带的方言。

⑦没阶之礼：在台阶下行礼。

⑧少降接：略微走下台阶相迎。

⑨关节：指通贿、请人说情。宋代流行语，今为江浙一带的方言。

⑩只消：只需要。宋代流行语，今为江浙一带的方言。

【译文】

许怀德任殿前禁军主帅时，曾经有一个举人，通过许怀德的乳母说情想要做他门下的食客，许怀德就同意了。于是那个举人便身着襕衫在庭下的阶前行拜见之礼，许怀德在堂上的座位上坦然接受。有人认为许怀德是一介武夫，不懂得事理，就私下里提醒他说："举人没有在台阶下行礼的道理，你应该稍微走下台阶去相迎。"许怀德回答道："我得到的是一个通过乳母来说情的举人，只需要这样对待他。"

154　夏文庄[①]性豪侈[②]，禀赋[③]异于人，才睡，即身冷而僵，一如逝者；既觉，须令人温之，良久方能动。人有见其陆行，两车相连，载一物巍然[④]，问之，乃绵帐也，以数千两绵为之。常服仙茅[⑤]、钟乳[⑥]、硫黄[⑦]，莫知纪极[⑧]。晨朝每食钟乳粥。有小吏窃食之，遂发疽[⑨]，几不可救。

【注释】

①夏文庄：夏竦(sǒng)(985 年—1051 年)，字子乔，北宋著名官员，谥号文庄。

②豪侈：豪华奢侈。

③禀赋：人的体魄、智力等方面的素质。

④巍然：形容高大。

⑤仙茅：石蒜科植物，叶似茅，根茎入药，可治肾火弱、虚痨内伤和筋骨疼痛等病症。

⑥钟乳：又叫石钟乳，溶洞中从洞顶垂下的碳酸钙积淀物。中医入药，可治寒嗽、通嗓音、聪耳明目等。

⑦硫黄：淡黄色结晶或粉末。中医入药，可镇咳、祛痰、抗炎、缓泻等。

⑧纪极：终极、限度。

⑨疽(jū)：毒疮。

【译文】

夏竦生性喜欢奢侈,体魄、智力与一般人不同,刚刚入睡,就全身寒冷僵直,好像死去的人;等到醒来,须派人暖着他,很久才能活动。有人看见他在路上行走,驾着连接起来的两辆车,装着一个高大的东西,问他,原来是丝绵帐篷,是用数千两丝绵做成的。他平时常服用仙茅、钟乳、硫黄等药,不知道他服用的量是多少。早晨起床会吃加了钟乳的粥。有一位小吏偷吃了这种粥,马上发了毒疮,几乎不能救治。

155　郑毅夫[①]自负时名,国子监[②]以第五人选,意甚不平。谢主司[③]启词,有"李广[④]事业,自谓无双;杜牧[⑤]文章,止得第五"之句。又云:"骐骥[⑥]已老,甘驽马[⑦]以先之;巨鳌[⑧]不灵,因顽石之在上。"主司深衔[⑨]之。他日廷策[⑩],主司复为考官,必欲黜落,以报其不逊。有试业似獬者,枉遭斥逐,既而发考卷,则獬乃第一人及第。又嘉祐中,士人刘几,累[⑪]为国学[⑫]第一人。骤为怪崄之语,学者翕然[⑬]效之,遂成风俗。欧阳公[⑭]深恶之。会公主文,决意痛惩,凡为新文者,一切弃黜。时体为之一变,欧阳之功也,有一举人论曰:"天地轧,万物茁,圣人发。"公曰:"此必刘几也。"戏续之曰:"秀才刺,试官刷。"乃以大朱笔横抹之,自首至尾,谓之红勒帛[⑮],判大"纰缪"[⑯]字榜之,即而果几也。复数年,公为御试考官,而几在庭。公曰:"除恶务力,今必痛斥轻薄子,以除文章之害。"有一士人论曰:"主上收精藏明于冕旒[⑰]之下。"公曰:"吾已得刘几矣。"既黜,乃吴人萧稷[⑱]也。是时试《尧舜性之赋》,有曰:"故得静而延年,独高五帝[⑲]之寿;动而有勇,形为四罪[⑳]之诛。"公大称赏,擢[㉑]为第一人,及唱名,乃刘煇[㉒]。人有识之者曰:"此刘几也,易名矣。"公愕然久之。因欲成就其名,小赋有"内积安行之德,盖禀于天",公以谓"积"

近于"学",改为"蕴",人莫不以公为知言。

【注释】

①郑毅夫:即郑獬(xiè)(1022 年—1072 年),字毅夫,北宋官员,曾中状元。

②国子监:掌管教育的最高行政机关及最高学府。

③主司:主持考试的官员。

④李广(? —前 119 年):陇西成纪人,西汉时期的名将,率领汉军与匈奴军作战,匈奴畏惧李广,号曰飞将军。虽然屡建功勋,但是至死未封侯,是一个悲剧性人物。

⑤杜牧(803 年—852 年):字牧之,晚唐时期的著名文人,诗文俱佳。

⑥骐骥(qí jì):骏马、好马。

⑦驽马:劣马。

⑧巨鳌(áo):巨大的海龟。

⑨深衔:深怀怨恨。

⑩廷策:也称殿试、廷试,科举考试的最高一级,由皇帝亲自主持策问。

⑪累:多次。

⑫国学:指国子监的学生、学问等。

⑬翕(xī)然:形容言行一致。

⑭欧阳公:即欧阳修(1007 年—1072 年),谥号文忠,世称欧阳文忠公。北宋著名的政治家、文学家、史学家。

⑮红勒帛:此处比喻用红笔画上的一笔,如红丝带一样。

⑯纰缪(pī miù):错误。

⑰冕旒(miǎn liú):古代皇帝礼帽上的装饰品,此处代指皇帝。

⑱萧稷(jì):当时参加科举考试的人之一,据此文,萧稷为吴人。

⑲五帝:指传说中的五位帝王,一般认为是黄帝、颛顼(zhuān xū)、帝喾(kù)、唐尧、虞舜。

⑳四罪:指传说中与五帝有关系的几位有罪之人,分别是共工、三

苗、鲧(gǔn)和丹朱。

㉑擢(zhuó):提拔。

㉒刘煇(huī):即刘几,北宋学者。

【译文】

郑獬自认为享有当时的名声,国子监把他作为第五名选送,他心中很不满。在感谢主考官的致辞中,有"李广的功绩,自认为举世无双;杜牧的文章,只得了第五名"之类的句子。又写道:"骏马已经老了,甘心劣马跑在前面;巨大的海龟不灵便了,因为有重石块压在身上。"主考官因此深怀怨恨。过了些天皇帝亲自主持殿试,还是这位主考官,他想着一定使郑獬落选,以报复郑獬的不恭敬。有一份试卷很像郑獬的,白白遭到斥落,等到发放名单时,郑獬却以第一名成绩进士及第。又有在嘉祐年间,一位读书人叫刘几,多次被国子监推为第一名。他喜欢写怪僻艰涩的语言,当时学者都模仿他,于是成了风尚。欧阳修很讨厌这种文风。等到他主持考试时,决心严加惩治,凡是采用这种文风的人,全部被弃置。当时的文风因此为之一变,欧阳修有很大的功劳,有一个举人在文章中说:"天地排挤,万物仍然茁壮成长,圣人也由此被发现。"欧阳修见到了说:"这个肯定是刘几。"开玩笑续写道:"秀才文章有刺,考官就刷掉。"于是用红色的大笔横抹这篇文章,从开头一直到结尾,称为红勒帛,并写上"纰缪"大字样公布,果然是刘几的文章。又过了几年,欧阳修担任殿试考官,而刘几也在朝廷上。欧阳修说:"去除邪恶必须用力,现在必定要痛斥言语轻佻的人,用来除掉文章的弊端。"有一个读书人写文章说道:"皇上收罗了精英人才在冕旒之下。"欧阳修说:"我已经发现刘几了。"于是斥落他,原来是吴人萧稷。当时考试写《尧舜性之赋》,有人写道:"故得静而延年,独高五帝之寿;动而有勇,形为四罪之诛。"欧阳修大加赞赏,选拔为第一名,等到宣布名字时,乃是刘煇。有知道底细的人说:"这就是刘几,换了名字而已。"欧阳修吃惊了很久。想真正使他出名,小赋中有"内积安行之德,盖禀于天"一句,欧阳修说"积"和"学"差不多,不如改为"蕴",人们都觉得欧阳修改得好。

156 古人谓贵人[1]多知人[2]，以其阅人物多也。张邓公[3]为殿中丞[4]，一见王东城[5]，遂厚遇之，语必移时。王公素所厚唯杨大年[6]，公有一茶囊[7]，唯大年至，则取茶囊具茶，他客莫与也。公之子弟，但闻取茶囊，则知大年至。一日，公命取茶囊，群子弟皆出窥大年，及至，乃邓公。他日，公复取茶囊，又往窥之，亦邓公也。子弟乃问公："张殿中者何人，公待之如此？"公曰："张有贵人法，不十年当据吾座。"后果如其言。又文潞公[8]为太常博士[9]，通判[10]兖州[11]，回谒[12]吕许公[13]。公一见器[14]之，问潞公："太博曾在东鲁[15]，必当别墨[16]。"令取一丸墨濒阶[17]磨之，揖[18]潞公就观："此墨何如？"乃是欲从后相其背。既而密语潞公曰："异日必大贵达。"即日擢为监察御史[19]，不十年入相。潞公自庆历八年登相，至七十九岁，以太师[20]致仕，凡带平章事[21]三十七年，未尝改易。名位隆重，福寿康宁，近世未有其比。

【注释】

①贵人：显贵、富贵之人，多指公卿大夫等有身份的人。

②知人：识别人品和才能的能力。

③张邓公：即张士逊（964年—1049年），字顺之，宋仁宗朝曾三度为相。封邓国公，谥文懿，《宋史》有传。

④殿中丞：主管皇帝服饰、饮食、医药、车马的官员。

⑤王东城：北宋士人，其人生平不详。

⑥杨大年：即杨亿（974年—1020年），字大年。北宋前期著名文学家，曾经两度任职翰林学士。

⑦茶囊：装茶叶的口袋。

⑧文潞公：即文彦博（1006年—1097年），历仕仁宗、英宗、神宗、哲宗四位皇帝，北宋名相，谥忠烈，封潞国公，故称为潞公或文潞公。

⑨太常博士：太常寺卿的属官，主要负责宗庙礼仪制度。

⑩通判：宋时，置于各地州府，地位次于州府长官，掌管钱谷、户口、

赋役、狱讼等，可以监察地方官吏，又称“监州”。

⑪兖(yǎn)州：今山东兖州市地区。

⑫谒(yè)：求见、拜见。

⑬吕许公：即吕夷简(978年—1044年)，字坦夫，北宋著名政治家，曾任宰相之职，谥文靖，封许国公，故称吕许公。

⑭器：器重、赏识。

⑮东鲁：今山东东部地区。

⑯别墨：辨别墨锭的好坏。

⑰濒阶：就着附近的台阶。

⑱揖：此处指拉。

⑲监察御史：主管监察百官，巡视州县狱讼等。

⑳太师：古代三公之一，辅助君王的重要长官，后来逐渐为虚衔，为荣誉称号。

㉑平章事：同中书门下平章事的简称，相当于宰相，主管政事。

【译文】

古人常说显贵的人多有识别人品和才能的能力，是因为他们观察过的人多。张士逊任殿中丞时，一见到王东城，就被非常热情地接待，谈话的时间很长。王东城平时热情接待的只有杨亿，他有一只装茶叶的口袋，只有杨亿到了，才取出口袋中的茶叶为他泡茶，其他客人都不会用这茶叶。王东城的子弟们，只要听到说取茶囊，就知道是杨亿来了。一天，王东城让取茶囊，子弟们都出来偷偷地看杨亿，等到客人来了，才知道是张士逊。一日，王东城再次让取茶囊，子弟们又偷偷地看，还是张士逊。子弟们就问王东城：“张殿中是什么人啊，您这样热情接待他？”王东城说：“张士逊有贵人的模样，不到十年肯定能坐到我这个位置。”后来果然如王东城所说。又有文彦博任太常博士时，同时任兖州通判，回到京城拜见吕夷简。吕夷简一见到他就很赏识，问文彦博：“太博曾经到过东鲁，必定能够辨别墨锭的好坏。”于是就命令取一颗墨球就着附近的台阶磨起来，还拉文彦博靠近观看，并问道：“这块墨怎么样啊？”其实是想从后面观察他的背部。然后悄悄地对文彦博说:“将来的某一天你必定会十分显贵。”没过多久文彦博就被提拔为监察御史,不到十年就升为宰相。文彦博从庆历八年开始任职宰相,到了七十九岁,以太师的身份退休,总共兼任平章事三十七年,从没有变动过。他名高位重,多福多寿,在近代是没有人能相比的。

157　王延政[①]据建州[②],令大将章某守建州城,尝遣部将刺事[③]于军前,后期当斩,惜其材,未有以处,归语其妻。其妻连氏有贤智,私使人谓部将曰:“汝法当死,急逃乃免。”与之银数十两,曰:“径行,无顾家也。”部将得以潜去,投江南李主[④],以隶查文徽[⑤]麾下。文徽攻延政,部将适主是役。城将陷,先喻城中:“能全连氏一门者,有重赏。”连氏使人谓之曰:“建民无罪,将军幸赦之。妾夫妇罪当死,不敢图生。若将军不释建民,妾愿先百姓死,誓不独生也。”词气感慨,发于至诚。不得已为之,戢[⑥]兵而入,一城获全。至今连氏为建安[⑦]大族,官至卿相者相踵,皆连氏之后也。又李景[⑧]使大将胡则守江州[⑨],江南国下[⑩],曹翰[⑪]以兵围之三年,城坚不可破。一日,则怒一饔人[⑫]鲙鱼[⑬]不精,欲杀之。其妻遽止之曰:“士卒守城累年矣。暴骨满地,奈何以一食杀士卒邪?”则乃舍之。此卒夜缒城[⑭],走投曹翰,具言城中虚实。先是,城西南依崄,素不设守。卒乃引王师[⑮]自西南攻之。是夜城陷,胡则一门无遗类。二人者,其为德一也,何其报效之不同邪?

【注释】

①王延政(?—951年):五代十国时期闽国末代君主。

②建州:今福建建瓯地区。

③刺事:刺探情报。

④江南李主：此处指南唐李氏王朝。

⑤查(zhā)文徽(885年—954年)：字光慎，歙州休宁(今属安徽)人，五代十国时期南唐大臣。

⑥戢(jí)：收敛、收藏。

⑦建安：即建州，今福建建瓯地区。

⑧李景(916年—961年)：五代十国时期南唐第二任国君，一般写作李璟。

⑨江州：今江西九江地区。

⑩江南国下：此处指南唐国都金陵被北宋军队攻占。

⑪曹翰(924年—992年)：北宋初期将领，大名(今河北邯郸)人。太平兴国四年(979年)从太宗灭北汉。

⑫饔(yōng)人：本为古代掌管烹调之事的官名，此处指在军中的厨师。

⑬鲙(kuài)鱼：此处指烹调鱼。

⑭缒(zhuì)城：用绳索拴住人或物从城上往下送。

⑮王师：天子、国家的军队，此处指北宋军队，因为沈括是北宋人，所以称王师。

【译文】

王延政占据建州以后，命令大将章某守建州城，章某曾经派遣部将在军前刺探情报，误了时间，罪当斩首，因为怜惜他的才能，没有依法处置，章某回到家中告诉了自己的妻子这事。他的妻子连氏贤惠聪明，悄悄地派人告诉这个部将说："你犯的错依法当被处死，赶快逃走才能避免。"并给了他数十两银子，说："直接走，不要顾及家了。"部将因此逃走，投奔了南唐李氏王朝，隶属于查文徽的部下。查文徽派人攻打王延政，这位部将正好担任主将。城池即将攻陷前，他派人告知城中的人说："能够保全连氏一家的人，有重赏。"连氏派人告诉他说："建州的老百姓无罪，请将军宽赦他们。我与丈夫罪当死，不敢求活命。如果将军不放过建州的老百姓，我愿意死在百姓前面，发誓绝对不独自存活。"这些话语气慷慨，是出自真诚的内心。这位部将不得不按照连氏的说法，收敛了自己的军队入城，全城百姓获得保全。到现在连氏还是建安的名门望族，做官做到卿相的接二连三，都是连氏的后代。又南唐第二任国君李璟派大将胡则守江州，南唐国都被北宋军队攻占，曹翰用兵围住江州三年，因江州城坚固不能攻破。一天，胡则因为一道鱼烹调味道不好而生气责怪厨师，想杀掉他。胡则的妻子急忙阻止他说："士兵坚守城池已经三年了。到处都是尸骨，怎么可以因为一道菜而杀士兵呢？"于是就放了这个人。这个士兵晚上用绳子从城墙逃出城，投奔了曹翰，把江州城中的虚实全部说了。原先，江州城西南面依靠险峻地势，一直没派兵防守。这个士兵就带领曹翰的军队从西南方攻城。当天晚上城就被攻破了，胡则一家没有一个活命的。连氏与胡则的妻子，她们给人的恩惠是一样的，为什么得到的报应这么不同呢？

158　王文正①太尉局量②宽厚，未尝见其怒。饮食有不精洁者，但不食而已。家人欲试其量，以少埃③墨投羹④中，公唯啖⑤饭而已。家人问其何以不食羹？曰："我偶不喜肉。"一日，又墨其饭，公视之曰："吾今日不喜饭，可具粥。"其子弟诉⑥于公曰："庖肉为饔人所私，食肉不饱，乞治之。"公曰："汝辈人料肉几何？"曰："一斤。今但得半斤食，其半为饔人所廋⑦。"公曰："尽一斤可得饱乎？"曰："尽一斤固当饱。"曰："此后人料一斤半可也。"其不发人过皆类此。

尝宅门坏，主者彻屋新之，暂于廊庑⑧下启一门以出入。公至侧门，门低，据鞍俯伏而过，都不问。门毕，复行正门，亦不问。有控马卒岁满辞公，公问："汝控马几时？"曰："五年矣。"公曰："吾不省有汝。"既去，复呼回曰："汝乃某人乎？"于是厚赠之。乃是逐日控马，但见背，未尝视其面，因去，见其背方省⑨也。

【注释】

①王文正：即王旦(957 年—1017 年)，字子明，谥文正，北宋大名莘县(今属山东)人，宋太平兴国五年(980 年)举进士，曾以著作佐郎参与编修《文苑英华》。宋真宗时，先后知枢密院、任宰相。

②局量：指一个人的器量、度量。

③少埃：形容非常细小。

④羹：带汁的肉，类似于今天的红烧肉，而非肉汤。

⑤啖(dàn)：吃。

⑥诉：告诉，这里有投诉、告状的意思。

⑦廋(sōu)：藏，隐藏。

⑧廊庑：指堂前的廊屋。

⑨省：醒悟、明白。

【译文】

太尉王旦为人宽厚有度量，从未见他发脾气。他的饮食里有不太干净的东西，他也只是不吃罢了。家人想试试他的度量，用非常细小的墨粒投到肉羹中，他就只吃米饭。家人便问他为什么不吃肉羹？他说："我偶尔不喜欢吃肉。"有一天，家人又在他的饭里撒了点墨，他看到饭后说："我今天不想吃饭了，可以准备一点粥。"他的子弟向他诉说："厨房里的肉常常被厨子给私占了，吃肉都吃不饱，请惩治厨师。"王旦说："你们每人一天需要的肉是多少？"子弟们回答道："一斤。现在只能吃到半斤，另外半斤让厨师给藏起来了。"王旦又说："给足你们一斤就可以吃饱了吗？"子弟们说："给足一斤当然就可以吃饱了。"王旦说："从今天开始给你们每人一斤半肉就行了。"他不愿揭发别人的过失都像这样。

王旦家宅子的大门曾经损坏了，负责整修的人就拆除了屋子，重新修建，暂时只能从堂前的廊屋下开一个侧门让人出入。王旦来到这个侧门，门太低了，只好在马鞍上伏下身子过去，却什么都不过问。等到大门修好了，又开始恢复从正门进出，他也还是什么都不过问。有一个替他驾马的役卒，服役期满后向王旦辞行，王公就问他："你驾马有多少时日了?”役卒说:“五年了。”王旦说:“我怎么不记得你啊?”役卒转身离去时,王公又把他叫了回来,说:“你就是某人吧?”于是赠送他很多财物。原来因为役卒每日驾马,王旦只看得见他的背部,不曾看清他的脸,当役卒转身离去时,又看到自己熟悉的背部,这时才明白过来他是谁。

159 石曼卿[①]居蔡河下曲[②],邻有一豪家,日闻歌钟之声。其家僮仆数十人,常往来曼卿之门。曼卿呼一仆,问:“豪为何人?”对曰:“姓李氏,主人方二十岁,并无昆弟[③],家妾曳罗绮者数十人。”曼卿求欲见之,其人曰:“郎君素未尝接士大夫,他人必不可见。然喜饮酒,屡言闻学士能饮酒,意亦似欲相见,待试问之。”一日,果使人延[④]曼卿,曼卿即著帽往见之。坐于堂上,久之,方出。主人著头巾[⑤],系勒帛[⑥],都不具衣冠。见曼卿,全不知拱揖[⑦]之礼。引曼卿入一别馆,供张[⑧]赫然。坐良久,有二鬟妾,各持一小盘至曼卿前,盘中红牙牌[⑨]十余。其一盘是酒,凡十余品,令曼卿择一牌;其一盘肴馔[⑩]名,令择五品。既而二鬟去,有群妓十余人,各执肴果乐器,妆服人品皆艳丽粲然。一妓酌酒以进,酒罢乐作;群妓执果肴者萃立其前,食罢则分列其左右,京师人谓之软盘[⑪]。酒五行,群妓皆退,主人者亦翩然而入,略不揖客。曼卿独步而出。曼卿言:“豪者之状,懵然愚騃[⑫],殆不分菽麦[⑬],而奉养如此,极可怪也。”他日试使人通郑重[⑭],则闭门不纳,亦无应门者。问其近邻,云:“其人未尝与人往还,虽邻家亦不识面。”古人谓之钱痴[⑮],信有之。

【注释】

①石曼卿:即石延年(994 年—1041 年),字曼卿,北宋官员、文学家、书法家。

②蔡河下曲:今河南开封地区。

③昆弟：兄弟。

④延：请。

⑤头巾：裹头用的布巾，一般都是平民百姓所戴。文中豪者戴头巾迎客，不合礼法。

⑥勒帛：丝织腰带。

⑦拱揖：两手合抱于胸前，上身微俯，表达敬意。

⑧供张：陈设、摆设。

⑨红牙牌：染成红色的象牙骨牌。

⑩肴馔(yáo zhuàn)：丰盛的饭菜。

⑪软盘：豪门之家宴请宾客，不设桌案，令婢女手执菜肴以进，称之为软盘。

⑫懵(měng)然愚騃(ái)：无知、愚蠢得像痴呆一样。

⑬菽(shū)麦：豆与麦。

⑭郑重：问候。

⑮钱痴：因为富有而养尊处优，无所用心且智力低下的人。

【译文】

石曼卿居住在蔡河下曲时，邻居中有一户富豪人家，每天都听到从那户人家传来的歌声和演奏的声音。他们家有数十个僮仆，经常经过石曼卿家的门口。石曼卿叫住一个仆人，问："富豪是什么人啊？"对方回答说："是姓李的人家，主人才二十岁，也没有兄弟，穿着绫罗绸缎的婢女有几十个。"石曼卿表示想拜访主人，仆人说："主人向来没有接待过做官的人，其他人更不会接见了。但是他喜欢饮酒，多次听说学士您很能饮酒，好像也想见见您，等我先去试探问问吧。"一天，果然派人请石曼卿，石曼卿马上戴上帽子去见他。坐在客厅里，很久主人才出来。主人只戴了头巾，系着丝织腰带，都没有穿会客时的衣服。见到了石曼卿，完全不知道行拱手的见面礼。领着石曼卿进入另一间屋子，只见陈设华丽。坐了很久，有两位年幼的婢女，各自手持一只小盘子来到石曼卿面前，盘中有十多支红色象牙骨牌。其中一只盘子中的骨牌都是写的酒名，一共十多种，请石曼卿选了一支牌子；另一只盘子是丰盛的菜名，请石曼卿选择了五支牌子。选完后两位婢女就离开了，又有十几个歌伎，各自拿着菜肴水果和乐器进来，穿着打扮都艳丽鲜明。一个歌伎斟满酒送上来，饮完酒开始演奏音乐；这些歌伎端着水果菜肴一起站在二人面前，吃完饭她们就分列在左右，京师人称这个礼仪为软盘。饮酒五行之后，各位歌伎都退下了，主人也随便离开到别的房间去了，也不行礼送客。石曼卿就独自步行出去了。石曼卿说："看这富豪的举止，懵懂而无知，大概连豆子和麦子都分不清，却受到如此的优厚待遇，实在很奇怪。"过了几天石曼卿使人去问候这位富豪，双方却关门不见，也没有人回话。问周围的邻居，说："他平时也不和别人来往，即使是邻居也不认识他。"古人有所谓钱痴的说法，看来确实有啊。

160　颍昌[①]阳翟县[②]有一杜生者，不知其名，邑人但谓之杜五郎。所居去县三十余里，唯有屋两间，其一间自居，一间其子居之。室之前有空地丈余，即是篱门。杜生不出篱门，凡三十年矣。

黎阳[③]尉孙轸曾往访之，见其人颇萧洒，自陈："村民无所能，何为见访？"孙问其不出门之因，其人笑曰："以告者过[④]也。"指门外一桑曰："十五年前，亦曾到此桑下纳凉，何谓不出门也？但无用于时，无求于人，偶自不出耳，何足尚[⑤]哉？"问其所以为生，曰："昔时居邑之南，有田五十亩，与兄同耕。后兄之子娶妇，度[⑥]所耕不足赡，乃以田与兄，携妻子至此。偶有乡人借此屋，遂居之。唯与人择日，又卖一药，以具饘粥[⑦]，亦有时不继。后子能耕，乡人见怜，与田三十亩，令子耕之，尚有余力，又为人佣耕，自此食足。乡人贫，以医卜自给者甚多。自食既足，不当更兼[⑧]乡人之利，自尔择日卖药，一切不为。"

又问："常日何所为？"曰："端坐耳，无可为也。"问："颇观书否？"曰："二十年前，亦曾观书。"问："观何书？"曰："曾有人惠一书册，无题号。其间多说《净名经》[9]，亦不知《净名经》何书也。当时极爱其议论，今亦忘之，并书亦不知所在久矣。"气韵闲旷，言词清简，有道之士也。盛寒，但布袍草履。室中枵然[10]，一榻而已。问其子之为人，曰："村童也，然质性甚淳厚，未尝妄言，未尝嬉游。唯买盐、酪[11]，则一至邑中，可数其行迹，以待其归。径往径还，未尝傍[12]游一步也。"

予时方有军事，至夜半未卧，疲甚，与官属闲话，轸遂及此，不觉肃然[13]顿忘烦劳。

【注释】

①颍(yǐng)昌：即今河南许昌市。宋代升许州为颍昌府。

②阳翟县：即今河南禹州。

③黎阳：县名，治所在今河南浚(xùn)县东。

④过：过失。

⑤尚：尊崇。

⑥度(duó)：推测、估计。

⑦馇(zhān)粥：比较浓稠的粥。

⑧兼：吞并，这里指占据。

⑨《净名经》：佛经名，为《维摩诘经》的异称，该经记维摩诘与舍利弗、弥勒及文殊大士等的问答之辞，阐明大乘教理。

⑩枵(xiāo)然：空虚的样子。

⑪酪(lào)：用牛、羊、马的乳汁做成的半凝固状的食品。

⑫傍：同"旁"，指另外的。

⑬肃然：十分恭敬的样子。

【译文】

颍昌阳翟县有一个姓杜的读书人，人们不知道他的名字，县里的人把他称作杜五郎。他居住在距离县城三十多里的地方，只有两间屋子，其中一间屋子自己居住，另一间他的儿子居住。屋子前面有一块一丈多的空地，再往前就是篱笆做成的门。杜五郎不走出篱笆门，已经有三十年了。

黎阳县尉孙轸曾经去拜访杜五郎，看到这个人颇为潇洒，他自己主动说道："我是一个没什么能耐的村民，为什么受到您的拜访呢？"孙轸就问他不走出屋门的原因，他笑着回答道："这恐怕是告诉您这件事的人的过失吧。"他指着门外的一棵桑树说道："十五年前，我也曾到过那棵桑树下乘凉，怎么能说我没走出过屋门呢？只是当下我已经成为没有用处的人，对别人也没有什么要求，偶尔自己不出门罢了，哪里就值得尊崇了？"问他依靠什么生存，回答说："从前在县城南面居住的时候，有五十亩田，和兄长一起耕作。后来兄长的儿子娶了媳妇，估摸着耕种出来的粮食不足以养家糊口，于是就把田都给了兄长，带着妻子儿女来到了这里。正好有一位乡里人借给我这间房屋，于是就住在这里了。只是靠为别人选择良辰吉日，再卖一些草药，来备些浓稠的粥，也有偶尔接济不上而断炊的情况。后来儿子可以耕种了，乡里人见我们可怜，借给我们三十亩田，令我的儿子耕种，他还有余力，就又替别人耕种，这才能够自足。乡里人贫穷，靠行医占卜谋生的人很多。既然自己家中已经能够自足，就不应当再挤占乡里人的利益，从那之后为人选择吉日和卖药的事情，也都不做了。"

又问起他："平时都做些什么呢？"回答说："端端正正坐着，什么也不干。"又问："稍微看些书吗？"回答道："二十年前，也曾看过书。"问他："看的是什么书？"答道："曾经有人送给我一本书，上面也没有书名。书里大多讲的是《净名经》，我也不知道《净名经》是什么书。当时非常喜爱书中的议论，如今也都忘了，连同书也不知道放到什么地方了。"他气度旷达，姿态悠闲，说起话来也清新简洁，是一个有道之士。天气十分寒冷，他也只穿布袍和草鞋。屋子里面空荡荡的，只有一张低矮的床。问起他儿子的为人，他说道："乡村里的孩子罢了，只是本质十分淳朴厚道，从来不乱讲话，也从来不玩耍。单说让他去买盐、酪，一到县城中，就可以计算出他的行踪，知道他什么时候回家。他都是直接去直接回，从来不到别的地方游玩一步。”

我当时正有军务在身，到深夜还没有躺下，十分疲倦，和部下说些闲话，孙轸就说起这件事，我听了之后不觉肃然起敬，顿时忘却了烦恼和疲劳。

161 唐白乐天[①]居洛，与高年者八人游，谓之九老[②]。洛中士大夫至今居者为多，继而为九老之会者再矣。元丰五年，文潞公守洛，又为耆年[③]会，人为一诗，命画工郑奂[④]图于妙觉佛寺[⑤]，凡十三人：守[⑥]司徒[⑦]致仕韩国公富弼[⑧]，年七十九；守太尉[⑨]判河南府[⑩]潞国公文彦博，年七十七；司封郎中[⑪]致仕席汝言[⑫]，年七十七；朝议大夫[⑬]致仕王尚恭[⑭]，年七十六；太常少卿[⑮]致仕赵丙，年七十五；秘书监[⑯]刘几[⑰]，年七十五；卫州防御使[⑱]冯行己[⑲]，年七十五；太中大夫[⑳]充天章阁待制[㉑]楚建中[㉒]，年七十三；朝议大夫致仕王慎言[㉓]，年七十二；宣徽南院使[㉔]检校太尉[㉕]判大名府[㉖]王拱辰[㉗]，年七十一；太中大夫张问[㉘]，年七十；龙图阁直学士[㉙]通议大夫[㉚]张焘[㉛]，年七十；端明殿学士[㉜]兼翰林侍读学士[㉝]太中大夫司马光[㉞]，年六十四。

【注释】

①白乐天：即白居易，字乐天，唐代著名诗人。

②九老：又称“香山九老”“洛中九老”等，唐代会昌年间，有九位七十岁以上的友人在洛阳龙门之东的香山结成“九老会”，一起饮酒作诗。分别是胡杲（gǎo）、吉皎、刘真、郑据、卢贞、张浑、白居易、李元爽、僧如满。

③耆（qí）年：老年，古时候称六十岁为耆。

④郑奂：福建泉州人，北宋画家。

⑤妙觉佛寺：洛阳的一间寺庙。

⑥守：宋代，所任职事官（正官）高于寄禄官（虚衔官）一品的称守某官。

⑦司徒：三公之一，在北宋时已经为虚衔。

⑧富弼（bì）（1004年—1083年）：字彦国，洛阳（今属河南）人，北宋名相，谥文忠，封郑国公、韩国公。

⑨太尉：三公之一，在北宋时已经为虚衔。

⑩河南府：今河南洛阳以东地区。

⑪司封郎中：掌官员封爵、叙赠、承袭等事务的官，从属于吏部。

⑫席汝言：字君从，官至尚书司封郎中。

⑬朝议大夫：宋代文散官名。

⑭王尚恭（1007年—1084年）：字安之，官至朝议大夫。

⑮太常少卿：太常寺的副长官，负责执掌祭祀仪礼等。

⑯秘书监：秘书省的长官，负责掌管经籍图书等。

⑰刘几（1008年—1088年）：字伯寿，官至秘书监。

⑱防御使：本为掌管地方军事的官员，北宋时仅为寄禄官。

⑲冯行已：字肃之，官至卫州防御使。

⑳太中大夫：宋时为四品上阶文散官，负责规劝讽谏之职，后为寄禄官。

㉑天章阁待制：天章阁是宋代皇家阁名，是皇室藏书机构。待制即等待诏命。天章阁待制为皇帝的文学侍从官。

㉒楚建中（1010年—1090年）：字叔正，官至正议大夫。

㉓王慎言：字不疑，官至朝议大夫。

㉔宣徽南院使：宣徽南院的长官，宣徽院分为南、北二院，宣徽南院资望优于北院，掌管三班内侍之籍，郊祀、朝会、宴享供帐之仪，以及一切内外供奉等。

㉕检校太尉：宋代为武官的荣誉称号。

㉖大名府：北宋陪都，是当时河北的重镇，在今邯郸大名地区。

㉗王拱辰（1012年—1085年）：字君贶，谥懿恪，官至彰德军节度使。

㉘张问(995年—1046年):字昌言,官至正议大夫。

㉙龙图阁直学士:龙图阁本为皇家藏书机构,后来加文学之士,为文学侍从官,表示尊宠,是一种荣誉称号。

㉚通议大夫:宋代正四品下阶文散官。

㉛张焘:字景元,官至通议大夫。

㉜端明殿学士:文学侍从官,是一种荣誉称号。

㉝翰林侍读学士:负责陪皇帝读书论学,或为皇子等授课讲学。

㉞司马光(1019年—1086年):字君实,陕州夏县(今属山西)人,世称涑水先生。历仕仁宗、英宗、神宗、哲宗四朝,谥文正,追封温国公,北宋著名官员、史学家、文学家。主持编纂了中国第一部编年体通史《资治通鉴》。

【译文】

唐代的白居易居住在洛阳时,与八位年长者一起交游,叫作九老。现在闲居在洛阳的官员也很多,又继续举行九老交游会了。元丰五年,文彦博任职洛阳,又组织了耆年会,与会者每人写一首诗,请画工郑奂画在妙觉佛寺内,一共有十三个人:七十九岁的退休守司徒韩国公富弼,七十七岁的守太尉兼管河南府的潞国公文彦博,七十七岁的退休司封郎中席汝言,七十六岁的退休朝议大夫王尚恭,七十五岁的退休太常少卿赵丙,七十五岁的秘书监刘几,七十五岁的卫州防御使冯行己,七十三岁的太中大夫充天章阁待制楚建中,七十二岁的退休朝议大夫王慎言,七十一岁的宣徽南院使检校太尉兼管大名府的王拱辰,七十岁的太中大夫张问,七十岁的龙图阁直学士通议大夫张焘,六十四岁的端明殿学士兼翰林侍读学士太中大夫司马光。

162　王文正[①]太尉气羸[②]多病,真宗[③]面赐药酒一注[④]瓶,令空腹饮之,可以和[⑤]气血,辟外邪[⑥]。文正饮之,大觉安健,因对称谢。上曰:“此苏合香酒也。每一斗酒,以苏合香丸[⑦]一两同煮。极能调五脏[⑧],却[⑨]腹中诸疾。每冒寒夙兴[⑩],则饮一杯。"因各出数榼[11]赐近臣。自此臣庶[12]之家皆仿为之,苏合香丸盛行于时。

此方本出《广济方》[13],谓之白术丸[14],后人亦编入《千金》[15]《外台》[16],治疾有殊效。予于《良方》[17]叙之甚详。然昔人未知用之。钱文僖公[18]集《箧中方》[19],"苏合香丸"注云:"此药本出禁中,祥符中尝赐近臣。"即谓此也。

【注释】

①王文正:即王旦(957年—1017年),北宋著名官员,谥文正。

②气羸(léi):身体虚弱。

③真宗:即赵恒(968年—1022年),997年即位。曾在宰相寇准的促使下亲征,与南下辽军签订澶渊之盟。在位二十六年,广建宫观,粉饰太平,劳民伤财,致使岁出日增。

④注:满。

⑤和:调和、协调。

⑥外邪:外来的致病因素。

⑦苏合香丸:由苏合香油与其他药物配制而成的通窍理气的丸药。

⑧五脏:指心、肝、脾、肺、肾等内脏。

⑨却:驱除。

⑩夙(sù)兴:早起。

⑪榼(kē):古代盛酒的器具。

⑫臣庶:指群臣百官。

⑬《广济方》:唐玄宗开元十一年(723年)颁行的医药书。

⑭白术(zhú)丸:苏合香丸中含有白术等中草药,所以《广济方》称之为白术丸。

⑮《千金》:唐代杰出的医药学家孙思邈所著的《备急千金方》和《千金翼方》两书,统称为《千金方》。

⑯《外台》:指唐代王焘所编的医书《外台秘要》。

⑰《良方》：指沈括自己编纂的一部医药书。

⑱钱文僖(xī)公：即钱惟演(？—1033年)，字希圣，官至枢密使，谥号文僖，《宋史》有传。

⑲《箧中方》：医药书，原书已经亡佚，部分内容散见于《本草纲目》。

【译文】

太尉王旦身体虚弱多病，宋真宗当面送给他一满瓶药酒，让他空腹的时候饮用，可以起到调和气血，抵御外来致病因素的作用。王旦喝了之后，深感安定和康健，于是便在上朝面见真宗的时候表示感谢。真宗说："这是用苏合香丸和酒调制而成的药酒。每一斗酒，要用一两苏合香丸加入一起烧煮。最能调理人的内脏，驱除腹中的各种疾病。每当天寒早起的时候，就喝一杯。"于是拿出数杯赐予左右亲近的大臣。从这以后群臣百官的家里都仿制这种酒，苏合香丸在当时便十分盛行。

其实这个药方本来出自唐代的医药书籍《广济方》，书中把它称作白术丸，后人又把它编进《千金方》和《外台秘要》，对于治疗疾病有特殊的功效。我在《良方》一书中有很详尽的介绍。但是过去的人不知道如何使用它。钱惟演收编的《箧中方》一书中，对"苏合香丸"的注解是："此味药本来出自皇宫，祥符年间皇帝曾经把它赏赐给左右亲近的大臣。"说的就是这件事。

163　李士衡为馆职[①]，使高丽，一武人为副。高丽礼币赠遗[②]之物，士衡皆不关意，一切委于副使。时船底疏漏，副使者以士衡所得缣帛[③]藉船底，然后实[④]己物，以避漏湿。至海中，遇大风，船欲倾覆，舟人大恐，请尽弃所载，不尔，船重必难免。副使苍惶，悉取船中之物投之海中，更不暇拣择。约投及半，风息船定。既而点检所投，皆副使之物。士衡所得在船底，一无所失。

【注释】

①馆职：在昭文馆、史馆、集贤院、秘阁等馆阁任职。

②赠遗（wèi）：赠送。

③缣（jiān）帛：质地细薄的丝织品。

④实：填充、置放。

【译文】

李士衡任馆职时，被派出使高丽，由一名武将担任副使。高丽赠送的礼品钱财等，李士衡都不留意，一切都交给副使。当时船底破漏，副使就把李士衡所得到的那些丝织品放在船底，然后再放上自己的物品，以避免漏水弄湿。到了海中，遇见大风，船即将翻沉，船工很害怕，请求丢弃船上的全部东西，如果不这样，船因为太重肯定会翻沉。副使很慌张，尽取船中的物品投到海中，也来不及挑选。大约投了一半的东西，风停息了，船也平稳了。过了一会儿检查所扔的东西，都是副使的物品。李士衡的东西都在船底，没有一点损失。

164　刘美[①]少时善锻金。后贵显，赐与中有上方[②]金银器，皆刻工名，其间多有美所造者。

又，杨景宗[③]微时，常荷畚[④]为丁晋公[⑤]筑第。后晋公败，籍没[⑥]其家，以第赐景宗。

二人者，方其微贱时，一造上方器，一为宰相筑第，安敢自期身飨[⑦]其用哉？

【注释】

①刘美（962年—1021年）：字世济，北宋益州华阳（今四川成都）人。本姓龚，系真宗之刘皇后的兄长。真宗即位后，刘美担任右侍禁、都指挥使及武胜军节度观察留后等职。

②上方：本为官名，亦称尚方，掌供应制造皇帝所用器物。这里指皇帝所用物品。

③杨景宗：字正臣，真宗皇后、仁宗养母章惠皇太后从父弟，少无赖，客京师，以罪隶军营务，曾在丁晋公筑屋时挑土。后任右班殿直，累官观察留守。

④畚(běn)：指畚箕，用木、竹、铁片做成的撮垃圾或粮食的器具。

⑤丁晋公：即丁谓(966 年—1037 年)，字谓之，后改字公言。宋代苏州长洲(今江苏苏州)人。淳化年间进士，曾召为三司使、加枢密直学士、昭文馆大学士等，被封为晋国公。机智有谋略，善揣度人意，通晓诗画、博弈、音律。后因罪被贬。

⑥籍没：指没收家财收入官中。

⑦飨(xiǎng)：享用。

【译文】

刘美年少的时候擅长打造金属器具。后来地位显赫，皇帝赐给他的赏赐中有君主自己使用的金银器具，上面都刻有工匠的名字，其中有很多就是刘美自己制作的。

杨景宗落魄的时候，曾经肩挑土筐为丁谓修筑宅第。后来丁谓败落，皇帝没收了他的家财收入官中，就把丁谓的宅第赏赐给了杨景宗。

这两个人，在他们还贫寒低贱的时候，一个为皇帝制造金属器具，一个为宰相修筑宅第，哪里敢期待自己亲身享用这些呢？

165　旧制：天下贡举人[①]到阙[②]，悉皆入对[③]，数不下三千人，谓之群见。远方士皆未知朝廷仪范，班列纷错，有司[④]不能绳勒。见之日，先设禁围[⑤]于著位之前，举人皆拜于禁围之外，盖欲限其前列也。至有更相抱持，以望黼座[⑥]者。有司患之，近岁遂止令解头[⑦]入见，然尚不减数百人。嘉祐中，予忝[⑧]在解头，别为一班，最在前列。目见班中，唯从前一两行，稍应拜起之节，自余亦终不成班缀而罢，每为阁门[⑨]之累。常言殿庭中班列不可整齐者，唯有三色，谓举人、蕃人[⑩]、骆驼。

【注释】

①贡举人：推荐、选拔举人。宋代，应贡举考试的各科士人都称举人或举子。

②阙(què)：本指皇宫门口的瞭望楼，也代指京城、朝廷、皇宫等。

③入对：举人赴京考试过程中按照规定的仪式进行拜见。

④有司：有关部门的官员。古代设官分职，各自主管、负责其分内工作，故称有司。司有主管、负责之意。

⑤禁围：禁止随意进入的区域。

⑥黼(fǔ)座：皇帝的座位。

⑦解(jiè)头：即解元，乡试第一名。

⑧忝(tiǎn)：辱，有愧于。谦辞，表示有愧。

⑨阁(gé)门：小门，此处代指内阁。

⑩蕃人：古时候称外族人或少数民族为藩人。

【译文】

旧制规定：天下各地推选的举人来到京城，都要在赴考前拜见皇帝，这些人数一般不少于三千人，叫作群见。偏远地区的读书人不知道朝廷的礼仪，站立的次序很杂乱，相关官员也不能约束他们。群见那天，先在举人们站立的位置前面设置禁止随意进入的区域，举人们都要在禁止的区域之外拜见，大概是限制他们前排的队形吧。等到拜见的时候，有互相抱举着，以观望皇帝御座的。相关部门人员担心出事，近来年就只允许解元拜见，但还是不少于几百人。嘉祐年间，我也惭愧地得了第一名，被另外编成一组，排在最前面。亲眼见到人群中只有前面一两行的举人稍微行了拜见的礼仪，其他人员到结束时还没有排好队，只好作罢，这件事常常成为内阁的负担。常说宫廷中站立不整齐的，只有三种：举人、外族人、骆驼。

166　两浙[①]田税亩三斗[②]。钱氏国除[③]，朝廷遣王方贽[④]均两浙杂税，方贽悉令亩出一㪷。使还，责擅减税额，方贽以谓亩税一㪷者，天下之通法，两浙既已为王民，岂当復循伪国之法？上从其说。至今亩税一㪷者，自方贽始。唯江南、福建犹循旧额，盖当时无人论列⑤，遂为永式⑥。

方贽寻⑦除右司谏⑧，终于京东转运使⑨。有五子：皋、准、覃、巩、罕。准之子珪⑩，为宰相，其他亦多显者。岂惠民之报欤？

【注释】

①两浙：北宋时所设十五路之一，辖境相当于今天的浙江省、上海市以及江苏大茅山、长荡湖一线以东等地区。

②㪷(dǒu)：同“斗”，古代的量器。

③钱氏国除：指武肃王钱镠(liú)的吴越国被宋太宗所灭。

④王方贽(zhì)：据《宋史·王珪传》，这里所记的事迹与王珪的曾祖王永的事迹略同，而非王方贽；又据龚明之的《中吴纪闻》，去两浙均税的是王贽，亦非王方贽。

⑤论列：论次评定。

⑥永式：长久的规矩、样式。

⑦寻：不久。

⑧右司谏：官职名，掌规谏讽谕之职。凡朝廷阙失，大臣百官任用不当，三省至一切官署事有违失，均可规谏。

⑨转运使：官职名，宋代府州以上的行政长官，职权甚重。

⑩珪：即王珪(1019 年—1085 年)，字禹玉，中进士甲科。朝廷重大典册，多出其手。累官尚书左仆射、兼门下侍郎，封为岐国公，谥文恭。

【译文】

两浙路的田亩赋税是每亩三㪷。当钱氏的吴越国被灭后，朝廷就派遣王方贽到两浙路去调节处理赋税的工作，王方贽下令每亩的赋税只征收一㪷。等他回到朝廷后，皇帝责怪他擅自减免赋税的征收额度，王方贽便说每亩征收一㪷赋税，是朝廷统一的法令，两浙地区既然已经是皇帝的臣民，难道还要遵循吴越国之前的法令吗？皇帝便认同了他的做法。直到今天两浙地区每亩的赋税还是一斗，就是从王方赞开始的。只有江南、福建一带还是遵循原来的赋税额度，大概是当时没有人提出异议，于是原来的法令便成了长久的规矩了。

王方赞不久被提拔为右司谏，最后在京东转运使的任上去世。他有五个儿子：王皋、王准、王覃、王巩、王罕。王准的儿子王珪，官至宰相，其他的子孙也多官居高位。这难道是他有恩德于百姓而取得的回报吗？

167 孙之翰[①]，人尝与一砚，直[②]三十千。孙曰："砚有何异，而如此之价也？"客曰："砚以石润为贵，此石呵之则水流。"孙曰："一日呵得一担水，才直三钱，买此何用？"竟[③]不受。

【注释】

①孙之翰：即孙甫（998 年—1057 年），字之翰，宋朝大臣。曾任刑部郎中，天章阁待制，河北都转运使。

②直：同"值"。

③竟：最终。

【译文】

孙甫，曾经有人给他一块砚台，价值三万钱。孙甫问："这块砚台有什么特殊之处，值这么多钱啊？"送砚台的人说："砚台以加水后不容易干涸为上品，这块砚台呵一口气就能结成水流。"孙甫说："一天就是呵成一担水，才值三钱，买了有什么用呢？"最终没有接受。

168 王荆公[①]病喘，药用紫团山人参[②]，不可得。时薛师政[③]自河东[④]还，适有之，赠公数两，不受。人有劝公曰："公之疾非此药不可治，疾可忧，药不足辞。"公曰："平生无紫团参，亦活到今日。"竟不受。

公面黧黑⑤，门人忧之，以问医。医曰："此垢汗，非疾也。"进澡豆⑥令公颒面⑦。公曰："天生黑于予，澡豆其如予何！"

【注释】

①王荆公：即王安石(1021 年—1086 年)，字介甫，号半山，谥文，封荆国公，故称王荆公，是北宋著名政治家、文学家，曾主持熙宁变法(王安石变法)。

②紫团山人参：产自紫团山(今山西壶关地区)的人参。

③薛师政：薛向，字师正。曾任开封府度支判官、权陕西转运副使、制置解盐司等，善于理财。

④河东：即宋代河东路，管辖地区包括今山西长城以南、闻喜县以北及陕西佳县以北等地。

⑤黧(lí)黑：形容面色焦黑。

⑥澡豆：用豆子磨制成的粉末和药制成的洗涤用品，据说用来洗手、洗脸等，可以令皮肤光泽。

⑦颒(huì)面：洗脸。

【译文】

王安石有哮喘病，需要用紫团山人参入药，没有买到。当时薛师政正好从河东回来，恰好有这样的人参，赠送给王安石几两，王安石不接受。有人劝王安石说："你的病没有这味药不能治，疾病让人担忧，这药就不要推辞了。"王安石说："我平生没有用过紫团山人参，也活到了现在。"最终还是不接受。

王安石脸色焦黑，他的学生担忧，去问医生。医生说："这是污垢汗渍，不是疾病。"于是他们进献了一些澡豆请王安石洗脸。王安石说："我天生就黑，那澡豆能够把我怎么样呢！"

169 王子野①生平不茹②荤腥，居之甚安。

【注释】

①王子野：即王质(1001 年—1045 年)，字子野，宋代莘县(今山东莘

县)人,曾任天章阁待制,知陕州。王质家世富贵、待客热情,兄弟骄奢,独子野克己好善,生活简朴,以素食为乐。

②茹:吃。

【译文】

王子野这个人一辈子不吃荤腥,生活得也十分满足。

170 赵阅道[①]为成都转运使,出行部内,唯携一琴一鹤,坐则看鹤鼓琴。尝过青城山[②],遇雪,舍于逆旅[③]。逆旅之人,不知其使者也,或慢狎[④]之,公颓然[⑤]鼓琴不问。

【注释】

①赵阅道:即赵抃(biàn)(1008 年—1084 年),字阅道,谥清献。为官弹劾不避权贵,当时称为"铁面御史"。

②青城山:在今四川都江堰地区。

③逆旅:本为迎接旅客,引申为旅店、旅馆。逆,迎接。

④慢狎(xiá):轻侮、戏弄。

⑤颓然:这里指和顺、恭顺的样子。

【译文】

赵抃任成都转运使时,在辖区出行巡查,只带了一张琴和一只鹤,闲坐的时候就看鹤弹琴。一次经过青城山,遇见下雪,就住在旅店。同住的旅客,不知道他是地方长官,有的还戏弄他,赵抃仍恭顺地弹琴,不问其他。

171 淮南孔旻[①],隐居笃行[②],终身不仕,美节甚高。尝有窃其园中竹,旻愍[③]其涉水冰寒,为架一小桥渡之。推此,则其爱人可知。

然予闻之,庄子妻死,鼓盆而歌[④],妻死而不辍鼓可也,为其死而鼓之，则不若不鼓之愈[5]也。犹邴原[6]耕而得金，掷之墙外，不若管宁不视之愈也。

【注释】

①孔旻(mín)：字宁极。据王安石《孔处士墓志铭》，孔旻隐居汝州(今属河南)，待人宽厚，即使对奴仆也不忍心加重语气说话，粮食、衣物、田地有多余的，就赠送给乡里人，向他借贷而不能归还的，他也不加追问。卒后追赠为太常丞。

②笃行：行为惇厚。

③愍(mǐn)：哀怜，怜悯。

④鼓盆而歌：《庄子·至乐》载："庄子妻死，惠子吊之，庄子则方箕踞，鼓盆而歌。"鼓盆，指敲打瓦器。

⑤愈：较好、胜过。

⑥邴(bǐng)原：字根矩，东汉北海人，与华歆、管宁齐名，时称"三人一龙"，以年龄排序，"谓歆为龙头，宁为龙腹，原为龙尾"。《世说新语》中载三人事迹，《德行》篇中有"管宁、华歆共园中锄菜，见地有片金，管挥锄与瓦石不异，华捉而掷去之"，以此认为华歆的德行不及管宁。据此，"掷金"的应该是华歆，而不是邴原。

【译文】

淮南人孔旻隐居汝州，为人十分惇厚仁慈，终身不愿外出做官，节操美好而高尚。曾经有人偷他家园子里的竹子，孔旻怜悯小偷要蹚过冰冷的河水，就为他架起一座小桥，方便小偷顺利过河。由此可以推想孔旻的仁爱之心。

但我听说，庄子的妻子死了，庄子敲打瓦盆唱起歌来，妻子死后也不停止敲打，这样是可以的，但是如果是因为妻子的死而敲，倒不如不敲打得好。就像邴原耕地时得到一块金子，捡起来以后扔出墙外，倒不如管宁那样看都不看金子更好些。

172　狄青[1]为枢密使[2]，有狄梁公[3]之后，持梁公画像及告身[4]十余通，诣[5]青献之，以为青之远祖。青谢之曰："一时遭际[6]，安敢自比梁公？"厚有所赠而还之。比之郭崇韬[7]哭子仪[8]之墓，青所得多矣。

【注释】

①狄青(1008年—1057年)：字汉臣，北宋著名将领。英勇有谋，曾因军功卓越而任枢密使，谥武襄。

②枢密使：宋代全国最高军政长官，宋代重文抑武，枢密使一般由文官担任。

③狄梁公：即狄仁杰(630年—700年)，字怀英，唐代武则天时期著名政治家，因被封为梁国公，故称狄梁公。

④告身：委任官职的文凭。

⑤诣(yì)：到、拜访。

⑥遭际：境遇、经历。

⑦郭崇韬(tāo)(？—926年)：字安时，后唐名将。有人奉承他，说他是郭子仪的后代，他就在征蜀路途中到郭子仪墓前哭拜认祖。

⑧子仪：指郭子仪(697年—781年)，唐代著名将领。安史之乱爆发，郭子仪率兵平乱，屡建奇功，在全国享有崇高声誉，谥忠武。

【译文】

狄青任枢密使时，有狄仁杰的后代，拿着狄仁杰的画像及十几份委任官职的文凭，拜访狄青并献给他，认为狄仁杰也是狄青的祖先。狄青婉拒谢绝说："我只是一时的成功，哪能自比狄梁公呢？"送给了来人很多财物，且把他带来的东西还给了他。比起郭崇韬哭拜郭子仪墓的做法，狄青所得到的更多啊。

173　郭进[1]有材略，累有战功。尝刺邢州[2]，今邢州城乃进所筑。其厚六丈，至今坚完。铠仗精巧，以至封贮亦有法度。

进于城北治第[3]既成，聚族人宾客落[4]之，下至土木之工皆与。乃设诸工之席于东庑[5]，群子之席于西庑。人或曰："诸子安可与工徒齿[6]？"进指诸工曰："此造宅者。"指诸子曰："此卖宅者，固宜坐造宅者下也。"进死，未几，果为他人所有。今资政殿学士[7]陈彦升[8]宅，乃进旧第东南一隅也。

【注释】

①郭进(922 年—979 年)：深州博野(今河北蠡县)人。北宋初年名将。宋太祖时任洺州防御使、充西山巡检。太宗时领云州观察使，判邢州，仍兼西山巡检。为人倜傥任气，后自杀。

②刺邢州：指在邢州(今河北邢台)做刺史。

③第：指郭进的私人府第。

④落：古代宫室建成之时举行的落成祭礼。

⑤庑(wǔ)：堂下周围的廊屋。

⑥齿：并列、相比。

⑦资政殿学士：官职名，宋真宗建龙图阁，以阁之东序为资政殿。景德二年(1005 年)，置资政殿学士，班次在翰林学士之下。

⑧陈彦升：即陈荐，字彦升，宋邢州沙河人。官至资政殿学士，提举崇福宫。

【译文】

郭进很有才干谋略，屡次建立战功。他曾经在邢州做刺史，现在的邢州城就是郭进所建造的。城墙厚六丈，直到今天仍旧坚固完好。城中铠甲和兵器十分精致，以至封存贮备也有完善的制度。郭进在城北修建自己的宅第，府第建成后，聚集族人和宾客举行落成仪式，下至土木工匠也都参加。于是就把工匠们的宴席座次安排在东厢，他的儿子们的宴席座位在西厢。有人问道："贵公子怎么能和工匠同排宴席座次呢？"郭进指着工匠们说："这些是建造宅子的人。"又指着儿子们说："这些是卖宅子的人，本来就应该坐在造宅子的人下面。"郭进去世，没过多久他的宅子果然被其他人所占有。现在资政殿学士陈彦升的宅子，就是原郭进府第的东南一角。

174　有一武人，忘其名，志乐闲放[①]，而家甚贫。忽吟一诗曰："人生本无累，何必买山[②]钱！"遂投檄[③]去。至今致仕，尚康宁。

【注释】

①闲放：清闲无事而显得自由自在。

②买山：即归隐之意。

③投檄（xí）：指弃官。檄，古代官府往来征召的文书。

【译文】

有一个武夫，忘记他的名字了，这个人立志做一个清闲无事而自由自在的人，然而家境十分贫寒。忽然有一天他吟出一句诗："人生本无累，何必买山钱！"于是就弃官离去了。到如今也退休了，仍旧健康安宁。

175　真宗皇帝[①]时，向文简[②]拜右仆射[③]，麻下日[④]，李昌武[⑤]为翰林学士，当对。上谓之曰："朕自即位以来，未尝除仆射，今日以命敏中，此殊命也，敏中应甚喜。"对曰："臣今日早候对，亦未知宣麻[⑥]，不知敏中何如。"上曰："敏中门下，今日贺客必多。卿往观之，明日却对来，勿言朕意也。"昌武候丞相归，乃往见。丞相方谢客，门阑[⑦]悄然无一人。昌武与向亲，径入见之。徐贺曰："今日闻降麻，士大夫莫不欢慰，朝野相庆。"公但唯唯[⑧]。又曰："自上即位，未尝除端揆[⑨]，此非常之命，自非勋德隆重，眷倚[⑩]殊越，何以至此？"公复唯唯，终未测其意。又历陈前世为仆射者勋劳德业之盛，礼命[⑪]之重，公亦唯唯，卒无一言。既退，复使人至庖厨[⑫]中，问今日有无亲戚宾客饮食宴会，亦寂无一人。明日再对，上问："昨日见敏中否？"对曰："见之。""敏中之意何如？"乃具以所见对。上笑曰："向敏中大耐官职[13]。"向文简拜仆射年月，未曾著于国史[14]，熙宁中，因见《中书题名记》：天禧元年八月，敏中加右仆射。然《枢密院题名记》：天禧元年二月，王钦若[15]加右仆射。

【注释】

①真宗皇帝：宋真宗赵恒，是北宋第三位皇帝。

②向文简：即向敏中（949年—1020年），字常之，真宗朝拜右仆射，居大任三十年，去世后赠太尉、中书令，谥文简。

③右仆射：北宋时，右仆射为宰相之职。

④麻下日：当时的圣旨是写在麻纸上，所以称圣旨下达的日子为麻下日。

⑤李昌武（964年—1012年）：即李宗谔，字昌武。北宋大臣。风流儒雅，曾任秘书郎、集贤校理等。

⑥宣麻：宣读圣旨。

⑦门阑（lán）：门口寂静。

⑧唯唯：恭敬地回答、应承。

⑨端揆（kuí）：指宰相，宋代指左右仆射等官。

⑩眷倚：宠爱并倚重。

⑪礼命：依据礼制规定的百官升迁的文书。

⑫庖（páo）厨：厨房。

⑬耐官职：称某人有气度，有气量，能宠辱不惊，不在乎官位大小。

⑭国史：国家官方修订或认可的当朝历史。

⑮王钦若（962年—1025年）：字定国，曾任左谏议大夫、参知政事等，谥文穆。主导编纂《册府元龟》。

【译文】

真宗皇帝的时候，任命向敏中为右仆射，圣旨下达的日子，翰林学士李昌武要上朝应答。皇上对他说："从我即位以来，没有任命过仆射的官职，现在任命向敏中，这是特殊的任命，向敏中应该很欢喜。”李昌武回答说：“我今天早上等候应答时，也不知道宣读圣旨，不知道向敏中的情况怎么样。”皇上说：“向敏中的家里，今天肯定有很多祝贺的人。你前去看一下，明天再来应答，不要说是我让你去的。”李昌武等到向敏中回家了，就前去探视。向敏中刚刚送别了客人，门口寂静没有一个人。李昌武与向敏中关系亲密，就直接进去见他。慢慢地祝贺道：“今天听说降下圣旨，大臣们都很欢喜，朝廷和民间都相互庆贺。”向敏中只是恭敬地顺着回答了一下。李昌武又说：“自从皇上即位以来，还没有任命过仆射，这是非同一般的任命，如果不是功勋卓越德高望重，受到皇上非同一般的宠爱和倚重，怎么会有这样的任命？”向敏中又恭敬地顺着回答了一下，最终也不能揣测他的意思。李昌武又一一述说前代任过仆射的人的功勋德业之隆盛，任命仆射的文书非常重要，向敏中也还是恭敬地顺着回答了一下，最后也不说什么。李昌武回去了，又派人去向敏中家的厨房，问今天有没有宴请亲戚宾客，也是没有一个人。第二天又应答，皇上问：“昨天见到向敏中了吗？”李昌武回答说：“见到了。”“向敏中的情况怎么样？”李昌武据实向皇帝报告了所见到的情况。真宗皇帝笑着说：“向敏中宠辱不惊，不在乎官位大小。”向敏中被任命为仆射的年月，没有记载到本朝史书里面，熙宁年间，偶尔见到《中书题名记》写道：天禧元年八月，向敏中加官为右仆射。但是《枢密院题名记》写道：天禧元年二月，王钦若加官为右仆射。

176　晏元献公[①]为童子时，张文节[②]荐之于朝廷，召至阙下[③]，适值御试进士，便令公就试。公一见试题，曰：“臣十日前已作此赋，有赋草尚在，乞别命题。”上极爱其不隐。及为馆职时，天下无事，许臣寮择胜燕饮[④]。当时侍从[⑤]文馆士大夫各为燕集，以至市楼酒肆，往往皆供帐为游息之地。公是时贫甚，不能出，独家居，与昆弟[⑥]讲习。一日选东宫官[⑦]，忽自中批除晏殊。执政莫谕所因，次日进覆，上谕之曰：“近闻馆阁臣寮，无不嬉游燕赏，弥日继夕。唯殊杜门[⑧]与兄弟读书。如此谨厚[⑨]，正可为东宫官。”公既受命，得对，上面谕除授之意，公语言质野[⑩]，则曰：“臣非不乐燕游者，直以贫，无可为之。臣若有钱，亦须往，但无钱不能出耳。”上益嘉其诚实，知事君体，眷注[⑪]日深。仁宗朝，卒至大用。

【注释】

①晏元献公：即晏殊(991 年—1055 年)，字同叔，北宋著名词人，官至宰相，谥元献，故称晏元献公。

②张文节：即张知白(？—1028 年)，字用晦，官至宰相，谥文节，故称张文节。

③阙下：就是皇宫之下，即皇帝面前。阙，本指皇宫门口的瞭望楼，也代指京城、朝廷、皇宫等。

④燕饮：又作“宴饮”，指聚在一起饮酒吃饭。

⑤侍从：宋代的翰林学士、殿阁学士、直学士、待制、给事中、六部尚书、侍郎等经常在皇帝周边充当顾问，所以称为侍从。

⑥昆弟：兄弟。

⑦东宫官：辅导、教育太子的官。

⑧杜门：闭门、关门。

⑨谨厚：谨慎笃厚。

⑩质野：平实质朴。

⑪眷注：宠爱关注。

【译文】

晏殊还是童子的时候，张知白把他推荐给朝廷，皇帝召他到皇宫来，正巧遇上了皇帝亲自考试进士，于是就叫晏殊也参加考试。晏殊一见到试题，就说：“我十天前作过以这个为题的赋，赋文的草稿都还在，请出别的题目吧。”皇上非常喜欢他的诚实。等到任馆职时，天下太平，朝廷允许大臣们选择好地方一起饮酒吃饭。当时的朝廷各方官员都各自一起聚会宴饮，以至于饭店酒馆，往往都设置帷帐成了供他们游玩休息的地方。晏殊那时生活很贫困，不能参加，就独自留在家里，与兄弟一起读书学习。一天要选辅导教育太子的官，忽然宫中文书批准任命晏殊。当时主持政务的大臣不知道是什么原因，第二天请求皇上审核，皇上告诉他们说："近来听说各部门的大臣们，没有不一起游玩宴饮的，从白天直到晚上。唯独晏殊关起门来与兄弟一起读书。这么谨慎笃厚的人，正可以胜任辅导教育太子的官职。"晏殊被任命后，要向皇上应答，皇上亲自告诉他任命他的原因，晏殊说话平实质朴，说道："我并非不喜欢宴饮游玩，只是因为家里贫困，没有办法参与。我要是有钱，也会去的，只是没有钱不能出门罢了。"皇上更加赞许他的诚实，认为他懂得侍奉君王的大体，于是宠爱关注他一天比一天深。仁宗朝，晏殊终于得到了重用。

177　宝元[①]中，忠穆王吏部[②]为枢密使。河西[③]首领赵元昊[④]叛，上问边备，辅臣皆不能对。明日，枢密四人皆罢，忠穆谪虢州[⑤]。翰林学士苏公仪与忠穆善，出城见之。忠穆谓公仪曰："鬷之此行，前十年已有人言之。"公仪曰："必术士也。"忠穆曰："非也。昔时为三司[⑥]盐铁副使，疏决狱囚，至河北。是时曹南院[⑦]自陕西谪官初起为定帅[⑧]，鬷至定，治事毕，玮谓鬷曰：'决事已毕，自此当还，明日愿少留一日，欲有所言。'鬷既爱其雄材，又闻欲有所言，遂为之留。明日，具馔[⑨]甚简俭，食罢，屏左右曰：'公满面权骨[⑩]，不为枢辅即边帅。或谓公当作相，则不然也。然不十年必总枢柄。此时西方当有警，公宜预讲边备，搜阅人材，不然无以应卒。'鬷曰：'四境之事，唯公知之，幸以见教。'曹曰：'玮实知之，今当为公言。玮在陕西日，河西赵德明尝使人以马博易于中国，怒其息微，欲杀之，莫可谏止。德明有一子，方十余岁，极谏不已，曰："以战马资邻国已是失计；今更以货杀边人，则谁肯为我用者？”玮闻其言，私念之曰：此子欲用其人矣，是必有异志。闻其常往来牙市中，玮欲一识之，屡使人诱致之，不可得。乃使善画者图形容，既至，观之，真英物也。此子必须为边患，计其时节，正在公秉政之日，公其勉之。’鬷是时殊未以为然。今知其所画乃元昊也，皆如其言也。”四人：夏守赟、鬷、陈执中、张观。康定元年二月，守赟加节度，罢为南院；鬷、执中、观各守本官罢。

【注释】

①宝元：宋仁宗赵祯的年号，从1038年至1040年共使用三年。

②忠穆王吏部：即王鬷(zōng)，字总之，宋赵州临城(今属河北)人。真宗时进士，后以枢密直学士知益州。为政有大体，不为苛察。后累迁工部侍郎、知枢密院事。皇帝多次问及边备事务，不能应答，后西征失利，贬知河南府。卒谥忠穆。按《宋史》本传，王鬷以工部侍郎知枢密院事，这里的“吏”或为“工”字之误。

③河西：指黄河以西的地区，相当于今天的宁夏和甘肃一带。

④赵元昊：西夏赵德明之子，本姓李，宋赐姓赵。性格雄毅多谋略，不甘臣宋。仁宗朝叛，建西夏国，在位十七年，卒谥武烈皇帝。

⑤虢(guó)州：治所在今河南灵宝。

⑥三司：官署名，北宋最高财政机构。以盐铁、度支、户部合为三司，统筹国家财政。其中盐铁掌坑冶、商税、茶盐等项收入及修护河渠、给造兵器等。

⑦曹南院：即曹玮(973年—1030年)，字宝臣，宋代真定灵寿(今属河北)人。曹彬之子，以父荫为西头供奉官。真宗时，迁知镇戎军。曾屡破羌族诸部，沉勇有谋。后被丁谓指为寇准党，谪莱州。卒谥武穆。

⑧定帅：定州路的最高统帅。定州，今属河北。

⑨馔(zhuàn)：饭菜。

⑩权骨：即颧骨，指眼窝下两腮上突出的颜面骨。

【译文】

宝元年间，吏部长官王鬷任枢密使，河西首领赵元昊叛变，皇帝问起边境的军备，几个辅政的大臣都不能回答。第二天，枢密院的四位长官都被罢免，王鬷被贬虢州。翰林学士苏公仪与王鬷的关系和善，出城为他送行。王鬷对苏公仪说道："我这次远行，十年前就已经有人谈起过了。"苏公仪说："一定是懂得占卜的方士说的吧。"王鬷说："不是。当时我担任三司盐铁副使，为了解决积累的犯罪案件，来到河北。那时曹玮从陕西贬官后刚刚起用为定州路的最高统帅，我到了定州，公务处理完后，曹玮对我说：'公务已经办妥，你也该回去了，明天希望你可以稍稍逗留一天，我有话想对你说。'我很崇拜他的杰出才能，又想要听他要对我说些什么，于是就为他停留了一天。第二天，他准备了一些十分简单的饭菜来招待我，吃过饭后，他把左右侍从都遣退下去，说道：'您颧骨突出，将来不是枢密使就是边境的统帅。有人说您可以做宰相，恐怕未必对。但是不出十年，您必定会执掌枢密院的大权。这时西部边境会有紧急军情，您最好预先商议边防军备，搜罗人才，不这样的话最终无法应对。'我说道：'边境的军情，只有您最了解，请您多多指教。'曹玮说：'我确实知道一些，今天就告诉您吧。我在陕西的时候，河西的赵德明曾经派人用大批的马和中原广做交易，又因为自己所赚取的钱财太少而发怒，于是想要杀掉那些替他做生意的人，没有人可以劝谏阻止他。赵德明有一个儿子，当时才十来岁，极力劝谏个不停，说道："把战马卖给邻国已经是不妥当的举动；如今又因为财货去杀边境上的人，这样做谁还肯为我们卖命呢？"我听到那个孩子的话，心底暗暗琢磨：这个孩子想要让边境上的人为自己所用，这一定是有图谋不轨的志向。听说他还常常在集市中出没，我想结识一下他，多次派人诱使他出来，都没能如愿。于是让擅长画像的人把他的模样画下来，画成之后，见到画像，真是一位英雄啊。这个孩子一定会挑起边境上的事端，推算一下时日，正是您执政的时期，您就多多注意吧。'我听完之后并没有把他的话当作一回事。现在才知道他派人画的正是赵元昊，一切都像他所说的那样。"这四个人是：夏守赟、王鬷、陈执中、张观。康定元年二月，夏守赟加节度，贬为宣徽南院使；王鬷、陈执中、张观各以守本官贬职。

178 石曼卿[1]喜豪饮，与布衣刘潜[2]为友。尝通判[3]海州[4]，刘潜来访之，曼卿迎之于石闼堰[5]，与潜剧饮。中夜酒欲竭，顾船中有醋斗余，乃倾入酒中并饮之。至明日，酒醋俱尽。每与客痛饮，露发跣足[6]，著械[7]而坐，谓之囚饮。饮于木杪[8]，谓之巢饮。以稿[9]束之，引首出饮，复就束，谓之鳖饮。其狂纵大率如此。廨[10]后为一庵，常卧其间，名之曰扪虱[11]庵，未尝一日不醉。仁宗爱其才，尝对辅臣言，欲其戒酒，延年闻之，因不饮，遂成疾而卒。

【注释】

①石曼卿：即石延年(994年—1041年)，字曼卿，北宋官员、文学家、书法家。

②刘潜：字仲方，曾任蓬莱知县。《宋史》有传。

③通判：宋时，置于各地州府，地位次于州府长官，掌管钱谷、户口、赋役、狱讼等，可以监察地方官吏，又称监州。

④海州：今江苏东海地区。

⑤石闼(tà)堰：地名。

⑥跣(xiǎn)足：光着脚、赤着脚。

⑦著械：戴着木枷。

⑧木杪(miǎo)：树梢。

⑨稿：谷类植物的茎秆。

⑩廨(xiè)：古时候官员办公处所的通称。

⑪扪虱(mén shī)：用手按着虱子。魏晋时期的许多文人经常扪虱而谈，表现出不拘小节、放荡不羁的风度，因此后人常用"扪虱"来表现随意的潇洒风度。

【译文】

石延年喜欢放量饮酒，与平民刘潜是好朋友。石延年曾经在海州任通判，刘潜来访，石延年就在石闼堰迎接他，并与刘潜猛饮酒。半夜酒快喝完了，看到船中有一斗多醋，就倒入酒中一起喝。直到第二天，酒和醋都喝完了。石延年每次与客人放量饮酒时，就披发光脚，戴着木枷坐着，叫作囚饮。坐在树梢上饮酒，叫作巢饮。用谷物茎秆绑住自己，伸出头来饮酒，饮完又缩回头，叫作鳖饮。他放纵的行为大抵就是这样。石延年办公场所的后面有一间草屋，他常常睡在那里，取名叫作扪虱庵，没有一天不喝醉的。宋仁宗爱惜他的才华，曾经对身边的大臣说，想叫石延年把酒戒掉，石延年听说了，就不再喝酒，于是逐渐生病而死去了。

179　工部胡侍郎[①]则为邑日，丁晋公[②]为游客，见之，胡待之甚厚，丁因投诗索米。明日，胡延晋公，常日所用樽罍[③]悉屏去，但陶器而已。丁失望，以为厌己，遂辞去。胡往见之，出银一箧遗[④]丁，曰："家素贫，唯此饮器，愿以赆[⑤]行。"丁始谕设陶器之因，甚愧德之。后晋公骤达，极力携挽，卒至显位。

庆历中，谏官李兢坐言事[⑥]谪湖南物务，内殿承制[⑦]范亢为黄、蔡[⑧]间都监[⑨]，以言事官坐谪，后多至显官，乃悉倾家物，与兢办行。兢至湖南，少日遂卒。

前辈有言："人不可有意，有意即差。"事固不可前料也。

【注释】

①胡侍郎：指胡则（963 年—1039 年），字子正，宋婺州永康（今属浙江）人。端拱年间进士。真宗时，与丁谓友善，擢三司度支副使。果敢有才，颇有声绩，后以兵部侍郎退休还乡。

②丁晋公：即丁谓，字谓之，北宋宰相，封晋国公。

③樽罍（léi）：古代盛酒器具。

④遗（wèi）：赠与。

⑤赆（jìn）：临别时赠送的财物。

⑥坐言事：因向皇帝谈论政事或进谏而获罪。

⑦内殿承制：武臣官阶，为武臣的第十八阶。

⑧黄、蔡：即黄州、蔡州，分属今湖北、河南。

⑨都监：宋代于各路、州、府置兵马都监，各路都监掌本路屯戍、边防、训练等事，州、府以下都监掌本地屯驻、兵甲、训练、差使等事。

【译文】

工部侍郎胡则做知县的时候，丁谓还是客居四方的游民，去拜见胡则，胡则很热情地接待了他，丁谓于是就献上自己的诗文索求口粮。第二天，胡则宴请丁谓，把平日里使用的酒具都撤走了，只留下一些陶制的饮食用具。丁谓十分失望，认为胡则厌恶自己，于是告辞离去。胡则前往丁谓的住处去见他，取出一盒银器赠送给丁谓，说："我家里一向不富裕，只有这些银酒器，就请作为与您分别时的赠物吧。"丁谓这时才明白胡则摆设陶器的原因，对于胡则的这份恩德感到十分惭愧。后来丁谓很快就显达了，极力提携胡则，最终使他也官居高位。

庆历年间，谏官李兢因向皇帝进谏而获罪，被贬谪到湖南做官，内殿承制范亢当时在黄州、蔡州之间做都监，他认为因为进谏而被贬官的人，后来大多又做到很显赫的官位，于是他倾尽家财，为李兢接风、送行。结果李兢到了湖南，没多久便去世了。

前人曾经说过："人做事情不可以另有意图，如果另有意图就会出岔子。"事情本来就是不可以提前预料的。

180　朱寿昌[①]，刑部朱侍郎巽[②]之子。其母微，寿昌流落贫家，十余岁方得归，遂失母所在，寿昌哀慕不已。及长，乃解官访母，遍走四方，备历艰难。见者莫不怜之。闻佛书有水忏[③]者，其说谓欲见父母者，诵之当获所愿。寿昌乃昼夜诵持，仍刺血书忏，摹板印施于人，唯愿见母。历年甚多，忽一日至河中府[④]，遂得其母。相持恸[⑤]绝，感动行路。乃迎以归，事母至孝。复出从仕，今为司农少卿[⑥]。士人为之传者数人，丞相荆公而下，皆有《朱孝子诗》数百篇。

【注释】

①朱寿昌：字康叔，北宋著名的孝子，他弃官千里寻母之事流传很广。

②刑部朱侍郎巽(xùn)：刑部侍郎，刑部的副长官，负责刑法、狱讼等事务。朱巽，朱寿昌的父亲，生平不详。

③水忏：佛教中忏悔罪业修行的一种方法。

④河中府：治所在今山西永济。

⑤恸(tòng)：极其悲伤、悲哀。

⑥司农少卿：司农寺的副长官，负责粮食管理、京官禄米等事务。

【译文】

朱寿昌，是刑部侍郎朱巽的儿子。他的母亲出身低贱，朱寿昌出生后流落到贫困人家，十多岁才回到父亲身边，与母亲失去了联系，朱寿昌哀思不已。等到长大成人，他就放弃官职寻找母亲，走遍各地，经历了很多艰难。凡是见到的人没有不怜悯他的。他听说佛书上有水忏的方法，说想见到父母的人，只要诵读经书上的内容就可以如愿以偿。于是朱寿昌白天晚上都诵读，还刺血写经书，翻印出来送给别人，只是想见到母亲。这样过了很多年，忽然有一天来到河中府，见到了自己的母亲。两人相互搀扶极其哀痛哭了很久，感动了周围的路人。于是他把母亲迎回家，侍奉母亲非常孝顺周到。后来朱寿昌重新做官，现在担任司农少卿。有好几个士人为朱寿昌写传记，从丞相王安石以下，共写有几百篇《朱孝子诗》。

181　朝士[①]刘廷式[②]，本田家。邻舍翁甚贫，有一女，约与廷式为婚。后契阔[③]数年，廷式读书登科[④]，归乡闾访邻翁，而翁已死，女因病双瞽[⑤]，家极困饿。廷式使人申前好，而女子之家辞以疾，仍以佣耕，不敢姻士大夫。廷式坚不可："与翁有约，岂可以翁死子疾而背之？"卒与成婚。闺门极雍睦[⑥]，其妻相携而后能行，凡生数子。

廷式尝坐小谴[⑦]，监司[⑧]欲逐之，嘉其有美行，遂为之阔略[⑨]。其后，廷式管干江州[⑩]太平宫而妻死，哭之极哀。

苏子瞻[⑪]爱其义，为文以美之。

【注释】

①朝士：泛指在朝廷任职的官吏。

②刘廷式：当作“刘庭式”。字得之，宋齐州（今山东济南）人，进士出身，曾任密州通判，后监江州太平宫，老于庐山。

③契阔：离合，聚散。偏指离散。

④登科：唐以后考中进士即称作登科，也称登第。

⑤瞽（gǔ）：眼睛失明。

⑥雍睦：和睦。

⑦小谴：轻微过失。

⑧监司：宋代诸路转运使司、提点刑狱司、提举常平司等，总称监司，有监察各州官吏之责。

⑨阔略：宽恕。

⑩江州：治所在今江西九江。

⑪苏子瞻：即苏轼（1037 年—1101 年），字子瞻，号东坡居士。宋眉山（今属四川）人。嘉祐中进士，反对王安石变法，被贬黄州团练副使。历州郡多惠政。其文纵横恣肆，挥洒畅达，为唐宋八大家之一；其诗题材广阔，清新雄健；其词风格亦豪放。

【译文】

朝廷官员刘庭式，本来是农家子弟。邻居家有一个老翁十分贫穷，有一个女儿已经和刘庭式约定了婚姻。后来离散多年，刘庭式读书考中进士，回到家乡寻访邻家老人，老人已经去世了，他的女儿也因为病痛而双目失明，家境十分困苦。刘庭式托人到邻居家提出要履行之前的婚约，但是那位女子的家人以女子有疾推辞，而且靠帮别人种地谋生的人家，也不敢和做官的人结亲。刘庭式坚持不退婚，说："先前与你家老人有约定，怎么能够因为老人家去世、女儿有残疾就违背婚约呢？"最终还是和女子成了婚。婚后夫妻相处得非常和睦，他的妻子需要他的搀扶才能行走，他们生养了好几个孩子。

刘庭式曾经因犯下轻微的过错而当贬谪，监司本想贬逐他，但是赞赏他美好的德行，就宽恕了他。后来，刘庭式主管江州太平宫时，他的妻子辞世，他哭得十分哀伤。

苏轼十分欣赏刘庭式的重情重义，曾经写文章来赞美他。

182　柳开[①]少好任气[②]，大言凌物[③]。应举时，以文章投主司[④]于帘前，凡千轴，载以独轮车。引试日，衣襕[⑤]自拥车以入，欲以此骇众取名。时张景[⑥]能文有名，唯袖一书帘前献之。主司大称赏，擢景优等。时人为之语曰："柳开千轴，不如张景一书。"

【注释】

①柳开（947年—1000年）：原名肩愈，字绍先，后改名开，字仲涂，宋代大名（今属河北）人。《宋史》有传。

②任气：意气用事。

③凌物：傲视、凌辱他人。

④主司：主持考试的考官。

⑤衣襕（lán）：衣，此处作动词，意为穿上。襕，古代一种上下相连的服装。

⑥张景（970年—1018年）：字晦之，北宋学者、散文家，官至大理评事。

【译文】

柳开年少时喜欢意气用事，常说大话傲视他人。应科举考试时，他把自己的文章在帘前献给主考官，有一千卷之多，用独轮车装着。考试那天，柳开穿着襕衣推着车进入考场，想以此阵势吓倒众人而取得功名。当时张景也因为写文章而有名，他只带了一篇文章在帘前献给主考官。主考官大加赞赏，将张景选拔为优等。当时的人评论这件事说："柳开的一千卷文章，比不上张景的一篇文章。"

183 蒋堂[①]侍郎为淮南[②]转运使日，属县例致贺冬至书，皆投书即还。有一县令使人独不肯去，须责回书。左右谕之，皆不听，以至呵逐，亦不去，曰："宁得罪，不得书不敢回邑。"时苏子美[③]在坐，颇骇怪曰："皂隶[④]如此野狠，其令可知。"蒋曰："不然，令必健者[⑤]，能使人不敢慢其命令如此。"乃为一简答之，方去。

子美归吴中月余，得蒋书曰："县令果健者。"遂为之延誉[⑥]，后卒为名臣。或云，乃天章阁待制[⑦]杜杞[⑧]也。

【注释】

①蒋堂(980年—1054年)：字希鲁，号遂翁，宋宜兴(今属江苏)人。进士出身，官至枢密直学士、礼部侍郎。《宋史》有传。

②淮南：宋十五路之一，辖境南至长江，东至海，西至今湖北武汉市黄陂区、河南光山，北逾淮水。

③苏子美：即苏舜钦(1008年—1049年)，字子美，宋开封(今属河南)人。景祐中进士，召为集贤校理，监进奏院，后遭权势忌恨而被贬逐，退居苏州。精于古诗、书法，著有《苏学士文集》。

④皂隶：指衙门里的差役。

⑤健者：能干的人。

⑥延誉：传扬美名。

⑦天章阁待制：天章阁为宋代宫殿名，专门收藏皇帝的著作。设天章阁学士、直学士、待制、侍讲等官，没有实际职责，为朝臣加衔。

⑧杜杞(1005年—1050年)：字伟长，宋常州无锡(今属江苏)人。以

父荫入仕，历任州郡长，在西南尤久，以干练称。后以天章阁待制为环庆路经略安抚使，知庆州，卒于任。

【译文】

礼部侍郎蒋堂担任淮南转运使时，所属的各县在每年冬至时按照惯例会送来祝贺书信，送信的人都是放下祝贺信就回去了。只有一位县令派来的人不肯离去，一定要索求转运使的回信。蒋堂身边的官吏们告诉他可以走了，他都不听，乃至呵斥驱逐，他也不走，还说："我宁可得罪大人，拿不到回信，不敢回到县城里去。"当时苏子美在座席上，十分惊骇奇怪，就说："这个做差役的都如此蛮横无理，那么县令可想而知。"蒋堂说："恐怕不是这样，这个县令必定是一位能干的人，才能够让人不敢怠慢他的命令到这样的地步。"于是蒋堂就写了一封回函作为答复，那名差役才肯离去。

苏子美回到吴中一个多月以后，收到蒋堂的来信说："那位县令果然是一位很能干的人。"于是为他传扬美名，那位县令最终成为名臣。有人说，那位县令就是后来的天章阁待制杜杞。

184　国子博士[①]李余庆[②]知常州[③]，强于政事，果于去恶，凶人恶吏畏之如神。末年得疾甚困[④]，有州医博士[⑤]多过恶，常惧为余庆所发，因其困，进利药以毒之。服之洞泄[⑥]不已，势已危。余庆察其奸，使人扶舁[⑦]坐厅事，召医博士杖杀之，然后归卧，未及席而死。葬于横山[⑧]，人至今畏之，过墓者皆下马。有病疟者，取墓土著床席间，辄差[⑨]。其敬惮[⑩]之如此。

【注释】

①国子博士：宋代，国子博士是全国最高学府国子监的官员。

②李余庆：字昌宗，官至国子博士。王安石曾为其撰写墓志铭。

③常州：今江苏常州地区。

④甚困：非常痛苦。

⑤州医博士：州一级地方上的医官。

⑥洞泄：腹泻。

⑦扶舁(yú)：搀扶扛抬。

⑧横山：常州东面的一座小山。

⑨差(chài)：同“瘥”，病愈、病除。

⑩敬惮(dàn)：敬畏、恭敬。

【译文】

国子博士李余庆任常州知州时，处理政务很强硬，果断地铲除奸邪，凶恶的人与作恶的官员都像敬畏神一样害怕他。李余庆晚年生了病，非常痛苦，有州上的医官曾经多作恶，常常害怕被李余庆揭露，趁着他病得痛苦，送上泻药来害他。李余庆服了药以后腹泻不止，命在旦夕。李余庆察觉了医官的奸计，就叫人把他抬扶到公堂里坐下，召来医官乱棒打死，然后再回去躺下，还没来得及躺到床上就死了。死后被葬在横山，人们至今还敬畏他，经过他坟墓的人都会下马。有患了疟疾的人，取一些他坟墓上的土放在床席中间，就会病愈。对他的敬畏到了这种地步。

185　盛文肃[①]为尚书右丞[②]，知扬州。简重[③]少所许可。时夏有章自建州[④]司户参军[⑤]授郑州推官[⑥]，过扬州，文肃骤称其才雅，明日置酒召之。人有谓有章曰：“盛公未尝燕过客，甚器重者方召一饭。”有章荷其意，别日为一诗谢之。至客次[⑦]，先使人持诗以入。公得诗不发封，即还之，使人谢有章曰：“度已衰老，无用此诗。”不复得见。有章殊不意，往见通判刁绎[⑧]，具言所以，绎亦不谕其由，曰：“府公性多忤[⑨]，诗中得无激触否?”有章曰：“元未曾发封。”又曰：“无乃笔札不严?”曰：“有章自书，极严谨。”曰：“如此，必是将命者有所忤耳。”乃往见文肃而问之：“夏有章今日献诗何如?”公曰：“不曾读，已还之。”绎曰：“公始待有章甚厚，今乃不读其诗，何也?”公曰：“始见其气韵清修，谓必远器[10]。今封诗乃自称'新圃田从事[11]',得一幕官,遂尔轻脱[12]。君但观之,必止于此官,志已满矣。切记之,他日可验。"

贾文元[13]时为参政[14],与有章有旧,乃荐为馆职,有诏候到任一年召试,明年除馆阁校勘。御史发其旧事,遂寝夺[15],改差国子监主簿[16],仍带郑州推官。未几卒于京师。

文肃阅人物多如此,不复挟他术。

【注释】

①盛文肃:即盛度(968年—1041年),字公量,余杭(今属浙江杭州)人。仁宗时官至参知政事、知枢密院事,卒谥文肃。

②尚书右丞:官职名,位在六部尚书之下。

③简重:简慢严厉。

④建州:今福建建瓯一带。

⑤司户参军:县府属吏,简称司户,亦称户曹参军,掌户籍、赋税、仓库。

⑥推官:州府属吏,掌刑狱。

⑦客次:客栈,旅店。

⑧刁绎:仁宗时进士,曾任扬州通判。王安石为作祭文。

⑨忤(wǔ):逆,此指不通常情。

⑩远器:指有远大前途,能担大事的人。

⑪新圃田从事:意即"圃田新从事官",指其新任推官。

⑫轻脱:轻佻、不稳重。

⑬贾文元:即贾昌朝(998年—1065年),字子明,北宋宰相。官至宰相,卒谥文元。

⑭参政:参知政事的省称。宋代以同中书门下平章事为宰相,参知政事则为宰相的副职。

⑮寝夺:中止、剥夺。

⑯国子监主簿:学官名,宋代最高学府的官员,管账簿、勾考钱谷收

支等事务。

【译文】

盛度以尚书右丞之职调任扬州知州，为人简慢严厉，很少对人有所称许。当时夏有章从建州司户参军升任郑州推官，路过扬州，盛度忽然称赞他有才能和风度，第二天设宴招待他。有人对夏有章说："盛公从来没有宴请过路过的客人，他对极为器重的人才会招待一顿饭。"夏有章领略到话中的含义，另择一天献上一首诗去感谢他。到了旅店，他先让人拿着封好的诗笺送到盛公府上。盛公得到诗函，没有打开，就还给来人，并让人对夏有章说："我已经衰老无用了，用不着看这些诗了。"不再会见夏有章。夏有章完全没有想到会变成这样，就去拜见通判刁绎，仔细说了事情的原委，刁绎也不明白其中的缘由，就说："知州大人性格不太通常情，你的诗中有没有刺激和触犯到他的地方？"夏有章说："他根本就没有打开。"刁绎又问："是不是你信封上的字迹不够工整？"夏有章回答道："是我亲笔书写的，非常严谨工整。"刁绎说："如果是这样的话，那就一定是送信的人惹到他了。"于是刁绎去拜见盛度的时候就故意问他："夏有章今天献上的诗怎么样？"盛度说："我没有看，已经退还给他了。"刁绎说："您之前对夏有章十分厚待，现在却连他献的诗都不肯看，这是为什么呢？"盛度说："刚开始见他气度不凡，感觉他像有高洁志向，有远大抱负的人。今天看见信封上竟然自称'新圃田从事'，刚得了个幕僚的官职，就如此不稳重。你就等着看吧，这个人一定做到这个官就为止了，因为现在他就志得意满了。千万记着我的话，今后会有验证。"

贾昌朝当时担任参知政事，他与夏有章有故情，于是就荐举他担任馆职，按照皇帝的旨意，等到任一年后再参加考试，第二年授予夏有章馆阁校勘职。结果御史揭发夏有章以往的过失，于是取消了任命，改任国子监主簿，不过仍然兼带郑州推官的官衔。没过多久，夏有章就在京师去世了。

盛度观察人物大多像上面所说的这样，没有什么其他的诀窍。

186 林逋[①]隐居杭州孤山[②]，常畜两鹤，纵之则飞入云霄，盘旋久之，复入笼中。逋常泛小艇，游西湖诸寺。有客至逋所居，则一童子出应门，延客坐，为开笼纵鹤。良久，逋必棹[③]小船而归。盖尝以鹤飞为验也。逋高逸倨傲[④]，多所学，唯不能棋。常谓人曰："逋世间事皆能之，唯不能担粪与著棋。"

【注释】

①林逋(bū)(967年—1028年)：字君复，北宋著名的隐士，自称"以梅为妻，以鹤为子"，人称"梅妻鹤子"。

②孤山：位于现在杭州西湖的西北角。

③棹(zhào)：划船。

④高逸倨傲：高雅脱俗显得孤傲。

【译文】

林逋隐居在杭州孤山，常常饲养着两只鹤，放出来它们就飞入云霄，在空中盘旋很久，然后又飞回笼中。林逋常常坐着小船，游览西湖周围的各个寺庙。有客人到林逋的居处了，就有一位童子出门应答，请客人到屋里坐，然后打开笼子放出鹤。过了一段时间，林逋肯定会划着小船回来。大概是凭借鹤在空中飞行的情况来察看的。林逋高雅脱俗显得孤傲，学了很多东西，只是不会下棋。他常常跟别人说："世间的事我林逋都会做，唯独不会担粪与下棋。"

187 庆历中，有近侍[①]犯法，罪不至死，执政以其情重，请杀之。范希文[②]独无言，退而谓同列曰："诸公劝人主[③]法外杀近臣，一时虽快意，不宜教手滑[④]。"诸公默然。

【注释】

①近侍：皇帝身边的侍从人员。

②范希文：即范仲淹(989年—1052年)，字希文，北宋著名政治家、文学家。曾主持庆历新政。

③人主：皇上。

④手滑：任意、随意放手杀人。

【译文】

庆历年间，有一个皇帝身边的侍从人员犯了法，但罪不至死，执政大臣因为他的情节严重，请求杀了他。唯独范仲淹没有发言，退朝以后告诉同事说："你们都劝皇上不依照法令杀身边的人，虽然一时痛快，但不应该教皇上随意放手杀人。"各位大臣听了都默不作声。

188　景祐中，审刑院[①]断狱，有使臣何次公具狱[②]。主判官方进呈，上忽问此人名"次公"者何义，主判官不能对。是时，庞庄敏[③]为殿中丞[④]、审判院详议官[⑤]，从官长上殿，乃越次对曰："臣尝读《前汉书》，黄霸字次公，盖以'霸'次'王'也。此人必慕黄霸之为人。"上颔之。

异日复进谳[⑥]，上顾知院官，问曰："前时姓庞详议官何故不来？"知院对任满已出外官。上遽指挥中书与在京差遣[⑦]，除三司检法官[⑧]，俄擢三司判官[⑨]，庆历中，遂入相。

【注释】

①审刑院：官署名，凡经大理寺裁断的案件，须报审刑院复查，再上报中书，奏请皇帝裁决。

②具狱：据以定罪的全部案卷。

③庞庄敏：即庞籍(988年—1063年)，字醇之，宋武城(今属山东)人。大中祥符进士，官至同平章事、观文殿大学士，后封颍国公，卒谥庄敏。

④殿中丞：官职名，负责郊祀、元日冬至为帝王备伞扇用具等事务。

⑤详议官：官职名，与知院官共同复查大理寺所断案牍，写出书面意见，上报中书，奏请皇帝裁断，隶属审刑院。

⑥进谳(yàn)：呈送定罪状。谳，审判定罪。

⑦差遣:宋代的任官制度,有官、职、差遣之分,其中的差遣为官员所任的实际职务。

⑧三司检法官:官职名,在三司任主管检详法律事务的官员。

⑨判官:官职名,宋代三司各部设判官三名,分理各案。

【译文】

景祐年间,审刑院判案,有使臣何次公的全部案卷。由主判官递呈给皇帝,皇帝见到案卷后忽然问这个人名叫“次公”是什么意思,主判官一时回答不上来。这个时候,庞籍担任殿中丞、审判院详议官,跟随长官来到宫中,他越级应对道:“我曾经读《前汉书》,看到黄霸的字是次公,大概是因为‘霸’次于‘王’吧。这个人必定是仰慕黄霸的为人。”皇帝点头称许。

另一天,又呈送定罪案卷,皇帝看到知院官,就问道:“之前那个姓庞的详议官怎么没有来?”知院应答说他的任期已满,离京出任外官去了。皇帝急忙命令中书给他安排了在京城的职务,授予他三司检法官,不久又提拔为三司判官,庆历年间,拜为宰相。

官 政

这里所谓官政，指与国家政治事务有关的记载，主要包括士人为官、治理、判案的行为方式，以及与国家财政有关的茶业、盐业等管理制度。如第201、204条等说明当时官员治理当地事务的机智举措。第212、220、222条等对当时的国家赋税财政记载详细，从中得以管窥当时的国家财政机构设置与税务特色。通过阅读此类记载，我们可以知道宋代士人在国家事务的处理方面，既有别具一格的治理方式，也有严格可循的法律法规。相关财政制度，保障了当时国家的税收稳定。

189 世称陈恕①为三司使②，改茶法③，岁计几增十倍。予为三司使时，考其籍，盖自景德中北戎入寇④之后，河北⑤籴便⑥之法荡尽，此后茶利十丧其九。恕在任，值北虏讲解⑦，商人顿复，岁课⑧遂增，虽云十倍之多，考之尚未盈旧额。至今称道，盖不虞⑨之誉也。

【注释】

①陈恕（约945年—1004年）：字仲言，北宋大臣。曾任盐铁使，太宗称其为“真盐铁”。

②三司使：指盐铁司、户部司、度支司，主管财政，长官称三司使。

③茶法：关于茶叶贸易、赋税等方面的法令规定。

④北戎入寇：指辽国军队在景德元年（1004年）南下侵宋，后围攻澶渊。

⑤河北：北宋河北路，辖境在今河北省中南部、山东省北部以及河南省北部。

⑥籴（dí）便：即便籴，指官府用钞引（官府发给商人领取和运销相关

货物的证券)买进粮草。粮草销售者用钞引在官府领取茶、盐等物。

⑦讲解:讲和、和解。

⑧岁课:一年的赋税。

⑨不虞:出乎意料的事,没有想到的事。

【译文】

世人称赞陈恕任三司使时,改进茶法,每年的赋税几乎增收了十倍。我担任三司使时,考察了他的有关记载,从景德年间辽国大举南侵以后,河北路实行的便籴之法就不存在了,此后茶叶的税利十丧其九。陈恕在任时,正逢辽国讲和,商人又马上恢复了贸易,每年的赋税又增加了,虽说增加了十倍之多,但细察发现总额还没有多于原先的数量。到现在人们还称道他,这真是出乎意料的赞誉啊。

190　世传算茶[①]有三说法最便。

三说者,皆谓见钱为一说,犀牙香药为一说,茶为一说,深不然也。此乃三分法耳,谓缘边[②]入纳粮草,其价折为三分:一分支见钱,一分折犀象杂货,一分折茶。尔后又有并折盐为四分法,更改不一,皆非三说也。

予在三司,求得三说旧案。三说者,乃是三事:博籴[③]为一说,便籴为一说,直便[④]为一说。其谓之博籴者,极边粮草,岁入必欲足常额,每岁自三司抛数下库务,先封桩[⑤]见钱、紧便钱、紧茶钞。紧便钱,谓水路商旅所便处。紧茶钞,谓上三山场榷务[⑥]。然后召人入中[⑦]。便籴者,次边[⑧]粮草,商人先入中粮草,乃诣京师算请慢便钱、慢茶钞及杂货。慢便钱,谓道路货易非便处。慢茶钞,谓下三山场榷务。直便者,商人取便,于缘边入纳见钱,于京师请领。三说先博籴数足,然后听便籴及直便。以此商人竞趋争先赴极边博籴,故边粟常先足,不为诸郡分裂,粮草之价,不能翔踊,诸路税课,亦皆盈衍,此良法也。予在三司,方欲讲求,会左迁,不果建议。

【注释】

①算茶:宋代对茶叶买卖收取的赋税。

②缘边:指边塞关防地区。

③博籴:指用钱以外的货物来买粮食。宋初多用布帛、金银等进行交易。

④直便:用金钱换取钞引。直,同“值”。

⑤封桩:即封存入库。宋初曾设封桩库,专门储备金帛及财政盈余等。

⑥上三山场榷务:官府设在茶场榷卖茶叶的机构。宋代有十三处榷卖茶场,分在蕲(今湖北蕲春)、黄(今湖北黄冈)、舒(今安徽安庆)、庐(今安徽合肥)、寿(今安徽寿县)、光(今河南潢川)六州,统称淮南十三山场。后三州的榷场俗称上三山场,前三州的榷场则称下三山场。

⑦入中:宋代官府籴买粮草的方式之一。朝廷招募商人在沿边州郡入纳粮草,根据地理位置的远近,给以钞引,授以文券,使商人至京师领取现金,或至东南州军领取茶、盐、香、药、宝货等。

⑧次边:指极边以内的边境地区。

【译文】

世间传闻茶税有三说法最为便利。

所谓的三说,都认为折合成现钱是一说,折合成犀牛角、象牙、香料和药物是一说,折合成茶是一说,这是不对的。这不过是三分法罢了,指的是商民向边塞关防地区交纳粮草,官府可以用三种方式折算:一部分支付现钱,一部分折算成犀牛角、象牙等杂货,一部分折算成茶。此后又有折算成盐的方式,成为四分法,前后变更不一,但都不是所谓的三说。

我在三司任职的时候,曾核查清楚了三说的旧档。三说实际上指的是三件事:博籴是一说,便籴是一说,直便又是一说。其中所谓的博籴,是说最边远地区的粮草,每年的收购数量必须达到能够满足通常需要的数额，所以每年从三司下达计划额数给库务司，都先封存检点现钱、紧便钱和紧茶钞。紧便钱，指水路交通、商业贸易较便利之处的交换凭证。紧茶钞，指上三山茶场榷货务领取茶叶的凭证。以后再召人入中纳粮。所谓的便籴，是说极边以内边境地区的粮草买卖，商人先纳粮草入中，然后再到京师结算领取慢便钱、慢茶钞以及杂货。慢便钱，指交通、贸易不甚便利的地方所使用的交换凭证。慢茶钞，指下三山茶场榷货务领取茶叶的凭证。所谓的直便，是说商人在沿边地区直接交纳现钱，然后再到京师领取钞引及货物。"三说"的举措，要先保证博籴的数量充足，再允许便籴和直便。因此商人竞相赶赴最边远的地区去博籴，所以边境地区的粮草常常能最先完成指定的数额，不被内地各州郡所分占，粮草的价格也不会飞涨，各路所缴纳的税收也都有了盈余，这的确是个好办法。我在三司的时候，正打算讨论推行这种方法，恰逢遇事被贬官，没来得及向朝廷提出实行这一建议。

191　延州[①]故丰林[②]县城，赫连勃勃[③]所筑，至今谓之赫连城。紧密如石，劚[④]之皆火出。其城不甚厚，但马面[⑤]极长且密。予亲使人步[⑥]之，马面皆长四丈，相去六七丈，以其马面密，则城不须太厚，人力亦难攻也。予曾亲见攻城，若马面长，则可反射城下攻者，兼密则矢石相及，敌人至城下，则四面矢石临之。须使敌人不能到城下，乃为良法。今边城虽厚，而马面极短且疏，若敌人可到城下，则城虽厚，终为危道[⑦]。其间更多刓[⑧]其角，谓之团敌[⑨]，此尤无益。全藉[⑩]倚楼角以发矢石，以覆护城脚。但使敌人备处多，则自不可存立。赫连之城，深可为法也。

【注释】

①延州：治所在今陕西延安。

②丰林：今陕西延安东南地区

③赫连勃勃(381 年—425 年)：字屈孑(jié)，东晋时匈奴族的首领，

后来自称大夏天王，成为十六国时期夏政权的创立者。

④斸(zhǔ)：砍。

⑤马面：城墙上的墩台，一般为长方形。每隔一段城墙就有一个突出的马面，为了消除城墙下视角范围的死角而设。马面之间可以互相呼应，以防御进攻者从侧面进攻。

⑥步：测量，古时候常常用脚步测量距离。

⑦危道：危险的事情。

⑧刓(wán)：挖去、削去棱角。

⑨团敌：圆形的城角。

⑩藉(jiè)：借助、依靠。

【译文】

延州原来的丰林县城，是赫连勃勃时期所建筑的，到现在还叫赫连城。城墙紧密得像石头一样，砍上去都有火星冒出。它的城墙不厚，但是马面很长而且分布很密。我曾经派人测量过，马面都是四丈长，相距六七丈，因为城墙的马面分布很密，所以城墙不需要太厚，敌人的力量也很难攻打。我曾经亲眼见过攻城，如果马面长，那么可以从马面上用弓箭射击城下的攻城者，马面又多又密，彼此之间可以用弓箭石块相互支援照应，敌人攻到城下，那么四面都会受到弓箭和石块的攻击。必须不让敌人攻到城下，这才是最好的方法。现在的城墙虽然厚，但是马面很短而且分布稀，如果敌人攻到城下，那么即使城墙厚，终究还是危险的事情。其间还有很多把马面削成圆形的，叫作团敌，这就更没有好处了。马面全依靠倚着楼角发射弓箭和石块，用来保护城脚。只要使得到达城下的敌人需要防备的地方多了，那么他们自然就站不住脚了。赫连城的建筑方法，是很值得学习的。

192 刘晏[①]掌国计[②]，数百里外物价高下，即日知之。人有得[③]晏一事，予在三司时，尝行之于东南。每岁发运司[④]和籴[5]米于郡县，未知价之高下，须先具价申禀[6]，然后视其贵贱，贵则寡取，贱则取盈。尽得郡县之价，方能契数行下[7]，比至则粟价已增，所以常得贵售。晏法则令多粟通途郡县[8]，以数十岁籴价与所籴粟数高下，各为五等，具籍于主者。今属发运司。粟价才定，更不申禀，即时廪收[9]，但第一价则籴第五数，第五价则籴第一数，第二价则籴第四数，第四价则籴第二数，乃即驰递报发运司。如此，粟贱之地，自籴尽极数；其余节级，各得其宜，已无枉售。发运司仍会诸郡所籴之数计之，若过于多，则损贵与远者；尚少，则增贱与近者。自此粟价未尝失时，各当本处丰俭[10]，即日知价。信皆有术。

【注释】

①刘晏(718年—780年)：字士安，唐曹州南华人。中唐时期理财名相，在肃宗、代宗两朝掌管中央政府财政长达二十余年。

②国计：国家财政工作。

③得：了解。

④发运司：北宋时掌管江南漕运和赋税的政府机构。

⑤和籴：官府向民间征购粮食的一种措施。

⑥申禀：向上级禀报。

⑦契数行下：将核定好的数字，发文下至州县。

⑧多粟通途郡县：产粮多而交通又比较便利的州县。

⑨廪(lǐn)收：收购粮食入仓。

⑩丰俭：丰收或歉收。

【译文】

刘晏掌管国家财政的时候，几百里之外的地方物价涨落，他当天就可以知道。有人了解到刘晏的一项举措，我在三司任职的时候，曾经在东南地区推行过。之前，每年发运司向各州县征购粮食的时候，由于事先不知道粮食价格的高低，所以必须让各地列出当地的粮价呈报上来，然后根据各地粮食价格的高低，价格高的地方就少征取，价格低的地方就多征取。要在收齐各地的粮价之后，才能将核定好的数字发文下至州县去执行，等到公文送达各地时粮价早已上涨了，所以常常买到的是高价粮。刘晏的方法是指令产粮多而交通又比较便利的州县，将几十年来粮价的高低和收购粮食数量的多少，各分为五个等级，都列出清单交给主管部门。如今属于发运司主管。粮食的价格一旦确定，不再向上级呈报，可以马上收购粮食入仓，凡是第一等的价格就收购第五等的数量，第五等的价格就收购第一等的数量，第二等的价格就收购第四等的数量，第四等的价格就收购第二等的数量，然后派人把各地收购情况迅速呈报给发运司。这样一来，粮价低的地方，自然收购到最大数额的粮食；其他各地，也能够按照等级收购到适当数额的粮食，这样就避免了不合理的收购。发运司还会把各地收购到的粮食数目汇总统计，如果收购多了，就减少粮价高和边远地区的收购数量；如果没收够，就增加粮价低和近路地方的收购数量。从这以后，所定出的粮价就不会再贻误时机，征收数额各自与当地粮食收成的好坏相适应，当天就知道粮价。这实在是一项好的举措啊。

193 旧校书官①多不恤职事，但取旧书以墨漫②一字，复注旧字于其侧，以为日课③。自置编校局④，只得以朱⑤围之，仍于卷末书校官姓名。

【注释】

①校书官：负责各种图书典籍的核对订正等。

②漫：更改、涂抹。

③日课：每天工作的任务。

④编校局：宋代在崇文院设置编校局，负责图书典籍的编修校对等。

⑤朱：红色笔。

【译文】

过去的校书官大都不能胜任职务，只是取出旧书用黑色笔随意涂抹一个字，然后又把这个字写在旁边，以为这就是一天的工作任务。自从设置了编校局，就规定只能用红色笔圈字，还要在卷末写上校书官员的姓名。

194　五代[1]方镇[2]割据，多于旧赋之外，重取于民。国初悉皆蠲正[3]，税额一定。其间有或重轻未均处，随事均之。福、歙州[4]税额太重，福州则令以钱二贯[5]五百折纳绢一匹，歙州输官之绢止重数两。太原府[6]输赋[7]全除，乃以减价籴粜[8]补之。后人往往疑福、歙折绢太贵，太原折米太贱，盖不见当时均赋之意也。

【注释】

①五代：907年，朱温灭唐称帝，国号为梁，史称后梁，占据中国北方大部分地区，之后相继出现了后唐、后晋、后汉、后周这五个朝代，史称五代。

②方镇：即藩镇，指镇守一方的地方军事区域和军事长官。

③蠲(juān)正：免除、纠正。

④福、歙(shè)州：福州、歙州，分别是今福建福州地区、安徽歙县地区。

⑤贯：古代把钱币(一般为方孔钱)用绳索穿起来，一千个(文)钱币就是一贯。

⑥太原府：治所在今山西太原。

⑦输赋：缴纳的赋税。

⑧籴粜(dí tiào)：即买卖粮食。籴，买米。粜，卖米。

【译文】

五代时期藩镇割据，统治者往往在原来的赋税之外，还从老百姓那里重复收取赋税。本朝建国之初就全部免除了，税额也有了确定的数字。这中间有时也会出现重轻不均衡的地方，根据具体情况再使它均衡。福州、歙州的税额太重，福州就下令用二贯五百文钱折合成一匹绢交税，歙州交纳官府的绢也只有几两重。太原府交纳的赋税全部免除，而用减价买卖粮食来补贴。后人往往说福州、歙州的租税折合的绢太贵，太原府所折合的米太便宜，这是不知道当时有意使赋税均衡的用意啊。

195 夏秋沿纳之物[①]，如盐曲[②]钱之类，名件烦碎。庆历中，有司建议并合，归一名以省帐钞。程文简[③]为曲三司使，独以谓仍旧为便，若没其旧名，异日不知，或再敷[④]盐曲，则致重复。此亦善虑事也。

【注释】

①沿纳之物：夏秋二季税收所要交纳的钱物。

②曲：酒曲，指用曲霉和它的培养基（一般是麦子、麸皮、大豆的混合物）制成的用来酿酒或制酱的块状物。

③程文简：即程琳，字天球，宋博野人。仁宗时任参知政事，拜大学士，处世持重，前后守魏十年，守御完固。卒谥文简。

④敷：设置。

【译文】

夏秋二季按照以往的税制所要交纳的钱物，比如盐、酒曲之类，名目繁杂而细碎。庆历年间，有关机构建议将繁杂而细碎的名目合并起来，归结为一个名目，来节省账本。程琳当时担任三司使，唯独他认为还是依照旧的名目更加方便，如果隐去那些旧的名目，以后就不了解了，再有人来设置盐、酒曲一类的名目，就会造成重复。这也是他考虑事情周密的方面啊。

196 近岁邢、寿两郡[①]，各断一狱，用法皆误，为刑曹[②]所驳。寿州有人杀妻之父母昆弟[③]数口，州司[④]以不道缘坐[⑤]妻子。刑曹驳曰："殴妻之父母，即是义绝，况其谋杀，不当复坐其妻。"邢州有盗杀一家，其夫妇即时死，唯一子明日乃死，其家财产户绝，法给出嫁亲女。刑曹驳曰："其家父母死时，其子尚生，时产乃子物。出嫁亲女，乃出嫁姊妹，不合[6]有分。"此二事略同，一失于生者，一失于死者。

【注释】

①邢、寿两郡：邢郡、寿郡，分别是今河北邢台地区、安徽寿县地区。

②刑曹：刑部官署，负责刑事案件的复审判罚。

③昆弟：兄弟。

④州司：州里的官衙。

⑤缘坐：基于某原因而获罪。

⑥合：应该、应当。

【译文】

近年来邢州、寿州，各判决了一桩案件，用的法令都错了，被刑部官署给驳回了。寿州有一个人杀了妻子的父母及兄弟好几口人，州里的官衙因为这大逆不道的事情将他妻子连坐定罪。刑部官署驳回判决说："殴打妻子的父母，就已经是断绝了夫妻情义，更何况谋杀了他们，不应该再判决他妻子的罪。"邢州有一个强盗杀了一家人，这户人家夫妇当场死亡，唯独一个儿子第二天也死了，他家的财产因为男性继承人都死了，依照法令全给了已经出嫁的亲生女儿。刑部官署驳回判决说："这家的父母死的时候，他们的儿子还活着，这个时候财产应该属于儿子。而已经出嫁的亲生女儿，是嫁出去的姐妹，不应该继承财产。这两件事差不多，一件对活着的人不公，一件对死去的人不公。

197　深州[1]旧治靖安[2]，其地碱卤[3]，不可艺植[4]，井泉悉是恶卤。景德中，议迁州。时傅潜[5]家在李晏[6]，乃奏请迁州于李晏，今深州是也。土之不毛[7]，无以异于旧州，盐碱殆[8]与土半，城郭[⑨]朝补暮坏；至于薪刍[⑩]，亦资[⑪]于他邑[⑫]。唯胡卢水[⑬]粗给居民，然原自外来，亦非边城之利。旧州之北，有安平[⑭]、饶阳[⑮]两邑，田野饶沃，人物繁庶[⑯]，正当徐村之口，与祁州[⑰]、永宁[⑱]犬牙相望。不移州于此，而恤[⑲]其私利，亟[⑳]城李晏者，潜之罪也。

【注释】

①深州：今河北东南部的深州、安平、饶阳、武强等地区。

②靖安：即静安，今深州南部地区。

③碱卤：指土地为盐碱地。

④艺植：耕种、种植。

⑤傅潜：北宋将领，曾任忠武节度使等官，在辽军南侵时，畏缩不前，消极抵抗，后被流放房州(今湖北房县)。

⑥李晏：地名，今河北深州东南地区。

⑦不毛：不长草木、庄稼等，形容土地贫瘠。

⑧殆(dài)：几乎、大概。

⑨城郭：城墙。

⑩薪刍(xīn chú)：柴草。

⑪资：供给、提供。

⑫他邑：邻近的其他县。

⑬胡卢水：即胡卢河，古河流名。

⑭安平：今河北安平地区，饶阳紧邻其东。

⑮饶阳：今河北饶阳地区，安平紧邻其西。

⑯繁庶：众多。

⑰祁州：今河北安国地区。

⑱永宁：今河北博野地区。

⑲恤：贪图、顾及。

⑳亟(jí)：急切、急忙。

【译文】

深州过去的州城在靖安，那个地方多是盐碱地，不能耕种，井水、泉水都是含碱重的苦水。景德年间，议论搬迁州城。那时傅潜的家在李晏，于是就奏请迁移深州州城到李晏，也就是现在的深州。这是个不长庄稼的地方，和过去的州城没什么两样，盐碱地几乎占了土地的一半，城墙早上修补晚上又坏了；至于柴草，也是邻近的其他县提供的。只有胡卢河水可以勉强供给民用，但是这河水也是来自外地，也对边关城防不利。过去州城的北面，有安平、饶阳两个县，田野沃饶，人口众多，正好对着徐村的要道，与祁州、永宁连成犬牙交错的地势。不把州城迁移到这里，而是为了自己的私利，匆忙就把州城迁到李晏，这是傅潜的罪过啊。

198 律①云："免官者，三载之后，降先品二等②叙③。免所居官④及官当⑤者，期年⑥之后，降先品⑦一等叙。"降先品者，谓免官二官⑧皆免，则从未降之品降二等叙之；免所居官及官当，止一官，故降未降之品一等叙之。今叙官乃从见存之官更降一等者，误晓律意也。

【注释】

①律：这里指官员的升降规定。

②等：等级。

③叙：指按等级次第任用。

④所居官：宋代官职的特点是官员的官称和实际职务基本分离，这里的所居官指实职，一般来说比虚衔稍低。

⑤官当：古代以官抵罪的制度。指允许有罪的官员，用现任或历任官职、差遣抵去罪名若干年，但不得用爵位或勋官来抵罪。

⑥期年：一周年。

⑦品：品级，区别职官等级的制度。宋承唐制，将官品分为九品，每品分正、从；四品以下，正、从之间又分上、下，共三十阶。

⑧二官：职事官、散官、卫官为一官，勋官为一官。职事官，指官员的实际职务，亦称差遣；散官，表示官员等级而无实际职务的一种官称，亦

称散阶；卫官，即寄禄官，用以表示品级、俸禄的一种官称；勋官，宋代加官的一种，承唐制，设勋官十二等。

【译文】

有关官员的升降规定中说："被罢免官职的人，三年之后，可降低他原先官品的两个等级任用。被罢免实际官职以及用官职来抵罪的人，一周年之后，可降低他原先官品的一个等级任用。"降低原先的品级，是说罢免官职时二官都免去了，那么就从他降级以前的品级降低两个等级任用；罢免实际职务以及用官职来抵罪的人，只罢免一个官职，所以从他降级以前的品级降低一个等级来任用。如今按照等级次第进职的官员是从现在的官职再降低一个等级，其实是错误地理解了有关规定的内容。

199　律累降[①]虽多，各不得过四等。此止法者，不徒[②]为之，盖有所碍，不得不止。据律，"更犯有历任官者，仍累降之；所降虽多，各不得过四等"。注："各，谓二官各降，不在通计之限。"二官，谓职事官、散官、卫官为一官，勋官为一官。二官各四等，不得通计，乃是共降八等而止。予考其义，盖除名叙法：正四品于正七品下叙，从四品于正八品上叙，即是降先品九等。免官、官当若降五等，则反重于除名，此不得不止也。此律今虽不用，然用法者须知立法之意，则于新格无所抵捂[③]。予检正刑房公事[④]日，曾遍询老法官，无一人晓此意者。

【注释】

①累降：连续降职。

②不徒：不是没有根据。

③抵捂(wǔ)：即"抵牾"，矛盾。

④检正刑房公事：宋代中书门下官职名，熙宁三年置，掌孔目房、吏房、户房、兵礼房、刑房等。

【译文】

按条律连续降级再多，也各不能超过四等的限度。这种有限度的降级规定，不是没有根据地设定的，大概是由于有些障碍，所以不能不规定限度。根据规定，“再犯却留有历任官职的人，仍然要连续降低他的官品；降低的品级再多，也各不能超过四等”。注解说：“各，是说二官各自降低，不在合计的范围内。”二官，说的是职事官、散官、卫官作为一官，勋官作为一官。二官各降四等，不可以合并起来计算，所以是总共降低了八等就停止了。我考察了一下这个说法，原来罢免官职的等级次第法则是：正四品改任为正七品下，从四品改任为正八品上，就是降低原先品级的九等。免官和官当如果降低五等，那么处罚反而比直接除名还要严重，这就是不能不规定降级限度的原因。这个规定如今虽然不采用了，但是执法的人必须知晓当时立法的意图，这样对于新的规定就没有矛盾的地方了。我担任检正刑房公事的时候，曾经到处询问年长的执法官员，但是没有一个人了解这一项规定的意图。

200　边城守具①中有战棚②，以长木抗③于女墙④之上，大体类敌楼⑤，可以离合⑥，设之，顷刻可就，以备仓卒，城楼摧坏，或无楼处受攻，则急张⑦战棚以临之。梁侯景⑧攻台城⑨，为高楼以临城，城上亦为楼以拒之，使壮士交槊⑩，斗于楼上，亦近此类。预备敌人，非仓卒可致。近岁边臣有议，以谓既有敌楼，则战棚悉可废省⑪，恐讲之未熟也。

【注释】

①守具：防守的设施。

②战棚：古代城墙上的临时性工事，用来防守。

③抗：架、支。

④女墙：城墙上凹凸形状的小墙。

⑤敌楼：也叫谯(qiáo)楼，是城墙上御敌的城楼。

⑥离合：拆卸和安装。

⑦急张：急忙安装。

⑧侯景(503年—552年)：字万景，原北魏武将，投降梁后又叛乱，攻占梁都建康(今南京)，后被部将所杀。

⑨台城：南朝宫殿和官府集中处，今南京鸡鸣山附近。

⑩槊(shuò)：一种长矛兵器。

⑪废省：废弃和省掉。

【译文】

边疆的防守设施中有战棚，用长木头架在女墙上，大体类似敌楼，可以拆卸和安装，架设它，一会就可以完成，用来防备城楼突然被摧毁，或者在没有城楼的地方受到攻击，那么就急忙安装战棚来应战。梁代的侯景进攻台城时，架起高楼来攻城，城上也有楼来对抗，使士兵们拿着长矛兵器，在城楼上对抗，也近似战棚。预先建筑好防御敌人的设施，不是匆忙之中就可以完成的。近年来有边防官员议论，说既然有敌楼，那么战棚就都可以废弃了，这恐怕筹划得不够周全吧。

201　鞠真卿[①]守润州[②]，民有斗殴者，本罪之外，别令先殴者出钱以与后应者。小人靳财[③]，兼不愤输钱于敌人，终日纷争，相视无敢先下手者。盖无赖之民，不畏杖责，故设此事以折伏之，与王敬则治狱之术同也[④]。

【注释】

①鞠真卿：北宋官员，生平不详。

②润州：治所在今江苏镇江。

③靳(jìn)财：爱惜、吝啬钱财。

④自“盖无赖之民”至“治狱之术同也”，今各本已缺佚。

【译文】

鞠真卿任润州知州时，有民众打架的，除了本来的罪名，还格外命令先动手的人赔钱给后还手的人。小人都爱惜钱财，又不甘心把钱输给对方，即使整天争吵不停，相互怒视也没有敢先动手的。大概无赖流民，是不害怕官府杖责的，所以设置了这种处置办法让他们屈服，这和王敬则判定案件的方法是一样的。

202 曹州人赵谏，尝为小官，以罪废，唯以录人阴事，控制闾里[①]，无敢忤[②]其意者。人畏之甚于寇盗，官司亦为其羁绁[③]，俯仰取容而已。兵部员外郎谢涛[④]知曹州，尽得其凶迹，逮系有司，具前后巨蠹[⑤]状奏列，章下御史府按治，奸赃狼籍，遂论[⑥]弃市[⑦]，曹人皆相贺。因此有“告不干己事法”著于敕律[⑧]。

【注释】

①闾(lǘ)里：乡里。

②忤(wǔ)：违背、不顺从。

③羁绁(xiè)：本指马笼头和马缰绳，这里指服犬马之劳，被其控制。

④谢涛(960 年—1034 年)：字济之，宋富阳人。以文学称，曾任榷盐判官。

⑤巨蠹(dù)：比喻祸害国民的人和事。

⑥论：判定、处罚。

⑦弃市：在闹市区处以死刑。

⑧敕(chì)律：皇帝的诏令。

【译文】

曹州人赵谏，曾经做过下级官员，因为犯罪而被除名，他只能靠记录下别人的隐私，来操纵乡里的事，没有人敢违背他的意愿。人们害怕他比惧怕强盗还要厉害，甚至官府也受到他的控制，完全看他的脸色行事。兵部员外郎谢涛担任曹州知州的时候，完全掌握了他行恶的罪证，把他抓捕关押到官府中，将这个恶人前前后后做的坏事都罗列出来向上级禀报，批文下达到御史府详查办理，劣迹斑斑的赵谏罪行被揭露无遗，于是就判定在闹市区把他处以死刑，曹州地方的人都互相庆贺。因为这件事才将“告不干己事法”著录到法律条文中。

203 驿传[①]旧有三等，曰步递、马递、急脚递。急脚递最遽[②]，日行四百里，唯军兴[③]则用之。熙宁中，又有金字牌急脚递，如古之羽檄[④]也。以木牌朱漆黄金字，光明眩目，过如飞电，望之者无不避路，日行五百余里。有军前机速处分，则自御前发下，三省、枢密院莫得与也。

【注释】

①驿传：驿站。古代官方为传递文书或接待官员往来而设的交通机构。

②遽：急、快。

③军兴：发生战事。

④羽檄(xí)：也称羽书，古代的军事文书，插上鸟羽，表示很紧急。

【译文】

过去的驿传有三种等级，叫作步递、马递、急脚递。急脚递最急，一天行四百里路，只有在发生战事时才用。熙宁年间，又有了金字牌急脚递，像古时候的羽檄。用木牌红漆黄金字，光亮炫人眼睛，经过时如一道闪电，看见的人没有不避开的，一天行五百多里路。有战争时前沿机密要快速传递的，就从皇帝那里直接下发，三省、枢密院等都不能参与。

204 皇祐二年[①]，吴中[②]大饥，殍殣[③]枕路。是时范文正[④]领浙西[⑤]，发粟及募民存饷[⑥]，为术甚备。吴人喜竞渡[⑦]，好为佛事。希文乃纵民竞渡，太守[⑧]日出宴于湖上，自春至夏，居民空巷出游。又召诸佛寺主首，谕之曰：“饥岁工价至贱，可以大兴土木之役。”于是诸寺工作鼎兴。又新敖仓[⑨]吏舍，日役千夫。

监司[10]奏劾杭州不恤[11]荒政，嬉游不节，及公私兴造，伤耗民力。文正乃自条叙所以宴游及兴造，皆欲以发有余之财，以惠贫者。贸易饮食、工技服力之人，仰食于公私者，日无虑数万人。荒政之施，莫此为大。是岁，两浙唯杭州晏然[12]，民不流徙[13]，皆文正之惠也。岁饥发司农之粟[14]，募民兴利，近岁遂著为令。既已恤饥，因之以成就民利，此先王之美泽[15]也。

【注释】

①皇祐二年：公元1050年。皇祐，宋仁宗赵祯的年号。

②吴中：今江苏苏州南部地区。

③殍殣(piǎo jìn)：饿死的人。

④范文正：即范仲淹(989年—1052年)，字希文，北宋著名政治家、文学家。谥文正，故称范文正或范文正公。曾主持庆历新政。

⑤浙西：指两浙西路，辖区为今浙江、江苏南部地区。

⑥存饷：慰问馈赠。

⑦竞渡：比赛划船。

⑧太守：原为郡守的代称，后泛指地方行政长官，此处指范仲淹。

⑨敖仓：本为秦汉时期在现在河南荥阳东北敖山上设置的重要粮仓，后来就泛称粮仓为敖仓。

⑩监司：负责监察州县地方长官的官员。宋代，转运使、转运副使、转运判官与提点刑狱、提举常平都有监察辖区官吏的权力，统称监司。

⑪恤(xù)：顾及、怜悯、同情。

⑫晏然：安定、安宁。

⑬流徙(xǐ)：流亡，指没有安定的生活。

⑭司农之粟：司农寺负责粮食管理，司农之粟则指国家官府的粮仓。

⑮美泽：深厚的恩惠、恩泽。

【译文】

皇祐二年，吴中地区饥荒严重，饿死的人堆满道路。当时范仲淹正主政两浙西路，就发放粮食并且募捐以慰问灾民，采取的方法也很周全。吴地一带的民众喜欢比赛划船，又喜欢做佛事。范仲淹就鼓励民众比赛划船，他每天到湖上摆起宴席，从春天到夏天，民众都离家出去游玩。他又召集各个佛寺的住持，吩咐他们说："饥荒之年工价很低，可以大力兴建庙宇。"于是各个寺庙都纷纷兴造工程。又翻修国家粮仓和官吏的住处，每天使用上千劳力。当地的监察官员向皇帝上奏检举杭州长官荒废政务，游玩没有节制，以及官府私人都大兴建造之风，损耗民力。范仲淹于是自拟奏章讲明自己摆宴游玩和兴造工程的原因，都是希望发掘剩余的财力，用来救济贫困的民众。从事贸易饮食、手工技艺等的百姓，依赖于官府和私人的宴游及兴建来挣钱养家糊口的，每天大概有几万人。荒年实施的措施，没有比这还重大的。当年，两浙灾区只有杭州安定，民众都没有流亡，这都是范仲淹的恩惠啊。饥荒之年发放国家粮仓的粮食，召集百姓做有利的事情，近年来就逐渐形成了法令。不仅救济了饥民，还趁此为民间兴利，这正是先王的深厚恩泽啊。

205 凡师行[①]，因粮于敌[②]，最为急务。运粮不但多费，而势难行远。

予尝计之，人负米六斗[③]，卒自携五日干粮，人饷[④]一卒，一去可十八日；米六斗，人食日二升。二人食之，十八日尽。若计复回，只可进九日。二人饷一卒，一去可二十六日；米一石二斗，三人食日六升，八日，则一夫所负已尽，给六日粮遣回[⑤]。后十八日，二人食日四升并粮[⑥]。若计复回，止可进十三日。前八日日食六升。后五日并回程，日食四升并粮。三人饷一卒，一去可三十一日；米一石八斗，前六日半，四人食，日八升。减一夫，给四日粮。中七日，三人食，日六升。又减一夫，给九日粮。后十八日，二人食，日四升并粮。计复回，止可进十六日。前六日半，日食八升。中七日，日食六升。后十一日[⑦]并回程，日食四升并粮。三人饷一卒，极矣。若兴师十万，辎重[⑧]三之一，止得驻战之卒七万人，已用三十万人运粮，此外难复加矣。放回运夫，须有援卒。缘运行死亡疾病，人数稍减，且以所减之食，准[9]援卒所费。

运粮之法，人负六斗，此以总数率[10]之也。其间队长不负，樵汲[11]减半，所余皆均在众夫。更有死亡疾病者，所负之米，又以均之。则人所负，常不啻[12]六斗矣。故军中不容冗食[13]，一夫冗食，二三人饷之，尚或不足。

若以畜乘[14]运之，则驼负三石，马骡一石五斗，驴一石。比之人运，虽负多而费寡，然刍牧[15]不时，畜多瘦死。一畜死，则并所负弃之。较之人负，利害相半。

【注释】

①师行：军队行军打仗。

②因粮于敌：设法从敌人那里获得粮食。

③斗：古代的容量单位，十升为一斗，十斗为一斛（或石）。

④饷（xiǎng）：供给、供应。

⑤给六日粮遣回：因为运完粮食会轻装，所以来时八天的路程，回去六天就可以完成。

⑥并粮：和干粮一起，此指加上士兵带的干粮。

⑦后十一日：根据上下文，这里应为“二日半”。

⑧辎（zī）重：军队所携带的军械、被服、粮草等物资。

⑨准：抵算、抵作。

⑩率：大概，此处指平均计算。

⑪樵汲（qiáo jí）：打柴、汲水的人，即军队的伙房人员。

⑫不啻（chì）：不止。

⑬冗（rǒng）食：吃闲饭。

⑭畜乘：牲口。

⑮刍（chú）牧：割草放牧，此指喂养牲口。

【译文】

行军作战时，设法从敌人那里获得粮食，这是最紧要的事情。运粮不但耗费大，而且军队也很难能够远程行军。

我曾经计算过，一个民夫背六斗米，每个士兵自己携带五天的干粮，一个民夫供应一个士兵，一个单程可以行军十八天；六斗米，每个人一天吃两升。两个人吃，十八天吃完。如果计算返程，只能行军九天。两个民夫供应一个士兵，一个单程可以行军二十六天；一石二斗米，三个人一天吃六升，行军八天，一个民夫所背的粮食就吃完了，给他六天的粮食让他回去。此后十八天，两个人每天加干粮一共吃四升。如果计算返程，只能行军十三天。前八天每天吃六升。后五天行军加上返程，每天加上干粮吃四升。三个民夫供应一个士兵，一个单程可以行军三十一天；一石八斗米，前六天半，四个人每天吃八升。这时遣回一个民夫，给他四天的粮食。中间七天，三个人每天吃六升。又遣回一个民夫，给他九天的粮食。后十八天，两个人吃，每天加干粮一共吃四升。如果计算返程，只能行军十六天。前六天半，每天吃八升。中间七天，每天吃六升。后两天半加上返程，每天加上干粮吃四升。三个民夫供应一个士兵，这已经是极致了。如果用兵十万，押运辎重占用三分之一的士兵，驻守攻占的地方和可以作战的士兵只有七万人，而这就需要三十万民夫运粮，此外很难再增加作战的兵力了。遣回运夫，须有援兵保护。因为行军作战中有死亡的、生病的，人数会减少，这样可以节省一些粮食，抵作援兵的粮草供应。

运粮的规定，每个人背六斗，这是依据总人数平均计算的。其中队长不背，伙夫只背一半，多出来的要平均分配给每个民夫。再加上死亡、生病的，所背的米(粮食)，又要分摊。那么每个民夫所背的，常常不止六斗。所以军队中不允许有吃闲饭的人，一个人吃闲饭，得两三个人供应他，也许还不够。

如果用牲口运粮，那么骆驼可以运三石，马骡可以运一石五斗，驴可以运一石。比起人运粮，虽然运得多花费也少，但是行军作战时不能按时喂养，很多牲口都饿瘦死了。一只牲口死了，那么它所运的粮食也得丢掉。比起人运粮，也是利弊各占一半。

206　忠、万[①]间夷人，祥符[②]中尝寇掠，边臣苟务怀来[③]，使人招其酋长，禄之以券粟。自后有效而为之者，不得已，又以券招之。其间纷争者，至有自陈："若某人，才杀掠若干人，遂得一券；我凡杀兵民数倍之多，岂得亦以一券见给?"互相计校，为寇甚者，则受多券。熙宁中会之，前后凡给四百余券，子孙相承，世世不绝。因其为盗，悉诛锄之，罢其旧券，一切不与。自是夷人畏威，不复犯塞。

【注释】

①忠、万：忠州，治今重庆忠县；万州，治今重庆万州区。

②祥符：即大中祥符，宋真宗赵恒的年号，公元1008年至1016年。

③苟务怀来：只想着用怀柔笼络的手段处理。

【译文】

忠州、万州一带的少数民族，在祥符年间曾经攻劫掠夺边境的百姓，而守边的大臣却只想着用怀柔笼络的手段来息事宁人，派人把他们的首领叫来，用领取粮食的官券来收买他们。从这以后就有人效仿着去做杀人劫掠的事情，迫不得已，也用官券来招抚他们。这件事情在他们中间也引起了纷争，以至于有人跑过来说："像那个人，才杀掠了几个人，就可以得到一张官券；我总共杀掉的官兵和百姓的数量比他多几倍，怎么能也只给我一张官券呢?"这样互相一比较，侵犯边境越严重的人，领到的官券也就越多。到了熙宁年间汇总计算，前前后后总共给出四百多张官券，领到官券的人子孙相承，代代不绝。后来官府趁他们再劫掠杀人的时候，把他们全部铲除镇压了，并把过去发给他们的官券都作废了，什么东西都不给他们。从这以后，这些人才畏服官府的权威，再也不敢进犯边境了。

207　庆历[①]中，河[②]决北都商胡[③]，久之未塞。三司度支副使[④]郭申锡[⑤]亲往董作[⑥]。凡塞河决，垂[⑦]合，中间一埽[⑧]，谓之合龙门[9]，功全在此。是时屡塞不合。时合龙门埽长六十步[10]，有水工高超[11]者献议，以谓埽身太长，人力不能压，埽不至水底，故河流不断，而绳缆多绝。今当以六十步为三节，每节埽长二十步，中间以索连属[12]之，先下第一节，待其至底，方压第二、第三。旧工争之，以为不可，云："二十步埽，不能断漏。徒用三节，所费当倍，而决不塞。"超谓之曰："第一埽水信[13]未断，然势必杀[14]半。压第二埽，止用半力，水纵未断，不过小漏耳。第三节乃平地施工，足以尽人力。处置三节既定，即上两节自为浊泥所淤，不烦人功。"申锡主前议，不听超说。是时贾魏公[15]帅北门[16]，独以超之言为然，阴遣[17]数千人于下流收漉流[18]埽。既定而埽果流，而河决愈甚，申锡坐谪[19]。卒用超计，商胡方定。

【注释】

①庆历：宋仁宗赵祯的年号，公元1041年至1048年。

②河：此处指黄河。

③北都商胡：商胡是今河南濮阳以东，当时属于澶州，归北宋陪都大名府管辖，所以说北都商胡。

④三司度支副使：即度支司的副长官，负责财政收支。三司指盐铁司、户部司、度支司，主管财政，长官称三司使。

⑤郭申锡(998年—1074年)：字延之，曾任侍御史、给事中等。

⑥董作：监督施工。

⑦垂：将要、快要。

⑧埽(sào)：治河时用来护堤堵口的堵塞物，用树枝、秫秸、石头等捆扎而成。

⑨合龙门：修复堤坝时，最后截流的地方叫作合龙门。

⑩埽长六十步：据记载，宋时一步为五尺，埽长六十步相当于现在约92米。

⑪高超：北宋治水专家，创造了合龙门的三节压埽法。

⑫属：连接、续。

⑬信：确实。

⑭杀：减慢。

⑮贾魏公：即贾昌朝(997年—1065年)，字子明，曾任宰相、河北安抚使、枢密使等，封魏国公，谥文元，故称贾魏公。

⑯北门：此处指北都大名府。

⑰阴遣：悄悄派遣，暗中派遣。

⑱漉(lù)流：指在水中拦截。漉，过滤。

⑲坐谪：因为犯法而获罪贬官。

【译文】

庆历年间，黄河在大名府商胡地区决口，很久都没有堵住。三司度支副使郭申锡亲自前往监督施工。一般堵塞河水的决口，在将要合拢的时候，中间放下一个埽，叫作合龙门，能否堵住决口关键在此。当时多次堵塞都没有成功。那时合龙门的埽长六十步，有水工高超进献建议，说埽身太长，人力不能把它压到水底，所以水流截不断，而冲断了捆扎埽的绳缆。现在应该把六十步的埽分成三节，每节埽长二十步，各节中间用缆索连接起来，先压下第一节埽，等到沉到河底，再压下第二、第三节埽。老河工与他争论，认为这样不可行，说："二十步长的埽，不能截断水流。白白地用上三节埽，耗费会加倍，而决口还是堵不住。"高超说："第一节埽确实截不断水流，但是可以减慢一半水势。再压上第二节埽，只需要用一半的力，即使水流没有截断，也不过剩下一些小漏洞。第三节埽就是平地上施工，可以充分应用人力。第三节埽压定以后，前两节埽自然已经被浊泥淤塞，就不用再多费人力了。"郭申锡采取了之前的那种方法，不肯听高超的建议。当时贾昌朝任大名府河北安抚使，独自认为高超的说法是对的，就悄悄派遣几千人在下流拦取了被冲下来的埽。按照老办法埽果然被冲走了，而河水的决口越来越大，郭申锡因此而获罪贬官。最终用了高超的建议，商胡的决口才被堵住。

208　盐之品至多，前史所载，夷狄[①]间自有十余种。中国所出，亦不减数十种。今公私通行者四种：一者末盐[②]，海盐也，河北[③]、京东[④]、淮南[⑤]、两浙[⑥]、江南东西[⑦]、荆湖南北[⑧]、福建[⑨]、广南东西[⑩]十一路食之。其次颗盐[⑪]，解州[⑫]盐泽及晋[⑬]、绛[⑭]、潞[⑮]、泽[⑯]所出，京畿[⑰]、南京[⑱]、京西[⑲]、陕西[⑳]、河东[㉑]、褒[㉒]、剑[㉓]等处食之。又次井盐，凿井取之，益[㉔]、梓[㉕]、利[㉖]、夔[㉗]四路食之。又次崖盐，生于土崖之间，阶[㉘]、成[㉙]、凤[㉚]等州食之。唯陕西路颗盐有定课[㉛]，岁为钱二百三十万缗[㉜]。自余[㉝]盈虚[㉞]不常，大约岁入二千余万缗。唯末盐岁自抄[㉟]三百万，供河北边籴[㊱]。其他皆给本处经费而已。缘边籴买仰给[㊲]于度支[㊳]者，河北则海、末盐，河东、陕西则颗盐及蜀茶为多。运盐之法，凡行百里，陆运斤四钱，船运斤一钱，以此为率[㊴]。

【注释】

①夷狄：指边远少数民族地区。

②末盐：颗粒较小的盐。

③河北：河北路，治所在今河北大名以东。

④京东：京东路，治所在今河南商丘南。

⑤淮南：淮南路，治所在今江苏扬州。后淮南路分为东西两路。

⑥两浙：两浙路，治所在今浙江杭州。

⑦江南东西：江南东路、江南西路。江南东路，治所在今江苏南京。江南西路，治所在今江西南昌。

⑧荆湖南北：荆湖南路、荆湖北路。荆湖南路，治所在今湖南长沙。荆湖北路，治所在今湖北江陵。

⑨福建：福建路，治所在今福建福州。

⑩广南东西：广南东路、广南西路。广南东路，治所在今广东广州。广南西路，治所在今广西桂林。

⑪颗盐：颗粒较大的盐。

⑫解州：治所在今山西运城西南，境内盐湖是著名的盐产地。

⑬晋：晋州，治所在今山西临汾东北。

⑭绛：绛州，治所在今山西新绛。

⑮潞：潞州，治所在今山西长治。

⑯泽：泽州，治所在今山西晋城。

⑰京畿(jī)：京畿路，京畿本指国都及其附近的地区，北宋时京畿路包括今开封及周围的属县。

⑱南京：指今河南商丘地区。

⑲京西：京西路，治所在今河南洛阳。

⑳陕西：陕西路，治所在今陕西西安。

㉑河东：河东路，治所在今山西太原。

㉒褒：今陕西汉中市勉县褒城镇。

㉓剑：今四川剑阁。

㉔益：益州路，治所在今四川成都。

㉕梓(zǐ)：梓州路，治所在今四川三台。

㉖利：利州路，治所在今陕西汉中。

㉗夔(kuí)：夔州路，治所在今重庆奉节。

㉘阶：阶州，治所在今甘肃武都。

㉙成：成州，治所在今甘肃成县。

㉚凤：凤州，治所在今陕西凤县。

㉛定课：规定数量的税收。

㉜缗(mín)：古代穿铜钱的绳子，代指钱。一千文为一贯，又叫作一缗。

㉝自余：指除此以外的其他路、州。

㉞盈虚：多寡。

㉟自抄：从中提取。

㊱籴(dí)：买进粮食，与粜(tiào，卖出粮食)相对。

㊲仰给(jǐ)：此处指依靠朝廷供应。

㊳度支：官署名，掌管全国财政赋税的统计与支调。

㊴率（lǜ）：标准、比率。

【译文】

盐的品种很多，以前的史书记载，偏远少数民族地区就有十多种。中原地区所产的，也不下几十种。现在官府、私人出售的食盐有四种：一种是末盐，也就是海盐，河北路、京东路、淮南路、两浙路、江南东路、江南西路、荆湖南路、荆湖北路、福建路、广南东路、广南西路等十一路的人们就是吃的这种盐。其次是颗盐，解州盐湖和晋州、绛州、潞州、泽州所产的盐，供应给京畿路、南京路、京西路、陕西路、河东路、褒城、剑阁等地的人们食用。再次是井盐，是打井开采出来的，益州、梓州、利州、夔州四个地区的人们食用。又次是崖盐，产于土崖之间，阶州、成州、凤州等地区的人们食用。只有陕西路的颗盐有规定的税收标准，每年为二百三十万贯钱。其余的地方多少不固定，大约每年有二千多万贯。只有末盐每年从税收中提取三百万贯，供应河北边防地区买粮食。其他盐的税收都作为本地的经费使用了。沿边地区购买粮食依靠中央财政部门，在河北靠海盐、末盐的税收，河东、陕西则主要靠颗盐和蜀地的茶叶税收。运输盐的规定，凡是运输一百里，陆地运输每斤收费四文钱，船只运输每斤收费一文钱，以此为标准。

209　太常博士[①]李处厚[②]知庐州[③]慎县[④]，尝有殴人死者，处厚往验伤，以糟胾[⑤]灰汤之类薄[⑥]之，都无伤迹。有一老父求见曰："邑之老书吏[⑦]也，知验伤不见其迹，此易辨也。以新赤油伞日中覆之，以水沃[⑧]其尸，其迹必见。"处厚如其言，伤迹宛然。自此江淮之间官司[⑨]往往用此法。

【注释】

①太常博士：太常寺卿的属官，主要负责宗庙礼仪制度。

②李处厚：北宋官员，曾任庐州慎县的知县。

③庐州：治所在今安徽合肥。

④慎县：今安徽颍上地区。

⑤胾(zì)：切成的大块肉。

⑥薄：此处指涂抹。

⑦书吏：官署中起草、管理文书档案的办事人员。

⑧沃：浇。

⑨官司：官府。

【译文】

太常博士李处厚任庐州慎县知县时，曾经有一个人被殴打死了，李处厚去验尸，用腌制过的肉块肉汤之类的东西涂抹在尸体上，都不见伤痕。有一个老人求见说："我是县里的老书吏，知道这次验伤看不见痕迹，这个很容易辨别。用新的涂过红油的伞在正午的阳光下遮盖尸体，再用水浇这具尸体，伤痕肯定会显现。"李处厚依照他说的做了，伤痕果然清楚地显现出来了。从此江淮地区的官府常常用这个方法验尸。

210　钱塘江[①]，钱氏[②]时为石堤，堤外又植大木十余行，谓之滉柱[③]。宝元[④]、康定[⑤]间，人有献议取滉柱，可得良材数十万，杭帅[⑥]以为然。既而旧木出水，皆朽败不可用。而滉柱一空，石堤为洪涛所激，岁岁摧决。盖昔人埋柱，以折其怒势，不与水争力，故江涛不能为害。杜伟长[⑦]为转运使[⑧]，人有献说，自浙江税场[⑨]以东，移退数里为月堤[⑩]，以避怒水。众水工皆以为便，独一老水工以为不然，密谕[⑪]其党曰："移堤则岁无水患，若曹[⑫]何所衣食？"众人乐其利，乃从而和之。伟长不悟其计，费以巨万，而江堤之害，仍岁有之。近年乃讲月堤之利，涛害稍稀。然犹不若滉柱之利，然所费至多，不复可为。

【注释】

①钱塘江：旧称"浙江"，浙江省最大河流。发源于安徽南部，流经安

徽、浙江二省，从杭州湾注入东海。

②钱氏：指五代十国中吴越国的开创者钱镠(liú)及其子孙。

③滉(huàng)柱：防洪护堤的木桩。

④宝元：宋仁宗赵祯的年号，公元1038年至1040年。

⑤康定：宋仁宗赵祯的年号，公元1040年至1041年。

⑥杭帅：驻守杭州地区的军政长官。

⑦杜伟长：即杜杞(1005年—1050年)，字伟长，曾任两浙转运使、河北转运使等。

⑧转运使：职官名，负责掌管地方财赋，兼领考察地方官吏、维持治安、清点刑狱、举贤荐能等职。

⑨税场：收税的盐场。

⑩月堤：半月形的堤坝。

⑪密谕：暗中告诉。

⑫若曹：你们。

【译文】

钱塘江，吴越钱氏统治时修筑了石堤，堤外又埋置了大木桩十多行，叫作滉柱。宝元、康定年间，有人建议取出滉柱，可以得到几十万根上好的木材，当时的杭帅觉得建议很好。后来木桩取出来以后，都朽坏了不能用。而滉柱一经取空，石堤被洪水波涛所冲击，年年都冲毁决口。过去的人埋置滉柱，是用来缓和波涛的冲力，使得石堤不受水直接冲击，所以江涛就不能造成危害。杜伟长任转运使时，有人建议从浙江税场以东，向后退数里修筑一道半月形的堤坝，以避免汹涌的江涛。许多水工都觉得这个方法可行，只有一个老水工觉得不可以，暗中告诉他的同伙说："要是改筑了江堤每年就不会有水患了，那你们以后靠什么吃饭?"大家觉得这话确实符合自己的利益，就听从附和他。杜伟长不知道其中的计谋，花费了很多钱，但是江堤决口的水害，仍然年年都有。近年来才认识到半月形堤坝的好处，修筑之后，江涛的危害稍微小了些。但是仍然不如滉柱管用，但是埋置滉柱花费太多了，不可能再做到了。

211 陕西颗盐，旧法官自般[①]运，置务[②]拘卖。兵部员外郎[③]范祥[④]始为钞法[⑤]，令商人就边郡入钱四贯八百售一钞[⑥]，至解池[⑦]请盐二百斤，任其私卖，得钱以实塞下[⑧]，省数十郡般运之劳。异日，辇车[⑨]牛驴以盐役死者，岁以万计，冒禁抵罪者，不可胜数，至此悉免。行之既久，盐价时有低昂，又于京师置都盐院[⑩]，陕西转运司[⑪]自遣官主之。京师食盐，斤不足三十五钱，则敛[⑫]而不发[⑬]，以长盐价；过四十，则大发库盐，以压商利。使盐价有常，而钞法有定数。行之数十年，至今以为利也。

【注释】

①般：同"搬"。

②务：机构名，宋代管理税收的机构称作务，州县皆置，后来市易之场也称作务。

③兵部员外郎：兵部为中央六部之一，掌全国军事。员外郎为中央各部属司的副长官。

④范祥：字晋公，邠州三水(今陕西旬邑)人。进士及第，历知庆、汝、华等州，曾建议改革盐政，推行盐钞制度，嘉祐年间总领盐事。为北宋著名的理财家。

⑤钞法：宋代盐商凭借盐钞运销食盐的一种制度。

⑥钞：即盐钞，是官府发给盐商支领、运销食盐的一种凭证。

⑦解池：解州盐池，在山西运城市南、中条山北麓，盛产盐，所产盐世称解盐，是池盐中最著名的产盐地。

⑧塞下：指边塞的府库。

⑨辇(niǎn)车：古代一种用人拉着走的车子。

⑩都盐院：官署名，掌盐务的机构。

⑪转运司：官署名，掌一路或多路财赋、钱粮巡查等事宜。

⑫敛：收集。

⑬发：发售。

【译文】

陕西的颗盐,过去的制度是官府自行组织运送,并设置专门的贸易机构购进及卖出。兵部员外郎范祥最先创立钞法,规定商人到边境州郡缴纳四贯八百文钱就卖给他一张盐钞,凭着盐钞就可以到解州盐池换取二百斤食盐,然后由他们自行售卖,而官府则用卖盐钞的钱来充实边塞的府库,同时省去了数十个州郡的百姓搬运食盐的劳苦。过去用来拉车的牛和驴因为盐运的劳役而死掉的,每年就达上万头,因为触犯国家食盐专卖法令而获罪的人,更是不计其数,这些情况随着盐钞法的推行都避免了。颁行盐钞法的时间久了,盐价时有高低,于是又在京城设置了都盐院,由陕西转运司自行派遣官员主持事务。京师的食盐,如果每斤卖不到三十五文钱的价格,就只收集入库而不发售,以便使盐价上涨;一旦每斤超过了四十文钱,就将库存的食盐大批发售,用来抑制商人从中牟取暴利。为了使盐价保持稳定,盐钞的发放也是有定额的。这一法令推行了几十年,到今天还觉得是一项便利的举措。

212 河北①盐法②,太祖皇帝③尝降墨敕④,听民间贾贩⑤,唯收税钱,不许官榷⑥。其后有司⑦屡请闭固⑧,仁宗皇帝⑨又有批诏云:“朕终不使河北百姓常食贵盐。”献议者悉罢遣之。河北父老,皆掌中掬⑩灰,藉火焚香,望阙⑪欢呼称谢。熙宁中,复有献谋者。予时在三司⑫,求访两朝墨敕不获,然人人能诵其言,议亦竟寝⑬。

【注释】

①河北:北宋河北路,治大名府,辖区相当于现在河北易水、雄县、霸州和天津市海河以南,以及河南、山东黄河以北大部。

②盐法:买卖盐的法规。

③太祖皇帝:指宋太祖赵匡胤(927年—976年)。

④墨敕(chì):皇帝亲笔书写,不经过外廷盖印章直接下达命令。

⑤贾(gǔ)贩：商人，小贩。

⑥官榷(què)：官府专卖。

⑦有司：相关办事人员。

⑧闭固：指禁绝民间贩卖盐。

⑨仁宗皇帝：指宋仁宗赵祯(1010年—1063年)。

⑩掬(jū)：用两手捧。

⑪阙(què)：本指皇宫门口的瞭望楼，也代指京城、朝廷、皇宫等。

⑫三司：指盐铁司、户部司、度支司，主管财政。

⑬寝：停止、终止。

【译文】

河北买卖盐的法规，曾经是太祖皇帝亲笔书写下达的命令，任由民间的商人小贩买卖，只收税钱，不许官府专卖。后来有关部门人员多次请求禁绝民间贩卖盐，仁宗皇帝又有批示说："我无论如何也不能让河北的老百姓常常吃高价的盐。"那些献议禁绝民间贩卖盐的官员都被罢官放逐了。河北地区的父老乡亲，都手捧香灰，点火烧香，望着宫廷方向欢呼称谢。熙宁年间，又有官员献议禁绝民间贩卖盐。我当时在三司任职，求访两朝皇帝的亲笔诏令而没有找到，但是人人都能背诵他们的话，献议的人也就最终停止了献议。

213　淮南漕渠[①]，筑埭[②]以畜水，不知始于何时，旧传召伯埭[③]谢公[④]所为。按李翱[⑤]《来南录》[⑥]，唐时犹是流水，不应谢公时已作此埭。天圣[⑦]中，监真州[⑧]排岸司[⑨]右侍禁[⑩]陶鉴始议为复闸[⑪]节水，以省舟船过埭之劳。是时工部郎中[⑫]方仲荀、文思使[⑬]张纶[⑭]为发运使[⑮]、副[⑯]，表行之[⑰]，始为真州闸。岁省冗[⑱]卒五百人，杂费百二十五万。运舟旧法，舟载米不过三百石。闸成，始为四百石船。其后所载浸[⑲]多，官船至七百石；私船受米八百余囊，囊二石。自后，北神、召伯、龙舟、茱萸诸埭，相次废革，至今为利。予元丰中过真州，江亭后粪壤中见一卧石，乃胡武平[20]为《水闸记》[21]，略叙其事，而不甚详具。

【注释】

①漕渠：运河，人工水道，主要用来运粮。

②埭(dài)：土坝。

③召伯埭：在今江苏扬州邵伯镇。

④谢公：即谢安(320年—385年)，字安石，东晋著名政治家，曾主持对前秦苻坚的作战，史称淝水之战。

⑤李翱(áo)(772年—836年)：字习之，唐代文学家、思想家。

⑥《来南录》：李翱撰写的一部游记。

⑦天圣：宋仁宗赵祯的年号，公元1023年至1032年。

⑧真州：今江苏仪征地区。

⑨排岸司：掌管河渠水利的官署。

⑩右侍禁：宋代武散官名。

⑪复闸：有双道闸门的水闸，利用两个闸门，可以节制水量、调节水深。

⑫工部郎中：掌管工程、水利、屯田等事务的官员。

⑬文思使：隶属于文思院，主要负责管理制造宫廷手工艺品。

⑭张纶：字公信，曾任江淮制置发运副使等。

⑮发运使：主管漕运的官员。

⑯副：指发运副使。

⑰表行之：奏请皇帝批准施行。

⑱冗：多余。

⑲浸：逐渐、渐渐。

⑳胡武平：即胡宿(995年—1067年)，曾任两浙转运使、枢密副使、太子少师等官。

㉑《水闸记》：指胡宿于天圣五年(1027年)撰写的《真州水闸记》。

【译文】

淮南地区的运粮水道，修筑土坝蓄水，不知道是从什么时候开始的，过去传说召伯埭是谢安所修筑的。根据李翱的《来南录》，唐代时这里还是流水区域，不可能在谢安那时就修筑了这个土坝。天圣年间，监管真州排岸司的右侍禁陶鉴开始建议修筑复闸来控制水位，以省去舟船经过土坝所耗费的劳力。当时的工部郎中方仲荀、文思使张纶分别任发运使、发运副使，他们奏请皇帝批准施行，开始修筑真州闸。每年节省多余的士兵五百人，各种杂费一百二十五万。过去的行船法令规定，每只船载米不能超过三百石。闸修筑好以后，开始允许每只船载米四百石。后来装载量逐渐增多，官船可以装到七百石；老百姓的船可以装米八百多袋，每袋重二石。从此以后，北神、召伯、龙舟、茱萸等土坝，相继废旧建新，到现在还发挥效用。我曾在元丰年间经过真州，在江亭后面见到污泥中躺着一块石碑，是胡宿撰写的《水闸记》，大略地记载了这件事，但不太详细。

214　张杲卿[①]丞相知润州[②]日，有妇人夫出外数日不归，忽有人报菜园井中有死人，妇人惊，往视之，号哭曰："吾夫也。"遂以闻官。公令属官集邻里就井验是其夫与非，众皆以井深不可辨，请出尸验之。公曰："众皆不能辨，妇人独何以知其为夫？"收付所司鞫问[③]，果奸人杀其夫，妇人与闻其谋。

【注释】

①张杲(gǎo)卿：即张昇(992年—1077年)，字杲卿，曾任御史中丞、参知政事兼枢密使等官。

②润州：治所在今江苏镇江。

③鞫(jū)问：即拘拿问罪。鞫，通"鞫"。

【译文】

丞相张杲卿在任润州知州时，有一个妇女的丈夫外出好几天没有回家，忽然有人报信说菜园子的水井中有死人，妇女大惊，前去菜园子一看，大声嚎哭说："这是我的丈夫啊。"于是向官府禀告。张杲卿命令手下官员召集该妇女的邻居一起到水井边验看是不是她的丈夫，大家都觉得水井太深不能辨认，请求打捞出尸体再验证。张杲卿说："大家都不能辨认，为什么只有这个妇女知道是她的丈夫呢?"便将这个妇女抓到官府问罪，果然是与她通奸的人杀了她丈夫，这个妇女也参与了谋杀。

215 庆历[①]中，议弛[②]茶盐之禁[③]及减商税。范文正[④]以为不可：茶盐商税之入，但分减[⑤]商贾之利耳，行于商贾未甚有害也；今国用[⑥]未减，岁入[⑦]不可阙，既不取之于山泽[⑧]及商贾，须取之于农。与其害农，孰若取之于商贾？今为计莫若先省国用；国用有余，当先宽赋役[⑨]，然后及商贾。弛禁非所当先也。其议遂寝[⑩]。

【注释】

①庆历：宋仁宗赵祯的年号，公元1041年至1048年。

②弛：解除，免除。

③茶盐之禁：指对私营茶盐的禁令。

④范文正：即范仲淹。

⑤分减：裁减、削减。

⑥国用：指国家的用度。

⑦岁入：指每年的税收收入。

⑧山泽：山林、湖泽，这里比喻茶盐事业。

⑨赋役：田赋和力役的合称。

⑩寝：停止，平息。

【译文】

庆历年间，有人议论要解除对私营茶盐的禁令以及削减商人的赋税等问题。范仲淹认为不能这样做，他认为：国家征收盐和茶叶税，不过是削减掉商人的一部分利益罢了，对商人实行征税制度，并没有对商人的利益造成很大的损害；如今朝廷的各项用度都没有减少，所以每年的税收也是不能减少的，如果不从茶盐事业和商人中征收，那么就必然要从农民那里收取。与其损害农民的利益，何不如向商人征税呢？当前解决问题的办法是不如先节省国家的各项开支；一旦国家的用度有了盈余，也就应当适当减轻对农民的赋税和劳役，然后再来考虑商人。解除私营茶盐的禁令不是眼下着急办的事情。于是为商人减免赋税的议论也就停止了。

216　真宗皇帝[①]南衙[②]日，开封府十七县皆以岁旱放税[③]，即有飞语[④]闻上，欲有所中伤。太宗[⑤]不悦。御史[⑥]探上意，皆露章言开封府放税过实，有旨下京东、西两路诸州选官覆按[⑦]。内亳州[⑧]当按太康[⑨]、咸平[⑩]两县。是时曾会[⑪]知亳州，王冀公[⑫]在幕下，曾爱其识度，常以公相期之。至是遣冀公行，仍戒之曰："此行所系事体不轻，不宜小有高下。"冀公至两邑，按行甚详。其余抗言放税过多，追收所税物，而冀公独乞全放，人皆危之。明年，真宗即位。首擢冀公为右正言[⑬]，仍谓辅臣曰："当此之时，朕亦自危惧。钦若小官，敢独为百姓伸理，此大臣节也。"自后进用超越，卒至入相。

【注释】

①真宗皇帝：宋真宗赵恒(968 年—1022 年)，是宋太宗的第三个儿子，是北宋第三位皇帝。

②南衙：北宋时习惯称开封府为南衙。

③放税：放松税收。

④飞语：即流言蜚语，毫无根据的话。

⑤太宗：宋太宗赵炅(939 年—997 年)，为北宋第二位皇帝。

⑥御史：主管监察的官员。

⑦覆按：重新调查。

⑧亳(bó)州：治所在今安徽亳州。这一地区的漳水应为此条笔记所言涡水支流。

⑨太康：今河南周口市太康县地区。

⑩咸平：今河南开封市通许县地区。

⑪曾会(952年—1033年)：字宗元，曾任两浙转运使等官。

⑫王冀公：即王钦若(962年—1025年)，字定国，北宋宰相。受封为冀国公，故称王冀公，谥文穆。

⑬右正言：中书省的属官，负责劝谏讽喻等。

【译文】

真宗皇帝在任开封府尹的时候，开封府十七个县都因为天气干旱而放松税收，马上就有流言蜚语传到皇上那里，想要陷害真宗。太宗皇帝不高兴。御史察觉了皇上的心思，都公开上奏说开封府放松税收是过头了，于是有圣旨命令京东路、京西路各州选派官员重新调查此事。其中亳州应该重新调查太康、咸平两个县。当时曾会任亳州知州，王钦若在他幕下任职，曾会欣赏王钦若的见识，一直认为王钦若以后能当公相。到这时就派遣王钦若去办理此事，并且告诫他说："这次所办的事情不小，不应该有差错。"王钦若到了这两个县，调查情况非常详细。其他县的调查者都说放松税收过多，并追收赋税财物，但是唯独王钦若请求免除全部赋税，人人都认为这做法很危险。第二年，宋真宗即位。首先就提拔王钦若为右正言，并对宰辅大臣说："当时那种情况，我自己都感到害怕。王钦若一个小官，敢独自为老百姓伸张正义，这就是大臣的节操啊。"从此以后王钦若被超越常规提拔，最终做了宰相。

217　国朝[①]初平江南，岁铸钱七万贯。自后稍增广，至天圣中，岁铸一百余万贯。庆历间，至三百万贯。熙宁六年以后，岁铸铜铁钱六百余万贯。

【注释】

①国朝：古人对当前本朝的尊称，此处指宋朝。据考察，这种指当朝

的说法最早出于宋初。

【译文】

本朝初年平定江南时，每年铸钱七万贯。自此以后数量逐渐增加，到了天圣年间，每年铸钱一百余万贯。庆历年间，铸钱达到三百万贯。熙宁六年以后，每年铸铜、铁钱六百余万贯。

218　天下吏人[①]，素无常禄[②]，唯以受赇[③]为生，往往致富者。熙宁三年，始制天下吏禄，而设重法以绝请托之弊。是岁，京师诸司岁支吏禄钱三千八百三十四贯二百五十四。岁岁增广，至熙宁八年，岁支三十七万一千五百三十三贯一百七十八。自后增损不常，皆不过此数，京师旧有禄者，及天下吏禄，皆不预此数。

【注释】

①吏人：官府部门的办事人员，一般都是没有品级俸禄的。

②禄：俸禄、薪水。

③赇(qiú)：贿赂。

【译文】

全国官府的办事人员，向来没有固定的俸禄，只能靠收受贿赂为生，其中常常有因此而致富的人。熙宁三年，开始制定全国吏人的俸禄制度，而且规定用严刑峻法来避免有人徇私舞弊。当年，京城各个官署部门支付给办事人员的禄钱是三千八百三十四贯二百五十四文。后来年年增加，到了熙宁八年，每年支出三十七万一千五百三十三贯一百七十八文钱。从此以后增减没有定数，但都没有超过这个数目的，京城原来有俸禄的官员俸禄，以及全国各地官员的俸禄，都不包括在这里面。

219　国朝茶利[①]，除官本及杂费[②]外，净入钱禁榷[③]时取一年最中数，计一百九万四千九十三贯八百八十五，内六十四万九千六十九贯茶净利，卖茶，嘉祐二年[4]收十六万四百三十一贯五百二十七，除元本及杂费外，得净利十万六千九百五十七贯六百八十五。客茶交引钱[5]，嘉祐三年，除元本及杂费外，得净利五十四万二千一百一十一贯五百二十四。四十四万五千二十四贯六百七十茶税钱。最中嘉祐元年所收数，除川茶钱在外。通商[6]后来，取一年最中数，计一百一十七万五千一百四贯九百一十九钱，内三十六万九千七十二贯四百七十一钱茶租，嘉祐四年通商，立定茶交引钱六十八万四千三百二十一贯三百八十。后累经减放，至治平二年[7]，最中分收上数。八十万六千三十二贯六百四十八钱茶税。最中治平三年，除川茶税钱外会此数。

【注释】

①茶利：经营茶所得到的收入。

②官本及杂费：官府的本钱和其他费用。

③禁榷(què)：禁止商人自由买卖，由官府专营。

④嘉祐二年：即 1057 年。嘉祐为宋仁宗赵祯的年号，公元 1056 年至 1063 年。

⑤交引钱：宋代官府招募商人在边关或京师缴纳金帛或者粮草，按价值所领取的文券称为交引。交引可以用作到官府领取现钱或者领取官府专卖的茶、盐等货物的凭证。根据支取钱货的不同，可分为钱交引、茶交引、盐交引等。

⑥通商：指允许商人自由买卖。

⑦治平二年：即 1065 年。治平为宋英宗赵曙的年号，公元 1064 年至 1067 年。

【译文】

本朝官府从经营茶所得到的收入，除去官府的本钱以及其他费用的开支，净收入在官府专卖时取一年的平均数，共计为一百零九万四千零九十三贯八百八十五文，其中的六十四万九千零六十九贯是茶的净利，卖茶，在嘉祐二年的收入是十六万零四百三十一贯五百二十七文，除掉原来的本钱及其他费用的开支，获得的净利为十万六千九百五十七贯六百八十五文。茶商所缴纳给官府的交引钱，在嘉祐三年，除掉原来的本钱及其他费用的开支，获得的净利为五十四万二千一百一十一贯五百二十四文。四十四万五千零二十四贯六百七十文是茶税钱。嘉祐元年所收茶税钱数是中间数，其中四川地区的茶钱没有计算在内。允许商人自由买卖以后，取一年的中间数，共计为一百一十七万五千一百零四贯九百一十九文钱，其中三十六万九千零七十二贯四百七十一文是茶租钱，嘉祐四年允许商人自由买卖茶叶，制定了茶交引的钱款为六十八万四千三百二十一贯三百八十文。后来经过多次缩减和放宽，到了治平二年，取中间数就得到了上面所说的数额。八十万六千零三十二贯六百四十八文是茶税钱。治平三年所收茶税钱数是中间数，除掉四川的茶税钱以外，总计得到这个数额。

220　本朝茶法[①]：乾德[②]二年，始诏在京[③]、建州[④]、汉[⑤]、蕲口[⑥]各置榷货务[⑦]。五年，始禁私卖茶，从不应为情理重。太平兴国[⑧]二年，删定禁法条贯，始立等科罪[⑨]。淳化[⑩]二年，令商贾就园户买茶，公于官场贴射[⑪]，始行贴射法。淳化四年，初行交引，罢贴射法。西北入粟给交引，自通利军[⑫]始。是岁，罢诸处榷货务，寻复依旧。至咸平[⑬]元年，茶利钱以一百三十九万二千一百一十九贯三百一十九为额。至嘉祐三年，凡六十一年，用此额，官本杂费皆在内，中间时有增亏，岁入不常。咸平五年，三司使王嗣宗[⑭]始立三分法，以十分茶价，四分给香药，三分犀象[⑮]，三分茶引。六年，又改支六分香药犀象，四分茶引。景德[⑯]二年，许人入中[⑰]钱帛金银，谓之三说。至祥符[⑱]九年，茶引益轻，用知秦州[⑲]曹玮[⑳]议，就永兴[㉑]、凤翔[㉒]以官钱收买客引[㉓]，以救[㉔]引价，前此累增加饶钱。至天禧[㉕]二年，镇戎军[㉖]纳大麦一斗，本价通加饶，共支钱一贯二百五十四。乾兴元年[㉗]，改三分法，支茶引三分，东南见钱[28]二分半，香药四分半。天圣元年，复行贴射法，行之三年，茶利尽归大商，官场但得黄晚恶茶，乃诏孙奭[29]重议，罢贴射法。明年，推治元议[30]省吏[31]、计覆官[32]、旬献[33]等，皆决配沙门岛[34]。元详定[35]枢密副使张邓公[36]、参知政事吕许公[37]、鲁肃简[38]各罚俸一月，御史中丞刘筠[39]、入内内侍省副都知[40]周文质[41]、西上阁门使[42]薛昭廓、三部副使[43]，各罚铜二十斤。前三司使李谘[44]落[45]枢密直学士[46]，依旧知洪州[47]。皇祐[48]三年，算茶依旧只用见钱。至嘉祐四年二月五日，降敕罢茶禁。

【注释】

①茶法：关于茶叶贸易、赋税等方面的法令规定。

②乾德：宋太祖赵匡胤的年号，公元963年至967年。

③京：京城开封。

④建州：治所在今福建建瓯地区。

⑤汉：今武汉市汉口一带。

⑥蕲(qí)口：在今湖北蕲春西南。

⑦榷(què)货务：官署名，宋代设立的管理贸易和税收的机构。

⑧太平兴国：宋太宗赵炅的年号，公元976年至984年。

⑨立等科罪：划分等级定罪。

⑩淳化：宋太宗赵炅的年号，公元990年至994年。

⑪贴射：宋代关于茶叶买卖的税收制度，即商人直接向茶园主买茶，然后向官府交税。茶园主须将茶叶运到茶场，随商人选购，官府给券为凭证，防止私下销售。

⑫通利军：北宋驻军之地，治所在今河南浚县东北。

⑬咸平：宋真宗赵恒的年号，公元998年至1003年。

⑭王嗣宗(944年—1021年)：字希阮，曾任三司户部使、盐铁使等。

⑮犀象：犀牛角、象牙。

⑯景德：宋真宗赵恒的年号，公元1004年至1007年。

⑰入中：商人在边防地区向政府军队交纳粮草后，持凭证到京城领取现金或到场务领取茶叶、食盐等。

⑱祥符：大中祥符的简称，是宋真宗赵恒的年号，公元1008年至1016年。

⑲秦州：治所在今甘肃天水。

⑳曹玮(973年—1030年)：字宝臣，北宋将领，曾任昭武军节度使、彰武军节度使、御史大夫等。

㉑永兴：今湖南永兴。

㉒凤翔：今陕西凤翔。

㉓客引：此处指茶商手中的茶引。

㉔捄(jiù)：同“救”，此处指维持市场价格平衡。

㉕天禧(xǐ)：宋真宗赵恒的年号，公元1017年至1021年。

㉖镇戎军：北宋驻军之地，治所在今宁夏固原。

㉗乾兴元年：公元1022年。

㉘见钱：现钱、现金。

㉙孙奭(shì)(962年—1033年)：字宗古，曾任翰林侍讲学士，为人正直，敢于直谏。

㉚元议：即原来的建议。元，同“原”。

㉛省吏：此处指提议复行贴射法的中书省、尚书省官员。

㉜计覆官：负责审核批复的官员。

㉝旬献：疑为官名，具体未详。

㉞沙门岛：今长岛，由庙岛群岛组成，隶属山东烟台。

㉟元详定：原来详细制定的、原来审核批准的。元，同“原”。

㊱张邓公：即张士逊(964年—1049年)，字顺之，宋仁宗朝曾三度为相。

㊲吕许公：即吕夷简(979年—1044年)，字坦夫，北宋著名政治家，曾任宰相之职，谥文靖，封许国公，故称吕许公。

㊳鲁肃简：即鲁宗道(966年—1029年)，字贯之，曾任参知政事等，

敢于直谏，谥肃简。

㊴刘筠(yún)(971年—1031年)：字子仪，曾任枢密直学士、御史中丞等，谥文恭。

㊵入内内侍省副都知：内侍省为宦官机构，负责宫廷内部事务，下设左右班都知、事都知等。

㊶周文质：宦官，生平不详。

㊷西上阁(gé)门使：负责皇帝朝会、百官朝见、宴饮等事务的礼仪人员。

㊸三部副使：即盐铁司、户部司、度支司三司的副长官。

㊹李谘(zī)(968年—1036年)：字仲询，曾任枢密直学士、礼部侍郎、户部侍郎等。

㊺落：落下、掉下来，指免官。

㊻枢密直学士：地位次于翰林学士，也相当于皇帝的秘书和顾问。

㊼洪州：治所在今江西南昌。

㊽皇祐：宋仁宗赵祯的年号，公元1049年至1054年。

【译文】

本朝关于茶叶贸易、赋税等方面的法令：乾德二年，开始下诏书在京城、建州、汉口、蕲口设置榷货务。乾德五年，开始禁止私自贩卖茶叶，这样的做法不为情理所松动。太平兴国二年，删除修改了私自贩卖茶叶的条例，开始划分等级定罪。淳化二年，令商贩直接向茶园主买茶，官府则在官办茶场发放销售证券，开始实行贴射法。淳化四年，开始实行交引法，停止了贴射法。西北地区买进粮食时支付交引，是从通利军地区开始的。这一年停止了全国各个地方的榷货务，但不久就恢复了过去的做法。到了咸平元年，茶叶税收的总额有一百三十九万二千一百一十九贯三百一十九文钱。到了嘉祐三年，一共六十一年里，都是实行这个数额，官府垫付的资金额度及各种杂费都在里面，期间数额有增有损，每年都不固定。咸平五年，三司使王嗣宗开始设立三分法，用十分计算茶叶价钱，四分付给香料药物，三分付给犀牛角、象牙，三分付给茶引。咸平六年，又改支付六分给香料药物、犀牛角、象牙，四分付给茶引。景德二年，允许人们在交易中使用钱帛金银，叫作三说。到了祥符九年，茶引越来越不值钱，就采用秦州知州曹玮的建议，到永兴、凤翔地区用官府的钱收购茶引，用来平衡茶引的价值，在此之前，已经多次增加了对茶引的补贴。到了天禧二年，镇戎军地区交纳一斗大麦，本钱加上补贴，共支付一贯二百五十四文钱。乾兴元年，修改了三分法，支付茶引三分，东南现钱两分半，香料药物四分半。天圣元年，又恢复贴射法，实行了三年，茶叶贸易的利润都被大商户占有，官府的茶场只得到了又黄又老的劣等茶叶，于是下诏令命孙奭重新商定办法，又停止了贴射法。第二年，朝廷追究了原来建议实行贴射法的省吏、计覆官、旬献等，都发配到沙门岛。原来负责审核批准的枢密副使张士逊、参知政事吕夷简、鲁宗道各自罚一个月的俸禄，御史中丞刘筠、入内内侍省副都知周文质、西上阁门使薛昭廓、三部副使，都被罚了二十斤铜。前三司使李谘被免去枢密直学士，但依旧担任洪州知州。皇祐三年，茶叶税收的计算仍然只用现钱。到了嘉祐四年二月五日，颁布诏令废除了茶禁。

221　国朝六榷货务、十三山场[①]，都卖茶岁一千五十三万三千七百四十七斤半，租额钱二百二十五万四千四十七贯一十。其六榷货务取最中，嘉祐[②]六年抛占茶五百七十三万六千七百八十六斤半，租额钱一百九十六万四千六百四十七贯二百七十八：荆南府[③]租额钱三十一万五千一百四十八贯三百七十五，受纳潭[④]、鼎[⑤]、澧[⑥]、岳[⑦]、归[⑧]、峡州[⑨]、荆南府片散茶共八十七万五千三百五十七斤；汉阳军[⑩]租额钱二十一万八千三百二十一贯五十一，受纳鄂州[⑪]片茶二十三万八千三百斤半；蕲州[⑫]蕲口租额钱三十五万九千八百三十九贯八百一十四，受纳潭、建州[⑬]、兴国军[⑭]片茶五十万斤；无为军租额钱三十四万八千六百二十贯四百三十，受纳潭、筠[⑮]、袁[⑯]、池[⑰]、饶[⑱]、建、歙[⑲]、江[⑳]、洪州、南康[21]、兴国军片散茶共八十四万二千三百三十三斤；真州[22]租额钱五十一万四千二十二贯九百三十二，受纳潭、袁、池、饶、歙、建、抚[23]、筠、宣、江、吉[24]、洪州、兴国、临江[25]、南康军片散茶共二百八十五万六千二百六斤；海州[26]租额钱三十万八千七百三贯六百七十六，受纳睦[27]、湖[28]、杭、越[29]、衢[30]、温[31]、婺[32]、台[33]、常[34]、明[35]、饶、歙州片散茶共四十二万四千五百九十斤。十三山场租额钱共二十八万九千三百九十九贯七百三十二，共买茶四百七十九万六千九百六十一斤：光州[36]光山场买茶三十万七千二百十六斤，卖钱一万二千四百五十六贯；子安场买茶二十二万八千三十斤，卖钱一万三千六百八十九贯三百四十八；商城场买茶四十万五百五十三斤，卖钱二万七千七十九贯四百四十六；寿州[37]麻步场买茶三十三万一千八百三十三斤，卖钱三万四千八百一十一贯三百五十；霍山场买茶五十三万二千三百九斤，卖钱三万五千五百九十五贯四百八十九；开顺场买茶二十六万九千七十七斤，卖钱一万七千一百三十贯；庐州[38]王同场买茶二十九万七千三百二十八斤，卖钱一万四千三百五十七贯六百四十二；黄州[39]麻城场买茶二十八万四千二百七十四斤，卖钱一万二千五百四十贯；舒州[40]罗源场买茶一十八万五千八十二斤，卖钱一万四百六十九贯七百八十五；太湖场买茶八十二万九千三十二斤，卖钱三万六千九十六贯六百八十；蕲州洗马场买茶四十万斤，卖钱二万六千三百六十贯；王祺场买茶一十八万二千二百二十七斤，卖钱一万一千九百五十三贯九百九十二；石桥场买茶五十五万斤，卖钱三万六千八十贯。

【注释】

①山场：《宋史·食货志》云："官自为场，置吏总之，谓之山场。"

②嘉祐：宋仁宗赵祯的年号，公元1056年至1063年。

③荆南府：治所在今湖北江陵。

④潭：即潭州，治所在今湖南长沙。

⑤鼎：即鼎州，治所在今湖南常德。

⑥澧：即澧州，治所今属湖南常德。

⑦岳：即岳州，治所在今湖南岳阳。

⑧归：即归州，治所在今湖北秭归。

⑨峡州：治所在今湖北宜昌。

⑩汉阳军：治所在今湖北武汉市汉阳区。

⑪鄂州：治所在今湖北武汉市武昌区。

⑫蕲(qí)州：治所在今湖北蕲春县南。

⑬建州：治所在今福建建瓯。

⑭兴国军：治所在今江西兴国。

⑮筠：即筠州，治所在今江西高安。

⑯袁：即袁州，治所在今江西宜春。

⑰池：即池州，治所在今安徽贵池。

⑱饶：即饶州，治所在今江西鄱阳。

⑲歙(shè)：即歙州，治所在今安徽歙县。

⑳江：即江州，治所在今江西九江。

㉑南康：即南康军，治所在今江西庐山。

㉒真州：治所在今江苏仪征。

㉓抚：即抚州，治所在今江西抚州。

㉔吉：即吉州，治所在今江西吉安。

㉕临江：即临江军，治所在今江西樟树。

㉖海州：治所在今江苏连云港。

㉗睦：即睦州，治所在今浙江建德。

㉘湖：即湖州，治所在今浙江湖州。

㉙越：即越州，治所在今浙江绍兴。

㉚衢：即衢州，治所在今浙江衢州。

㉛温：即温州，治所在今浙江温州。

㉜婺：即婺州，治所在今浙江金华。

㉝台：即台州，治所在今浙江临海。

㉞常：即常州，治所在今江苏常州。

㉟明：即明州，治所在今浙江宁波。

㊱光州：治所在今河南潢川。

㊲寿州：治所在今安徽寿县。

㊳庐州：治所在今安徽合肥。

㊴黄州：治所在今湖北黄冈。

㊵舒州：治所在今安徽安庆。

【译文】

本朝有六个榷货务、十三处山场，总计每年卖茶一千零五十三万三千七百四十七斤半，其中交付的租额钱为二百二十五万四千零四十七贯一十文。那六个榷货务出售的茶叶取中间数，嘉祐六年得到的抛占茶为五百七十三万六千七百八十六斤半，交付的租额钱为一百九十六万四千六百四十七贯二百七十八文：荆南府交付的租额钱为三十一万五千一百四十八贯三百七十五文，收取潭州、鼎州、澧州、岳州、归州、峡州及荆南府片散茶共计八十七万五千三百五十七斤；汉阳军交付的租额钱为二十一万八千三百二十一贯五十一文，收取鄂州片茶二十三万八千三百斤半；蕲州蕲口交付的租额钱为三十五万九千八百三十九贯八百一十四文，收取潭州、建州、兴国军的片茶共计五十万斤；无为军交付的租额钱为三十四万八千六百二十贯四百三十文，收取潭、筠、袁、池、饶、建、歙、江、洪等各州及南康、兴国两军的片散茶共计八十四万二千三百三十三斤；真州交付的租额钱为五十一万四千零二十二贯九百三十二文，收取潭、袁、池、饶、歙、建、抚、筠、宣、江、吉、洪等各州和兴国、临江、南康军的片散茶共计二百八十五万六千二百零六斤；海州交付的租额钱为三十万八千七百零三贯六百七十六文，收取睦、湖、杭、越、衢、温、婺、台、常、明、饶、歙等各州片散茶共计四十二万四千五百九十斤。十三处山场交付的租额钱共计为二十八万九千三百九十九贯七百三十二文，共买入茶叶四百七十九万六千九百六十一斤：光州光山场买入茶叶三十万七千二百十六斤，卖得的钱数为一万二千四百五十六贯；子安场买入茶叶二十二万八千零三十斤，卖得的钱数为一万三千六百八十九贯三百四十八文；商城场买入茶叶四十万五百五十三斤，卖得的钱数为二万七千零七十九贯四百四十六文；寿州麻步场买入茶叶三十三万一千八百三十三斤，卖得的钱数为三万四千八百一十一贯三百五十文；霍山场买入茶叶五十三万二千三百零九斤，卖得的钱数为三万五千五百九十五贯四百八十九文；开顺场买入茶叶二十六万九千零七十七斤，卖得的钱数为一万七千一百三十贯；庐州王同场买入茶叶二十九万七千三百二十八斤，卖得的钱数为一万四千三百五十七贯六百四十二文；黄州麻城场买入茶叶二十八万四千二百七十四斤，卖得的钱数为一万二千五百四十贯；舒州罗源场买入茶叶一十八万五千零八十二斤，卖得的钱数为一万零四百六十九贯七百八十五文；太湖场买入茶叶八十二万九千零三十二斤，卖得的钱数为三万六千零九十六贯六百八十文；蕲州洗马场买入茶叶四十万斤，卖得的钱数为二万六千三百六十贯；王祺场买入茶叶一十八万二千二百二十七斤，卖得的钱数为一万一千九百五十三贯九百九十二文；石桥场买入茶叶五十五万斤，卖得的钱数为三万六千零八十贯。

222　发运司[①]岁供京师米，以六百万石[②]为额：淮南[③]一百三十万石，江南东路[④]九十九万一千一百石，江南西路[⑤]一百二十万八千九百石，荆湖南路[⑥]六十五万石，荆湖北路[⑦]三十五万石，两浙路[⑧]一百五十万石，通余羡[⑨]岁入六百二十万石。

【注释】

①发运司：隶属于三司（盐铁司、户部司、度支司），负责掌管发放三司的公文。

②石：古代的重量单位，十升为一斗，十斗为一石（或斛）。

③淮南：淮南路，治所在今江苏扬州。后淮南路分为东西两路。

④江南东路：治所在今江苏南京。

⑤江南西路：治所在今江西南昌。

⑥荆湖南路：治所在今湖南长沙。

⑦荆湖北路：治所在今湖北荆州。

⑧两浙路：治所在今浙江杭州。

⑨余羡：盈余、多余。

【译文】

发运司每年向京城提供稻米，以六百万石为定额：淮南路一百三十万石，江南东路九十九万一千一百石，江南西路一百二十万八千九百石，荆湖南路六十五万石，荆湖北路三十五万石，两浙路一百五十万石，加上多余的部分，每年提供稻米六百二十万石。

223 熙宁中，废并天下州县。迄八年，凡废州[①]、军[②]、监[③]三十一：仪[④]、滑[⑤]、慈[⑥]、郑[⑦]、集[⑧]、万[⑨]、乾[⑩]、儋[⑪]、南仪[⑫]、复[⑬]、蒙[⑭]、春[⑮]、陵[⑯]、宪[⑰]、辽[⑱]、窦[⑲]、壁[⑳]、梅[㉑]、汉阳[㉒]、通利[㉓]、宁化[㉔]、光化[㉕]、清平[㉖]、永康[㉗]、荆门[㉘]、广济[㉙]、高邮[㉚]、江阴[㉛]、富顺[㉜]、涟水[㉝]、宣化[㉞]。废县一百二十七：晋州赵城，杭州南新，普州普康，磁州昭德，华州渭南，德州德平，陵州贵平、籍县，忠州桂溪，兖州邹县，广州信安、四会，陕府湖城、峡石，河中西河、永乐，巴州七盘、其章，坊州升平，春州铜陵，北京大名、洹水、经城、永济，莫州莫、长丰，梧州戎城，邛州临溪，梓州永泰，河阳汜水，沧州饶安、临津，融州武阳、罗城，象州武化，归州兴山，汝州龙兴，怀州脩武、武陟，道州营道，庆州乐蟠、华池，瀛州束城、景城，顺安高阳，澶州顿邱，洺州曲周、临洺，丹州云岩、汾川，潞州黎城，琼州舍城，火山火山，横州永定，宜州古阳、礼丹、金城、述昆，汾州孝义，延州金明、丰林、延水，太原平晋，随州光化，邢州尧山、任县、平乡，秦州长道，达州三冈、石鼓、蜀，扬州广陵，赵州隆平、柏乡、赞皇，雅州百丈、荣经，祁州深泽，同州夏阳，嘉州平羌，河南洛阳、福昌、颍阳、缑氏、伊阙，滨州相安，慈州文城、吉乡，成都犀浦，戎州宜宾，绵州西昌，荣州公井，宁化宁化，乾宁乾宁，真定灵寿、井陉，荆南建宁、支江，辰州麻阳、招谕，陈州南顿，桂州脩仁、永宁，安州云梦，忻州定襄，剑门关剑门，汉阳汉川，恩州清阳，熙州狄道，河州枹罕，卫州新乡、卫，渝州南川，虢州玉城，果州流溪，利州平蜀，许州许田，岢岚岚谷，蓬州蓬山、良山，冀州新河，涪州温山，阆州晋安、岐平，复州玉沙，润州延陵。

【注释】

①州：地方行政区划名，宋代的州属于路下一级。

②军：宋代地方行政区划名，分为两种：一与府、州同级，隶属于路；一与县同级，隶属府、州。这里的军属第一种。

③监：宋代地方行政区划名，在坑冶、铸钱、牧马及产盐等地区设置。分为两种：一与府、州同级，隶属于路；一与县同级，隶属府、州。这里的监属第一种。

④仪：即仪州，治所在今甘肃华亭。

⑤滑：即滑州，治所在今河南滑县。

⑥慈：即慈州，治所在今山西吉县。

⑦郑：即郑州，治所在今河南郑州。

⑧集：即集州，治所在今四川南江。

⑨万：即万州，治所在今重庆万州区。

⑩乾：即乾州，治所在今陕西乾县。

⑪儋：即儋州，治所在今海南儋州。

⑫南仪：即南仪州。

⑬复：即复州，治所在今湖北仙桃。

⑭蒙：即蒙州，治所在今广西蒙山。

⑮春：即春州，治所在今广东阳春。

⑯陵：即陵州，治所在今四川仁寿县东。

⑰宪：即宪州，治所在今山西静乐。

⑱辽：即辽州，治所在今山西昔阳。

⑲窦：即窦州，治所在今广东信宜市东南。

⑳壁：即壁州，治所在今四川通江。

㉑梅：即梅州，治所在今广东梅州。

㉒汉阳：即汉阳军，治所在今湖北武汉。

㉓通利：即通利军，治所在今河南浚县东北。

㉔宁化：即宁化军，治所在今山西宁武县西南。

㉕光化：即光化军，治所在今湖北老河口。

㉖清平：即清平军，治所在今陕西周至县东南。

㉗永康：即永康军，治所在今四川都江堰市。

㉘荆门：即荆门军，治所在今湖北荆门。

㉙广济：即广济军，治所在今山东菏泽市定陶区。

㉚高邮：即高邮军，治所今属江苏。

㉛江阴：即江阴军，治所今属江苏。

㉜富顺：即富顺监，治所在今四川富顺。

㉝涟水：即涟水军，治所今属江苏。

㉞宣化：即宣化军，治所今属山东。

【译文】

熙宁年间，废弃和合并全国州、县两级地方行政区划。到了熙宁八年，总共撤销州、军、监一级的地方行政区划三十一处：仪州、滑州、慈州、郑州、集州、万州、乾州、儋州、南仪州、复州、蒙州、春州、陵州、宪州、辽州、窦州、壁州、梅州、汉阳军、通利军、宁化军、光化军、清平军、永康军、荆门军、广济军、高邮军、江阴军、富顺监、涟水军、宣化军。撤销县一级的地方行政区划有一百二十七处：晋州赵城县，杭州南新县，普州普康县，磁州昭德县，华州渭南县，德州德平县，陵州贵平县、籍县，忠州桂溪县，兖州邹县，广州信安县、四会县，陕府湖城县、峡石县，河中西河县、永乐县，巴州七盘县、其章县，坊州升平县，春州铜陵县，北京大名县、洹水县、经城县、永济县，莫州莫县、长丰县，梧州戎城县，邛州临溪县，梓州永泰县，河阳汜水县，沧州饶安县、临津县，融州武阳县、罗城县，象州武化县，归州兴山县，汝州龙兴县，怀州脩武县、武陟县，道州营道县，庆州乐蟠县、华池县，瀛州束城县、景城县，顺安军高阳县，澶州顿邱县，洺州曲周县、临洺县，丹州云岩县、汾川县，潞州黎城县，琼州舍城县，火山火山县，横州永定县，宜州古阳县、礼丹县、金城县、述昆县，汾州孝义县，延州金明县、丰林县、延水县，太原府平晋县，随州光化县，邢州尧山县、任县、平乡县，秦州长道县，达州三冈县、石鼓县、蜀县，扬州广陵县，赵州隆平县、柏乡县、赞皇县，雅州百丈县、荣经县，祁州深泽县，同州夏阳县，嘉州平羌县，河南洛阳县、福昌县、颍阳县、缑氏县、伊阙县，滨州相安县，慈州文城县、吉乡县，成都犀浦县，戎州宜宾县，绵州西昌县，荣州公井县，宁化军宁化县，乾宁乾宁县，真定灵寿县、井陉县，荆南建宁县、支江县，辰州麻阳县、招谕县，陈州南顿县，桂州脩仁县、永宁县，安州云梦县，忻州定襄县，剑门关剑门县，汉阳汉川县，恩州清阳县，熙州狄道县，河州枹罕县，卫州新乡县、卫县，渝州南川县，虢州玉城县，果州流溪县，利州平蜀县，许州许田县，岢岚岚谷县，蓬州蓬山县、良山县，冀州新河县，涪州温山县，阆州晋安县、岐平县，复州玉沙县，润州延陵县。

权 智

这里所谓权智，指的是面对不同的突发情形或事件，采取灵活合理的应对措施，从而取得意想不到的效果。如第227、228、235条关于狄青的记载，体现了这位名将在战略战术方面的智慧超群，其军事思想由此可见一斑。如第224条关于陵州盐井雨盘的记载则体现了劳动人民的创造性思维。关于任术、诈术、陈述古破案等的记载，则体现了为官或为人过程中的机智想法。

通过阅读此类记载，我们能领略北宋著名将领的军事谋略思想，能窥见当时劳动人民的创造性思维，以及个人的随机应变能力。

224　陵州[①]盐井，深五百余尺，皆石也。上下甚宽广，独中间稍狭，谓之杖鼓[②]腰。旧自井底用柏木为干，上出井口，自木干垂绠[③]而下，方能至水，井侧设大车绞之。岁久，井干摧败[④]，屡欲新之，而井中阴气[⑤]袭人，入者辄死，无缘措手。惟候有雨入井，则阴气随雨而下，稍可施工，雨晴复止。后有人[⑥]以一木盘，满中贮水，盘底为小窍[⑦]，酾[⑧]水一如雨点，设于井上，谓之雨盘，令水下终日不绝。如此数月，井干为之一新，而陵井之利复旧。

【注释】

①陵州：治所在今四川仁寿。

②杖鼓：一种打击乐器，又称长鼓，两头粗空，中间细实。

③绠(gěng)：汲水用的绳子。

④摧败：崩裂，崩断。

⑤阴气：此处指甲烷、硫化氢、二氧化碳等令人窒息的气体。

⑥有人：据史载，此处创造雨盘的叫作杨佐，当时任陵州推官。

⑦窍：孔、洞。

⑧釃（shī）：滤洒。

【译文】

陵州的盐井，有五百多尺深，都是石头。上面下面都很宽广，只有中间较为狭小，被称为杖鼓腰。过去从井底用柏木为干架，直通上面井口，从井口的干架放一根绳子垂下去，才能碰到水，并在水井旁设置一个绞车把水绞上来。年代久远了，井中干架崩断，多次想重新更换新的干架，但是井中的有毒气体伤人，进去的人都死了，没有办法施工。只有等到雨水落入井中，有毒气体才能随着雨水沉下去，可以稍微施工，雨过天晴又停止施工。后来有人用了一个木盘，盘中装满水，盘底钻上小孔，用它洒水就像下雨一样，把它安放在井口上，叫作雨盘，让水整天不停地往下洒。经过了几个月，井的干架终于更新了，而陵州盐井的使用又和以前一样了。

225　世人以竹、木、牙、骨之类为叫子①，置人喉中吹之，能作人言，谓之顙②叫子。尝有病喑③者，为人所苦，烦冤无以自言。听讼④者试取叫子令顙之，作声如傀儡子⑤，粗⑥能辨其一二，其冤获申。此亦可记也。

【注释】

①叫子：哨子的一种方言称谓。

②顙（sǎng）：同“嗓”。

③喑（yīn）：嗓子哑，失声。

④讼：诉讼，在公堂上争辩是非曲直。

⑤傀儡子：木偶戏的前身，北齐颜之推的《颜氏家训·书证》中已出现“傀儡子”一词。傀儡子始于汉代，盛行于魏晋。旧戏中受艺人操纵的木偶称为傀儡。

⑥粗：粗略，大概。

【译文】

人们用竹子、木头、象牙、兽骨之类的材料做成哨子，放在喉咙里吹，能够发出人讲话的声音，这种哨子就叫颡叫子。曾经有个人得了哑疾，被人所坑害，苦于冤情没有办法自己说出来。负责审判的官员就拿来颡叫子，让他放在喉咙里试试，这个人发出来的声音就像傀儡发出的声音一样，粗略可以分辨一部分意思，他的冤情因此得到申雪。这件事情也是值得记述的。

226 《庄子》[①]曰："畜虎者不与全物、生物[②]。"此为诚言[③]。尝有人善调山鹧[④]，使之斗，莫可与敌。人有得其术者，每食则以山鹧皮裹肉哺之，久之，望见其鹧，则欲搏而食之。此以所养移其性也。

【注释】

①《庄子》：道家学派的经典著作，分内、外、杂篇，现存三十三篇。唐朝时，被尊称为《南华真经》。此书由战国思想家庄子与其门人及后来的学者集体创作。

②畜虎者不与全物、生物：出自《庄子·人间世》，意为养老虎的人，不给老虎吃整只动物，以及活的动物。

③诚言：有道理的话。

④山鹧(zhè)：又叫山鹊，状如鹊而色深青，有文采，赤嘴赤足，头上有白冠，尾白而长，不能远飞。

【译文】

《庄子》说："养老虎的人，不给老虎吃整只或活的动物。"这确实是有道理的话。曾经有人擅长驯养山鹧，让它去与别的山鹧斗，没有可以匹敌的。有人得知了他驯养的方法，每次都用山鹧的皮裹着肉来喂食山鹧，时间长了，它一见到其他山鹧，就想搏斗捕来吃掉。这是通过驯养来改变山鹧的生活习性啊。

227　宝元[1]中，党项[2]犯塞。时新募万胜军，未习战阵，遇寇多北[3]。狄青[4]为将，一日尽取万胜旗付虎冀军，使之出战。虏望其旗，易[5]之，全军径趋，为虎翼所破，殆[6]无遗类。

又，青在泾原[7]，尝以寡当众，度必以奇胜[8]。预戒军中，尽舍弓弩，皆执短兵器。令军中闻钲[9]一声则止，再声则严阵而阳却[10]，钲声止则大呼而突之，士卒皆如其教。才遇敌，未接战，遽[11]声钲，士卒皆止；再声，皆却。虏人大笑，相谓曰："孰谓狄天使勇？"时虏人谓青为天使。钲声止，忽前突之，虏兵大乱，相蹂践死者，不可胜计也。

【注释】

①宝元：宋仁宗赵祯的年号，公元1038年至1040年。

②党项：亦称党项羌，古代少数民族，羌人的一支，北宋时曾建立西夏政权。

③北：打败仗。

④狄青(1008年—1057年)：字汉臣，宋汾州西河人。北宋大将。多谋善战，在抗击西夏方面屡建战功，官至枢密使。

⑤易：认为他们容易对付，即轻视意。

⑥殆：几乎，差不多。

⑦泾原：宋地方行政区划名，治所在渭州(今甘肃平凉)，辖境相当于今天甘肃蒲河以西、葫芦河以东、张家川以北，以及宁夏固原、隆德、泾源、西吉等市县。

⑧奇胜：出人意料的取胜。

⑨钲(zhēng)：古代行军时所使用的打击乐器，用铜制成，形状似钟而狭长，有柄，口朝上以物敲击发声，行军时用来控制步伐。

⑩阳却：指假装退却。阳，同"佯"。

⑪遽(jù)：急，突然。

【译文】

宝元年间，党项人进犯边塞。当时新招募的万胜军，不习战法，遇敌常常打败仗。狄青担任将领后，一次把万胜军的旗帜全部拿过来给了虎翼军，派虎翼军出去迎战。敌人一望见万胜军的旗帜，就认为他们很容易对付，全部人马都径直往前冲，结果被虎翼军所击破，几乎全军覆没。

又有一次，狄青在泾原路，曾经以少量人马遭遇大批敌兵，他想到必须用出人意料的方法才能取胜。于是他预先命令军队，把弓箭弩机全部舍弃，都只带短兵器。又命令军队听到一声钲响就停止前进，听到钲声再响起来就在严密的阵形下假装撤退，钲声停止就返身大喊着突击敌人，士兵们都听从他的部署。刚刚与敌人相遇，还没有交战，钲声突然响起了，士卒都停止前行；钲声再次响起，士兵们都撤退了。敌人看到后大笑，相互说道："谁说狄天使勇武啊？"当时敌人称狄青为天使。等到钲声停止，士兵们忽然转身向前突击，敌军顿时大乱，相互踩踏而死去的人，数不胜数。

228 狄青为枢密副使①，宣抚②广西③。时侬智高④守昆仑关⑤，青至宾州⑥，值上元节⑦，令大张灯烛，首夜燕⑧将佐，次夜燕从军官，三夜飨军校。首夜乐饮彻晓。次夜二鼓⑨时，青忽称疾，暂起如⑩内。久之，使人谕⑪孙元规⑫，令暂主席⑬行酒，少服药乃出，数使人勤劳座客，至晓，各未敢退。忽有驰报⑭者云："是夜三鼓，青已夺昆仑矣。"

【注释】

①枢密副使：宋代置枢密院掌管军事和边防，长官称枢密使，枢密副使为副职。

②宣抚：即宣抚使，地方军事长官。北宋派朝官去地方、边防地区巡视，督视军旅，慰问百姓。

③广西：北宋设广南西路，治所在今广西桂林。

④侬智高(？—1055年)：北宋羁縻广源州壮族首领，曾建立大历国、南天国政权，1052年起兵攻宋，次年被北宋将领狄青率兵打败。

⑤昆仑关：古关名。位于今广西南宁市邕宁区与宾阳县交界处昆仑山上。

⑥宾州：治所在今广西宾阳南。

⑦上元节：元宵节。

⑧燕：通“宴”。

⑨二鼓：即二更，晚上九点到十一点。鼓，古代夜间击鼓以报时，一鼓即一更。

⑩如：去、往。

⑪谕：告知，一般用于上对下。

⑫孙元规：即孙沔（997年—1067年），字元规，曾任广南东、西路安抚使，与狄青一起率兵镇压侬智高起事。

⑬主席：本指主持会议的人，此处作为动词用，即主持。

⑭驰报：快马传报。

【译文】

狄青任枢密副使时，以宣抚使的名义掌管广西。当时侬智高占据昆仑关，狄青到了宾州，恰逢元宵节，就命令大规模点上花灯蜡烛，第一晚宴请高级将领，第二晚宴请次一级军官，第三晚用酒食款待下级军官。大家第一晚欢歌宴饮一整晚。第二晚的二更时分，狄青忽然称病，暂时起身入房内休息。过了好久，派人告诉孙沔，请他主持酒宴，过一会儿服了药就出来，多次派人向席上的军官劝酒慰劳，到了第二天早上，大家都不敢退席。忽然有人快马传报说：“这天夜里三更时分，狄青已经夺取了昆仑关了。”

229　曹南院[①]知镇戎军[②]日，尝出战小捷[③]，虏兵引去[④]。玮侦虏兵去已远，乃驱所掠牛羊辎重，缓驱而还，颇失部伍[⑤]。其下忧之，言于玮曰：“牛羊无用，徒縻军[⑥]。不若弃之，整众而归。”玮不答，使人候[⑦]。虏兵去数十里，闻玮利牛羊而师不整，遽还袭之。玮愈缓，行得地利处，乃止以待之。虏军将至近，使人谓之曰："蕃军[8]远来必甚疲，我不欲乘人之怠[9]，请休憩士马，少选决战。"虏方苦疲甚[10]，皆欣然，严[11]军歇良久。玮又使人谕之："歇定，可相驰矣。"于是各鼓军而进，一战大破虏师，遂弃牛羊而还。徐谓其下曰："吾知虏已疲，故为贪利以诱之。比其复来，几行百里矣，若乘锐便战，犹有胜负。远行之人，若小憩，则足痹[12]不能立，人气亦阑[13]。吾以此取之。"

【注释】

①曹南院：即曹玮，字宝臣，北宋大将。南院为宣徽南院使的简称，宋代赐给皇亲国戚的高级军衔。

②镇戎军：治所在今甘肃固原。

③小捷：小的胜仗。

④引去：撤走。

⑤部伍：队伍。

⑥徒縻(mí)军：白白牵制了部队。縻军，指受牵制而不能灵活机动的军队。

⑦候：斥候、侦查。

⑧蕃军：指敌方的部队。

⑨怠：疲劳。

⑩苦疲甚：苦于非常疲倦。

⑪严：整肃。

⑫痹(bì)：肢体疼痛或麻木。

⑬阑(lán)：气竭、衰败。

【译文】

曹玮主持镇戎军事务的时候，有一次出战获得了小小的胜利，敌军退走了。曹玮派人侦察得知敌军走得很远了，就下令赶着抢掠来的牛羊和物资，慢慢地赶车回来，队伍也很不整齐。部下对这种做法十分担忧，就对曹玮说："这些牛羊没有什么用处，白白地拖累了队伍，不如丢掉它们，整顿好部队迅速返回。"曹玮不答应，只是派人继续侦察。敌兵撤退了几十里，打探到曹玮贪图牛羊的小利而使部队行进得乱糟糟的，突然就掉头回来袭击曹玮的部队。曹玮的队伍反而越走越慢，来到一处地形有利的地方，就停止前进，等候敌人。敌军追得很近的时候，他派人对敌军的首领说："你们的军队从远处追过来，一定很疲劳，我不想趁你们疲倦的时候进攻，请你们让将士和兵马稍微休息一下，过一会儿再进行决战。"敌兵正是苦于非常疲劳的时候，听到这话都很高兴，在保持军队整肃、戒备状态的情况下休息了很长一段时间。曹玮又派人告诉敌军说："休息好了，可以进军了。"于是，双方军队都击鼓进军，刚一交战就大败敌军，然后丢掉牛羊返回兵营。他慢慢地对部下说道："我知道敌人已经十分疲劳了，所以故意装出贪图牛羊小利的样子来引诱他们追赶。等到他们重新追上来的时候，几乎走了一百里路了，假如这时乘敌军士气旺盛的时候就决战，还可能出现有胜有负的局面。走远路的人，如果停下休息一会儿，就会腿脚酸软，站立不稳，士气也会涣散。我正是借此机会才取胜的。"

230　予友人有任术[①]者，尝为延州[②]临真尉[③]，携家出宜秋门。是时茶禁甚严。家人怀越茶数斤，稠人[④]中马惊，茶忽坠地。其人阳惊[⑤]，回身以鞭指城门鸱尾[⑥]。市人莫测，皆随鞭所指望之，茶囊已碎于埃壤矣。监司尝使治地讼[⑦]，其地多山，崄不可登，由此数为讼者所欺。乃呼讼者告之曰："吾不忍尽尔，当贳[⑧]尔半。尔所有之地，两亩止供一亩，慎不可欺，欺则尽覆入官矣。"民信之，尽其所有供半。既而指一处覆之，文致其参差[⑨]处，责之曰："我戒尔无得欺，何为见负？今尽入尔田矣。"凡供一亩者，悉作两亩收之，更无一犁[⑩]得隐者。其权数多此类。其为人强毅恢廓[⑪]，亦一时之豪也。

【注释】

①任术:随机应变,运用策略。

②延州:治所在今陕西延安东。

③临真尉:临真(今陕西甘泉县以东地区)的县尉(在县令之下,主管治安)。

④稠人:指人员稠密之处。

⑤阳惊:即佯惊,假装惊讶。

⑥鸱(chī)尾:此处指城楼屋脊两端的兽形装饰物。

⑦治地讼:治理整顿关于土地纠纷的官司。

⑧贳(shì):赦免、宽纵。

⑨参差:差错。

⑩一犁:一点儿土地。

⑪强毅恢廓:坚强果断而又宽宏大量。

【译文】

我有一个朋友善于随机应变,他曾经任延州临真县尉,带家人一起出宜秋门。当时的茶禁很严。家人中有怀揣几斤江浙一带茶叶的人,在人多处马匹受惊,茶叶忽然掉在了地上。我这个朋友就假装惊讶,回过身子用鞭子指着城门上的鸱尾。街上的人不知道怎么了,都随着鞭子指的方向望去,而地上的茶叶袋子早已经被踩碎嵌入泥土了。监察官员曾经派他治理整顿关于土地纠纷的官司,那个地方山多,险峻不可攀登,因为这样常常被诉讼的人欺骗。我这位朋友就召唤了诉讼者告诉他们:“我不忍心把你们的土地都算上,可以宽纵你们一半。你们所有的土地,两亩地只要缴纳一亩地的税,要诚实不能欺骗官府,欺骗的话就全部征收了。”当地的人都信了,把全部土地按照一半来交税。过了一些时候我的朋友就指定一个地方说要复核,根据条文说有差错,并斥责说:“我说过不能欺骗官府,为什么还要违背?现在要把你们的土地全部没收。”凡是以一亩地交税的,都按照两亩地来收,再也没有一点儿土地能隐瞒。他的谋略大多是这样的。他为人坚强果断而又宽宏大量,也是一时的豪杰啊。

231 王元泽[①]数岁时，客有以一獐[②]、一鹿同笼以问雱：“何者是獐？何者为鹿？”雱实未识，良久对曰：“獐边者是鹿，鹿边者是獐。”客大奇之。

【注释】

①王元泽：即王雱(pāng)(1044年—1076年)，字元泽，王安石的儿子。

②獐(zhāng)：即獐子，一种动物，形状像鹿而比鹿小，背部黄褐色，腹部白色，毛较粗，无角。

【译文】

王元泽几岁大的时候，有位宾客把一头獐子和一头鹿关到同一个笼子里，然后问王雱：“哪个是獐，哪个是鹿？”王雱确实分辨不出这两种动物，过了好一会儿回答说：“獐子旁边的那个是鹿，鹿旁边的那个就是獐子。”宾客感到非常惊奇。

232 濠州[①]定远县[②]一弓手[③]，善用矛，远近皆伏其能。有一偷，亦善击刺，常蔑视官军，唯与此弓手不相下，曰：“见必与之决生死。”一日，弓手者因事至村步[④]，适值偷在市饮酒，势不可避，遂曳矛而斗，观者如堵墙，久之，各未能进。弓手者忽谓偷曰：“尉[⑤]至矣。我与尔皆健者，汝敢与我尉马前决生死乎？”偷曰：“喏。”弓手应声刺之，一举而毙，盖乘其隙也。又有人曾遇强寇斗，矛刃方接，寇先含水满口，噀[⑥]其面。其人愕然，刃已揕[⑦]胃。后有一壮士复与寇遇，已先知噀水之事。寇复用之，水才出口，矛已洞颈。盖已陈刍狗[⑧]，其机已泄，恃胜失备，反受其害。

【注释】

①濠州：治所在今安徽凤阳。

②定远县：今安徽定远县，北宋时属于凤阳府。

③弓手：宋代官役，以拘捕强盗为职业。

④村步：指村边码头，村边泊船处。步，同“埠”。

⑤尉：县尉，在县令之下，主管县里治安。

⑥噀(xùn)：含水在口中忽然喷出。

⑦揕(zhèn)：用刀剑等刺。

⑧已陈刍狗：比喻已经过时无用的东西，此处比喻用过的计谋。

【译文】

濠州定远县有一个弓手，善于使用矛，远近的人都佩服他的本事。有一个小偷，也善于击刺，常常看不起官军，唯独与这个弓手不相上下，说：“见到了一定要与他决一生死。”一天，弓手因为有事情来到村里的码头，恰好那个小偷也在街市旁饮酒，一场恶斗是不可避免了，于是就拿着长矛开始斗起来，观看的人像一堵墙一样围着，过了很久，都没有分出胜负。弓手忽然和小偷说：“县尉来了。我和你都是勇士，你敢和我在县尉马前决一生死吗？”小偷说：“可以啊。”弓手就应声刺向小偷，一下子就把他刺死了，大概是趁着他一时疏忽。又有一次有个人遇见强盗拼斗，矛和刀刚刚相碰，强盗事先在口中含满水，忽然喷到这人脸上。这人一下子愣住了，但这时刀已经刺进了他的胃。后来有一个壮士又与这个强盗相遇了，预先已经知道了强盗喷水的伎俩。强盗再次使用，水刚刚出口，矛已经刺穿了他的脖子。用过的计谋，秘密已经泄露，还依赖伎俩而失去防备，结果反受其害。

233 陕西因洪水下[①]大石，塞山涧中，水遂横流为害。石之大有如屋者，人力不能去，州县患之。雷简夫[②]为县令，乃使人各于石下穿一穴，度[③]如石大，挽石入穴窖[④]之，水患遂息也。

【注释】

①下：滑下，这里指山洪暴发使山石崩塌下来。

②雷简夫：字太简，同州郃阳（今陕西合阳）人。宋代官员。

③度：猜测，估计。

④窨：收藏东西的地洞或坑，也指把东西收藏在窨里，这里指将巨石埋进坑里。

【译文】

陕西因山洪暴发冲下一块大石头，堵塞了山中的河道，河水横流便造成了水患。这块大石头有一座房子那么大，靠人力不能搬走，州县百姓都为此十分忧虑。雷简夫当时担任县令，于是让人各在大石头下挖一个坑，估计坑像大石头那么大，就推动大石头落入坑中，水患就平息了。

234 熙宁中，高丽入贡，所经州县，悉要地图，所至皆造送[①]，山川道路，形势险易，无不备载。至扬州，牒州[②]取地图。是时丞相陈秀公[③]守扬，绐[④]使者："欲尽见两浙所供图，仿其规模供造。"及图至，都聚而焚之，具以事闻。

【注释】

①造送：制作并赠送。

②牒（dié）州：即送公文到州里。牒，公文、文书。

③陈秀公：即陈升之（1011 年—1079 年），初名旭，字旸叔，北宋大臣。因封秀国公，故称陈秀公。

④绐（dài）：欺骗、欺诈。

【译文】

熙宁年间，高丽使者前来进贡，所经过的州县，都要索取地图，所到的地方都制作并赠送了，地图上各州县的山川道路，地势险易，没有不记载的。到了扬州，高丽使者送公文到州里索取地图。当时的丞相陈秀公镇守扬州，就欺骗使者说："想看看两浙地区给你们提供的所有地图，好仿照它们的规模来制作。"等到高丽使者送来地图，就全部聚在一起烧掉了，并将此事上报给朝廷。

235　狄青戍[①]泾原日，尝与虏战，大胜，追奔数里。虏忽壅遏[②]山踊[③]，知其前必遇险。士卒皆欲奋击，青遽鸣钲止之，虏得引去。验其处，果临深涧，将佐皆悔不击。青独曰："不然。奔亡之虏，忽止而拒我，安知非谋？军已大胜，残寇不足利，得之无所加重。万一落其术中，存亡不可知。宁悔不击，不可悔不止。"青后平岭寇[④]，贼帅侬智高兵败，奔邕州[⑤]，其下皆欲穷其窟穴。青亦不从，以谓趋利乘势入不测之城，非大将事。智高因而获免，天下皆罪青不入邕州，脱智高于垂死。然青之用兵，主胜而已，不求奇功，故未尝大败。计功最多，卒为名将。譬如弈棋，已胜敌可止矣，然犹攻击不已，往往大败。此青之所戒也，临利而能戒，乃青之过人处也。

【注释】

①戍(shù)：驻守、镇守。

②壅遏(yōng è)：阻塞、阻挡。

③山踊：山脚。

④岭寇：此处指侬智高等人的叛乱。

⑤邕州：治所在今广西南宁南。

【译文】

狄青镇守泾原的时候，曾经与北方的敌人大战，取得大胜，又追击敌人好几里地。敌人忽然在山脚下阻挡，狄青知道前面肯定有险境。士兵们都想奋起追击，狄青马上鸣钲命令他们停止追击，敌人就得以退走了。察看那个地方，果然有一个很深的水沟，部将们都懊悔没能追击敌人。只有狄青说："不是这样的。逃跑的敌人，忽然停下来抵抗我们，怎么知道不是计谋呢？我军已经取得大胜，残余的敌人不足以扩大我们的战绩，抓获他们也不能使我们的战功更显著。万一落入了他们的圈套，生死就不好说了。宁可后悔不追击，也不能后悔追击不停止。"狄青后来平定岭南的贼寇，叛军将领侬智高兵败，逃亡到邕州，狄青的部下都想穷追剿灭侬智高的老窝。狄青也不听从，说顺着好的趋势追击进入不知道虚实的城池，不是大将所做的事情。于是侬智高得以逃脱，天下的人都怪罪狄青没有进入邕州，而让侬智高在垂死之际得以逃脱。但是狄青带兵打仗，重在求胜，不追求奇功，所以没有过大的失败。他立下的功劳最多，最终成了名将。这好比下棋，已经战胜了敌方就可以停止了，但是如果还进攻不止的话，往往会大败。这也是狄青所防备的，在面对有利局面时能够提高警惕，这就是狄青超过一般人的地方啊。

236　瓦桥关[①]北与辽人为邻，素无关河为阻。往岁六宅使[②]何承矩[③]守瓦桥，始议因陂泽[④]之地，潴水[⑤]为塞[⑥]。欲自相视，恐其谋泄，日会僚佐，泛船置酒赏蓼[⑦]花，作《蓼花吟》数十篇，令座客属和[⑧]，画以为图，传至京师，人莫喻其意。自此始壅[⑨]诸淀。

庆历中，内侍[⑩]杨怀敏复踵[⑪]为之。至熙宁中，又开徐村、柳庄等泺[⑫]，皆以徐[⑬]、鲍[⑭]、沙[⑮]、唐[⑯]等河，叫猴、鸡距[⑰]、五眼[⑱]等泉为之源，东合滹沱[⑲]、漳[⑳]、淇[㉑]、易[㉒]、白[㉓]等水并大河[㉔]。于是自保州[㉕]西北沈远泺，东尽沧州[㉖]泥枯海口[㉗]，几八百里，悉为潴潦[㉘]，阔者有及六十里者，至今倚为藩篱[㉙]。

或谓侵蚀民田，岁失边粟之入，此殊不然。深[㉚]、冀[㉛]、沧、瀛[㉜]间，惟大河、滹沱、漳水所淤，方为美田；淤淀不至处，悉是斥卤[㉝]，不可种艺。异日惟是聚集游民，刮咸煮盐，颇干[㉞]盐禁，时为寇盗。自为潴泺，奸盐[㉟]遂少，而鱼蟹菰[㊱]苇之利，人亦赖之。

【注释】

①瓦桥关：北宋边防重镇，在今河北雄县南的易水上。

②六宅使：武官名。

③何承矩：宋太宗端拱初年负责河北边防的一名武官。当时他曾建

议在顺安寨西北开易河、蒲口，以疏导河水往东注入海。这样一来，东西三百余里，南北五七十里的范围内，都可以利用沼泽地带蓄水屯田，防止契丹侵扰。后来，太宗任命他为河北缘边屯田使，这一计划得以实施。

④陂(bēi)泽：泛指沼泽地带。

⑤潴(zhū)水：蓄水。

⑥塞：指屏障。

⑦蓼(liǎo)：一年生草本植物，生长在水边，花为淡红色或白色。

⑧属(zhǔ)和：和诗，与原诗用同一题目，同一体制，甚至步原诗之韵。

⑨壅：堵塞。

⑩内侍：宦官，即太监。

⑪踵(zhǒng)：原指脚后跟，这里指跟着。

⑫泺(pō)：同"泊"，即湖泊、塘泊。

⑬徐：即徐河，源出今河北易县狼牙山附近。

⑭鲍：即雹河，亦作瀑河，源出今河北易县。

⑮沙：即沙河，古称派水，源出今河北、山西交界附近。

⑯唐：即唐河，古称滱水，源出今山西灵丘。

⑰鸡距：即鸡距泉，在今河北保定附近。

⑱五眼：即五眼泉，可能为今河北定州附近的五云泉。

⑲滹(hū)沱(tuó)：即滹沱河，源出今山西五台山，北汇入子牙河。

⑳漳：即漳河，源出今山西东南部，上流分清漳、浊漳两河，汇入漳河，注入卫河。

㉑淇：即淇河，源出今山西，注入卫河。

㉒易：即易水，源出今河北易县。

㉓白：白沟河，在今河北高碑店。宋、辽即以白沟为界。

㉔大河：特指黄河。

㉕保州：治所在今河北保定。

㉖沧州：治所在今河北沧州东南。

㉗泥栝海口：宋代曾在泥沽海口设置泥沽寨，在今天津附近。栝，同“沽”。

㉘潦（lǎo）：积水。

㉙藩篱：屏障。

㉚深：深州，治所在今河北深州南。

㉛冀：冀州，治所在今河北衡水市冀州区。

㉜瀛：瀛州，治所在今河北河间。

㉝斥卤：盐碱地。

㉞干：违犯。

㉟奸盐：指私盐。

㊱菰（gū）：茭白。

【译文】

瓦桥关以北和辽人相邻的地域，一向没有可以作为防守的关河险要。往年六宅使何承矩镇守瓦桥，开始建议利用低洼的地方，蓄水作为边防上的屏障。他想亲自去察看，又怕计谋泄露出去，于是就每天会集部属官员，在水上泛船、饮酒、观赏蓼花，作了几十篇《蓼花吟》，要求同行的客人和诗，还将这些情景画成图，传送到京城，人们都不明白他的意图。从此以后他便开始了在塘泊间筑堤蓄水的工程。

庆历年间，太监杨怀敏又接着进行这项工程。到了熙宁年间，又挖开徐村、柳庄等地的水塘，并引入徐河、鲍河、沙河、唐河等流，叫猴、鸡距、五眼等泉水的水源，东面汇合滹沱河、漳河、淇河、易水、白沟等河流，并入黄河。这样一来，从保州西北的沈远泺起，直到东边沧州的泥沽海口，近八百里的地方都成为蓄水的湖泊，水面开阔的地方有近六十里，直到现在还把它作为边防的屏障。

有人认为这样做侵占了民田，会减少边防地区每年的粮食收获，这种说法十分错误。在深州、冀州、沧州、瀛州一带，只有被黄河、滹沱河、漳水灌溉到的地方才能成为良田；灌溉不到的地方，都是盐碱地，根本无法种植。以前只有许多游民聚集在这里，刮下碱土煮盐，多次违犯朝廷禁卖私盐的法令，有时还变成了盗贼。自从这里成为塘泊以后，倒卖私盐的事便也很少发生了，鱼蟹、茭白、芦苇带来了好处，老百姓依靠它们也可以过活了。

237 浙帅钱镠[①]时，宣州[②]叛卒五千余人送款[③]，钱氏纳之，以为腹心。时罗隐[④]在其幕下，屡谏以谓敌国之人不可轻信，浙帅不听。杭州新治城堞[⑤]，楼橹[⑥]甚盛，浙帅携寮客[⑦]观之。隐指却敌[⑧]，佯不晓，曰："设此何用？"浙帅曰："君岂不知欲备敌耶？"隐谬曰："审如是，何不向里设之？"浙帅大笑曰："本欲拒敌，设于内何用？"对曰："以隐所见，正当设于内耳。"盖指宣卒将为敌也。后浙帅巡衣锦城，武勇指挥使徐绾[⑨]、许再思[⑩]挟宣卒为乱，火青山镇，入攻中城。赖城中有备，绾等寻败，几于覆国。

【注释】

①浙帅钱镠：此指钱镠任镇海军节度使。

②宣州：治所在今安徽宣城。

③送款：投诚、归降。

④罗隐(833 年—910 年)：字昭谏，晚唐诗人。曾任镇海军节度使钱镠的幕僚，后任给事中等。

⑤城堞(dié)：城墙上的矮墙。

⑥楼橹：守城或攻城用的高台。

⑦寮(liáo)客：幕僚。

⑧却敌：城上的一种防御工事。

⑨徐绾(wǎn)：晚唐人，曾为孙儒的部将，后来归附钱镠，任右都指挥使，不久作乱被俘处死。

⑩许再思：晚唐人，同徐绾一起在钱镠手下作乱被俘。

【译文】

钱镠任镇海军节度使时，宣州的叛军有五千多人归降，钱镠收纳了，并把他们当作心腹。当时罗隐正在钱镠幕下做参谋，多次劝说敌国之人不能轻易相信，钱镠不听。杭州新建了城墙上的矮墙，上面的高台也很多，钱镠带领幕僚们四处参观。罗隐指着击退敌人的设备，假装不知道，说："设置这个是干什么的？"钱镠说："你难道不知道这是防备敌人的吗？"罗隐假装错误地说："考虑这么细心，为什么不向里面设置呢？"钱镠大笑着说："本来是想抵御敌人的，设置在里面有什么用？"罗隐回答说："依我罗隐的预见，这应该设置在里面啊。"可能是指宣州归附的士兵将来会成为敌人。后来钱镠在衣锦城巡视，武勇指挥使徐绾、许再思带领宣州归附的士兵作乱，用火烧青山镇，并攻击中城。幸亏城中早有防备，徐绾等不久就失败了，钱镠差一点儿就因此亡国。

238　淳化[1]中，李继捧[2]为定难军节度使，阴与其弟继迁谋叛，朝廷遣李继隆[3]率兵讨之。继隆驰至克胡，渡河入延福县[4]，自铁茄驿夜入绥州[5]，谋其所向。继隆欲径袭夏州[6]。或以谓夏州贼帅所在，我兵少，恐不能克，不若先据石堡[7]，以观贼势。继隆以为不然，曰："我兵既少，若径入夏州，出其不意，彼亦未能料我众寡。若先据石堡，众寡已露，岂复能进？"乃引兵驰入抚宁县[8]，继捧犹未知。遂进攻夏州，继捧狼狈出迎，擒之以归。

抚宁旧治无定河川中，数为虏所危。继隆乃迁县于滴水崖，在旧县之北十余里，皆石崖，峭拔十余丈，下临无水，今谓之啰瓦城者是也。熙宁中所治抚宁城，乃抚宁旧城耳。本道图牒[9]皆不载，唯李继隆《西征记》言之甚详也。

【注释】

①淳化：宋太宗赵炅的年号，公元990年至994年。

②李继捧(962 年—1004 年):西夏人,于太平兴国年间率领族人入朝,受到太宗皇帝的嘉许,累授彰德军节度使。他的族弟李继迁常为边患,后来也归顺宋朝,不久又反叛。

③李继隆(950 年—1005 年):字霸图,上党人。北宋初名将。曾屡建战功,数败契丹。嗜读《左传》,宾礼儒士,能谦谨保身。卒谥忠武。

④延福县:今陕西绥德县东南。

⑤绥州:治所在今陕西绥德。

⑥夏州:治所在今陕西靖边东北白城子。

⑦石堡:今陕西志丹县北三十里。

⑧抚宁县:今陕西米脂县西四十里。

⑨图牒:地图、文书。

【译文】

淳化年间,李继捧担任定难军节度使,暗地里与他的弟弟李继迁密谋反叛,朝廷派遣李继隆带兵去讨伐。李继隆的部队飞速赶到了克胡,渡过黄河便进入了延福县,又从铁茄驿连夜进到绥州,谋划着下一步应该往哪里进发。李继隆想直接偷袭夏州。有人说夏州是叛军统帅所在的地方,我们的兵力少,恐怕不能攻克,不如先占领石堡,观察一下叛军的动向。李继隆认为这样不好,他说:“既然我方兵力少,假如直接攻打夏州,出其不意,敌人也无法探知到我方兵力的多少。假如先占领石堡,我方兵力的多少就暴露了,哪里还能再发动进攻呢?”于是带领军队迅速赶到抚宁县,这时的李继捧还不知道。随后又直接进攻夏州,李继捧慌慌张张出城迎战,被俘获后押回来。

抚宁过去的治所在无定河一带的平地上,经常被敌方骚扰。李继隆就将县治迁到滴水崖,在老城北面十来里的地方,那里到处都是石崖,陡峭的崖壁高达十多丈,下边对着无定河,现在说的啰瓦城就是这里。熙宁年间设置的抚宁城,是抚宁的老城。这一行政区划的方志地图和文书上都没有将新的县址记载上去,只有李继隆写的《西征记》说得十分详细。

239 熙宁中，党项母梁氏[①]引兵犯庆州[②]大顺城。庆帅遣别将林广[③]拒守，虏围不解。广使城兵皆以弱弓弩射之。虏度其势之所及，稍稍近城，乃易强弓劲弩丛射。虏多死，遂相拥而溃。

【注释】

①梁氏：此处指西夏惠宗李秉常的母亲梁氏，史称梁皇后（？—1085年），西夏毅宗李谅祚的皇后。1068年毅宗李谅祚病逝，惠宗李秉常以七岁之龄继位，其母梁太后及其家族专权，所以说熙宁年间梁氏引兵犯庆州。

②庆州：治所在今甘肃庆阳。

③林广：莱州人，北宋将领。曾任卫州防御使等，颇有战功，闻名于西夏。

【译文】

熙宁年间，党项族首领的母亲梁氏带兵侵犯庆州大顺城。庆州统帅派遣别将林广抵抗防守，敌人围城不肯退去。林广命令城里的士兵用力量弱的弓射击。敌人估计弓箭力度所达到的地方，就稍稍往城墙靠近，于是林广这方就更换力量强的弓箭聚集在一起射击。敌人多被射死，其余的也相拥溃逃。

240 苏州至昆山县凡六十里，皆浅水无陆途[①]，民颇病涉[②]。久欲为长堤，但苏州皆泽国[③]，无处求土。

嘉祐[④]中，人有献计，就水中以蘧蒢[⑤]、刍稿[⑥]为墙，栽两行，相去三尺。去墙六丈，又为一墙，亦如此。漉水中淤泥实[⑦]蘧蒢中，候干，则以水车汱[⑧]去两墙之间旧水，墙间六丈皆土，留其半以为堤脚，掘其半为渠，取土以为堤。每三四里则为一桥，以通南北之水。

不日堤成，至今为利。

【注释】

①陆途：陆路，陆地上的道路，与水路相对。

②病涉：指苦于涉水。

③泽国：指低洼积水的广大地区。

④嘉祐：宋仁宗赵祯的年号，公元1056年至1063年。

⑤蘧(qú)蒢(chú)：用芦苇编织而成的席子。

⑥刍(chú)稿：指草把子。

⑦实：填塞。

⑧汱(quǎn)：本指河水下落，这里是把水排掉的意思。

【译文】

从苏州到昆山县总共有六十里，都是浅水坑洼而没有陆路，老百姓苦于涉水行走。很久之前就想修筑一道长堤，但是苏州一带都是低洼积水之地，没有地方可以取土筑堤。

嘉祐年间，有人献出一条妙计，在水中用芦席和草把子做成墙，栽成两行，中间相距三尺。在距离这堵墙六丈远的地方，用同样的方法再做一道墙。捞起水中的淤泥填到芦席草墙中，等到淤泥干了，再用水车把两堵墙之间的积水排掉，这样一来，两堵墙之间就是六丈宽的泥土了。将这六丈土留下一半作为修堤的基础，将另一半挖成水渠，挖出来的土用来筑堤。长堤之上每隔三四里造一座桥，用来沟通南北的水流。

没过多久长堤就筑成了，直到今天人们还享受着长堤带来的便利。

241　李允则[①]守雄州[②]，北门外民居极多，城中地窄，欲展北城，而以辽人通好，恐其生事。

门外旧有东岳行宫，允则以银为大香炉，陈于庙中，故不设备。一日，银炉为盗所攘[③]，乃大出募赏，所在张榜，捕贼甚急。久之不获，遂声言庙中屡遭寇，课夫[④]筑墙围之，其实展北城也，不逾旬而就，虏人亦不怪之，则今雄州北关城是也。

大都军中诈谋，未必皆奇策，但当时偶能欺敌，而成奇功。时人有语云："用得着[5]，敌人休；用不着，自家羞。"斯言诚然。

【注释】

①李允则：字垂范，太原府盂县人。北宋将领。以才略闻。《宋史》称其"在河北二十余年，事功最多，其方略设施，虽寓于游观亭传间，后人亦莫敢隳"。

②雄州：治所在今河北雄县。

③攘(rǎng)：偷窃。

④课夫：征工。

⑤着：恰当、正确。

【译文】

李允则镇守雄州的时候，城北门外的居民住宅很多，城中地盘狭小，他便想着向北扩展城墙，可是因为朝廷正与辽国通好，担心会因此生出事端来。

北门外原来有一座东岳行宫，李允则于是就用银子做成一个大香炉，摆放在庙中，故意不派人看守。有一天，银香炉被盗贼偷走了，李允则就拿出很高的赏钱，四处张榜紧急捉拿盗贼。过了很久也没有抓到盗贼，于是他就放出口风说庙里多次遭到偷盗，需要征集民工修筑一道墙把庙围起来，其实是扩展北边的城墙。不到十天城墙修好了，辽人对这件事也不感到奇怪，那就是现在的雄州北关城。

大体军事上的机谋，不一定都是奇异的计策，只要当时能够偶尔蒙骗过敌人，就能成就奇功。当时的人有这样的俗语："用得着，敌人休；用不着，自家羞。"这话说得十分正确啊。

242　陈述古[1]密直[2]知建州浦城县[3]日，有人失物，捕得莫知的[4]为盗者。述古乃绐之曰："某庙有一钟，能辨盗，至灵！"使人迎置后阁[⑤]祠之，引群囚立钟前，自陈不为盗者，摸之则无声，为盗者摸之则有声。述古自率同职祷钟甚肃，祭讫，以帷围之，乃阴[⑥]使人以墨涂钟，良久，引囚逐一令引手入帷摸之，出乃验其手，皆有墨。唯有一囚无墨，讯之，遂承为盗。盖恐钟有声，不敢摸也。此亦古之法，出于小说。

【注释】

①陈述古：即陈襄（1017年—1080年），字述古，曾任御史、知制诰等。北宋理学家。因居古灵，人称古灵先生。

②密直：枢密直学士的省称，地位次于翰林学士，也相当于皇帝的秘书和顾问。

③建州浦城县：今福建南平市浦城县。

④的（dí）：究竟，到底。

⑤后阁（gé）：后面的小门。

⑥阴：悄悄地、暗地里。

【译文】

枢密直学士陈述古在出知建州浦城县时，有人丢失了东西，逮捕了一些嫌疑人却不能确认谁为窃贼。陈述古就欺骗他们说："某座庙里面有一口钟，能够分辨窃贼，非常灵验！"他派人把那口钟迎来安放在后面的小门祭祀，并让众多囚犯都站在钟前，陈述古说不是窃贼的人，摸钟就没有声音，是窃贼的摸钟就有声音。陈述古自己率领同事们一起向钟祈祷，样子很严肃，祭祀完毕以后，就用帐幕围住钟，然后悄悄派人把墨水涂在钟身上，过了很久，带领囚犯逐个令他们将手伸入帐幕摸钟，出来以后就查验他们的手，都沾有墨。只有一个囚犯手上没有墨，审问这个人，于是就承认了自己是窃贼。大概害怕钟发出声音，不敢摸吧。这也是过去的做法，从小说中来的。

243　熙宁中，濉阳[①]界中发[②]汴堤淤田，汴水暴至，堤防颇坏陷，将毁，人力不可制。都水丞[3]侯叔献[4]时莅[5]其役，相视其上数十里有一古城[6]，急发汴堤注水入古城中，下流遂涸[7]，急使人治堤陷。次日，古城中水盈，汴流复行，而堤陷已完矣。徐塞[8]古城所决，内外之水平而不流，瞬息可塞。众皆伏[9]其机敏。

【注释】

①濉阳：即睢阳，今河南商丘。

②发：掘开。

③都水丞：管理水利的官职名。

④侯叔献：字景仁，宋宜黄人。王安石的门人，擅长治水，曾引樊山水灌田四十万顷。

⑤莅：到，这里指履行职务。

⑥古城：指已经废弃的古城遗址。

⑦涸(hé)：原指水干，这里指水流减弱，水位降低。

⑧徐塞：慢慢堵上。

⑨伏：同“服”，佩服。

【译文】

熙宁年间，睢阳境内掘开河堤引出汴河里的淤泥到田地里，遇到汴河突然暴涨，河堤坍陷得相当厉害，马上就要溃堤了，不是人力所能遏制的。都水丞侯叔献当时到现场指挥这项抗洪工程，他看到在汴河上游几十里的地方有一座废弃的古城遗址，就下令紧急掘开汴水河堤，放水流进古城中，下游的水位就降低了很多，又立即派人修复坍陷的河堤。第二天，古城里积满了水，汴水又沿着原河道流下去，而下游坍陷的堤也修复完毕。再慢慢地堵塞通向古城的缺口，这是由于古城内外的水位几乎相平所以没有急流，很快就可以堵好缺口。大家都佩服侯叔献的机智果断。

244 宝元[①]中，党项犯边，有明珠族[②]首领骁悍，最为边患。种世衡[③]为将，欲以计擒之。闻其好击鼓，乃造一马持战鼓，以银裹之，极华焕，密使谍者[④]阳卖[⑤]之入明珠族。后乃择骁卒数百人，戒之曰："凡见负银鼓自随者，并力擒之。"一日，羌酋[⑥]负鼓而出，遂为世衡所擒。又元昊[⑦]之臣野利[⑧]，常为谋主，守天都山，号天都大王，与元昊乳母白姥有隙。岁除日[⑨]，野利引兵巡边，深涉汉境数宿，白姥乘间乃谮[⑩]其欲叛，元昊疑之。世衡尝得蕃酋之子苏吃曩[⑪]，厚遇之。闻元昊尝赐野利宝刀，而吃曩之父得幸于野利。世衡因使吃曩窃野利刀，许之以缘边职任、锦袍、真金带。吃曩得刀以还，世衡乃唱言[⑫]野利已为白姥谮死，设祭境上，为祭文[⑬]，叙岁除日相见之欢。入夜，乃火烧纸钱，川中尽明，虏见火光，引骑近边窥觇，乃佯委[⑭]祭具，而银器凡千余两悉弃之。虏人争取器皿，得元昊所赐刀，乃火炉中见祭文已烧尽，但存数十字。元昊得之，又识其所赐刀，遂赐野利死。野利有大功，死不以罪，自此君臣猜贰[⑮]，以至不能军。平夏之功，世衡计谋居多，当时人未甚知之。世衡卒，乃录其功，赠观察使[⑯]。

【注释】

①宝元：宋仁宗赵祯的年号，公元1038年至1040年。

②明珠族：西夏的一个部落。

③种世衡(985年—1045年)：字仲平，北宋著名将领，防守北宋西北边境立功颇多。

④谍者：间谍。

⑤阳卖：公开叫卖。

⑥羌酋：此处指明珠族首领。

⑦元昊(hào)：即李元昊(1003年—1048年)，党项族人，西夏的开国

皇帝,谥号武烈皇帝。

⑧野利:即野利旺荣(? —1042 年),西夏大将。此文说野利旺荣被种世衡的离间计所杀,又一说,野利旺荣因打算谋反而被诛。

⑨岁除日:除夕。

⑩谮(zèn):诬陷、说别人的坏话。

⑪苏吃曩:西夏某部落首领的儿子。

⑫唱言:散布谣言。

⑬祭文:祭奠时表达哀悼的文章,用以追述死者生前事迹,赞颂功德,表达哀思。

⑭佯委:假装丢弃。

⑮猜贰:有二心,互相猜忌。

⑯观察使:地方军政长官,宋代在诸州置观察使,实为虚衔。

【译文】

宝元年间,党项族侵犯边境,其中有明珠族的首领勇猛强悍,是边防最大的祸患。种世衡任将军,打算用计擒拿他。听说这个人喜欢击鼓,于是制作了一个马背上的手持战鼓,用银子镶嵌,极为华丽,秘密派遣间谍公开叫卖给明珠族的人。然后挑选英勇的士兵几百人,告诉他们说:“凡是见到随身带着银鼓的人,就用力擒住他。”一天,明珠族首领带着银鼓出来了,于是被种世衡擒住。又有李元昊的一个大臣叫作野利,常常为他的主要谋士,驻守天都山,号称天都大王,他平时与李元昊的乳母白姥关系不和睦。有一年除夕,野利带兵巡视边境,深入汉族境内好几天,白姥趁机诬陷他想反叛,李元昊也怀疑他。种世衡曾经抓住一个西夏部落首领的儿子叫作苏吃曩,热情款待他。听说李元昊曾经赐给野利一把宝刀,而苏吃曩的父亲又被野利所信任。种世衡就派苏吃曩去偷取野利的宝刀,并许诺事成之后委以边防官,并赐给锦袍、真金带。苏吃曩得到宝刀以后就回来了,种世衡就散布谣言说野利已被白姥陷害致死,然后就在边境上摆设祭坛,并写了祭文,叙述除夕那天与野利见面是如何快乐。到了晚上,就用火烧纸钱,平川中到处都是明亮的,敌人见到火光,领着骑兵到边境窥探，于是种世衡一方就假装丢弃祭奠的用具，把价值千余两的银质器物都丢在那里了。敌人争先恐后夺取器皿，也捡到了李元昊赐给野利的宝刀，又在焚烧的火炉中找到了烧过的祭文，上面只剩下了几十个字。李元昊得知以后，又辨认出他赐给野利的宝刀，于是就赐野利自杀。野利自认为有大功，死也不承认自己的罪名，从此以后君臣就有了二心，以至于不能带兵打仗了。讨伐平定西夏的功劳，种世衡的计谋占多数，当时的人不是很熟悉。种世衡去世以后，朝廷才记载了他的功绩，并追赠他为观察使。

艺 文

这里所谓艺文,主要指文学方面的修养,尤其指诗文创造,兼及音韵和文字。如第246、252条等记载了古人作诗时在对偶、遣词造句方面的苦心孤诣。第257条体现了北宋古文运动时期的文风倾向。第266条记载了北宋洛阳盛况一时的同甲会,指同龄的几位老人在一起的文学雅集活动,性质与著名的洛阳耆英会类似。通过阅读此类记载,我们可以知道北宋当朝著名文人在文学方面的趣事、雅事,了解当时文坛文风走向,以及当朝文人对文学方面的各种看法。

245　欧阳文忠[①]常爱林逋[②]诗"草泥行郭索,云木叫钩辀"[③]之句。文忠以为语新而属对亲切[④]。钩辀,鹧鸪声也。李群玉[⑤]诗云:"方穿诘曲崎岖路,又听钩辀格磔声[⑥]。"郭索,蟹行貌也。扬雄[⑦]《太玄》曰:"蟹之郭索,用心躁也。"

【注释】

①欧阳文忠:即欧阳修(1007年—1072年),谥号文忠,世称欧阳文忠公。北宋著名的政治家、文学家、史学家。

②林逋(967年—1028年):字君复,北宋著名的隐士,自称"以梅为妻,以鹤为子",人称"梅妻鹤子"。

③草泥行郭索,云木叫钩辀(zhōu):螃蟹在草丛中穿行,鹧鸪在高耸入云的树木上啼叫。钩辀,鹧鸪叫声。

④属对亲切:对仗贴切恰当。

⑤李群玉(808年—862年):字文山,澧州人,唐代诗人。极善描写羁旅之情。授弘文馆校书郎。

⑥"方穿"二句:出自《九子坡闻鹧鸪》,全诗为:"落照苍茫秋草明,鹧

鸪啼处远人行。正穿诘曲崎岖路，更听钩辀格磔声。曾泊桂江深岸雨，亦于梅岭阻归程。此时为尔肠千断，乞放今宵白发生。”诘曲，曲折，屈曲。格磔(zhé)，鹧鸪的鸣叫声。

⑦扬雄(前 53 年—18 年)：字子云，蜀郡成都人，西汉经学家、文学家。主要著作有《太玄》《法言》《方言》《训纂篇》等。

【译文】

欧阳修特别喜爱林逋的诗句“草泥行郭索，云木叫钩辀”。他曾经认为这句诗语调清新而且对仗贴切恰当。钩辀，是鹧鸪声。李群玉有诗云：“方穿诘曲崎岖路，又听钩辀格磔声。”郭索，指螃蟹爬行的样子。扬雄《太玄》说：“蟹之郭索，用心躁也。”

246 韩退之[①]集中《罗池神碑铭》[②]，有“春与猿吟兮秋与鹤飞”，今验石刻，乃“春与猿吟兮秋鹤与飞”。古人多用此格，如《楚词》[③]“吉日兮辰良”，又“蕙肴[④]蒸兮兰藉，奠桂酒兮椒浆”[⑤]。盖欲相错成文[⑥]，则语势矫健[⑦]耳。杜子美[⑧]诗：“红稻啄余鹦鹉粒，碧梧栖老凤凰枝[⑨]”。此亦语反而意全。韩退之《雪诗》：“舞镜鸾窥沼，行天马度桥[⑩]”。亦效此体，然稍牵强，不若前人之语浑成[⑪]也。

【注释】

①韩退之：即韩愈(768 年—824 年)，字退之，唐代著名文学家。诗文俱佳。谥号文公，故世称韩文公。

②《罗池神碑铭》：即《柳州罗池庙碑》，是韩愈作于长庆三年(823 年)的一篇碑文，主要叙述同时代好友柳宗元的政绩，并感叹他不被重用，怀才不遇。

③《楚词》：即《楚辞》，此处指汉代刘向把屈原的作品，加上宋玉等人“承袭屈赋”的作品编辑成集，取名《楚辞》。

④蕙肴：用蕙草熏的肉。

⑤椒浆：用椒浸制而成的酒，多用来祭神。

⑥相错成文：词序颠倒而成文。

⑦矫健：此处形容语句有气势。

⑧杜子美：即杜甫(712 年—770 年)，字子美，唐代著名诗人，有“诗圣”之称。

⑨红稻啄余鹦鹉粒，碧梧栖老凤凰枝：常规语序应为，鹦鹉啄余红稻粒，凤凰栖老碧梧枝。

⑩舞镜鸾窥沼，行天马度桥：常规语序应为，鸾窥舞镜沼，马度行天桥。

⑪浑成：浑然天成，形容自然完美不雕琢。

【译文】

韩愈的文集中有《柳州罗池庙碑》，其中有“春与猿吟兮秋与鹤飞”一句，现在审查石刻，是“春与猿吟兮秋鹤与飞”。古人常常用这样的格式语序，如《楚辞》“吉日兮辰良”，又有“蕙肴蒸兮兰藉，奠桂酒兮椒浆”。是想词序颠倒而成文，那么语句就更加有气势了。杜甫的诗句：“红稻啄余鹦鹉粒，碧梧栖老凤凰枝。”也是颠倒语序但意思是完整的。韩愈的《雪诗》：“舞镜鸾窥沼，行天马度桥。”也是仿效这样的体例，但是稍微有点牵强，不如前人用语那么自然天成。

247　退之《城南联句》首句曰：“竹影金锁碎。”所谓金锁碎者，乃日光耳，非竹影也[①]。若题中有“日”字，则曰“竹影金锁碎”可也。

【注释】

①所谓金锁碎者，乃日光耳，非竹影也：意思是日光穿过竹影，在地上形成琐碎的光斑，像金锁破碎的样子，而不是竹影摇动的样子像破碎的金锁。

【译文】

韩愈《城南联句》诗的第一句是：“竹影金锁碎。”所谓的金锁碎，是形容日光，而不是说的竹影。如果诗题中有“日”字，那么就可以说“竹影金锁碎”。

248 唐人作富贵诗，多纪[①]其奉养器服之盛，乃贫眼所惊耳。如贯休[②]《富贵曲》云：“刻成筝柱雁相挨。”此下里鬻弹者[③]皆有之，何足道哉！又韦楚老[④]《蚊诗》云：“十幅红绡围夜玉。”十幅红绡为帐，方不及四五尺，不知如何伸脚？此所谓不曾近富儿家。

【注释】

①纪：记录、记载。

②贯休（832 年—912 年）：俗姓姜，字德隐，唐末五代著名画僧、诗人。

③下里鬻（yù）弹者：即乡下卖唱、弹奏乐器的人。鬻，卖。

④韦楚老：中晚唐时期的诗人，生平不详。

【译文】

唐代人写富贵诗，大多是记录衣服食物器具的丰盛，这些是贫穷人家眼里感到惊奇的东西。比如贯休《富贵曲》说：“刻成筝柱雁相挨。”这是乡下卖唱的人都有的东西，哪里值得称道啊！又有韦楚老《蚊诗》说：“十幅红绡围夜玉。”十幅红绡做成的蚊帐，四周不到四五尺，不知道怎么能伸脚？这就是所说的未见过豪华富贵的场面。

249 诗人以诗主人物[①]，故虽小诗，莫不埏蹂[②]极工而后已，所谓旬锻月炼者，信非虚言。小说崔护[③]《题城南诗》，其始曰：“去年今日此门中，人面桃花相映红。人面不知何处去，桃花依旧笑春风。”后以其意未全，语未工，改第三句曰“人面只今何处在”。至今所传此两本，唯《本事诗》作“只今何处在”。唐人工诗，大率多如此。虽有两"今"字，不恤也[4]，取语意为主耳。后人以其有两"今"字，只多行前篇。

【注释】

①主人物：以展现人物故事为主。

②埏蹂(shān róu)：反复进行加工润色。

③崔护：字殷功，唐代诗人。贞元十二年(796年)进士及第。诗风婉丽清新。

④虽有两"今"字，不恤也：作诗时，诗人一般会避免同一首诗中出现同样的字，这里说崔护为了更好地表达他的意思，宁愿用同样的字。

【译文】

诗人作诗以展现人物为主，所以即使是小诗，也会反复锤炼到极其工整才停止，所说的旬锻月炼，确实不是妄言。小说中有记载崔护《题城南诗》的故事，该诗最初是："去年今日此门中，人面桃花相映红。人面不知何处去，桃花依旧笑春风。"后来因为诗歌意味没有完全表达出来，用语不工整，把第三句改成"人面只今何处在"。至今所流传的这两种文本，只有《本事诗》中记载的是"只今何处在"。唐人作诗追求精工，大多如此。所改的版本即使有两个"今"字，作者也不在乎，只以语言和诗意为主。后人因为其中有两个"今"字，大多只采用前面的那篇。

250　书之阙误[1]，有可见于他书者。如《诗》[2]"天夭是椓"[3]，《后汉·蔡邕传》[4]作"天夭是加"[5]，与"速速方榖"[6]为对。又"彼岨矣岐，有夷之行"[7]，《朱浮传》[8]作"彼岨者岐，有夷之行"。《坊记》[9]："君子之道，譬则坊焉[10]。"《大戴礼》[11]："君子之道，譬犹坊焉。"《夬卦》[12]："君子以施禄及下，居德则忌[13]。"王辅嗣[14]曰："居德而明禁。"乃以"则"字为"明"字也。

【注释】

①阙误：缺漏和错误。阙，同"缺"。

②《诗》:即《诗经》,又称"诗三百",是中国最早的诗歌总集,主要收录西周初年至春秋中叶的诗歌,对后世中国文学产生了深远影响。

③天夭是椓(zhuó):出自《诗·小雅·正月》。意为上天降祸于人民。椓,加害。

④《后汉·蔡邕传》:《后汉》即《后汉书》,是范晔(398年—446年)撰写的记载东汉历史的纪传体史书。蔡邕(132年—192年),字伯喈,东汉著名的文学家、书法家。

⑤夭夭是加:意为一个又一个灾祸降临在人民的头上。

⑥速速方榖(gǔ):出自《诗·小雅·正月》。意为统治者有大批的粮食。

⑦彼岨矣岐,有夷之行:出自《诗·周颂·天作》,这是祭祀先王的诗。或断句为:彼岨矣,岐有夷之行。意为人心所向来归顺,岐山大道坦荡荡。

⑧《朱浮传》:出自《后汉书》。朱浮(?—66年),字叔元,东汉大臣。曾任大司马主簿、偏将军等。

⑨《坊记》:《礼记》(主要记载周代的典章制度)的篇名。

⑩君子之道,譬则坊焉:意为君子之道,就好像设防而使之不能越礼。坊,通"防"。

⑪《大戴礼》:《大戴礼记》,汉代戴德所编撰。

⑫《夬(guài)卦》:出自《易》,意为阴消阳息之象。

⑬君子以施禄及下,居德则忌:这是解释《夬卦》的句子,意思是君子从夬卦之象受到启发,将福禄施于老百姓,稳居在上只想获取是要禁止的。

⑭王辅嗣:即王弼(226年—249年),字辅嗣,三国时期魏国人,著名学者。

【译文】

书籍的缺漏和错误,有些可以从其他书中发现。比如《诗经》中的"天夭是椓",《后汉书·蔡邕传》中写作"夭夭是加",与"速速方榖"相对偶。又有“彼岨矣岐，有夷之行”，《朱浮传》中写作“彼岨者岐，有夷之行”。《坊记》中的“君子之道，譬则坊焉”，《大戴礼》写作“君子之道，譬犹坊焉”。《夬卦》中有：“君子以施禄及下，居德则忌。”王弼说：“居德而明禁。”是把“则”字写成“明”字了。

251　音韵之学[①]，自沈约[②]为四声，及天竺梵学[③]入中国，其术渐密。观古人谐声[④]，有不可解者，如“玖”字、“有”字多与“李”字协用，“庆”字、“正”字多与“章”字、“平”字协用。如《诗》“或群或友，以燕天子[⑤]”；“彼留之子，贻我佩玖[⑥]”；“投我以木李，报之以琼玖[⑦]”；“终三十里，十千维耦[⑧]”；“自今而后，岁其有，君子有谷，贻尔孙子[⑨]”；“陟降左右，令闻不已[⑩]”；“膳夫左右，无不能止[⑪]”；“鱼丽于罶，鰋鲤，君子有酒，旨且有[⑫]”，如此极多。又如“孝孙有庆，万寿无疆[⑬]”；“黍稷稻粱，农夫之庆[⑭]”；“唯其有章矣，是以有庆矣[⑮]”；“则笃其庆，载锡之光[⑯]”；“我田既藏，农夫之庆[⑰]”；“万舞洋洋，孝孙有庆[⑱]”；《易》云“西南得朋，乃与类行；东北丧朋，乃终有庆[⑲]”；“积善之家，必有余庆；积不善之家，必有余殃[⑳]”；班固《东都赋》“彰皇德兮侔周成，永延长兮膺天庆[㉑]”，如此亦多。今《广韵》[㉒]中“庆”一音“卿”。然如《诗》之“未见君子，忧心怲怲；既见君子，庶几式臧[㉓]”；“谁秉国成，卒劳百姓；我王不宁，覆怨其正[㉔]”；亦是“怲”“正”与“宁”“平”协用，不止“庆”而已。恐别有理也。

【注释】

①音韵之学：也称声韵学，是一门研究汉语语音系统的学科，包括辨析汉字的声、韵、调的发音和类别，以及研究其古今演变等。

②沈约（441 年—513 年）：字休文，吴兴武康（今浙江德清）人，南朝梁文学家、史学家。与周颙等创四声八病之说。其诗注重声律对仗。著

有《宋书》等。

③天竺梵学：古印度的佛学。

④谐声：押韵。下文“协用”亦指押韵。

⑤或群或友，以燕天子：出自《诗·小雅·吉日》，原文是：“或群或友，悉率左右，以燕天子。”

⑥彼留之子，贻我佩玖：出自《诗·王风·丘中有麻》。

⑦投我以木李，报之以琼玖：出自《诗·卫风·木瓜》。

⑧终三十里，十千维耦：出自《诗·周颂·噫嘻》。

⑨自今而后，岁其有，君子有谷，贻尔孙子：出自《诗·鲁颂·有駜》。

⑩陟降左右，令闻不已：出自《诗·大雅·文王》。原文是：“文王陟降，在帝左右。亹亹文王，令闻不已。”

⑪膳夫左右，无不能止：出自《诗·大雅·云汉》。

⑫鱼丽于罶，鰋鲤，君子有酒，旨且有：出自《诗·小雅·鱼丽》。

⑬孝孙有庆，万寿无疆：出自《诗·小雅·楚茨》。

⑭黍稷稻粱，农夫之庆：出自《诗·小雅·甫田》。

⑮唯其有章矣，是以有庆矣：出自《诗·小雅·裳裳者华》。

⑯则笃其庆，载锡之光：出自《诗·大雅·皇矣》。

⑰我田既臧，农夫之庆：出自《诗·小雅·甫田》。

⑱万舞洋洋，孝孙有庆：出自《诗·鲁颂·闷宫》。

⑲西南得朋，乃与类行；东北丧朋，乃终有庆：出自《周易·坤卦》。

⑳积善之家，必有余庆；积不善之家，必有余殃：出自《周易·坤卦》。

㉑彰皇德兮侔周成，永延长兮膺天庆：出自班固《东都赋》篇末的《白雉诗》。

㉒《广韵》：本名《切韵》，由隋陆法言编撰，共五卷，全书共载12158字，分为206韵。唐朝天宝年间重新编订，即《唐韵》，宋大中祥符年间又由陈彭年等人重新编修，即《大宋重修广韵》。

㉓未见君子，忧心怲怲；既见君子，庶几式臧：出自《诗·小雅·頍弁》。

㉔谁秉国成，卒劳百姓；我王不宁，覆怨其正：出自《诗·小雅·节南

山》。

【译文】

音韵学，自从沈约创立四声，以及天竺梵学传入中国，这个学科逐渐变得周密。观览古人诗词中押韵的方法，有不能理解的，如“玖”字、“有”字多和“李”字押韵，“庆”字、“正”字多与“章”字、“平”字押韵。如《诗》“或群或友，以燕天子”；“彼留之子，贻我佩玖”；“投我以木李，报之以琼玖”；“终三十里，十千维耦”；“自今而后，岁其有，君子有谷，贻尔孙子”；“陟降左右，令闻不已”；“膳夫左右，无不能止”；“鱼丽于罶，鰋鲤，君子有酒，旨且有”，像这样押韵的例子很多。又像“孝孙有庆，万寿无疆”；“黍稷稻粱，农夫之庆”；“唯其有章矣，是以有庆矣”；“则笃其庆，载锡之光”；“我田既藏，农夫之庆”；“万舞洋洋，孝孙有庆”；《周易》记载“西南得朋，乃与类行；东北丧朋，乃终有庆”；“积善之家，必有余庆；积不善之家，必有余殃”；班固《东都赋》“彰皇德兮侔周成，永延长兮膺天庆”，像这样押韵的例子也很多。如今《广韵》中“庆”的另一个读音是“卿”。但是像《诗》中记载的“未见君子，忧心怲怲；既见君子，庶几式臧”；“谁秉国成，卒劳百姓；我王不宁，覆怨其正”；也是“怲”“正”与“宁”“平”相互押韵，不止“庆”是这样。大概有其他的道理吧。

252　小律诗[①]虽末技，工[②]之不造微[③]，不足以名家。故唐人皆尽一生之业为之，至于字字皆炼，得之甚难。但患观者灭裂[④]，则不见其工，故不唯为之难，知音亦鲜。设有苦心得之者，未必为人所知。若字字皆是无瑕可指，语意亦掞丽[⑤]，但细论无切[⑥]，景意纵全[⑦]，一读便尽，更无可讽味[⑧]。此类最易为人激赏[⑨]，乃诗之《折杨》《黄华》[⑩]也。譬若三馆[⑪]楷书作字，不可谓不精不丽。求其佳处，到死无一笔，此病最难为医也。

【注释】

①小律诗：此指八句的律诗，相对于排律而言。

②工：通“功”，技术、功夫。

③造微：达到精妙的境界。

④灭裂：草率、粗略。

⑤掞(yàn)丽：艳丽、华丽。

⑥细论无切：仔细推敲，没有好处可言。

⑦景意纵全：写景与意境即使全部具备。

⑧讽味：讽诵玩味。

⑨激赏：非常赞赏。

⑩《折杨》《黄华》：古代的民俗曲调。

⑪三馆：用来教育士子的机构。唐代以宏文、崇文、国子为三馆，宋代以广文、太学、律学为三馆。

【译文】

虽然说小律诗是雕虫小技，但是技术达不到精妙的境界，也不足以称作名家。所以唐代人都用了毕生精力去写作它，以至于每个字都要锤炼，要写好是很难的。只怕阅读的人草率阅读，就不能发现它的精妙，所以不光是写作难，真正读懂的人也不多。假如有经过费尽心思写出来的好诗，也未必都被人所了解。如果每个字都没有一点缺陷可以指出来，语言意境也华丽，但是仔细推敲，没有好处可言，写景与意境即使全部具备，一读就懂了，再也没有可以值得玩味的地方。这样的诗最容易被人极为赞叹，那就是诗歌中的《折杨》《黄华》啊。好比三馆中的人员用楷书写字，不能说写得不精巧华丽。但是寻求它们的妙笔，到死都没有一笔，这种毛病是最难医治的了。

253　王圣美[①]治字学，演其义以为右文[②]。古之字书，皆从左文。凡字，其类在左，其义在右。如“木”类，其左皆从“木”[③]。所谓右文者，如“戋”[④]，小也，水之小者曰“浅”，金之小者曰“钱”，歹而小者曰“残”，贝之小者曰“贱”。如此之类，皆以

“戋”为义也。

【注释】

①王圣美：即王子韶，字圣美，太原（今属山西）人，宋文学家。第一个明确提出了“右文说”的人。

②右文：汉字形声字中右旁兼声义者称为右文。

③其左皆从“木”：一个字如果其含义与树木相关，那么其左边是以“木”为意符。

④戋：少，细微。

【译文】

王子韶研究文字学，推演文字的意义提出了“右文说”。古代的字书，都是用文字左偏旁来进行归类的。一个汉字，左边的部分表示的是其类别，右边的部分表示的是其含义。像表示“木”这一类的字，它们的左边都是“木”。所谓的右文，就像“戋”字，其含义是小，所以水之小者称为“浅”，金之小者称为“钱”，歹之小者称为“残”，贝之小者称为“贱”。像这样的例子，都用右边的“戋”表达字义。

254　王圣美为县令时，尚未知名，谒[①]一达官，值其方与客谈《孟子》[②]，殊不顾圣美，圣美窃哂[③]其所论。久之，忽顾圣美曰：“尝读《孟子》否？”圣美对曰：“生平爱之，但都不晓其义。”主人问：“不晓何义？”圣美曰：“从头不晓。”主人曰：“如何从头不晓？试言之。”圣美曰：“‘孟子见梁惠王’[④]，已不晓此语。”达官深讶之，曰：“此有何奥义？”圣美曰：“既云孟子不见诸侯[⑤]，因何见梁惠王？”其人愕然[⑥]无对。

【注释】

①谒（yè）：求见、拜见。

②《孟子》：儒家经典著作之一，汇集了孟子及其弟子的主要言论，由孟子及其弟子共同编写而成。

③窃：私下，暗中。哂：讥笑。

④孟子见梁惠王：这是《孟子》一书的第一句。

⑤不见诸侯：见《孟子·滕文公下》，原句表达的意思是，孟子的学生公孙丑问孟子说："不主动拜见诸侯，是什么意思？"孟子回答说："古时候一个人如果不是诸侯的臣子，就不去拜见。"因为孟子是邹（现在山东邹县地区）人，而梁惠王是魏国（今河南开封地区）国君，所以说孟子本不属于梁惠王的臣子。

⑥愕（è）然：惊讶。

【译文】

王子韶任县令的时候，还不知名，去拜见一个大官，恰逢那人在与客人谈论《孟子》，根本没有理会王子韶，王子韶暗中讥笑他们谈论的东西。过了很久，那位大官忽然回过头来问王子韶说："你曾经读过《孟子》吗？"王子韶回答说："是平生喜欢的书，但是全不懂它的含义。"大官问："不懂得哪些含义？"王子韶说："从开头就不懂。"大官说："怎么从开头就不懂呢？试着说说看。"王子韶说："'孟子见梁惠王'，这句就不懂了。"大官感到很惊讶，说："这句有什么深奥的含义吗？"王子韶说："既然说了孟子不见诸侯，为何又去拜见梁惠王呢？"那位大官惊讶得无言以对。

255　杨大年[①]因奏事，论及《比红儿诗》，大年不能对，甚以为恨。遍访《比红儿诗》，终不可得。忽一日，见鬻故书者有一小编，偶取视之，乃《比红儿诗》也。自此士大夫始多传之。

予按《摭言》[②]，《比红儿诗》乃罗虬[③]所为，凡百篇，盖当时但传其诗而不载名氏，大年亦偶忘《摭言》所载。

【注释】

①杨大年：杨亿（974年—1020年），字大年，建州浦城人，北宋文学家。曾参加《册府元龟》《宋太宗实录》的编纂，用力颇多。

②《摭（zhí）言》：即《唐摭言》，古代文言轶事小说集，由五代王定保

编著,共15卷。

③罗虬(qiú):生卒年不详,唐末台州人,诗人。

【译文】

杨大年因为奏事的时候,皇帝谈论到《比红儿诗》,大年不能应对,心里感到甚是遗憾。此后四处寻访《比红儿诗》,始终不能够得到。忽然有一天,看见卖旧书的人有小小的一本,偶然拿下来翻看,是《比红儿诗》。从此士大夫大多开始传阅它。

我查阅《唐摭言》,其中记载《比红儿诗》是罗虬所作,总共一百篇,大概当时只是流传了他的诗却没有记载他的姓名,大年也偶然忘记了《唐摭言》中的记载。

256　晚唐士人专以小诗著名,而读书灭裂。如白乐天[①]《题座隅诗》云:"俱化为饿殍[②]。"作"孚"字押韵。杜牧[③]《杜秋娘诗》云:"厌饫不能饴[④]。""饴"乃"饧"耳,若作饮食,当音"饲"。又陆龟蒙[⑤]作《药名诗》云:"乌啄蠹根回。"乃是"乌喙"[⑥],非"乌啄"也。又"断续玉琴哀",药名止有"续断"[⑦],无"断续"。此类极多。如杜牧《阿房宫赋》误用"龙见而雩"[⑧]事,宇文[⑨]时,斛斯椿[⑩]已有此缪,盖牧未尝读《周》[⑪]《隋书》[⑫]也。

【注释】

①白乐天:即白居易(772年—846年),字乐天,晚年又号香山居士,唐代著名诗人。

②饿殍:饿死的人。

③杜牧(803年—853年):字牧之,晚唐时期的著名文人,诗文俱佳。

④饴(yí):麦芽糖。

⑤陆龟蒙(?—881年):字鲁望,唐代文学家。与皮日休并称"皮陆",有《甫里先生文集》《笠泽丛书》。

⑥乌喙:附子的别称,多年生草本植物,可入药,主治亡阳虚脱、心腹

冷痛等病症。

⑦续断：二年生或多年生草本植物，根可入药，主治腰膝疼痛等病症。

⑧龙见而雩(yú)：指《阿房宫赋》"长桥卧波，未云何龙"句，沈括自以为此处是出自"龙见而雩"的典故，所以认为"未云何龙"应该是"未雩何龙"。但考察《周易·乾》"云从龙，风从虎，圣人作而万物睹"，可知《阿房宫赋》中就该是"未云何龙"。雩，古代为求雨而举行的一种祭祀。

⑨宇文：南北朝时北周君王的姓，这里就是指代北周。

⑩斛(hú)斯椿(493年—534年)：字法寿，广牧富昌人，北魏大臣。官至太傅，谥号文宣。

⑪《周》：《周书》，是唐朝令狐德棻等编撰的正史，记载了北周宇文氏时期周朝的历史，是"二十四史"之一。

⑫《隋书》：由唐魏徵等编撰的正史，记录了隋朝历史，是"二十四史"之一。

【译文】

晚唐时期的士人专门凭借小诗出名，但是对读书却态度轻率粗略。像白居易的《题座隅诗》说："俱化为饿殍。"把"殍"字当作"孚"字押韵。杜牧《杜秋娘诗》说："厌饫不能饴。""饴"就是"饧"，如果是作饮食的话，它的读音就是"饲"。又有陆龟蒙写的《药名诗》写道："乌啄蠹根回。"这是"乌喙"，并非"乌啄"。又有"断续玉琴哀"，药名只有"续断"，没有"断续"。这类的例子有很多。像杜牧《阿房宫赋》误用了"龙见而雩"的典故，北周时，斛斯椿对这个典故已经有过谬误了，大概是杜牧没有读过《周书》《隋书》。

257　往岁士人多尚对偶[①]为文。穆修[②]、张景[③]辈始为平文[④]，当时谓之古文。穆、张尝同造朝[⑤]，待旦[⑥]于东华门外，方论文次[⑦]，适见有奔马践死一犬，二人各记其事，以较工拙[⑧]。

穆修曰:“马逸[9],有黄犬遇蹄而毙。”张景曰:“有犬死奔马之下。”时文体新变,二人之语皆拙涩[10]。当时已谓之工,传之至今。

【注释】

①对偶:此处指文章中用字数相等、结构相似的语句表达,一般是两句相对。

②穆修(979年—1032年):字伯长,北宋散文家。反对华丽的文风,推崇韩愈、柳宗元等人提倡的阐明儒家道德、道理的散文文风。

③张景(970年—1018年):字晦之,北宋学者、散文家。

④平文:即散文,相对于骈文而言,语言较为平易朴实,对偶句比较少。

⑤造朝:上朝朝见皇帝。

⑥待旦:等待天亮。

⑦方论文次:正在讨论文章的时候。

⑧工拙:优劣、好坏。

⑨马逸:马脱缰而奔跑。

⑩拙涩:艰涩生硬。

【译文】

过去的读书人喜欢用对偶句写文章。穆修、张景等人才开始写作散文,当时叫作古文。穆修、张景曾同时上朝,在东华门外等待天亮入见。他们正在讨论文章的时候,正好看见一匹受惊奔跑的马踩死了一条狗,两个人分别记叙这件事,用来比较行文的优劣。穆修说:“马逸,有黄犬遇蹄而毙。”张景说:“有犬死奔马之下。”当时文风刚刚发生变化,两个人的话都比较艰涩生硬。当时的人已经说很好了,一直流传到现在。

258　按《史记年表》[1],周平王[2]东迁二年,鲁惠公[3]方即位。则《春秋》[4]当始惠公,而始隐[5],故诸儒之论纷然,乃《春秋》开卷第一义也。唯啖、赵[6]都不解始隐之义，学者常疑之，唯于《纂例》[7]“隐公”下注八字云：“惠公二年，平王东迁。”若尔，则《春秋》自合始隐，更无可论，此啖、赵所以不论也。然与《史记》不同，不知啖、赵得于何书？又尝见士人石端[8]集一纪年书，考论诸家年统，极为详密。其叙平王东迁，亦在惠公二年。予得之甚喜，亟[9]问石君，云出一史传中，遽[10]检未得，终未见的。据《史记年表》注东迁在平王元年辛未岁[11]，《本纪》[12]中都无说，诸侯《世家》[13]言东迁却尽在庚午岁[14]。《史记》亦自差谬，莫知其所的。

【注释】

①《史记年表》：指司马迁撰写的《史记·十二诸侯年表》，主要记载鲁、齐、晋、秦、楚、宋、卫、陈、蔡、曹、郑、燕等诸侯国的大事件，它们都属于周天子下属的诸侯国。

②周平王：姬宜臼（？—前720年），东周第一任君主。前770年，周平王从镐（hào）京（今陕西西安市长安区西北）向东迁都到洛邑（今河南洛阳）。

③鲁惠公：公元前768年至前723年在位，鲁国第十三任君主，在位期间励精图治，颇有政绩。

④《春秋》：鲁国编年史，据说由孔子修订，记事极为简练。

⑤隐：即鲁隐公，公元前722年至前712年在位，鲁国第十四任君主，在位期间较有作为。

⑥啖（dàn）、赵：指啖助、赵匡，是唐代研究《春秋》的权威学者。

⑦《纂例》：《春秋集传纂例》的简称，由唐代陆淳（啖助的学生，赵匡的朋友）编写。

⑧石端：据文义，石端为一读书人，对于春秋诸侯历史较为熟悉，生平不详。

⑨亟（jí）：急切、匆忙。

⑩遽(jù):急忙、赶紧。

⑪辛未岁:公元前770年。

⑫《本纪》:指《史记·周本纪》,主要记载周王朝的历史。

⑬诸侯《世家》:指《史记》中对各诸侯的记载,如《鲁周公世家》《燕召公世家》等。

⑭庚午岁:公元前771年。

【译文】

依照《史记·十二诸侯年表》的记载,周平王东迁二年时,鲁惠公刚刚即位。那么《春秋》应该从鲁惠公开始记载,但是记载却始于鲁隐公,所以各位学者都议论纷纷,这是《春秋》开篇应该解决的首要问题。但是啖助、赵匡都不解释为何从鲁隐公开始,学者常常对此存在疑问。只有陆淳在《春秋集传纂例》"隐公"下面注释了八个字说:"惠公二年,平王东迁。"如果这样,那么《春秋》自然应该从鲁隐公开始记载,也就再也没有必要争论了,这就是啖助、赵匡不加解释的原因。但这与《史记》记载不同,不知道啖助、赵匡是从哪本书得知的。我曾经见到一个叫作石端的读书人编集一本纪年书,考证论述众多学者的系年统绪,非常详细。他叙述周平王东迁,也在鲁惠公二年。我听说此事后很欢喜,急忙去问石端,说是出自一本史传中,我赶紧查找,最终还是没有查到确切出处。根据《史记·十二诸侯年表》注解东迁是在周平王元年辛未岁,《史记·周本纪》中也没有提到,《诸侯世家》却都说东迁在庚午岁。《史记》本身记载就有差错,也不知道以哪一种说法为准。

259　长安慈恩寺塔[①]有唐人卢宗回[②]一诗颇佳,唐人诸集中不载,今记于此:"东来晓日上翔鸾,西转苍龙[③]拂露盘[④]。渭水冷光摇藻井[⑤],玉峰[⑥]晴色堕栏干。九重宫阙参差见,百二山河[⑦]表里观。暂辍去蓬悲不定,一凭金界[⑧]望长安。"

【注释】

①慈恩寺塔:即大雁塔。修建于唐高宗永徽三年(652年),坐落在

慈恩寺内，故名慈恩寺塔。慈恩寺是高宗作太子时，为纪念其母后，于唐太宗贞观二十二年(648年)修建的。

②卢宗回：字望渊，南海(今广东广州)人，晚唐诗人。官至集贤校理。

③苍龙：东方七宿的总称。

④露盘：汉武帝为求长生修建的铜柱承露盘。

⑤藻井：绘了文采如井状的天花板。

⑥玉峰：华山玉女峰。

⑦百二山河：指秦地山河。

⑧金界：佛寺。

【译文】

长安慈恩寺塔里存有一首由唐人卢宗回创作的写得很好的诗，唐人的各种诗集中都没有记载，如今记录在这里："东来晓日上翔鸾，西转苍龙拂露盘。渭水冷光摇藻井，玉峰晴色堕栏干。九重宫阙参差见，百二山河表里观。暂辍去蓬悲不定，一凭金界望长安。"

260　古人诗有"风定花犹落"[①]之句，以谓无人能对。王荆公[②]以对"鸟鸣山更幽"。"鸟鸣山更幽"本宋王籍[③]诗，元对[④]"蝉噪林逾静，鸟鸣山更幽"，上下句只是一意[⑤]。"风定花犹落，鸟鸣山更幽"，则上句乃静中有动，下句动中有静。荆公始为集句诗[⑥]，多者至百韵，皆集合前人之句，语意对偶，往往亲切，过于本诗。后人稍稍有效而为者。

【注释】

①风定花犹落：出自南朝陈谢贞《春日闲居》。

②王荆公：即王安石(1021年—1086年)，字介甫，号半山，谥文，封荆国公，故称王荆公。北宋著名政治家、文学家，曾主持熙宁变法(王安石变法)。

③王籍:字文海,南朝梁诗人。此处沈括误认为是南朝宋诗人。

④元对:原来的对句。元,同“原”。

⑤一意:一个意思,指上下句意思重复,作诗一般忌讳上下句句意重复。

⑥集句诗:集合前人的诗句成为一首新的诗歌。一般要求作者能够博闻强识,集合起来后,新的诗歌也要融会贯通而不牵强生硬。

【译文】

古人的诗歌中有“风定花犹落”的句子,认为没有人能够对出下句。王安石用“鸟鸣山更幽”来对。“鸟鸣山更幽”本来是南朝梁王籍的诗句,原来的对句是“蝉噪林逾静,鸟鸣山更幽”,上下句表达的意思相同。“风定花犹落,鸟鸣山更幽”,上句的意思是静中有动,下句的意思是动中有静。王安石开始作集句诗,多的长达百韵,都是集合前人的诗句,语意和对偶,都很亲切,超过了原诗。后人也逐渐开始效仿作集句诗了。

261 欧阳文忠[①]尝言曰:“观人题壁[②],而可知其文章。”

【注释】

①欧阳文忠:即欧阳修(1007 年—1072 年),谥号文忠,世称欧阳文忠公。北宋著名的政治家、文学家、史学家。

②题壁:在墙壁上题写诗文。

【译文】

欧阳修曾经说:“看一个人在墙壁上题写的文字,就可以窥探到他文章写得怎么样了。”

262 毗陵郡[①]士人家有一女,姓李氏,方年十六岁,颇能诗,甚有佳句,吴人多得之。有《拾得破钱》诗云:“半轮残月[②]掩尘埃,依稀犹有开元[③]字。想得清光[④]未破时,买尽人间不平事。”又有《弹琴》诗云:“昔年刚笑卓文君[⑤],岂信丝桐[⑥]解误身。

今日未弹心已乱，此心元[⑦]自不由人。”虽有情致，乃非女子所宜。

【注释】

①毗(pí)陵郡：今江苏常州地区。

②残月：此处比喻残破的铜钱。

③开元：“开元通宝”的省称。唐代武德四年(621年)开始铸造此种钱币，“开元”意为开辟新纪元。

④清光：此处比喻完整的铜钱。

⑤卓文君：西汉才女，与当时的著名文人司马相如有一段爱情佳话。据说，当时司马相如因为弹奏了一曲《凤求凰》，打动了卓文君的芳心，两人一起私奔。

⑥丝桐：此处代指琴，因为琴通常由桐木制成，上安丝弦。

⑦元：同“原”。

【译文】

毗陵郡士人家有一个女儿，姓李，刚满十六岁，很能写诗，常常有一些好诗句，吴地的人常常见到这些诗。有《拾得破钱》诗说：“半轮残月掩尘埃，依稀犹有开元字。想得清光未破时，买尽人间不平事。”又有《弹琴》诗说：“昔年刚笑卓文君，岂信丝桐解误身。今日未弹心已乱，此心元自不由人。”虽然写得很有情趣，但不是女孩子所应该说的话。

263　切韵之学，本出于西域[①]。汉人训字，止曰“读如某字”，未用反切。然古语已有二声合为一字者，如“不可”为“叵”，“何不”为“盍”，“如是”为“尔”，“而已”为“耳”，“之乎”为“诸”之类，似西域二合之音[②]，盖切字之原也。如“輭”字文从“而”“犬”[③]，亦切音也。殆与声俱生，莫知从来。

今切韵之法，先类其字，各归其母，唇音、舌音各八，牙音、喉音各四，齿音十，半齿半舌音二，凡三十六，分为五音[④]，天下之声总于是矣。每声复有四等[5]，谓清、次清、浊、平也，如“颠、天、田、年”，“邦、胮、庞、厖”之类是也，皆得之自然，非人为之。如“帮”字横调之为五音：“帮、当、刚、臧、央”是也。帮，宫之清；当，商之清；刚，角之清；臧，徵之清；央，羽之清[6]。纵调之为四等：“帮、滂、傍、茫”是也。帮，宫之清；滂，宫之次清；傍，宫之浊；茫，宫之不清不浊。就本音本等调之为四声[7]：“帮、牓、傍、博”是也。帮，宫清之平；牓，宫清之上；傍，宫清之去；博，宫清之入。四等之声，多有声无字者，如“封、峰、逢”，止有三字；“邕、胸”，止有两字；“竦、火、欲、以”，皆止有一字。五音亦然，“滂、汤、康、苍”，止有四字。四声，则有无声，亦有无字者。如“萧”字、“肴”字，全韵皆无入声。此皆声之类也。

所谓切韵者，上字为切，下字为韵[8]。切须归本母，韵须归本等[9]。切归本母，谓之音和[10]，如“德红”为“东”之类，“德”与“东”同一母也。字有重、中重、轻、中轻，本等声尽泛入别等，谓之类隔[11]。虽隔等，须以其类，谓唇与唇类，齿与齿类，如“武延”为“绵”、“符兵”为“平”之类是也。韵归本等，如“冬”与“东”字，母皆属“端”字，“冬”乃“端”字中第一等声，故“都宗”切，“宗”字第一等韵也，以其归“精”字，故“精”徵音第一等声；“东”字乃“端”字中第三等声，故“德红”切，“红”字第三等韵也，以其归“匣”字，故“匣”羽音第三等声。又有互用借声，类例颇多。大都自沈约为四声，音韵愈密。然梵学则有华、竺之异，南渡之后[12]，又杂以吴音，故音韵庞驳[13]，师法多门。至于所分五音，法亦不一。如乐家所用，则随律命之，本无定音，常以浊者为宫，稍清为商，最清为角，清浊不常为徵、羽。切韵家则定以唇、齿、牙、舌、喉为宫、商、角、徵、羽。其间又有半徵半商者。如“来”“日”二字是也，皆不论清浊。五行家则以韵类清浊参配，今五姓[14]是也。梵学则喉、牙、齿、舌、唇之外，又有折、摄二声。折声自脐轮起至唇上发，如“㚬”字浮金反之类是也。摄字鼻音，如“歆”字，鼻中发之类是也。字母则有四十二[15]，曰阿、多、波、者、那、啰、拖、婆、荼、沙、嚩、哆、也、瑟吒二合、迦、娑、么、伽、他、社、锁、拖前一“拖”轻呼，此一“拖”重呼、奢、佉、叉、娑多二合、壤、曷攞多三合、婆上声车、娑么二合、诃婆、縒、伽上声、吒、拏、娑颇二合、娑迦二合、也娑二合、室者二合、侘、陀。为法不同，各有理致。虽先王所不言，然不害有此理。历世浸久，学者日深，自当造微耳。

【注释】

①西域：汉朝以后对玉门关以西区域的总称。

②二合之音：一种注音方法，用两个字连读成另一个字的读音的方法。

③“輭（ruǎn）”字文从“而”“犬”：“輭”字可用“而”“犬”两个字相切得音。但《说文解字》记载：“耎”字是“从大，而声”，并不是从“犬”。

④五音：音韵学名词。指按声母的发音部位所分的五种声类，即喉音、舌音、齿音、唇音、牙音。

⑤四等：古人对发声方法的归类，研究者们说法不一。沈括这里以清浊分为四等。

⑥宫、商、角、徵、羽：本是音乐中的五音，在音韵学中用为表音阶的术语。

⑦四声：古汉语中的声调，分成平、上、去、入四个声调。

⑧上字为切，下字为韵：一种解释反切的说法。

⑨切须归本母，韵须归本等：反切上字跟所切字声母相同，反切下字跟所切字韵母及声调相同。

⑩音和：音韵学术语，反切字上字和所切字的声母相同，反切字下字和所切字声调及韵母相同，叫作音和切。

⑪类隔：音韵学术语，反切字上字和所切字有重唇、轻唇或舌头、舌

上的差异，叫作类隔切。

⑫南渡之后：晋元帝司马睿南渡，建立东晋。

⑬厖(páng)驳：庞驳，散乱驳杂。

⑭五姓：古人有将五姓和五行、五音相匹配，加上凶吉忌讳的说法，就称为五姓。

⑮四十二：此指梵文字母有四十二个，但原本梵文字母有五十个。

【译文】

切韵学，本来出于西域。汉人解释文字，只说"读如某字"，未曾使用反切法。然而古代已经有用两个字的读音合为一字的方法，如"不可"连读为"叵"，"何不"连读为"盍"，"如是"连读为"尔"，"而已"连读为"耳"，"之乎"连读为"诸"之类，就像西域二合之音的方法，大概就是反切注音的起源。如"輭"字的字形从"而"从"犬"，就是反切注音。也有可能是和字音同时产生，不知道从何而来。

如今的切韵法，先把各类字的声母归类，唇音、舌音各自八个，牙音、喉音各自四个，齿音十个，半齿半舌音两个，总共三十六个，分成五音，天下的声母全部包含在这里了。每个声音又有四等，就是清、次清、浊、平，像"颠、天、田、年"，"邦、胮、庞、厖"这类的，都是从自然中取得，并非人有意为之。像"帮"字横调的五音是"帮、当、刚、臧、央"。帮，宫之清；当，商之清；刚，角之清；臧，徵之清；央，羽之清。"帮"字纵调的四等是"帮、滂、傍、茫"。帮，宫之清；滂，宫之次清；傍，宫之浊；茫，宫之不清不浊。"帮"字本音本等的四个声调是"帮、牓、傍、博"。帮，宫清之平；牓，宫清之上；傍，宫清之去；博，宫清之入。四等的声母，大多会出现有声无字的情况，像"封、峰、逢"，只有三字；"邕、胸"，只有两字；"竦、火、欲、以"，都只有一字。五音也是这样，"滂、汤、康、苍"只有四字。四声，则会出现没有声调的情况，也有一个声调内没有字的情况。像"萧"字、"肴"字，全韵都没有入声。这都是声母的情况。

所谓的切韵，上字为切，下字为韵。反切上字跟被切字声母相同，反切下字跟被切字韵母及声调相同。上字和被切字的声母相同，叫作音和，像“德红”拼出“东”这类，“德”与“东”是同一个声母。字的读音有重、中重、轻、中轻，本等声都散入别等的情况，叫作类隔。虽然是隔等，还是必须归入同一类中，唇音对唇音，齿音对齿音，像“武延”相切拼出“绵”、“符兵”相切拼出“平”之类的。下字和被切字韵母及声调相同，像“冬”与“东”字，韵母都属于“端”字，“冬”就是“端”字中的第一等声，所以用“都宗”切，“宗”字是第一等韵，因为其归入“精”字，所以“精”是徵音的第一等声；“东”字是“端”字中第三等声，所以用“德红”切，“红”字是第三等韵，因为其归入“匣”字，所以“匣”是羽音的第三等声。又有相互借用声母的情况，这种例子也很多。大概源自沈约创立四声之后，音韵就愈发严密了。然而梵学有中国、天竺的差异，东晋南渡之后，又掺杂了吴音，所以音韵庞驳，传授的学说也有不同的师门。至于这些学说对五音的区分，说法也不相同。像乐家所用的五音，就是根据乐律命名的，本来没有定音，常用浊者为宫，稍清音为商，最清音为角，清浊不定的为徵、羽。切韵家则把唇、齿、牙、舌、喉定作宫、商、角、徵、羽。其中又有半徵半商音。像“来”“日”这两个字就是这样，都不论清浊。五行家则用音韵的清浊相配，就是如今的五姓。梵学则在喉、牙、齿、舌、唇之外，又有折、摄两个音。折声从肚脐开始到嘴唇上发出，像“歼”字浮金反这类就是这样。摄声系鼻音，像“歆”字这类，是从鼻中发声的。梵音中字母有四十二个，曰阿、多、波、者、那、啰、拖、婆、荼、沙、嚩、哆、也、瑟吒二合、迦、娑、么、伽、他、社、锁、拖前一“拖”轻呼，此一“拖”重呼、奢、佉、叉、娑多二合、壤、曷攞多三合、婆上声车、娑么二合、诃婆、縒、伽上声、吒、拏、娑颇二合、娑迦二合、也娑二合、室者二合、侘、陀。采用的方法虽然不同，但各自有各自的道理。虽然先王不说，然而不妨碍这种道理的存在。经历长时期的发展，学者的研究日渐深入，自当更加细致入微了。

264　幽州僧行均[①]集佛书中字为切韵训诂[②]，凡十六万字，分四卷，号《龙龛手镜》[③]，燕僧智光[④]为之序，甚有词辩。契丹重熙二年[⑤]集。契丹书禁甚严，传入中国者法皆死。熙宁中，有人自虏中得之，入傅钦之[⑥]家。蒲传正[⑦]帅浙西，取以镂板[⑧]。其序末旧云："重熙二年五月序。"蒲公削去之。观其字音韵次序，皆有理法，后世殆[⑨]不以其为燕人也。

【注释】

①行均：俗姓于，字广济，辽国著名僧人。精通小学（包括文字、音韵、训诂等研究汉语的形、音、义的学问）。

②训诂：解释字的含义。

③《龙龛（kān）手镜》：又称《龙龛手鉴》，是一部依照部首和四声两相结合排列汉字的字典，由行均作。

④智光：当时燕地有名的僧人，曾为《龙龛手鉴》作序，生平不详。

⑤重熙二年：公元1033年。重熙是辽兴宗耶律宗真的年号，公元1032年至1055年。

⑥傅钦之：即傅尧俞（1024年—1091年），字钦之，北宋官员。曾任御史中丞、吏部尚书、中书侍郎等，谥献简。

⑦蒲传正：即蒲宗孟，字传正，北宋官员。曾任集贤校理、翰林学士兼侍读等，谥恭敏。

⑧镂（lòu）板：又称镂版，即雕版印刷。

⑨殆（dài）：几乎、大概。

【译文】

幽州的僧人行均把佛书中的字集合起来注音解释，一共十六万字，分为四卷，起名为《龙龛手镜》，燕地的僧人智光为这本书作了序，写得很有说服力。辽国重熙二年编集成书。契丹对图书的外传禁止得很严格，把书传入中原地区的人依法会被处死。熙宁年间，有人从被俘虏的契丹人那得到了这本书，传入了傅尧俞的家中。蒲宗孟镇守浙西时，把这本书加以雕版印刷。这本书序言的末尾原来说："重熙二年五月序。"蒲宗孟把它删去了。看书中的字依照音韵次序排列，很有逻辑法度，后人几乎不知道这是燕人所作。

265 古人文章，自应律度，未以音韵为主。自沈约增崇韵学，其论文[①]则曰：“欲使宫羽相变，低昂殊节。若前有浮声，则后须切响[②]。一简之内，音韵尽殊；两句之中，轻重悉异。妙达此旨，始可言文。”

自后浮巧之语，体制渐多，如傍犯[③]、蹉对[④]蹉音千过反、假对[⑤]、双声[⑥]、叠韵[⑦]之类。诗又有正格、偏格[⑧]，类例极多。故有三十四格[⑨]、十九图，四声、八病[⑩]之类。今略举数事。如徐陵[⑪]云：“陪游馺娑[⑫]，骋纤腰于结风[⑬]；长乐鸳鸯，奏新声于度曲。”又云：“厌长乐之疏钟，劳中宫之缓箭。”虽两“长乐”，意义不同，不为重复，此类为傍犯。如《九歌》：“蕙肴蒸兮兰藉，奠桂酒兮椒浆。”当曰“蒸蕙肴”对“奠桂酒”，今倒用之，谓之蹉对。如“自朱邪[⑭]之狼狈，致赤子之流离”，不唯“赤”对“朱”，“邪”对“子”，兼“狼狈”“流离”乃兽名对鸟名。又如“厨人具鸡黍，稚子摘杨梅”，“当时物议朱云小，后代声名白日长”，以“鸡”对“杨”，以“朱云”对“白日”，如此之类，皆为假对。如“几家村草里，吹唱隔江闻”，“几家”“村草”与“吹唱”“隔江”，皆双声。如“月影侵簪冷，江光逼屐清”，“侵簪”“逼屐”皆叠韵。诗第二字侧入[⑮]，谓之正格，如“凤历轩辕纪，龙飞四十春”[⑯]之类。第二字平入[⑰]，谓之偏格，如“四更山吐月，残夜水明楼”之类。唐名贤辈诗，多用正格，如杜甫律诗，用偏格者十无一二。

【注释】

①论文：这里特指《宋书·谢灵运传》中沈约的论述。

②浮声、切响：音韵的轻、重声，一说浮声就是平声，切响就是仄声。

③傍犯：诗赋在同一篇章中重复使用意义不同但是文字相同的语词。此为诗家所忌。

④蹉对：指诗歌对仗中对应词位置不同，参差为对。

⑤假对：又叫借对，就是用同音或谐音为对。

⑥双声：指两个字的声母相同。

⑦叠韵：指两个字的韵母相同。

⑧正格、偏格：近体诗在创作时，它的押韵、平仄、对仗都有格律。一般常见或严谨的格式就是正格。不常见或不严谨的格式就是偏格。

⑨三十四格：诗歌的对句形式，如隔句对、连绵对、双声对、叠韵对、回文对等。

⑩八病：作诗在声律上应当避免的八种弊病，分别是：平头、上尾、蜂腰、鹤膝、大韵、小韵、旁纽、正纽。

⑪徐陵（507年—583年）：字孝穆，东海郯人，南朝著名诗人和文学家。诗文轻靡绮艳，与庾信并称为“徐庾”，现存《徐孝穆集》和《玉台新咏》。

⑫馺（sà）娑：汉代宫殿名，在建章宫中。

⑬结风：古歌名，《汉书·司马相如传》录《上林赋》：“鄢郢缤纷，激楚结风。”

⑭朱邪：亦作“朱耶”。唐时西突厥部落叫朱邪，世居沙陀，后归唐，族人将朱邪作为复姓。唐德宗时被赐李姓。

⑮侧入：指以仄声起句。

⑯凤历轩辕纪，龙飞四十春：出自杜甫《上韦左相二十韵》。

⑰平入：指以平声起句。

【译文】

古人作文章，自然遵循一定的法则，不以音韵为主。自从沈约开始崇尚音韵学，《宋书·谢灵运传》中沈约的论述说：“要想让宫羽音互相转变，高低强弱也有区别。如果前面有轻声，那么后面就要有重音。一行之内，音韵都不同；两句之中，轻重也要有所区别。巧妙地达到这种境界，才可以讨论文章。”

从此之后，浮巧的文章，体制规范逐渐增多，比如傍犯、蹉对蹉音千过反、假对、双声、叠韵之类。作诗又讲究正格、偏格，这样的例子很多。所以有三十四格、十九图，四声、八病之类的要求。如今大略列举几个例子。像徐陵写的："陪游馺娑，骋纤腰于结风；长乐鸳鸯，奏新声于度曲。"又写："厌长乐之疏钟，劳中宫之缓箭。"虽然使用了两个"长乐"，但是意义不一样，所以算不上重复，这就是傍犯。像《九歌》有："蕙肴蒸兮兰藉，奠桂酒兮椒浆。"应该是"蒸蕙肴"对"奠桂酒"，如今把它们倒用，这就叫蹉对。像"自朱邪之狼狈，致赤子之流离"，不只是"赤"对"朱"，"邪"对"子"，还有"狼狈""流离"都是用兽名对鸟名。又像"厨人具鸡黍，稚子摘杨梅"，"当时物议朱云小，后代声名白日长"，用"鸡"对"杨"，"朱云"对"白日"，这样的例子，都是假对。像"几家村草里，吹唱隔江闻"，"几家""村草"与"吹唱""隔江"，都是双声。如"月影侵簪冷，江光逼屐清"，"侵簪""逼屐"都是叠韵。诗歌的第二字用仄声起句，就叫作正格，像"风历轩辕纪，龙飞四十春"之类的。若第二字是平声起句，就叫偏格，像"四更山吐月，残夜水明楼"之类的。唐朝著名的诗人写诗，大多采用正格，像杜甫的律诗，用偏格作诗的十首中还不到一二首。

266　文潞公①保洛②日，年七十八。同时有中散大夫③程珦④、朝议大夫⑤司马旦⑥、司封郎中⑦致仕⑧席汝言⑨，皆年七十八。尝为同甲会⑩，各赋诗一首。潞公诗曰："四人三百十二岁，况是同生丙午年⑪。招得梁园⑫为赋客，合成商岭⑬采芝仙。清谈亹亹⑭风盈席，素发飘飘雪满肩。此会从来诚未有，洛中应作画图传。"

【注释】

①文潞公：即文彦博（1006年—1097年），历仕仁宗、英宗、神宗、哲宗四位皇帝，乃北宋名相，谥忠烈，被封潞国公，故称为潞公或文潞公。

②洛：即洛阳。

③中散大夫：文散官，负责顾问应对。

④程珦（1006年—1090年）：字伯温，是北宋著名学者、思想家"二

程”(程颢、程颐)的父亲。

⑤朝议大夫:文散官,无实际执掌。

⑥司马旦(1006 年—1087 年):字伯康,是著名政治家、史学家司马光的哥哥。

⑦司封郎中:掌官员封爵、叙赠、承袭等事务的官,属于吏部。

⑧致仕:辞官退休。

⑨席汝言(1006 年—?):字君从,北宋大臣。

⑩同甲会:同龄者的聚会。

⑪同生丙午年:此处丙午年是 1006 年,文彦博、程珦、司马旦、席汝言都是 1006 年出生,所以说同生丙午年。

⑫梁园:也称为梁苑,西汉梁孝王所修筑的园名,故址在今河南商丘市东南,汇集了当时的许多著名文人,如司马相如、枚乘、邹阳等。

⑬商岭:即今陕西商洛市商山,景色幽胜。据说秦汉之交,有“商山四皓”在此隐居,都是品行高洁、年过八十的老人。

⑭亹亹(wěi wěi):不断地、无休无止地,形容勤勉不倦。

【译文】

文彦博居住洛阳的时候,已经七十八岁了。那年有中散大夫程珦、朝议大夫司马旦、以司封郎中退休的席汝言,都是七十八岁。他们曾经一起结成同甲会,各自写了一首诗。文彦博的诗写道:“四人三百十二岁,况是同生丙午年。招得梁园为赋客,合成商岭采芝仙。清谈亹亹风盈席,素发飘飘雪满肩。此会从来诚未有,洛中应作画图传。”

267　晚唐五代间,士人作赋,用事亦有甚工者。如江文蔚[①]《天窗赋》:“一窍初启,如凿开混沌[②]之时;两瓦鴥飞[③],类化作鸳鸯[④]之后。”又《土牛赋》:“饮渚[⑤]俄临,讶盟津之捧塞[⑥];度关傥许[⑦],疑函谷之丸封[⑧]。”

【注释】

①江文蔚(901 年—952 年):字君章,建阳人,五代后唐长兴二年

(931年)进士,著有《唐吴英秀赋》《桂香赋集》,今皆亡佚。

②混沌:又作“浑沌”,古人将开天辟地之前的世界叫作混沌。

③两瓦鴥(yù)飞:典为“瓦化鸳鸯”,出自《魏志》。鴥,形容鸟飞得快。

④鸳鸯:水鸟名,常喻为夫妻。

⑤渚:水中小块陆地。

⑥讶盟津之捧塞:惊讶地想要拿泥土去堵塞盟津。盟津,孟津。

⑦度关傥许:老子骑青牛出函谷关的故事,详见《史记·老庄申韩列传》。

⑧疑函谷之丸封:《后汉书·隗嚣传》记载隗嚣的部将王元向隗嚣请求,只要用像泥丸一样少的兵力,就可以扼守住函谷关。

【译文】

晚唐五代间,士人作赋,用典也有用得甚是工整的。像江文蔚《天窗赋》:“一窍初启,如凿开混沌之时;两瓦鴥飞,类化作鸳鸯之后。”又像《土牛赋》:“饮渚俄临,讶盟津之捧塞;度关傥许,疑函谷之丸封。”

268 河中府[①]鹳雀楼[②],三层,前瞻中条[③],下瞰大河[④]。唐人留诗者甚多,唯李益[⑤]、王之奂[⑥]、畅诸[⑦]三篇能状其景。李益诗曰:“鹳雀楼西百尺墙,汀洲[⑧]云树共茫茫。汉家箫鼓随流水,魏国[⑨]山河半夕阳。事去千年犹恨速,秋来一日即知长。风烟并在思归处,远目非春亦自伤。”王之奂诗曰:“白日依山尽,黄河入海流。欲穷千里目,更上一层楼。”畅诸诗曰:“迥临[⑩]飞鸟上,高出世尘[⑪]间。天势围平野[⑫],河流入断山。”

【注释】

①河中府:今山西永济地区。

②鹳雀楼:唐代河中府的名胜。始建于北周,因为时常有鹳雀栖息于楼上,所以得名鹳雀楼。

③中条:即中条山,位于今山西省西南部,在黄河、涑水河之间。

④大河：此处指黄河。

⑤李益(746 年—829 年)：字君虞，唐代诗人，擅长写边塞诗。

⑥王之奂：一般写作王之涣(688 年—742 年)，字季凌，唐代诗人，擅长写边塞诗。

⑦畅诸：唐代诗人，生平不详。

⑧汀(tīng)洲：水中小沙洲。

⑨魏国：此处指战国时期的魏国，不是三国时期的魏国。

⑩迥(jiǒng)临：高高地挨着，形容楼高。

⑪世尘：即尘世。

⑫天势围平野：平野尽头天地相接。

【译文】

河中府的鹳雀楼，有三层，它的前面对着中条山，下面俯视着黄河。唐代人留存的关于鹳雀楼的诗歌很多，只有李益、王之涣、畅诸的三首诗能较好地描绘它的景观。李益的诗说："鹳雀楼西百尺墙，汀洲云树共茫茫。汉家箫鼓随流水，魏国山河半夕阳。事去千年犹恨速，秋来一日即知长。风烟并在思归处，远目非春亦自伤。"王之涣的诗说："白日依山尽，黄河入海流。欲穷千里目，更上一层楼。"畅诸的诗说："迥临飞鸟上，高出世尘间。天势围平野，河流入断山。"

269　庆历[①]中，予在金陵[②]，有饔人[③]以一方石镇肉[④]，视之若有镌刻[⑤]，试取石洗濯[⑥]，乃宋海陵王[⑦]墓铭[⑧]，谢朓[⑨]撰并书。其字如钟繇[⑩]，极可爱。予携之十余年，文思副使[⑪]夏元昭[⑫]借去，遂托以坠水，今不知落何处。此铭朓集中不载，今录于此："中枢[⑬]诞圣，膺历受命[⑭]。於穆二祖[⑮]，天临海镜。显允世宗[⑯]，温文著性[⑰]。三善有声[⑱]，四国无竞[⑲]。嗣德[⑳]方衰，时唯介弟[㉑]。景祚[㉒]云及，多难攸启[㉓]。载骤軨猎[㉔]，高辟代邸[㉕]。庶辟欣欣[㉖]，威仪济济。亦既负扆[㉗]，言观帝则[㉘]。正位恭己[㉙]，临朝渊嘿[30]。虔思宝缔[31]，负荷非克[32]。敬顺天人，高逊明德。西光已谢，东旭又良。龙纛夕俪[33]，葆挽晨锵[34]。风摇草色，日照松光。春秋非我，晚夜何长。”

【注释】

①庆历：宋仁宗赵祯的年号，公元1041年至1048年。

②金陵：今江苏南京。

③饔(yōng)人：本为古代掌管烹调之事的官名，此处指厨师。

④镇肉：压住肉。古时候腌制食物时，常常用石头将食物压在水中，以防露出水面。

⑤镌(juān)刻：雕刻。

⑥洗濯(zhuó)：洗干净。

⑦宋海陵王：据考证，应为齐海陵王萧昭文，南朝齐的第四任皇帝。

⑧墓铭：墓志铭，一般由墓志、墓铭组成，墓志一般为散文，墓铭为韵文。墓志铭一般刻在石头上，并埋在坟墓里。

⑨谢朓(tiǎo)(464年—499年)：字玄晖，河南太康县人，是南齐的著名山水诗人。

⑩钟繇(yáo)(151年—230年)：字元常，三国时期魏国官员，也是著名书法家，据说他创立了小楷。与东晋书法家王羲之并称为“钟王”。

⑪文思副使：为副职，隶属于文思院，长官为文思使，主要负责管理制造宫廷手工艺品。

⑫夏元昭：曾任文思副使，生平不详。

⑬中枢：此处指中央政府机关。

⑭膺(yīng)历受命：受命于上天。膺历，帝王承受国祚之称。

⑮於(wū)穆二祖：赞叹二祖的美德。於，叹词，表示赞美。二祖，指南齐太祖萧道成、南齐世祖萧赜(zé)。

⑯显允世宗：显允，英明诚信。世宗，指南齐文惠太子萧长懋(mào)，未即位而卒，被追赠为南齐世宗。

⑰温文著性：温文恭俭的秉性。

⑱三善有声：指尊老尊君做得有口皆碑。三善，一般指亲亲（侍奉父母）、尊君（侍奉皇帝）、长长（侍奉长辈）。

⑲四国无竞：四方的国家都与之没有争斗。四国，四方的国家。

⑳嗣（sì）德：继承先人的美德。

㉑时唯介弟：实际是他弟弟做的。

㉒景祚（zuò）：比喻帝业有大福。

㉓多难攸启：很多灾难开始了。攸，此处作文言语助词，无实意。

㉔载骤軨（líng）猎：乘着华丽的车子奔跑。

㉕高辟代邸（dǐ）：住进高大宽敞的居所。代邸，指继承帝位的藩王的旧邸。

㉖庶辟欣欣：百姓与君王都很高兴。

㉗亦既负扆（yǐ）：扆，指古代宫殿内设在门、窗之间的大屏风。古时候皇帝临朝听政，要背靠屏风，面对臣子，所以用负扆或背扆代指继承了帝位。

㉘言观帝则：言行符合作帝王的法则。

㉙正位恭己：端正皇位，使臣子尊重自己。

㉚临朝渊嘿：临朝听政时要沉稳安静。嘿，同"默"。

㉛虔思宝缔：虔诚地接受先帝的训诫。宝缔，即宝训，皇帝的言论诏谕。

㉜负荷非克：先祖的帝业是不容易继承的。

㉝龙纛（dào）夕俪（lì）：绘有龙形的大旗在晚上更加庄严。此处比喻海陵王葬礼很隆重。龙纛，绘有龙形的大旗。

㉞葆（bǎo）挽晨锵（qiāng）：车盖上的銮铃组成挽歌，在早晨显得更加悲壮有力。葆，车盖。

【译文】

庆历年间，我住在金陵，有一个厨师用一块石板压肉，我看到这块石板好像隐约有雕刻的文字，就试着把它用水冲洗干净，原来是南朝宋海陵王的墓铭，由谢朓撰文并书写。上面的字很像钟繇写的，非常令人喜欢。我携带在身边十多年,后来被文思副使夏元昭借去了,借口说是掉进水中了,现在也不知道它流落在什么地方了。谢朓的文集中没有收录这篇墓铭,现在抄录在这里:“中枢诞圣,膺历受命。於穆二祖,天临海镜。显允世宗,温文著性。三善有声,四国无竞。嗣德方衰,时唯介弟。景祚云及,多难攸启。载骤軨猎,高辟代邸。庶辟欣欣,威仪济济。亦既负扆,言观帝则。正位恭己,临朝渊嘿。虔思宝缔,负荷非克。敬顺天人,高逊明德。西光已谢,东旭又良。龙纛夕俪,葆挽晨锵。风摇草色,日照松光。春秋非我,晚夜何长。”

270 枣与棘[①]相类,皆有刺。枣独生[②],高而少横枝。棘列生[③],卑[④]而成林,以此为别。其文皆从朿[⑤],音刺,木芒刺也。朿而相戴[⑥],立生者枣也。朿而相比[⑦],横生者棘也。不识二物者,观文可辨。

【注释】

①棘:植物名,丛生小枣树,也泛指各种有刺草木,果实较枣小,味酸。

②独生:单株独生,有一根主木向上生长。

③列生:并排生长,丛生。

④卑:低矮。

⑤朿:木芒,今作“刺”。

⑥相戴:上下重叠。

⑦比:挨着,并列。

【译文】

枣树与棘树很相似,都有刺。枣树是单株独生的,树干高且横生的树枝比较少。棘树是多株并列丛生的,树干很矮并且连成一片,凭此作为两者的区别。枣和棘的字形都从朿,读音是刺,意为树木所长的芒刺。树木的枝条一层层往上长的,是枣树。枝条丛生并列挨着长成一片的,是棘树。不认识这两种树的，看着它们的文字字形也可以分辨了。

271 金陵人胡恢[①]博物强记，善篆隶[②]，臧否[③]人物，坐法[④]失官十余年，潦倒贫困。赴选[⑤]集于京师，是时韩魏公[⑥]当国，恢献小诗自达，其一联曰："建业[⑦]关山千里远，长安风雪一家寒。"魏公深怜之，令篆太学[⑧]石经，因此得复官。任华州[⑨]推官[⑩]而卒。

【注释】

①胡恢：主要生活在北宋中期，精通书法，曾任华州推官。

②篆(zhuàn)隶：篆书和隶书。

③臧否(zāng pǐ)：褒贬、品评。

④坐法：违法获罪。

⑤赴选：前往吏部听候铨选。

⑥韩魏公：即韩琦(1008年—1075年)，字稚圭，北宋名相。封魏国公，谥忠献。著有《安阳集》。

⑦建业：即金陵，今江苏南京。

⑧太学：古时候的最高学府。

⑨华州：治所在今陕西渭南市华州区。

⑩推官：主管讼案公事的地方官员。

【译文】

金陵人胡恢博闻强记，擅长篆书和隶书，喜欢褒贬品评人物，因为违法获罪丢掉官职十多年，失意贫困。因为参加选拔来到京城，当时韩琦主持国政，胡恢就献了一首小诗来表白，其中有一联说："建业关山千里远，长安风雪一家寒。"韩琦非常可怜他，就让他去太学用篆书刻写石经，因此他得以重新做官。后来任华州推官，直至去世。

272 熙宁六年，有司[①]言日当蚀四月朔。上为彻[②]膳，避正殿。一夕微雨，明日，不见日蚀，百官入贺。是日有皇子之庆。蔡子正[③]为枢密副使，献诗一首，前四句曰："昨夜薰风入舜韶[④]，君王未御正衙朝。阳辉[⑤]已得前星[⑥]助，阴沴[⑦]潜随夜雨消。"其叙四月一日避殿、皇子庆诞、云阴不见日蚀，四句尽之，当时无能过之者。

【注释】

①有司：有关部门，文中是掌管天文历法的官员。

②彻：通"撤"。

③蔡子正：蔡挺（1014 年—1079 年），字子正（《宋史》中作"子政"），宋城人，景祐元年进士，官至直龙图阁，卒谥敏肃。《宋史》《东都事略》中均有传。

④舜韶：虞舜时的音乐。

⑤阳辉：这里指宋神宗赵顼。

⑥前星：此指皇子。

⑦阴沴（lì）：灾难的征兆。

【译文】

熙宁六年，掌管天文历法的官员说四月初一将有日食发生。皇上因此撤膳，避开正殿。当夜下了小雨，第二天，没有看见日食，百官入朝恭贺。当天有皇子诞生。蔡子正担任枢密副使，献诗一首，前四句说："昨夜薰风入舜韶，君王未御正衙朝。阳辉已得前星助，阴沴潜随夜雨消。"这里叙述了四月一日皇上避殿、皇子诞生、云阴暗不见日食，四句把这些事都讲了，当时没有能超过他的人。

273　欧阳文忠[①]好推挽[②]后学[③]。王向[④]少时为三班奉职，干当[⑤]滁州[⑥]一镇，时文忠守滁州。有书生为学子不行束脩[⑦]，自往诣[⑧]之，学子闭门不接。书生讼于向，向判其牒[⑨]曰："礼闻来学，不闻往教。先生既已自屈，弟子宁不少高[⑩]？盍[⑪]二物[⑫]

以收威，岂两辞而造狱[13]？”书生不直[14]向判，径持牒以见欧公。公一阅，大称其才，遂为之延誉奖进[15]，成就美名，卒为闻人[16]。

【注释】

①欧阳文忠：即欧阳修（1007 年—1072 年），谥号文忠，世称欧阳文忠公。北宋著名的政治家、文学家、史学家。

②推挽：推荐提拔。

③后学：后辈学生。

④王向：字子直，北宋学者。为文长于叙事，早逝。

⑤干当：管理、办理、处理。

⑥滁（chú）州：州名，辖境相当今安徽滁州、来安、全椒三市县地。

⑦束脩（xiū）：脩，干肉。十条干肉为束脩。古时候拜师学艺送束脩给老师，作为学费或礼品以表感谢，是一种传统的拜师礼节。

⑧诣（yì）：到、去、拜访。

⑨牒：公文、文书。此处指打官司用的状纸。

⑩少高：稍加抬举、稍加尊重。

⑪盍：为何，何不。

⑫二物：指木条和荆条，古时候教学常用的体罚教具。

⑬造狱：打官司。

⑭不直：觉得不公道、不公平。

⑮延誉奖进：传播名誉、奖励推荐。

⑯闻人：有声名的人。

【译文】

欧阳修喜欢推荐提拔后辈学生。王向年轻时在三班供职，管理滁州的一个镇，当时欧阳修任滁州知州。有一个读书人因为自己的学生没有送束脩行拜师之礼，就亲自去见学生，学生关门不接待。这个读书人就告到了王向那里，王向在他的状纸上写道：“依据礼仪来说，只听说学生前来学习的，没听说过老师前往教授的。先生你既然先委屈了自己的身份，学生怎么可能不稍加自大呢？为什么不用荆条收收他的威风，哪里用得着成为原告、被告而打官司啊?”这个读书人觉得王向判得不公平,就直接拿着状纸去拜见欧阳修。欧阳修一看状纸的判语,大大称赞王向的才学,于是就为王向传播名誉并奖励推荐他,使得他得到了美名,最终成为一个名人。

274 士人刘克[①]博观异书。杜甫诗有“家家养乌鬼,顿顿食黄鱼[②]”。世之说者,皆谓夔[③]、峡[④]间至今有鬼户[⑤],乃夷人[⑥]也,其主谓之鬼主[⑦],然不闻有乌鬼之说。又鬼户者,夷人所称,又非人家所养。克乃按《夔州图经》[⑧],称“峡中人谓鸬鹚[⑨]为乌鬼”。蜀人临水居者,皆养鸬鹚,绳系其颈,使之捕鱼,得鱼则倒提出之,至今如此。予在蜀中[⑩],见人家养鸬鹚使捕鱼,信然,但不知谓之乌鬼耳。

【注释】

①刘克:宋汴都人,事迹不详,曾注杜甫、李商隐集。

②家家养乌鬼,顿顿食黄鱼:出自杜甫《戏作俳谐体遣闷二首之一》。前人对乌鬼的说法不一,有持乌鬼是鸬鹚的说法,如刘克、黄朝英;有持乌鬼是猪的说法,如蔡宽夫、佚名《漫叟诗话》的记载;有持乌鬼是“乌鬼蛮”的俗称的说法,如《冷斋夜话》。

③夔:夔州,治今重庆奉节。

④峡:峡州,治今湖北宜昌。

⑤鬼户:唐宋时对西南地区乌蛮和爨(cuàn)两个民族的蔑称。

⑥夷人:当时对西南少数民族的贬称。

⑦鬼主:唐宋时对西南地区乌蛮和东西两爨首领的称呼。因管辖地区大小的差异,可以分为都鬼主、大鬼主、小鬼主。

⑧《夔州图经》:即《夔州路图经》,共二十五卷,今已散佚。

⑨鸬鹚(lú cí):别名鱼鹰、水老鸦等,身长可达 80 厘米,羽毛主要是黑色,带有紫色金属光泽,经过驯养,可使之捕鱼。

⑩予在蜀中：宋康定元年(1040年)前，沈括的父亲沈周当时任简州平泉县(今四川成都西南)知县，沈括随父在蜀中居住。

【译文】

有一位名叫刘克的读书人广泛涉猎过许多奇书。杜甫的诗中写过“家家养乌鬼，顿顿食黄鱼”的诗句。注解这句诗的人，都认为直到现在夔州、峡州一带还有鬼户，就是夷人，他们的首领叫作鬼主，但是并未听过有乌鬼的说法。而且鬼户这个名称，也是对夷人的称呼，并不是说人们家里所养的动物。刘克考察了《夔州路图经》，认为峡州之地的百姓把鸬鹚叫作乌鬼。蜀地临水居住的百姓都会养鸬鹚，用绳子系在它的脖子上，让它去捕鱼，捕获鱼后就倒提着它，把鱼倒出来，至今仍是这样。我当年住在蜀地的时候，看到过一些人家养鸬鹚，让它去捕鱼，确实有这种情况，不过不知道把鸬鹚叫作乌鬼而已。

275　和鲁公[①]有艳词[②]一编，名《香奁集》。凝后贵，乃嫁其名为韩偓[③]，今世传韩偓《香奁集》，乃凝所为也。

凝生平著述，分为《演纶》《游艺》《孝悌》《疑狱》《香奁》《籝金》六集，自为《游艺集·序》云：“予有《香奁》《籝金》二集，不行于世。”凝在政府，避议论，讳其名，又欲后人知，故于《游艺集·序》实之，此凝之意也。

予在秀州[④]，其曾孙和惇[⑤]家藏诸书，皆鲁公旧物，末有印记，甚完。

【注释】

①和鲁公：即和凝(898年—955年)，字成绩，须昌人。五代时后晋宰相，入后汉封鲁国公，世称鲁国公。其词作被王国维辑为《红叶稿》。另著有《疑狱集》。

②艳词：描写男女之情的诗。

③韩偓(约842年—923年)：字致尧，自号玉山樵人，京兆万年人，晚

唐诗人。诗多写艳情，称为香奁体。

④秀州：州名，治今浙江嘉兴。

⑤和惇：和凝曾孙。

【译文】

和凝有过一编描写男女之情的艳词，给它取名为《香奁集》。和凝贵显之后，于是把此集嫁名给韩偓，现在世上流传的韩偓《香奁集》其实是和凝所作。

和凝的生平著述，有《演纶》《游艺》《孝悌》《疑狱》《香奁》《籯金》六集，他自己在《游艺集·序》中提到说："我有《香奁》《籯金》二部诗集，未曾在世上流通。"和凝在朝为官，要避开他人的议论，隐瞒了自己的姓名，但是又想让后人知道这个集子是自己的作品，所以在《游艺集·序》里如实记录了这件事，这是和凝的考量。

我在秀州的时候，他的曾孙和惇家中收藏了很多书，都是和凝生前留下的旧物，书后还保留着印章，很完整。

276　蜀人魏野[①]，隐居不仕宦，善为诗，以诗著名，卜居[②]陕州[③]东门之外。有《陕州平陆县诗》云："寒食[④]花藏院，重阳[⑤]菊绕湾。一声离岸橹，数点别州山。"最为警句。所居颇萧洒，当世显人多与之游，寇忠愍[⑥]尤爱之。尝有赠忠愍诗云："好向上天辞富贵，却来平地作神仙。"后忠愍镇北都[⑦]，召野置门下。北都有妓女，美色而举止生梗[⑧]，士人谓之"生张八"。因府会，忠愍令乞诗于野，野赠之诗曰："君为北道生张八，我是西州熟魏三。莫怪樽[⑨]前无笑语，半生半熟未相谙[⑩]。"吴正宪[⑪]《忆陕郊诗》云："南郭迎天使，东郊诏隐人。"隐人谓野也。野死，有子闲，亦有清名，今尚居陕中。

【注释】

①魏野(960 年—1019 年)：字仲先，北宋诗人。自筑草堂，勤于躬

耕，诗风清淡朴实。

②卜居：选择居所。

③陕州：治今河南三门峡市陕州区。

④寒食：传统节日，清明节前一、二天，古人在这一天，禁烟火，只吃冷食，所以叫作寒食节。

⑤重阳：传统节日，每年农历九月九日，这一天，有登高、赏菊、插茱萸等风俗。

⑥寇忠愍（mǐn）：即寇准（961 年—1023 年），字平仲，北宋著名官员、诗人。封莱国公，谥忠愍，故称寇忠愍。

⑦北都：此处指北宋的陪都大名府。

⑧生梗：倔强不驯。

⑨樽（zūn）：古代盛酒的器具。

⑩谙（ān）：熟悉、精通。

⑪吴正宪：即吴充（1021 年—1080 年），字冲卿，北宋大臣。曾任翰林学士、同平章事等，谥正宪，故称吴正宪。

【译文】

蜀人魏野，隐居不做官，擅长作诗，以诗闻名，选择了陕州东门外为居所。有《陕州平陆县诗》写道："寒食花藏院，重阳菊绕湾。一声离岸橹，数点别州山。"最是精妙。魏野生活得很潇洒，当时的一些名人大都和他有交往，寇准特别喜欢他。魏野曾经写诗赠给寇准说："好向上天辞富贵，却来平地作神仙。"后来寇准镇守大名府时，曾召魏野到幕下任职。大名府有一名妓女，漂亮却举止倔强不驯，士人称作"生张八"。州府举行宴会时，寇准叫她向魏野求取诗歌，魏野送了一首诗说："君为北道生张八，我是西州熟魏三。莫怪樽前无笑语，半生半熟未相谙。"吴充在《忆陕郊诗》中说："南郭迎天使，东郊诏隐人。"隐人就是说魏野。魏野死后，有儿子叫魏闲，也有清誉，现在还住在陕中。

书 画

这里所谓书画，即指书法和绘画，是对书画艺术的记载。如第278、279条等体现了古人作画、品画善求细节。第283条体现了中国画的特殊审美观念。第295条记载了王羲之书法作品《乐毅论》的流传情况。通过阅读此类记载，我们可以了解古人书法、绘画之品读细节，以及部分书家、画家的相关趣事及作品源流。

277 藏书画者，多取空名，偶传为钟、王、顾、陆[①]之笔，见者争售[②]，此所谓耳鉴[③]。又有观画而以手摸之，相传以谓色不隐指[④]者为佳画，此又在耳鉴之下，谓之揣骨听声[⑤]。

【注释】

①钟、王、顾、陆：分别指三国时书法家钟繇，东晋书法家王羲之，东晋画家顾恺之，南朝宋画家陆探微。

②争售：争相购买。

③耳鉴：用耳朵鉴别书画的好坏。

④色不隐指：画面着色均匀，看上去颜料堆积，但抚摸起来却没有高低不平之感。

⑤揣骨听声：本是江湖术士靠摸骨骼、听声音，来判断人的贵贱祸福。

【译文】

收藏书画作品的人，大多只看中书画家的名声，偶然传闻说某幅作品是钟繇、王羲之、顾恺之或者陆探微的真迹，见到的人就争相抢购，这就叫耳鉴。另有品鉴作品时用手去摩挲的人，相传用手摸画作，摸上去着色没有高低不平的就是上品，这种鉴别方式又在耳鉴之下，被称为揣骨听声。

278　欧阳公[①]尝得一古画牡丹丛，其下有一猫，未知其精粗。丞相正肃吴公[②]与欧公姻家[③]，一见曰："此正午牡丹也。何以明之？其花披哆[④]而色燥，此日中时花也。猫眼黑睛如线，此正午猫眼也。有带露花，则房敛[⑤]而色泽。猫眼早暮则睛圆，日渐中狭长，正午则如一线耳。"此亦善求古人笔意也。

【注释】

①欧阳公：即欧阳修（1007年—1072年），谥号文忠，世称欧阳文忠公。北宋著名的政治家、文学家、史学家。

②正肃吴公：即吴育（1004年—1058年），字春卿，北宋大臣。谥正肃，故称正肃吴公。

③姻家：联姻的亲家。

④披哆（chǐ）：指花朵散开。

⑤房敛：指花朵收拢。

【译文】

欧阳修曾经得到一幅古画，画的是牡丹丛，牡丹花下有一只猫，他不懂这幅画的优劣如何。丞相吴育与欧阳修是亲家，一见到这幅画就说："这是正午时分的牡丹。怎么知道的呢？因为牡丹散开而颜色干燥，这是正午时候的花。猫的黑色瞳孔像一条线，这是正午时候的猫眼。有带露水的花，则花朵收拢而颜色润泽。猫眼的瞳孔早上晚上都是圆的，越近中午越狭长，正午时就像一条线。"这也是善于领悟古人画画的意态情致啊。

279　相国寺[①]旧画壁，乃高益[②]之笔。有画众工奏乐一堵，最有意。人多病[③]拥琵琶[④]者误拨下弦，众管皆发"四"字。琵琶"四"字在上弦，此拨乃掩下弦，误也。予以谓非误也。盖管[⑤]以发指为声，琵琶以拨过为声，此拨掩下弦，则声在上弦也。益之布置[⑥]尚能如此，其心匠[⑦]可知。

【注释】

①相国寺：位于今河南开封。原名建国寺，后改名大相国寺。

②高益：契丹人，北宋初期以擅长画宗教人物而闻名，后被北宋朝廷授予翰林待诏，被送到相国寺作壁画。有《南国斗象》《卫士骑射》等传世。

③病：不满、指责。

④琵琶：弹拨乐器，用手持拨子弹拨琴弦发声。

⑤管：管乐器，通过用口吹奏发声。

⑥布置：布局，此处指画中的细节安排。

⑦心匠：匠心，此处指画中的巧妙构思。

【译文】

相国寺的旧壁画，是高益的作品。有一堵墙上画有许多乐工一起演奏音乐，最有情趣。观者大都不满画中那个抱琵琶的人拨错了下弦，因为画中的管乐器都在发“四”字音。琵琶的“四”字音在上弦，这画中是拨子停在下弦，是画错了。我认为并没有错。因为管乐器是以手指离开孔口而发声，琵琶则是拨子拨过琴弦而发声，这里画的拨子停在下弦，那么声音就在上弦。高益的细节安排能够这样精细，可见他的构思巧妙。

280　书画之妙，当以神会，难可以形器求也。世之观画者，多能指摘其间形象、位置、彩色瑕疵而已，至于奥理冥造者，罕见其人。如彦远[①]《画评》言王维[②]画物，“多不问四时，如画花往往以桃、杏、芙蓉、莲花同画一景”。予家所藏摩诘画《袁安卧雪图》，有雪中芭蕉，此乃得心应手，意到便成，故造理入神，迥得天意，此难可与俗人论也。谢赫[③]云：“卫协[④]之画，虽不该备形妙，而有气韵，凌跨群雄，旷代绝笔。”又，欧文忠[⑤]《盘车图》诗云：“古画画意不画形，梅诗咏物无隐情。忘形得意知者寡，不若见诗如见画[⑥]。”此真为识画也。

【注释】

①彦远：张彦远(815 年—907 年)，字爱宾，蒲州猗氏人，唐代画家、绘画理论家。有《历代名画记》《法书要录》等著作。

②王维(701 年—761 年)：字摩诘，蒲州人，盛唐著名诗人及画家。

③谢赫：南朝齐梁人，工于绘画，著有《古画品录》。

④卫协：西晋画家，善于画人物和道释像。

⑤欧文忠：即欧阳修(1007 年—1072 年)，谥号文忠，世称欧阳文忠公。北宋著名的政治家、文学家、史学家。

⑥“古画”四句：欧阳修追和梅尧臣而作的同题诗。梅尧臣(1002 年—1060 年)，字圣俞，宣城人，北宋诗人。

【译文】

书画作品的奇妙之处，应当用心神去体味，难以从画面的具象去寻求。世上观赏绘画作品的人，大多只能指摘画中的形象、位置、色彩层面的瑕疵罢了，至于能体会到作者在作品中寄托的深刻意境和哲理的人，是罕见的。像张彦远的《画评》评价王维画景物时说，“大多时候不讲究四时节气，像画花，往往把不同季节的桃、杏、芙蓉、莲花等画入同一幅景色中”。我家中收藏的王维画的《袁安卧雪图》，画卷上有雪中芭蕉，这是得心应手、意到便成之处，所以画理入神，深得天机，这难以和俗人探讨。谢赫说：“卫协的画，虽然不能具象地描绘事物的外在形象，但是有韵味，所以画作超越了很多名家，可谓是空前绝后的神妙之作。”欧阳修的《盘车图》诗说：“古画画意不画形，梅诗咏物无隐情。忘形得意知者寡，不若见诗如见画。”这些都是真正懂画的人的言论。

281　王仲至[①]阅吾家画，最爱王维画《黄梅出山图》。盖其所图黄梅[②]、曹溪[③]二人，气韵神检[④]，皆如其为人。读二人事迹，还观所画，可以想见其人。

【注释】

①王仲至：即王钦臣(约 1034 年—约 1101 年)，字仲至，宋城人。历

官开封府尹、集贤殿修撰，藏书颇丰，手自校正，时称善本。

②黄梅：指唐高僧弘忍，佛教禅宗五祖。以居黄梅东山禅院得称。

③曹溪：指唐高僧慧能，佛教禅宗六祖，弘忍弟子。以居曲江县曹溪得称。

④神检：指清秀超逸的仪表。

【译文】

王钦臣品鉴我家收藏的画作，最喜欢王维的《黄梅出山图》。这是因为画作上的黄梅、曹溪二人，他们的气韵神情和仪表，就像他们的为人。读这两个人的事迹，再来观看王维的画作，可以想见他们是怎样的人。

282 《国史补》[①]言："客有以《按乐图》示王维，维曰：'此《霓裳》[②]第三叠第一拍也。'客未然。引工按曲，乃信。"此好奇者为之。凡画奏乐，止能画一声，不过金石[③]管弦同用一字耳，何曲无此声，岂独《霓裳》第三叠第一拍也？或疑舞节及他举动拍法中，别有奇声可验，此亦不然。《霓裳曲》凡十三叠，前六叠无拍，至第七叠方谓之叠遍，自此始有拍而舞作。故白乐天[④]诗云："中序擘騞[⑤]初入拍。"中序即第七叠也，第三叠安得有拍？但言"第三叠第一拍"，即知其妄也。或说，尝有人观画《弹琴图》，曰："此弹《广陵散》[⑥]也。"此或可信。《广陵散》中有数声，他曲皆无，如泼攦[⑦]声之类是也。

【注释】

①《国史补》：即《唐国史补》，唐人李肇所撰，是一部记载唐代开元、长庆年间杂事的书，主要涉及当时的社会风气、典章制度、朝野轶事等。

②《霓裳》：即《霓裳羽衣曲》，也称《霓裳羽衣舞》，是唐代大曲中的著名法曲，被认为是唐代歌舞的集大成之作。

③金石：钟磬(qìng)等敲击乐器。

④白乐天：即白居易(772年—846年)，字乐天，唐代著名诗人。

⑤擘騞(bò huō):象声词,形容刀剑划过物体的声音。

⑥《广陵散》:又名《广陵止息》,古代著名琴曲,其旋律激昂、慷慨。嵇康临刑前曾弹奏此曲。

⑦泼攦(lì):弹鼓弦的声音。攦,击。

【译文】

《唐国史补》记载说:“有一个客人拿《按乐图》给王维看,王维说:‘这是在演奏《霓裳羽衣曲》第三叠中的第一拍。’客人不以为意。请来乐工演奏此曲,于是才相信。”这是喜欢新奇的人编造的故事。凡是画奏乐图,只能画出一个音,不过是钟磬、管弦乐器同时演奏一个音而已,哪首乐曲没有这个音呢,难道只能是《霓裳羽衣曲》第三叠中的第一拍吗?有人怀疑舞蹈动作和其他的拍法,可以证实这个音,这也不对。《霓裳羽衣曲》共有十三叠,前六叠没有拍,到了第七叠才叫作叠遍,从这里开始有拍且有舞蹈动作。所以白居易的诗歌说:“中序擘騞初入拍。”中序就是第七叠,第三叠哪里有拍啊?只看他说“第三叠第一拍”,就知道他说的是错的。有人说,曾经有人看了《弹琴图》,说:“这是弹奏的《广陵散》。”这也许是可信的。因为《广陵散》中有几个音,是其他曲子中没有的,如泼攦声之类的就是。

283　画牛、虎皆画毛,惟马不画毛。予尝以问画工,工言:“马毛细,不可画。”予难[①]之曰:“鼠毛更细,何故却画?”工不能对。大凡画马,其大不过盈尺[②],此乃以大为小,所以毛细而不可画;鼠乃如其大,自当画毛。然牛、虎亦是以大为小,理亦不应见毛,但牛、虎深毛[③],马浅毛[④],理须有别。故名辈[⑤]为小牛、小虎,虽画毛,但略拂拭而已。若务详密,翻成冗长[⑥]。约略拂拭,自有神观[⑦],迥然生动,难可与俗人论也。若画马如牛、虎之大者,理当画毛,盖见小马无毛,遂亦不摹,此庸人袭迹[⑧],非可与论理也。又李成[⑨]画山上亭馆及楼塔之类,皆仰画飞檐,其说以谓"自下望上，如人平地望塔檐间，见其榱桷[10]"。此论非也。大都山水之法，盖以大观小，如人观假山耳。若同真山之法，以下望上，只合见一重山，岂可重重悉见？兼不应见其溪谷间事。又如屋舍，亦不应见其中庭及后巷中事。若人在东立，则山西便合是远境；人在西立，则山东却合是远境。似此如何成画？李君盖不知以大观小之法，其间折高[11]、折远[12]，自有妙理，岂在掀屋角也？

【注释】

①难：反问、质问。

②盈尺：满一尺。

③深毛：长毛。

④浅毛：短毛。

⑤名辈：有名的画家。

⑥翻成冗长：反而显得累赘。

⑦神观：神妙意境。

⑧袭迹：此处指沿袭前人的画法。

⑨李成(919 年—967 年)：字咸熙，五代到北宋初期著名画家。

⑩榱桷(cuī jué)：屋椽(chuán)。

⑪折高：处理高低。

⑫折远：处理远近。

【译文】

画牛、画虎都要画毛，只有画马不画毛。我曾经以此问过画工，画工说："马的毛细，不能画。"我反问道："鼠的毛更细，为什么又要画呢？"画工不能回答。大凡画马，它的大小不满一尺，这是把大的画成小的，所以毛细就不能画；画鼠就画得和实物一样大，自然应当画毛。但是画牛、虎也是把大的画成小的，理应见不到毛，但是牛、虎是长毛，马是短毛，理应有所区别。所以有名的画家画小牛、小虎，虽然画了毛，但只是稍微涂抹几下而已。如果要求细密,反而显得累赘。稍微涂抹,自然有神妙意境,非常生动,这一点是很难与俗人讨论的。如果画马像画牛、虎那样大,按理也应该画毛,大概见到小马没有毛,所以也就不画出来,这是平庸的画工沿袭前人的画法,不能与他们讲道理。有李成画山上的亭馆及楼塔之类的景物,都是用仰视的角度画向上翘的屋檐,他说这是"从下面朝上望,如同在平地望塔檐间,能看到椽子"。这个观点不对。大多数的山水画法,都是把大景物看作小景物,如同看假山一样。如果用看真山的方法,从下往上望,只能见到一重山,哪能见到重重山峦呢?同时也看不到山谷溪水间的景物。又比如房屋,也看不见它的中庭和后巷中的景物。如果人站在东面,那么山的西面应该是远景;人站在西面,那么山的东面应该是远景。像这样怎么能画成一幅画呢?李成大概不懂以大观小的方法,这中间处理高低、处理远近,也自有精妙的道理,哪里是在于仰观屋角呢?

284　画工画佛身光[①],有匾圆如扇者,身侧则光亦侧,此大谬也。渠[②]但见雕木佛耳,不知此光常[③]圆也。又有画行佛,光尾向后,谓之顺风光,此亦谬也。佛光乃定果[④]之光,虽劫风[⑤]不可动,岂常风能摇哉?

【注释】

①佛身光:造佛像时,在佛身外围画出一圈的金光。

②渠:指他、他们。

③常:永久的,固定的。

④定果:决定因果报应。

⑤劫风:毁灭之风。劫是佛教用语,佛经认为劫包括成、住、坏、空四个时期,叫作四劫。遇到坏劫的情况,会出现火、水、风三灾,世界将被毁灭。

【译文】

画工画佛身外围的金光,有的画成像扇子一样的扁圆形状,佛身侧转时，那么金光也会侧转，这是非常大的谬误。他们大概只见过木雕佛像而已，不知道这种圆形金光是固定不变的。另有人画行走的佛，把金光的尾部画得拖向后方，把它叫作顺风光，这也是谬误。佛的金光是定果之光，即使是遇到劫风也不会被动摇，又怎么是寻常之风能动摇的呢？

285　古文“己”字从“一”、从“亡”，此乃通贯天、地、人，与“王”字义同。中则为“王”，或左或右则为“己”。僧肇[①]曰：“会万物为一己者，其惟圣人乎？子曰：‘下学而上达。’人不能至于此，皆自域[②]之也。”得“己”之全者如此。

【注释】

①僧肇(384年—414年)：俗姓张，南北朝高僧，是鸠摩罗什门下“四圣”之一。著有《肇论》等著作。

②自域：自我限制。

【译文】

古文中“己”字从“一”、从“亡”，字形上贯通了天、地、人，和“王”字字义一样。竖画在中间就是“王”字，在左边或者右边就是“己”。僧肇说：“聚集天地万物到一己之上，这大概只有圣人能够做到吧？孔子说：‘下学而上达。’人不能做到这个地步，都是自我限制的原因。”参透了“己”的全部含义的人，才能这样解释出来。

286　度支员外郎[①]宋迪[②]工画，尤善为平远[③]山水，其得意者，有《平沙雁落》《远浦帆归》《山市晴岚》《江天暮雪》《洞庭秋月》《潇湘夜雨》《烟寺晚钟》《渔村落照》，谓之八景，好事者多传之。往岁小窑村陈用之[④]善画，迪见其画山水，谓用之曰：“汝画信工[⑤]，但少天趣[⑥]。”用之深伏[⑦]其言，曰：“常患其不及古人者，正在于此。”迪曰：“此不难耳，汝先当求一败墙[⑧]，张绢素讫，倚之败墙之上，朝夕观之。观之既久，隔素见败墙之上，高平曲折，皆成山水之象。心存目想：高者为山，下者为水；坎[9]者为谷，缺者为涧；显者为近，晦[10]者为远。神领意造，恍然[11]见其有人禽草木飞动往来之象，了然在目。则随意命笔，默以神会，自然境皆天就，不类人为，是谓活笔。”用之自此画格[12]日进。

【注释】

①度支员外郎：度支是掌管全国财政赋税的统计与支调的官署，度支员外郎是其中的官员。

②宋迪：字复古，北宋画家，擅长画山水，意境高远。

③平远：中国山水画技法的“三远”（高远、平远、深远）之一，平远是表现景物的宽度。

④陈用之：北宋画家，擅长画人马、山川林木。

⑤信工：确实精妙。

⑥天趣：自然的情趣。

⑦伏：同“服”。

⑧败墙：破墙。

⑨坎：低陷不平的地方。

⑩晦：模糊朦胧、不清楚的地方。

⑪恍然：忽然、突然。

⑫画格：画的风格、格调。

【译文】

度支员外郎宋迪擅长作画，尤其擅长画平远山水，他的得意作品，有《平沙雁落》《远浦帆归》《山市晴岚》《江天暮雪》《洞庭秋月》《潇湘夜雨》《烟寺晚钟》《渔村落照》，称为八景，爱好的人大都传颂这些作品。过去小窑村的陈用之也擅长作画，宋迪见到他画的山水画以后，对陈用之说：“你的画确实精妙，但是缺少了自然的情趣。”陈用之深深佩服他的观点，说：“我常常担心自己的画比不上古人的，正在这个方面。”宋迪说：“这个不难，你先找一堵破墙，在墙上张挂白色的绢布以后，就让它贴在破墙上，从早到晚都对着看。看得久了，隔着绢布看到破墙上，高平曲折，都成了山水的景象。心里默想着所看到的：高的地方就是山，低的地方就是水；低陷不平的地方就是山谷，缺损的地方就是溪涧；明显的就是近景，模糊不清的就是远景。用心去领悟，忽然看到了有人、禽、草、木来往飞动的景象，清楚地出现在眼前。就随着性子落笔，悄悄地用心去领会，自然景色就像是上天造就的，不像是人画的，这就是活笔。"陈用之绘画的格调从此就逐渐长进了。

287 古文[①]自变隶[②]，其法已错乱，后转为楷字，愈益讹舛，殆不可考。如言有口为"吴"，无口为"天"。按字书，"吴"字本从"口"、从"夨"音捩，非"天"字也。此固近世谬从楷法言之。至如两汉，篆文尚未废，亦有可疑者。如汉武帝以隐语[③]召东方朔[④]云："先生来来。"解云："来来，枣也。"按"棗"字从"朿"音刺，不从"来"。此或是后人所传，非当时语。如"卯、金、刀"为"劉"，"货泉"[⑤]为"白水真人"，此则出于纬书[⑥]，乃汉人之语。按"劉"字从"丣"音酉、从"金"。如"桺、駵、畱"皆从"丣"，非"卯"字也。"货"从"贝"，"真"乃从"具"，亦非一法，不知缘何如此。字书与本史所记，必有一误也。

【注释】

①古文：指甲骨文、金文、大篆以及小篆等古文字。

②隶：隶书，汉字的一种字体，是由篆书简化而成的，笔画较篆书而言更加简单。

③隐语：用不同的方法手段如析字、谐音等把原本要表达的文义隐藏起来的一种特殊的语言表达方式。

④东方朔（前154年—前93年）：字曼倩，平原厌次人，西汉文学家。有《答客难》《非有先生论》等作品。

⑤货泉：王莽时铸造的钱币名称。

⑥纬书：是相对于儒家“经书”而言的宣扬符箓祥瑞之书。

【译文】

古文字自从演变成隶书之后，它的写法就已经错乱了，后来转变成楷书，愈发讹误错乱了，原义大概不可考证了。比如说有口的写成“吴”，没有口的写成“天”。考察字书，“吴”字本来从“口”、从“夨”读音是捩，并非“天”字。这当然是近世错误地依照楷体的写法来说的。至于两汉时期，篆书尚未被废除，也有可以怀疑的。像汉武帝用隐语召请东方朔说：“先生来来。”解释说：“来来，枣也。”按“棗”字从“朿”读音是刺，不从“来”。这也许只是后人的传闻，并非当时的话。像“卯、金、刀”为“劉”，“货泉”为“白水真人”，这些说法都是出自纬书，是汉代人的话。按“劉”字从“丣”读音是酉、从“金”。像“桺、駵、畱”都是从“丣”，并非“卯”字。“货”从“贝”，“真”从“具”，也不一样，不知为何要这样说。字书和史书所记载的，必然有一种是错误的。

288　唐韩偓为诗极清丽，有手写诗百余篇，在其四世孙奕处。偓天复[①]中避地[②]泉州之南安县，子孙遂家焉。庆历中，予过南安，见奕出其手集，字极淳劲可爱。后数年，奕诣阙[③]献之。以忠臣之后，得司士参军，终于殿中丞。又予在京师见偓《送晉光上人[④]》诗，亦墨迹也，与此无异。

【注释】

①天复：唐昭宗李晔的年号，公元901年至904年。

②避地：避世隐居。

③诣阙：到朝廷。

④晉光上人：字丰登，唐朝和尚，善书草隶。

【译文】

唐朝韩偓诗风极其清丽，有手写诗上百篇，在他的四世孙韩奕那里。

韩偓天复年间隐居泉州的南安县，他的子孙于是在那里安家。庆历中，我经过南安，见到韩奕拿出韩偓手抄的诗集，字迹极其淳劲可爱。数年之后，韩奕入朝进献这些诗集。因为他是忠臣的后人，得到了司士参军一职，后来在殿中丞的官职上逝世。此外，我在京城看到过韩偓的《送晉光上人》一诗，也是墨迹本，和手抄诗集上面的字迹没有什么差异。

289 江南徐铉[①]善小篆，映日[②]视之，画之中心，有一缕浓墨，正当其中。至于曲折处，亦当中，无有偏侧处。乃笔锋直下不倒侧，故锋常在画中，此用笔之法也。铉尝自谓："吾晚年始得𥕛匾之法[③]。"凡小篆喜瘦而长，𥕛匾之法，非老笔[④]不能也。

【注释】

①徐铉(xuàn)(917年—992年)：字鼎臣，五代宋初文字学家。开始任职于南唐，后来归附北宋。

②映日：对着阳光。

③𥕛(wāi)匾之法：篆书的一种写法，一般认为是将隶书、篆书相结合的一种书体，字形偏于隶，笔法作篆。

④老笔：老练娴熟的笔法，形容书法老手。

【译文】

江南的徐铉擅长写小篆，把他的篆字对着阳光看，只见笔画的中心，有一缕浓墨，正在中间。到了笔画曲折的地方，一缕浓墨也是在正中心，没有向旁边偏斜的地方。这是他下笔的笔锋直下而不偏斜的原因，所以笔锋一直落在笔画中心，这是用笔的方法。徐铉曾经自己说："我在晚年的时候开始懂得𥕛匾笔法。"凡是小篆都喜欢瘦长，𥕛匾之法，不是书法老手是写不出来的。

290 《名画录》[①]："吴道子[②]尝画佛，留其圆光[③]，当大会[④]中，对万众举手一挥，圆中运规[⑤]，观者莫不惊呼。"画家为之自有法，但以肩倚壁，尽臂挥之，自然中规。其笔画之粗细，则以一指拒壁[6]以为准，自然均匀，此无足奇。道子妙处，不在于此，徒惊俗眼耳。

【注释】

①《名画录》：指朱景玄所撰《唐朝名画录》，是一部断代画史。

②吴道子（约680年—759年）：唐代著名画家，被尊为“画圣”。

③圆光：佛像头顶上的圆轮金光。

④大会：人数多的集会。

⑤圆中运规：画出的圆形符合用圆规所画的标准。

⑥拒壁：抵住墙壁。

【译文】

《名画录》记载：“吴道子曾经画佛，留下佛像头顶上的圆轮金光不画，等到人数多的集会上，对着众人举手一挥，画出的圆形符合用圆规所画的标准，观看的人没有不惊呼的。”画家画圆自然有他巧妙的方法，只要用肩膀靠着墙壁，放开手臂挥开画去，自然就会画得很圆。他的笔画的粗细，是以一根手指抵住墙壁作为标准，自然会匀称，这也没什么奇怪的。吴道子的画的神奇之处，不在这里，只是让那些俗人感到惊讶罢了。

291　晋、宋人墨迹，多是吊丧问疾书简。唐贞观[1]中，购求前世墨迹甚严，非吊丧问疾书迹，皆入内府[2]。士大夫家所存，皆当日朝廷所不取者，所以流传至今。

【注释】

①贞观：唐太宗李世民的年号，公元627年至649年。

②内府：朝廷的内库。

【译文】

两晋及刘宋时期人物的书法真迹，大多是吊丧问疾的书信。唐贞观年间，朝廷对购求前世书法真迹的法度甚是严格，只要不是吊丧问疾的书信之类作品,全都收入朝廷内库。如今士大夫家所收藏的,都是当时朝廷所不收的,所以能够流传到现在。

292 鲤鱼当胁[①]一行三十六鳞,鳞有黑文如“十”字,故谓之鲤。文从“鱼”“里”者,三百六十也。然井田法[②]即以三百步为一里,恐四代[③]之法,容有不相袭者。

【注释】

①胁:指动物从腋下到肋骨尽处的部分,这里是指鲤鱼胸鳍以下的侧面部分。

②井田法:古代的一种土地制度。因田地划分出来的形状类似“井”字,所以叫井田法。

③四代:指虞、夏、殷、周四朝。

【译文】

鲤鱼当胁之处有一排鱼鳞,共三十六片,鱼鳞上面有黑色的纹路,像“十”字,所以叫作鲤。字形从“鱼”、从“里”,就是三百六十。然而井田法把三百步作为一里,恐怕四代的法度,或许有不相沿袭的地方。

293 国初[①],江南[②]布衣徐熙[③]、伪蜀[④]翰林待诏[⑤]黄筌[⑥],皆以善画著名,尤长于画花竹。蜀平,黄筌并二子居宝、居实,弟惟亮,皆隶翰林图画院[⑦],擅名一时。其后江南平,徐熙至京师,送图画院品其画格。诸黄画花,妙在赋色,用笔极新细,殆[⑧]不见墨迹,但以轻色染成,谓之写生。徐熙以墨笔画之,殊[⑨]草草,略施丹粉而已,神气迥出,别有生动之意。筌恶其轧己,言其画粗恶不入格,罢之。熙之子乃效诸黄之格,更不用墨笔,直以彩色图之,谓之没骨图[⑩],工与诸黄不相下。筌等不复能瑕疵,遂得齿院品。然其气韵皆不及熙远甚。

【注释】

①国初：国朝初年，指北宋初年，国朝是作者对本朝的尊称。

②江南：此处指五代十国时期的南唐（937年—975年）。

③徐熙：南唐宋初著名画家，擅长画花竹林木，蝉蝶草虫。徐熙出身江南名门望族，一生未做官，所以此处称其为布衣。

④伪蜀：指后蜀（934年—965年），后被北宋所灭。

⑤翰林待诏：官名，掌四方表疏批答、应和文章。待诏指等待召见，意指等候皇帝的差遣任用。

⑥黄筌（quán）：五代时西蜀著名画家，擅长画花鸟林木。

⑦翰林图画院：政府成立的国家画院，是全国绘画创作的中心，汇集了当时的众多著名画家。

⑧殆（dài）：几乎、大概。

⑨殊：特别。

⑩没骨图：中国画技法名，指不用墨笔勾勒，直接以彩色描绘的画法。

【译文】

本朝初年，南唐的平民徐熙、后蜀的翰林待诏黄筌，都以擅长画画而闻名，尤其擅长画花竹。后蜀被平定后，黄筌和他的两个儿子黄居宝、黄居实，以及弟弟黄惟亮，都在翰林图画院任职，闻名一时。后来南唐被平定，徐熙也到了京师，把自己的作品送到图画院品评他的画的格调。黄筌和他的儿子及弟弟画花，精妙之处在于给花上色，用笔非常新奇细致，几乎看不见勾勒的墨迹，只是用淡淡的颜色点染而成，叫作写生。徐熙用墨笔画花，特别潦草，只粗略地添加一些丹粉而已，但花的神态鲜明，另有一番生动的意境。黄筌妒忌徐熙超过自己，就说他的画粗略低俗没有格调，图画院不予器重。徐熙的儿子也仿效诸黄等人的画法，完全不用墨笔，直接用彩色颜料画，叫作没骨图，巧妙精细与诸黄等人的画不相上下。黄筌等也不能挑出毛病，于是他的绘画作品得以排列在图画院被品评。但是这些画的神态和韵味远远比不上徐熙的画。

294　予从子[①]辽[②]喜学书，尝论曰："书之神韵，虽得之于心，然法度必资讲学。常患世之作字，分制无法[③]。凡字有两字、三四字合为一字者，须字字可拆。若笔画多寡相近者，须令大小均停[④]。所谓笔画相近，如'殺'字，乃四字合为一，当使'乂''术''几''又'四者大小皆均；如'赤'字，乃二字合，当使'上'与'小'二者大小长短皆均。若笔画多寡相远，即不可强牵使停，寡在左，则取上齐；寡在右，则取下齐。如从'口'从'金'，此多寡不同也，'唫'即取上齐，'釦'则取下齐。如从'尗'从'又'，及从'口'从'胃'，三字合者，多寡不同，则'叔'当取下齐，'喟'当取上齐。如此之类，不可不知。"又曰："运笔之时，常使意在笔前，此古人良法也。"

【注释】

①从子：侄子。

②辽：沈辽(1032 年—1085 年)，字叡达。擅长诗文、书法。

③分制无法：毫无章法地去拆分汉字。

④大小均停：拆分的大小均匀、符合比例。

【译文】

我的侄子沈辽喜爱学习书法，曾经说道："书法的神韵虽然要有悟性才能领会到，然而它的规矩法度是必须依靠学习的。我常担心世人写字，会毫无章法地拆分。大凡一个字是由两个或三四个字组合构成，必须字字可以分拆。如果笔画的多少是相近的，必须让各部分大小匀称。所谓的笔画多寡相近，像'殺'字，是由四个字构成的，应该让'乂''木''几''又'四者的大小都均匀；又如'赤'字，是由两个字构成的，应当使'上''小'两部分的大小长短都均匀。如果笔画的多寡相差较大，那么就不能牵强让它们均匀，笔画少的在左边，就在上面对齐；笔画少的在右边，就在下面对齐。像从'口'从'金'，这是笔画多寡不同的情况，二者合成'唫'字，就在上面对齐，如果构成'釦'字，就在下面对齐。又像从

‘赤’从‘又’，以及从‘口’从‘胃’，都是由三个字构成的，笔画的多少不一样，那么‘叔’字应当在下面对齐，‘喟’字应当在上面对齐。就像这样一类的道理，都不能不知道。”他又说：“在运笔的时候，在落笔之前心中就要有每一笔的书写法度，这就是古人练习书法的好方法。”

295 王羲之①书，旧传惟《乐毅②论》乃羲之亲书于石③，其他皆纸素所传。唐太宗裒聚④二王⑤墨迹，惟《乐毅论》石本在，其后随太宗入昭陵⑥。朱梁⑦时，耀州节度使⑧温韬⑨发昭陵得之，复传人间。或曰：“公主以伪本易之，元不曾入圹⑩。”本朝入高绅⑪学士家。皇祐⑫中，绅之子高安世⑬为钱塘主簿⑭，《乐毅论》在其家，予尝见之。时石已破缺，末后独有一“海”字者是也。其家后十余年，安世在苏州，石已破为数片，以铁束之。后安世死，石不知所在。或云苏州一富家得之，亦不复见。今传《乐毅论》，皆摹本也，笔画无复昔之清劲。羲之小楷字，于此殆绝。《遗教经》之类，皆非其比也。

【注释】

①王羲之(303 年—361 年)：字逸少，东晋著名书法家，有“书圣”之称，有代表作《兰亭集序》《乐毅论》《黄庭经》《遗教经》等。

②乐(yuè)毅：战国后期杰出的军事家。

③亲书于石：亲自在石碑上书写。

④裒(póu)聚：搜集、聚集。

⑤二王：因为王羲之与儿子王献之(344 年—386 年)都以书法闻名，所以合称为“二王”。

⑥昭陵：此处指唐太宗李世民的陵墓，位于今陕西礼泉东北九嵕(zōng)山。

⑦朱梁：指朱温(852 年—912 年)叛唐建立的后梁(907 年—923 年)，史称朱梁。

⑧耀州节度使：耀州，今陕西铜川西南地区。节度使，掌管一方军、政、财权的地方长官。

⑨温韬：原名李彦韬，五代时梁国人，曾经盗掘诸位唐代皇帝的陵墓。

⑩圹(kuàng)：墓穴、坟墓。

⑪高绅：生平不详，据说其曾经收藏有王羲之的书法作品《乐毅论》。

⑫皇祐：宋仁宗赵祯的年号，公元 1049 年至 1054 年。

⑬高安世：高绅的儿子，生平不详。

⑭主簿：辅佐县令，主管簿籍文书。

【译文】

王羲之的书法作品，过去传说只有《乐毅论》是他亲自在石碑上书写的，其他流传下来的都是写在纸和绢上的。唐太宗搜集二王的墨迹真品时，只有《乐毅论》的石碑还在，后来也随唐太宗埋入了昭陵。后梁时，耀州节度使温韬发掘昭陵得到了这块石碑，《乐毅论》又重新流传到人间。有人说："公主用假的摹本调换了真迹，原来的真迹本来就没有被埋入墓穴。"到了本朝，石碑真迹传入了学士高绅家里。皇祐年间，高绅的儿子高安世任钱塘主簿时，《乐毅论》还在他家里，我曾经见到过。当时石碑已经残破了，末尾单独有一个"海"字的就是。他家在后来的十多年里，高安世居住在苏州，石碑已经破成了几片，就用铁线捆起来。高安世去世后，石碑不知道到哪里去了。有人说苏州的一位富人得到了，再也没有见过。现在流传的《乐毅论》，都是临摹的写本，笔画不再像过去石碑上那么清丽刚劲。王羲之的小楷书法，到这里也就基本绝迹了。《遗教经》一类的墨迹，都不能和它相比。

296　王铁[1]据陕州[2]，集天下良工画寿圣寺壁，为一时妙绝。画工凡十八人，皆杀之，同为一坎[3]，瘗[4]于寺西厢，使天下不复有此笔。其不道如此。至今尚有十堵余，其间西廊迎佛舍利[5]、东院佛母壁最奇妙,神彩皆欲飞动。又有鬼母[6]、瘦佛[7]二壁差次,其余亦不甚过人。

【注释】

①王铁(hóng):太原祁县人,唐玄宗时,历任户部郎中、御史大夫等职,因谋反被赐死。

②陕州:州名,治今河南三门峡市陕州区。

③坎:墓穴。

④瘗(yì):掩埋、埋葬。

⑤舍利:又称舍利子,即佛骨。

⑥鬼母:神名,也称鬼子母,佛教中的护法神。

⑦瘦佛:这里疑指达摩,佛教禅宗创始人。

【译文】

王铁占据陕州的时候,召集天下精良的画工在寿圣寺中画壁画,所画的壁画成为当时的妙绝之景。画工总共十八人,都被杀了,一并挖了一个墓穴,埋葬在寺庙西边的厢房,让天下不再有这样的壁画。王铁就是如此残暴。至今还有十多堵墙,其中西廊上画的迎佛舍利、东院里画的佛母壁最为奇妙,画上的佛像都是神采飞扬。又有鬼母、瘦佛两幅壁画稍微差一些,其余的壁画也没有什么过人之处。

297　江南中主[1]时,有北苑使[2]董源[3]善画,尤工秋岚[4]远景,多写江南真山,不为奇峭之笔。其后建业[5]僧巨然[6],祖述[7]源法,皆臻[8]妙理。大体源及巨然画笔,皆宜远观。其用笔甚草草,近视之,几不类物象;远观则景物粲然,幽情远思,如睹异境。如源画《落照图》,近视无功;远观村落杳然[9]深远,悉是晚景,远峰之顶,宛[10]有反照之色。此妙处也。

【注释】

①江南中主:也称南唐中主,即李璟,是五代十国时期南唐第二任

国君。

②北苑使：主管皇室园林的官。

③董源（？—约962年）：字叔达，曾任南唐的北苑副使，五代南唐画家，擅长画山水。

④秋岚（lán）：秋天山里的雾气。

⑤建业：今江苏南京。

⑥巨然：南唐宋初画僧，擅长画山水，师法董源。

⑦祖述：遵循，效法。

⑧臻（zhēn）：达到。

⑨杳（yǎo）然：深远飘渺的样子。

⑩宛：好像。

【译文】

南唐中主李璟时，有北苑使董源擅长绘画，尤其擅长画秋天山里的雾气等远景，大多描摹江南的真山，不用奇特峭拔的笔势。后来建业的僧人巨然，效仿董源的画法，都达到了极高的境界。大体来说，董源和巨然的画作，都适合从远处看。他们用笔非常粗略，从近处看的话，几乎不像景物；从远处看则景物明亮，含有深远的意境和悠远的思绪，就像亲眼看到神奇的胜景。比如董源画的《落照图》，从近处看没有什么效果；从远处看，村落深远缥缈，都是傍晚时分的景色，远处的山峰顶上，好像有夕阳返照的亮色。这就是它奇妙的地方啊。

技　艺

这里所谓技艺，指技能、技术，涉及建筑、木工、棋艺、医学等方面。喻皓《木经》记载了房舍的营造技术。第302、305条记载了棋艺活动。第306条记载了古代算术的相关算法。第307条记载了著名的古代发明之一，即毕昇发明活字印刷术。第314、315、318条等皆与古代中医学有关。通过阅读此类记载，我们可以了解古人在建筑技术、医学药物等方面的发展情况，还能知道古人在棋类娱乐方面的休闲竞技情况。

298　贾魏公[①]为相日，有方士[②]姓许，对人未尝称名[③]，无贵贱皆称我，时人谓之许我，言谈颇有可采，然傲诞[④]，视公卿[⑤]蔑如[⑥]也。公欲见，使人邀召数四[⑦]，卒不至。又使门人苦邀致之，许骑驴径欲造[⑧]丞相厅事[⑨]。门吏止之不可。吏曰："此丞相厅门，虽丞郎[⑩]亦须下。"许曰："我无所求于丞相，丞相召我来。若如此，但须我去耳。"不下驴而去。门吏急追之不还，以白[⑪]丞相。魏公又使人谢[⑫]而召之，终不至。公叹曰："许市井人耳，惟其无所求于人，尚不可以势屈[⑬]，况其以道义自任[⑭]者乎？"

【注释】

①贾魏公：即贾昌朝(997年—1065年)，字子明，北宋宰相。封魏国公，故称贾魏公。

②方士：我国古代喜好讲神仙方术、从事巫祝术数的人。

③称名：称呼自己的名字。古代地位低下者向显赫者谈到自己时只能说自己的名字。

④傲诞：高傲而不讲道理。

⑤公卿：三公九卿，这里泛指朝廷官员。

⑥蔑如：轻视、看不起的样子。

⑦数四：泛指多次。

⑧造：前往，到。

⑨厅事：官吏办公的地方。

⑩丞郎：丞相属下的官员。

⑪白：告诉。

⑫谢：道歉。

⑬以势屈：用权势让别人屈服。

⑭以道义自任：把道义当作自己的责任。

【译文】

贾昌朝担任朝廷丞相的那段日子，有一个姓许的方士，他对人从来不自称其名以表示恭敬，而是不论贫富贵贱都自称我，当时的人都叫他许我，言谈颇有可取之处，但为人高傲放纵，对待官员非常轻视。贾昌朝想要见他，让手下人邀请了很多次，但最终还是没有来。又派人苦苦邀请他来，许我骑着毛驴径直走向贾昌朝办公的厅堂。门吏阻止不让进去。门吏说："这是丞相的厅门，即使是丞相的郎官进去也得下马。"许我说："我没有事求丞相，丞相召我来。如果是这样的话，那我就回去了。"于是他就没有下驴直接走了。门吏急忙去追，他也不肯回来，门吏只好如实向贾昌朝禀报情况。贾昌朝便派人向许我道歉并邀请他，许我最终还是没有来。贾昌朝感慨地说："许我是普通的老百姓，只因为他无所求于人，尚不能让权势使他屈服，更何况是以道义为己任的人呢？"

299　营舍[①]之法，谓之《木经》[②]，或云喻皓[③]所撰。凡屋有三分[④]：自梁[⑤]以上为上分，地以上为中分，阶[⑥]为下分。凡梁长几何[⑦]，则配极[⑧]几何，以为榱[⑨]等。如梁长八尺，配极三尺五寸，则厅堂法[⑩]也，此谓之上分。楹[⑪]若干尺，则配堂基若干尺，以为榱等。若楹一丈一尺，则阶基四尺五寸之类。以至承拱[12]、榱桷[13]皆有定法，谓之中分。阶级有峻、平、慢[14]三等，宫中则以御辇[15]为法：凡自下而登，前竿垂尽臂[16]，后竿展尽臂[17]为峻道；荷[18]辇十二人，前二人曰前竿，次二人曰前绦，又次曰前胁；后二人曰后胁，又后曰后绦，末后曰后竿。辇前队长一人，曰传唱[19]；后一人，曰报赛[20]。前竿平肘[21]，后竿平肩[22]为慢道；前竿垂手，后竿平肩为平道。此之为下分。其书三卷。近岁土木之工，益为严善[23]，旧《木经》多不用，未有人重为之，亦良工之一业[24]也。

【注释】

①营舍：建造房屋。

②《木经》：中国古代建筑专著，喻皓撰。也有人说是喻皓之女所撰。三卷，已佚。

③喻皓：五代末至宋初的著名建筑工匠，浙东人。

④分(fèn)：部分。

⑤梁：房梁。

⑥阶：台阶。

⑦几何：多少。

⑧极：最高点。文中指房梁到屋顶最高点的高度。

⑨榱(cuī)：等差，等级。

⑩厅堂法：建造厅堂的法则。

⑪楹(yíng)：柱子。

⑫承拱：指斗拱，我国古代木结构建筑中一种支撑物件，在柱和屋顶之间。

⑬榱桷(jué)：椽子。

⑭峻：陡坡。平：中坡。慢：缓坡。

⑮御辇：皇帝乘坐的车驾。

⑯垂尽臂：双臂伸直下垂。

⑰展尽臂：双臂向上举起。展，举起。

⑱荷：抬。

⑲传唱：喊口号。

⑳报赛：应和号子。

㉑平肘：抬轿的时候平着肘。

㉒平肩：抬轿的时候平着肩。

㉓严善：严密和完善。

㉔良工之一业：高超工匠需要做的一项事业。

【译文】

有一本讲怎么建造房屋的书叫作《木经》，有人说是喻皓所写。一个房子分为三部分：房梁以上为上分，地面以上为中分，台阶为下分。房梁有多长，一般屋脊就要相应地造多高。比如，房梁长八尺，那么房梁至屋脊的高度应该是三尺五寸，这就是建造厅堂的法则，叫作上分。厅堂前面的柱子有多高，那么厅堂的阶基也要按比例配有相应的高度，用相应的比例来制作椽子。如果柱子高一丈一尺，那么相应的台阶部分则应高四尺五寸。以至斗拱、椽子等都有自己固定的法则，这就叫作中分。台阶有陡坡、中坡、缓坡三种，皇宫中台阶的坡度则以御辇作为标准：凡是从下往上登台阶，前竿双臂伸直下垂来抬，后竿双臂向上举起的是峻道；抬辇的有十二人：前面两个人叫前竿，后两人叫前绦，再后的两个人叫作前胁；轿后两人叫后胁，再后两人叫作后绦，最后的两人叫作后竿。御辇前有队长一人叫传唱，后面一人叫作报赛。前竿用肘抬，后竿用肩抬的是慢道；前竿垂着手抬，后竿用肩来抬的是平道。这些叫作下分。这部书有三卷。近些年来，建造房子的技术越来越严密完善，旧《木经》大都不用，还没有人重新编著，这也是工匠们的一项重要事业啊。

300 审方面势[①]，覆量高深远近，算家谓之軎术[②]。“軎”文象形，如绳木[③]所用墨斗[④]也。求星辰之行[⑤]，步气朔消长[⑥]，谓之缀术[7]。谓不可以形察，但以算数缀之而已。北齐祖亘[8]有《缀术》二卷。

【注释】

①审方面势：审察方位和地形。

②害(wèi)术：我国古代一门用于测量地形的算术。

③绳木：木工在木料上划线取料。

④墨斗：木工测木所使用的斗状器具。

⑤求星辰之行：探求日月星辰的运行规律。

⑥步气朔消长：推算节气朔望的变化。

⑦缀术：我国古代一门用于推算天文历法的算术。

⑧祖亘：即祖暅(gèng)，南北朝时期杰出的科学家祖冲之的儿子，也是一位博学多才的科学家。他曾两次建议修改历法，并推算出计算球体体积的正确公式。

【译文】

审查方位和地形，测量地势的高低远近，算术家把这种方法叫作害术。“害”是个象形字，像在木头上画线用的墨斗。探求日月星辰的运行规律，推算节气朔望的变化，所用的方法叫作缀术。意思就是说不可以用外部的形状来考察，只能用数学方法推算补缀而已。北齐祖亘著有《缀术》二卷。

301　算术求积尺[1]之法，如刍萌[2]、刍童[3]、方池[4]、冥谷[5]、堑堵[6]、鳖臑[7]、圆锥、阳马[8]之类，物形备矣，独未有隙积一术。古法，凡算方积之物[9]，有立方[10]，谓六幕皆方者，其法再自乘[11]则得之。有堑堵，谓如土墙者，两边杀[12]，两头齐，其法并上下广折半以为之广，以直高乘之，又以直高为股，以上广减下广，余者半之为句，句股求弦[13]，以为斜高。有刍童，谓如覆斗者，四面皆杀，其法倍上长加入下长，以上广乘之，倍下长加入上长，以下广乘之，并二位，以高乘之，六而一。

隙积者，谓积之有隙者，如累棋、层坛及酒家积罂[14]之类。虽似覆斗，四面皆杀，缘有刻缺及虚隙之处，用刍童法求之，常失于数少。予思而得之：用刍童法为上行、下行，别列[15]下广，以上广减之，余者以高乘之，六而一，并入上位。假令积罂：最上行纵广各二罂，最下行各十二罂，行行相次。先以上二行相次，率至十二，当十一行也。以刍童法求之，倍上行长得四，并入下长得十六，以上广乘之，得之三十二；又倍下长得二十四，并入上长得二十六，以下广乘之，得三百一十二；并二位得三百四十四，以高乘之，得三千七百八十四。重列[16]下广十二，以上广减之，余十，以高乘之，得一百一十，并入上位，得三千八百九十四，六而一，得六百四十九，此为罂数也。刍童求见实方之积，隙积求见合角不尽，益出羡积也。

履亩之法，方圆曲直尽矣，未有会圆之术[17]。凡圆田，既能拆之，须使会之复圆。古法惟以中破圆法拆之，其失有及三倍者[18]。予别为拆会之术：置圆田，径半之以为弦；又以半径减去所割数，余者为股；各自乘，以股除弦，余者开方除为句，倍之，为割田之直径[19]。以所割之数自乘，倍之，又以圆径除所得，加入直径，为割田之弧。再割亦如之，减去已割之数，则再割之数也。假令有圆田，径十步，欲割二步，以半径为弦，五步自乘得二十五；又以半径减去所割二步，余三步为股，自乘得九；用减弦外，有十六，开平方，除得四步为句，倍之，为所割直径。以所割之数二步自乘为四，倍之，得为八，退上一位为四尺[20]，以圆径除。今圆径十，已是盈数，无可除，只用四尺加入直径，为所割之弧，凡得圆径八步四尺也。再割亦依此法。如圆径二十步，求弧数，则当折半，乃所谓以圆径除之也。

此二类皆造微之术[21]，古书所不到者，漫志于此。

【注释】

①积尺：本文中指体积。

②刍萌：又名“刍甍”，长方楔。其底面是长方形，两个侧面是梯形。

③刍童：上下底面都是矩形的棱台体。

④方池：也称“方亭”“方窖”，上下底面都是正方形的一种棱台体。

⑤冥谷：又称“盘池”，一种上下底面都是矩形的棱台体。

⑥堑堵：一种底面是等腰三角形的直三棱柱。

⑦鳖臑：一种锥体，底面是直角三角形，且有一条棱边和底面垂直。

⑧阳马：四棱锥，指底面为长方形，且有一条棱边和底面垂直的锥体。按，以上提及的多面体，其中一些在《九章算术·商功》中有对其体积计算方法的记载。

⑨方积之物：以平面作为界面的实体。

⑩立方：即正方体。

⑪再自乘：将边长进行两次自乘。

⑫杀：倾斜。

⑬句(gōu)股求弦：计算直角三角形斜边的算法。互相垂直的两边，竖边是股，横边是句，斜边是弦。句的平方加上股的平方，所得即为弦的平方。句，同“勾”。

⑭罂：古代一种口小腹大的陶制容器。

⑮别列：另外计算。

⑯重列：另外列出。

⑰会圆之术：会圆术，沈括创立的一种计算圆弓形弧长的近似方法。

⑱“破圆法”两句意为：古代只用平分一个圆的方法拆开计算弧长，这样再将计算的数值汇合起来，其误差可能达到三倍之多。

⑲“置圆田”等九句意为：设一个圆形，用其半径作为直角三角形的斜边，再用半径减去割掉的圆弓形的高，其差值作为直角三角形的一条直角边，再用勾股定理求出这个直角三角形的另一条直角边，再乘以二，所得就是所割圆弓形的弦长。

⑳“以所割之数”等四句意为：将所割圆弓形的高自乘，再乘以二，再除以所割圆的直径，用商再加上圆弓形的弦长，就是所割圆弓形的弧长。

㉑造微之术：较为精微的计算方法。

【译文】

算术中计算体积的方法，像刍萌、刍童、方池、冥谷、堑堵、鳖臑、圆锥、阳马等，各种形体的算法都有了，只是缺少隙积术。古代的算法是：凡是计算物体体积，有立方体，就是六个面都是正方形的物体，其方法是把一条边长自乘两次就可以求出体积。有堑堵，是像土墙形状的物体，两个墙面是倾斜的，两头是垂直的，它的截面面积的计算方法是：先将上、下底的宽相加，所得的和除以二，就是截面的宽，再用直高与宽相乘，再将直高作为股，用上底面的宽和下底面的宽所得之差除以二作为勾，运用勾股定理求出弦，就是堑堵的斜边长。有刍童，是像倒扣过来的斗的形状，四个侧面都是倾斜的，它的计算方法是：用上底面的长乘以二，乘积和下底面的长相加，所得之和再与上底面的宽相乘；再将下底面的长乘二，乘积和上底面的长相加，所得之和再与下底面的宽相乘；把这两个乘积相加，再和高相乘，所得数值再除以六，就算出了它的体积。

隙积，就是指堆起来但是其中有空隙的形状，类似堆叠起来的棋子、分层建造的土坛和酒馆里堆起来的酒坛子之类的物体。它们虽然像倒扣着的斗，四个侧面都是倾斜的，由于边缘有着一定的残缺或空隙，如果用计算刍童的方法进行计算，得出的数值往往比实际要少。我想出了另一种算法：用刍童法算出它的上行、下行的数值，再单独列出它的下底宽，减去上底宽，将差值乘以高，除以六，再并入前面的数值就可以计算出了。假设堆积酒坛：如果最上层的长、宽都是两只坛子，最下层的长、宽都是十二只坛子，一层层交错堆好。从最上层数起，数到有十二只坛子的那一层，正好是十一层。用刍童法计算，把上层的长乘以二得到四，和下层的长相加得到十六，再和上层的宽相乘，得到三十二；再把下层的长乘二得到二十四，和上层的长相加得二十六，再与下层的宽相乘，得到三百一十二；上、下两个数值相加，得到三百四十四，再乘以高，得到三千七百八十四。另外，用下层的宽十二，减去上层的宽，得十，再乘以高，得到一百一十，和前面的得数相加，得到三千八百九十四，再除以六，得到六百四十九，这就是酒坛的总数。运用刍童法算出的是实方体积，运用隙积法算出的是截剩部分拼合成的体积，这样就可以算出多余的体积了。

测量土地的方法，无论是方、圆、曲、直，算法都有了，不过没有会圆的算法。凡是圆形的土地，既然能将其拆开，也应该能复原。古代的算法，只用中破圆法将这个圆形拆开计算，最终的误差能达三倍之多。我想出了另外一种拆会的计算方法：假设有一块圆形的土地，用它半径作弦；再用半径减去所割弧形的高，用二者的差值作为股；弦、股各自平方，再用弦的平方减去股的平方，所得差值开平方后作为勾，再乘以二，就是所割弧形田的弦长。把所割的弧形田的高平方，乘以二，用积除以圆的直径，所得的商加上弧形的弦长，就是所割弧形田的弧长。再割一块田用这样的方法进行计算，用总的弧长减去已割部分的弧长，就是再割田的弧长了。假如有块圆形的田地，直径是十步，想让割出的圆弧高二步，就用圆半径五步作为弦，五步自乘得到二十五；又用半径减去所割的二步，二者的差值，三步作为股，自乘得九；两者相减得到十六，开方得四，这就是勾，再乘以二，即为所割的弦长。把所割的高二步自乘，得四，再乘二得八，退上一位就是四尺，用圆的直径相除。现今圆的直径就是十，已经满了整十数，不可除，只用四尺加下圆弧的直径，就是所割圆的弧长，共得圆弧直径八步四尺。再割一块圆田，同样用这种方法进行计算。如果圆直径是二十步，要求所割圆的弧长，就应该折半，也就是所说的要用圆径来除。

这两种方法都涉及精微的算法，是古书里并未有所记载的，随笔记录在此。

302　蹙融[①]，或谓之蹙戎，《汉书》谓之格五。虽止用数棋，共行一道[②]，亦有能否。徐德占[③]善移，遂至无敌。其法以己常欲有余裕[④]，而致敌人于险。虽知其术止[⑤]如是，然卒莫能胜之。

【注释】

①蹙(cù)融：古代一种棋类游戏。用黑白棋子各五枚，行于一道，一移一步，遇对方棋则跳跃，以先到达对方区域为赢。

②一道：棋盘内的一行。

③徐德占：徐禧，字德占，洪州分宁（今江西修水）人。王安石变法时，他以布衣献策，为神宗赏识，骤被任用。后死于战场。

④余裕：这里指连成五子的多种变化机会。

⑤止：只。

【译文】

蹙融，也有人称作蹙戎，《汉书》叫作格五。虽然只用几枚棋子，在一条路中争行，但棋艺也有高下之分。徐德占善于移步争道，以至于没有对手。他的方法就是让自己时常有余地，而使对方处于危险的境地。虽然知道他的方法就是这么简单，但是始终没有人能够战胜他。

303　予伯兄[①]善射，自能为弓。其弓有六善：一者性体少而劲[②]，二者和而有力[③]，三者久射力不屈，四者寒暑力一，五者弦声清实，六者一张便正。

凡弓性体少则易张而寿，但患其不劲，欲其劲者，妙在治筋[④]。凡筋生长一尺，干则减半，以胶[⑤]汤濡而梳之，复长一尺，然后用，则筋力已尽，无复伸弛。又揉其材令仰[⑥]，然后傅角与筋，此两法所以为筋也。凡弓节短则和而虚，“虚”谓挽过吻则无力，节[⑦]长则健而柱，“柱”谓挽过吻则木强而不来。“节”谓把梢裨木，长则柱，短则虚，节若得中则和而有力，仍弦声清实。

凡弓初射与天寒，则劲强而难挽；射久、天暑，则弱而不胜矢，此胶之为病也。凡胶欲薄而筋力尽，强弱任筋而不任胶，此所以射久力不屈，寒暑力一也。

弓所以为正者，材也。相材[⑧]之法视其理，其理不因矫揉而直，中绳[⑨]，则张而不跛。此弓人之所当知也。

【注释】

①伯兄：长兄。

②少而劲:轻巧但是强劲。

③和而有力:能轻易拉开并且弹力大。

④筋:制弓六材之一,用作弓弦,取健壮迅捷的兽筋制成的,以弹性为上。

⑤胶:制弓六材之一,用来黏合弓杆,大多从鱼膘中提取出来。

⑥仰:和开弓相反的方向。

⑦节:弓体中用硬木加强的把手部分。

⑧相材:挑选木料。

⑨中绳:符合拉直的墨线,意思是合乎标准。

【译文】

我的长兄善于射箭,自己能制造弓箭。他做的弓有六大优点:一是轻便但是强劲有力,二是容易拉开而且弹力大,三是用久了之后力道不会减弱,四是天寒酷暑力道一致,五是开弦的声音清脆坚实,六是张弓时弓体不会歪。

一般来说,弓体轻巧则容易张开而且寿命较长,但担心它的弓力不强劲,想要弓力强劲,关键在于处理弓筋。一尺长的生筋,干了长度就会减半,用胶汤浸泡之后再把它梳直,还能恢复一尺长,然后使用,这样筋力就涨到尽头,不会再松弛了。又揉制做弓的材料,让它朝着开弓相反的方向弯曲,然后缠绕上角和筋,这两种方法都是用来处理筋的。大凡弓箭节短就比较容易拉开弓,但是力量很小,"虚"是说弓拉满,超过射手口就没有力量了,弓节长那么弓箭就很难拉开,"柱"是说拉满超过射手口,弓箭的木材强硬但是不随之弯曲。"节"是说弓把上面的梢裨木,长了很难拉开柱,短了就会没有弹力,弓节如果适中就会容易拉开而且有弹力,并且弦声清脆坚实。

一般弓箭最初使用或在天冷的时候,弓就硬而且很难拉开;射久了或者天气热的时候,弓力就会变弱而且不能发箭,这就是胶的问题。凡是胶上得薄,那么筋力则涨得透,弓力的强弱都是取决于筋而不取决于胶,这就是弓能射击很久力道却不减弱,寒冷酷暑力量也是一样的原因。

张弓时弓体是正的，是材料的原因。选取材料的方法是观察它的纹理，它的纹理不经过校正就是直的，张开弓箭的时候就不会偏扭。这些都是造弓者所应当知晓的道理。

304 小说：唐僧一行[①]曾算棋局都[②]数，凡若干局尽之。予尝思之，此固易耳，但数多，非世间名数[③]可能言之。

今略举大数：凡方二路，用四子，可变八十一局[④]；方三路，用九子，可变一万九千六百八十三局；方四路，用十六子，可变四千三百四万六千七百二十一局；方五路，用二十五子，可变八千四百七十二亿八千八百六十万九千四百四十三局；古法：十万为亿，十亿为兆，万兆为秭。算家以万万为亿，万万亿为兆，万万兆为垓。今且以算家数计之。方六路，用三十六子，可变十五兆九十四万六千三百五十二亿八千二百三万一千九百二十六局；方七路以上，数多无名可记。尽三百六十一路，大约连书“万”字四十三，即是局之大数。万字四十三，最下万字是万局，第二是万万局，第三是万亿局，第四是一兆局，第五是万兆局，第六是万万兆，谓之一垓，第七是万垓局，第八是万万垓，第九是万亿垓。此外无名可纪，但四十三次万倍乘之，即是都大数，零中数不与。

其法：初一路可变三局，一黑、一白、一空。自后不以横直，但增一子，即三因之[⑤]。凡三百六十一增，皆三因之，即是都局数。又法：先计循边一行为法，凡十九路，得一十亿六千二百二十六万一千四百六十七局。凡加一行，即以法累乘之，乘终十九行，亦得上数。又法：以自法相乘。得一百三十五兆八百五十一万七千一百七十四亿四千八百二十八万七千三百三十四局，此是两行，凡三十八路变得此数也。下位副置之，以下乘上，又以下乘下，置为上位，又副置之，以下乘上，以下乘下，加一法，亦得上数。有数法可求，唯此法最径捷。

只五次乘，便尽三百六十一路。千变万化，不出此数，棋之局尽矣。

【注释】

①一行(683 年—727 年)：俗名张遂，唐朝僧人，精通天文、历算。

②都：总，总共。

③名数：数字。

④八十一局：八十一种棋局，因为每个位置上面都可能出现三种情况，四个位置就是八十一种情况。

⑤三因之：乘以三，因为每增加一个位置就会增加三种可能性，棋局的总数就是前一个棋局的三倍，故乘以三。

【译文】

小说中记载：唐朝僧人一行曾经计算棋局的总数，总共会出现多少种棋局的情况都算出来了。我曾经思考过这个问题，这固然是容易的，但是数量很多，并非世间的数字能够表述的。

现在粗略地列举几个大数：如果棋盘是二路见方的，总共四个位置，最多要用四个棋子，就会变换出八十一种棋局；如果棋盘是三路见方的，总共九个位置，最多要用九个棋子，就会变换出一万九千六百八十三种棋局；如果棋盘是四路见方的，总共十六个位置，最多要用十六个棋子，就会变换出四千三百四万六千七百二十一种棋局；如果棋盘是五路见方的，总共二十五个位置，最多要用二十五个棋子，就会变换出八千四百七十二亿八千八百六十万九千四百四十三种棋局；古法记载：十万为亿，十亿为兆，万兆为秭。算术家把万万称为亿，万万亿称为兆，万万兆称为垓。如今姑且用算术家的数字计算它。如果棋盘是六路见方的，总共三十六个位置，最多要用三十六个棋子，就会变换出十五兆九十四万六千三百五十二亿八千二百三万一千九百二十六种棋局；如果棋盘是七路见方及以上的，数值就很大了，没有可以计的数值。穷尽三百六十一路，大约连着写四十三个“万”字，就是棋局的大致数值。四十三个万字，最末尾的万是万局，第二个万是万万局，第三个万是万亿局，第四个万是一兆局，第五个万是万兆局，第六个万是万万兆，称作一垓，第七个万是万垓局，第八个万是万万垓，第九个万是万亿垓。除此之外，就没有可以用来表述的数字了，只是把四十三个万倍相乘，乘积大概是棋局总数，其中的零头都尚不计算在里面。

计算棋局的方法是：第一个位置可能出现三种情况，一黑、一白、一空。之后每步不论横直，只要增加一个棋子，就乘以三。总共增加三百六十一个位置，都乘以三，就得到棋局的总数。又有一种方法：先计算循边上一行可能出现的棋局总数，称作法，总共十九路，得到一十亿六千二百二十六万一千四百六十七种棋局。凡是增加一行，就用法累乘，一共要乘十九行，也会得出上面的数值。又有一种方法：用法自行相乘。得到一百三十五兆八百五十一万七千一百七十四亿四千八百二十八万七千三百三十四种棋局，这是计算了两行，总共三十八个位置可能出现的棋局总数。然后把乘积作为乘数，用乘积乘法，再将两个乘积相乘，得到新的乘积，再把这个得数作乘积，和上一个乘积相乘，再把所有得出的乘积相乘，又与法相乘，也能求得上面的数字。计算棋局总数的方法有几种，只有这种方法是最便捷的。只要乘五次，便可穷尽三百六十一个位置所有可能出现的棋局的总数。千变万化，也不会超出这个数字，棋局的总数就穷尽了。

305 《西京杂记》[①]云："汉元帝好蹴鞠[②]，以蹴鞠为劳，求相类而不劳者，遂为弹棋[③]之戏。"予观弹棋绝不类蹴鞠，颇与击鞠相近，疑是传写误耳。唐薛嵩[④]好蹴鞠，刘钢劝止之曰："为乐甚众，何必乘危邀顷刻之欢?"此亦击鞠，《唐书》误述为蹴鞠。弹棋今人罕为之，有谱[⑤]一卷，盖唐人所为。其局[⑥]方二尺，中心高，如覆盂；其巅为小壶，四角微隆起。今大名开元寺佛殿上有一石局，亦唐时物也。李商隐[⑦]诗曰："玉作弹棋局，中心最不平。"谓其中高也。白乐天[⑧]诗："弹棋局上事，最妙是长斜。"长斜谓抹角斜弹，一发过半局，今谱中具有此法。柳子厚[⑨]《叙棋》用二十四棋者，即此戏也。《汉书》注云："两人对局，白、黑子各六枚。"与子厚所记小异。如弈棋，古局用十七道，合二百八十九道,黑白棋各百五十,亦与后世法不同。

【注释】

①《西京杂记》:古小说集,晋葛洪撰。原两卷,后分为六卷。西京指的是西汉京城长安。全书所记多为西汉遗闻逸事。

②蹴鞠(cù jū):我国古代的一种足球游戏。

③弹棋:古代的一种棋类游戏。两人对局,白黑棋各六枚,以先弹中对方六枚者获胜。至魏改用十六枚棋,唐增为二十四枚棋,今已失传。

④薛嵩:薛仁贵之孙,唐朝中期将领。有膂力,善骑射。

⑤谱:弹棋的谱子。

⑥局:棋盘。

⑦李商隐(813 年—858 年):字义山,号玉谿生。唐代诗人。与杜牧并称“小李杜”。

⑧白乐天:即白居易(772 年—846 年),字乐天,晚年又号香山居士,唐代著名诗人。

⑨柳子厚:即柳宗元(773 年—819 年),字子厚,河东人,世称柳河东。唐代文学家。曾参加过王叔文的革新集团,失败后贬为永州司马。后迁为柳州刺史,故又称为柳柳州。与韩愈倡导古文运动,并称“韩柳”。有《河东先生集》。

【译文】

《西京杂记》上说:“汉元帝喜欢踢球的游戏,但感觉踢球太劳累了,于是就想找到一个与踢球相近但不劳累的游戏,于是就改玩弹棋。”我认为弹棋绝不像踢球,但是跟击鞠很相似,我怀疑这是传写错了。唐朝薛嵩很喜欢踢球,刘钢劝阻他说:“让人快乐的游戏很多,干吗冒着危险得到这片刻的欢乐呢?”这也是讲的“击鞠”,《唐书》误写作“蹴鞠”。现在很少有人玩弹棋这个游戏了,但是有棋谱一卷,大概是唐朝人所写。弹棋的棋盘有两尺见方,中心高,像倒扣的盆;它的顶端是一个小壶,四端的小角稍稍隆起。现在大名府开元寺中的佛殿上有一个石局,也是唐朝的东西。李商隐的诗说:“玉作弹棋局,中心最不平。”正是说棋盘中心高。

白居易的诗说："弹棋局上事，最妙是长斜。""长斜"说的是紧贴边角上斜弹，一发过半局，现在的棋谱仍然有这种方法。柳宗元的《叙棋》说用二十四枚棋子，说的就是这种游戏。《汉书》注上说："两个人对局，白棋、黑棋各有六枚。"这和柳宗元所记载的稍稍有些不同。比如说下棋，古局用十七道，总共有二百八十九道，黑棋和白棋各有一百五十枚，这也与后世的玩法不同。

306 算术多门，如"求一"①"上驱"②"搭因"③"重因"④之类，皆不离乘除。唯"增乘"一法稍异，其术都不用乘除，但补亏就盈而已。假如欲九除者，增一便是；八除者，增二便是。但一位一因之。若位数少，则颇简捷；位数多，则愈繁，不若乘除之有常。然算术不患多学，见简即用，见繁即变，不胶⑤一法，乃为通术也。

【注释】

①求一：我国古代的一种乘除法，用来简化复杂的运算。如果乘数(或除数)首位是1，那么在计算时可用加法来代乘法(或减法代除法)。如果不是1，可用加倍或折半的方法使它变成1。

②上驱：我国古代的一种乘除法。当乘数为21、31……91时，可将被乘数先按乘数十位加倍，然后再退一位加上被乘数本身。例如 $432\times51=432\times50+432=21600+432=22032$。

③搭因：我国古代的一种乘除法。其方法可能是将乘数(或除数)和被乘数(或被除数)拆成简单的因数后再重新搭配后予以乘除。例如 $35\times42=(5\times7)\times(6\times7)=(5\times6)\times(7\times7)=30\times49=1470$。又如 $126\div28=(18\times7)\div(4\times7)=(7\div7)\times(18\div4)=1\times4.5=4.5$。

④重因：我国古代的一种乘除法。指的是分解乘数(或除数)为几个一位因数再分别相乘(或相除)的方法。

⑤胶：拘泥。

【译文】

算术有多种方法，如“求一”“上驱”“搭因”“重因”等，这些方法都离不开最基本的乘除运算。只有“增乘”这种方法稍稍有所不同，它的运算法则不用乘除，只要把缺数补上，把余数去掉就行了。比如说一个数用九除，只要在被除数下一位加上该数本身就可以了；一个数用八除，只要在被除数下一位加上该数的两倍就可以了。但必须一位一位的加以运算。如果说位数较少，那么就很简捷；如果说位数较多，那么就会繁琐，不像乘除法有一定的法则。然而算术不怕多学，见到有简单的计算方法就要使用，见到繁琐的方法就要改变，不能拘泥于一种方法，这才是学算术的一般法则。

307　板印[①]书籍，唐人尚未盛为之[②]。自冯瀛王[③]始印五经[④]，已后典籍，皆为板本。庆历[⑤]中，有布衣毕昇[⑥]，又为活板。其法：用胶泥刻字，薄如钱唇[⑦]，每字为一印，火烧令坚。先设一铁板，其上以松脂、腊和纸灰之类冒[⑧]之。欲印，则以一铁范置铁板上，乃密布字印。满铁范[⑨]为一板，持就火炀[⑩]之，药稍镕，则以一平板按其面，则字平如砥[⑪]。若止印三二本，未为简易；若印数十百千本，则极为神速。常作二铁板，一板印刷，一板已自布字[⑫]；此印者才毕，则第二板已具[⑬]，更互用之，瞬息可就。每一字皆有数印，如“之”“也”等字，每字有二十余印，以备一板内有重复者。不用则以纸贴之，每韵为一贴，木格贮之。有奇字素无备者，旋刻之，以草火烧，瞬息可成。不以木为之者，木理有疏密，沾水则高下不平，兼与药相粘，不可取。不若燔土[⑭]，用讫[⑮]，再火令药镕，以手拂之，其印自落，殊不沾污。昇死，其印为予群从[⑯]所得，至今宝藏。

【注释】

①板印：雕版印刷。板，同“版”。

②盛为之：广泛使用。

③冯瀛(yíng)王：即冯道，五代时瀛洲景城(今河北沧州)人。他历任后唐、后晋、后汉、后周四朝宰相，死后追封为瀛王。

④五经：指的是儒家的五部经典著作《诗》《书》《礼》《易》《春秋》。

⑤庆历：宋仁宗赵祯的年号，公元1041年至1048年。

⑥毕昇：北宋发明家，活字印刷术的发明者。

⑦钱唇：铜钱的边缘。

⑧冒：覆盖。

⑨铁范：铁框子。

⑩炀(yáng)：烘烤。

⑪砥(dǐ)：磨刀石。

⑫布字：排字。

⑬具：准备好。

⑭燔(fán)土：指用胶泥烧制成的字模。

⑮讫(qì)：完毕。

⑯群从：泛指族中的子侄。

【译文】

采用雕版印刷书籍，在唐朝还没有广泛使用。从五代时的冯道印刷五经开始，以后的书籍就全部使用刻板印刷了。庆历年间，平民毕昇又发明了活字印刷术。他所采用的方法是：用胶泥刻字，字的厚薄就像铜钱边缘一般，每一个字做成一印，用火烧使它变得坚硬。先拿一块铁板，在上面覆盖松脂、蜡和纸灰之类的东西。要印书时，先拿一个铁框子放在铁板上，然后密密地排列好字模。排满了一个铁框就是一板，然后把它放在火上烘烤，等到松脂等物开始融化时，就用一个平板压住它的表面，那么字就平整得像磨刀石一样。如果只印刷两三本书，那么这种方法不能算简便；如果印刷成百上千本书，这种方法就显得非常快速。印刷时常制作两块铁板，一个正在印刷，另一个正在排列字模；这一个印刷完毕，另一个也已经准备好了，可以相互交替使用，转眼间就可以完成。

每一个字都有好几个字模，像“之”“也”等常用字有二十几个字模，以防备一块铁板里出现重复的字。字模不用时，就用纸条做的标签加以分类并标示，每一个韵部都做一个标签，用木格子把它贮存起来。遇到不常用的生僻字，就立即把它刻出来，用草火烧烤，转眼间就可以成功。不拿木头制作活字模，是因为木材的纹理有疏有密，一沾上水就会变得高低不平，而且容易与药物相粘，不容易取下来。不像烧泥制作的字模，使用完毕后，再次让火烘烤，使药物融化，用手一抹，上面的字模就会自动脱落，而且一点都不会被药物弄脏。毕昇死后，他的字模被我的子侄们得到了，到现在还珍藏着。

308 淮南人卫朴[①]精于历术，一行之流也。《春秋》日蚀三十六，诸历通验，密者不过得二十六七，唯一行得二十九，朴乃得三十五，唯庄公十八年一蚀，今古算皆不入蚀法，疑前史误耳。自夏仲康五年[②]癸巳岁至熙宁六年癸丑，凡三千二百一年，书传所载日食，凡四百七十五，众历考验虽各有得失，而朴所得为多。朴能不用算[③]推古今日月蚀，但口诵乘除，不差一算。凡大历[④]悉是算数，令人就耳一读，即能暗诵；傍通历[⑤]则纵横诵之。尝令人写历书，写讫，令附耳读之，有差一算者，读至其处，则曰“此误某字”，其精如此。大乘除皆不下，照位运筹如飞，人眼不能逐。人有故移其一算者，朴自上至下，手循一遍，至移算处则拨正而去。熙宁中撰《奉元历》，以无候簿[⑥]，未能尽其术，自言得六七而已，然已密于他历。

【注释】

①卫朴：宋淮南人，数学家、历法家，于熙宁五年(1072年)，入司天监编撰《奉元历》。

②夏仲康五年：夏朝君主仲康在位的第五年。

③算：算筹，旧时计算数目所用的器具。

④大历：正式制定的历法书。

⑤傍通历：民间所用的历书。

⑥候簿：观测天文的记录。

【译文】

淮南人卫朴精通历法，在这方面是能和唐代僧人一行相匹敌的人物。《春秋》中记载了三十六次日食情况，用各种历法作通盘验算，精密的也不过能吻合二十六七次，只有一行验证出二十九次，卫朴则验证出三十五次，只有庄公十八年的一次日食，和古今学者对日食出现的日期的推测都不吻合，怀疑是前代史书记录错了。从夏仲康五年癸巳岁到宋熙宁六年癸丑岁，其间总共有三千二百零一年，各种书籍中记载的日食情况一共有四百七十五次，从前各种历法的推算检验即使各有得失，但是卫朴推算得出的次数更多。卫朴不用计算工具就能够推算古今的日月食，在做加减乘除运算时都只用口算，一个数字都不会出错。凡是正式制定的历法书，都包含大量的数据，卫朴叫人在耳边读一遍，就能够背诵下来；民间的历书他也能反复背诵。他曾经让人抄写历书，抄完后，叫抄写的人在他的耳边读一遍，如果哪个地方错了一个数，读到那地方时，他就说"某个字抄错了"，他的学问竟然能精通到这种地步。大数字的乘除运算也不用定位，把算筹拨得飞快，人的眼睛都跟不上他的速度。有人故意移动了一只算筹，他用手从上到下摸了一遍，摸到被移动的地方，就把算筹随手拨正。熙宁年间，他曾编写《奉元历》，因为缺少实际的观测记录，并未能全部发挥出他的才能和知识，他自己也评价说，这部历法的精确度大约只有六七成而已，然而已经比其他历法精密很多了。

309 医用艾①，一灼②谓之一壮者，以壮人③为法④。其言若干壮，壮人当依此数，老幼羸弱⑤量力减之。

【注释】

①艾(ài)：一种多年生草本植物，有香气，可作药用，可供针灸使用。

②一灼：烧一个艾炷。

③壮人：强壮的人。

④法：标准。

⑤羸(léi)弱：瘦弱。

【译文】

古代中医用艾灸，烧一个艾炷就称为一壮，这是以强壮的人作为标准。中医上称多少壮，强壮的人就应该依据这个数来熏灸，其他年老的、年幼的以及瘦弱的人，则应该根据承受能力相应减少用量。

310　四人分曹[①]共围棋者，有术[②]可令必胜。以我曹不能者[③]，立于彼曹能者之上，令但求急[④]，先攻其必应，则彼曹能者为其所制[⑤]，不暇恤局[⑥]，则常以我曹能者当[⑦]彼不能者。此虞卿[⑧]斗马术也。

【注释】

①分曹：多人游戏时的分组、分队。

②术：战术。

③不能者：水平较差的。

④求急：谋求快速进攻。

⑤制：牵制。

⑥不暇恤局：来不及照应全局。

⑦当：面对。

⑧虞卿：也作虞庆、吴庆。战国时人，名已失传。虞卿斗马术不详，可能和田忌赛马术有些相似。

【译文】

四个人分两队下围棋的时候，有一种方法可以使我方一定能够获胜。用我方水平较差的人，挡在对方水平较高的人之上，一定要使他谋求快速进攻，我方要先攻击对方必须救应的地方，那么对方水平较高的人就被我方水平较低的人给牵制住了，就来不及照应全局，再派我方水平较高的人抵挡对方水平较低的人。这就是战国时期虞卿的斗马术。

311 西戎[①]用羊卜，谓之跋焦[②]，卜师谓之厮乩[③]必定反。以艾灼羊髀骨[④]，视其兆[⑤]，谓之死跋焦。其法：兆之上为神明，近脊处为坐位。坐位者，主位也；近傍处为客位。盖西戎之俗，所居正寝，常留中一间以奉鬼神，不敢居之，谓之神明，主人乃坐其傍，以此占主客胜负。又有先咒粟，以食羊，羊食其粟，则自摇其首，乃杀羊视其五脏，谓之生跋焦。其言极有验，委细之事，皆能言之。生跋焦土人尤神之。

【注释】

①西戎：中国古代西北边境少数民族的总称。

②跋(bá)焦：古时西北少数民族用羊占卜的方法。

③厮乩(jī)：古代西戎对占卜师的称呼。

④髀(bì)骨：大腿骨。

⑤兆：古人用火烧龟板或兽骨，进行占卜，通过观看上面的裂纹来探测吉凶。

【译文】

西戎用羊占卜吉凶的方法，被称作跋焦，占卜师被称作厮乩必定反。用艾草烧灼羊的髀骨，观察上面的裂纹，被叫作死跋焦。这种方法是：裂纹的上端是神明，靠近脊椎的地方是坐位。坐位，就是主位；靠近边缘的地方叫客位。大概西戎的习俗，所居的正房，常常留下正中的一间来供奉鬼神，人不敢居住，认为是有神明，主人于是坐在旁边，这样来占卜主客的胜负。又有对着谷物念咒语的，把经过念咒的谷物用来喂羊，羊吃了这种谷物之后，就会自动摇头，于是杀掉羊观察它的五脏，称作生跋焦。占卜师的话都很灵验，再细小的事情也能说出来。当地人对生跋焦尤其敬畏信奉。

312　钱氏[①]据两浙[②]时，于杭州梵天寺[③]建一木塔，方[④]两三级，钱帅[⑤]登之，患[⑥]其塔动。匠师云："未布瓦[⑦]，上轻，故如此。"乃以瓦布之，而动如初。无可奈何，密使其妻见喻皓[⑧]之妻，赂[⑨]以金钗，问塔动之因。皓笑曰："此易耳，但逐层布板讫，便实钉[⑩]之，则不动矣。"匠师如其言，塔遂定。盖钉板上下弥束[⑪]，六幕[⑫]相联如胠箧[⑬]，人履[⑭]其板，六幕相持，自不能动。人皆伏其精练[⑮]。

【注释】

①钱氏：五代时期吴越国的建立者钱镠(liú)及其后继者。

②两浙：宋时路名，浙东和浙西的合称，相当于今天的浙江和上海以及江苏的部分地区。

③梵天寺：始建于后梁贞明二年(916年)，重建于宋乾德二年(964年)。

④方：才。

⑤钱帅：指的是钱镠的孙子钱俶(chù)。

⑥患：担心。

⑦布瓦：盖瓦。

⑧喻皓：五代末至北宋初的著名工匠。

⑨赂：赠送。

⑩实钉：用钉子钉牢。

⑪弥束：紧密连接。

⑫六幕：上、下、左、右、前、后六面。

⑬胠箧(qū qiè)：箱子。

⑭履：踩。

⑮精练：精熟。

【译文】

钱氏王朝统治两浙时，在杭州梵天寺修建了一座木塔，才修了两三层的时候，钱帅登上木塔，因塔在晃动而忧惧。工匠说：“还没有盖瓦，上面轻，所以才会晃动。”于是在上面盖了瓦，但还是像以前一样晃动。工匠实在是没有什么办法了，暗中让他的妻子去见喻皓的妻子，并赠送给她金钗，询问木塔晃动的原因。喻皓笑着说：“这很容易，只要逐层铺上木板，并用钉子钉牢，就不会晃动了。”工匠按照喻皓说的去做，木塔果然稳定了。因为钉牢木板之后，上下都紧密相连，上、下、左、右、前、后六面互相连接，就像一只箱子，人在上面踩的时候，六面相互支撑，当然就不会晃动。人们都佩服喻皓的高明。

313　医者所论人须发眉，虽皆毛类，而所主五脏①各异，故有老而须白眉发不白者，或发白而须眉不白者，脏气②有所偏故也。大率发属于心，禀火气③，故上生；须属肾，禀水气，故下生；眉属肝，故侧生。男子肾气外行，上为须，下为势④。故女子、宦人⑤无势则亦无须，而眉发无异于男子，则知不属肾也。

【注释】

①五脏：即心、肝、脾、肺、肾五种内脏器官。

②脏气：中医学名词，五脏之气，也指五脏的机能活动。

③禀火气：中医学用金、木、水、火、土五行和人的五脏相互联系，用来解释人的生理机能和病症变化。其对应关系是：肝属木、心属火、脾属土、肺属金、肾属水。

④势：男子的外生殖器。

⑤宦人：宦官，太监。

【译文】

医家谈论人的须发眉毛，虽然都属于毛发一类，但是它们从属于五脏中不同的器官，所以有人年老胡须白了但是眉毛、头发不白，或者有人头发白了但是胡须、眉毛不白，这是因为脏气有所偏重。一般说来头发从属于心，承受火气，所以向上生长；胡须从属于肾，承受水气，所以向下生长；眉毛从属于肝脏，所以向着侧边生长。男子的肾气向外发散，在上的外在表现是胡须，在下的外在表现是生殖器。所以女子、太监没有男性生殖器，也没有胡须，但是眉毛头发和男子没有什么差异，这样可知眉毛和头发是不从属于肾的。

314　医之为术，苟[①]非得之于心，而恃[②]书以为用者，未见能臻[③]其妙[④]。如术[⑤]能动钟乳[⑥]，按《乳石论》[⑦]曰："服钟乳，当终身忌[⑧]术。"五石诸散[⑨]用钟乳为主，复用术，理[⑩]极相反，不知何谓。予以问老医，皆莫能言其义。按《乳石论》云："石性虽温而体本沉重，必待其相蒸薄[⑪]然后发[⑫]。"如此，则服石多者，势自能相蒸，若更以药触之，其发必甚。五石散杂以众药，用石殊少，势不能蒸，须藉[⑬]外物激之令发耳。如火少，必因风气所鼓而后发；火盛，则鼓之反为害，此自然之理也。故孙思邈[⑭]云："五石散大猛毒。宁食野葛[⑮]，不服五石。遇此方即须焚之，勿为含生[⑯]之害。"又曰："人不服石，庶[⑰]事不佳；石在身中，万事休泰[⑱]。唯不可服五石散。"盖以五石散聚其所恶，激而用之，其发暴故也。古人处方，大体如此，非此书所能尽也。况方书[⑲]仍多伪杂，如《神农本草》[⑳]，最为旧书[㉑]，其间差误尤多，医不可以不知也。

【注释】

①苟：如果。

②恃：依靠。

③臻：到达。

④妙：奥妙。

⑤术（zhú）：中草药名，有白术和苍术之分，这里指白术。

⑥钟乳：中药中的矿物药名，又称为钟乳石或石钟乳。

⑦《乳石论》:这里指的是孙思邈所著《备急千金要方》中有关乳石的论述。

⑧忌:禁用。

⑨五石诸散:五石散是古代一种药剂的名称。因这种药剂内含紫石英、钟乳石、白石英、赤石脂、石膏等五种石类药,故名。以五石为主要成分的药方有很多,故称五石诸散。

⑩理:药理。

⑪相蒸薄:指药物互相作用。

⑫发:发散。

⑬藉:借助。

⑭孙思邈(581年—682年):唐代著名医学家,被尊为"药王"。著有《备急千金要方》和《千金翼方》。

⑮野葛:中草药名,古代又称钩吻,现在植物学已将两者区别开来。野葛和钩吻都具有药用价值,钩吻全株都有剧毒,只能外用;野葛块根可制葛粉供食用。

⑯含生:泛指人类。

⑰庶:众、诸。

⑱休泰:安好,安宁。

⑲方书:关于医药治病类的书籍。

⑳《神农本草》:我国古代的一部托名神农氏写的医药书,记载了植物、动物、矿物药品共三百六十五种。

㉑旧书:古老的医药书。

【译文】

医学这门学问,如果不是自己确有心得,而只是依赖书本去套用,那么医术就不会达到神妙境界。如白术能激发钟乳石的药性,按照《乳石论》说:"如果服用了钟乳石,那么就应当终生禁服白术。"可是五石散之类的药物,用钟乳石做主药,又用了白术,药理却完全相反,不知道是什么缘故。我就去问老医生,都不能说出其中的缘由。考察《乳石论》上说:“钟乳石的药性虽然很温和,但是它的质体原本就很沉重,必须等到它们相互作用后,其药性才能发散出来。”这样的话,如果服用钟乳石多的人,势必会使药性自相激发,如果再用别的药物去激发它,那么药性发散就会更厉害。五石散配有别的药物,用钟乳石却很少,当然不能互相激发其药性,需要借助外物才能使它激发。比如火小,一定要用鼓风的方法使火旺起来;火很盛的话,如果再鼓风就会起反作用,这是自然的道理。所以孙思邈说:“五石散毒性很猛烈。宁可服用野葛,也不要服用五石散。碰到这样的药方就要立马烧掉,不要害人。”又说道:“人不服用石钟乳,身体各方面的机能都不好;石钟乳在身体内的话,一切都会平安无事。唯独不能服用五石散。”大概是五石散聚集了石钟乳中有害的东西,如果药性激发起来,就发作得很猛烈的缘故。古代的处方大体是这样,不是这本书所能概括完的。况且药书仍有许多虚假的地方,比如说《神农本草》这本最古老的医书,其中的错误依然很多,做医生的不可不知。

315　予一族子[①],旧服芎䓖[②]。医郑叔熊见之云:“芎䓖不可久服,多令人暴死。”后族子果无疾而卒。又予姻家朝士[③]张子通之妻,因病脑风[④],服芎䓖甚久,亦一旦暴亡。皆予目见者。

又予尝苦腰重[⑤],久坐则旅距[⑥]十余步然后能行。有一将佐[⑦]见予曰:“得无用苦参[⑧]洁齿否?”予时以病齿用苦参数年矣。曰:“此病由也。苦参入齿,其气伤肾,能使人腰重。”后有太常少卿[⑨]舒昭亮用苦参揩齿,岁久亦病腰。自后悉不用苦参,腰疾皆愈。此皆方书旧不载者。

【注释】

①族子:同族中的子辈,即侄儿。

②芎䓖(xiōng qióng):中草药名,即川芎,可入药,具有祛风止痛的疗效。

③朝士:朝廷之士。泛称中央官员。

④脑风：头痛病。

⑤腰重：腰痛。

⑥旅距：抵住，此处指用手向后抵住腰椎。

⑦将佐：辅助将领的军官。

⑧苦参：中草药名，性苦寒，可入药，具有杀虫、利尿等疗效。

⑨太常少卿：古代掌管宗庙礼仪的官。

【译文】

我的一个同族的侄儿，以前服用芎劳。医生郑叔熊见到后说："芎劳不能长久服用，经常会使人突然死亡。"后来我的侄儿果然没有病就死了。另外，我的亲家朝官张子通的妻子因为患了头痛病，服用芎劳很长时间了，也是突然死亡。这些都是我亲眼所见的。

另外，我曾经苦于腰疼，久坐之后再起身时，就要先用手抵住腰椎走上十几步，然后才能正常行走。有一位将佐见到我说："你是不是用苦参清洁牙齿了？"当时我已经用苦参清洁牙齿有几年了。他说："这便是引起腰痛的病因。苦参进入牙齿以后，它的药气会伤肾，能使人腰痛。"后来太常少卿舒昭亮用苦参清洁牙齿，时间长了也得了腰病。从此以后，我们都不用苦参清洁牙齿，腰病也就好了。这都是医书上没有记载过的。

316　世之摹字者多为笔势牵制，失其旧迹。须当横摹[①]之，泛然[②]不问其点画，惟旧迹是循，然后尽其妙也。

【注释】

①横摹：古代文字都是纵向书写，横摹即横向临摹。此法只可用于楷书和隶书，不能用于行书和草书。

②泛然：完全。

【译文】

世上那些临摹字帖的人多被笔势所束缚，失掉了字体本来的神韵。

应当采用横摹的方法，完全不顾它的一点一画，只遵循字体本来的精神气韵，这样才能完全得到它的奥妙。

317　古人以散笔作隶书，谓之散隶。近岁蔡君谟[①]又以散笔作草书，谓之散草，或曰飞草。其法皆生于飞白[②]，亦自成一家。

【注释】

①蔡君谟：即蔡襄（1012 年—1067 年），字君谟，仙游（今属福建）人。北宋著名书法家。

②飞白：一种特殊风格的书法，笔画中丝丝露白，笔势飞动，为东汉蔡邕所创。

【译文】

古人用散笔作隶书，称为散隶。近些年来，蔡襄又用散笔作草书，称为散草，又称为飞草。它们都是从飞白体衍变而来，也自成一家。

318　四明[①]僧奉真，良医也。天章阁待制许元[②]为江淮发运使[③]，奏课于京师。方欲入对，而其子疾亟[④]，瞑[⑤]而不食，惙惙[⑥]欲死，逾宿[⑦]矣。使奉真视之，曰："脾已绝，不可治，死在明日。"元曰："观其疾势，固知其不可救。今方有事须陛对，能延数日之期否？"奉真曰："如此似可。诸脏皆已衰，唯肝脏独过。脾为肝所胜，其气先绝，一脏绝则死。若急泻肝气，令肝气衰，则脾少缓，可延三日，过此无术也。"乃投药，至晚乃能张目，稍稍复啜[⑧]粥，明日渐苏而能食。元甚喜。奉真笑曰："此不足喜，肝气暂舒耳，无能为也。"后三日果卒。

【注释】

①四明：今浙江宁波一带。

②许元(989 年—1057 年):字子春,宋宣州宣城(今属安徽)人,曾任发运判官、知州等职。

③发运使:宋代派往江淮各路掌管钱粮、财赋的专职官员。

④疾亟:病情危急。

⑤瞑(míng):闭眼。

⑥惙惙(chuò):昏昏沉沉的样子。

⑦逾宿:过了一个晚上。

⑧啜(chuò):喝。

【译文】

四明地区的奉真和尚,是一位医术非常高明的医生。天章阁待制许元为江淮发运使的时候,回到京城向皇上禀报税收情况。正要进宫向皇上回话,他儿子的病情却已经非常危急了,闭着眼睛也不吃饭,昏昏沉沉奄奄一息,像这样已经一个晚上了。请奉真和尚过来看看,他说:"脾已经完全丧失了功能,治不好了,明日就会死去。"许元说:"看我儿子的病情,就知道已经治不好了。可是现在我有事情要向皇上汇报,能否使他延长几天期限?"奉真和尚说:"这样还是可以的。他的各个脏器功能都已经衰竭了,只有肝脏过于旺盛。脾脏被肝脏所克,所以他脾脏的功能先丧失了,而任何一个脏器功能的丧失就会死亡。如果马上疏泄肝气,使肝气衰竭的话,那么脾脏就能稍微缓解,可以延长三天,但此后没有别的办法了。"于是就下了药,到了晚上病人能够睁开眼睛,稍微可以喝点粥,第二天渐渐苏醒而且可以吃饭了。许元非常高兴。奉真和尚笑着说:"这不足以高兴,肝气只是暂时舒缓一些,不能解决实际问题。"过了三天,许元的儿子果然死了。

器 用

这里所谓器用，指古代各种器物，包括刀剑弓矢、金石、首饰等。如第321条简单记载了吴钩的形状与异名。第323、324条记载了古代军事史上著名的弓弩种类。第327、330条记载了镜子的相关知识。通过阅读此类记载，我们能增长冷兵器时代相关武器知识，还能了解古人在光学、金石器物方面的知识发展水平。

319　礼书[①]所载黄彝[②]，乃画人目为饰，谓之黄目。

予游关中[③]，得古铜黄彝，殊不然。其刻画甚繁，大体似缪篆[④]，又如栏盾[⑤]间所画回波曲水之文。中间有二目，如大弹丸，突起煌煌然，所谓黄目也。视其文，仿佛有牙角口吻之象。或说黄目乃自是一物。

又，予昔年在姑熟[⑥]王敦城下土中得一铜钲[⑦]，刻其底曰“诸葛士全茖鸣钲”。“茖”即古“落”字也，此部落之“落”，“士全”部将名。其钲中间铸一物，有角，羊头，其身亦如篆文，如今时术士所画符。傍有两字，乃大篆“飞廉”字，篆文亦古怪，则钲间所图盖飞廉也。飞廉，神兽之名。淮南转运使韩持正[⑧]亦有一钲，所图飞廉及篆字，与此亦同。

以此验之，则黄目疑亦是一物。飞廉之类，其形状如字非字，如画非画，恐古人别有深理。大抵先王之器，皆不苟为。昔夏后铸鼎，以知神奸[⑨]，殆亦此类。恨未能深究其理，必有所谓。或曰：“《礼图》樽彝，皆以木为之，未闻用铜者。”此亦未可质，如今人得古铜樽者极多，安得言无？如《礼图》“瓮以瓦为之”，《左传》却有"瑶瓮"⑩;"律以竹为之",晋时舜祠下乃发得"玉律",此亦无常法。如"蒲谷璧",《礼图》悉作草稼之象,今世人发古冢得蒲璧,乃刻文蓬蓬如蒲花敷时,谷璧如粟粒耳,则《礼图》亦未可为据。

【注释】

①礼书:一说是宋陈祥道编撰的《礼书》。一说是聂崇义所撰《三礼图集注》,据下文《礼图》,"礼书"或当指此书。

②黄彝(yí):古代盛酒的器具。

③关中:今陕西西安一带。

④缪篆:王莽时创立的六体书之一,这种字体笔画曲折,一般用作印章篆刻,沈括这里是比喻铜器纹饰上的花纹繁缛。

⑤栏盾:同"栏楯",栏杆。

⑥姑熟:即姑孰,今安徽当涂。东晋时期,王敦在此地建城。

⑦铜钲:乐器,外形像铃铛但是没有舌。

⑧韩持正:韩存中,字持正,北宋颍川人,官至侍郎。

⑨昔夏后铸鼎,以知神奸:引自《左传·宣公三年》。传说大禹曾铸造铜鼎,在上面铸刻鬼神,以便百姓知晓神灵和鬼怪,求福避灾。

⑩瑶瓮:美玉雕琢而成的瓮。

【译文】

礼书所记载的黄彝,是画人的双目作为装饰,把它称作黄目。

我游历关中的时候,曾经得到过一件古铜黄彝,根本不是这样的。这件铜器上面刻画的纹饰甚是繁缛,大体上就像屈曲缠绕的"缪篆"文字,又像同宫殿前面栏杆上刻画的回旋形的水波纹。纹饰中间有两只眼睛,像两个大弹丸,从铜器表面凸起,而且发亮,这大概就是所说的黄目。从上面的纹饰来看,仿佛有牙、角、口、吻的形象。有人说黄目可能是一种动物。

我又曾在姑熟王敦所建城的土里得到过一件铜钲,铜钲底部刻有

“诸葛士全茖鸣钲”几字。“茖”就是古代的“落”字，这里是部落的“落”，“士全”应该是王敦部将的名字。钲中间铸造有一个动物，有角，羊头，身上的花纹也像篆文，就像现在术士所画的符箓。旁边有两个字，是大篆的“飞廉”，篆文也写得特别古怪，那么钲中间画的应该就是飞廉。飞廉是一种神兽名。淮南转运使韩持正也有一件钲，那上面所刻画的飞廉的图形和篆字，与我手里的这一件相同。

由此可知，黄目有可能是一种动物。像飞廉一类，它的形状像字又不是字，像画又不是画，恐怕古人别有深意。大概古代先王的礼器，都不是随便制作而成的。从前夏后氏铸鼎为了使百姓知晓神鬼，大概用的就是这类器物。其中一定蕴含着深刻的道理，遗憾的是现在还不能对其进行深入的研究。有人说：“《礼图》上记载的樽、彝，都是木制的，没有听说有铜制的。”这种说法也经不起推敲，就像如今人们发现的古铜樽已经非常多了，怎么能说古代没有铜制礼器呢？就像《礼图》说中“瓮是陶制的”，《左传》中却有“瑶瓮”；“律管是用竹子做的”，但是晋代在舜祠下发掘出了玉制的律管，这些也是没有常规的。又像“蒲谷璧”，《礼图》都在璧的表面画草或庄稼来对其进行装饰，而现在世人发掘古墓出土的蒲璧，上面却刻画着茂密得像蒲席编织的花纹铺开时的样子的图案，谷璧上面的纹饰像突起的米粒一样，看来《礼图》也是不能作为依据的。

320　《礼书》言“罍”[①]画云雷之象，然莫知雷作何状。今祭器中画雷，有作鬼神伐鼓之象，此甚不经[②]。

予尝得一古铜罍，环其腹皆有画，正如人间屋梁所画曲水。细观之，乃是云、雷相间为饰，如ᘓ者，古云字也，象云气之形；如◎者，雷字也，古文@为雷，象回旋之声。其铜罍之饰，皆一ᘓ一ᘓ相间，乃所谓云、雷之象也。

今《汉书》罍字作靁，盖古人以此饰罍，后世自失传耳。

【注释】

①罍（léi）：古代一种盛酒的容器，像壶。

②不经：没有根据，不可信。

【译文】

《礼书》中记载“罍”上面刻画了云、雷的图像，然而不知道雷是什么样子的。如今祭祀的礼器中把雷刻画成鬼神敲击鼓的图案，这也是经不起推敲的。

我曾经得到过一个古铜罍，它上面四周都刻画着纹饰，就像人间屋梁上所刻画的曲水的图案一样。仔细观察，发现是云、雷相间作为纹饰，比如ര，是古文字中的“云”字，像云气的形状；比如◎，是古文字中的“雷”字，古文字中用@表示雷，像回旋的声音。铜罍上面的纹饰，都是一ര一◎相间，就是所说的云、雷的形象。

现在《汉书》中还把“罍”字写作𤳳，大概古人用这个形象来装饰罍，后来年代久了，也自然失传了。

321　唐人诗多有言吴钩[①]者。吴钩，刀名也，刃弯。今南蛮[②]用之，谓之葛党刀[③]。

【注释】

①吴钩：古代产自吴地的一种弯刀，后也泛指锋利的刀剑。

②南蛮：我国古代对南方少数民族的一种泛称。

③葛党刀：我国古代一种弯形的刀。

【译文】

唐代诗人的诗句中多有提到吴钩的。吴钩是一种刀名，刀口是弯的。现在南方各少数民族使用这种刀，称为葛党刀。

322　古法以牛革为矢服[①]，卧则以为枕。取[②]其中虚，附地[③]枕之，数里内有人马声，则皆闻之。盖虚[④]能纳声[⑤]也。

【注释】

①矢服：盛箭器，即装箭的箭套。

②取：利用。

③附地：贴着地面。

④虚：空的。

⑤纳声：接受声音。

【译文】

古代用牛皮作箭套，睡觉的时候把它当作枕头。利用它中间是空的特点，贴在地面枕着的时候，可听见数里内的人马声。大概是因为空腔能接受声音。

323　郓州[①]发地得一铜弩机[②]，甚大，制作极工。其侧有刻文曰："臂师[③]虞士[④]，牙师[⑤]张柔。"史传无此色目[⑥]人，不知何代物也。

【注释】

①郓(yùn)州：州名，治所在今山东东平。

②弩机：安装在弩的木臂后部的机械装置。

③臂师：制造弓臂的人。

④虞士：工匠的名称。

⑤牙师：制造弩牙的人。

⑥色目：品色，名色。

【译文】

在郓州这个地方掘地时发现了一个铜弩机，体型非常大，制作也非常工巧。它的旁侧刻着文字说："臂师虞士，牙师张柔。"历史记载没有这种名色的称号，不知道这个铜弩机是哪一个朝代的东西。

324　熙宁中，李定献偏架弩，似弓而施[①]干镫[②]。以镫距地而张之，射三百步，能洞[③]重札[④]，谓之神臂弓，最为利器。李定本党项羌首，自投归朝廷，官至防团[⑤]而死，诸子皆以骁勇雄于西边。

【注释】

①施：设置，安装。

②镫（dèng）：圆形的踏脚环。

③洞：穿透。

④重札：好几层铠甲。

⑤防团：宋代官名。防御使、团练使的简称。

【译文】

熙宁年间，李定献出一台偏架弩，形状像弓而装有干镫。使镫离地张开弓，能射三百步远，可以穿透多层铠甲，称之为神臂弓，是一种非常坚利的武器。李定本来是党项族的首领，自从归附朝廷后，一直做到防团而死，他的几个儿子都因为骁勇善战而称雄于西部边疆地区。

325　古剑有沈卢[①]、鱼肠[②]之名，沈音湛。沈卢谓其湛湛然黑色也。古人以剂钢[③]为刃，柔铁[④]为茎干，不尔则多断折。剑之钢者，刃多毁缺，巨阙[⑤]是也，故不可纯用剂钢。鱼肠，即今蟠钢剑[⑥]也，又谓之松文[⑦]，取诸鱼燔熟，褫[⑧]去胁，视见其肠，正如今之蟠钢剑文也。

【注释】

①沈卢：《越绝书》中也作“湛卢”，古剑名。

②鱼肠：古剑名。

③剂钢：今称之为合金钢，古人以为这种钢有杂质，不是纯钢，所以称之为剂钢。

④柔铁：熟铁。

⑤巨阙：古剑名，据说剑刃上有缺口。

⑥蟠钢剑：上面有蟠龙纹的钢剑。

⑦松文：松纹。因松树皮皴裂的纹路像蟠龙，所以蟠龙剑又叫松文剑。

⑧褫（chǐ）：剥去。

【译文】

古代的宝剑有叫沈卢、鱼肠的，沈音湛。沈卢是说剑有深而黑的光泽。古人用剂钢来做剑刃，用熟铁铸造剑身，如果不这样铸造，剑就很容易折断。剑如果过于坚硬，剑刃大多会有毁缺，巨阙就是这样，所以铸剑不能纯用剂钢。用鱼肠命名的剑，就是如今说的蟠钢剑，又叫它松文，取鱼肠这个名字，是因为把鱼煮熟后，剥去两边的肉，看到鱼的肠子，就像现在蟠钢剑上的花纹。

326 济州金乡县[①]发一古冢，乃汉大司徒朱鲔[②]墓，石壁皆刻人物、祭器、乐架之类。人之衣冠多品，有如今之幞头[③]者，巾额[④]皆方，悉如今制，但无脚[⑤]耳。妇人亦有如今之垂肩冠者，如近年所服角冠[⑥]，两翼抱面，下垂及肩，略无小异。人情[⑦]不相远，千余年前冠服已尝如此，其祭器亦有类今之食器者。

【注释】

①济州金乡县：在今山东金乡县地区。

②朱鲔（wěi）：字长舒，汉阳人。西汉末拥立刘玄为帝，被拜为大司马。后降刘秀，拜为平狄将军，封扶沟侯。

③幞（fú）头：古代的一种头巾。

④巾额：古代系于额头的一种巾带。

⑤脚：幞头两边伸出的棱角。

⑥角冠：白角冠，有点类似道冠，但是以白角结发为饰。

⑦人情：民情。

【译文】

济州金乡县发现一个古墓，是汉代大司马朱鲔的墓地，墓道的石壁上刻有人物、祭祀的器具和乐架之类的东西。人穿戴的衣服和帽子有很多样式，像现在人们戴的头巾，巾额都是方形，就像现在的式样，只是没有棱角罢了。妇女戴的，也有像现在的垂肩冠，就像近些年所戴的角冠，两翼贴着面部，下面垂到肩头，没有什么区别。人们的生活情况相差不是很大，一千多年以前人们的穿戴就已经像现在这样了，至于那些祭祀器具之类的东西，也有类似当今饮食器具的。

327 古人铸鉴[①]，鉴大则平，鉴小则凸。凡鉴洼[②]则照人面大，凸则照人面小。小鉴不能全观人面，故令微凸，收人面令小，则鉴虽小而能全纳人面，仍复量鉴之小大，增损高下[③]，常令人面与鉴大小相若[④]。此工之巧智[⑤]，后人不能造。比[⑥]得古鉴，皆刮磨令平，此师旷[⑦]所以伤知音也。

【注释】

①鉴：古人称铜镜为鉴。

②洼：凹陷。这里指凹面镜。

③增损高下：调节镜面凹凸的程度。

④相若：差不多。

⑤巧智：技巧和智慧。

⑥比：等到。

⑦师旷：春秋时期晋国著名的音乐家。

【译文】

古代人铸造铜镜的时候，大镜子就会做成平的，小镜子就会做成凸的。凡是凹面的镜子就会把人的面部照大，凸面的镜子就会把人的面部照小。小的镜子不能把人的面部全部照出来，所以必须造得稍微凸一些，使人的脸型在照镜时缩小，这样镜子虽小却可以照出整个人的面像，在造镜子时，还要反复测量镜子的大小，来调节镜面凹凸的程度，常常使人的面部与镜子的大小相一致。这就是工匠的技巧和智慧，后世的人不会这样制作。假如一旦得到古镜，都把它刮磨成平的，这就是师旷会伤感没有知音的原因吧。

328　长安故宫阙前，有唐肺石[①]尚在。其制如佛寺所击响石而甚大，可长八九尺，形如垂肺，亦有款志[②]，但漫剥[③]不可读。按《秋官·大司寇》："以肺石达穷民。"原[④]其义，乃伸冤者击之，立其下，然后士听其辞，如今之挝[⑤]登闻鼓[⑥]也。所以肺形者，便于垂。又肺主声，声所以达其冤也。

【注释】

①肺石：古时设于朝廷门外的赤石，民有不平，得击石鸣冤，石形如肺，故名。

②款志：款识，钟、鼎等器物上所刻的文字。

③漫剥：因为浸蚀剥落而模糊不清。

④原：推究。

⑤挝(zhuā)：敲打。

⑥登闻鼓：悬挂在朝堂外的一面大鼓，臣民有冤情或者谏诤的话可以击鼓上闻。

【译文】

长安的旧宫殿前面，唐朝的肺石仍然保存着。它的形制就像佛寺里所击的响石，但是比响石要大，长可达八九尺，形状就像垂挂的肺，也有雕刻的文字，但是由于浸蚀剥落而模糊不清。按照《秋官·大司寇》记载："以肺石达穷民。"推究它的意思，原来是伸冤的人击打它，并站立在它的下面，然后官吏就会来听取申诉，就像现在敲打登闻鼓一样。之所以是像肺一样的形状，是为了便于垂挂。另外，肺是负责发声的，声音发出来才能表达冤情。

329　熙宁中，尝发地得大钱[①]三十余千文，皆"顺天""得一”。当时在庭皆疑古无“得一”年号，莫知何代物。予按《唐书》[2]，史思明[3]僭号[4]，铸“顺天”“得一”钱。“顺天”乃其伪年号，“得一”特以名铸钱耳，非年号也。

【注释】

①大钱：也叫重钱，面额较高的钱。

②《唐书》：即《新唐书》，由宋欧阳修、宋祁等编著，共二百二十五卷。是一部记载唐代历史的纪传体史书。

③史思明（？—761年）：唐安史之乱头目之一。759年称帝，后又称大燕皇帝，年号顺天，后被其义子所杀。

④僭号：冒用帝王年号。

【译文】

熙宁年间，曾从地下挖出大钱，有三十余千文，上面铸造的都是“顺天”和“得一”的字样。当时朝中的人都疑惑说古代没有“得一”这个年号，不知道这些钱是什么朝代铸造的。我查阅《新唐书》，上面记载说史思明冒用帝王的年号，铸造“顺天”“得一”钱。“顺天”是他冒用的年号，“得一”是特地用来命名所铸铜钱的，并非年号。

330　世有透光鉴，鉴背有铭文[1]，凡二十字，字极古，莫能读。以鉴承[2]日光，则背文及二十字皆透在屋壁上，了了[3]分明。人有原其理，以谓铸时薄处先冷，唯背文上差厚[4]，后冷而铜缩多。文虽在背，而鉴面隐然有迹，所以于光中现。予观之，理诚如是。然予家有三鉴，又见他家所藏，皆是一样，文画铭字无纤异[5]者，形制甚古，唯此一样光透，其他鉴虽至薄者皆莫能透。意[6]古人别自有术。

【注释】

①铭文：古代铸刻于青铜器上的文字。

②承：接受。

③了了：清楚。

④差厚：稍微厚一些。

⑤纤异：细小的差别。

⑥意：猜测。

【译文】

世上有透光的镜子，镜子的背后有铭文，总共有二十个字，字体非常古怪，不能识读。用这面镜子来接受太阳光，那么背面的花纹及二十个字都穿透在房屋的墙壁上，非常清晰明了。有人推究它的原理，认为铸造这面镜子时，薄的地方先冷却了，只有背上的花纹和字因为稍微厚一点，冷得稍微慢一点，导致铜收缩得多一些。文字和花纹虽然都在背面，可是镜子的表面却隐约有痕迹，所以就在阳光下显现了。我观察了这面镜子，确实是这个原理。但是我家有三面镜子，又看了别人家收藏的，都是一个式样的，花纹和铭文没有什么不同的，形制也很古老，只有这一种镜子可以透光，其他的镜子即使非常薄也不能透光。我怀疑古人有别的制作方法。

331 予顷年在海州[①]，人家穿地得一弩机[②]。其望山[③]甚长，望山之侧为小矩[④]，如尺之有分寸。原其意，以目注镞端[⑤]，以望山之度拟之，准其高下，正用算家句股法[⑥]也。《太甲》[⑦]曰："往省括于度则释[⑧]。"疑此乃"度"也。汉陈王宠[⑨]善弩射，十发十中，中皆同处。其法以"天覆地载，参[⑩]连为奇，三微三小，三微为经，三小为纬，要[⑪]在机牙"。其言隐晦难晓，大意天覆地载，前后手势耳；参连为奇，谓以度视镞，以镞视的[⑫]，参连如衡[⑬]，此正是句股度高深之术也；三经三纬，则设之于堋[⑭]，以志其高下左右耳。予尝设三经三纬，以镞注之发矢，亦十得七八。设度于机，定加密矣。

【注释】

①海州：州名，治所在今江苏连云港市海州区。

②弩机：弩的部分机件，装置在弩的木臂后面。

③望山：弩机的组成部件，是发射时用来瞄准的部件。

④小矩：小型直角矩尺。

⑤镞(zú)端：箭头。

⑥句股法：即勾股定理。在弩弓上，望山、弩臂和连接望山上一定刻度到箭端的瞄准线之间恰好形成一个直角三角形。

⑦《太甲》：《尚书》中的篇名。

⑧省括于度则释：语出《尚书·太甲上》，意思是箭杆的尾端瞄准了度数就发射。省，察看。括，箭端。释，射。

⑨陈王宠：即刘宠，东汉明帝的儿子。他曾镇压黄巾起义，后为袁术所杀。善射箭。

⑩参：同“三”。

⑪要：关键之处。

⑫的：靶子。

⑬衡：平，水平。

⑭堋(péng)：设置箭靶的矮墙，这里指箭靶。

【译文】

我近年在海州，见人家从地下挖出一件弩机。这弩机的瞄准部件很长，瞄准部件旁侧有一个小矩尺，就像普通的矩尺，上面有刻度。探究它的本意，是在发射时目视箭头的端点，用来瞄准部件的度数，校对发射角度的，以便调整箭头的高下，正好是运用算术家使用的勾股法。《尚书·太甲》记载说：“往省括于度则释。”怀疑弩机上面安装的小矩尺就是《太甲》篇中记载的“度”。汉末陈王刘宠善于用弩弓射箭，十发十中，并且每次射中的还是同一个地方。史书中记载他的方法是“天覆地载，参连为奇，三微三小，三微为经，三小为纬，要在机牙”。这些话非常隐晦，难以琢磨，揣测它大概的意思：天覆地载大约是指发射时调整前后高下的手势;参连为奇大概是说箭头和刻度要对准,箭头瞄准目标,三者要连在一条水平线上,这就是运用的勾股定理测量高下浅深的方法;三经三纬大概是说在靶墙画上三条经线和三条纬线,用它们来标志箭靶的高低左右。我曾经按照这办法设置了三经三纬,用箭头瞄准,十发也能中七八发。如果把刻度设置在弩机上,那么一定会射得更准。

332 予于关中[①]得一铜匜[②],其背有刻文二十字,曰:"律人衡[③]兰注水匜,容一升。始建国元年[④]一月癸卯[⑤]造。"皆小篆[⑥]。律人当是官名,《王莽传》中不载。

【注释】

①关中:古地名,今陕西西安一带。

②铜匜(yí):古代的一种盥洗器,形状像瓢。

③律人衡:据清阮元《积古斋钟鼎彝器款识》中的解释,律人衡可能是当时的一种官名。

④始建国元年:王莽的年号是始建国,这里的时间是公元9年。

⑤一月癸卯:考察《二十史朔闰表》,这一天应该是癸酉,癸卯应该是二月初一,此处应该是沈括记载的讹误。

⑥小篆:也叫秦篆,是秦国的通行文字,字体圆润整齐。

【译文】

我曾经在关中得到一个铜匜,它的背面刻有二十个文字,记载说:"律人衡兰注水匜,容一升。始建国元年一月癸卯造。"都是小篆字体。律人应该是官名,《王莽传》中没有记载。

333 青堂羌[①]善锻甲,铁色青黑,莹彻可鉴毛发。以麝皮为綇旅[②]之,柔薄而韧。镇戎军[③]有一铁甲,椟藏之,相传以为宝器。韩魏公[④]帅泾原,曾取试之,去之五十步,强弩射之,不能入。尝有一矢贯札[⑤],乃是中其钻空[⑥],为钻空所刮,铁皆反卷,其坚如此。

凡锻甲之法，其始甚厚，不用火，冷锻之，比元[⑦]厚三分减二乃成。其末留箸头许不锻，隐然如瘊子[⑧]，欲以验未锻时厚薄，如浚河留土笋[⑨]也，谓之瘊子甲。今人多于甲札之背隐起，伪为瘊子，虽置瘊子，但元非精钢，或以火锻为之，皆无补于用，徒为外饰而已。

【注释】

①青堂羌：古代少数民族名，原本是吐蕃的一支。

②綇(xiǔ)：连缀铠甲的带子。旅：按顺序排列。

③镇戎军：行政区划名，今宁夏固原和甘肃平凉一带。

④韩魏公：韩琦(1008年—1075年)，字稚圭，北宋宰相，封魏国公。

⑤札：甲片。

⑥钻空：是为了连缀甲片而在上面穿的小孔。

⑦元：同"原"。下同。

⑧瘊(hóu)子：皮肤上的小瘤子。

⑨土笋：像竹笋形状的土桩子。

【译文】

青堂羌人擅长锻造铠甲，他们制造的铠甲，铁片呈青黑色，晶莹透亮，可以清晰地照出毛发。将麝皮制作成缀有甲片的带子，按顺序排列好，又柔软轻薄又坚韧。镇戎军中有一副铁甲，用木匣子收藏着，代代相传当作宝器。韩琦作为泾原路主帅时，曾取出这件铁甲做试验，在五十步外，用强弩来射击它，不能射穿。曾有一支箭射穿了甲片，竟是因为恰好射在了甲片中间钻的小孔上，箭头反而被钻空刮坏，铁都反卷起来了，甲片竟然如此坚硬。

凡是锻造铠甲，刚开始铁片都特别厚，不用炉火，采用的是冷锻法，直到铁片变成原来厚度的三分之一，就算锻造好了。甲片的末尾留着像筷子头一样大小的一小片不锻打，像个瘊子，这是用来检查铁片未经锻造时的厚薄，就像疏浚河道时上面要留些笋状的土桩子，这种铠甲就被称作瘊子甲。现在人们锻造铠甲，大多在甲片的背面打上一个小鼓包，伪造成一个瘊子，虽然留了瘊子，但是所用的材质并非原来的精钢，有的还是用火锻造而成，都没有什么实际用处，只不过徒为装饰而已。

334　朝士黄秉少居长安，游骊山[①]，值道士理故宫石渠，石下得折玉钗，刻为凤首，已皆破缺，然制作精巧，后人不能为也。郑嵎[②]《津阳门诗》曰："破簪碎钿[③]不足拾，金沟浅溜和缨绥[④]。"非虚语也。

予又尝过金陵[⑤]，人有发六朝[⑥]陵寝[⑦]，得古物甚多。予曾见一玉臂钗，两头施转关，可以屈伸，合之令圆，仅于无缝，为九龙绕之，功侔[⑧]鬼神。

世多谓前古民醇[⑨]，工作率多卤拙[⑩]，是大不然。古物至巧，正由民醇故也，民醇则百工不苟。后世风俗虽侈，而工之致力不及古人，故物多不精。

【注释】

①骊山：位于陕西省西安市临潼区城南地区，著名的风景旅游区，有唐朝的华清宫和华清池等遗址。

②郑嵎(yú)：字宾光(一作"宾先")。唐宣宗大中五年(851年)进士，著有《津阳门诗》一卷。

③钿(diàn)：妇女所戴的装饰品上的金或宝石。

④缨绥(yīng ruí)：帽子的装饰物。

⑤金陵：今江苏南京。

⑥六朝：指三国的吴、东晋和南朝时的宋、齐、梁、陈。

⑦陵寝：皇帝的坟墓。

⑧侔(móu)：比拟。

⑨醇：淳朴。

⑩卤拙:粗鲁笨拙。

【译文】

有一位叫作黄秉的朝廷官员,年少时在长安居住,有一次他在游玩骊山的时候,正好碰上道士在修理宫殿故址的石水沟,在石头的下面得到了一件折断的玉钗,钗头刻成凤凰头形,都已经破损了,但是制作非常精巧,是后人做不出来的。郑嵎《津阳门诗》说道:"破簪碎钿不足拾,金沟浅溜和缨绥。"真的不是假话。

我又曾经去过金陵,有人挖掘六朝皇帝的坟墓,得到很多的古物。我曾经见过一件玉臂钗,两头都有开合的机关,可以使它弯曲和伸直,合上它就是圆的,几乎连缝隙都看不到,被九条龙所缠绕,真是鬼斧神工。

世人都说古代人习性淳朴,手工大多粗鲁笨拙,不是这样的。古物如此精巧,就是因为古代的民风淳朴,民风淳朴的话工匠工作也就不会马虎。后代人的风俗虽然奢华,但在制作工艺上却比不上古代人,所以制作的东西大多不够精美。

335　屋上覆橑[①],古人谓之绮井[②],亦曰藻井,又谓之覆海。今令文中谓之斗八,吴人谓之罳顶[③]。唯宫室祠观为之。

【注释】

①橑(lǎo):屋椽。

②绮(qǐ)井:有图案的天花板,和下文的"藻井"是同一个意思。

③罳(sī)顶:一种可在上面镂刻物象,连缀作图案的天花板。

【译文】

房屋屋顶上的天花板,古时候的人称为绮井,也叫藻井,又称为覆海。现在营造法式中称作斗八,吴地人又称为罳顶。只有宫廷、寺庙里才有这样的装置。

336　今人地中得古印章[①],多是军中官。古之佩章[②],罢免迁死皆上印绶[3]，得以印绶葬者极稀。土中所得，多是没于行阵[4]者。

【注释】

①印章：官吏的印鉴。

②佩章：指古代官员佩带的印章。

③印绶(shòu)：印信和系印的丝带。这里特指印章。

④行阵：行军打仗。

【译文】

现在从地下挖出的古印章，多是军官的。古时候官员的佩章，在撤职免职或者调动死亡时都要把印章上交，所以能带着印章埋葬的人很少。现在从地下挖掘的，大多是死于行军打仗中的。

337 大驾玉辂[1]，唐高宗[2]时造，至今进御[3]。自唐至今，凡三至太山[4]登封，其他巡幸[5]，莫记其数。至今完壮[6]，乘之安若山岳，以措[7]杯水其上而不摇。庆历中，尝别造玉辂，极天下良工为之，乘之动摇不安，竟废不用。元丰中，复造一辂，尤极工巧，未经进御，方陈于大庭，车屋适坏，遂压而碎，只用唐辂。其稳利坚久，历世不能窥其法。世传有神物护之，若行诸辂之后，则隐然有声。

【注释】

①玉辂(lù)：皇上出行乘坐的大车。玉是美称。

②唐高宗：即唐朝的第三任皇帝李治(628 年—683 年)。

③进御：专供皇上乘用。

④太山：即泰山，在今山东泰安境内。

⑤巡幸：皇帝巡游驾幸。

⑥完壮：完好而又坚实。

⑦措：安放。

【译文】

皇上出行乘坐的玉辂，是唐高宗时期建造的，到现在为止皇上仍然在使用。从唐朝到现在，共用它三次到泰山封禅，其他外出巡幸就不计其数了。到现在仍然完好而又坚实，乘坐它的时候如山一样安稳，把一杯水放在上面也不会摇出来。庆历年间，曾经又建造了一辆玉辂，召集了全国的能工巧匠来建造，乘坐的时候摇晃不平稳，最终被废弃了不再使用。元丰年间，又建造了一辆，非常精致，没有送进皇宫，放在大庭之中，置放车子的房子恰巧塌了，就把它压碎了，只好继续使用唐朝的那辆玉辂。那辆玉辂坚固、平稳、便利，使用的时间很长，历代以来都不知道它所建造的方法。世人传说它有神灵保佑，如果外出时有人在这辆车后行走，那么人们就会听到隐约的声响。

神 奇

这里所谓神奇，指神奇、灵验的事迹。体现了作者虽然极具科学思维，对事物进行细致的研究与观察，但也有或多或少的宿命论思想。如第 342 条记载了作者目睹七十多岁的陈允因为涂了孙希龄赐的神药，原来脱落的牙齿和头发都重新长出来了。第 349 条记载了郑夷甫遇到一个能够推知人死期的方士，并从方士口中得知自己的死期。他从伤心、害怕、郁郁寡欢，到学会坦然面对死亡、等待死亡，而他的死期真如方士所言。第 354 条则记载道亲和尚因为遇到一个样子年轻胡子头发却花白的老人，老人得知几年后会发生疫病，而道亲和尚在死亡名单里，便赐药给道亲和尚。结果，几年后真发生疫病，大半人都死亡了，而道亲和尚却因服了药而能幸免于难。

通过阅读此类记载，我们可以知道当时社会上仍然流传着许多神奇的事，就连笃信科学的沈括，在遇到无法用科学解释的事物时，也细致地将所见所闻记录下来。有人说这是时代的局限，这种神秘的色彩应该摒弃，但其实这从另一方面亦反证了沈括对无法解释不能证实的事，暂且存录，这也是一种科学的态度。

338 世人有得雷斧、雷楔[①]者云："雷神所坠，多于震雷之下得之。"而未尝亲见。元丰中，予居随州[②]，夏月大雷震，一木折，其下乃得一楔，信如所传。凡雷斧多以铜铁为之；楔乃石耳，似斧而无孔。世传雷州[③]多雷，有雷祠在焉，其间多雷斧、雷楔。按《图经》，雷州境内有雷、擎二水，雷水贯城下，遂以名州。如此，则"雷"自是水名，言多雷乃妄也。然高州[④]有电白县，乃是邻境，又何谓也？

【注释】

①楔(xiē):填充器物空隙使其牢固的木橛、木片等。

②随州:在今湖北北部。

③雷州:治所在今广东雷州。

④高州:治所在今广东高州。

【译文】

相传世人有得到雷斧、雷楔的,说:“是天上的雷神遗落下来的,大多能够在震雷之地下捡到。”但是我并未亲自见过。元丰年间,我居住在随州,夏天雷震大作,一棵树都被劈断了,在树下得到一个楔子,果然像世人的传言。凡是雷斧,大多用铜铁制造;楔是用石头制造的,像斧但是没有孔。世上传言说雷州多雷,还建有雷祠在那个地方,雷祠就有很多雷斧、雷楔。我查阅《图经》,雷州境内有雷、擎两条河,雷水贯穿城下,因此用“雷”作为州名。如果是这样,那么“雷”自然就是水名,说雷州的名字是因为多打雷是妄言。然而高州又有电白县,和雷州相邻,这又是为什么呢?

339 越州[①]应天寺有鳗[②]井,在一大磐石[③]上,其高数丈,井才方数寸,乃一石窍也,其深不可知。唐徐浩[④]诗云:“深泉鳗井开。”即此也,其来亦远矣。鳗将出游,人取之置怀袖间,了无惊猜。如鳗而有鳞,两耳甚大,尾有刃迹。相传云:“黄巢[⑤]曾以剑劀[⑥]之。”凡鳗出游,越中必有水旱疫疠[⑦]之灾,乡人常以此候[⑧]之。

【注释】

①越州:宋代州名,治所在今浙江绍兴一带。

②鳗:一种鱼的名称,身体细长,前圆后扁,生活在淡水中,到海洋产卵,肉含丰富脂肪。

③磐(pán)石:宽而厚的石头。

④徐浩(703年—782年):字季海,唐越州(今浙江绍兴)人,历任工部侍郎、吏部侍郎、集贤殿学士,封会稽郡公。徐浩擅长书法,尤精于楷书。

⑤黄巢:唐末农民起义的领袖人物,他所领导的农民起义军沉重打击了唐王朝。

⑥刜(fú):砍。

⑦疫疠(lì):瘟疫。

⑧候:检验。

【译文】

越州应天寺有一口井叫鳗井,在一个大磐石上,有几丈高,而井口却只有几寸,是一个石洞,没有人知道它有多深。唐朝徐浩作诗说:"深泉鳗井开。"讲的就是这个地方,它的来历也非常久远了。鳗将要出游的时候,人们把它放在衣袖里,一点也不害怕。它像一般的鳗却有鱼鳞,两只耳朵很大,尾巴上有刀刃的痕迹。有人传说:"黄巢曾经用剑砍过它。"凡是鳗出游的时候,越州地区肯定会有水旱疫疠的灾害发生,当地人常常拿这一点来检验。

340　治平[①]元年,常州[②]日禺[③]时,天有大声如雷,乃一大星,几如月,见于东南。少时而又震一声,移著西南。又一震而坠在宜兴县[④]民许氏园中,远近皆见,火光赫然[⑤]照天,许氏藩篱皆为所焚。是时火息,视地中有一窍如杯大,极深,下视之,星在其中,荧荧[⑥]然。良久渐暗,尚热不可近。又久之,发其窍,深三尺余,乃得一圆石,犹热,其大如拳,一头微锐,色如铁,重亦如之。州守[⑦]郑伸得之,送润州[⑧]金山寺,至今匣藏,游人到则发视[⑨]。王无咎[⑩]为之传甚详。

【注释】

①治平:宋英宗赵曙的年号,公元1064年至1067年。

②常州:州名。管辖范围相当今江苏常州、江阴、无锡、宜兴等地。

③日禺(yú):日落。

④宜兴县:今江苏宜兴地区。

⑤赫然:火光盛炽的样子。

⑥荧荧:形容光闪烁的样子。

⑦州守:宋代州一级的行政长官。

⑧润州:治所在今江苏镇江。

⑨发视:打开来看。

⑩王无咎:字补之,建昌南城(今江西南城)人,王安石的学生。

【译文】

治平元年,有一天常州日落的时候,天空中突然发出雷鸣般的声响,只见一颗大星,几乎有月亮那么大,出现在东南方。一会儿又发出一声巨响,大星移向了西南方。又一震,坠落在宜兴县民许氏的园子里,远近的人们都可以看见,火光映红了天空,许家的篱笆都被烧毁了。等到大火熄灭了,人们在地上看见一个像杯口大小的洞,非常深,往下看去,大星在里面,仍在闪闪发光。过了很久,大星才暗了下来,但是仍然很热,不能靠近。又过了很长时间,挖开那个洞,有三尺多深,找到一块圆石头,还是热的,有拳头那般大,一头稍微有点尖,颜色像铁,重量也跟铁差不多。州长官郑伸得到它后,把它送到了润州金山寺,至今仍然还用匣子收藏着,有游人来了就打开匣子让人参观。王无咎曾很详细地记述了这件事。

341　山阳[①]有一女巫,其神极灵。予伯氏[②]尝召问之,凡人间物,虽在千里之外,问之皆能言,乃至人中心萌一意,已能知之。坐客方弈棋,试数白黑棋握手中,问其数,莫不符合。更漫取[③]一把棋,不数而问之,则亦不能知数。盖人心所知者,彼则知之;心所无,则莫能知。如季咸[④]之见壶子[⑤],大耳三藏[⑥]观忠国师也。又问以巾箧中物，皆能悉数。时伯氏有《金刚经》[⑦]百册，盛大箧中，指以问之："其中何物？"则曰："空箧也。"伯氏乃发以示之，曰："此有百册佛经，安得曰空箧？"鬼[⑧]良久又曰："空箧耳，安得欺我！"此所谓文字相空[⑨]，因真心以显非相，宜其鬼神所不能窥也。

【注释】

①山阳：治所在今江苏淮安。

②伯氏：指沈括的长兄沈披。

③漫取：胡乱抓取。

④季咸：传说中的古代神巫名。

⑤壶子：战国时期道家人物，列子的老师。

⑥大耳三藏：指唐朝来中国的印度僧人。因耳大如轮，精通三藏，故名。三藏，佛教经典的总称。

⑦《金刚经》：是一部重要的佛教经典，全称为《金刚般若波罗蜜经》，以金刚比喻智慧之锐利、顽强、坚固，能断一切烦恼，故名，是中国禅宗南宗所依据的重要经典之一。

⑧鬼：指山阳女巫所信奉的神灵。

⑨相空：不显现外貌的形象、状态。

【译文】

山阳地区有一位女巫，她的神力特别灵验。我的长兄曾经把她叫来询问，只要是人间的事情，即使在千里之外，问她都能说出来，以至于人们心里萌发一个想法，她也能够知道。来访的客人正在下围棋，试着抓起一把已经数好了的黑白棋子放在手中，问她有多少个，她说的没有不符合的。又随便抓起一把棋子，自己也不数就问她，那么她也不知道是多少。大概是人心能够知道的，她也能知道；人心所不知道的，她也就不能知道。就好比季咸去看壶子，大耳三藏去看忠国师一样。又问她箱子里的东西，都能够说出来。当时我的长兄有一百册《金刚经》，放在大箱子里，指着箱子问她："这里面是什么东西？"女巫回答说："这是空箱子。"我的长兄就把箱子打开给她看，说："这里面有一百册《金刚经》，怎么能够说是空箱子呢？"女巫过了很长时间还是说："这就是空箱子，你怎么能够欺骗我呢？"这就是说文字是不显形的东西，那么真实的心意就显示不出原来的形象，所以那些鬼神就不能看到了。

342 神仙之说，传闻固多，予之目睹者二事。供奉官[①]陈允任衢州[②]监酒务[③]日，允已老，发秃齿脱。有客候之，称孙希龄，衣服甚褴褛[④]，赠允药一刀圭[⑤]，令揩齿。允不甚信之。暇日，因取揩上齿，数揩[⑥]而良。及归家，家人见之，皆笑曰："何为以墨染须？"允惊，以鉴照之，上髯黑如漆矣。急去巾视，童首[⑦]之发，已长数寸，脱齿亦隐然有生者。余见允时年七十余，上髯及发尽黑，而下髯如雪。

又，正郎萧渤罢白波辇运[⑧]，至京师，有黥[⑨]卒姓石，能以瓦石沙土手挼[⑩]之悉成银。渤厚礼之，问其法。石曰："此真气所化，未可遽传。若服丹药，可呵而变也。"遂授渤丹数粒，渤饵[⑪]之，取瓦石呵之，亦皆成银。渤乃丞相荆公[⑫]姻家，是时丞相当国[⑬]，予为宰士[⑭]，目睹此事。都下[⑮]士人求见石者如市，遂逃去，不知所在。石才去，渤之术遂无验。石，齐人也。时曾子固[⑯]守齐，闻之亦使人访其家，了不知石所在。渤既服其丹，亦宜有补年寿，然不数年间，渤乃病卒。疑其所化特幻耳。

【注释】

①供奉官：皇帝的内侍官，有品级而无实际职权。

②衢州：州名，治所在信安(今浙江衢州)。

③监酒务：管理酒税场务的机关。

④褴褛(lán lǚ)：衣服破旧。

⑤刀圭(guī):古代量取药物的器具。这里用作量词,指少许药物。

⑥揩(kāi):擦,抹。

⑦童首:秃头。

⑧辇(niǎn)运:一种官职的名称,掌管车辆运输。

⑨黥(qíng):古时兵士脸上刺字作记号,以防逃亡。

⑩挼(ruó):揉搓。

⑪饵:吃。

⑫荆公:即王安石(1021年—1086年),字介甫,号半山,抚州临川(今江西抚州)人。北宋著名的政治家、文学家、思想家。封荆国公,世称王荆公。

⑬当国:执政。

⑭宰士:丞相下属的官员。

⑮都下:京都。

⑯曾子固:曾巩(1019年—1083年),字子固,北宋南丰县(今江西南丰)人,唐宋古文八大家之一,有《元丰类稿》传世。

【译文】

关于神仙的传说,有很多传闻,我就亲眼看见了两件事。供奉官陈允任衢州监酒务的时候,他年龄已经很大了,头发牙齿都已经脱落了。有一位自称孙希龄的客人去拜访他,衣服穿得很破烂,赠给陈允一点药物,让他擦在牙齿上。陈允不是特别相信。空闲的日子里,陈允就擦拭上边的牙齿,擦了几次感觉效果很好。等到回到家,家人见到他都笑着说:“你怎么用墨染胡须呢?”陈允非常吃惊,拿着镜子照自己,才发现自己上面的胡子像漆一样黑。急忙把自己的头巾去掉,才发现自己的秃头已经长了头发,有几寸长了,脱落的牙齿也已经隐约长出来了。我看见陈允时,他已经有七十多岁了,只是上嘴唇的胡须与头发全部都黑了,而下巴的胡须却雪白。

另外,正侍郎萧渤被罢免白波辇运的职务后,到达京城,有一个被刺了字的姓石的士兵,能够把瓦石沙土之类的东西揉搓成银子。萧渤就用优厚的待遇接待他，并询问他把东西揉搓成银子的方法。这位姓石的士兵说："这是我的元气化成的，不能够马上就传给你。如果服用丹药的话，可以呵气而变了。"于是就给了萧渤几粒丹药，萧渤吃下后，拿瓦石来呵气，立马就变成了银子。萧渤是丞相王安石的亲家，当时王安石正掌管国政，我是丞相属官，亲眼看到了这件事。京城希望见到这位姓石的士兵的士人多得像集市上的人，于是他就逃跑了，不知道去了什么地方。这位士兵才刚刚离去，萧渤的法术就不灵验了。石姓士兵是齐地人。当时曾巩在齐地任职的时候，听说了这件事，也派人去拜访他家，但是全然不知他在什么地方。萧渤既然服食了丹药，那么可能对延年益寿有所帮助，但不到几年间，萧渤就病死了。我怀疑他变银子只不过是幻术而已。

343　熙宁中，予察访过咸平[①]，是时刘定子先知县事，同过一佛寺。子先谓予曰："此有一佛牙[②]，甚异。"予乃斋洁[③]取视之。其牙忽生舍利，如人身之汗，飒然[④]涌出，莫知其数，或飞空中，或坠地。人以手承之，即透过，著床榻，摘然有声，复透下，光明莹彻，烂然满目。予到京师，盛传于公卿间。后有人迎至京师，执政官取入东府[⑤]，以次[⑥]流布[⑦]士大夫之家，神异之迹，不可悉数。有诏留大相国寺，创造木浮图[⑧]以藏之，今相国寺西塔是也。

【注释】

①咸平：今河南省通许县一带。

②佛牙：佛祖圆寂火化后留下的牙齿。

③斋洁：斋戒沐浴。

④飒然：拟声词，指风声。

⑤东府：宋代指宰相府。

⑥以次：按顺序。

⑦流布：流传。

⑧木浮图：木塔。

【译文】

熙宁年间，我察访过咸平，当时刘定（字子先）担任咸平知县，一起去探访一座佛教寺庙。刘定对我说："这里面有一颗佛牙，非常奇异。"于是我就斋戒沐浴前去观看。那颗佛牙忽然生出舍利子，就好像人身上的汗珠飒然涌出那样，不知道它的数目，有的飞向了空中，有的坠在地上。人们都用手来接，立即穿过了手掌，落到了床榻上，发出清晰短促的声响，再一次穿落下去，光亮、晶莹、透彻，璀璨耀眼。我到了京城，这一奇特的事在公卿之间传开了。后来有人将佛牙迎到了京城，执政官把它带进了东府，在士大夫家按顺序流传展示，所显现的神奇的迹象，不能一一细说。后来君王又下诏书，把它留在大相国寺，并建造一座木塔来珍藏它，就是今天相国寺的西塔。

344　菜品中芜菁[①]、菘[②]、芥[③]之类，遇旱其标[④]多结成花，如莲花，或作龙蛇之形。此常性，无足怪者。熙宁中，李宾客[⑤]乃之[⑥]知润州，园中菜花悉成荷花，仍各有一佛坐于花中，形如雕刻，莫知其数。暴干之，其相依然。或云："李君之家奉佛甚笃，因有此异。"

【注释】

①芜菁：别名"蔓菁""大头芥""大头菜"等，根部可食。

②菘（sōng）：即白菜。

③芥：一年或二年生草本植物，按用途分为叶用芥菜、茎用芥菜和根用芥菜。

④标：顶端。

⑤宾客：官名，全称是太子宾客。

⑥李乃之：字公达，宋濮阳人。

【译文】

蔬菜中的芜菁、菘、芥之类的东西，遇到干旱它的顶端大多会结花，像莲花，或者呈现出龙蛇的形状。这是很常见的事，不足为怪。熙宁中，宾客李乃之担任润州知州，他家菜园中的菜花都变成了荷花，每朵花中各有一个佛像一样的东西坐在花里，形状像雕刻出来的一样，没有谁知道它的具体数量。晒干后，它们的形状依然不变。有人说："李君家里笃信佛教，因此有这个异象。"

345　彭蠡[①]小龙，显异至多，人人能道之，一事最著。熙宁中，王师南征，有军仗数十船，泛江而南。自离真州[②]，即有一小蛇登船，船师[③]识之，曰："此彭蠡小龙也，当是来护军仗耳。"主典者以洁器荐[④]之，蛇伏其中，船乘便风[⑤]，日棹[⑥]数百里，未尝有波涛之恐。不日至洞庭[⑦]，蛇乃附一商人船回南康[⑧]。世传其封域止于洞庭，未尝逾洞庭而南也。有司以状闻，诏封神为顺济王，遣礼官林希[⑨]致诏。子中至祠下焚香毕，空中忽有一蛇坠祝[⑩]肩上，祝曰："龙君至矣。"其重一臂不能胜。徐下至几案间，首如龟，不类蛇首也。子中致诏意曰："使人至此，斋三日然后致祭。王受天子命，不可以不斋戒。"蛇受命，径入银香奁[⑪]中，蟠[⑫]三日不动。祭之日，既酌酒，蛇乃自奁中引首吸之。俄出，循案行，色如湿胭脂，烂然有光。穿一剪彩花过，其尾尚赤，其前已变为黄矣，正如雌黄色。又过一花，复变为绿，如嫩草之色。少顷，行上屋梁，乘纸幡脚以行，轻若鸿毛。倏忽入帐中，遂不见。明日，子中还，蛇在船后送之，逾彭蠡而回。此龙常游舟楫间，与常蛇无辨，但蛇行必蜿蜒，而此乃直行，江人常以此辨之。

【注释】

①彭蠡：今鄱阳湖一带。

②真州：治所在今江苏仪征。

③船师：船上的水手。

④荐：盛，装。

⑤便风：顺风。

⑥棹（zhào）：用桨划船。

⑦洞庭：今洞庭湖一带。

⑧南康：今江西省南部一带。

⑨林希：字子中，宋福州（今福建福州）人。仁宗嘉祐二年（1057年）进士，曾任宝文阁直学士、成都知府、资政殿学士、同知枢密院事等职。

⑩祝：祠庙的神职人员。

⑪奁（lián）：匣子。

⑫蟠：盘曲。

【译文】

彭蠡的小龙，显示的灵异非常多，人人都能说出它的故事，其中有一事最为著名。熙宁年间，朝廷的军队南征，装有军用物资的数十条船，顺江向南。自从离开真州以后，就有一条小蛇登上了船，船上的水手认识它，说："这就是彭蠡的小龙，应当是来护卫军用物资的。"主持礼典的人用洗干净的器具装着它，小蛇伏在里面，船只便顺风而行，每天航行数百里，没有受到狂风大雨的惊吓。没过几天就到了洞庭湖，小蛇就在一位商人的船上回到了南康。人们传说，小蛇的活动范围就到洞庭湖为止，从来没有越过洞庭湖而向南走。相关部门把这件事向皇上做了汇报，皇上就下诏书封彭蠡小龙为顺济王，派遣礼官林希去传达诏书。林希到了祠庙，焚香之后，空中忽然有一条蛇坠落在祠庙神职人员的肩膀上，神职人员说："龙君到了。"一只胳膊还不能承受它的重量。那条蛇慢慢地爬到几案中间，头部像龟，不像蛇的头。林希传达诏书的意思说："皇上的使者在此，斋戒三日之后再祭祀。王接受天子的命令，不可以不斋戒。"蛇于是受命，径直进入银做成的香奁，盘曲着身体连续三天不动。祭祀的当天，斟好酒，蛇就从香奁中伸出头来喝酒。不一会儿就出来了，沿着几案爬行，身体的颜色就像沾水的胭脂，亮灿灿地非常有光泽。当它穿过一朵彩花时，它的尾巴还是赤色的，它的前部已经变成了黄色，就好像雌黄的颜色。又经过一朵彩花时，又变成了绿色，就像嫩草的颜色。过了一会儿，爬到了屋梁上，乘着纸幡的末尾爬行，身体就像鸿毛一样轻。忽然进入帐中，于是不见了。第二天，林希就回去了，蛇在船后面送他，过了彭蠡就折回去了。这条蛇经常在船只间游走，与一般的蛇没什么两样，但是一般的蛇都是弯曲着爬行，但是这条蛇却是直行，江上行船的人就以此来分辨。

346 天圣[①]中，近辅[②]献龙卵，云："得自大河[③]中。"诏遣中人[④]送润州金山寺。是岁大水，金山庐舍为水所漂者数十间，人皆以为龙卵所致。至今椟藏，予屡见之，形类色理[⑤]，都如鸡卵，大若五升囊；举之至轻，唯空壳耳。

【注释】

①天圣：宋仁宗赵祯的年号，公元1023年至1032年。

②近辅：皇帝宠信的大臣。

③大河：黄河。

④中人：宦官。

⑤形类色理：形状、种类、颜色、纹理。

【译文】

天圣年间，有皇帝宠臣敬献龙蛋，说："来自黄河。"皇帝便派宦官把龙蛋送到了润州金山寺。这一年发大水，金山寺周围的房屋有几十间都被冲走了，人们都认为是龙蛋引起的。龙蛋现在仍然用木匣子珍藏着，我多次见到过，形状、种类、颜色、纹理都像鸡蛋，大小如一只五升的口袋，举起来很轻，只是一个空壳而已。

347 内侍[①]李舜举[②]家曾为暴雷所震。其堂之西室，雷火自窗间出，赫然出檐。人以为堂屋已焚，皆出避之。及雷止，其舍宛然[3]，墙壁窗纸皆黔[4]。有一木格，其中杂贮诸器，其漆器银扣[5]者，银悉镕[6]流在地，漆器曾不焦灼。有一宝刀，极坚钢[7]，就刀室[8]中镕为汁，而室亦俨然[9]。人必谓火当先焚草木，然后流金石[10]，今乃金石皆铄[11]，而草木无一毁者，非人情所测也。佛书言"龙火得水而炽[12]，人火得水而灭"，此理信然。人但知人境[13]中事耳，人境之外，事有何限[14]，欲以区区[15]世智情识，穷测至理[16]，不其难哉！

【注释】

①内侍：宦官。

②李舜举：字公辅，北宋汴京（今河南开封）人，宋神宗熙宁时任内侍押班。

③宛然：完整依旧的样子。

④黔（qián）：黑色。

⑤银扣：用银来装饰器物。

⑥镕：熔化。

⑦坚钢：坚硬。

⑧刀室：刀鞘。

⑨俨然：整齐的样子。

⑩流金石：使金石熔化。

⑪铄（shuò）：熔化。

⑫炽（chì）：旺盛。

⑬人境：人世间。

⑭何限：没有止境。

⑮区区：小、少，形容微不足道。

⑯至理：至高无上的道理。

【译文】

内侍李舜举家曾经遇到过很大的雷击。他家客厅的西屋，雷火从窗户出来，亮晃晃地直上屋檐。人们都认为堂屋已经被烧毁，都出去躲避了。等到雷声停止了，他家的房屋仍然完好无损，墙壁上的窗纸都成黑色了。房间内有一个木格子，里面杂放有很多器具，其中有镶银的漆具，上面的银全部熔化流在了地上，可是漆器却没有被烧焦。有一口宝刀，非常坚硬，在刀鞘中熔化成汁水，而刀鞘还是原来的样子。人们肯定以为火必定先烧毁草木，然后使金石熔化，可是现在金石全部熔化了，而草木却完好无损，这不是人之常情所能猜测的。佛书上说“龙火得水更旺，人火碰到水就灭了”，这个道理的确是这样的。人只知道人世间的事情，而人世之外的事情哪儿还有止境，想要凭借区区世情常识去穷追至高无上的道理，这不是很难吗！

348　知道者苟未至脱然[①]，随其所得浅深，皆有效验[②]。尹师鲁[③]自直龙图阁[④]谪官，过梁下[⑤]，与一佛者谈。师鲁自言以静退为乐。其人曰：“此犹有所系[⑥]，不若进退两忘。”师鲁顿若有所得，自为文以记其说。后移邓州[⑦]，是时范文正公[⑧]守南阳[⑨]。少日，师鲁忽手书与文正别，仍嘱以后事，文正极讶之。时方馔[⑩]客，掌书记[⑪]朱炎在坐，炎老人好佛学，文正以师鲁书示炎曰：“师鲁迁谪失意，遂至乖理[⑫]，殊可怪也。宜往见之，为致意开譬[⑬]之，无使成疾。”炎即诣尹，而师鲁已沐浴衣冠而坐，见炎来道文正意，乃笑曰：“何希文[⑭]犹以生人[⑮]见待？洙死矣。”与炎谈论顷时，遂隐几[⑯]而卒。炎急使人驰报文正，文正至，哭之甚哀。师鲁忽举头曰：“早已与公别，安用复来？”文正惊问所以，师鲁笑曰：“死生常理也，希文岂不达[⑰]此？”又问其后事，尹曰：“此在公耳。”乃揖希文，复逝。俄顷，又举头顾希文曰：“亦无鬼神，亦无恐怖。”言讫，遂长往[⑱]。师鲁所养至此，可谓有力矣，尚未能脱有无之见，何也？得非进退两忘犹存于胸中欤？

【注释】

①脱然：超脱。

②效验：在意料之中的效果。

③尹师鲁：即尹洙（1001年—1047年），字师鲁，宋洛阳（今属河南）人，世称河南先生。北宋著名的散文家。

④龙图阁：宋代阁名，收藏太宗御书、御制文集、各种典籍、图画、宝瑞之物，以及宗正寺所进宗室名籍、谱牒等。

⑤梁下：汴梁，今河南开封地区。

⑥有所系：有所挂念。

⑦邓州：治所在今河南邓州。

⑧范文正公：即范仲淹（989年—1052年），字希文，苏州吴县（今江苏苏州）人，北宋著名的政治家、思想家、军事家和文学家，卒谥文正。

⑨南阳：今河南南阳一带。

⑩馔（zhuàn）：宴请。

⑪书记：官府中掌管文书、记录的官员。

⑫乖理：违背常理。

⑬开譬：开导。

⑭希文：指的是范仲淹。

⑮生人：活着的人。

⑯隐几：倚靠着几案。

⑰达：明白。

⑱长往：永逝。

【译文】

领悟了事理却未能超脱的人，根据他自己所体会的深浅程度，都会有预料之中的效果。尹洙从直龙图阁贬官后，经过汴梁时，与一位佛教徒交谈。尹洙自己说将会以安心静养作为生活的乐趣。佛教徒说："这仍然是对世情有所挂念，不如进退两忘。"尹洙恍然有所悟，把那人所说的话写成了文章。后来尹洙到了邓州，当时范仲淹主管南阳的事务。没过多长时间，尹洙忽然写信与范仲淹诀别，向他嘱咐后事，范仲淹非常惊讶。当时范仲淹正好在宴请客人，掌书记朱炎也在旁边坐着，朱炎也是一位喜爱佛学的老人，范仲淹就把尹洙的书信给朱炎看，说："尹洙因为贬官而感到失意，变得有些不大通常理，实在是太古怪了。您应该前去看望他，代我好好开导他，不要让他得病了。"朱炎立即前去拜访尹洙，尹洙已经洗完澡穿好衣服坐下，看见朱炎来说出了范仲淹的劝慰之意，就笑着说："为什么范仲淹把我当成一个活着的人呢？我已经死了。"尹洙和朱炎谈论不一会儿，就依靠着几案死了。朱炎急忙派人快马回去报告给范仲淹，范仲淹来了以后，哭得非常悲伤。尹洙忽然抬头说："我早就与您诀别了，您怎么又来了？"范仲淹吃惊地问为什么要这样，尹洙笑着说："死生是人之常理，您怎么不知道这个道理？"范仲淹又问他的后事，尹洙说："这就全在您了。"于是就和范仲淹拱手行礼，又死去了。不一会儿，尹洙又抬头对范仲淹说："也没有鬼神，也没有可怕的事情。"说完之后就彻底死去了。尹洙的修养达到了这一境界，可谓是很有定力了，只是还没有超脱有无之见，这是为什么呢？莫不是进退两忘的意念仍然放在心上吧？

349　吴人郑夷甫，少年登科，有美才。嘉祐中，监高邮军[①]税务，尝遇一术士，能推人死期，无不验者。令推其命[②]，不过三十五岁。忧伤感叹，殆不可堪[③]。人有劝其读《老》《庄》以自广[④]。久之，润州金山有一僧，端坐与人谈笑间，遂化去[⑤]。夷甫闻之，喟然[⑥]叹息曰："既不得寿，得如此僧，复何憾哉！"乃从佛者授《首楞严经》[⑦]，径还吴中。岁余忽有所见，曰："生死之理，我知之矣。"遂释然[⑧]放怀，无复蒂芥[⑨]。后调封州[⑩]判官[⑪]，预知死日，先期旬日，作书与交游亲戚叙诀[⑫]，及次叙家事备尽。至期，沐浴更衣。公舍外有小园，面溪一亭洁饰。夷甫至其间，亲督人洒扫及焚香，挥手指画之间，屹然[13]立化。家人奔出呼之，已立僵矣，亭亭如植木，一手犹作指画之状。郡守而下，少时皆至，士民观者如墙。明日，乃就殓。高邮崔伯易[14]为墓志，略叙其事。予与夷甫远亲，知之甚详。士人中盖未曾有此事。

【注释】

①高邮军：治所在今江苏高邮。

②命：寿命。

③殆不可堪：几乎承受不了。

④自广：自我安慰，自宽。

⑤化去：死了。

⑥喟然：叹气的样子。

⑦《首楞严经》：《佛说首楞严三昧经》的简称，东晋时鸠摩罗什翻译。

⑧释然：消除疑虑。

⑨蒂芥：也作“芥蒂”，比喻心里的不愉快。

⑩封州：州名，在今广东封开一带。

⑪判官：古代佐理地方行政长官的僚属。

⑫诀：诀别。

⑬屹然：像山峰一样高耸而又稳稳地立着。

⑭崔伯易：崔公度，字伯易，北宋高邮（今江苏高邮）人。支持王安石变法。官至朝散大夫、直龙图阁。

【译文】

吴地人郑夷甫，少年的时候就考中了进士，很有才华。嘉祐年间，在任高邮军税务一职时，曾经遇到一位方士，能够推算人的死期，没有不灵验的。郑夷甫就让方士推算他的寿命，方士说他活不过三十五岁。郑夷甫听了之后很伤心，几乎承受不了。于是有人就劝他读《老子》《庄子》来自我安慰。过了一段时间，润州金山寺的一位和尚，端坐与人谈笑间就死了。郑夷甫听说了这件事后，就叹息说：“既然不能长寿，那么像这位和尚一样死去，也没有什么可遗憾的了！”于是跟随和尚一起学习《首楞严经》，直接迁居吴中。一年多后忽然有了自己的感受，说到：“生死的道理，我知道了。”于是就消除了疑虑，没有什么不愉快了。后来调任封州判官，预先知道了自己的死期，大约在死期的十天前，写信与朋友亲戚诀别，接着把家事也都交代清楚了。到了那天，洗完澡换好衣服。在他的住处外有一个小园子，面对小溪的一个小亭子也打扫得很干净。郑夷甫到了小亭子里，亲自督促仆人打扫并焚香，当他回首指挥的时候，已经站立着死了。家里面的人都跑出来叫他，他的身体已经僵硬了，高耸的样子就像种植的树木，一只手仍然是指挥的样子。从郡守以下的官员，一会儿都到了，观看的人群围得像一堵墙。第二天，就入殓了。高邮崔公度为他做了墓志，简单记述了这件事。我和郑夷甫是远房亲戚，对这件事知道得很详细。士人中大概没有发生过这样的事。

350　人有前知[①]者，数十百千年事皆能言之，梦寐亦或有之，以此知万事无不前定。予以谓不然，事非前定。方其知时，即是今日，中间年岁，亦与此同时，元非先后。此理宛然[②]，熟观[③]之可谕[④]。或曰：“苟能前知，事有不利者，可迁避[⑤]之。”亦不然也。苟可迁避，则前知之时，已见所避之事；若不见所避之事，即非前知。

【注释】

①前知：预先知道以后发生的事。

②宛然：明显。

③熟观：仔细观察。

④谕：明白。

⑤迁避：躲避。

【译文】

人群中有先知的人，几百几千年的事情都能够说出来，睡觉做梦也有这样的情况，由此可知万事没有不是事先预定的。我认为不是这样的，事情不是事先预定的。当人知道某件事的时候，已经是今日了，即使中间隔了好几年，但要真正知道这件事，也是事情发生的同时，本来就没什么先后。这个道理非常明显，仔细观察就可以明白。有人说："如果能够先知的话，对于一些不利的事情，就可以躲避了。"这也是错误的。如果可以躲避的话，那么先前知道的时候，就已经看到躲避的事情了；假如不能看到所躲避的事情，就是不能先知。

351　吴僧文捷，戒律[①]精苦，奇迹甚多，能知宿命，然罕与人言。予群从[②]遘[③]为知制诰[④]，知杭州，礼为上客。遘尝学诵《揭帝咒》[⑤]，都未有人知。捷一日相见曰："舍人[⑥]诵咒，何故阙一句？"既而思其所诵，果少一句。浙人多言文通不寿[⑦]，一日斋心[⑧]，往问捷，捷曰："公更三年为翰林学士，寿四十岁。后当为地下职仕，事权不减生时，与杨乐道[⑨]待制联曹[⑩]。然公此时当衣衰绖[⑪]视事。"文通闻之，大骇曰："数十日前，曾梦杨乐道相过云：'受命与公同职事，所居甚乐，慎勿辞也。'"后数年，果为学士，而丁[⑫]母丧，年三十九矣。明年秋，捷忽使人与文通诀别，时文通在姑苏[⑬]，急往钱塘[⑭]见之。捷惊曰："公大期[⑮]在此月，何用更来？宜即速还。"屈指计之，曰："急行尚可到家。"文通如其言驰还，遍别骨肉[⑯]，是夜无疾而终。捷与人言多如此，不能悉记，此吾家事耳。捷尝持如意轮咒，灵变尤多，瓶中水咒之则涌立。畜一舍利，昼夜转于琉璃瓶中。捷行道绕之，捷行速，则舍利亦速；行缓，则舍利亦缓。士人郎忠厚事之至谨，就捷乞一舍利，捷遂与之，封护甚严。一日忽失所在，但空瓶耳。忠厚斋戒，延捷加持，少顷，见观音像衣上一物，蠢蠢而动，疑其虫也，试取，乃所亡舍利。如此者非一。忠厚以予爱之，持以见归，予家至今严奉[17]，盖神物也。

【注释】

①戒律：佛门教徒必须遵守的生活规矩。

②群从：泛指族中的兄弟子侄。

③遘(gòu)：即沈遘，字文通，宋钱塘(今浙江杭州)人。沈括的侄子。

④知制诰：官名。宋代的翰林学士一般都授知制诰官衔，专为皇帝起草文书。

⑤《揭帝咒》：佛教徒念诵的一种经咒。

⑥舍人：中书舍人、起居舍人等的简称。沈遘知制诰，职位与舍人相当，故文捷称之为舍人。

⑦不寿：不会长寿。

⑧斋心：指祛除杂念，使心神凝寂。

⑨杨乐道：杨畋(tián)，字乐道，北宋大臣。

⑩联曹：一起分掌职权。

⑪衰绖(cuī dié)：古代的丧服。

⑫丁：古代遭遇父母丧称为丁忧。

⑬姑苏：今江苏苏州。

⑭钱塘：今浙江杭州。

⑮大期：死期。

⑯骨肉：亲人。

⑰严奉：敬奉。

【译文】

吴地的僧人文捷，恪守戒律十分刻苦，有很多奇妙的事迹，能够知道人的宿命，但是很少对人讲起。我的侄子沈遘任知制诰时，在杭州任知州，把文捷待为上客。沈遘曾经学习诵读《揭帝咒》，其他的人都不知道。有一天，文捷见到沈遘说道："你念咒语，怎么少了一句呢？"沈遘立即回想他所背诵的咒语，果然少了一句。浙江地方的人常说沈遘不会长寿，有一日斋心过后，沈遘就问文捷，文捷说："你在三年之后会成为翰林学士，只能活到四十岁。以后会在阴间做官，掌握的职权不会比现在小，和杨畋一起分掌职权。但是你在那个时候正在为亲人穿丧服办丧事。”沈遘听了之后，非常恐慌地说：“几十天前，我曾经梦到杨畋来访，并对我说：‘我将接受委派和你一起同掌职权，所在的地方是很快乐的，所以千万不要推辞。’”此后几年，沈遘果然成为翰林学士，又适逢母亲的丧事，这时他已经三十九岁了。第二年秋，文捷忽然派人与沈遘诀别，当时沈遘在姑苏，急急忙忙赶到钱塘来见文捷。文捷吃惊地说：“你的死期就在这个月，还来这里干什么？应该立即回家。”文捷曲指算了一下，说道：“走快一点还可以赶回家。”沈遘就按照他说的急忙赶回家，与亲人一一道别，当晚没病就去世了。文捷跟人讲的故事有很多像上面的情况，并不能一一都记录下来，这是我家碰到的事情。文捷曾经拿着如意轮念咒语，神奇的变化非常多，瓶中的水被念咒就立马涌上来了。他收藏了一粒舍利子，白天黑夜地在玻璃瓶中转动。文捷绕着瓶子行走的时候，他行走得快则舍利转得也快，他行走得慢则舍利转得也慢。有一位叫作郎忠厚的读书人侍奉文捷十分周到小心，就乞求文捷把舍利给他，文捷便给了他，郎忠厚非常严密地保护了起来。有一天舍利忽然不见了，只剩下了一个空瓶子。郎忠厚就尽心斋戒，并请文捷来加以主持，不一会儿，只见观音像的衣服上有一个东西在慢慢爬动，怀疑是一个虫子，试着取下来，则是所丢的那颗舍利。像这样的事情并不止一件。郎忠厚因为我喜爱这颗舍利，就把它送给了我，我家到现在仍然敬奉着，这可是神物啊。

352　郢州[①]渔人掷网于汉水，至一潭底，举之觉重，得一石，长尺余，圆直如断椽，细视之，乃群小蛤，鳞次相比[②]，绸缪[③]巩固。以物试抉[④]其一端，得一书卷，乃唐天宝年所造《金刚经》，题志甚详，字法奇古，其末云：“医博士[⑤]摄[⑥]比阳县[⑦]令朱均施。”比阳乃唐州属邑。不知何年坠水中，首尾略无沾渍。为土豪[8]李孝源所得。孝源素奉佛，宝藏其书，蛤筒复养之水中。客至欲见，则出以视之。孝源因感经像之胜异，施家财万余缗，写佛经一藏[9]于郢州兴阳寺，特为严丽[10]。

【注释】

①郢州：今湖北钟祥、京山一带。

②鳞次相比：像鱼鳞一样一个接着一个。

③绸缪：紧密缠缚。

④抉：撬开。

⑤博士：古代对从事某种职业的人的尊称。

⑥摄：代理。

⑦比阳县：今河南泌阳。唐代为唐州治所。

⑧土豪：古时乡里的豪绅。

⑨一藏：一整套佛经。

⑩严丽：庄严华丽。

【译文】

郢州的渔人在汉水中撒网，网到潭底时，感觉非常沉重，得到了一块石头，有一尺多长，又圆又直就好像一根断掉的椽子，仔细观看，原来是一小群蛤蜊，像鱼鳞一样一个接着一个，紧密缠绕很是牢固。拿东西撬开它的一端，发现了一份书卷，原来是唐天宝年间所造的《金刚经》，题款非常详细，字法非常高古，它的末尾说："医博士摄比阳县令朱均施。"比阳是唐州的下属邑城。不知道哪一年掉到水中，头尾都没怎么浸湿。后来被当地的土豪李孝源所得。李孝源素来信奉佛法，便把它珍藏了起来，那个蛤筒又放在水中养了起来。客人来了想要见的话，就拿出来给客人看。李孝源因为有感于这一经卷不平常的经历，就施舍家中的万贯财产，又抄写了一套佛经放在郢州的兴阳寺，特别庄严华丽。

353　张忠定[1]少时，谒[2]华山陈图南[3]，遂欲隐居华山。图南曰:“他人即不可知,如公者,吾当分半以相奉[④]。然公方有官职,未可议此。其势如失火家待君救火,岂可不赴也?”乃赠以一诗曰:“自吴入蜀是寻常,歌舞筵中救火忙。乞得金陵养闲散,亦须多谢鬓边疮。”始皆不谕其言。后忠定更镇杭、益[⑤],晚年有疮发于项后,治不瘥[⑥],遂自请得金陵[⑦],皆如此诗言。忠定在蜀日,与一僧善。及归,谓僧曰:“君当送我至鹿头,有事奉托。”僧依其言至鹿头关[⑧],忠定出一书,封角付僧曰:“谨收此,后至乙卯年[⑨]七月二十六日,当请于官司,对众发之。慎不可私发,若不待其日及私发者,必有大祸。”僧得其书,至大中祥符七年[⑩],岁乙卯,时凌侍郎策[⑪]帅蜀,僧乃持其书诣府,具陈忠定之言。其僧亦有道者,凌信其言,集从官共开之,乃忠定真容[⑫]也。其上有手题曰:“咏当血食[⑬]于此。”后数日,得京师报,忠定以其年七月二十六日捐馆[⑭]。凌乃为之筑庙于成都。蜀人自唐以来,严祀韦南康[⑮],自此乃改祠忠定至今。

【注释】

①张忠定:即张咏(946 年—1015 年),号乖崖,谥号忠定。北宋太宗、真宗两朝的名臣,尤以治蜀著称。

②谒:拜见。

③陈图南:即陈抟(tuán),字图南,号扶摇子,赐号希夷先生。五代唐末科举考试进士不第后,先隐居武当山,后移居华山。

④奉:赠送。

⑤杭、益:杭州(治今浙江杭州)和益州(治今四川成都)。

⑥瘥(chài):病愈。

⑦金陵:今江苏南京。

⑧鹿头关:在今四川省德阳市鹿头山上。

⑨乙卯年:即大中祥符八年,也就是公元 1015 年。

⑩大中祥符七年:即公元 1014 年。上文乙卯年七月二十六日实际

上是张咏逝世一周年祭日。

⑪凌侍郎策：即凌策，字子奇，宋泾县(今安徽泾县)人，雍熙二年(985 年)举进士。在四川长期任职，官至工部侍郎。

⑫真容：本人的画像。

⑬血食：死后享受祭祀。

⑭捐馆：死亡。

⑮韦南康：即韦皋(745 年—805 年)，字城武，京兆万年(今陕西西安)人。唐代大将。曾任剑南西川节度使，在蜀地二十一年，立有大功。封南康郡王，谥忠武。

【译文】

张咏年轻的时候去华山拜访陈抟，于是决定隐居华山。陈抟说："其他人我不清楚，可是像您这样的人，我当分出华山的一半给您。但是您刚刚得到了官职，不可以谈论这样的话题。这一形势就好比一户人家失火了，等您去救火，您怎么能够不去呢?"于是就赠送给他一首诗："自吴入蜀是寻常，歌舞筵中救火忙。乞得金陵养闲散，亦须多谢鬓边疮。"刚开始的时候人们并不明白这首诗到底是什么意思。后来张咏去镇守杭州和益州，晚年在颈后生了疮，没有治好，于是自己请求到金陵任职，都如诗中所说的。张咏在蜀中的日子里，与一位和尚很友好。等到要离开的时候，对和尚说："您应当送我到鹿头，我有事托付给您。"和尚就按照他说的话送他到鹿头关，张咏拿出了一封信，封住信口对和尚说："请您收好，到了乙卯年七月二十六日，请把它交到官府，当着大家的面开启它。千万不要私自开启，如果不到日子就开启的话，一定会有大祸。"和尚拿着这封书信，到了大中祥符七年的时候，正好是乙卯年，当时侍郎凌策主持蜀中军务，和尚就把书信拿到官府，详细地说出了张咏的话。那位和尚也是一位有道行的人，凌策就听从了他的话，召集众官一起来开启，原来是张咏本人的画像。书信上面有他手写的字说："张咏当在这里享受祭祀。"后来几天，从京城得到消息，张咏果然在那年的七月二十六日去世了。凌策就在成都为他修筑了庙宇。蜀中的人，从唐朝以来，一直祭祀着韦皋，从此以后就改为祭祀张咏一直到现在。

354 熙宁七年，嘉兴僧道亲，号通照大师，为秀州[①]副僧正[②]。因游温州雁荡山，自大龙湫回，欲至瑞鹿院。见一人衣布襦[③]，行涧边，身轻若飞，履木叶[④]而过，叶皆不动。心疑其异人，乃下涧中揖之，遂相与坐于石上，问其氏族、闾里[⑤]、年齿，皆不答。须发皓白，面色如少年。谓道亲曰："今宋朝第六帝也。更后九年，当有疾。汝可持吾药献天子。此药人臣不可服，服之有大责[⑥]，宜善保守。"乃探囊出一丸，指端大，紫色，重如金锡，以授道亲曰："龙寿丹也。"欲去，又谓道亲曰："明年岁当大疫，吴越尤甚，汝名已在死籍，今食吾药，勉修善业[⑦]，当免此患。"探囊中取一柏叶与之，道亲即时食之。老人曰："定免矣。慎守吾药，至癸亥岁[⑧]自诣阙[⑨]献之。"言讫遂去。南方大疫，两浙无贫富皆病，死者十有五六，道亲殊无恙。至元丰六年夏，梦老人趣[⑩]之曰："时至矣，何不速诣阙献药？"梦中为雷电驱逐，惶惧而起，径诣秀州，具述本末，谒假入京，诣尚书省献之。执政亲问，以为狂人，不受其献。明日因对奏知，上急使人追寻，付内侍省问状[⑪]，以所遇对。未数日，先帝果不豫[⑫]，乃使勾当[⑬]御药院[⑭]梁从政持御香，赐装钱[⑮]百千，同道亲乘驿诣雁荡山，求访老人，不复见，乃于初遇处焚香而还。先帝寻[⑯]康复，谓辅臣曰："此但预示服药兆耳。"闻其药至今在彰善阁，当时不曾进御。

【注释】

①秀州：治所在今浙江嘉兴。

②僧正：宋代管理众僧的官员。

③襦(rú)：短衣。

④履木叶：在树叶上步行。

⑤闾(lǘ)里：乡里。

⑥大责：受到很重的惩罚。

⑦修善业：做好事。

⑧癸亥岁：即元丰六年(1083年)。

⑨诣阙：前往京城。

⑩趣：催促。

⑪问状：询问情况。

⑫不豫：天子患病的讳称。

⑬勾当：主管。

⑭御药院：宋代内侍省官署名，掌管各地进贡的珍贵医药。

⑮装钱：路费。

⑯寻：不久。

【译文】

熙宁七年的时候，嘉兴一位叫道亲的和尚，法号为通照大师，是秀州副僧正。趁着游玩温州雁荡山的机会，从大龙湫返回，想要到瑞鹿院看一下。路上看见一个人穿着短衣，在山涧边行走，身体轻得好像飞一样，踩在树叶上的时候，树叶根本就没动。道亲和尚怀疑他是一位奇人，就走下涧中向他作揖行礼，于是就和他在山石上相对坐下，问起他的宗族、乡里、年龄，他都没有回答。只见他的头发胡子都已经白了，可是脸色看起来却像一个少年人。他对道亲和尚说："现在是宋朝的第六位皇帝了。这以后的九年，他的身体会有疾病。你可以带着我的药献给皇上。这个药臣子不能吃，如果吃了的话就会受到很重的惩罚，你应当妥善保管。"于是从口袋中拿出一颗药丸，有指尖那么大，紫色的，有金锡那么重，把它递给道亲和尚，说："这就是龙寿丹。"离开之前，又对道亲和尚说："明年会发生大的疫病，吴越地区尤其厉害，你的名字已经上了死亡名单，现在吃了我给的药，修行好事，可以免除此患。"于是又从口袋中拿出一片柏树叶子给道亲和尚，道亲和尚立马就吃掉了。老人说："疫病一定会免除的。小心保管好我的药，到了癸亥年的时候自己前往京城献给皇上。”说完之后就走了。第二年，南方果然发生了大的疫病，两浙地区不论贫富都得病了，死亡了一大半人，道亲和尚安然无恙。到了元丰六年夏天，道亲和尚梦见老人催促他说：“时间到了，你为什么还不赶快到京城去献药？”道亲和尚在梦中感觉自己被雷电追赶，惊慌而起，直接到秀州，详细讲了事情的经过，请假前往京城，来到尚书省献药。尚书省的长官亲自审问，认为他是一个狂人，就不受他的进献。第二天上朝的时候，大臣就向皇上禀报了这件事，皇上急忙派人前去追赶，送到内侍省询问情况，道亲和尚便把自己所遇到的情况汇报了。不到几天，皇上果然生病了，就派管理御药院的梁从政拿着御香，赏赐了很多钱，和道亲和尚一起乘坐驿车前往雁荡山，寻访那位老人，但是没有再见到，于是就在初次遇见的地方烧香后回去了。皇上不久后就康复了，对辅臣说：“这只是预先告诉我要服用药丸的征兆罢了。”听说这颗药丸现在仍然放在彰善阁，当时没有送进皇宫给皇上服用。

355　庐山①太平观②，乃九天采访使者③祠，自唐开元中创建。元丰二年，道士陶智仙营一舍，令门人陈若拙董④作。发地忽得一瓶，封镉⑤甚固，破之，其中皆五色土⑥，唯有一铜钱，文有“应元保运”四字。若掘得之，以归其师，不甚为异。至元丰四年，忽有诏进号九天采访使者为应元保运真君，遣内侍廖维持御书⑦殿额赐之，乃与钱文符同⑧。时知制诰熊本⑨提举太平观，具闻其事，召本观主首⑩，推诘⑪其详，审其无伪，乃以其钱付廖维表献⑫之。

【注释】

①庐山：在今江西省九江市，为著名的风景旅游区。

②太平观：道观名，遗址可能在庐山风景区内。

③九天采访使者：道教中的神仙名称，掌管巡查人间。

④董：监督。

⑤封镭(jué)：封锁。

⑥五色土：古代皇帝祭祀时，向社坛填的五种不同颜色的土，有青、黄、赤、白、黑五色。

⑦御书：皇上书写的文字。

⑧符同：完全吻合。

⑨熊本：字伯通，宋番阳(今江西鄱阳)人。庆历进士。神宗时为知制诰。

⑩主首：主管人员。

⑪推诘：推究询问。

⑫表献：上表朝廷并进献。

【译文】

庐山的太平观，乃是一座九天采访使者的祠堂，在唐朝开元年间修建。元丰二年，有一位叫陶智仙的道士建了一处房屋，命令徒弟陈若拙监督这项工程。在挖地的时候突然得到了一个瓶子，封锁得非常坚固，打开瓶子之后，里面全是五色土，只有一枚铜钱，上面写有“应元保运”四个字。陈若拙得到了这枚铜钱，就把它交给了师父，他们也不认为这枚铜钱有什么特别之处。到了元丰四年，忽然皇帝下诏晋封九天采访使者为应元保运真君，并派内侍廖维拿着皇帝亲自写的殿堂匾额赏赐给太平观，这个称号和发掘出来的那枚铜钱上的字是完全相同的。当时知制诰熊本掌管太平观，听说了这件事，就召见了太平观的负责人，询问了详细情况，知道了这件事并不是虚构的，就把那枚铜钱交给了廖维并上表进献。

356 祥符[①]中，方士王捷[②]，本黥卒[③]，尝以罪配沙门岛[④]，能作黄金。有老锻工毕升[⑤]，曾在禁中为捷锻金。升云：“其法为炉灶，使人隔墙鼓鞴[⑥]，盖不欲人觇[⑦]其启闭也。其金，铁为之，初自冶中[⑧]出，色尚黑。凡百余两为一饼，每饼辐解，凿为八片，谓之鸦觜金[⑨]者是也。”今人尚有藏者。上令尚方[⑩]铸为金龟、金牌各数百，龟以赐近臣，人一枚。时受赐者除戚里[⑪]外，在庭者十有七人，余悉埋玉清昭应宫宝符阁[⑫]及殿基之下，以为宝镇。牌赐天下州、府、军、监[⑬]各一，今谓之金宝牌者是也。洪州[⑭]李简夫家有一龟，乃其伯祖虚己[⑮]所得者，盖十七人之数也。其龟夜中往往出游，烂然有光，掩之则无所得。其家至今椟藏。

【注释】

①祥符：宋真宗赵恒的年号（1008年—1016年），是大中祥符的简称。

②王捷：宋汀州长汀（今属福建）人，精通炼金之术。

③黥卒：古代因犯罪在脸上刺字涂墨的士兵。

④沙门岛：在今山东烟台附近海域。

⑤毕升：此人与创造活字印刷术的毕昇不是同一人。

⑥韛（bài）：风箱。

⑦觇（chān）：偷偷地察看。

⑧冶中：熔化炉中。

⑨鸦觜金：像乌鸦嘴一样的金片。觜，同“嘴”。

⑩尚方：官署名。负责制作、掌管皇上的御用器物。

⑪戚里：皇室的外戚。

⑫玉清昭应宫宝符阁：玉清宫、昭应宫、宝符阁都是在大中祥符年间所建。

⑬州、府、军、监：都是宋代行政区划名。

⑭洪州：治所在今江西南昌。

⑮虚己：即李虚己，字公受，北宋太平兴国年间进士，此后历任龙图阁待制、御史中丞、工部侍郎等职。

【译文】

大中祥符年间，方士王捷本来是一个黥卒，曾经因为犯罪被发配到沙门岛，能够制作黄金。有一位叫毕升的老锻工，曾经在皇宫里把锻金的方法教给了王捷。毕升说："它的方法是用炉灶烧，使人隔着墙推动吹火的风箱，不让人偷看是怎么开启关闭的。那金子是铁制成的，最初从熔化的炉子中拿出来，颜色还有点黑。大概一百两为一饼，每一饼按照车辐的形状分解，被凿成了八片，称之为鸦觜金的就是了。"现在仍然有收藏的人。皇上命令尚方局制成金龟、金牌各数百个。金龟是用来赐给身边亲近的大臣，每人一枚。当时被赏赐的人除了外戚之外，在朝廷里的还有十七人，其余的都埋在玉清宫、昭应宫、宝符阁以及殿基之下，作为宝镇。金牌就赏赐给全国的州、府、军、监各一块，现在称之为金宝牌的就是了。洪州的李简夫家有一只金龟，那是他的伯祖父李虚己得到的赏赐，大概就是那十七个人之一吧。那个金龟经常在夜里爬出来，发出耀眼的光芒，遮住它就什么也看不见了。他们家至今用匣子珍藏着。

异事(异疾附)

这里所谓异事,指许多奇特的事件或现象。这些奇事或是我们现在已经熟知的自然现象,比如虹、地震、海市蜃楼;或者发生在现实生活轶事里,比如第376条,记载一个人杀了人后潜逃到另外一个城市,结果却在这个城市被冤枉杀了人,判了杀人罪,始终难逃罪孽,说明冥冥中似乎早已注定。《异事》里也记载了许多作者亲眼所见的奇特的物,如第363条记录了树木中间有文字的,大多是柿木,而且还是颜真卿的真迹;又如第378条记载了一把神奇的宝剑,可以伸直,刚劲有力,亦可弯曲,柔软有度。

通过阅读本卷,我们可以了解沈括的一些观察,如虹、扬州湖上巨珠、地震、息石等,都已得到充分的自然科学诠释,亦可见沈括细致的观察、科学的眼光与实录的精神。当然,还有很多无法解释的现象,沈括也一一记录下来,体现了他亦有好奇的一面及宿命论的思想。

357　世传虹能入溪涧饮水,信然①。熙宁中,予使契丹,至其极北黑水境永安山下卓帐②。是时新雨霁③,见虹下帐前涧中。予与同职④扣涧⑤观之,虹两头皆垂涧中。使人过涧,隔虹对立,相去数丈,中间如隔绡縠⑥。自西望东则见,盖夕虹也。立涧之东西望,则为日所铄⑦,都无所睹。久之,稍稍正东,逾⑧山而去。次日行一程,又复见之。孙彦先⑨云:"虹乃雨中日影也,日照雨则有之。"

【注释】

①信然:确实如此。

②卓帐:指安营扎寨。

③雨霁：雨过天晴。

④同职：一同出使的人。

⑤扣涧：靠近涧水。

⑥绡縠(xiāo hú)：丝织成的薄纱。

⑦铄(shuò)：同“烁”，闪光。

⑧逾：越过。

⑨孙彦先：即孙思恭，字彦先，宋登州(今山东蓬莱)人。精通历法与数学，是与沈括同时代的一位科学家。

【译文】

世人都说虹能够下到溪涧里喝水，确实如此。熙宁年间，我出使契丹，来到了契丹最北边的黑水境内，在永安山下安营扎寨。这时候正好雨过天晴，看到虹下到了帐篷前的溪涧中。我和一起出使的人挨近溪涧观看，只见虹的两头都垂落在溪涧上。派人穿过溪涧，我们在虹的两头面对面地站着，相去有几丈远，中间好像隔着一层薄纱。从西向东可以看见虹，因为是傍晚的虹。站到涧的东边向西看，由于太阳晃眼，什么都看不见。过了一会儿，虹慢慢就向东移动，越过山就消失不见了。第二天走了一段路之后，我们又看见了虹。孙彦先说：“虹是雨中太阳的影子，太阳照着雨就会有虹出现。”

358 皇祐中，苏州民家一夜有人以白垩[①]书其墙壁，悉似“在”字，字稍异。一夕之间，数万家无一遗者，至于卧内深隐之处，户牖[②]间无不到者。莫知其然[③]，后亦无他异。

【注释】

①白垩(è)：石灰岩的一种，主要成分是碳酸钙，常用作粉刷材料。

②牖(yǒu)：窗户。

③莫知其然：不知道是什么缘故。

【译文】

皇祐年间，一天夜里，苏州的一户人家的墙壁上被人用白垩写了字，这些字好像“在”字,只是各个字形稍稍有些不同。一夜之间,数万家庭的墙壁没有一个不写上字的,就是卧室当中非常隐秘的地方,门窗之间没有不写字的。不知道这是什么缘故,以后也并没有其他奇怪的事情发生。

359　延州[①]天山之巅,有奉国佛寺,寺庭中有一墓,世传尸毗王[②]之墓也。尸毗王出于佛书《大智论》,言尝割身肉以饲饿鹰,至割肉尽。今天山之下有濯筋河,其县为肤施县[③]。详“肤施”之义,亦与尸毗王说相符。按《汉书》,肤施县乃秦县名,此时尚未有佛书,疑后人傅会县名为说。虽有唐人一碑,已漫灭断折不可读。庆历中,施昌言[④]镇鄜延[⑤],乃坏奉国寺为仓,发尸毗墓,得千余秤炭,其棺椁皆朽,有枯骸尚完,胫骨长二尺余,颅骨大如斗。并得玉环玦七十余件,玉冲牙长仅盈尺,皆为在位者所取;金银之物,即入于役夫。争取珍宝,遗骸多为拉碎,但贮一小函中埋之。东上阁门使夏元象时为兵马都监[⑥],亲董是役,为予言之甚详。至今天山仓侧,昏后独行者往往与鬼神遇,郡人甚畏之。

【注释】

①延州:治所在今陕西延安。

②尸毗王:传说中的佛教徒。

③肤施县:旧县名,隋大业三年(607 年)置,治今陕西延安市东北延河东,北宋庆历间移治今延安市。

④施昌言(? —1064 年):字正臣,北宋通州静海人,官至龙图阁直学士。

⑤鄜(fū)延:路名,北宋庆历元年(1041 年)分陕西路地置鄜延路经略安抚使。治延州。

⑥兵马都监:官名,主要掌管边防、训练政令等。

【译文】

延州天山之巅，有一座奉国佛寺，寺庙的庭中有一座墓，世人传言是尸毗王的墓地。尸毗王的事迹可参见佛书《大智论》，书中记载说他曾经割下自己身上的肉来饲养饿鹰，直到把肉割尽。现在天山下面有一条濯筋河，那里的县是肤施县。详细考究“肤施”的含义，也和尸毗王的传说相吻合。考察《汉书》，肤施县是秦时的县名，当时还未有佛书，怀疑是后人给这个县名穿凿附会了一个传说。虽然有一座唐人的石碑，已经模糊断折不可辨读了。庆历中，施昌言镇守鄜延之地时，把奉国寺损坏了，当作仓库，发掘了尸毗王的墓葬，获得一千多秤的炭，他的棺椁都腐朽了，只有枯骸尚为完好，胫骨有二尺多长，颅骨像斗一样大。并获得七十多件玉环玦等配饰，玉冲牙长仅有一尺，都被上位者拿走了；金银之类的财物，就被挖掘的人拿走了。争夺珍宝的时候，遗骸大多被拉碎了，只被贮藏进一个小小的匣子里面埋葬了。东上阁门使夏元象当时担任兵马都监，亲自监督当时的挖掘工作，给我讲述得特别详细。至今天山的这座仓库旁，黄昏后单独行走的人往往会遇到鬼神，当地人甚是害怕。

360　予于谯亳①得一古镜，以手循②之，当其中心，则摘然③如灼龟之声④。人或曰：“此夹镜也。”然夹不可铸，须两重合之。此镜甚薄，略无焊⑤迹，恐非可合也。就使焊之，则其声当铣塞⑥；今扣之，其声泠然纤远⑦。既因抑按而响，刚铜⑧当破，柔铜⑨不能如此澄莹洞彻⑩。历访镜工，皆罔然不测⑪。

【注释】

①谯亳：在今安徽亳州一带。

②循：抚摸。

③摘然：象声词，形容细碎而又清晰的声音。

④灼龟之声：龟甲烧灼时发出的爆裂声。

⑤焊：焊接。

⑥铣(xiǎn)塞:指像敲打被塞住钟口的钟发出的沉闷的声音。

⑦泠(líng)然纤远:形容声音清脆悠长。

⑧刚铜:硬铜,即含锡较多的青铜,质硬而脆。

⑨柔铜:指纯铜或含锡较少的青铜,质柔而声浊。

⑩澄莹洞彻:明亮透彻。

⑪罔然不测:说不出所以然。

【译文】

我在谯亳地区发现了一个古镜,用手抚摸它,当摸到镜面中心的时候,就会出现好像龟甲烧灼时发出的爆裂声。有人说:“这是夹镜。”但是夹镜是不可铸造的,必须由大小相同的两个铜片合成。这种镜子很薄,没有焊接的痕迹,恐怕不可以合在一起。即使是焊接的,它的声音应当像敲打被塞住钟口的钟发出的那种沉闷声;现在敲打它,它的声音清脆悠长。既然是因为按压使其发出响声,如果是硬铜的话,那么则应当破碎,而柔铜不可能这样明亮清澈。我多次访问制作镜子的工匠,都说不出所以然来。

361　世传湖、湘[①]间因震雷,有鬼神书[②]“谢仙火”三字于木柱上,其字入木如刻,倒书之[③]。此说甚著。近岁秀州华亭县[④]亦因雷震,有字在天王寺屋柱上,亦倒书,云“高洞杨雅一十六人火令章”,凡十一字,内“令章”两字特奇劲,似唐人书体,至今尚在,颇与“谢仙火”事同。所谓“火”者,疑若队伍若干人为“一火”[⑤]耳。予在汉东[⑥]时,清明日雷震死二人于州守园中,胁上各有两字,如墨笔画,扶疏[⑦]类柏叶,不知何字。

【注释】

①湖、湘:即现在的洞庭湖、湘江一带。

②鬼神书:鬼神写的字迹。

③倒书之:倒写的文字。

④秀州华亭县：今上海市松江区一带。

⑤火：古代的兵制单位，十人为“火”。

⑥汉东：今湖北钟祥一带。

⑦扶疏：枝叶繁茂四布的样子。

【译文】

世间传说洞庭湖、湘江一带因为震雷，在木柱上有鬼神写的“谢仙火”三个字，这些字像刻进木柱中的，全部都是倒着书写的。这一说法非常普遍。近些年来，秀州华亭县也因为震雷，在天王寺的屋柱上也留下了字，也是倒着书写的，字是“高洞杨雅一十六人火令章”，共十一个字，里面的“令章”两个字特别刚劲有力，好像唐人的字体，到现在仍然保存着，与“谢仙火”那次雷击非常相像。所谓“火”，我怀疑是军队中几个人作为一“火”的意思。我在汉东的时候，清明节那天在州守的园子中发生雷击，打死了两个人，他们的胳肢窝上都有两个字，就好像是墨笔画的，如同柏树叶的形象，不知道是什么字。

362　元厚之[①]少时，曾梦人告之：“异日当为翰林学士[②]，须兄弟数人同在禁林[③]。”厚之自思素无兄弟，疑此梦为不然。熙宁中，厚之除学士，同时相先后入学士院，一人韩持国维[④]，一陈和叔绎[⑤]，一邓文约绾[⑥]，一杨元素绘[⑦]，并厚之名绛。五人名皆从“系”，始悟弟兄之说。

【注释】

①元厚之：元绛（1008年—1083年），字厚之，钱塘人，北宋大臣、文学家。天圣年间进士，累迁翰林学士，拜参知政事，以太子太保致仕。谥章简。

②翰林学士：官名，掌管起草制、诰、诏、令等事。

③禁林：翰林院。

④韩持国维：韩维（1017年—1098年），字持国。北宋文学家。韩

亿子。

⑤陈和叔绎:陈绎,字和叔。曾任翰林学士、开封知府等官。

⑥邓文约绾:邓绾(1028年—1086年),字文约。北宋官吏。官至御史中丞、龙图阁待制。

⑦杨元素绘:杨绘,字元素。北宋官员。累迁翰林学士、御史中丞。

【译文】

元厚之年少时,曾梦到有人告诉他说:"你以后要当翰林学士,必然是兄弟几人一同在翰林院。"元厚之思索自己一直没有兄弟,怀疑这个梦境说得不准。熙宁年间,厚之被迁升为翰林学士,同时先后进入学士院的,一个是韩维,一个是陈绎,一个是邓绾,一个是杨绘,加上厚之的名字绛,五个人的名字都是从"系",这才领悟到梦中弟兄的说法。

363　木中有文,多是柿木。治平[①]初,杭州南新县[②]民家析[③]柿木,中有"上天大國"四字。予亲见之,书法类颜真卿[④],极有笔力。"國"字中间"或"字,仍起挑作尖口,全是颜笔,知其非伪者。其横画即是横理,斜画即是斜理。其木直剖[⑤],偶[⑥]当"天"字中分,而"天"字不破,上下两画并一脚皆横挺出半指许,如木中之节。以两木合之,如合契[⑦]焉。

【注释】

①治平:宋英宗赵曙的年号,公元1064年至1067年。

②杭州南新县:今浙江富阳一带。

③析:劈开。

④颜真卿(709年—805年):字清臣,京兆万年(今陕西西安)人,唐代书法家。他的书法气势雄伟,笔力遒劲,世称"颜体"。

⑤直剖:从上到下剖开。

⑥偶:恰巧。

⑦合契:古代兵符、债券、契约,以竹木或金石制成,刻字后中剖为

二，双方各执其一，两半对合则生效。后来引申为符合的意思。

【译文】

树木中间有文字的，大多是柿木。治平初年，杭州南新县一户人家劈开柿木，中间有“上天大國”四个字。我亲眼见到了，有点像颜真卿的书法，非常有笔力。“國”字中间的“或”字，起挑一笔仍然是尖口，这全是颜真卿的笔法，由此可以知道它不会是假的。字的横画就是木中横的纹理，斜画就是木中斜的纹理。那柿木是从上到下剖开的，应该在“天”字上面中分，可是“天”字没有破开，上下两横和撇、捺一脚都横向突出半个手指左右，就好像木中的枝干相接处。把两个被劈开的柿木合起来，就好像合契一样。

364　卢中甫[①]家吴中[②]，尝未明而起，墙柱之下，有光熠然[③]，就视之，似水而动。急以油纸扇挹[④]之，其物在扇中滉漾[⑤]，正如水银，而光艳烂然，以火烛之，则了无一物。又魏国大主[⑥]家亦尝见此物。李团练评[⑦]尝与予言，与中甫所见无少异，不知何异也。

予昔年在海州[⑧]，曾夜煮盐鸭卵，其间一卵，烂然通明如玉，荧荧然屋中尽明。置之器中十余日，臭腐几尽，愈明不已[⑨]。苏州钱僧孺[⑩]家煮一鸭卵，亦如是。物有相似者，必自是一类。

【注释】

①卢中甫：即卢秉，字仲甫，宋德清(今属浙江)人。北宋官员。

②吴中：在今江苏省南部、上海市及浙江北部一带。

③熠(yì)然：形容闪烁的样子。

④挹(yì)：舀起。

⑤滉(huàng)漾：水浮动的样子。

⑥大主：皇帝的姐妹或者姑母。这里指宋英宗的第二个女儿。

⑦李团练评：李评，字持正，宋上党(今山西长治)人。团练，即团练

使,武官名。

⑧海州:治所在今江苏连云港西南。

⑨愈明不已:越来越亮。

⑩钱僧孺:北宋官员。曾任苏州长州主簿。

【译文】

卢秉的家在吴中,有一天,天未亮他就起床了,墙柱的下面,有一团鲜亮的光,靠近了一看,就像水一样在晃动。急忙用油纸扇把它舀起来,这个东西在扇子上摇来晃去,就像水银一样,灿灿发光,用火光照着它看,却什么也没有。此外,魏国大主的家中也看见了这个东西。团练李评曾经对我说过这件事,与卢秉所见的没有什么区别,不知道是什么奇特的东西。

我往年在海州的时候,曾经在夜里煮咸鸭蛋,其中有一只鸭蛋像玉一样光亮通明,亮荧荧地把整个屋子都照亮了。把它放在器皿中十几天,几乎全部臭烂了,可是却越来越亮。苏州钱僧孺家的一只鸭蛋也是这样。事物有相似的,肯定是一类。

365　予在中书检正[①]时,阅雷州[②]奏牍[③],有人为乡民诅死。问其状,乡民能以熟食咒之,俄顷[④]脍炙[⑤]之类悉复为完肉;又咒之,则熟肉复为生肉;又咒之,则生肉能动,复使之能活,牛者复为牛,羊者复为羊,但小耳;更咒之,则渐大;既而[⑥]复咒之,则还为熟食。人有食其肉,觉腹中淫淫而动[⑦],必以金帛求解;金帛不至,则腹裂而死,所食牛羊,自裂中出。狱具案上[⑧],观其咒语,但曰“东方王母桃,西方王母桃”两句而已,其他但道其所欲,更无他术。

【注释】

①中书检正:宋代的一种官名,即内阁侍读。

②雷州:治所在今广东雷州。

③奏牍:奏章。

④俄顷:一会儿。

⑤脍炙:切细后烧熟的肉。

⑥既而:不久。

⑦淫淫而动:好像有物体在腹内不断活动的样子。

⑧狱具案上:已经定罪的案卷上。狱具,指罪案已定。

【译文】

我在担任中书检正的时候,阅读到雷州送来的奏章,其中提到有人被乡里人诅咒而死。查问这个情况,说是乡里人能够用烧熟的肉来诅咒人,不一会儿,切碎的烧熟的肉块就会变成完整的熟肉;接着念咒,熟肉又变成了生肉;又一次念咒,生肉还能动,而且还能活过来,牛肉变成牛,羊肉变成羊,只不过小一点而已;又继续念咒,那么就会慢慢变大;不久又念咒的时候,就又变成了熟肉。如果有人吃了这种肉,那么就会觉得肚子里好像有物体在不断活动,一定要拿着金帛作为礼物向念咒的人求解除的方法;如果不送金帛求解,就会肚子胀裂而死,所吃的牛肉和羊肉就会从裂口处出来。看到定罪后的案卷上只是说咒语仅仅是“东方王母桃,西方王母桃”两句而已,其他的也只是说自己希望的,就再也没有别的法术了。

366 寿州[①]八公山[②]侧土中及溪涧之间,往往得小金饼,上有篆文“刘主”字,世传淮南王药金[③]也。得之者至多,天下谓之印子金[④]是也。然止于一印,重者不过半两而已,鲜有大者。予尝于寿春[⑤]渔人处得一饼,言得于淮水[⑥]中,凡重七两余,面有二十余印,背有五指及掌痕,纹理分明。传者以谓埿[⑦]之所化,手痕正如握埿之迹。襄、随[⑧]之间,故春陵[⑨]、白水[⑩]地,发土多得金麟趾[⑪]、褭蹄[⑫]。麟趾中空,四傍皆有文,刻极工巧。褭蹄作团饼,四边无模范[⑬]迹,似于平物上滴成,如今干柹,土人谓之柿子金。《赵飞燕外传》[14]:“帝窥赵昭仪[15]浴,多袖金饼,以赐侍儿私婢。”殆此类也。一枚重四两余,乃古之一斤也。色有紫艳,非他金可比。以刀切之,柔甚于铅;虽大块亦可刀切,其中皆虚软。以石磨之,则霏霏[16]成屑。小说谓麟趾、褭蹄,乃娄敬[17]所为药金,方家[18]谓之娄金,和药最良。《汉书》注亦云:“异于他金。”予在汉东[19]一岁凡数家得之。有一窖数十饼者,予亦买得一饼。

【注释】

①寿州:州名。隋开皇九年(589年)改扬州置。治寿春(今安徽寿县)。

②八公山:安徽寿县附近的一座山。

③淮南王:刘安(前179年—前122年),汉高祖刘邦之孙,袭父为淮南王。汉武帝时密谋造反,事发自杀。刘安好养方士,化丹炼金。他死后,传说他与方士在八公山埋金升天。所谓“淮南王药金”似乎从这个传说而来。

④印子金:也称“爰金”或“金爰”。战国时期楚国的金币。铸成版状,上钤有小方印,文字有“郢爰”“陈爰”等。“郢”“陈”等字是地名。

⑤寿春:今安徽寿县地区。

⑥淮水:即淮河。

⑦埿(nǐ):湿泥。

⑧襄、随:今湖北襄阳和随州地区。

⑨舂(chōng)陵:古地名,大约相当于今湖北枣阳一带。

⑩白水:水名,在湖北枣阳境内。

⑪金麟趾:即麟趾金。麟指的是麒麟,我国古代传说中的一种象征吉祥的动物。

⑫褭(niǎo)蹄:马蹄金。麟趾金和马蹄金在汉代都是黄金名。

⑬模范:古代用来制作器物的模子。

⑭《赵飞燕外传》:魏晋小说,据传是汉人伶玄著。

⑮赵昭仪：指的是赵飞燕的妹妹赵合德。昭仪是汉代地位最高的妃子的称号。

⑯霏霏：原形容雨雪之密，这里作“纷纷”解。

⑰娄敬：即刘敬，西汉人，因建议刘邦入都关中有功，赐姓刘。

⑱方家：指的是从事炼金、炼丹的人。

⑲汉东：汉水以东地区。

【译文】

在寿州八公山侧面的土中以及溪水之间，往往能够得到小金饼，上面写有篆文“刘主”的字样，世人都说这是相传的淮南王药金。得到它的人很多，于是天下人都称它为印子金。但是这种金币只有一枚印章，重量也不过只有半两，很少有再重一些的。我曾经在寿春渔民手中得到一块，说是从淮水中得到的，有七两多重，它的正面有二十多个印章，背面有五指及手掌的痕迹，纹理非常清晰。传说这是湿泥化成的，手印正像捏泥留下的痕迹。襄阳和随州之间，是过去的春陵、白水之地，掘土的话能够获得很多麟趾金和马蹄金。麟趾金中间是空的，四边都有文字，刻工非常精巧。马蹄金就像团饼，四周没有模子的痕迹，好像在平物上滴成的，像现在的干柿饼，当地人称作柿子金。《赵飞燕外传》写：“汉成帝偷看赵昭仪洗澡时，常常把金饼藏在袖子里，用来赐给宫女。”其中的金饼大概就是这类金币吧。一枚金币重四两多，相当于古代的一斤。颜色紫艳，不是其他金币可比的。用刀把它切开，比铅还柔软；即使是大块也可以用刀切，它的中间都是软的。用石块去磨，就纷纷变成了粉末。小说中所讲的麟趾金和马蹄金，乃是娄敬所制成的药金，方家所说的娄金，用来配药最好。《汉书》注也说道：“与其他金币不一样。”我在汉东的时候，一年之中有好几户人家都得到了这种金币。有一户人家的地窖中藏有几十饼这种金币，我也买了一饼。

367 旧俗正月望夜迎厕神，谓之紫姑[①]。亦不必正月，常时皆可召。予少时见小儿辈等闲则召之，以为嬉笑。亲戚间曾有召之而不肯去者，两见有此，自后遂不敢召。景祐[②]中，太常博士王纶家因迎紫姑，有神降其闺女，自称上帝后宫诸女，能文章，颇清丽，今谓之《女仙集》，行于世。其书有数体，甚有笔力，然皆非世间篆隶。其名有"藻笺篆""茁金篆"十余名。纶与先君[③]有旧，予与其子弟游，亲见其笔迹。其家亦时见其形，但自腰以上见之，乃好女子；其下常为云气所拥。善鼓筝，音调凄婉，听者忘倦。尝谓其女曰："能乘云与我游乎？"女子许之。乃自其庭中涌白云如蒸，女子践之，云不能载。神曰："汝履下有秽土，可去履而登。"女子乃袜而登，如履缯絮，冉冉至屋复下。曰："汝未可往，更期异日。"后女子嫁，其神乃不至，其家了无祸福。为之记传者甚详。此予目见者，粗志于此。近岁迎紫姑者极多，大率多能文章歌诗，有极工者，予屡见之，多自称蓬莱谪仙，医卜无所不能，棋与国手为敌。然其灵异显著，无如王纶家者。

【注释】

①紫姑：又称子姑、坑三姑娘，中国民间传说中的厕神。传说姓何名媚，字丽卿，山东莱阳人，被李景纳为妾，正妻曹氏因妒恨把她在厕中杀害，当时恰好是正月十五。

②景祐：宋仁宗赵祯的年号，公元1034年至1038年。

③先君：指沈括的父亲沈周，字望之。

【译文】

旧俗正月十五夜晚要迎接厕神，被称作紫姑。也不必在正月，平时也可常常召请她。我小时候看见小孩儿闲来无事就召请厕神，一起游戏嬉笑。亲戚间也曾有召请了紫姑但是不肯离开的人，两次看见有这种情况出现，从此之后于是不敢再召请了。景祐年间，太常博士王纶家因为迎接紫姑，有神灵降附在他闺女身上，自称是上帝后宫的女子，能写文章，文风颇为清丽，现在叫作《女仙集》，在世上流行。她的书法有多种字体，非常有笔力，然而都不是世上通行的篆书、隶书。她作的书体有“藻笺篆”“茁金篆”等十多种名称。王纶和我的父亲有交情，我和他家子弟游玩，亲眼见到过她的笔迹。在他们家中也不时看见她的外形，但是只能从腰以上看见，是漂亮的女子；腰部以下常常被云气所簇拥着。善于弹奏古筝，音调凄婉，听到的人能忘记疲倦。曾经对这个女子说：“能够乘着云气和我一同游玩吗？”女子答应了。于是从庭院中涌起像蒸气一样的白云，女子踏上去，云气不能载她。紫姑说：“你鞋子下面有污秽的泥土，可以脱掉鞋子再登上来。”女子于是踩着袜登上云气，就像踩着丝绵一样柔软的东西，冉冉升起到屋顶又下来。说：“你不能去了，改天再说。”后来女子嫁人之后，紫姑就没有来过了，他们家也没有什么灾祸。为她写传记的人记录得非常详细。这是我亲眼所见的，大略记录在此。近年来迎接紫姑的人非常多，大多都能写文章诗歌，有一些写得非常工整，我屡次看见，大多自称蓬莱谪仙，医术占卜无所不能，下棋能够和国手匹敌。但是她们的灵异显著之处，都比不上王纶家的。

368　世有奇疾者。吕缙叔[①]以知制诰知颍州[②]，忽得疾，但缩小，临终仅如小儿。古人不曾有此疾，终无人识。有松滋[③]令姜愚，无他疾，忽不识字，数年方稍稍复旧。又有一人家妾，视直物皆曲，弓弦界尺之类，视之皆如钩，医僧奉真亲见之。江南逆旅[④]中一老妇，啖物不知饱。徐德占[⑤]过逆旅，老妇诉以饥，其子耻之，对德占以蒸饼啖之，尽一竹篑[⑥]，约百饼，犹称饥不已；日食饭一石米，随即痢之，饥复如故。京兆醴泉[⑦]主簿蔡绳[⑧]，予友人也，亦得饥疾，每饥立须啖物，稍迟则顿仆闷绝[⑨]。怀中常置饼饵，虽对贵官，遇饥亦便龁[⑩]啖。绳有美行，博学有文，为时闻人[⑪]，终以此不幸。无人识其疾，每为之哀伤。

【注释】

①吕缙叔:即吕夏卿(1015年—1068年),字缙叔,宋泉州(今福建泉州)人,曾参与编写《新唐书》。

②颍州:治所在今安徽阜阳。

③松滋:今湖北松滋一带。

④逆旅:旅店。

⑤徐德占:徐禧(1035年—1082年),字德占,洪州分宁(今江西修水)人,北宋改革派人物,深得王安石青睐,官至给事中。

⑥蒉(kuì):筐子。

⑦京兆醴(lǐ)泉:今陕西礼泉一带。

⑧蔡绳:宋山阳人,沈括的友人。

⑨顿仆闷绝:跌倒昏厥。

⑩龁(hé):咬。

⑪闻人:有名的人。

【译文】

世间有奇怪的疾病。吕夏卿以知制诰的身份担任颍州知州,忽然得了一种疾病,只见身体缩小,临死的时候身体就像小孩一样。古代人不曾见过这样的疾病,终究没有人知道这是什么病。有一位叫姜愚的松滋县令,没有其他的疾病,只是忽然不认识字了,几年之后才稍微好了一点。又有一户人家的妾,把直的东西看成是弯曲的,弓的弦和界尺在她看来都是弯的,行医的和尚奉真亲眼见过。江南一家旅店中有位老妇人,吃东西始终不觉得饱。徐德占经过旅店的时候,见老妇人喊饿,他的儿子对此感到很羞耻,便当着徐德占的面拿蒸饼给老妇人吃,吃完了一筐子,大约一百个饼后,老妇人仍然称自己肚子饿;每天吃一石米的饭,随即就排泄出去了,又像没有吃饭一样饥饿。京兆醴泉主簿蔡绳是我的友人,也得了这种吃不饱的疾病,每当感到饥饿的时候就必须马上吃东西,稍微迟一点的话就会跌倒昏厥。他的怀中常常带着饼,即使面对大官,自己觉着饿了也要吃。蔡绳行为端正,富有文采,是当时的名人,还是得了这种不幸的疾病。没有人能够认识这种疾病，每每替他感到哀伤惋惜。

369 嘉祐中，扬州有一珠甚大，天晦[①]多见。初出于天长县[②]陂泽[③]中，后转入甓社湖[④]，又后乃在新开湖[⑤]中，凡十余年，居民行人常常见之。予友人书斋在湖上，一夜忽见其珠甚近，初微开其房，光自吻中出，如横一金线。俄顷忽张壳，其大如半席，壳中白光如银，珠大如拳，烂然不可正视，十余里间林木皆有影，如初日所照，远处但见天赤如野火，倏然[⑥]远去，其行如飞，浮于波中，杳杳[⑦]如日。古有明月之珠，此珠色不类月，荧荧有芒焰[⑧]，殆类日光。崔伯易[⑨]尝为《明珠赋》。伯易，高邮人，盖常见之。近岁不复出，不知所往。樊良镇正当珠往来处，行人至此，往往维船[⑩]数宵以待现，名其亭为玩珠。

【注释】

①天晦：天空昏暗。

②天长县：今安徽天长一带。

③陂(bēi)泽：湖泊、水泽。

④甓(pì)社湖：在今江苏高邮。

⑤新开湖：在今江苏高邮。

⑥倏然：很快地。

⑦杳杳(yǎo)：远远地。

⑧芒焰：星的光芒。

⑨崔伯易：即崔公度，字伯易，宋高邮(今江苏高邮)人。有口吃但博览群书，官至朝散大夫、直龙图阁。

⑩维船：把船系住，指停泊。

【译文】

嘉祐年间，扬州地区有一颗非常大的珠蚌，天空昏暗的时候就显露了出来。刚开始出现在天长县的湖泊中，后来转入到甓社湖中，再后来就到了新开湖里，十几年间，附近的居民和过往的行人经常能够见到。我友人的书房就在湖附近，一天夜里，忽然看见那颗珠蚌离得非常近，刚开始的时候只是略微张开蚌壳，光亮就从蚌壳的缝中露了出来，就好像横着一条金线。过了一会儿忽然张开了蚌壳，那壳大得像半张席子，蚌壳中白色的光就好像雪白的银子，珠子有拳头那么大，光彩非常耀眼，根本不能用眼睛直视，方圆十余里的树木都有影子，就好像初升的太阳照的那样，从远方看，只见天红得就像野火在烧，很快就离得很远了，它就像飞一样，浮在水波中，远远看去就像太阳。古代有明月之珠，但这颗珠蚌颜色并不像月亮，它发出的光亮有芒焰，就像太阳一样。崔伯易曾经写了一篇《明珠赋》。伯易是高邮人，大概经常见这颗珠子。近些年来不再出现，不知道去了什么地方。樊良镇恰好在珠子往来的地方，行人到了这个地方，往往停船几个晚上等待珠子的出现，于是就把那座亭子取名为玩珠。

370　登州[①]巨嵎山，下临大海。其山有时震动，山之大石皆颓[②]入海中。如此已五十余年，土人皆以为常，莫知何谓。

【注释】

①登州：州名，唐宋时辖境相当于今山东蓬莱、龙口、栖霞、海阳等市以东地。

②颓：坠落。

【译文】

登州的巨嵎山，下面就紧挨着大海。巨嵎山时有震动，山上的大石块都坠落进海中。如此已经有五十多年了，当地人都习以为常，但都不知道是什么原因。

371　士人宋述家有一珠，大如鸡卵，微绀[①]色，莹彻[②]如水。手持之映空而观，则末底一点凝翠，其上色渐浅；若回转，则翠处常在下。不知何物，或谓之滴翠珠。佛书："西域有琉璃珠，投之水中，虽深皆可见，如人仰望虚空[3]月形。"疑此近之。

【注释】

①绀(gàn)：微呈红色的深青色。

②莹彻：晶莹透明。

③虚空：空中。

【译文】

士人宋述家有一颗珍珠，有鸡蛋那么大，稍微呈红青色，像水一样光洁透明。用手拿着放在天空下观看，那么在底部有一个青绿色的凝聚点，它上面的颜色稍微浅一点；如果把珠子倒过来的话，那么那个青绿色的点就在下面。不知道是什么东西，有的人称之为滴翠珠。佛书上说："西域地区有琉璃珠，放在水中的话，即使再深也可以看见，就好比人们仰望天空中的月亮。"我怀疑这颗珠子和它很相似。

372　登州海中时有云气，如宫室、台观[1]、城堞[2]、人物、车马、冠盖[3]，历历可见，谓之海市。或曰蛟蜃[4]之气所为，疑不然也。欧阳文忠[5]曾出使河朔[6]，过高唐县[7]，驿舍[8]中夜[9]有鬼神自空中过，车马人畜之声一一可辨，其说甚详，此不具纪。问本处父老[10]，云："二十年前尝昼过县，亦历历见人物。"土人亦谓之海市，与登州所见大略相类也。

【注释】

①台观：泛指楼台馆阁等高大建筑物。

②城堞(dié)：城墙。

③冠盖：原指古代官员的帽子和车篷，这里指仪仗队列。

④蛟蜃：传说中的一种蛟龙，能够在海中吐气发水。

⑤欧阳文忠:即欧阳修(1007年—1072年),字永叔,号醉翁,又号六一居士,北宋时期著名的政治家、文学家、史学家,谥号文忠。

⑥河朔:泛指黄河以北地区。

⑦高唐县:今山东高唐县。

⑧驿舍:古代官办的交通站和旅舍。

⑨中夜:半夜。

⑩父老:对当地老人的尊称。

【译文】

登州的海中时常有云气,看上去就像宫室、台观、城堞、人物、车马、冠盖,清晰可见,称为海市。有人说这是海中的蛟龙吐气所造成的,我对此表示怀疑。欧阳修曾经出使河朔,途经高唐县时,所住的驿舍半夜有鬼神从空中经过,车马、人和牲畜的声音都可以一一分辨,他对此事描述得非常详细,在这里我就不再细说了。问当地的老人,他们说:"二十年前曾经在大白天经过那里,也曾经清清楚楚地看到了人物。"当地人把这种情况称之为海市,这跟登州所见的情况大致相同。

373　近岁延州[①]永宁关大河岸崩,入地数十尺,土下得竹笋一林,凡数百茎,根干相连,悉化为石。适有中人[②]过,亦取数茎去,云欲进呈。延郡素无竹,此入在数十尺土下,不知其何代物。无乃旷古以前,地卑气湿而宜竹邪?婺州[③]金华山[④]有松石,又如核桃、芦根、鱼蟹之类,皆有成石者;然皆其地本有之物,不足深怪。此深地中所无,又非本土所有之物,特可异耳。

【注释】

①延州:州名,治所在今陕西延安。

②中人:宫人,宦官。

③婺州:州名,治所在今浙江金华。

④金华山:因横亘于金华市北面,故俗称北山,古称长山或常山。

【译文】

近年来延州永宁关旁边的大河岸崩塌了，深入地下几十尺，地下看到一片成林的竹笋，总共有几百棵，根干相连，都成为化石了。恰好有中人经过，也拿走几棵离开，说打算进呈给陛下。延郡一带一向没有竹子，这又埋在几十尺的地下，不知是什么年代的东西。恐怕是在远古之前，此地地势低洼而且气候湿润适合种竹子吧？婺州金华山有松石，又像核桃、芦根、鱼蟹之类的东西，都变成了石头；然而这些都是这里本来就有的东西，不觉得特别奇怪。但是竹子是在深深的地下本来没有的东西，又并非本地所有的植物，这就特别奇异了。

374 治平①中，泽州②人家穿井③，土中见一物，蜿蜒如龙蛇状，畏之不敢触。久之，见其不动，试扑之，乃石也。村民无知，遂碎之。时程伯纯④为晋城⑤令，求得一段，鳞甲皆如生物⑥。盖蛇蜃⑦所化，如石蟹⑧之类。

【注释】

①治平：宋英宗赵曙的年号，公元1064年至1067年。

②泽州：古代州名，治所在今山西晋城。

③穿井：挖井。

④程伯纯：指的是程颢，字伯淳，北宋理学家。

⑤晋城：地名，即今山西晋城。

⑥生物：活的动物。

⑦蛇蜃：传说中蛟龙一类的动物。

⑧石蟹：蟹的化石。

【译文】

治平年间，泽州的一户人家挖井，在土里发现一物，弯弯曲曲就像龙蛇，人们都很害怕而不敢上前触碰它。过了很久，人们看见它不动，就试着去摸它，原来是一块石头。村民们没有见识，就把它砸碎了。当时程颢在晋城任县令,想办法要到了其中一段,发现石头上的鳞甲就跟活的动物一样。这大概是蛇蜃之类的东西化成的,像人们发现的螃蟹的化石一样。

375　随州[①]医蔡士宁尝宝一息石[②],云:"数十年前得于一道人。"其色紫光,如辰州[③]丹砂[④],极光莹,如映人,搜和药剂,有缠纽[⑤]之纹,重如金锡。其上有两三窍,以细篾剔之,出赤屑如丹砂,病心狂热者,服麻子许[⑥]即定。其斤两岁息[⑦]。士宁不能名[⑧],乃以归予。或云:"昔人所炼丹药也。"形色既异,又能滋息,必非凡物,当求识者辨之。

【注释】

①随州:今湖北随州一带。

②息石:在大气中能显著自行增重的矿石。这是自然物质受风化、水化、氧化等作用而引起重量增加的结果。

③辰州:今湖南沅陵、辰溪一带。

④丹砂:即朱砂。矿物名,色深红,中医作药用,也可作颜料。

⑤纽:红色的脉络。

⑥麻子许:比芝麻大一点。

⑦斤两岁息:重量每年增加。

⑧不能名:叫不出名字。

【译文】

随州的医生蔡士宁家曾经藏了一块息石,说:"是几十年前从一位道士手中得到的。"它有紫色的光泽,就好像辰州的丹砂一样,光亮非常耀眼,人们搜集它用以配药,息石上有缠绕的红色脉纹,就好像金锡那么重。息石上面有两三个小洞,用细竹片来挖它,可以挖出丹砂那样的红色粉末,患有狂躁症的人,只要吃了比芝麻大一点的剂量就可以镇定。它的重量每年增加。蔡士宁叫不出它的名字,就把它给了我。有人说:

"这是前人炼的丹药。"形状和颜色既然很特殊,而且又能生长,肯定不是平常的东西,应当请内行的人来识别它。

376 随州大洪山人李遥,杀人亡命。逾年,至秭归,因出市,见鬻[①]柱杖者,等闲[②]以数十钱买之。是时秭归适又有邑民[③]为人所杀,求贼甚急。民之子见遥所操[④]杖,识之,曰:"此吾父杖也。"遂以告官司。执遥验之,果邑民之杖也,榜掠[⑤]备至。遥实买杖,而鬻者已不见,卒未有以自明[⑥]者。有司[⑦]诘[⑧]其行止来历,势不可隐,乃递[⑨]随州,大洪杀人之罪遂败,卒不知鬻杖者何人。市人千万而遥适值之,因缘及其隐匿,此亦事之可怪者。

【注释】

①鬻(yù):卖。

②等闲:随便。

③邑民:本县人。

④操:拿着。

⑤榜掠:鞭笞、拷打。

⑥明:证明。

⑦有司:判案的官员。

⑧诘(jié):审问。

⑨递:押解。

【译文】

随州大洪山地区有一个叫李遥的人,杀人之后逃到外地去了。过了一年,李遥逃到了秭归,有一天去逛集市,看见有一个卖拐杖的人,就随意地用几十枚铜钱买下了。当时秭归恰好有本地人被人所杀,官府非常急迫地想捉拿杀人犯。受害人的儿子看到李遥手上拿的拐杖,认识它,说:"这是我父亲的拐杖。"于是就把李遥告到了官府。官府拿到拐杖后查验,果然是城里受害人的拐杖,就各种拷打李遥。李遥确实是买来的拐杖,而卖拐杖的人却不见了,最终也没有出现可以证明自己清白的证据。审案的人询问李遥的来历,事态无法隐瞒,就把他押解回了随州,李遥在大洪山杀人的事情于是就败露了,最终也不知道卖拐杖的是什么人。集市上有千千万万的人,而李遥却恰好碰到了卖拐杖的那个人,正好暴露了他所隐匿的罪名,这件事真的很奇怪。

377　至和①中,交趾②献麟③,如牛而大,通身皆大鳞,首有一角。考之记传④,与麟不类,当时有谓之山犀⑤者。然犀不言有鳞,莫知其的⑥。回诏⑦欲谓之麟,则虑夷獠⑧见欺;不谓之麟,则未有以质⑨之,止谓之异兽,最为慎重有体⑩。今以予观之,殆天禄也。按《汉书》:"灵帝中平三年,铸天禄⑪、虾蟆于平津门外。"注云:"天禄,兽名。今邓州南阳县⑫北宗资⑬碑旁两兽,镌⑭其膊,一曰天禄,一曰辟邪。"元丰中,予过邓境,闻此石兽尚在,使人墨其所刻天禄、辟邪字观之,似篆似隶。其兽有角鬣⑮,大鳞如手掌。南丰⑯曾阜为南阳令,题宗资碑阴⑰云:"二兽膊之所刻独在,制作精巧,高七八尺,尾鬣皆鳞甲,莫知何象而名此也。"今详其形,甚类交趾所献异兽,知其必天禄也。

【注释】

①至和:宋仁宗赵祯的年号,公元1054年至1056年。

②交趾:又名交阯,古代地名。泛指五岭以南。

③麟:即麒麟,古代传说中的一种祥瑞动物。

④记传:文献记载。

⑤山犀:即犀牛,奇蹄类哺乳动物。形状略似牛,颈短,四肢粗大,鼻子上有一个或两个角。皮粗而厚,微黑色,无毛。

⑥的:究竟。

⑦回诏:指答谢进贡的国书。

⑧夷獠(lǎo):古代对西南少数民族之称。

⑨质:证实。

⑩有体:得体。

⑪天禄:也作"天鹿",神话传说中的兽名。汉代多以石雕其形以为饰。谓能袚除不祥,永绥百禄,故称天禄。

⑫邓州南阳县:当为邓州南阳郡,"县"字误。东汉南阳郡的治所在今河南南阳。

⑬宗资:东汉桓帝时人,曾任中郎将。

⑭镌(juān):雕刻。

⑮鬣(liè):动物颈上的鬃毛。

⑯南丰:今江西南丰。

⑰碑阴:石碑的反面。

【译文】

至和年间,交趾地区进献一头麒麟,像牛,但是比牛更大,全身都是很大的鳞片,头部有一只角。考察文献记载,和麒麟不是一类,当时有叫山犀的。但是犀牛没有鳞片,不知到底是什么东西。皇帝回复进贡者的国书上若写麒麟,则怕被夷獠欺骗;不写麒麟的话,则没有合适的名称称呼它,只好称呼它为异兽,最为慎重得体。现在我观察这头异兽,大概就是天禄。按照《汉书》的记载:"在灵帝中平三年的时候,在平津门外面铸造天禄、虾蟆。"注解上说:"天禄是一种兽的名称。在今邓州南阳郡北宗资碑两旁的怪兽,在它们的胳膊上刻了字,一叫天禄、一叫辟邪。"元丰年间,我过邓州境的时候,听说这个石兽仍然还在,就派人用墨拓印了上面所写的"天禄""辟邪"字样来查看,好像是篆书又好像是隶书。那些石兽都有角鬣,鳞片大得像手掌。南丰人曾阜任南阳令的时候,在宗资碑的背面题字上说:"二兽胳膊上所刻的字依然存在,制作也十分精巧,高七八尺,尾巴上都有鳞片,不知道因为什么来以此命名的。"现在详细地观察它的外貌,与交趾所进献的异兽十分相似,所以知道它一定就是天禄。

378　钱塘有闻人绍者,常宝[1]一剑。以十大钉陷柱中,挥剑一削,十钉皆截[2],隐如秤衡[3],而剑锋无纤迹[4]。用力屈之[5]如钩,纵[6]之铿然有声,复直如弦。关中[7]种谔[8]亦畜[9]一剑,可以屈置盒中,纵之复直。张景阳[10]《七命》论剑曰:"若其灵宝,则舒屈无方[11]。"盖自古有此一类,非常铁[12]能为也。

【注释】

①宝:珍藏。

②截:断。

③秤衡:秤杆。

④无纤迹:没有一点痕迹。

⑤屈之:使之弯曲。

⑥纵:松开。

⑦关中:泛指秦岭以北地区。

⑧种谔:字子正,宋洛阳(今河南洛阳)人。沈括担任鄜延路经略使时,种谔是其副手。

⑨畜(xù):珍藏。

⑩张景阳:即张协,字景阳,晋朝文学家,与兄张载、弟张亢齐名,时称"三张"。《七命》是他的代表作。

⑪舒屈无方:伸直、弯曲不受限制。

⑫常铁:一般的铁。

【译文】

钱塘有一个叫闻人绍的人,曾经珍藏一柄宝剑。把十根大钉子钉在柱子上,用剑一挥,十个大钉子都断了,削去钉头的柱子表面平整得像秤杆一样,而剑锋却没有一点痕迹。如果用力把剑弯曲,能弯成像钩子那样,手一松,剑发出铿锵的声音,又恢复到以前的模样。关中地区种谔也收藏有一柄宝剑,可以弯曲着放在盒子里,拿出来又直了。张景阳在《七命》这篇文章中说起剑的时候说:"如果是像灵宝那样,那么伸直、弯曲就不受限制。”看来古代还是有这样一种剑，不是一般的铁制成的。

379 嘉祐中，伯兄为卫尉丞[①]，吴僧持一宝鉴来云：“斋戒照之，当见前途吉凶。”伯兄如其言，乃以水濡[②]其鉴，鉴不甚明，仿佛见如人衣绯衣而坐。是时伯兄为京寺丞[③]，衣绿，无缘遽有绯衣。不数月，英宗即位，覃恩[④]赐绯。后数年，僧至京师，蔡景繁[⑤]时为御史，尝照之，见已着貂蝉[⑥]，甚自喜。不数日，摄官奉祀，遂假[⑦]蝉冕。景繁终于承议郎[⑧]，乃知鉴之所卜，唯知近事耳。

【注释】

①卫尉丞：官名，掌管有关仪卫兵械、甲胄政令。

②濡：沾湿。

③京寺丞：宋代官名，为大理寺、太常寺、光禄寺等丞官的通称。

④覃（tán）恩：广施恩泽。覃，遍及，广施。

⑤蔡景繁：即蔡承禧（1035年—1084年），字景繁，进士出身。熙宁年间，官拜监察御史。

⑥貂蝉：古代达官贵人帽子上的饰物，后来特指达官贵人。

⑦假：借用。

⑧承议郎：宋初为正六品下文散官称号。

【译文】

嘉祐年间，我的堂兄担任卫尉丞的职务，有一位江南的和尚拿来了一面宝镜说：“斋戒之后照这面镜子，可以看见自己的前途和吉凶。”我的堂兄就按照他说的，先用水沾湿镜子，镜子不是很清晰，好像看见有人穿着红色的官服坐在那里。当时，我的堂兄为京寺丞，穿绿色的官服，没有缘由立马就穿上红色的官服。不到几个月，宋英宗即位，广施恩泽，赐给堂兄红色官服。后来几年，和尚到了京城，蔡承禧当时为御史，曾经照过这面镜子，看见自己戴着饰有貂蝉的官帽，非常高兴。不到几天，就代理主持祭祀活动,于是就借戴貂蝉冠。蔡承禧最后是在承议郎的位置上去世的,才知道宝镜所能占卜的,只是眼前所发生的事情罢了。

380　三司使[①]宅,本印经院[②],熙宁中更造三司宅,自薛师政[③]经始。宅成,日官[④]周琮曰:“此宅前河,后直太社[⑤],不利居者。”始自元厚之[⑥],自拜日入居之。不久,厚之谪去,而曾子宣[⑦]继之。子宣亦谪去,子厚[⑧]居之。子厚又逐,而予为三司使,亦以罪去。李奉世[⑨]继为之,而奉世又谪。皆不缘三司职事,悉以他坐褫[⑩]削。奉世去,安厚卿[⑪]主计,而三司官废,宅毁为官寺,厚卿亦不终任。

【注释】

①三司使:北宋盐铁、户部、度支三司的长官。

②印经院:官署名,掌刻印佛经的职责。

③薛师政:即薛向,字师正,历任江淮路发运使、三司使等职。

④日官:掌管天文历法的官员。

⑤太社:官署名,属太常寺。

⑥元厚之:即元绛,字厚之,北宋大臣。

⑦曾子宣:即曾布,字子宣,宋南丰(今江西南丰)人,曾巩之弟。嘉祐进士,神宗时进翰林学士,兼任三司使。

⑧子厚:即章惇(1035年—1105年),字子厚,宋浦城(今属福建)人,嘉祐进士,宋哲宗时曾知枢密院事。

⑨李奉世:即李承之,字奉世,幽州(今属河北)人,北宋官员。

⑩褫(chǐ):剥夺。

⑪安厚卿:即安焘,字厚卿,宋开封(今河南开封)人。进士出身,曾支持王安石变法。

【译文】

三司使的官署本来是印经院,熙宁年间改建为三司使的官署,从薛向开始规划改造。等到官署建成的时候,日官周琮说:"这所房子前方挨着河流,后面对着太社,不利于居住的人。"从元绛开始,从拜官之日起就在这所房子居住。不久,元绛就被贬谪,由曾布接着居住。不久曾布也贬官离开了,章惇又开始居住。不久章惇被放逐离开了,我开始任三司使,也因为获罪而离开。李承之继任三司使,不久他也被贬官。以上这些人都不是因为三司使的职务事,都是因为其他的过错而被贬官。李承之离开之后,安焘去主管三司使,不久三司使的官职就被废除了,这一官署毁坏后也被改为官寺,安焘也没有干到最后。

381 《岭表异物志》[1]记鳄鱼[2]甚详。予少时到闽中[3],时王举直[4]知潮州[5],钓得一鳄,其大如船,画以为图,而自序其下。大体其形如鼍[6],但喙[7]长等其身,牙如锯齿。有黄、苍[8]二色,或时有白者。尾有三钩,极铦利[9],遇鹿豕[10]即以尾戟[11]之以食。生卵甚多,或为鱼,或为鼍、鼋[12],其为鳄者不过一二。土人设钩于大豕之身,筏[13]而流之水中,鳄尾而食之,则为所毙。

【注释】

①《岭表异物志》:即《岭表录异》,唐代刘恂著。书中记载岭南各地的风俗物产、草木虫鱼鸟兽以及有关名物等。

②鳄鱼:这里所指的是一种称作湾鳄的鳄鱼。躯体长达十米左右,尾部有钩,用以攻击其他动物,是鳄鱼中躯体最大和最凶猛的。现在主要分布在印度、斯里兰卡、马来半岛至澳大利亚北部。我国古代也有这种动物。

③闽中:泛指今福建一带。宋康定元年(1040 年)沈括因其父做泉州地方官,曾随从到闽中。

④王举直:王化基之子,生平不详。

⑤潮州:州名,治所在海阳(今广东潮州)。

⑥鼍(tuó):即扬子鳄,爬行动物,吻短,体长二米多,是我国特产的

一种稀有动物。

⑦喙(huì):原指鸟兽的嘴,这里指鳄鱼口部突出的部分。

⑧苍:青色。

⑨铦(xiān)利:锋利。

⑩豕(shǐ):猪。

⑪尾戟(jǐ):尾部的钩。

⑫鼋(yuán):爬行动物,外形像龟,生活在水中,短尾,背甲暗绿色,又称绿团鱼,俗称癞头鼋,主要分布在我国的云南、广东、广西、海南、安徽、福建、浙江、江苏等地的河川中。

⑬筏:南方用的渡水工具,用竹、木编成。

【译文】

在《岭表异物志》这本书中记载鳄鱼非常详细。我小时候来过闽中,当时王举直任潮州知州,钓到了一条鳄鱼,它像船那样大,王举直还把鳄鱼画成了图,并亲自在画的下面作了一段记述。这条鳄鱼的形状大体上像扬子鳄,但是嘴部却和身子一样长,牙齿就像锯齿一样。有黄色和青色两种颜色,也有间杂白色的。尾巴上有三个钩,非常锋利,遇到鹿和猪的时候,就用尾巴上的钩来攻击它们捕作食物。它产卵很多,有的变成了鱼,有的成为了扬子鳄和鼋,它大概只有一二成的概率能够成为这种鳄鱼。当地人把铁钩钩在大猪的身上,然后用筏载着猪在水上漂流,鳄鱼跟上来把猪吃了的话,自己也就被杀了。

382　嘉祐中,海州渔人获一物,鱼身而首如虎,亦作虎文[①];有两短足在肩,指爪皆虎也;长八九尺,视人辄[②]泪下。舁[③]至郡中,数日方死。有父老云:“昔年曾见之,谓之海蛮师[④]。”然书传小说未尝载。

【注释】

①虎文:虎斑状的花纹。

②辄：就。

③舁(yú)：抬。

④海蛮师：即海蛮狮，一种海豹的名称。

【译文】

嘉祐年间，海州的渔民捕获了一个东西，它是鱼的身子而头却像老虎，也有老虎的斑纹；肩上有两个很短的腿，指和爪子都很像老虎；身长有八九尺，它一看见人就流泪。把它抬到城里，过了几天才死去。当地的老人们说："往年也曾见到过，称为海蛮师。"但是史书、传记、小说中都没有记载。

383 邕州[①]交寇之后，城垒方完，有定水精舍[②]泥佛，辄自动摇，昼夜不息，如此逾月。时新经兵乱，人情[③]甚惧。有司不敢隐，具以上闻，遂有诏令，置道场[④]禳谢[⑤]，动亦不已。时刘初知邕州，恶其惑众，乃舁像投江中。至今亦无他异。

【注释】

①邕州：治所在今广西南宁。

②精舍：和尚、道士修行居住的地方。

③人情：民心。

④道场：佛教或道教做法事的地方。

⑤禳(ráng)谢：祈求神灵以消除灾祸。

【译文】

邕州在与反贼交战之后，城墙、壁垒刚刚修缮完毕，有一座定水精舍中的泥佛像，自己动摇起来了，白天黑夜不停止，如此过了一个月。当时刚刚发生叛乱，民心非常恐惧。相关部门不敢隐瞒，把这件事情据实上报，于是就有诏令在道场里进行祈求神灵驱灾的仪式，可是佛像依然还是动摇。当时刘初任邕州知州，非常厌恶它迷惑众人，就让人抬着佛像扔到了江中。直到现在也没有发生什么异常的情况。

384　洛中[①]地内多宿藏[②]，凡置第宅[③]未经掘者，例出掘钱。张文孝[④]左丞[⑤]始以数千缗[⑥]买洛大第，价已定，又求掘钱甚多，文孝必欲得之，累增至千余缗方售，人皆以为妄费。及营建庐舍，土中得一石匣，不甚大，而刻镂精妙，皆为花鸟异形，顶有篆字二十余，书法古怪，无人能读。发匣，得黄金数百两，鬻之，金价正如买第之直，劚掘[⑦]钱亦在其数，不差一钱。观其款识文画，皆非近古所有。数已前定，则虽欲无妄费，安可得也？

【注释】

①洛中：今河南洛阳一带。

②宿藏：前朝的埋藏物。

③第宅：住房。

④张文孝：即张观，具体生平不详。

⑤左丞：官名，隶属尚书省。

⑥缗(mín)：一千文为一缗。

⑦劚(zhǔ)掘：挖掘。

【译文】

洛阳地区多有前朝的埋藏物，凡是购买住宅没有挖掘地下的，都要拿出挖掘土地的钱。任左丞的张观刚开始以几千缗的价钱买了洛阳的大房子，价格已经定下来了，卖主又要非常多的掘地钱，张观非常想要这所房子，对方把掘地钱增加到一千多缗才出售，人们都以为是花了冤枉钱。等到建造房子的时候，在土中得到了一个石匣，不是很大，可是却雕刻得非常精致巧妙，都是各种不同的花鸟造型，上面有二十多个篆字，书法非常古怪，没有人能够认识。打开匣子，得到了几百两黄金，卖掉金子之后的价钱正好等同于买这所房子的价钱，其中也包括掘地费，分毫不差。观察匣子上所刻的文字和雕饰的彩画，都不是近古所有的。可见运数早就命中注定，即使不想白花钱，又怎么能够得到呢？

385　熙宁九年，恩州武成县[①]有旋风自东南来，望之插天如羊角，大木尽拔。俄顷[②]，旋风卷入云霄中。既而[③]渐近，乃经县城，官舍民居略尽[④]，悉卷入云中。县令儿女奴婢卷去复坠地，死伤者数人。民间死伤亡失者不可胜计。县城悉为丘墟[⑤]，遂移今县。

【注释】

①恩州武成县：恩州，宋代州名。武成县，县名，今山东武城。

②俄顷：片刻，一会儿。

③既而：不久。

④略尽：全部被破坏。

⑤丘墟：废墟。

【译文】

熙宁九年，恩州武成县从东南方向吹来了一股旋风，远远望见就像插入天空的羊角，把大树都拔走了。一会儿，旋风卷入云霄间。不久就渐渐接近地面，经过县城之后，官府和民房全部被摧毁，全部都被卷入云中。县令的儿女和奴仆被风卷去之后又掉在了地上，死伤了好几人。民间的死亡人数不可胜数。县城完全成为了一片废墟，所以就搬迁到了现在的地方。

386　宋次道《春明退朝录》[①]言："天圣中，青州[②]盛冬浓霜，屋瓦皆成百花之状。"此事五代时已尝有之，予亦自两见如此。庆历中，京师集禧观[③]渠中冰纹皆成花果林木。元丰末，予到秀州，人家屋瓦上冰亦成花，每瓦一枝，正如画家所为折枝[④]，有大花似牡丹、芍药者，细花如海棠、萱草[⑤]辈者，皆有枝叶，无毫发不具，气象生动，虽巧笔不能为之。以纸拓[⑥]之，无异石刻。

【注释】

①宋次道：宋敏求（1019—1079 年），字次道，赵州平棘（今河北赵

县)人。北宋文学家。《春明退朝录》:是宋敏求写的一部笔记文集。书中多记唐宋典章故实。

②青州:宋代州名,治所在今山东青州。

③集禧观:可能指的是集禧宫。

④折枝:古代花卉的一种画法,即画的花卉不带根。

⑤萱草:多年生宿根草本,花橙红色或黄红色,可供观赏。

⑥拓(tà):把碑刻、铜器等文物的形状以及上面的字、图像等拓印下来。

【译文】

宋次道在《春明退朝录》这本书上说:"天圣年间,青州隆冬时节出现了很厚的白霜,房子屋瓦都呈现了各种花朵的形状。"这种事情五代时已经出现了,我也亲自见过两次这种现象。庆历年间,东京集禧观水渠结的冰都成了花果林木的花纹。元丰末年,我到了秀州,老百姓屋瓦上的冰也成了花的形态,每片瓦上都有一枝花卉,就像画家运用"折枝"的画法所画的花一样,大一点的花有牡丹、芍药,小一点的有海棠和萱草,都有枝叶,很细小的部分都显示了出来,非常形象生动,即使是很会画画的人也不一定能够画出来。用纸把它拓印下来,与石刻没有什么区别。

387 熙宁中,河州[①]雨雹,大者如鸡卵,小者如莲芡[②],悉如人头,耳目口鼻皆具,无异镌刻[③]。次年,王师平河州,蕃戎[④]授首[⑤]者甚众,岂克胜之符[⑥]预告邪?

【注释】

①河州:宋代州名,治所在今甘肃临夏。

②莲芡(qiàn):莲子和芡实(一年生水草,茎叶有刺,俗名鸡头米)。

③镌(juān)刻:雕刻。

④蕃戎:古代对西北少数民族的统称。

⑤授首:投降或者被杀。

⑥克胜之符：胜利的预兆。

【译文】

熙宁年间，河州地区下了很大的冰雹，大的像鸡蛋那么大，小的像莲子和芡实，它们的形状全像人头，耳朵、眼睛、口、鼻子都有，就好像雕刻上去的。第二年，朝廷大军平定了河州，那些蕃戎投降或者被杀的有很多，这冰雹难道是克敌制胜的预兆吗？

谬误(谲诈附)

这里所谓谬误,指人们认识、知识上的误解或错误。如第394条写的是卜卦人如何靠技巧与骗术算卦而出名获利,第395条记载了明察秋毫的包拯也有判案错误的时候。另如第399条指出郑玄的错误,说明车渠指的是一种海产大型贝类,非如郑玄所云为车轮的意思。通过阅读这个门类,我们可以觉知事物的本来面目未必如眼前所见,而且也能透过沈括的校勘增进知识。

388 东南之美,有会稽[①]之竹箭[②]。竹为竹,箭为箭,盖二物也。今采箭以为矢[③],而通谓矢为箭者,因其材名之也。至于用木为笴[④],而谓之箭,则谬矣。

【注释】

①会稽:古代郡名,治所在今浙江绍兴。

②箭:竹的一种,又称箭竹。

③矢(shǐ):箭。

④笴(gǎn):箭杆。

【译文】

江浙一带的美好产物,有会稽一带的竹箭。竹是竹,箭是箭,二者是不同的。现在有人砍箭竹做成矢,而通称矢为箭,因为是用箭竹这种材料来给它命名的。至于把木杆制作成箭杆,也称呼为箭,那就错了啊。

391 段成式[①]《酉阳杂俎》记事多诞。其间叙草木异物,尤多谬妄,率记异国所出,欲无根柢[②]。如云:“一木五香:根旃檀[③],节沉香[④],花鸡舌[⑤],叶藿[⑥],胶薰陆[⑦]。”此尤谬。旃檀与沉香，两木元[8]异。鸡舌，即今丁香耳，今药品中所用者亦非。藿香自是草叶，南方至多。薰陆小木而大叶，海南亦有薰陆，乃其胶也，今谓之乳头香。五物迥殊，元非同类。

【注释】

①段成式(约803年—863年)：字柯古，唐代文学家，有《酉阳杂俎》等著作。

②根柢：事物的根基。

③旃(zhān)檀：檀香，古印度称为旃檀那。

④沉香：植物名，属瑞香科。其木质坚色黑，是著名香料。

⑤鸡舌：鸡舌香，也称丁香。

⑥藿：多年生草本植物，茎叶香气很浓，可入药。

⑦薰陆：薰陆香，又称乳头香或乳香。

⑧元：同"原"。下同。

【译文】

段成式的《酉阳杂俎》一书，其中记事有很多荒诞的地方。其中记叙奇花异草、珍贵树木的文字，尤其有很多谬误，大概记录别国出产的东西几乎没有根据。像书中记载的："有一种树木能出产五种香料：根是檀香，节是沉香，花是鸡舌香，叶是藿香，胶是薰陆香。"这尤其荒谬。檀香与沉香，两种香料的树木本来就是不一样的。鸡舌香，就是现在的丁香，如今药品中用的鸡舌香也并不是这一种。藿香本来是草本植物，南方极其多见。薰陆香是小木但是叶子很大，海南也有薰陆，说的是它的胶，如今把它称作乳头香。这五种植物迥然不同，原本就不属于同一类。

389　丁晋公[1]之逐，士大夫远嫌[2]，莫敢与之通声问[3]。一日，忽有一书与执政[4]，执政得之不敢发，立具上闻。洎[5]发之，乃表[6]也，深自叙致[7]，词颇哀切。其间两句曰："虽迁陵之罪大，念立主之功多。"遂有北还之命。谓多智变[8]，以流人无因达章奏,遂托为执政书,度以上闻,因蒙宽宥[9]。

【注释】

①丁晋公:即丁谓(966 年—1037 年),字谓之,北宋长洲(今江苏苏州)人,宋真宗时被立为相,封晋国公。

②远嫌:远离以避免嫌疑。

③声问:音信、消息。

④执政:主持朝政的官员。

⑤洎(jì):到。

⑥表:呈送给皇上的表文。

⑦叙致:叙述情况。

⑧智变:机智而能应变。

⑨宽宥(yòu):宽恕。

【译文】

丁谓遭到放逐的时候,士大夫为远离嫌疑,都不敢与他有来往。有一天,忽然有一封信寄到了主持朝政的官员那儿,官员拿到后,不敢拆开,直接交给了皇上。等到拆开这封信,原来是一份奏表,深刻地讲述了自己的情况,言辞十分哀切。中间有两句话说:"尽管我的罪过比迁陵还要大,但也请看到当年我拥立君王的功劳也很多。"于是就有了让他回到京城的命令。丁谓的确是一个机智而能应变的人,因为流放的人不能够直接给皇帝递奏章,于是把奏折寄到主政官员的手中,估计收信的人一定会把信拿给皇上看,因此得到皇上的宽恕。

390 尝有人自负才名,后为进士状首[1],扬历[2]贵近。曾谪官知海州[3],有笔工善画水,召使画便厅掩障[4],自为之记,自书于壁间。后人以其时名[5],至今严护之。其间叙画水之因曰:"设于听事,以代反坫[6]。"人莫不怪之。予窃意其心,以谓"邦君[7]屏[8]塞门[9],管氏亦屏塞门;邦君为两君之好,有反坫,管氏亦有反坫”。其文相属，故谬以屏为反坫耳。

【注释】

①状首：古代科举考试廷试第一名称为状元。

②扬历：做官所经历的。

③海州：治所在今江苏连云港。

④掩障：使内外隔离的屏风。

⑤时名：当时有名声。

⑥反坫(diàn)：土筑的平台。互相敬酒后，把空酒杯放还在坫上，为周代诸侯宴会时的一种礼节。

⑦邦君：国君。

⑧屏：设立。

⑨塞门：在大门口筑的一道短墙，使外面看不见里面，相当于屏风、照壁等。

【译文】

曾经有人自认为自己很有才华，后来考上了状元，曾任贵官近臣。有一次，他被贬官去海州任知州，看见一位画匠擅长画水，就让画师过来在休息的大厅中画屏风，他还为这幅画写了一篇文章，自己书写在墙壁上。后来人因为他的名气，一直严加保护到现在。其中叙述画水的原因时说道：“设在大厅之上，用来替代放置酒杯的台子。”看见的人没有不感到奇怪的。我私下揣摩他的用心，应该是在讲“国君设立屏风，管仲设立屏风；国君为了两国国君的欢好，建有放置酒杯的土台子，管仲也有放置酒杯的土台子”。这两篇文章的内容有相通之处，所以看见这句话的人就误把“屏”当作“放置酒杯的土台子”了啊。

392　丁晋公从车驾巡幸，礼成，有诏赐辅臣玉带。时辅臣八人，行在[1]祗候库[2]止有七带。尚衣[3]有带，谓之比玉，价直数百万，上欲以赐辅臣，以足其数。晋公心欲之，而位在七人之下,度必不及己。乃谕有司,不须发尚衣带,自有小私带,且可服之以谢,候还京别赐可也。有司具以此闻。既各受赐,而晋公一带仅如指阔。上顾谓近侍曰:"丁谓带与同列大殊[4],速求一带易之。"有司奏唯有尚衣御带,遂以赐之。其带熙宁中复归内府[5]。

【注释】

①行在:皇上出行临时居住的地方。

②祗(zhī)候库:指供应行在日常所需物资的库房。

③尚衣:指尚衣局,掌管皇帝服饰。

④大殊:大不一样。

⑤内府:皇室的仓库。

【译文】

丁谓跟随皇上的车马出巡,仪式完毕后,有诏令说皇上要赏赐辅臣玉带。当时的辅臣有八个人,而皇上行在的祗候库只有七条玉带。另外尚衣局有一条玉带,称为比玉,价值在数百万,皇上想把它赏赐给辅臣,以凑够八个人的数量。丁谓心里想要那条比玉带,可是官位却在七人之下,猜测自己拿不到。于是就对相关的官员说:不需要发尚衣带了,我自己有一条属于我私人的小玉带,暂且可以戴着它谢恩,等到回到京城后另外赏赐就行了。那位官员就照样禀报执行了。各位辅臣既然已经得到了奖赏,唯独丁谓的玉带只有手指那么一点宽。皇上就对近侍说:"丁谓的玉带和别人相差太多了,赶紧找一条玉带给他换了。"相关官员奏称只有尚衣局的比玉带还在,皇上于是就把尚衣局的玉带赐给丁谓了。熙宁年间,这条玉带重新归内府所有。

393 黄宗旦[1]晚年病目,每奏事,先具奏目[2],成诵于口,至上前,展奏目诵之,其实不见也。同列[3]害之,密以他书易其奏目,宗旦不知也。至上前,所诵与奏目不同,归乃觉之,遂乞致仕[4]。

【注释】

①黄宗旦：字叔才，北宋文学家、政治家。幼时以神童、才子著称，宋真宗咸平元年(998年)中进士，任官清正廉洁，颇有盛名。

②奏目：奏事的内容提要。

③同列：同僚。

④致仕：退休。

【译文】

黄宗旦晚年的时候患了眼病，每次需要向皇帝奏事的时候，都要先写一个提要，然后把提要背诵好，等到面见皇帝的时候，便打开提要一一叙说，其实他什么也看不见。同僚想陷害他，悄悄地用写有其他内容的奏章换掉了他所写好的提要，黄宗旦却不知道。等到面见皇帝的时候，他所述说的和提要所写的完全不一样，等到他回家后才有所发觉，于是就请求退休。

394 京师卖卜者[1]，唯利举场时举人占得失。取之各有术：有求目下[2]之利者，凡有人问，皆曰"必得"。士人乐得所欲，竞往问之。有邀[3]以后之利者，凡有人问，悉曰"不得"。下第[4]者常过十分之七，皆以谓术精而言直，后举[5]倍获。有因此著名，终身飨利[6]者。

【注释】

①卖卜者：以算卦为职业的人。

②目下：眼前。

③邀：谋求。

④下第：没有考中。

⑤后举：日后行事。

⑥飨(xiǎng)利：享受。

【译文】

京城以算卦为职业的人,赚钱最多的是在应考举人来卜问是否能考中的时候。算卦的人赚钱的手段各不相同:有些人贪图眼前的利益,凡是有人来询问,必定会说“一定能考中”。考生最希望自己能够考中,所以都争着前来询问。也有希望以后生意兴隆的算卦人,凡是有人来问,都会说“考不中”。没有考中的考生通常都会超过十分之七,于是都认为算卦的人技术精湛并且敢于直言,下次考试开考时算卦人的收入都会成倍增加。有因为算卦出名,终身获利的人。

395　包孝肃[①]尹[②]京,号为明察。有编民[③]犯法,当杖脊[④]。吏受赇[⑤],与之约曰:“今见尹,必付我责状[⑥]。汝第[⑦]呼号自辩,我与汝分此罪,汝决杖[⑧],我亦决杖。”既而包引囚问毕,果付吏责状,囚如吏言,分辩不已。吏大声诃[⑨]之曰:“但受脊杖出去,何用多言!”包谓其市权[⑩],捽[⑪]吏于庭,杖之十七,特宽囚罪,止从杖坐,以抑吏势。不知乃为所卖[⑫],卒如素约[⑬]。小人为奸,固难防也。孝肃天性峭严[⑭],未尝有笑容,人谓“包希仁笑比黄河清”。

【注释】

①包孝肃:即包拯(999年—1062年),字希仁,宋庐州合肥(今属安徽)人。天圣年间进士。仁宗时,任龙图阁直学士,历知开封府,右司郎中。卒谥孝肃,后世称为包孝肃。

②尹(yǐn):治理。

③编民:编入户籍的老百姓。

④杖脊:用杖挞脊背。是杖刑中最重的一种。

⑤赇(qiú):贿赂。

⑥责状:施行(杖脊)所规定的刑罚。

⑦第:只管。

⑧决杖：被判杖刑。

⑨诃：大声呵斥。

⑩市权：弄权，揽权。

⑪捽(zuó)：揪住。

⑫卖：欺骗。

⑬素约：原先的约定。

⑭峭(qiào)严：严肃。

【译文】

包拯在治理京城的时候，明察秋毫。有一位平民犯了法，按律应当杖刑。一名官吏收了犯人的贿赂后，和他相约说："等见到府尹，一定会把判决书交给我。你只管大声自辩，我将分担你的刑罚，被判打你，也必定会打我。"不久，包拯把带来的犯人审问完毕之后，果然吩咐那个官吏让他施行杖刑，于是这个犯人按照官吏所说的，大声为自己辩解。那官吏便大声呵斥说："你只管接受杖刑，不要多说废话！"包拯觉得那个官吏在卖弄权势，便命令人在庭堂上揪住了这个官吏，杖打了十七次，特地宽恕了犯人的罪名，只判处鞭打，以此遏制官吏的威风。可是包拯不知道自己被官吏和犯人共同出卖了，他们最终实现了最初的约定。小人干些狼狈为奸的事情，很难防范。包拯是一个天性很严肃的人，从来都没有笑容，人们常说"要想让包拯笑，比黄河水清都难"。

396 李溥[①]为江淮发运使，每岁奏计[②]，则以大船载东南美货，结纳[③]当途[④]，莫知纪极[⑤]。章献太后[⑥]垂帘[⑦]时，溥因奏事，盛称浙茶之美，云："自来进御，唯建州[⑧]饼茶[⑨]，而浙茶未尝修贡[⑩]。本司以羡余钱[⑪]买到数千斤，乞进入内。"自国门[⑫]挽[⑬]船而入，称进奉茶纲，有司不敢问。所贡余者，悉入私室。溥晚年以贿败，窜谪[⑭]海州。然自此遂为发运司岁例[⑮]，每发运使入奏，舳舻[⑯]蔽川，自泗州[⑰]七日至京。予出使淮南时，见有重载入汴者,求得其籍[18],言两浙笺纸[19]三暖船[20],他物称是。

【注释】

①李溥(pǔ):北宋河南府人,他是一个惯于贪污行贿、结交权贵的官吏。

②奏计:向皇帝报账和上缴财物。

③结纳:勾结讨好。

④当途:掌权的官员。

⑤纪极:限度。

⑥章献太后:宋真宗的皇后,宋仁宗的母亲,名叫刘娥。死后谥为章献明肃皇后。

⑦垂帘:封建王朝的太后或者皇后临朝听政时,殿上用帘子遮隔,故称之。

⑧建州:州名,治所在今福建建瓯(ōu)。

⑨饼茶:用龙凤模器压制而成的特制贡茶。

⑩修贡:进贡。

⑪羡余钱:以财税盈余为名向皇帝进贡的税款。一般来说,其实际上是封建官吏为了巴结皇上并乘机贪污而搜刮的民财。

⑫国门:这里指宋代都城东京的水城门。

⑬挽:牵引。

⑭窜谪:贬官流放。

⑮岁例:每年的惯例。

⑯舳舻(zhú lú):船尾和船头,这里泛指船只。

⑰泗州:唐、宋时的州城,是汴水入淮之口,南北交通要道,清康熙年间州城陷于洪泽湖。

⑱籍:这里指货物登记册。

⑲笺(jiān)纸:精美的纸张。

⑳暖船:装有帷幕的船。

【译文】

李溥任江淮发运使这一职务时，利用每年向皇帝报账和上缴财物的机会，用大船载有东南一带的珍品美物，送给掌权的官员，用以结交讨好，不知道干了多少次。章献太后垂帘听政时，李溥借奏事大力称赞浙江茶叶好，说道："向来向皇上进贡的，只有建州的饼茶，然而浙江的茶叶却没有进贡。我用赋税的余钱买了几千斤茶叶，乞求送给皇上。"于是，他就让人把船从京城的水城门牵引入内，称作是为皇上进奉茶纲，主管官员不敢询问。进献皇上之后剩下的茶叶，全部落到私人手上。李溥晚年因为贿赂的罪行败露而被流放到海州。然而从此以后，李溥所谓的"进奉"便成为发运司每年的惯例，每年发运司进京向皇上奏事，船队首尾相连，都把河面遮盖住了，从泗州到东京需要七天的时间。我出使淮南时，见到过装有大批进贡物品到东京的船只，想办法查看这些货物的清单时，说是两浙精美的纸张就装满了三条暖船，其他类似的货物也像这样。

397　崔融[①]为《瓦松赋》云："谓之木也，访山客而未详；谓之草也，验农皇而罕记。"段成式难之曰："崔公博学，无不该悉，岂不知瓦松已有著说？"引梁简文[②]诗："依檐映昔邪。"成式以昔邪为瓦松，殊不知昔邪乃是垣衣[③]，瓦松自名昨叶，何成式亦自不识？

【注释】

①崔融(653年—706年)：字安成，唐齐州全节人。善诗文，文风华美，凡朝廷大手笔，多出其手。因作《则天哀册文》时苦思过甚，病发身亡。

②梁简文：南朝梁简文帝萧纲，字世缵，兰陵人。诗文轻靡艳丽，被称为"宫体诗"。

③垣(yuán)衣：墙上背阴处所生的苔藓植物。

【译文】

崔融写了一篇《瓦松赋》说:“把它称作树木吧,访遍山中砍柴的人都没人详细知晓它的情况;说它是草吧,查阅神农氏留下的文献也没有看到有所记载。”段成式责难崔融说:“崔公博学,无所不知,难道不知道瓦松已经有人在诗文中写过了?”引用梁简文帝的诗句:“依檐映昔邪。”段成式把昔邪当作瓦松,完全不知道昔邪是垣衣,瓦松本名昨叶,怎么段成式自己也不知道呢?

398 江南陈彭年[①],博学书史,于礼文尤所详练[②]。归朝[③]列于侍从,朝廷郊庙礼仪,多委彭年裁定,援引故事[④],颇为详洽[⑤]。尝摄[⑥]太常卿[⑦],导驾[⑧],误行黄道上,有司止之,彭年正色回顾曰:“自有典故。”礼曹[⑨]素畏其该洽,不复敢诘问。

【注释】

①陈彭年(961 年—1017 年):字永年,宋抚州南城(今江西南城)人。他博闻强记,对朝廷典礼无不参预,还是一位音韵学家,奉诏与丘雍等修订《切韵》,修订后改名《大宋重修广韵》,简称《广韵》。

②详练:熟悉而通达。

③归朝:归顺宋朝。陈彭年原是南唐的大臣,南唐亡后,归顺北宋。

④援引故事:引用旧时典章制度。

⑤详洽:详备、广博。

⑥摄:代理。

⑦太常卿:官名,掌管有关礼乐、社稷及宗庙、陵寝等事。

⑧导驾:引导皇帝的车驾。

⑨礼曹:礼部的官员。

【译文】

江南的陈彭年,博学经史典籍,对关于礼仪方面的知识尤其熟悉。归顺朝廷后列为侍从官,朝廷祭祀的礼仪大多由陈彭年制定,而他在援引典章制度时也很详备。曾经代理过太常卿一职，有一次在前面为圣驾引路，错误地走在了黄道上，主管官员阻止他，陈彭年用严肃的神情回头说："这中间是有典故的。"礼部的官员向来敬服他在礼仪这方面的渊博知识，就不敢再追问了。

399　海物有车渠①，蛤属②也，大者如箕③，背有渠垄如蚶④壳，故以为器，致如白玉。生南海。《尚书大传》⑤曰："文王⑥囚于羑里⑦，散宜生⑧得大贝如车渠以献纣。"郑康成⑨乃解之曰："渠，车罔⑩也。"盖康成不识车渠，谬解之耳。

【注释】

①车渠：又名砗磲(chē qú)，是一种海产大型贝类。大的车渠长度可达一米。

②蛤属：蛤类动物。

③箕：簸箕。

④蚶(hān)：一种软体动物的名称，有两片厚贝壳，生活在浅海泥沙中。肉可食，味鲜美。贝壳可供药用。

⑤《尚书大传》：一本解释《尚书》的书，旧题西汉伏生所著。

⑥文王：即周文王，姓姬名昌。

⑦羑(yǒu)里：古地名，在今河南汤阴北。

⑧散宜生：西周初年的大臣。

⑨郑康成：即郑玄(127年—200年)，字康成，北海高密(今属山东)人，东汉末年经学家。

⑩车罔(wǎng)：车轮。

【译文】

海里面有一种叫车渠的东西，属于蛤类动物，体型稍大的像簸箕，壳背上有下陷的渠和隆起的垄，就像蚶子的壳一样，所以可以把它制作成器具，像白玉一样精致。这种东西生长在南海里面。《尚书大传》里面说:“周文王被囚禁在羑里的时候,散宜生得到了一个像车渠似的大贝壳,并把它献给了纣王。”郑玄解释说:“渠,就是车轮。”大概是因为郑玄不认识车渠,所以作出了错误的解释。

400 李献臣[①]好为雅言。曾知郑州,时孙次公[②]为陕漕[③]罢赴阙,先遣一使臣入京。所遣乃献臣故吏,到郑庭参[④],献臣甚喜,欲令左右延饭,乃问之曰:“餐来未?”使臣误意餐者谓次公也,遽对曰:“离长安日,都运待制[⑤]已治装[⑥]。”献臣曰:“不问孙待制,官人餐来未?”其人惭沮[⑦]而言曰:“不敢仰昧[⑧],为三司军将日,曾吃却十三[⑨]。”盖鄙语[⑩]谓遭杖为餐。献臣掩口[⑪]曰:“官人误也。问曾与未曾餐饭,欲奉留一食耳。”

【注释】

①李献臣:即李淑,字献臣,徐州丰县(今属江苏)人。北宋目录学家。智慧过人,博习诸书,熟知朝廷典故。

②孙次公:即孙长卿(1004年—1069年),字次公,扬州(今属江苏)人。北宋官员。长于政事,为能臣,性廉洁。

③陕漕:即陕西转运使。

④庭参:封建时代属官在公堂上谒见长官的礼节。

⑤都运待制:官名,掌军需物品的供应。此指孙次公。

⑥治装:整装待发。

⑦惭沮:惭愧而沮丧。

⑧仰昧:在上司面前欺骗和隐瞒。

⑨吃却十三:挨了十三下杖刑。

⑩鄙语:民间俗语。

⑪掩口:用手捂住嘴巴,指暗笑、偷笑。

【译文】

李献臣喜欢说比较文雅的话。他曾经在郑州任知州,当时孙次公被免去了陕西转运使的官职准备回京，先派了一位使臣进京。这位使臣以前在李献臣的手下做过事，到达郑州官府参拜李献臣，李献臣非常高兴，想要手下的人准备饭菜招待，就问他："你吃了吗？"使臣误解了他的意思，以为是在问孙次公，急忙回答说："我在离开长安那天，孙次公就已经整装待发了。"李献臣说："我不是问孙次公，我问你吃了吗？"使臣惭愧而沮丧地说："在大人面前不敢隐瞒，我在任三司军将的时候，曾经吃过十三下杖打。"大概民间俗语称杖刑为餐。李献臣笑着说："你误会了。我就问你吃过饭没有，想留你吃一顿饭而已。"

讥谑(谬误附)

这里所谓讥谑,就是讥讽、玩笑。本门类较集中地记载了士大夫、文人圈子中的幽默故事。当中有许多条是以题诗说明一些事实或道理的,有的还起了一些纠正时弊的积极作用,比如第411条记载有人以诗句讽刺官员俸禄少,却还奢望有廉洁之官,结果起到调薪的作用。另外,也有讽刺读书人反而不如不识字的人来得逍遥快活的,比如第405条。而第419条说的是民间把梅子称作曹公,鹅称作右军,有人便以此俗语作诗。通过阅读此门类,可以知道用讥谑的方式讲道理,往往更容易使听者接受。沈括的记载也让我们看到当时文人士大夫的幽默。

401　石曼卿①为集贤校理②,微行③倡馆④,为不逞者⑤所窘⑥。曼卿醉,与之校⑦,为街司⑧所录。曼卿诡怪不羁⑨,谓主者曰:"只乞就本厢科决⑩,欲诘旦⑪归馆供职。"厢帅不喻其谑,曰:"此必三馆吏人也。"杖而遣之。

【注释】

①石曼卿:即石延年(994年—1041年),字曼卿,宋城(今河南商丘南)人。官至秘阁校理、太子中允等职。北宋文学家。积极参与北宋诗文革新运动。

②集贤校理:官名。集贤院下属文职散官。

③微行:便服出行。

④倡馆:妓院。

⑤不逞者:为非作歹的人。

⑥窘:欺负。

⑦校:争斗。

⑧街司：管理街坊的官员。

⑨诡怪不羁：行为怪异，不受束缚。

⑩科决：依法裁决。

⑪诘旦：第二天早上。

【译文】

石曼卿在担任集贤校理这一职务的时候，有一次穿着便衣去逛妓院，被几个为非作歹的人欺负。石曼卿喝醉了，就与他们争斗起来，这些都被街司所记录下来了。石曼卿行为也很怪异，对主管者说："只请求你就在这里按法裁决，我明天还要回馆工作。"厢帅不理解他在开玩笑，说道："这个人必定是三馆的小吏。"就杖打了几下，然后放他走了。

402　司马相如[1]叙上林[1]诸水曰："丹水、紫渊、灞、浐、泾、渭[3]，八川分流，相背而异态，灏溔潢漾[4]，东注[5]太湖[6]。"李善[7]注："太湖，所谓震泽[8]。"按八水皆入大河[9]，如何得东注震泽？

又，白乐天[10]《长恨歌》[11]云："峨嵋山[12]下少人行，旌旗无光日色薄。"峨嵋在嘉州[13]，与幸[14]蜀路全无交涉。杜甫《武侯庙柏》诗云："霜皮溜雨四十围[15]，黛色参天二千尺。"四十围乃是径七尺，无乃太细长乎？防风氏[16]身广九亩，长三丈，姬室亩广六尺，九亩乃五丈四尺，如此防风之身，乃一饼餤[17]耳。此亦文章之病也。

【注释】

①司马相如（约前179年—前118年）：字长卿，蜀郡成都人。西汉辞赋家。善作赋，有《子虚赋》《上林赋》《大人赋》等。

②上林：上林苑，是皇帝专门用来打猎的地方。故址在今陕西西安一带。

③丹水、紫渊、灞、浐、泾、渭：均是江河名。

④灏（hào）溔（yǎo）潢（huàng）漾：江河广阔无边、水势浩大的样子。

灏,通“浩”,水势浩大。溃,同“滉”,水深广貌。

⑤东注:向东注入。

⑥太湖:湖泊名,古时又称震泽、具区、笠泽,地跨江浙,由长江和钱塘江下游的泥沙堵塞形成。

⑦李善:唐代学者,曾任崇贤馆直学士,著有《文选注》六十卷。

⑧震泽:太湖。

⑨大河:黄河。

⑩白乐天:白居易(772 年—846 年),字乐天,晚年又号香山居士,唐代著名诗人。

⑪《长恨歌》:白居易所作的长篇叙事诗。讲述了唐玄宗与杨贵妃的爱情故事。

⑫峨嵋山:位于今四川省峨眉山市。

⑬嘉州:州名,治所在今四川乐山。

⑭幸:封建时代称帝王亲自到达某地为幸。

⑮围:长度单位,但其具体是多长,说法不一。

⑯防风氏:古代传说中的部落首长,是个巨人,身长有三丈三尺。

⑰餤(dàn):饼类。

【译文】

司马相如在赋中描绘上林苑中的各条河流时曾写道:“丹水、紫渊、灞水、浐水、泾水、渭水,八河分流,相背流出,形态各异,浩浩荡荡地向东注入太湖。”唐李善作注说:“太湖,就是所说的震泽。”查考八条河流都注入黄河,怎么能够再往东注入太湖呢?

此外,白居易在《长恨歌》中写道:“峨嵋山下少人行,旌旗无光日色薄。”峨嵋山位于嘉州,与唐玄宗幸临蜀地的道路毫无关系。杜甫在《武侯庙柏》诗写道:“霜皮溜雨四十围,黛色参天二千尺。”四十围也就是直径为七尺,这难道不是太细长了吗?传说中防风氏的身体宽九亩,长三丈,按照周代的算法,一亩宽六尺,九亩就是五丈四尺,这样算下来,防风氏的身体就像一块饼一样了。这也是文章的弊病啊。

403 库藏中物，物数足而名差互[①]者，帐籍中谓之色缴音叫。尝有一从官[②]知审官西院[③]，引见一武人，于格合迁官[④]，其人自陈年六十，无材力，乞致仕，叙致谦厚，甚有可观。主判攘手[⑤]曰："某年七十二，尚能拳殴数人。此辕门[⑥]也，方六十岁，岂得遽[⑦]自引退！"京师人谓之色缴。

【注释】

①差互：混淆彼此。

②从官：皇上的侍从。

③审官西院：审官院是宋代的一个官名。其职责是掌管京城官员的政绩得失，并定其官爵的品级，分东、西两院。

④格合迁官：按照条例规定，应当升官。

⑤攘(rǎng)手：挽起衣袖，露出手臂。

⑥辕(yuán)门：古时军营的大门或官署的外门。

⑦遽(jù)：立即，匆忙。

【译文】

府库收藏的东西，如果在数量上是正确的，而在名称上有误，在账目上就叫色缴音叫。曾经有一位侍从官主持审官西院时，引荐了一位武官，按照条例规定，那人符合升官的条件，那人自己陈述今年六十岁，没有能力，请求退休，他陈述得十分谦虚诚恳，也非常感人。主审官挽起了自己的袖子，说道："我现在已经七十二岁了，还能拳打几个人。这是军营，才刚刚六十岁，怎么能够这么匆忙就退休了呢！"京城的人把这种做法称为色缴。

404 旧日官为中允[①]者极少，唯老于幕官者，累资[②]方至，故为之者多潦倒之人。近岁州县官进用者，多除中允，遂有"冷中允""热中允"。又集贤院[③]修撰[④]，旧多以馆阁久次[⑤]者为之。近岁有自常官[⑥]超授[⑦]要任，未至从官者多除修撰，亦有"冷撰"

"热撰"。时人谓"热中允不博[8]冷修撰"。

【注释】

①中允:太子的属官,掌管侍从礼仪,审查太子给皇上的奏章文书等。

②累资:积累了资历。

③集贤院:宋代官署名。掌刊缉校理书籍等事。

④修撰:宋代官名。由朝官兼任修史之职。

⑤久次:长期未得到升迁。

⑥常官:常调官,指升迁时按照正常程序授予相应职务的官员。

⑦超授:越级提拔。

⑧博:换取。

【译文】

过去的官员做到中允这一级别的很少,只有在幕府任职很久的官员,经过多次积累资历才可以担任这一职务,所以做到中允的人多是失意潦倒之人。近年来,从各州县官上升迁的人,大多数都授予中允这一职务,于是就有"冷中允""热中允"这样的说法。另外,集贤院修撰,以前大多是在馆阁待得时间久的人担任。近年来有常调官被越级提拔担任要职而没能成为从官的,大多数被授予修撰这一职务,于是就有了"冷修撰""热修撰"这一说法。当时人们说"热中允不换冷修撰"。

405 梅询[1]为翰林学士,一日,书诏颇多,属思[2]甚苦,操觚[3]循阶而行。忽见一老卒卧于日中,欠伸[4]甚适。梅忽叹曰:"畅哉!"徐[5]问之曰:"汝识字乎?"曰:"不识字。"梅曰:"更快活也。"

【注释】

①梅询(964年—1041年):字昌言,宋宣城(今属安徽)人。历仕太宗、真宗、仁宗三朝。

②属思：构思。

③操觚(gū)：拿起纸笔。

④欠伸：打哈欠，伸懒腰。

⑤徐：缓慢。

【译文】

梅询为翰林学士的时候，有一天，要写的诏书很多，构思很辛苦，他就拿起纸笔沿着台阶行走。忽然看见一个老人在阳光下睡觉，打着哈欠，伸着懒腰，十分舒服。梅询忽然叹息地说："真舒畅啊！"接着就慢慢地问他："你认识字吗？"老人说："不认识字。"梅询说："这就更加快活了。"

406　有一南方禅僧[①]到京师，衣间绯袈裟[②]。主事僧素不识南宗体式[③]，以为妖服，执归有司。尹正[④]见之，亦迟疑未能断，良久喝出禅僧，以袈裟送报慈寺泥迦叶[⑤]披之。人以为此僧未有见处，却是知府具一只眼[⑥]。

【注释】

①禅僧：和尚。

②间绯袈裟：杂染红色的袈裟。

③体式：体制法式。

④尹正：古代府官的统称。

⑤迦叶：释迦十大弟子之一，有"头陀第一""上行第一"等称号，为禅宗第一代祖师。

⑥只眼：比喻独特的见解。

【译文】

有一位南方的和尚到了京城，身穿杂染红色的袈裟。寺庙里的主持和尚向来不知道南方禅宗的式样，以为和尚穿的是妖服，就把他送到衙门里去了。知府见到那位和尚后，也是迟疑不定未能决断，过了好一会儿,就大声呵斥这位和尚出去,把袈裟给报慈寺泥塑的迦叶披上。人们认为主持和尚没有见识,反倒是知府独具只眼。

407 士人应敌文章[1],多用他人议论,而非心得。时人为之语曰:"问即不会,用则不错。"

【注释】

①应敌文章:应对文章。写此类文章时,常要将相反的观点作为假设敌批驳。

【译文】

士人写的应对文章,多采用别人的议论,而不是自己的心得体会。当时就有人把这种现象概括为:"问则不会,用则不错。"

408 张唐卿[1]景祐元年进士第一人及第,期集[2]于兴国寺,题壁云:"一举首登龙虎榜[3],十年身到凤凰池[4]。"有人续其下云:"君看姚晔[5]并梁固[6],不得朝官未可知。"后果终于京官。盖姚晔大中祥符元年、梁固二年皆状元,而终于京官。

【注释】

①张唐卿(1010年—1037年):字希元,青州(今属山东)人。宋仁宗景祐年间状元。

②期集:定期的聚会。特指唐宋时进士及第后按惯例聚集游宴。

③龙虎榜:指一个时期内的社会知名人士同登一榜。

④凤凰池:禁苑中池沼,在唐朝时是中书省所在的地方。唐宋诗文中多以指宰相职位。

⑤姚晔:河南商水(今属河南)人。宋真宗大中祥符元年状元。

⑥梁固(987年—1019年):字仲坚,宋真宗大中祥符二年状元。

【译文】

张唐卿在景祐元年的时候中了状元,(新进士们)在兴国寺聚会宴游，他在壁上题诗说："一举首登龙虎榜，十年身到凤凰池。"有人续写了两句："君看姚晔并梁固，不得朝官未可知。"后来，张唐卿果然只做到了京官。姚晔是大中祥符元年的状元，梁固是大中祥符二年的状元，都是只做到了京官。

409　信安[①]、沧[②]、景[③]之间多蚊虻[④]。夏月，牛马皆以泥涂之，不尔多为蚊虻所毙。郊行不敢乘马，马为蚊虻所毒，则狂逸不可制。行人以独轮小车，马鞍蒙之以乘，谓之木马。挽车者皆衣韦裤[⑤]。冬月作小坐床，冰上拽[⑥]之，谓之凌床。予尝按察[⑦]河朔[⑧]，见挽床者相属[⑨]，问其所用，曰"此运使[⑩]凌床""此提刑[⑪]凌床"也。闻者莫不掩口。

【注释】

①信安：即信安军，治所在今河北霸州东北信安镇。

②沧：沧州，治所在今河北沧州。

③景：景州，治所在今河北遵化。

④蚊虻：一种危害牲畜的虫类。

⑤韦裤：皮裤。

⑥拽：牵引。

⑦按察：视察。

⑧河朔：古代泛指黄河以北地区。

⑨相属：相连接。

⑩运使：即转运使，宋代路一级的行政官员，负责一路或数路财赋的运输，后又兼理边防、治安巡察等。

⑪提刑：提点刑狱公事的简称，主管所属各州的司法、刑狱和监察，兼管农桑。

【译文】

信安、沧州、景州一带多有蚊虻。夏天的时候，牛马都得把泥涂在它们的身上,不然的话就会被蚊虻叮咬致死。人们在郊外出行也不敢骑马,因为马万一被蚊虻叮咬的话,就会狂奔而不可制止。行人多以独轮小车铺上马鞍乘坐,称之为木马。拉车的人都要穿皮裤。冬天的时候制作一种小坐床,在冰上拉它,称之为凌床。我曾经视察河朔地区,看见拉床的人连绵不绝,问起这些小坐床的作用,拉床的人就会说"这是运使凌床""这是提刑凌床"。听说的人没有不掩口偷笑的。

410　庐山[1]简寂观道士王告,好学有文,与星子[2]令相善。有邑豪[3]修醮[4],告当为都工[5]。都工薄有施利,一客道士[6]自言衣紫[7],当为都工,讼[8]于星子云:"职位颠倒,称号不便。"星子令封牒与告,告乃判牒曰:"客僧做寺主,俗谚有云;散众夺都工,教门无例。虽紫衣与黄衣稍异,奈本观与别观不同。非为称呼,盖利乎其中有物;妄自尊显,岂所谓大道无名?宜自退藏,无抵刑宪[9]。"告后归本贯[10]登科,为健吏[11],至祠部员外郎、江南西路提点刑狱而卒。

【注释】

①庐山:在今江西九江。

②星子:旧县名,在江西省北部。

③邑豪:当地的富豪。

④修醮(jiào):道士设坛作法事禳除灾祟。

⑤都工:即"都功",道教职称。

⑥客道士:外地来的道士。

⑦衣紫:穿紫颜色的道服,要比穿黄颜色道服的人地位高一等。

⑧讼:诉讼。

⑨无抵刑宪:不要触犯法律条文。

⑩本贯:原籍。

⑪健吏:精干的官吏。

【译文】

庐山简寂观的道士王告,喜爱学习,富有文采,与星子县的县令十分友好。当地的一位富豪想请道士们做一场法事,王告应当为都工。当都工的人稍微会得到一点好处,一名外地来的道士穿着紫色的道服,自称自己应该为都工,就向星子县令告状说:“如果颠倒了职位的话,就不方便称呼了。”星子县令就将诉状原封不动地送给了王告,王告就在诉状上写了这样的判词:“外来的僧人做主持,民间的俗语有这样说的;闲散众人争当都工,在宗教界内部,没有这样的先例。虽然黄颜色的道服和紫颜色的道服稍微有点区别,但是本道观和别处道观有所不同。这不是称呼上的不同,而是贪图其中的财物利益;过分自高自大,这哪里还是大道无名?应该赶紧躲避起来,不要触犯法律条文。”王告后来回到原籍之后考中了进士,成为了一名有才干的官员,官一直做到祠部员外郎、江南西路提点刑狱才去世。

411　旧制,三班奉职月俸钱七百,驿羊肉半斤。祥符[①]中,有人为诗题所在驿舍间曰:“三班奉职实堪悲,卑贱孤寒即可知。七百料钱[②]何日富,半斤羊肉几时肥?”朝廷闻之曰:“如此何以责[③]廉隅[④]?”遂增今俸。

【注释】

①祥符:大中祥符的简称,宋真宗赵恒的年号,公元1008年至1016年。

②料钱:俸禄钱。

③责:要求。

④廉隅:清正廉明。

【译文】

按照以前的制度,三班奉职的官员每月的俸禄是七百钱,还可以从驿站领取半斤羊肉。大中祥符年间,有人在驿站的房间里写了一首诗,说:“三班奉职实堪悲,卑贱孤寒即可知。七百料钱何日富,半斤羊肉几时肥?”朝廷听说之后,说:“这样的话怎么能够要求官员们清正廉明呢?”于是就增加为现在的俸禄标准。

412 尝有一名公[①],初任县尉,有举人投书索米,戏为一诗答之曰:“五贯九百五十俸,省钱[②]请作足钱用。妻儿尚未厌糟糠[③],僮仆岂免遭饥冻?赎典赎解[④]不曾休,吃酒吃肉何曾梦?为报江南痴秀才,更来谒索觅甚瓮[⑤]。”熙宁[⑥]中,例增选人俸钱,不复有五贯九百俸者,此实养廉隅之本也。

【注释】

①名公:有威望的人。

②省钱:古代钱币以一百为计,为一百者为足钱,不满一百的为省钱。

③糟糠:粗劣食物。

④赎典赎解:将家里的东西拿去典当之后又赎回的情形。

⑤甚瓮:盛东西的大的器皿。

⑥熙宁:宋神宗赵顼(xū)的年号,公元1068年至1077年。

【译文】

曾经有一个很有威望的人,在他刚刚担任县尉的时候,有一位举人向他写信并请求给一点米,他就以开玩笑的口吻写了一首诗来回应这位举人:“五贯九百五十俸,省钱请作足钱用。妻儿尚未厌糟糠,僮仆岂免遭饥冻?赎典赎解不曾休,吃酒吃肉何曾梦?为报江南痴秀才,更来谒索觅甚瓮。”熙宁年间,按照以往的惯例,增加了官员的俸禄钱,不再有只拿五贯九百文俸禄的人了,这实在是培养品行端正官员的根本举措啊!

413 石曼卿初登科[①],有人讼科场[②],覆[③]考落数人,曼卿是其数。时方期集于兴国寺,符[④]至,追所赐敕牒[⑤]靴服。数人皆啜泣而起，曼卿独解靴袍还使人，露体戴幞头，复坐，语笑终席而去。次日，被黜者皆授三班借职。曼卿为一绝句曰："无才且作三班借，请俸争如录事参。从此罢称乡贡进，且须走马东西南。"

【注释】

①登科：科举考试被录取。

②讼科场：控诉考场舞弊。

③覆：同"复"。

④符：帝王派遣使者手拿的凭证。

⑤敕牒：皇上颁发的诏书。

【译文】

石延年科举考试刚刚考中了进士，有人控诉说考场舞弊，重新考试的时候，有好几个人落选了，石延年也是其中一个。当时考生们约定在兴国寺集会宴游，忽然皇上的使者拿着符节赶到了，要追回皇上的诏书以及赏赐的袍服和靴子。好几个人都哭了起来，只有石延年把袍服和靴子还给了使者，赤裸着身体并戴着头巾，再一次坐下，大笑着离席而去。第二天，被罢黜的考生都授予了三班借职的职位。石延年作了一首绝句："无才且作三班借，请俸争如录事参。从此罢称乡贡进，且须走马东西南。"

414　蔡景繁[①]为河南军巡判官日，缘事至留司御史台[②]阅案牍，得乾德[③]中回南郊[④]仪仗使司检牒云："准来文取索本京大驾卤簿[⑤]，勘会本京卤簿仪仗，先于清泰[⑥]年中，末帝将带逃走，不知所在。"

【注释】

①蔡景繁：即蔡承禧(1035 年—1084 年)，字景繁，北宋大臣。

②御史台：官署名，专司弹劾之职。

③乾德：宋太祖赵匡胤的年号，公元963年至967年。

④南郊：京城外南面之地，常在此举行祭祀仪式。

⑤卤簿：帝王外出时的仪仗队。

⑥清泰：唐末帝李从珂的年号，公元934年至936年。

【译文】

蔡景繁担任河南军巡判官的时候，因为有事到留司御史台查阅案卷，翻到一份乾德年间中回复南郊仪仗使的文书："按照来文，索要本朝皇帝的车马仪仗队，调查后发现，本朝仪仗队在清泰年间就被末帝带着逃跑了，已经不知所终了。"

415 江南宋齐丘[①]，智谋之士也。自以为江南有精兵三十万：士卒十万，大江当十万，而己当十万。江南初主[②]，本徐温[③]养子，及僭号，迁徐氏于海陵[④]。中主[⑤]继统，用齐丘谋，徐氏无男女少长，皆杀之。其后，齐丘尝有一小儿病，闭阁谢客，中主置燕召之，亦不出。有老乐工，且双瞽[⑥]，作一诗书纸鸢上，放入齐丘第中，诗曰："化家为国实良图，总是先生画计谟[⑦]。一个小儿抛不得，上皇当日合何如？"海陵州宅之东，至今有小儿坟数十，皆当时所杀徐氏之族也。

【注释】

①宋齐丘(887年—959年)：字子嵩，豫章(今江西南昌)人。南唐大臣。为人奸诈，结朋党，有人告发他阴谋篡位，后被流放到九华山，自缢身亡。

②江南初主：即南唐开国君主李昪(888年—943年)，字正伦，徐州(今属江苏)人。

③徐温(862年—927年)：字敦美，海州朐山(今江苏连云港市海州

区)人,五代时吴国大将。

④海陵:今江苏泰州一带。

⑤中主:即李昪之子李璟(916年—961年),在位19年,称江南中主。

⑥双瞽(gǔ):双目失明。

⑦计谟:计策,谋略。

【译文】

南唐大臣宋齐丘是一个非常有智慧的人。自称南唐有精兵三十万:士兵十万,长江可以代替十万人,而自己也可以代替十万人。南唐初主李昪本来是徐温的养子,等到篡位称帝的时候,把徐氏家族迁居到海陵。南唐中主李璟继位的时候,采纳了宋齐丘的计谋,把徐氏家族的男女老少全部杀光。后来宋齐丘有一个小儿生病了,就闭门不出,中主李璟举行宴会邀请他,他也不出门。有一位老乐工,双目失明,在风筝上题写了一首诗,放入宋齐丘的宅第里,诗这样写道:"化家为国实良图,总是先生画计谟。一个小儿抛不得,上皇当日合何如?"海陵州官署的东面,到现在还有数十个小儿的坟墓,都是当时被杀的徐氏家族的人。

416　有一故相远派[①]在姑苏[②],有嬉游[③],书其壁曰:"大丞相再从侄[④]某尝游。"有士人李璋,素好讪谑[⑤],题其傍曰:"混元皇帝[⑥]三十七代孙李璋继至。"

【注释】

①远派:远房亲戚。

②姑苏:苏州的别称。

③嬉游:嬉戏游玩。

④再从侄:从侄是堂侄,再从侄就是比堂侄要疏一些。

⑤讪谑:讥笑,调侃。

⑥混元皇帝:指的是老子李耳,被道教尊为混元皇帝。

【译文】

有一个前丞相的远方亲戚在姑苏游玩，在墙壁上这样书写："大丞相的再从侄某曾经到这里游玩过。"有一个叫李璋的读书人，平日比较喜欢开玩笑讥讽人，便在旁边题了一句："混元皇帝三十七代孙李璋继而到来。"

417 吴中一士人，曾为转运司[①]别试解头，以此自负，好附托显位。是时侍御史李制知常州，丞相庄敏庞公[②]知湖州。士人游毗陵[③]，挈[④]其徒饮倡家，顾谓一驺卒[⑤]曰："汝往白李二，我在此饮，速遣有司持酒肴来。"李二，谓李御史也。俄顷，郡厨以饮食至，甚为丰腆[⑥]。有一蓐医[⑦]适在其家，见其事，后至御史之家，因语及之。李君极怪，使人捕得驺卒，乃兵马都监所假，受士人教戒，就使庖买饮食，以绐[⑧]坐客耳。李乃杖驺卒，使街司白士人出城。郡僚有相善者，出与之别，唁[⑨]之曰："仓卒遽行，当何所诣？"士人应之曰："且往湖州，依庞九[⑩]耳。"闻者莫不大笑。

【注释】

①转运司：宋代掌管财赋、粮食等转运事务的官署。

②庄敏庞公：即庞籍(988 年—1063 年)，字醇之，单州成武(今属山东)人。北宋宰相。谥庄敏。

③毗陵：治所在今江苏镇江。

④挈(qiè)：带领。

⑤驺(zōu)卒：古代给贵族掌管车马的人。

⑥丰腆(tiǎn)：丰盛。

⑦蓐(rù)医：产科医生。

⑧绐(dài)：欺骗。

⑨唁(yàn):慰问。

⑩庞九:即庞籍。

【译文】

吴中地区有一个读书人,曾经在转运司组织的考试中取得第一名,自以为很了不起,喜欢假托攀附高官。当时侍御史李制任常州知州,丞相庞籍任湖州知州。这位读书人在毗陵游玩的时候,带领他的手下人在妓院喝酒,看见一位赶马车的人,对他说:“你去告诉李二,我在这里饮酒,快派人拿些酒菜来。”李二,指的就是李御史。不一会儿,府衙的厨师便带来了酒菜,非常丰盛。有一位产科医生,正好在妓院里,亲眼看见了这件事,后来到了李御史的家中,向他说起这件事。李御史听了之后很奇怪,就派人抓来了那个赶马车的人,经过审问之后才得知是从兵马都监那里借来的,受那个读书人的唆使,去让厨师买了酒菜,用来欺骗在座的客人。李御史杖打了赶马车的人,并让街司押解读书人出城。府衙中有一些与读书人关系比较好的人,出城和他道别,安慰他说:“你就这么仓促地走了,该前往哪个地方呢?”士人回答说:“暂且到湖州庞九那儿吧。”听见的人没有一个不大笑的。

418　馆阁[①]每夜轮校官[②]一人直宿[③],如有故不宿,则虚其夜,谓之豁宿[④]。故事[⑤],豁宿不得过四,至第五日即须入宿。遇豁宿,例于宿历[⑥]名位下书:“腹肚不安,免宿。”故馆阁宿历,相传谓之害肚历。

【注释】

①馆阁:宋代置昭文馆、史馆、集贤馆,又置秘阁、龙图阁、天章阁,分掌经籍图书和编修国史等事务,通称馆阁。

②校官:馆阁整理、校勘的官员。

③直宿:值夜。

④豁宿:豁免值夜。

⑤故事:先例、旧制。

⑥宿历:馆阁值夜的排班表。

【译文】

馆阁每个夜晚都会留一个校官值夜班,如果因为有事不值夜班的话,那么这个夜晚就会空着,称之为豁宿。按照先例,豁宿不能超过四天,到第五天的时候必须值夜班。遇到豁宿的时候,按惯例要在排班表上写上:“肚子不舒服,免除值班。”所以馆阁的排班表,相传称之为害肚历。

419　吴人多谓梅子为曹公①,以其尝望梅止渴也;又谓鹅为右军②,以其好养鹅也。有一士人遗③人醋梅与燖鹅④,作书云:“醋浸曹公一甏⑤,汤燖右军两只,聊备一馔⑥。”

【注释】

①曹公:即魏武帝曹操(155 年—220 年),三国时期著名的政治家、军事家、文学家。

②右军:即王羲之,因做过右军将军,人称“王右军”,东晋时期著名的书法家,尊为“书圣”。

③遗(wèi):赠送。

④燖(xún):用火烧熟。

⑤甏(bèng):瓮一类的盛东西的器具。

⑥馔(zhuàn):食物,饭食。

【译文】

吴地人多把梅子称作曹公,是因为曹操曾经有望梅止渴的故事;又多把鹅称作右军,是因为王羲之喜欢养鹅。有一位读书人送人酸梅和烧熟的鹅,在信中写道:“送你一坛醋泡曹公,汤煮右军两只,权且当作一顿家常便饭吧。”

杂 志

这里所谓杂志，指记录了许多杂事，涵盖层面广。有谈一国之历史的，如第453条；有谈一地之风俗特征的，如第446条；有谈动物特性的，如第426、450、467条；有谈生活轶事的，如第466、468条。总之，涉及生活的各个层面，书写的对象上至皇帝，下至老百姓。

通过阅读这门类，可以增广见闻，如读第428条可知原来霜信指的是白雁，当白雁飞回来时，意味着霜就要来了，故称之为霜信；读第432条可知丹药是极好的药物，但必须小心使用，若经大火燃烧起了变化，便会有剧毒；读第437条可知指南针原来有四种装置法，沈括实验比较后，提出了悬针这一方案，可以说是他的独创发明；读第445条可知将芋梗涂在蜂螫的患处能有疗效；读第451条可知秦皮的汁可解天蛇之毒害；读第458条可知唐代客人欲向主人家中女眷问候的话必须派使者前去传达行礼的旧俗。如此种种，皆是沈括记载之功。

420　延州[①]今有五城，说者以谓旧有东西二城夹河[②]对立；高万兴[③]典郡，始展南、北、东三关城。予因读杜甫[④]诗云："五城何迢迢，迢迢隔河水。""延州秦北户，关防犹可倚。"乃知天宝中已有五城矣。

【注释】

①延州：州名，治所在今陕西延安。

②河：今延河，当时被称为清水。

③高万兴（？—925年）：原籍河西，唐进士，《新五代史》中有记载。

④杜甫（712年—770年）：字子美，唐代著名诗人，有"诗圣"之称。

这里引用的诗歌的名字是《塞芦子》。

【译文】

延州如今有五个城堡，说起它的人都说以前只有东、西两个城堡夹清水河对立；高万兴镇守这个地方时拓展了南、北、东三座城关。我因为读杜甫诗中说："五城何迢迢，迢迢隔河水。""延州秦北户，关防犹可倚。"这才知道天宝年间已经有五座城堡了。

421 鄜延[①]境内有石油，旧说"高奴县[②]出脂水"，即此也。生于水际[③]，沙石与泉水相杂，惘惘而出[④]。土人以雉[⑤]尾裛[⑥]之，乃采入缶中。颇似淳[⑦]漆，然之如麻，但烟甚浓，所沾幄幕皆黑。予疑其烟可用，试扫其煤[⑧]以为墨，黑光如漆，松墨不及也，遂大为之，其识[⑨]文为"延川石液"者是也。此物后必大行于世，自予始为之。盖石油至多[⑩]，生于地中无穷，不若松木有时而竭。今齐、鲁[⑪]间松林尽矣，渐至太行、京西、江南松山大半皆童[⑫]矣。造煤人[⑬]盖未知石烟之利也。石炭烟亦大，墨人衣。予戏为《延州诗》云："二郎山下雪纷纷，旋[⑭]卓[⑮]穹庐[⑯]学塞人[⑰]。化尽素衣[⑱]冬未老，石烟多似洛阳[⑲]尘。"

【注释】

①鄜(fū)延：宋代路名，治延州(今陕西延安)。

②高奴县：古代县名，治今陕西延安市东北延河北岸。

③水际：水边。

④惘惘而出：形容石油缓慢地流出。

⑤雉：野鸡。

⑥裛(yì)：湿润。

⑦淳：同"纯"。

⑧煤：烟灰尘。

⑨识(zhì)：标记、标识。

⑩至多：很多。

⑪齐、鲁：这里泛指山东一带。

⑫童：秃顶。

⑬造煤人：制作黑墨的人。

⑭旋：很快、不久。

⑮卓：竖立。

⑯穹庐：圆顶帐篷。

⑰塞人：当地人。

⑱素衣：淡色的衣服。

⑲洛阳：今河南省洛阳市地区。

【译文】

鄜州和延州境内有石油，古时候人们所说"高奴县出脂水"，就是指这一地区产石油。石油产自水边，与沙石和泉水相杂，缓慢地流出来。当地人用野鸡的尾巴去蘸取石油，将石油采集到瓦罐里。石油看起来非常像纯漆，燃烧的话就像烧麻秆一样，烟雾很浓，把行军用的帐篷都熏黑了。我怀疑这种烟灰可以利用，就试着扫了一些烟灰制成了黑墨，黑亮得就像漆一样，即使是松墨也比不上，于是就大量制作这种黑墨，上面标识有"延川石液"的就是这种墨。这种东西日后肯定会在社会上被广泛使用，是我最先使用的。估计石油非常多，在地下能够无穷无尽地生产，不像松木总有用完的时候。现在齐鲁一带的松林基本上被砍完了，渐渐延伸到太行、京西、江南等地的松岭，大半也快被砍完了。制造黑墨的人大概还不知道黑墨的好处。石炭的烟也很大，能把人的衣服都熏黑了。我曾经做了一首与石油有关的诗，名叫《延州诗》，这样写道："二郎山下雪纷纷，旋卓穹庐学塞人。化尽素衣冬未老，石烟多似洛阳尘。"

422 解州盐泽之南，秋夏间多大风，谓之盐南风，其势发屋[①]拔木，几欲动地，然东与南皆不过中条[②]，西不过席张铺，北不过鸣条[3]，纵广止于数十里之间。解盐不得此风不冰[4]，盖大卤之气相感，莫知其然也。又汝南[5]亦多大风，虽不及盐南之厉，然亦甚于他处，不知缘何如此。或云自城北风穴山中出。今所谓风穴者已夷矣，而汝南自若，了知非有穴也。方谚云“汝州风，许州[6]葱”，其来素矣。

【注释】

①发屋：掀去屋顶。

②中条：山名，位于山西省与河南省交界的地方。

③鸣条：即鸣条冈，今山西安邑、临猗、运城一带的峨嵋岭。

④冰：指凝结。

⑤汝南：汝州以南。汝州，治所在今河南汝州。

⑥许州：治所在今河南许昌。

【译文】

解州盐泽的南面，秋、夏两季间多大风，被称作盐南风，风力很大，能够掀起屋顶，拔起树木，几乎要撼动大地，然而东面和南面都不超过中条山，向西不越过席张铺，北面不越过鸣条冈，范围限于几十里之内。解盐没有这股风凝结不了，大概是大卤之气相互感应，但是不知其中的道理。此外，汝南也多大风，虽然比不上盐南风厉害，然而也超过了其他地方，不知道为什么是这样的。有人说从城北风穴山中发出。现在所谓的风穴已经堵塞了，但是汝南依然刮大风，可见和风穴并没有关系。当地的谚语“汝州风，许州葱”，由来已经很久了。

423　昔人文章用北狄[1]事多言黑山[2]，黑山在大漠[3]之北，今谓之姚家族，有城在其西南，谓之庆州[4]。予奉使[5]，尝帐宿其下。山长数十里，土石皆紫黑，似今之磁石。有水出其下，所谓黑水[6]也。胡人言黑水原下委高，水曾逆流。予临视之，无此理，亦常流耳。山在水之东。大底北方水多黑色，故有卢龙郡[7]。北人谓水为龙，卢龙即黑水也。黑水之西有连山，谓之夜来山[8]，极高峻。契丹坟墓皆在山之东南麓，近西有远祖[9]射龙庙，在山之上，有龙舌藏于庙中，其形如剑。山西别是一族，尤为劲悍，唯啖生肉血，不火食，胡人谓之山西族，北与黑水胡、南与达靼[10]接境。

【注释】

①北狄：古代对北方少数民族的称呼。

②黑山：山名，位于今内蒙古巴林左旗境内。

③大漠：古代对长城以北一带的沙漠地区的称呼。

④庆州：州名，治今内蒙古巴林右旗西北察罕木伦河源之白塔子（察罕城）。

⑤予奉使：出使辽国。

⑥黑水：又名黑河，今内蒙古境内的查干木伦河。

⑦卢龙郡：唐代在河北设卢龙节度使，由范阳节度使兼。

⑧夜来山：又名拽剌山，属于大兴安岭山脉。

⑨远祖：似指辽太祖耶律阿保机的祖父。

⑩达靼：又名达旦、达打。《契丹国志》卷二十二有记载达靼常和契丹发生战争。

【译文】

从前人们在文章中提到北狄之地的事情大多说的是黑山，黑山在大漠的北面，现在被称作姚家族，在姚家族的西南面有座城池，叫作庆州。我奉命出使辽国的时候，曾经在那下面扎帐住宿。黑山绵延数十里，上面的土石都呈紫黑色，就像如今的磁石。有水从山下流出，就是所说的黑水。契丹人说黑水原本是从低处向高处流的，河水曾经是倒流。我到河边看过，没有这个道理，也是从高处向低处流的。黑山在河水的东面。大概北方的水源大多是黑色，所以有卢龙郡。北人把水叫作龙，卢龙就是黑水。黑水的西面有连山，被称作夜来山，极其高耸险峻。契丹人的坟墓都建在黑山的东南角，近处的西面有契丹玄祖的射龙庙，修建在黑山上，庙中收藏了龙舌，它的形状像剑一样。黑山西面又是另外一个民族，特别强悍，吃生肉血，不吃熟食，契丹人把他们叫作山西族，北邻黑水胡，南面和达靼接壤。

424　予姻家朝散郎①王九龄②常言：其祖贻永③侍中，有女子嫁诸司使④夏偕，因病危甚，服医朱严药，遂差⑤。貂蝉⑥喜甚，置酒庆之。女子于坐间求为朱严奏官⑦，貂蝉难之⑧，曰："今岁恩例已许门医刘公才，当候明年。"女子乃哭而起，径归不可留，貂蝉追谢⑨之，遂召公才，谕以女子之意，辍⑩是岁恩命以授朱严。制下之日而严死。公才乃嘱王公曰："朱严未受命而死，法容再奏。"公然之，再为公才请。及制下，公才之⑪尉氏县⑫，使人召之，公才方饮酒，闻得官，大喜，遂暴卒。一四门助教⑬，而死二医。一官不可妄得，况其大者乎？

【注释】

①朝散郎：是一种附加性的官衔，从七品上的散官阶之一。

②王九龄：是下文王贻永的孙子，与沈括是连襟（姊妹的丈夫的合称）关系。

③贻永：即王贻永，字季长，北宋将领，宋太宗之婿。

④诸司使：宋代武官官阶，共四十使，官阶均为正七品。其副为诸司副使。

⑤差（chài）：同"瘥"，痊愈。

⑥貂蝉：古代达官贵人帽子上的饰物，后来特指达官贵人，这里指王贻永。

⑦奏官：向皇上请求赐一官职。

⑧难之：感觉很为难。

⑨谢：道歉。

⑩辍(chuò):停止。

⑪之:到。

⑫尉氏县:治所在今河南尉氏。

⑬四门助教:此处指的是低微的官职。

【译文】

我的姻亲朝散郎王九龄经常说:他的祖父王贻永曾经担任过侍中这一职务,有一个女儿嫁给了诸司使夏偕,有一次病得很厉害,吃了医生朱严开的药,就痊愈了。王贻永很高兴,办了酒席来庆祝。席间,女儿请求为朱严谋求一个官职,王贻永感到很为难,说:“今年皇上施恩奏官的名额我已经给了门下的医生刘公才,你的事情就等到明年吧。”女儿起身就哭了起来,直接跑回了家,王贻永追上女儿并向她道歉,于是就叫来了刘公才,把女儿的意思告诉了他,并把这一年皇上施恩奏官的名额给了朱严。可是皇上诏命下来的时候朱严却死了。刘公才对王贻永说:“朱严没有接受诏命就死了,按照法律可以再次奏官。”王贻永答应了,就再次为刘公才奏官。等到诏命下达,刘公才到尉氏县去了,派人召见他,他正在饮酒,听说自己做官了,非常高兴,结果就突然去世了。为了一个低微的官职,却害死了两个医生。一个小官职都不可随便去要,更何况是更大的官职呢?

425 赵韩王[①]治第[②],麻捣[③]钱一千二百余贯,其他可知。盖屋皆以板为笪[④],上以方砖甃[⑤]之,然后布瓦[⑥],至今完壮[⑦]。涂壁以麻捣土,世俗遂谓涂壁麻为麻捣。

【注释】

①赵韩王:即赵普(922 年—992 年),字则平,北宋初年宰相。卒谥忠献,封韩王。

②治第:建房子。

③麻捣:和泥灰涂壁用的碎麻。

④笪(dá)：一种粗竹席。

⑤甃(zhòu)：砌。

⑥布瓦：铺瓦。

⑦完壮：完好结实。

【译文】

赵普盖房子，只是麻捣钱就用了一千二百多贯，其他的开销就可想而知了。覆盖房屋都用木板来代替粗竹席，上面砌上方砖之后再铺瓦，到现在为止仍然完好而结实。涂抹墙壁时用麻和泥土混合，于是世人便把涂墙用的麻称之为麻捣。

426 契丹北境有跳兔[①]，形皆兔也，但前足才寸许，后足几[②]一尺。行则用后足跳，一跃数尺，止则蹶然[③]扑地。生于契丹庆州之地大漠中。予使虏日，捕得数兔持归。盖《尔雅》[④]所谓蟨兔[⑤]也，亦曰蛩蛩巨驉[⑥]也。

【注释】

①跳兔：跳鼠，属跳鼠科。前肢短，爪子比较坚利，用来刨土；后肢很发达，用来跳跃；尾巴很长，在跳跃时起平衡作用。

②几：几乎。

③蹶(guì)然：急忙的样子。

④《尔雅》：我国最早的一部解释词义的专著。“尔”是“近”的意思，“雅”是“正”的意思，在这里专指“雅言”，即在语音、词汇和语法等方面都合乎规范的标准语。现存19篇。

⑤蟨(jué)兔：一种兔子的名称，见《尔雅·释地》郭璞注。

⑥蛩(qióng)蛩巨驉：我国古代传说中的一种兽名。

【译文】

契丹北部地区有一种跳兔，形状和兔子很像，但是前肢才一寸多一点，后肢有将近一尺。行走的时候用后肢跳跃，一次跳跃能有好几尺高，停止的话马上就可以倒在地上。这种跳兔生长在契丹庆州的大漠之中。我出使契丹的时候，捉到了几只跳兔带回来。这大概就是《尔雅》所说的蟨兔，也可以说是蛩蛩巨驉。

427 蟭蟟[①]之小而绿色者，北人谓之螓[②]，即《诗》所谓"螓首蛾眉"者也，取其顶深且方也。又闽人谓大蝇为胡螓[③]，亦螓之类也。

【注释】

①蟭蟟：蝉的一种，又叫蛁蟟。

②螓(qín)：蝉的一种，外表形体短小而方头宽额。

③胡螓：大蝉。

【译文】

有一种外形小身体是绿色的蝉，北方人把它叫作螓，就是《诗经》中提到的"螓首蛾眉"中的螓，取其额头宽大且方正。福建人又把大蝇称胡螓，也和螓属于同一类。

428 北方有白雁[①]，似雁而小，色白，秋深则来。白雁至则霜降，河北人[②]谓之霜信。杜甫诗云"故国[③]霜前白雁来"，即此也。

【注释】

①白雁：这里可能指的是雪雁。雪雁的个头较小，全身羽毛为白色。春天去北方繁殖，秋天到南方来过冬，是一种典型的候鸟。

②河北人：泛指黄河以北一带的居民。

③故国：故乡。

【译文】

北方有一种白雁，形态很像鸿雁，但是比鸿雁要小，浑身都是白色的,深秋的时候就飞回来了。白雁要是飞回来的话,那么霜也就来了,黄河以北的人都把它称之为霜信。杜甫的诗“故国霜前白雁来”,就是指它。

429 熙宁中,初行淤田[①]法。论者以谓《史记》所载“泾水[②]一斛,其泥数斗,且粪[③]且溉,长我禾黍[④]”。所谓粪,即淤也。予出使至宿州[⑤]得一石碑,乃唐人凿六陡门[⑥]发汴水[⑦]以淤下泽,民获其利,刻石以颂刺史之功。则淤田之法,其来盖久矣。

【注释】

①淤田:王安石变法中的一项举措,将河水放开让它流入田中,利用河水中的泥土改良土壤的方法。

②泾水:别名泾河,是渭河的支流。

③粪:肥田,此处是指利用水中的泥土改良田地的意思。

④禾黍:庄稼。

⑤宿州:治所在今安徽宿州。

⑥陡门:又称斗门,是堤堰中用来蓄泄渠水的闸门,本书《复闸》所记录的东西。

⑦汴水:古水名。在河南荥阳。

【译文】

熙宁年间,开始推行淤田法。谈论此事的人认为就是《史记》记载的“泾河一斛水中有好几斗泥土,既可以用来浇地,还能改良田地,让庄稼可以茂盛地生长”。所谓的粪,就是说淤田。我出使到宿州的时候,发现了一通石碑,记载了唐人开凿六陡门引导汴水向下游的洼地中流去,老百姓从中取得了益处,所以刻了石碑来赞扬刺史的功劳。由此可见,淤田法大概由来已久了。

430 予奉使河北[①]，遵[②]太行而北，山崖之间，往往衔[③]螺蚌壳[④]及石子如鸟卵者，横亘[⑤]石壁如带。此乃昔之海滨，今东距海已近千里。所谓大陆[⑥]者，皆浊泥[⑦]所湮[⑧]耳。尧殛鲧[⑨]于羽山，旧说在东海中，今乃在平陆。凡大河[⑩]、漳水[⑪]、滹沲[⑫]、涿水[⑬]、桑乾[⑭]之类，悉是浊流[⑮]。今关陕以西，水行地中[⑯]，不减百余尺，其泥岁东流[⑰]，皆为大陆之土，此理必然。

【注释】

①河北：这里指的是宋代的河北西路，治所在今河北正定。沈括在1074年曾任河北西路察访使。

②遵：顺着。

③衔：含有。

④螺蚌壳：海螺、海蚌的化石。

⑤横亘(gèn)：横贯。

⑥大陆：这里指的是华北平原。

⑦浊泥：河流冲刷下带来的泥沙。

⑧湮(yān)：淹没，沉积。

⑨尧殛(jí)鲧(gǔn)：殛，杀死。鲧，传说中我国原始社会末期的部落酋长，是禹的父亲。相传我国上古时代发生特大洪灾，鲧奉尧的命令治水，九年仍然没有治理好，后来被舜杀死在羽山。

⑩大河：黄河。

⑪漳水：漳河，发源于山西东南部。

⑫滹沲(hū tuó)：滹沱河，发源于山西五台山。

⑬涿水：今河北涿州境内的北拒马河。

⑭桑乾：桑乾河，发源于山西北部。以上漳水、滹沲、涿水、桑乾四条河流都是河北省西部太行山地区的主要河流。

⑮浊流：含沙量很大的河流。

⑯水行地中：在河流冲刷作用下，地表被切割成了深谷。

⑰泥岁东流：河流的泥沙年复一年向东流去。

【译文】

我奉命察访河北，沿着太行山向北行走，在山崖之间，往往能够看见海螺、海蚌的化石以及像鸟蛋一般大小的石子，横贯在石壁上像带子一样。这在以前就是海洋，现在距海已经有大约一千里。这里的平原都是河流的泥沙冲积而形成的。舜在羽山杀死了鲧，过去传说在东海中，现在已经在陆地上了。黄河、漳水、滹沱、涿水、桑乾这几条河流都是含沙量很大的河流。现在关陕以西的地方，河水都在地表之下不低于一百多尺处流动，河流的泥沙年复一年向东流去，逐渐形成了陆地，这是必然的结果。

431 唐李翱[①]为《来南录》云："自淮[②]沿流至于高邮[③]，乃溯[④]至于江。"《孟子》[⑤]所谓"决[⑥]汝[⑦]、汉[⑧]，排淮、泗[⑨]而注之江"。则淮、泗固尝入江矣，此乃禹之旧迹也。熙宁中，曾遣使按图求之，故道宛然[⑩]，但江、淮已深，其流无复能至高邮耳。

【注释】

①李翱(772年—836年)：字习之，唐代思想家、文学家。曾经帮助韩愈推进古文运动。《来南录》是李翱所写的书名。

②淮：淮河。

③高邮：治所在今江苏高邮。

④溯：逆流而上。

⑤《孟子》：战国时期孟子及其弟子记录并整理而成的一部儒家经典，被后世奉为"四书"之一。

⑥决：疏通河道。

⑦汝：汝水，发源于河南鲁山县地区，在河南新蔡流入淮河。

⑧汉：汉水，发源于陕西，在武汉汇入长江。

⑨泗：泗水，发源于山东泗水县地区，西南故道在今江苏省北部入

淮河。

⑩宛然：依然存在。

【译文】

唐朝李翱在《来南录》这本书中写道："从淮河沿着流水就会到达高邮，逆流而上就会到达长江。"这就是《孟子》所说的"疏通汝水、汉水，排除淮河、泗水的河道淤塞，使它们注到长江"。淮河、泗水本来就是流入长江的，这是大禹治水的功绩。熙宁年间，皇上曾经派人按照地图寻找，旧河道依然可以见到，但是长江和淮河的河床已经很深，它们的水流再也不能到达高邮了。

432　予中表兄[①]李善胜，曾与数年辈[②]炼朱砂[③]为丹[④]，经岁余，因沐[⑤]砂再入鼎，误遗下一块，其徒丸服之[⑥]，遂发懵冒[⑦]，一夕而毙[⑧]。朱砂至[⑨]良药，初生婴子[⑩]可服，因火力所变，遂能杀人。以变化相对言之，既能变而为大毒，岂不能变而为大善？既能变而杀人，则宜有能生人[⑪]之理，但未得其术耳。以此知神仙羽化[⑫]之方，不可谓之无，然亦不可不戒也。

【注释】

①中表兄：表哥。

②年辈：同辈。

③朱砂：一种矿物名，又称丹砂，红色，可入药，有安神的作用。

④丹：丹药。

⑤沐：洗。

⑥丸服之：捏成小丸吃了下去。

⑦懵(měng)冒：昏迷。

⑧毙：死。

⑨至：极。

⑩婴子：婴儿。

⑪生人：能够使人起死回生。

⑫羽化：古人把得道成仙称为羽化。

【译文】

我的表哥李善胜曾经与几个同辈一起把朱砂炼成丹药，经过大约一年的炼制，在把朱砂洗后再放进鼎炼制的过程中，不小心遗留下了一块，他们的奴仆就把这块朱砂捏成小丸给吃了，不久就昏迷不醒，一夜之间就死了。朱砂是极好的药物，初生的婴儿就可以服用，由于大火的燃烧起了变化，所以可以杀人。从转化到对立面这点来说，朱砂既然能够变成剧毒，难道就变不成十分有益的东西吗？既然能够变成毒药杀人，那么也能够当作救人的良药，只是现在还没有掌握其方法而已。由此可知，所谓得道成仙的方法不能说没有，但是也不能不小心啊。

433　温州雁荡山，天下奇秀，然自古图牒[①]未尝有言者。祥符中，因造玉清宫[②]，伐木取材，方有人见之，此时尚未有名。按西域书[③]，阿罗汉[④]诺矩罗[⑤]居震旦[⑥]东南大海际雁荡山芙蓉峰龙湫[⑦]。唐僧贯休[⑧]为《诺矩罗赞》有“雁荡经行云漠漠，龙湫宴坐雨蒙蒙”之句。此山南有芙蓉峰，峰下芙蓉驿，前瞰大海，然未知雁荡、龙湫所在，后因伐木，始见此山。山顶有大池，相传以为雁荡；下有二潭水，以为龙湫。又有经行峡、宴坐峰，皆后人以贯休诗名之也。谢灵运为永嘉守，凡永嘉山水，游历殆遍，独不言此山，盖当时未有雁荡之名。予观雁荡诸峰，皆峭拔崄怪，上耸千尺，穹崖巨谷不类他山，皆包在诸谷中。自岭外望之，都无所见，至谷中则森然干霄。原其理，当是为谷中大水冲激，沙土尽去，唯巨石岿然挺立耳。如大小龙湫、水帘、初月谷之类皆是水凿音漕，去声之穴。自下望之则高岩峭壁，从上观之适与地平，以至诸峰之顶亦低于山顶之地面。世间沟壑中水凿之处皆有植土龛岩[⑨]，亦此类耳。今成皋[⑩]、陕西大涧中，立土动及百尺，迥然耸立，亦雁荡具体而微者，但此土彼石耳。既非挺出地上，则为深谷林莽所蔽，故古人未见，灵运所不至，理不足怪也。

【注释】

①图牒：地理方面的著作和图册。

②玉清宫：全称是“玉清昭应宫”，是修建在雁荡山上的道观名。

③西域书：佛教著作和典籍，汉以后把玉门关外的地区称为西域。

④阿罗汉：也称罗汉，在梵语中是“圣者”“得道者”的意思，是小乘佛教中佛教徒最想达到的最高层次。

⑤诺矩罗：罗汉名，十六罗汉中的第五尊。

⑥震旦：古印度对中国的称呼。

⑦龙湫(qiū)：雁荡山的瀑布，下有水潭。

⑧贯休(832 年—912 年)：俗名姜德隐，唐代诗僧，婺州兰溪人，善写诗、工书画，有《禅月集》。

⑨龛(kān)岩：凹凸不平，形状像佛龛的岩石。

⑩成皋：古县名，在今河南荥阳。

【译文】

温州雁荡山的风景是天下山脉中特别神奇秀丽的，然而自古以来的地理书籍，却从未有记载。大中祥符年间，因为朝廷要建造玉清昭应宫，在此伐木取材，这才有人发现了它，当时还尚未有名气。考察佛教典籍中的记载，阿罗汉诺矩罗居住在中国东南大海附近雁荡山芙蓉峰下的龙湫。唐时诗僧贯休在《诺矩罗赞》写道“雁荡经行云漠漠，龙湫宴坐雨蒙蒙”。这座山的南面有芙蓉峰，芙蓉峰下有芙蓉驿，向前可以俯瞰大海，然而不知道雁荡、龙湫的所在之处，后来因为伐木才见到此山。山顶上面有个大水池，传说认为这就是雁荡山；山下有两个水潭，认为这就是龙湫。又有经行峡、宴坐峰，都是后人用贯休的诗句给它们起的名字。谢灵运曾经担任过永嘉太守，但凡永嘉一带的山水，他都游历了，但是唯独没有提到这座山，大概当时没有雁荡这个名称。我观察雁荡山上的各个山峰，都是那么的峭拔险怪，向上耸立上千尺，悬崖高耸山谷巨大，不像其他山脉，然而它们全都被包藏在各个山谷里面。从山岭向外望去，那就什么都看不见了，到了山谷中才发现它们森然耸立直上云霄。推究其中的原理，应该是因为山谷中大水冲击，泥沙都被冲走了，只剩下巨大的岩石岿然挺立在那儿。像大小龙湫、水帘、初月谷之类的都是大水冲凿音漕，去声出来的洞穴。从下面仰望是高耸的山岩峭壁，从上面看恰好和地面平行，这样诸峰的顶部就比山要低一些。世间的沟壑中，大水冲凿的地方都有直立的岩石，也就是属这一类。像如今成皋到陕西一带的大山涧，其中直立的土崖往往高达百尺，迥然耸立，也可看作是雁荡山的形态的一个表现，只不过这里是土那里是石头而已。雁荡山既不是耸立在地面上，就一定是被深谷里的丛林遮蔽了，所以古人从未见过这座山，谢灵运也没有到过，就理应不足为怪了。

434 内诸司①舍屋，唯秘阁②最宏壮。阁下穹隆③高敞，相传谓之木天④。

【注释】

①内诸司：设在皇宫内的各种官署机构。

②秘阁：宋代官署名，珍藏三馆珍本书籍。

③穹隆：建筑物隆起的圆顶。

④木天：由木构成的天，比喻建筑物的宏伟高大。

【译文】

内诸司的房屋，只有秘阁最为壮丽宏伟。秘阁内就像苍天一样高大宽敞，相传人们把它称之为木天。

435 嘉祐中，苏州昆山县海上有一船桅折，风飘抵岸。船中有三十余人，衣冠如唐人，系红鞓[①]角带，短皂[②]布衫，见人皆恸哭，语言不可晓。试令书字，字亦不可读。行则相缀[③]如雁行。久之，自出一书[④]示人，乃唐天祐[⑤]中告授乇罗岛[⑥]首领陪戎副尉[⑦]制；又有一书，乃是上高丽[⑧]表，亦称乇罗岛，皆用汉字，盖东夷之臣属高丽者。船中有诸谷，唯麻子[⑨]大如莲的[⑩]，苏人种之，初岁亦如莲的，次年渐小，数年后只如中国麻子。时赞善大夫[⑪]韩正彦[⑫]知昆山县事，召其人，犒以酒食，食罢，以手捧首而軃[⑬]，意若欢感。正彦使人为其治桅，桅旧植船木上，不可动，工人为之造转轴，教其起倒之法，其人又喜，复捧首而軃。

【注释】

①鞓(tīng)：由皮革制成的腰带。

②皂：黑色。

③相缀：相互跟随。

④书：文书。

⑤天祐：唐昭宗、唐哀帝时的年号。

⑥乇(tuō)罗岛：地名不详，有可能是今南海澎湖列岛中的一个小岛。

⑦陪戎副尉：唐朝设置的一种武散官名，品阶为从九品下。

⑧高丽：古国名。

⑨麻子：芝麻。

⑩莲的：莲子。

⑪赞善大夫：古代的一种官名，为太子的僚属，为太子讲解并辅佐太子。北宋也设置过这一官职。

⑫韩正彦：字师德，北宋著名政治家兼名将韩琦之侄。

⑬軃(chǎn)：微笑的样子。

【译文】

嘉祐年间，苏州昆山县的海域有一只船的帆桅折断了，被风吹着，飘到了岸边。船上有三十多个人，他们穿的衣服和戴的帽子像唐朝时期的人，系着红色的皮带，穿着黑色的短布衫，见人就痛哭，他们说的话一点都听不懂。试着让他们写字，他们写出来的字也不认识。他们行走的时候就像大雁一样一个接着一个。时间久了，他们自己拿出了一封文书，原来是唐朝天祐年间封毛罗岛首领为陪戎副尉的诏书；另外的一份，是向高丽皇帝上表，也称毛罗岛，都是用汉字写的，大概是高丽之下的东夷属国。船中有很多粮食，只有芝麻像莲子那么大，苏州的人种植它，第一年也结出了莲子那么大的芝麻，第二年就变小了点，几年以后就变成中国芝麻那么大了。当时赞善大夫韩正彦担任昆山知县，召见了这些人，赏赐给他们酒食，吃完饭之后，他们都用手捧着头露出了微笑，看样子很高兴。韩正彦派人给他们修好了帆桅，他们原来的帆桅固定在船底不能活动，工人们为他们安装了转轴，还教会了他们帆桅升起和放倒的方法，他们非常欢喜，再一次用手捧着头露出了微笑。

436　熙宁中，珠辇国[①]使人入贡[②]，乞依本国俗撒殿，诏从之。使人以金盘贮珠，跪捧于殿槛之间，以金莲花酌珠向御座撒之，谓之撒殿，乃其国至敬之礼也。朝退，有司扫彻得珠十余两，分赐是日侍殿阁门使副[③]内臣。

【注释】

①珠辇国：古国名，即南印度古国朱罗，《宋史》将其记载为“注辇国”，其他史书中也作“车离”等。

②入贡：也称进贡、朝贡，是指不直接归中央统治的少数民族和藩属国定期向中央缴纳贡品的行为。

③阁门使副：指东、西上阁门使、副使。

【译文】

熙宁年间，珠辇国派遣使臣入朝进贡，要求按照本国的习俗进行撒殿仪式，皇上下诏允许了。使者用金盘盛放珠子，在宫殿和门槛之间跪捧着，用金莲花形状的勺子舀起珠子撒向御座，这就叫作撒殿，是珠辇国最尊敬的礼节。退朝之后，有司打扫得到十多两珠子，分别赐给当日侍奉在殿上的阁门官员和内臣。

437 方家[①]以磁石磨针锋，则能指南，然常微偏东，不全南也。水浮多荡摇。指爪[②]及碗唇[③]上皆可为之，运转尤速，但坚滑易坠[④]，不若缕悬[⑤]为最善。其法：取新纩[⑥]中独茧缕[⑦]，以芥子[⑧]许蜡缀于针腰，无风处悬之，则针常指南。其中有磨而指北者。予家指南、北者皆有之。磁石之指南，犹柏之指西[⑨]，莫可原[⑩]其理。

【注释】

①方家：具有某种技艺或专长的人。

②指爪：指甲。

③碗唇：碗边。

④坠：坠落。

⑤缕(lǚ)悬：用丝线悬挂。

⑥纩(kuàng)：丝绵。

⑦独茧缕：一根蚕丝。

⑧芥子：芥菜籽。

⑨柏之指西：古人认为柏树会指向西方，但这一说法没有科学依据。

⑩原：追求根源。

【译文】

方家用磁石磨针尖，那么针尖就会指向南方，然而会稍微偏向东一点，不全是指向南方的。把针浮在水面上经常会摇晃。放在指甲旁和碗的边上也可以指向南方，转动得特别快，那是由于指甲和碗边比较坚硬光滑，针尖放在上面容易坠落，不如用丝线悬挂起来是最好的。它的方法是：从新丝绵中单独抽取一根蚕丝，用芥子粒大小的一点蜡粘连在针的腰间，并悬挂在没有风的地方，那么指针就常常指向南方。这里面也有用磁石磨后指向北方的针。我家指向南方、北方的针都有。磁石指向南方，就像柏树指向西方，无法推究它的原理。

438　岁首[①]画钟馗[②]于门，不知起自何时。皇祐[③]中，金陵[④]发一冢，有石志[⑤]，乃宋宗悫[⑥]母郑夫人。宗悫有妹名钟馗，则知钟馗之设亦远。

【注释】

①岁首：元旦。

②钟馗(kuí)：中国民间传说中一个驱鬼辟邪的神。

③皇祐：宋仁宗赵祯的年号，公元 1049 年至 1054 年。

④金陵：今江苏南京。

⑤石志：碑文。

⑥宗悫(què)：字元幹，南北朝时期刘宋时人，年少时曾曰"愿乘长风破万里浪"，历仕文帝、孝武帝，谥号肃。

【译文】

元旦的时候把钟馗的画像挂在门上，不知道开始于什么时候。皇祐年间，金陵地区发现一个古墓，里面有石刻的墓志铭，原来是刘宋时期宗悫之母郑夫人的墓。宗悫有一个妹妹叫作钟馗，由此可知元旦的时候把钟馗的画像挂在门上这一习俗也有很久了。

439　信州[①]杉溪驿舍[②]中有妇人题壁数百言。自叙世家本士族，父母以嫁三班奉职鹿生之子鹿忘其名，娩娠方三日，鹿生利月俸[③]，逼令上道，遂死于杉溪。将死乃书此壁，具逼迫苦楚之状，恨父母远，无地赴诉。言极哀切，颇有词藻，读者无不感伤。既死，藁葬[④]之驿后山下。行人过此，多为之愤激，为诗以吊之者百余篇，人集之，谓之《鹿奴诗》，其间甚有佳句。鹿生，夏文庄[⑤]家奴[⑥]，人恶其贪忍，故斥为鹿奴。

【注释】

①信州：治所在今江西上饶。

②驿舍：驿站供来往人员住宿的房屋。

③利月俸：为了多领一个月的俸禄。

④藁葬：草率埋葬。

⑤夏文庄：夏竦(sǒng)(985年—1051年)，字子乔，北宋著名官员，谥号文庄。

⑥家奴：门客。

【译文】

信州杉溪的驿舍的墙壁上有位妇人题写了几百个字。自己讲述了她本来出生在世家大族中，父母把她嫁给三班奉职鹿某的儿子忘记了名字，她生下孩子刚三日，鹿某为了多领一个月的月俸，逼迫她出发，于是死在杉溪。临死之前在墙壁上写下这些话，详细陈述了被逼迫的痛苦情况，悔恨父母不在她身边，没有地方前往哭诉。言词极为哀伤悲切，颇有文采，读者没有不感伤的。死后，被草草埋葬在驿站后面的山下。行人经过这里，大多因此事感到激动愤慨，写诗悼念她多达一百多篇，有人把这些诗集中起来，把它叫作《鹿奴诗》，中间还有很多写得颇好的句子。鹿生是夏文庄的门客，人们厌恶他的贪婪，所以斥责他为鹿奴。

440　士人以氏族[①]相高，虽从古有之，然未尝著盛，自魏氏铨总人物[②]，以氏族相高，亦未专任门地。唯四夷则全以氏族为贵贱。如天竺以刹利[③]、婆罗门[④]二姓为贵种，自余皆为庶姓，如毗舍[⑤]、首陀[⑥]是也。其下又有贫四姓，如工、巧、纯、陀是也。其他诸国亦如是，国主大臣各有种姓，苟非贵种，国人莫肯归之，庶姓虽有劳能，亦自甘居大姓之下，至今如此。自后魏据中原，此俗遂盛行于中国，故有八氏十姓、三十六族九十二姓[7]，凡三世公[8]者曰膏粱，有令、仆[9]者曰华腴。尚书[10]、领、护[11]而上者为甲姓，九卿[12]、方伯[13]者为乙姓，散骑常侍[14]、太中大夫[15]者为丙姓，吏部正员郎[16]为丁姓，得入者谓之四姓。其后迁易纷争，莫能坚定，遂取前世仕籍，定以博陵崔[17]、范阳卢[18]、陇西李[19]、荥阳郑[20]为甲族。唐高宗[21]时，又增太原王[22]、清河崔[23]、赵郡李[24]，通谓七姓。然地势相倾，互相排诋，各自著书，盈编连简殆数十家，至于朝廷为之置官撰定，而流习所徇，扇以成俗，虽国势不能排夺。大率高下五等通有百家，皆谓之士族，此外悉为庶姓，婚宦皆不敢与百家齿。陕西李氏乃皇族，亦自列在第三，其重族望如此。一等之内，又如岗头卢、泽底李、土门崔、靖恭杨之类，自为鼎族。其俗至唐末方渐衰息。

【注释】

①氏族：同姓宗族。

②魏氏铨总人物：三国曹魏开创九品中正制，用来选拔人才。

③刹利：即刹帝利，古印度四种种姓之一，梵文音译，是武士贵族，低于婆罗门。

④婆罗门：古印度四种种姓之一，梵文音译，是僧侣贵族。

⑤毗舍：古印度四种种姓之一，梵文音译，又译作“吠舍”“吠奢”，是从事手工业和商业的等级。

⑥首陀：古印度四种种姓之一，梵语音译，又称首陀罗，无任何权利，仅从事低贱、卑微的劳动。

⑦八氏十姓、三十六族九十二姓：鲜卑族原本没有姓氏，入主中原之后，效仿汉人“制定姓族”，该事见《新唐书·儒学传》。

⑧公：朝廷最高官职，有太尉、司徒、司空等。

⑨令、仆：尚书省的长官，尚书令、尚书仆射。

⑩尚书：此指尚书省下面执掌六个部门政务的长官。

⑪领、护：统领禁卫军的长官。

⑫九卿：指太常、光禄勋、卫尉、太仆、廷尉、大鸿胪、宗正、大司农、少府等职。这些都是中央和宫廷中一些主要行政机构的长官。

⑬方伯：掌官地方政务的长官。

⑭散骑常侍：官名，为皇帝侍从，主要规劝皇帝过失。

⑮太中大夫：官名，主要议论政事得失。

⑯吏部正员郎：指吏部郎中，吏部中的重要官员。

⑰博陵崔：祖籍是博陵郡的崔氏家族。

⑱范阳卢：祖籍是范阳郡的卢氏家族。

⑲陇西李：祖籍是陇西郡的李氏家族。

⑳荥阳郑：祖籍是荥阳郡的郑氏家族。

㉑唐高宗：李治（628 年—683 年），字为善，唐朝第三位皇帝。李义府曾在高宗时期修订《氏族志》。

㉒太原王：祖籍是太原郡的王氏家族。

㉓清河崔：祖籍是清河郡的崔氏家族。

㉔赵郡李：祖籍是赵郡的李氏家族。

【译文】

士人凭借氏族来相互夸赞虽然是自古就有的，然而并未形成风气，自从魏朝曹氏铨用九品中正制来选拔人才开始，虽然更加重视氏族声望，也并未用此来作为选拔标准。只有四周的少数民族才全凭氏族区分贵贱。像天竺以刹利、婆罗门两个种姓为贵族种姓，其他的都是平民百姓的姓氏，像毗舍、首陀就是。这下面又有四个贫种姓氏，像工、巧、纯、陀就是这样。其他各国也是这样，国主大臣各自有种姓，如果不是贵族种姓的人，百姓也不肯归顺于他，平民百姓的姓氏中虽然也有有才能的人，也自甘居于大姓之下，至今还是这样。自从北魏占据中原之后，这个习俗于是在中国盛行，所以有八氏十姓、三十六族九十二姓，凡是三代都任三公的氏族就叫膏粱，有任过尚书令、尚书仆射的氏族被称作华腴。任过尚书、领护军中的上级官员的就是甲姓，任过九卿、地方官员的人被称为乙姓，任过散骑常侍、太中大夫的被称为丙姓，任过吏部正员郎的就是丁姓，凡是属于以上的姓氏就被称作四姓。自此之后世事变迁，氏族之间互相争夺，贵贱不能确定，于是根据前代入仕记载，把博陵崔氏、范阳卢氏、陇西李氏、荥阳郑氏称为甲族。唐高宗时期，又增加太原王氏、清河崔氏、赵郡李氏，将这七个姓氏通称为七姓。然而他们的地位势力各自相当、相互排挤，各自著书，连篇累牍的多达数十家，至于朝廷都特地为此设置官员来评定，但是习惯沿袭，已成定俗，即使是国家势力也不能定夺。大体而言，从高向下五等的氏族一共有上百家，都被叫作士族，此外都是平民百姓的种姓，婚姻、仕宦都不会和那百家氏族相并列。陕西李氏是皇族，也才把自己列为第三，当时人重视族望竟然到了这样的地步。一等之内，又像岗头卢、泽底李、土门崔、靖恭杨之类的氏族，从来都是鼎盛的旺族。这种风俗一直到唐末才逐渐衰减。

441 茶芽[①]，古人谓之雀舌[②]、麦颗[③]，言其至嫩也。今茶之美者，其质素[④]良，而所植之土又美，则新芽一发，便长寸余，其细如针。唯芽长为上品，以其质干[⑤]、土力皆有余故也。如雀舌、麦颗者，极下材[⑥]耳，乃北人[⑦]不识，误为品题[⑧]。予山居[⑨]有《茶论》[⑩]，《尝茶》诗云："谁把嫩香名雀舌，定知北客未曾尝。不知灵草[⑪]天然异[⑫]，一夜风吹一寸长。"

【注释】

①茶芽：茶树的嫩叶。

②雀舌：形容茶叶像雀鸟的舌一样瘦长。

③麦颗：形容茶叶像麦粒一样短小。

④质素：固有的品质或性质。

⑤质干：茶树的树干。

⑥下材：下等。

⑦北人：北方人。

⑧品题：评论。

⑨山居：自己隐居的地方。

⑩《茶论》：沈括晚年隐居在润州所著，今已亡佚。

⑪灵草：茶叶。

⑫天然异：生来就与众不同。

【译文】

茶叶的嫩芽，古代人有把它叫作雀舌和麦颗的，是说它非常嫩。现在好的茶叶，它的品种本来就要优良，而且种植的土壤也要肥沃，那么新的芽叶一长出来就有一寸多长，像针那么细小。只有芽长的才是上品，是茶树本身的养分以及土壤都很富足的原因。至于雀舌和麦颗，其实是很下等的茶叶，北方人却不认识这一点，误将它评为好茶。我隐居的时候写有《茶论》一书，在《尝茶》中这样写道："谁把嫩香名雀舌，定知北客未曾尝。不知灵草天然异，一夜风吹一寸长。"

442　闽中荔枝，核有小如丁香者，多肉而甘。土人[①]亦能为之[②]，取荔枝木去其宗根[③]，仍火燔[④]令焦，复种之，以大石抵其根，但令傍根得生，其核乃小，种之不复牙[⑤]，正如六畜[⑥]去势[⑦]，则多肉而不复有子耳。

【注释】

①土人：当地人。

②为之：能够做到。

③宗根：主根。

④燔（fán）：烧烤。

⑤牙：发芽。

⑥六畜：指的是马、牛、羊、猪、狗、鸡六种家禽。

⑦去势：阉割。

【译文】

福建地区有一种荔枝，核比丁香还小，果肉很多而且甜美。当地人也能够人工种植，把一根荔枝树去掉它的主根，又用火把它烧焦，再把它种在土里，并用大石头抵住它的根，只让旁侧的根生长，它的核就会变小，而且种下去之后不会发芽，就像六畜阉割之后就会多长肉而不繁殖一样。

443 元丰中，庆州界生子方虫[①]，方为秋田之害。忽有一虫生，如土中狗蝎[②]，其喙[③]有钳，千万蔽地。遇子方虫，则以钳搏之，悉为两段。旬日，子方皆尽，岁[④]以大穰[⑤]。其虫旧曾有之，土人谓之傍不肯[⑥]。

【注释】

①子方虫：又叫虸蚄（zǐ fāng），今称黏虫，是粮食作物的主要害虫之一。

②狗蝎：这里可能指的是蝼蛄（lóu gū），俗称土狗子，对粮食作物危害较大。

③喙（huì）：嘴。

④岁：年成。

⑤穰（ráng）：庄稼丰收。

⑥傍不肯：一种步行虫，种类很多，成虫和幼虫都有锋利的钳状口器，是农作物害虫的天敌。

【译文】

元丰年间，庆州地区出现了子方虫，正是秋季作物的灾害。忽然有一种虫子出现，外貌就好像土壤中的狗蝎，它的嘴有钳状的口器，成千上万地布满田地。这种虫一遇到子方虫，就会用口钳去搏杀，把子方虫咬为两段。十多天的时间里，子方虫都被消灭干净了，当年的庄稼大丰收。这种虫子以前也曾出现过，当地人称为傍不肯。

444 养鹰鹯[①]者，其类相语谓之咊漱咊音以麦反。三馆书有

《咮漱》三卷，皆养鹰鹯法度，具及医疗之术。

【注释】

①鹰鹯(zhān)：指鹰、雕一类的猛禽，比喻勇士。

【译文】

养鹰鹯的人，把它们的叫声叫作咮漱咮的读音是以麦反切。三馆书有《咮漱》三卷，记载的都是驯养鹰鹯的方法，以及医疗它们的技术。

445　处士[①]刘易[②]，隐居王屋山[③]，尝于斋[④]中见一大蜂，罥[⑤]于蛛网，蛛搏之，为蜂所螫[⑥]坠地。俄顷，蛛鼓腹欲裂，徐行入草。蛛啮芋梗[⑦]微破，以疮就啮处磨之，良久腹渐消，轻躁[⑧]如故。自后人有为蜂螫者，挼[⑨]芋梗傅[⑩]之则愈。

【注释】

①处士：古时有才德而隐居不愿做官的读书人。

②刘易：北宋初年人，性介烈，博学好古，喜谈兵，授官不仕，赐号退安处士。

③王屋山：山名，在山西垣曲和河南济源间。

④斋：屋舍。

⑤罥(juàn)：缠绕。

⑥螫：毒虫或毒蛇咬刺。

⑦芋梗(yù gěng)：芋叶的叶柄。

⑧轻躁：活动灵活。

⑨挼(ruó)：揉搓。

⑩傅：敷。

【译文】

有一位叫刘易的处士，隐居在王屋山，曾经在屋舍里见到一只大蜂，被缠绕在蜘蛛网里，蜘蛛要去吃了它，却被大蜂螫了一口掉了下来。不一会儿，蜘蛛肚子胀得快要裂开了，慢慢地爬向草丛中。蜘蛛把芋梗的外皮稍微咬破了一点，把疮口在芋梗被咬破的地方磨蹭了很久，不久肚子就消肿了，活动像以前一样灵活。以后有再被蜂子螫的人，把芋梗揉搓并敷在伤口处就可以痊愈。

446 宋明帝[①]好食蜜渍[②]鱁鮧[③]，一食数升。鱁鮧乃今之乌鲗肠也，如何以蜜渍食之？大业[④]中，吴郡[⑤]贡蜜蟹二千头、蜜拥剑[⑥]四瓮。又何胤[⑦]嗜糖蟹。大抵南人嗜咸，北人嗜甘，鱼蟹加糖蜜，盖便于北俗也。如今之北方人，喜用麻油煎物，不问何物，皆用油煎。庆历中，群学士会于玉堂[⑧]，使人置得生蛤蜊一篑[⑨]，令饔人[⑩]烹之，久且不至，客讶之，使人检视，则曰："煎之已焦黑，而尚未烂。"坐客莫不大笑。予尝过亲家[⑪]设馔[⑫]，有油煎法鱼，鳞鬣[⑬]虬然[⑭]，无下箸处，主人则捧而横啮，终不能咀嚼而罢。

【注释】

①宋明帝：即刘彧(yù)，南朝刘宋的第七位皇帝。

②蜜渍：用蜂蜜浸渍。

③鱁鮧(zhú yí)：鱼肠用盐或蜜渍成的酱。

④大业：隋炀帝的年号，公元605年至618年。

⑤吴郡：郡名，治今江苏苏州。

⑥拥剑：一种两螯大小不一的蟹，因其大螯利如剑，故得名。

⑦何胤(446年—531年)：字子季，南北朝萧梁时期的经学家。

⑧玉堂：宋代学士院的正厅。

⑨篑(kuì)：一种竹筐。

⑩饔(yōng)人：厨师。

⑪亲家：儿女联姻的人家。

⑫馔(zhuàn)：酒食。

⑬鬣(liè)：鱼鳍。

⑭虬然:弯曲的样子。

【译文】

宋明帝喜欢吃蜜渍鱁鮧,一次可以吃掉好几升。鱁鮧是现在乌贼的肠子,怎么能够蜜渍起来吃掉呢?大业年间,吴郡地区进贡蜜蟹二千只、蜜渍的拥剑四坛。又有何胤喜欢吃糖蟹。大概南方人喜欢吃咸的,北方人喜欢吃甜的,鱼蟹用糖来蜜渍,大概是用来迎合北方人的口味。现在的北方人,喜欢用麻油油煎食物,不管是什么东西,都用麻油油煎。庆历年间,一大群学士在玉堂聚会,派人买来一筐生蛤蜊,让厨师去烹制,厨师很久都没有出来,学士们都很吃惊,派人去查看,厨师说:"生蛤蜊已经被油煎成了焦黑色,但是肉却没有烂。"在座的人没有一个不大笑的。我曾经品尝过亲家家中的饭菜,有油煎腌鱼,鳞片和鱼鳍都被煎得翻卷了起来,没有下筷子的地方,可是主人却抓起鱼来就横着咬,最终因难以咀嚼而作罢。

447　漳州[①]界有一水,号乌脚溪,涉者[②]足皆如墨,数十里间水皆不可饮,饮皆病瘴[③],行人皆载水自随。梅龙图公仪[④]宦[⑤]州县时,沿牒[⑥]至漳州,素[⑦]多病,预忧瘴疠为害,至乌脚溪,使数人肩荷[⑧]之,以物蒙身,恐为毒水所沾。兢惕[⑨]过甚,睢盱[⑩]矍铄[⑪],忽坠水中,至于没顶[⑫],乃出之,举体[⑬]黑如昆仑[⑭],自谓必死。然自此宿病[⑮]尽除,顿觉康健,无复昔之羸瘵[⑯],又不知何也。

【注释】

①漳州:治今福建漳州。

②涉者:徒步过河的人。

③瘴(zhàng):瘴气,即南方山林间使人得疟疾等传染病的湿热空气。

④梅龙图公仪:即梅挚(994年—1059年),字公仪,北宋成都(今四川成都)人,曾任龙图阁大学士。

⑤宦：做官。

⑥沿牒：此处指途经。

⑦素：平时。

⑧肩荷：用肩膀扛。

⑨兢惕：小心谨慎。

⑩睢盱（huī xū）：仰视。

⑪矍铄（jué shuò）：原意形容老人目光炯炯、精神健旺，此处指因为害怕而身体晃动。

⑫没顶：淹没头顶。

⑬举体：全身。

⑭昆仑：即昆仑奴，唐宋时贵族喜欢用南洋诸岛的国人为奴。

⑮宿病：老毛病。

⑯羸瘵（léi zhài）：体弱多病。

【译文】

漳州地区有一条河，名叫乌脚溪，凡是过河的人脚都会像墨一样黑，方圆几十里的水都不能饮用，如果饮用的话都会得瘴气病，过往的行人都自己带水。龙图阁大学士梅挚在地方做官时，曾经途经漳州，他平时本来就多病，更加担心瘴气的厉害，到了乌脚溪，他让几个人抬着他，并用东西把自己全身都掩藏起来，担心自己被毒水所沾染。因为小心谨慎过头了，正仰面朝天过河，一不小心梅挚就掉进水中了，水淹没了他的头顶，等到众人把他拖出来，他全身黑得就跟昆仑奴一样，自己觉得必死无疑。可是此后他的老毛病全都消除了，顿时感觉身体康健了许多，再也没有往日病恹恹的样子，这也不知道是怎么回事。

448 北岳恒山[①]，今谓之大茂山者是也，半属契丹，以大茂山分脊为界。岳祠[②]旧在山下，石晋[③]之后稍迁近里，今其地谓之神棚。今祠乃在曲阳[④]，祠北有望岳亭，新晴气清则望见大茂。祠中多唐人故碑，殿前一亭中有李克用⑤题名云："太原河东节度使李克用，亲领步骑五十万，问罪幽陵⑥，回师自飞狐路⑦即归雁门⑧。"今飞狐路在茂之西，自银冶寨北出倒马关⑨，度虏界，却自石门子、冷水铺入瓶形⑩、梅回⑪两寨之间至代州。今此路已不通，唯北寨西出承天阁路可至河东，然路极峭狭。太平兴国中，车驾自太原移幸恒山⑫，乃由土门⑬路，至今有行宫在。

【注释】

①恒山：位于今河北曲阳和山西交界处。汉代因避文帝讳改称常山，唐宋时亦名大茂山。今天的北岳恒山在山西浑源。

②岳祠：祭祀北岳神的祠堂。

③石晋：指五代后晋，由石敬瑭建立，公元946年被契丹所灭。

④曲阳：治所在今河北曲阳。

⑤李克用(856年—908年)：唐末将领，沙陀族人。

⑥问罪幽陵：疑是公元894年李克用进攻幽州一事。

⑦飞狐路：飞狐是位于今河北涞源县、蔚县的要隘。飞狐路是从河北道定州到河东道蔚州的一条道路，这条路并未经过飞狐。

⑧雁门：今山西代县。

⑨倒马关：在今河北唐县。

⑩瓶形：瓶形寨，位于今山西平型关境内。

⑪梅回：梅回寨，位于今平型关西部境内。

⑫移幸恒山：指宋太宗决定攻击辽国时，从山西太原越过太行山进入镇州、定州的事。

⑬土门：在今河北石家庄。

【译文】

北岳恒山，就是今天说的大茂山，一半属于契丹，用大茂山的山脊作为分界线。岳祠以前就在山脚下，石晋之后稍微向南迁移近了一点，如今把这里叫作神棚。现在这个祠堂仍然在曲阳，祠堂北面有望岳亭，天朗气清的时候就可以望见大茂山。祠堂中有很多唐人的碑刻，殿前的一座亭子里面有李克用题名："太原河东节度使李克用，亲自率领步兵骑兵五十万人，攻打幽陵，回朝的时候军队从飞狐路抵归雁门。"现在飞狐路在大茂山的西边，从银治寨北面出倒马关，翻过山，再转从石门子、冷水铺经过瓶形、梅回两座山寨之间，抵达代州。现在这条路已经走不通了，只有从北面山寨向西经过承天阁的山路可以抵达河东，然而道路极其陡峭狭窄。太平兴国年间，皇上从太原前往恒山，就是从土门路走的，至今那里仍然有行宫。

449　镇阳①池苑②之盛，冠于诸镇，乃王镕③时海子园也。镕尝馆李正威④于此，亭馆尚是旧物，皆甚壮丽。镇人喜大言，矜大⑤其池，谓之潭园，盖不知昔尝谓之海子矣。中山⑥人常好与镇人相雌雄⑦，中山城北园中亦有大池，遂谓之海子，以压镇之潭园。予熙宁中奉使镇定⑧，时薛师政⑨为定帅，乃与之同议，展⑩海子直抵西城中山王冢⑪，悉为稻田，引新河水注之，清波弥漫数里，颇类江乡⑫矣。

【注释】

①镇阳：治所在今河北正定。

②池苑：园林。

③王镕：五代后唐回纥人，曾世袭镇州节度使。

④李正威：即李匡威，因避宋太祖赵匡胤的讳而改称，唐末五代人，曾任卢龙节度使。

⑤矜大：夸大。

⑥中山：今河北定州地区。宋代为定州，后来升为中山府。

⑦相雌雄：争高下。

⑧镇定：镇州地区和定州地区。

⑨薛师政:即薛向,字师政,当时他任定州知州兼高阳关军事长官。

⑩展:扩展。

⑪中山王冢:西汉中山王及其宗室的墓地。

⑫江乡:江南水乡。

【译文】

镇阳园林的兴盛,比附近的几个州都要好,那原先是王镕时期的海子园。王镕当年借宿李正威时正好是这个地方,现在的亭台楼阁仍然是以前的样子,都非常壮丽。镇阳人喜欢说大话,夸大吹嘘这个池子,把它叫作潭园,大概不知道以前叫作海子园。中山人常常喜欢和镇阳人争个高低,中山城北园中也有一个大池子,于是就叫作海子,用来压倒镇阳的潭园。我在熙宁年间曾经奉命察访镇定,当时薛师政为定州的统帅,我就和他商议,把海子一直扩展到城西的中山王墓地,全部种上水稻,并引新河的水注入其中,清澈的水波荡漾于方圆数里之间,就好像江南水乡一样。

450 宣州宁国县[①]多枳首蛇[②],其长盈尺,黑鳞白章[③],两首文彩[④]同,但一首逆鳞[⑤]耳。人家庭槛[⑥]间,动[⑦]有数十同穴,略如蚯蚓。

【注释】

①宣州宁国县:宣州是宋代的州名,治所在今安徽宣城,宁国县是宣州下属的一个县,也就是现在的安徽宁国县。

②枳(zhǐ)首蛇:两头蛇,《尔雅·释地》中称之为“枳首蛇”,是属于游蛇科一类的无毒蛇,有倒行的习性,分布在长江下游及其以南地区。

③白章:白色斑纹。

④文彩:花纹。

⑤逆鳞:两头蛇的另一个头长在尾部。

⑥庭槛:庭院。

⑦动:常常。

【译文】

宣州宁国县多有枳首蛇,它们长有一尺多,黑色的鳞片,白色的斑纹,两个头的花纹相同,只是有一个头长在尾部。在民间的庭院旁,常常有几十条蛇在一个洞穴内,它们跟蚯蚓很像。

451 太子中允[①]关杞[②]曾提举[③]广南西路[④]常平仓[⑤],行部[⑥]邕管[⑦],一吏人为虫所毒,举身[⑧]溃烂。有一医言能治,呼使视之,曰:"此为天蛇所螫,疾已深,不可为[⑨]也。"乃以药傅[⑩]其创,有肿起处,以钳拔之,有物如蛇,凡取十余条,而疾不起。又予家祖茔[⑪]在钱塘西溪,尝有一田家[⑫],忽病癞[⑬],通身溃烂,号呼欲绝[⑭]。西溪寺僧识之,曰:"此天蛇毒耳,非癞也。"取木皮[⑮]煮汁一斗许,令其恣[⑯]饮,初日疾减半,两三日顿愈。验其木,乃今之秦皮[⑰]也,然不知天蛇何物。或云:"草间黄花蜘蛛[⑱]是也。人遭其螫,仍为露水所濡[⑲],乃成此疾。"露涉[⑳]者亦当戒也。

【注释】

①太子中允:东宫官职名,太子的属官。

②关杞:据《宋史》记载,他在元丰三年出任邵州知州,提举广南西路常平仓。

③提举:宋代以后设立的负责主管专门事务的官,以提举命名。

④广南西路:宋代路名,治所在今广西桂林。

⑤常平仓:地方上设置的用以在荒年赈灾的粮仓。

⑥行部:巡视所部。

⑦邕(yōng)管:邕州管辖的地界。邕,即邕州,治今广西南宁。

⑧举身:全身。

⑨不可为:治不好了。

⑩傅:通"敷",涂抹。

⑪祖茔(yíng):祖坟。

⑫田家:种庄稼的人。

⑬癞(lài):麻风病。

⑭号呼欲绝:痛苦不已地大声喊叫。

⑮木皮:树皮。

⑯恣:放纵。

⑰秦皮:木犀科植物白蜡树的树皮,入药称秦皮,有清热燥湿、清肝明目、平喘止咳的疗效。

⑱黄花蜘蛛:即草花蜘蛛,在草上结网,为花蜘蛛中毒性最高的一种。

⑲濡(rú):沾湿。

⑳露涉:在露水中行走。

【译文】

太子中允关杞曾经担任广南西路常平仓的提举官,在邕州视察的时候,有一名官吏被毒虫咬伤了,全身都溃烂了。有一名医生说能够治好,便叫他来看病,说:"这是被天蛇咬伤的,疾病已经非常严重了,治不好了。"于是把药敷在伤口处,有肿起的地方就用钳子拔,连续拔出了十余条像蛇一样的东西,但最终这名官吏还是死了。此外,我家的祖坟在钱塘西溪,曾经有一名庄稼人,忽然得了癞病,全身溃烂,痛苦不已地大声喊叫。西溪寺的一名僧人认得这种病,说:"这是天蛇的毒害,而不是癞病。"拿来树皮煮了一斗多汁,让他尽量喝,当天疾病就消了一半,两三天就痊愈了。查看那种煮汁的树皮,原来是当今的秦皮,但是不知道天蛇是什么东西。有人说:"天蛇就是草丛间的黄花蜘蛛。人被它咬螫后,又遇到露水便会得这种疾病。"所以在露水中行走的人应当戒备。

452 天圣[①]中,侍御史知杂事[②]章频[③]使辽,死于虏中。虏中无棺榇[④],舆[⑤]至范阳方就殓。自后辽人常造数漆棺,以银饰之，每有使人入境，则载以随行，至今为例。

【注释】

①天圣：宋仁宗赵祯的年号，公元1023年至1031年。

②侍御史知杂事：御史台的副长官。

③章频：字简之，宋福建浦城（今福建浦城）人。宋真宗景德年间进士。在出使辽国途中，病卒。

④棺榇（chèn）：泛指棺材。

⑤舆：用车载运。

【译文】

天圣年间，侍御史知杂事章频出使辽国，死在辽国境内。辽国没有棺材，尸体运到范阳才入殓。从此之后，辽人经常准备几口漆好的棺材，并用银子装饰，每当有宋朝使臣入境的时候，就用车载着跟在后面，到现在仍然还是这样。

453 景祐[①]中，党项[②]首领赵德明[③]卒，其子元昊[④]嗣立。朝廷遣郎官杨告[⑤]入蕃吊祭。告至其国中，元昊迁延[⑥]遥立，屡促之，然后至前受诏。及拜起，顾其左右曰："先王大错！有国如此，而乃臣属于人。"既而飨告于厅，其东屋后若千百人锻声[⑦]。告阴知其有异志，还朝，秘不敢言。未几，元昊果叛。其徒遇乞[⑧]，先创造蕃书，独居一楼上，累年方成，至是献之，元昊乃改元，制衣冠礼乐，下令国中悉用蕃书、胡礼，自称大夏。朝廷兴师问罪，弥岁[⑨]，虏之战士益少，而旧臣宿将[⑩]如刚浪唛遇[⑪]、野利[⑫]辈，多以事诛，元昊力孤，复奉表称蕃，朝廷因赦之，许其自新，元昊乃更称兀卒曩宵[⑬]。庆历中，契丹举兵讨元昊，元昊与之战，屡胜，而契丹至者日益加众。元昊望之，大骇曰："何如此之众也？"乃使人行成[⑭]，退数十里以避之。契丹不许，引兵压西师[15]阵。元昊又为之退舍，如是者三。凡退百余里，每退必尽焚其草莱[16]。契丹之马无所食，因其退，乃许平。元昊迁延数日，以老北师[17]，契丹马益病，亟发军攻之，大败契丹于金肃城[18]，获其伪乘舆[19]、器服、子婿、近臣数十人而还。先是，元昊后房生一子，曰宁令受[20]。宁令者，华言大王也。其后又纳没臧讹哤之妹，生谅祚[21]而爱之。宁令受之母恚忌[22]，欲除没臧氏，授戈于宁令受，使图之。宁令受间[23]入元昊之室，卒与元昊遇，遂刺之，不殊而走[24]，诸大佐[25]没臧讹哤辈仆[26]宁令，枭之。明日，元昊死，立谅祚，而舅讹哤相之。有梁氏者，其先中国人，为讹哤子妇[27]，谅祚私[28]焉，日视事于国，夜则从诸没臧氏。讹哤怼[29]甚，谋伏甲梁氏之宫，须其入以杀之。梁氏私以告谅祚，乃使召讹哤，执[30]于内室。没臧，强宗[31]也，子弟族人在外者八十余人，悉诛之，夷其宗。以梁氏为妻，又命其弟乞埋为家相[32]，许其世袭。谅祚凶忍，好为乱，治平[33]中，遂举兵犯庆州大顺城[34]。谅祚乘骆马[35]，张黄屋[36]，自出督战。陴者[37]彍弩[38]射之中，乃解围去。创甚，驰入一佛祠，有牧牛儿不得出，惧伏佛座下，见其脱靴，血涴[39]于踝，使人裹创舁[40]载而去。至其国，死，子秉常[41]立，而梁氏自主国事。梁乞埋死，其子移逋继之，谓之没宁令。没宁令者，华言天大王也。秉常之世，执国政者有嵬名浪遇[42]，元昊之弟也，最老于军事，以不附诸梁，迁下治[43]而死。存者三人，移逋以世袭居长契，次曰都罗马尾，又次曰关萌讹，略知书，私侍梁氏。移逋、萌讹皆以昵幸[44]进，唯马尾粗有战功，然皆庸才。秉常荒孱[45]，梁氏自主兵，不以属其子。秉常不得志，素慕中国[46]。有李青者，本秦人[47]，亡虏中[48]，秉常昵之，因说秉常以河南[49]归朝廷。其谋泄，青为梁氏所诛，而秉常废。

【注释】

①景祐:宋仁宗赵祯的年号,公元1034年至1038年。

②党项:我国古代北方少数民族之一,北宋时期的西夏政权就是由党项族建立的。

③赵德明:即西夏太宗李德明,李继迁的儿子,李元昊的父亲,因为李继迁曾经被宋真宗赐姓赵,所以李德明也叫赵德明。

④元昊:即李元昊,西夏开国君主。

⑤杨告:字道之,宋时绵竹(今四川绵竹)人。

⑥迁延:迟疑。

⑦锻声:锻造铁器的声音。

⑧遇乞:即野利遇乞,元昊的重要谋臣,西夏文字的创造者。

⑨弥岁:过了一年。

⑩旧臣宿将:昔日的大臣和将军。

⑪刚浪唛遇:西夏的将军。

⑫野利:野利旺荣,野利遇乞兄弟,后被元昊杀害。

⑬兀卒曩(nǎng)霄:"兀卒"是天子的称号,"曩霄"是元昊的新名。

⑭行成:议和。

⑮西师:西夏军队。

⑯草莱:草地。

⑰老北师:使辽国军队疲惫不堪。

⑱金肃城:在今内蒙古准格尔旗北。

⑲乘舆:皇上乘坐的车驾。

⑳宁令受:是元昊与妻野利氏所生的第二子,被元昊立为太子。

㉑谅祚:即李谅祚,小字宁令歌,西夏的第二位皇帝。继位时年仅两岁,大权掌握在太后及国相之手。1061年夺回大权之后,随即进行变革,增强了西夏实力。1068年病卒,庙号为毅宗。

㉒恚(huì)忌:怨恨嫉妒。

㉓间:间隙。

㉔不殊而走：没有杀死就逃走了。

㉕诸大佐：元昊的亲近大臣。

㉖仆：扑倒。

㉗子妇：儿媳。

㉘私：私通。

㉙怼(duì)：怨恨。

㉚执：被捉住。

㉛强宗：强大的家族。

㉜家相：掌管国君家庭事务的人。

㉝治平：宋英宗赵曙的年号，公元1064年至1067年。

㉞庆州大顺城：今甘肃华池西北。

㉟骆马：黑鬃尾的白马。

㊱黄屋：以黄色缯布为里的车盖，泛指只有帝王才能乘坐的车。

㊲陴(pí)者：守城将士。

㊳彍(guō)弩：拉满弓弩。彍，拉开弓弦。

㊴涴(wò)：弄脏。

㊵舁(yú)：抬。

㊶秉常：元昊的孙子，毅宗谅祚长子，继位时年仅七岁，由其生母梁太后把持政权。死时年仅26岁，庙号惠宗。

㊷嵬名浪遇：元昊的弟弟。

㊸迁下治：贬官流放在外。

㊹昵幸：受到宠爱。

㊺荒孱：荒唐懦弱。

㊻中国：宋朝。

㊼秦人：今陕西、甘肃一带的人。

㊽亡虏中：流亡在西夏。

㊾河南：此处指河套地区。

【译文】

景祐年间，党项族首领赵德明去世了，他的儿子元昊继位。朝廷派遣郎官杨告到党项去吊丧。杨告到了那儿，元昊迟疑不决地站得远远的，杨告屡次催促，他才上前接受诏书。等到结束之后，元昊对左右的大臣们说："先王犯了一个大错误，有这样的国家却去向别的国家称臣。"受拜仪式结束后，元昊在大厅款待杨告，东屋后好像有千百人在锻造兵器。杨告已经知道元昊有叛逆的想法，回到宋朝之后不敢向朝廷汇报。不久，元昊果然叛变了。他的部属遇乞事先就在创造西夏文字，独自居住在楼上，经过了好几年才完成，到了这个时候才把它献给元昊，于是元昊就改变了年号，制定了服饰礼仪制度，并在全国下令必须都要用本国的文字、礼仪，自称大夏国。朝廷派兵去问罪，仗打了一年，西夏的士兵越来越少，而元昊以前的大臣将军，比如刚浪唛遇和野利兄弟，都因为事故而被诛杀了，元昊感到势单力薄，再一次上表请求称臣，朝廷因此赦免了他，允许他改过自新，于是元昊改称兀卒曩宵。庆历年间，契丹大军进兵讨伐元昊，元昊奋力与之作战，多次获胜，但是契丹的兵力越来越多。元昊看见之后惊慌地说："契丹怎么能够有这么多的兵力呢！"于是就派人去请和。后退了几十里地以请和，但是契丹不允许，并向西夏的阵地大举进兵。元昊又后退了三十里，这样反复了三次。元昊于是后退了一百多里地，每次后退必定焚烧牧草。契丹的马匹吃不到食物，于是就趁元昊撤退之际允许议和。元昊拖延了好几天，以此消耗契丹军队，使契丹的马匹更加吃不到食物，然后趁机派兵攻打契丹，最终在金肃城这个地方打败契丹军队，俘获了契丹皇帝乘坐的辇车和御用器物，并俘虏了契丹的驸马以及数十位大臣。先前，元昊的妻子生了一个儿子，名叫宁令受。宁令，就是他们所说的大王。后来，元昊又娶了没臧讹哤的妹妹，生下了谅祚而受到元昊的宠爱。宁令受的母亲很是嫉妒怨恨，想要除掉没臧氏，于是就把兵器交给宁令受，并让他去刺杀。宁令受找个机会进入了元昊的屋子，不料却和元昊相遇了，于是就刺杀元昊，没有成功就逃跑了，没臧讹哤等大臣攻打宁令受，并把他杀死了。第二天，元昊去世了，谅祚被拥立为帝，他的舅舅没藏讹哤辅佐他。有一位祖先是中原人的女子梁氏，是讹哤的儿媳妇，谅祚与她私通，白天在朝堂上处理政事，晚上则和这位没臧家的媳妇私通。讹哤非常怨恨，就悄悄地在梁氏的房间埋伏了士兵，准备等到谅祚到来时把他杀死。梁氏私底下把这个消息告诉了谅祚，让他召见讹哤，在内室捉住了讹哤。没臧，是西夏一个很大的宗族，没臧的亲属在宫外的有八十多人，全部都被诛杀了，并灭掉了他这一宗族。谅祚正式以梁氏为妻子，又命令梁氏的弟弟梁乞埋为家相，允许他世袭。谅祚生性凶狠残忍，喜欢挑起事端，治平年间，派兵进犯庆州大顺城。谅祚乘坐骆马，张着黄色的车盖，亲自前去督战。守城的将士射箭射中了他，西夏军队才退去。谅祚伤得很厉害，急忙逃进一个佛祠，有一位放牛的孩子来不及跑出来，吓得躲在了佛座底下，亲眼看到他脱去靴子，脚踝上都沾满了血迹，被人把伤口包扎好抬了回去。等到回到了西夏，谅祚就死了，他的儿子秉常继承了皇位，由梁氏把持朝政。梁乞埋死后，他的儿子移逋继承了官职，称为没宁令。没宁令，就是他们所说的天大王。秉常当政时，执掌国政的还有嵬名浪遇，他是元昊的弟弟，很擅长带兵打仗，因为不依附于梁氏一伙被贬官到很远的地方而死去。剩下来的大臣还有三个，移逋因为世袭官职在长契居住，第二个叫都罗马尾，第三个叫关萌讹，识点字，私下侍奉梁氏。移逋和萌讹都是因为受到宠爱而被任用，唯独马尾稍微有点战功，但全部都是庸才。秉常荒唐而又懦弱，梁氏掌握军队，而不把它交给自己的儿子。秉常不能随心所欲，一直很仰慕宋朝。有一个叫李青的人，本来是陕西人，后来逃到了西夏，秉常对他很亲近，李青趁机劝说秉常把河套归还给宋朝。后来这件事被泄露出去，李青被梁氏所杀，而秉常也被废黜了。

454 古人论茶，唯言阳羡[①]、顾渚[②]、天柱[③]、蒙顶[④]之类，都未言建溪[⑤]。然唐人重串茶粘黑[⑥]者，则已近乎建饼[⑦]矣。建茶皆乔木；吴、蜀、淮南唯丛茇[⑧]而已，品自居下。建茶胜处曰郝源、曾坑[⑨]，其间又岔根、山顶[⑩]二品尤胜。李氏[⑪]时号为北苑[⑫]，置使领之[⑬]。

【注释】

①阳羡：今江苏宜兴。

②顾渚：山名，在今浙江长兴县西北。

③天柱：山峰名，在今安徽潜山。

④蒙顶：即蒙山之顶，蒙山在今四川雅安。

⑤建溪：水名，闽江的北源，在今福建建瓯，这里代指建溪地区。

⑥串茶粘黑：唐代茶叶的一种制法，将茶叶加工成饼，饼的外面用黑茶叶包裹着，并在饼的中间打一个洞，用绳子串着，以便于携带。

⑦建饼：宋代建溪地区生产的茶叶。

⑧丛茭(jiāo)：丛生的灌木。

⑨郝源、曾坑：在今福建建瓯境内。

⑩岔根、山顶：原意是茶叶在山区生长的位置，这里用作茶名。

⑪李氏：南唐国君姓李。

⑫北苑：产茶地区，在今福建建瓯境内。

⑬置使领之：设官掌管。

【译文】

古代人谈论茶叶，只会谈到阳羡、顾渚、天柱、蒙顶之类，都不曾提到建溪。但是唐朝人所重视的串茶粘黑，已经接近于建饼茶了。建溪的茶树都是乔木，吴地、蜀地以及淮南的茶叶都只是灌木丛，品质当然低下了。建茶比较有名的产茶区是郝源和曾坑，其中岔根和山顶两个品种最为出色。南唐时期称之为北苑，设置官员专门管理。

455 信州铅山县[①]有苦泉，流以为涧，挹其水熬之则成胆矾[②]，烹胆矾则成铜。熬胆矾铁釜，久之亦化为铜。水能为铜，物之变化，固不可测。按《黄帝素问》[③]有天五行、地五行[④]，土之气在天为湿，土能生金石，湿亦能生金石，此其验也。又，石穴中水所滴皆为钟乳、殷孽[5]；春秋分时汲井泉则结石花[6]；大卤之下则生阴精石，皆湿之所化也。如木之气在天为风，木能生火，风亦能生火，盖五行之性也。

【注释】

①铅（yán）山县：今江西铅山县。

②胆矾：硫酸铜的水合物，结晶体呈蓝色。

③《黄帝素问》：现存最早的中医理论著作《黄帝内经》分为《灵枢》与《素问》两部分，《素问》主要通过人与自然的统一观、阴阳五行学说、脏腑经络学说为主线，论述生理学、病理学、诊断学等。

④地五行：指金、木、水、火、土。沈括这里说的见《素问·天元纪大论》："神在天为风，在地为木；在天为热，在地为火；在天为燥，在地为金；在天为寒，在地为水。"

⑤殷孽：钟乳石向下的根部，又称石笋、通石。

⑥春秋分时汲井泉则结石花：春分、秋分都是属于二十四节气。此句中"石"可能应作"水"。

【译文】

信州铅山县有个苦泉，流水形成山间的溪水，舀取其中的水煎熬就会生成胆矾，继续熬就能够熬成铜。熬成胆矾的铁锅，日子久了就会变成铜。水居然能够变为铜，物质的变化，的确无法推测。考察《黄帝素问》，其中记载了天五行、地五行，土气在天就是湿，土能生成金石，湿气也能生成金石，这些现象就是一种佐证。另外，在石穴中，水滴下来能形成钟乳石、石笋；春分、秋分的时候，从井泉中打出来的水能结成石花；地下的卤水能够生成阴精石，都是湿气生成的。像木气在天就是风，木能生火，风也能生火，这大概就是五行本来的样子。

456　古之节如今之虎符[1]，其用则有圭璋[2]、龙虎之别，皆椟,"辅之英荡[③]"是也,汉人所持节乃古之旄[④]也。予在汉东得一玉琥[⑤],美玉而微红,酣酣[⑥]如醉肌,温润明洁,或云即玫瑰[⑦]也。古人有以为币[⑧]者,《春官》"以白琥礼西方[⑨]"是也;有以为货者,《左传》"赐以玉琥二[⑩]"是也;有以为瑞节[⑪]者,"山国用虎节[⑫]"是也。

【注释】

①虎符:古代调动军队的信符,虎形,分作两半,调兵时将两半合在一起,才能调动军队。

②圭璋:圭是一种上尖下方的玉器,璋是半圭。

③英荡:《周礼·地官·掌节》中记载了各种金制的节"以英荡辅之",旧注"英荡"是"画函",就是"椟"。

④旄:用牦牛尾巴作为装饰的旗子,又称节旄。

⑤玉琥:玉制的虎形器。

⑥酣酣:色泽艳丽。

⑦玫瑰:红色美玉。

⑧币:礼物。

⑨以白琥礼西方:出自《周礼·春官·大宗伯》。琥,原作"虎",据《周礼》改。

⑩赐以玉琥二:出自《左传·昭公三十二年》。

⑪瑞节:玉制的符信。

⑫山国用虎节:出自《周礼·地官·掌节》。

【译文】

古代的节犹如今天的虎符,形状有圭璋、龙虎的分别,都装在木匣里,就是《周礼》中记载的"辅之英荡",汉人所持的节就是古代的旄。我在汉东一带得到过一件玉琥,美玉是呈微红色,艳丽得像微醺之后的皮肤,温润明洁,有人说这就是玫瑰玉。古人有把玉琥当作礼物的,《周礼·春官》中记载的"以白琥礼西方";有把玉琥当作财物的,即《左传》中记载的“赐以玉琥二”；有把玉琥当作符节的，即《周礼》中记载的“山国用虎节”。

457 国朝汴渠[①]，发京畿[②]辅郡三十余县夫，岁一浚。祥符中，阁门祇候使臣谢德权[③]领治京畿沟洫，权借浚汴夫，自尔后三岁一浚，始令京畿邑官[④]皆兼沟洫河道，以为常职。久之，治沟洫之工渐弛，邑官徒带空名而汴渠有二十年不浚，岁岁堙淀。异时京师沟渠之水皆入汴，旧尚书省都堂[⑤]壁记云“疏治八渠[⑥]，南入汴水”是也。自汴流堙定，京城东水门下至雍丘[⑦]、襄邑[⑧]，河底皆高出堤外平地一丈二尺余。自汴堤下瞰，民居如在深谷。熙宁中，议改疏洛水[⑨]入汴。予尝因出使按行汴渠，自京师上善门量至泗州[⑩]淮岸[⑪]，凡八百四十里一百三十步。地势，京师之地比泗州凡高十九丈四尺八寸六分，于京城东数里渠心[⑫]穿井至三丈，方见旧底。验量地势，用水平、望尺、干尺[⑬]量之，亦不能无小差[⑭]。汴渠堤外皆是出土故沟，予因决沟[⑮]水令相通，时为一堰节其水，候水平其上，渐浅涸则又为一堰，相齿如阶陛，乃量堰之上下水面相高下之数，会之乃得地势高下之实。

【注释】

①汴渠：汴河。

②京畿：京都及所属郊县。

③谢德权：字士德，其事迹见《宋史》。

④邑官：州县官员。原作“民官”，据下文改。

⑤尚书省都堂：设立在禁城中的政事堂。

⑥八渠：京城外面的八条下水道。

⑦雍丘：治所在今河南杞县。

⑧襄邑:治所在今河南睢县。

⑨洛水:洛河,源出陕西洛南。

⑩泗州:治所在今江苏盱眙。

⑪淮岸:原作“淮口”,据《续通鉴长编》卷二四八熙宁六年十一月壬寅条附注引文改。

⑫渠心:原作“白渠中”,据《续通鉴长编》卷二四八附注引文改。

⑬水平、望尺、干尺:测量仪器。

⑭亦不能无小差:原无“亦”,据《续通鉴长编》卷二四八附注引文补。

⑮予因决沟:此四字原无,据《续通鉴长编》卷二四八附注引文补。

【译文】

本朝的汴渠,每年都会征派京城附近三十个郡县的民工进行疏浚。祥符年间,阁门祗候使臣谢德权率领民工治理京都地区的沟渠,暂借疏浚汴渠的民工,从那之后每三年疏浚一次,才让京都的地方官员兼管疏浚河道的事务,把这件事当作他们的日常职务。很久之后,疏浚河道的工作逐渐松懈,地方官员只挂着这个空名但是汴渠长达二十年都没有进行疏浚了,每年都堵塞。过去京城沟渠中的水都流入汴渠,从前尚书省都堂的壁记记载着“疏治八渠,南入汴水”的文字。自从汴渠的水淤塞之后,从京城东水门下一直到雍丘、襄邑,河底都比岸堤外的平地高出一丈二尺多。从汴堤向下俯瞰,百姓像在深谷中居住。熙宁年间,讨论把洛水引入汴渠。我曾经因此外派,让我勘测汴渠,从京师的上善门一直测量到泗州淮岸,共八百四十里一百三十步。地势上,京师之地比泗州总共高十九丈四尺八寸六分,在京城以东的数里之外的渠心凿井,一直凿到三丈深,才看到从前的河底。检验测量它的地势,用水平、望尺、干尺进行测量,也不能避免小误差。汴渠的河堤外面都是挖土留下的旧沟渠,我因此挖开沟渠让积水互相流通,隔一段距离就建造一道堰挡住流水,等到流水和堰顶平行,在流水小的地方再建造一道堰,相互排列好像台阶一样,于是丈量堰上下水面高度的差值,加起来就求得地势的高低了。

458 唐风俗，人在远[①]或闺门[②]间，则使人传拜以为敬。本朝两浙仍有此俗。客至，欲致敬于闺闼[③]，则立使人而拜之；使人入见所礼[④]，乃再拜致命[⑤]。若有中外[⑥]，则答拜[⑦]；使人出复拜客，客与之为礼如宾主。

【注释】

①远：远方。

②闺门：内室的门。

③闺闼(tà)：此处指的是女眷。

④所礼：所要礼拜的对象。

⑤致命：传达敬意。

⑥中外：此处指的是亲戚关系。

⑦答拜：主人向使者行礼。

【译文】

唐代的风俗，人在外地或者向女眷敬礼，就会派一个使者去表达敬意。本朝两浙地区仍然有这个风俗。客人到了，如果想对家庭的女眷表达敬意，就会确立一名使者并对她行礼，使者进入内堂，见到所要施礼的女眷后就要行礼致意。如果女眷和客人还有亲戚关系的话，那么女眷还要答谢还礼，使者出来又向客人行礼，客人向使者施礼就好像对待主人一样。

459 庆历中，王君贶[①]使契丹。宴君贶于混融江[②]，观钩鱼。临归，戎主[③]置酒，谓君贶曰："南北修好[④]岁久，恨不得亲见南朝皇帝兄[⑤]。托卿为传一杯酒到南朝。"乃自起酌酒，容甚恭，亲授君贶举杯，又自鼓琵琶，上南朝皇帝千万岁寿。先是，戎主之弟宗元[⑥]为燕王，有全燕之众，久畜异谋[⑦]。戎主恐其阴附朝廷[⑧]，故特效恭顺[⑨]。宗元后卒以称乱诛。

【注释】

①王君贶(kuàng):名拱辰,字君贶,北宋开封府咸平(今河南通许)人,曾在仁宗天圣八年举进士第一。

②混融江:即混同江,今松花江及黑龙江下游一带。

③戎主:辽国君主,即辽兴宗耶律宗真。

④修好:和好。

⑤南朝皇帝兄:指的是宋仁宗赵祯。澶渊之盟后,宋辽两国结为兄弟之国。

⑥宗元:即耶律宗元,辽兴宗的弟弟,后来发动叛乱失败后自杀身亡。

⑦异谋:怀有篡逆的野心。

⑧阴附朝廷:暗中归顺宋朝。

⑨特效恭顺:特意做出恭顺的姿态。

【译文】

庆历年间,王君贶出使契丹。辽帝在混融江宴请君贶,请他观看钩鱼。等到临走的时候,辽帝倒了一杯酒,对君贶说:“南北已经和好很多年了,我恨不得亲自面见宋朝皇帝。委托你替我给宋朝皇帝带一杯酒。”于是亲自倒了一杯酒,样子非常恭顺,亲自把酒杯递给了君贶,又自己弹起了琵琶,恭祝宋朝皇帝千秋万岁。原先,辽帝的弟弟宗元为燕王的时候,统辖了所有燕地的人民,早就有了篡逆的野心。辽帝担心他暗中归顺宋朝,所以样子是相当恭顺。宗元后来因为发动叛乱而被镇压。

460 潘阆,字逍遥。咸平[1]间有诗名。与钱易[2]、许洞[3]为友,狂放不羁。尝为诗曰“散拽禅师来蹴踘[4],乱拖游女上秋千”。此其自序之实也。后坐卢多逊党亡命,捕迹甚急,阆乃变姓名,僧服入中条山。许洞密赠之诗曰:“潘逍遥,平生才气如天高。仰天大笑无所惧,天公嗔尔口呶呶[5]。罚教临老投补衲[⑥]，归中条。我愿中条山神镇长在，驱雷叱电依前赶出这老怪。”后会赦[⑦]，以四门助教召之，阆乃自归，送信州安置[⑧]。仍不惩艾，复为《扫市舞[⑨]》词曰：“出砒霜，价钱可。赢得拨灰兼弄火。畅杀我！”以此为士人不齿，放弃终身。

【注释】

①咸平：宋真宗赵恒的年号，公元998年至1003年。

②钱易：字希白，宋真宗时进士，《宋史》有传。

③许洞：字渊夫，一字洞天，沈括舅父，咸平年间进士，《宋史》有传。著有《虎钤经》。

④蹴踘：我国古代的一项足球运动。

⑤呶呶：没完没了的讲话，惹人讨厌。

⑥补衲：僧人穿的衣服。

⑦会赦：疑为宋真宗即位初期的大赦。

⑧安置：对遭到贬谪官员的一种监管手段，按照情节的严重程度区分，较轻的被送到某地居住，稍重的称安置，最重的称编管。

⑨扫市舞：又名玉碾萼、扫地舞，词牌名，全篇58字，此处是摘录。

【译文】

潘阆，字逍遥。咸平年间以诗闻名。和钱易、许洞是好友，狂放不羁。曾经写诗说“散拽禅师来蹴踘，乱拖游女上秋千”。这的确是他自己的自我写照。后来因为卢多逊一案受到牵连而亡命天涯，追捕得甚是急迫，潘阆于是变更姓名，穿着僧人的衣服逃进中条山。许洞秘密赠给他诗说：“潘逍遥，平生才气如天高。仰天大笑无所惧，天公嗔尔口呶呶。罚教临老投补衲，归中条。我愿中条山神镇长在，驱雷叱电依前赶出这老怪。”后恰逢天下大赦，用四门助教一职召请之，潘阆于是自己归来，被送到信州安置。仍然不吸取教训，又写了《扫市舞》，词中说道：“出砒霜，价钱可。赢得拨灰兼弄火。畅杀我！”因此被士人所不齿，废弃终身。

461 江湖间唯畏大风。冬月风作[①]有渐，船行可以为备；唯盛夏风起于顾盼间[②]，往往罹难[③]。曾闻江国贾人[④]有一术，可免此患。大凡夏月风景，须作于午后。欲行船者，五鼓[⑤]初起，视星月明洁，四际至地[⑥]，皆无云气，便可行，至于巳时[⑦]即止。如此，无复与暴风遇矣。国子博士[⑧]李元规云："平生游江湖，未尝遇风，用此术。"

【注释】

①作：兴起。

②顾盼间：顷刻之间。

③罹(lí)难：遇到不幸的事故。

④江国贾(gǔ)人：来往于江湖的商人。

⑤五鼓：在古代往往是以击鼓报更，一夜有五更，五鼓就是五更，大致相当于凌晨四、五点钟的样子。

⑥四际至地：天际的四周到地面之间。

⑦巳(sì)时：大致相当于上午九点到十一点。

⑧国子博士：古代的一种学官名，即国子监的教授官。

【译文】

在江河湖面上行走的时候最怕的就是大风。一般冬季的风是逐渐刮起来的，人们在行船的时候可以有所防备；唯有盛夏间的风是顷刻间即刮起来的，往往造成灾害事故。我曾经听说过往来于江湖间的商人有一种方法，可以免除这种灾祸。一般来说夏季的大风总是发生在午后，想要行船的人五更天就要起床，看见天上的星星和月亮明亮洁净，天际四周到地面都没有云彩的话，就表示可以上路，到巳时前停下来。这样的话就不会再遇到暴风了。国子博士李元规说："我平生在江湖上行走一次也没有遇到过暴风，就是用这种方法。"

462 予使虏至古契丹界[①]，大蓟茇[②]如车盖，中国[③]无此大者。其名蓟恐其因此也，如杨州[4]宜杨、荆州宜荆之类。荆或为楚，楚亦荆木之别名也。

【注释】

①古契丹界：五代时期石敬瑭割让燕云十六州给契丹，古契丹界是指并未割让十六州以前的地界。

②大蓟茇(bá)：一种多年生草本植物，属菊科，可入药，也称大蓟、大蓟菜。茇，根。

③中国：中原。

④杨州：史书一般写作“扬州”。

【译文】

我出使契丹的时候，到了古契丹界，见到一种大蓟，它的根部就像车盖一样大，在中原没有这么大的。此地之所以叫蓟，大概就是这个缘故，就像杨州适合杨树生长、荆州适合荆木生长一样。荆又叫作楚，楚也是荆木的别称。

463　刁约[1]使契丹，戏为四句诗曰：“押燕[2]移离毕，看房[3]贺跋支。饯行三匹裂，密赐十貔狸[4]。”皆纪实也。移离毕，官名，如中国执政官。贺跋支，如执衣、防阁[5]。匹裂，似小木罂[6]，以色绫木[7]为之，加黄漆。貔狸，形如鼠而大，穴居，食谷粱，嗜肉，狄人为珍膳，味如㹠[8]子而脆。

【注释】

①刁约(？—1082年)：字景纯，上蔡人，出使契丹是在仁宗嘉祐二年(1057年)。

②押燕：主持宴会。

③看房：指护卫使者住处。

④貔狸(pí lí)：古契丹称黄鼠为貔狸。

⑤执衣、防阁：官员的侍从。执衣一般是州县官员和在外监官的侍

从;防阁是在京文武官员的侍从。

⑥罂:小罐。

⑦色绫木:一种纹理像绫纹的木料,《契丹国志》此句是"以木为之"。

⑧㹠(tún):也作"豘""豚",小猪。

【译文】

刁约出使契丹的时候,曾戏谑地写了四句诗:"押燕移离毕,看房贺跋支。饯行三匹裂,密赐十貔狸。"都是纪实。移离毕,是契丹的官名,就像中原的执政官。贺跋支,就像中原官员的侍从。匹裂,像小木罐,是用色绫木制作的,上面涂饰有黄漆。貔狸,长得像老鼠但比老鼠稍稍大些,穴居,能吃谷物,嗜好吃肉,契丹人把它作为珍贵的肉食,味道像小猪但更脆。

464 世传江西人好讼[①],有一书名《邓思贤》,皆讼牒法[②]也。其始则教以侮文[③];侮文不可得,则欺诬[④]以取之;欺诬不可得,则求其罪劫[⑤]之。盖思贤,人名也,人传其术,遂以之名书。村校[⑥]中往往以授生徒[⑦]。

【注释】

①讼:打官司。

②讼牒法:写告状的方法。

③侮文:歪曲法律条文。

④欺诬:诬陷欺骗。

⑤劫:胁迫。

⑥村校:民间的小私塾。

⑦授生徒:教授学生。

【译文】

世人都传说江西人好打官司,有一本书叫《邓思贤》,全部都是教人写告状的方法。刚开始是教授歪曲法律条文的方法;如果歪曲法律条文达不到目的的话，就要用欺骗诬陷的手段；如果欺骗诬陷的手段也达不到目的的话，就要找到对方的罪名来胁迫他。大概“思贤”这两个字，是人的名字，有人教会他这种方法，就以他的名字来作书名。在乡村的小私塾里往往都用它来教学生。

465　蔡君谟①尝书小吴笺②云：“李及③知杭州，市白集一部，乃为终身之恨，此君殊清节④，可为世戒。张乖崖⑤镇蜀⑥，当遨游时，士女环左右，终三年未尝回顾，此君殊重厚⑦，可以为薄夫⑧之检押⑨。”此帖今在张乖崖之孙尧夫家。予以谓买书而为终身之恨，近于过激⑩。苟其性如此，亦可尚⑪也。

【注释】

①蔡君谟：即蔡襄(1012年—1067年)，字君谟，宋代仙游(今属福建)人。天圣进士，著名的书法家，为当时第一。

②小吴笺：一种纸张的名称。

③李及：字幼几，宋郑州(今属河南)人，宋代御史中丞，清高耿直，为治严简。做过杭州知州，在杭州一年，除了日常饮食之外，从不在市场上买一样东西，只买了一部《白乐天集》。

④清节：高洁的节操。

⑤张乖崖：即张咏(946年—1015年)，号乖崖，谥号忠定，山东鄄城人。他是北宋太宗、真宗两朝的名臣，尤以治蜀著称。

⑥镇蜀：指的是张乖崖两次担任益州知州。

⑦重厚：端庄忠厚。

⑧薄夫：行为轻薄的人。

⑨检押：规矩，法度。

⑩过激：过分。

⑪尚：尊重。

【译文】

蔡君谟曾经在小吴笺上这样写道：“李及在杭州做知州的时候，只在市场上买了一部白居易的诗文集，竟成了终生的遗憾，这个人特别清廉守节，可以作为世人的榜样。张乖崖在担任益州知州的时候，经常在各地巡游，常常可以看见年轻的女子，可是在三年的任期中始终没有去注意她们，这个人行为特别稳重厚道，可以成为行为轻薄人的榜样。”这个帖子至今在张乖崖的孙子张尧夫的家中。我认为买一部书会成为他的终生遗憾，未免有点过激了。如果他的本性就是如此的话，那么也是可以尊重的。

466 陈文忠[①]为枢密，一日，日欲没时，忽有中人[②]宣召。既入右掖[③]，已昏黑，遂引入禁中[④]。屈曲行甚久，时见有帘帏、灯烛炜煌[⑤]，皆莫知何处。已而到一小殿，殿前有两花槛[⑥]，已有数人先至，皆立廷中。殿上垂帘，蜡烛十余炬而已。相继而至者凡七人，中使[⑦]乃奏班齐[⑧]。唯记文忠、丁谓[⑨]、杜镐[⑩]三人，其四人忘之。杜镐时尚为馆职。良久，乘舆[⑪]自宫中出，灯烛亦不过数十而已。宴具甚盛。卷帘令不拜，升殿就坐。御座设于席东，设文忠之坐于席西，如常人宾主之位。尧叟等皆惶恐不敢就位，上宣谕不已，尧叟恳陈“自古未有君臣齐列之礼”，至于再三。上作色[⑫]曰：“本为天下太平，朝廷无事，思与卿等共乐之。若如此，何如就外朝[⑬]开宴？今日只是宫中供办，未尝命有司[⑭]，亦不召中书辅臣[⑮]。以卿等机密及文馆职任，侍臣无嫌，且欲促坐[⑯]语笑，不须多辞。”尧叟等皆趋[⑰]下称谢，上急止之曰：“此等礼数[⑱]，且皆置之。”尧叟悚栗危坐[⑲]，上语笑极欢。酒五六行[⑳]，膳具中各出两绛囊[㉑]，置群臣之前，皆大珠也。上曰：“时和岁丰，中外康富，恨不得与卿等日夕相会。太平难遇，此物助卿等燕集[㉒]之费。”群臣欲起谢，上云：“且坐，更有。”如是酒三行，皆有所赐，悉良金重宝。酒罢已四鼓。时人谓之天子请客。文惠[23]之子述古得于文忠，颇能道其详，此略记其一二耳。

【注释】

①陈文忠：指的是陈尧叟(961 年—1017 年)，字唐夫，宋阆中(今属四川)人。端拱二年(989 年)状元。大中祥符五年(1012 年)出任枢密使。死后谥文忠。

②中人：宫中的宦官。

③右掖：即右掖门，皇宫右侧旁门。

④禁中：指的是帝王所居的内宫。

⑤炜煌：辉煌。

⑥花槛：装饰有花纹的栏杆。

⑦中使：皇宫中派出的使者。

⑧班齐：这里指的是官员们都到齐了。

⑨丁谓(966 年—1037 年)：字谓之，北宋苏州长洲(今江苏苏州)人，宋真宗时被立为相，封晋国公。

⑩杜镐(938 年—1013 年)：字文周，无锡(今江苏无锡)人。北宋大臣。

⑪乘舆：皇上乘坐的车驾，这里代指宋真宗。

⑫作色：生气的样子。

⑬外朝：古代皇帝的宫殿一般分为外朝和内朝，外朝是皇帝处理政务的地方，内朝则是皇帝生活起居的地方。

⑭有司：相关的政府部门。

⑮中书辅臣：中书令等宰辅大臣。

⑯促坐：靠近坐。

⑰趋：小步快走。

⑱礼数：礼仪的规矩。

⑲悚栗危坐：形容诚惶诚恐，坐立不安。

⑳行(háng)：饮酒满一遍称为一行。

㉑绛囊：红色口袋。

㉒燕集：宴饮集会。

㉓文惠：即陈尧佐(963 年—1044 年)，字希元，陈尧叟的弟弟，曾任翰林学士、参知政事等官，卒谥文惠。

【译文】

陈文忠在担任枢密使的时候，有一天太阳快要下山的时候，忽然有宫中的太监前来宣召进宫。进入右掖门之后，天已经黑了，于是就跟着进了内宫。弯弯曲曲走了很久，不时看见有系着帘子和帷帐的宫殿，里面灯烛辉煌，都不知道来到了什么地方。不一会儿来到了一个小宫殿，殿前有两行精心装饰的栏杆，已经有几个人先到了，都站立在殿堂里。殿上垂着帘子，只不过有十几支蜡烛而已。陆续又来了七个人，派出去传话的人说人已经到齐了。只记得其中的三个人是陈文忠、丁谓、杜镐，其余的四个人忘记了。杜镐当时还在担任馆职。不久，皇上从宫中出来了，也只不过有几十根蜡烛而已。宴席准备得很丰盛。皇上命令把帘子卷起来，并且不让大臣们跪拜，然后就到大堂上就座。皇上的位子设在宴席的东边，陈文忠的位子在西边，就好像普通家庭请客时宾主的位次。陈文忠等都惶恐得不敢就座，皇上则一再邀请他们落座，陈文忠恳切地说“自古以来都没有皇上和大臣坐在一起的礼节”，这样反复了好几次。皇上生气地说道：“本来是因为天下太平，朝中无事，想和你们一起同乐一下。如果这样拘守礼节的话，那还不如到外朝去设宴！今天的宴席只是宫中操办，并没有给有关部门下旨，也没有传召中书省的宰辅大臣。因为你们都是机要部门和文馆的官员，作为近侍之臣，没有什么不方便的地方，就想和你们坐得近一点欢乐一下，不需要过多谦让。”陈文忠等都跑到下面表示谢意，皇上急忙制止他们，说道：“这样的礼数还是不要了吧。”陈文忠等诚惶诚恐地坐着，皇上则高高兴兴地说着话。这样喝了五六次酒后，杯盘间拿出两个绛红色的袋子放在各位大臣面前，里面装的都是大珠子。皇上说：“现在风调雨顺，国富民安，我恨不得每天晚上都和你们在一起。太平的日子很难遇到，这些物品就为你们增加一些宴饮的费用。”大臣们都准备起身感谢，皇上说：“你们暂且坐下，还有东西相送。”这样又饮了三次酒，每次都有东西送上来，都是上好的金子和贵重的珠宝。饮酒结束之后已经是四更天了。当时人们称之为“天子请客”。陈文惠的儿子陈述古从陈文忠那里听到的，说得很详细，我这里只是大概记述了其中的一点情况。

467 关中[①]无螃蟹。元丰中，予在陕西，闻秦州[②]人家收得一干蟹，土人怖[③]其形状，以为怪物。每人家有病疟者，则借去挂门户上，往往遂差[④]。不但人不识，鬼亦不识也。

【注释】

①关中：指的是函谷关以西、秦岭以北地区。

②秦州：宋代州名，治所在今甘肃天水。

③怖：害怕。

④差(chài)：同“瘥”，痊愈。

【译文】

关中地区没有螃蟹。元丰年间，我在陕西，听说秦州地区一户人家得到了一只干蟹，当地人很害怕它的模样，认为是一个怪物。每当有人得了疟疾时就把它借去挂在门户上，疾病往往就会痊愈。不但人们不认识这种东西，鬼也不知道。

468 丞相陈秀公[①]治第于润州[②]，极为闳壮[③]，池馆绵亘[④]数百步。宅成，公已疾甚，唯肩舆[⑤]一登西楼而已。人谓之三不得：居不得，修不得，卖不得[⑥]。

【注释】

①陈秀公：即陈升之(1011 年—1079 年)，宋建州建阳(今属福建)人。因封为秀国公，故称。

②润州：宋代州名，治所在今江苏镇江。

③闳壮：宏伟壮观。闳，通“宏”。

④绵亘(gèn):连绵相接。

⑤肩舆:用轿子抬着。

⑥卖不得:当时没有人敢买丞相的遗宅。

【译文】

丞相陈秀公在润州建房子,宏伟壮观,池塘和馆舍连绵数百步。等到房子建成的时候,陈秀公病得已经很严重了,只是让人抬着上了一下西楼而已。当时人们说这所房子有三个不能:不能居住,不能维修,不能出售。

469　福建剧贼廖恩[①]聚徒千余人,剽掠市邑,杀害将吏,江浙为之骚然。后经赦宥,乃率其徒首降[②],朝廷补恩右班殿直[③],赴三班院[④]候差遣[⑤]。时坐恩黜免者数十人,一时在铨班叙录[⑥]其脚色[⑦],皆理私罪或公罪[⑧],独恩脚色称"出身以来,并无公私过犯"。

【注释】

①廖恩:北宋南剑州人,经商致富,因不满朝廷赏赐,熙宁十年(1077年)聚众闹事,后投降,补右班殿直。

②乃率其徒首降:投降时间大致在熙宁十年七八月。

③右班殿直:武将的一种小官,正九品。

④三班院:负责选取诸司使以下的武阶。

⑤差遣:宋朝把官员的实际职务称为差遣。

⑥铨班叙录:官员需要在相关机构排队等待考查以及调换差遣等。

⑦脚色:初入仕的官员写个人简历。

⑧私罪或公罪:宋代官员因公犯罪称为公罪,与公务无关的私情犯罪称私罪。私罪的处罚更为严重。

【译文】

福建大盗贼廖恩曾聚集上千人的党徒,抢夺城邑,杀害将吏,江浙一带因此骚动。后来经过朝廷赦免，于是率领他的手下投降，朝廷补授廖恩右班殿直一职，让他前往三班院等候任命。当时因为廖恩案件受到牵连而被降职和罢黜的官员多达几十人，都在那里办理相关手续，他们的简历上都必须写明被治私罪或公罪，只有廖恩的简历上写着为官以来没有因公、私犯过罪。

470 曹翰[①]围江州[②]三年，城将陷，太宗嘉其尽节[③]于所事，遣使谕[④]翰："城下日，拒命之人尽赦之。"使人[⑤]至独木渡，大风数日，不可济。及风定而济[⑥]，则翰已屠江州无遗类[⑦]适一日矣。唐吏部尚书张嘉福[⑧]奉使河北，逆韦之乱，有敕处斩[⑨]，寻遣使人赦之，使人马上昏睡，迟行一驿，比至已斩讫[⑩]。与此相类，得非有命欤？

【注释】

①曹翰：宋初大将，攻破江州后，下令屠城。

②江州：南唐州名，治所在今江西九江。

③尽节：尽心竭力。

④谕：告知，命令。

⑤使人：传达皇上旨意的人。

⑥济：渡河。

⑦无遗类：一个都不剩。

⑧张嘉福：唐朝时期，韦后弑中宗后，任命张嘉福为同中书门下平章事。不久，韦后又派张嘉福为河北道宣抚使。韦后失败后，张嘉福被视为韦后同党亦被诛杀。

⑨有敕处斩：皇上下达了处以极刑的命令。

⑩讫：完毕。

【译文】

曹翰围攻江州三年，在城池即将陷落的时候，宋太宗赞许守军尽忠于南唐，就派使者前去告诉曹翰：“等到攻破城池的时候，赦免一切守城人员。”使者到达独木渡时，大风已经连续刮了好几天，不能渡船。等到风停了渡船来到江州，曹翰已经在前一天把城中的人都杀完了。唐朝吏部尚书张嘉福奉命出使河北，韦后作乱失败后，李隆基命令要把他处斩，但是立即又派人去赦免他，使者在马上睡了一会儿，耽误了一个驿站的路程，等到的时候张嘉福已经被斩杀了。这件事与江州被屠杀一事很相像，该不会是命中注定吧！

471 庆历中，河北大水，仁宗忧形于色。有走马承受公事使臣[①]到阙[②]，即时召对，问：“河北水灾何如？”使臣对曰：“怀山襄陵[③]。”又问：“百姓如何？”对曰：“如丧考妣[④]。”上默然。既退，即诏阁门[⑤]：“今后武臣上殿奏事，并须直说，不得过为文饰[⑤]。”至今阁门有此条，遇有合奏事人[⑦]即预先告示。

【注释】

①走马承受公事使臣：派出去巡查的公务人员，多由武官担任。

②阙：到了京城。

③怀山襄陵：见《尚书·尧典》，意思是洪水包围了大山，淹没了丘陵。

④如丧考妣：见《尚书·舜典》，意思是百姓很忧伤，就好像自己的父母死了一样。

⑤即诏阁门：随即命令阁门司官员。

⑥过为文饰：过分加以修饰。

⑦合奏事人：应当奏事的人。

【译文】

庆历年间，河北发大水，仁宗皇帝非常担心。有走马承受公事使臣回到了京城，仁宗皇帝立即召见他，并问道：“河北水灾情况怎么样啊？”使臣回答说：“怀山襄陵。”仁宗皇帝又问道：“老百姓的处境怎么样啊？”

使臣答道:“如丧考妣。”仁宗皇帝默然不语。等到使臣退下去的时候,仁宗皇帝随即命令阁门司:“以后凡是武臣上殿奏事,必须要直截了当地说,不能够过分修饰。”到现在阁门司仍然有这条规定,遇到有向皇帝奏事的人就会被事先告知。

472 予奉使按边①,始为木图②,写③其山川道路。其初遍履④山川,旋以面糊木屑写其形势于木案上。未几⑤寒冻,木屑不可为,又镕蜡为之,皆欲其轻,易赍⑥故也。至官所⑦,则以木刻上之⑧。上召辅臣⑨同观,乃诏边州⑩皆为木图,藏于内府⑪。

【注释】

①按边:巡视边防地区。

②木图:木质的地图模型。

③写:描摹。

④遍履:走遍,这里指的是普遍勘察。

⑤未几:不久。

⑥赍(jī):携带。

⑦官所:指的是察访使的住所。

⑧上之:献给皇上。

⑨辅臣:宰执大臣。

⑩边州:边防地区的州郡。

⑪内府:指宫内。

【译文】

我奉命巡视边防地区,开始用木图来表示当地山川道路的走势。当初我走遍了边防地区的山川河流,立即用面糊和木屑把它们的形势描摹在案板上。不久天气就变冷了,面糊就冻住了,木屑就不能用了,就改为熔蜡来制作,这都是为了使它们轻便容易携带。到了边防的驻所,便雕刻成木图献给皇上。皇上就会召集辅臣们一起观看,于是下令边防各州都要把地形刻成木图，以便收藏在宫内。

473 蜀中剧贼李顺[1]，陷剑南、两川，关右[2]震动。朝廷以为忧。后王师破贼，枭李顺，收复两川，书功行赏[3]，了无间言[4]。至景祐中，有人告李顺尚在广州，巡检使臣[5]陈文琏捕得之，乃真李顺也，年已七十余，推验明白，囚赴阙[6]，覆按[7]皆实。朝廷以平蜀将士功赏已行，不欲暴其事，但斩顺，赏文琏二官[8]，仍阁门祗候。文琏，泉州人，康定[9]中老归泉州，予尚识之。文琏家有《李顺案款》，本末甚详。顺本味江[10]王小博[11]之妻弟，始王小博反于蜀中，不能抚其徒众，乃共推顺为主。顺初起，悉召乡里富人大姓，令具[12]其家所有财粟，据其生齿[13]足用之外，一切调发[14]，大赈贫乏，录用材能[15]，存抚良善，号令严明，所至一无所犯。时两蜀大饥，旬日之间，归之者数万人，所向州县，开门延纳[16]，传檄所至，无复完垒。及败，人尚怀之，故顺得脱去三十余年乃始就戮。

【注释】

①李顺：北宋初期农民起义的领袖。

②关右：指的是潼关以西，今天陕西中部一带。

③书功行赏：根据功劳奖赏。

④了无间言：没有异议。

⑤巡检使臣：宋朝在州府和关隘要地设置的负责巡查治安的官员。

⑥阙(què)：京城。

⑦覆按：复查。

⑧二官：升官晋级。

⑨康定：宋仁宗赵祯的年号，公元1040年至1041年。

⑩味江：水名，在今四川都江堰境内。

⑪王小博：即王小波，北宋初期农民起义领袖。

⑫具：开列，陈述。

⑬生齿：人口。

⑭调发：征调。

⑮材能：有才能的人。

⑯延纳：迎接。

【译文】

蜀中大贼李顺，攻克了剑南和两川，关中地区都受到了影响。朝廷对此非常担心。后来朝廷的军队镇压了叛乱，杀死了李顺，收复了两川，论功行赏，没有任何异议。到了景祐年间，有人告发说李顺仍然在广州，巡检使臣陈文琏捕到李顺，已经有七十多岁了，考证清楚之后，就把他押解到京城，复查确认都是事实。朝廷因为已经奖赏了以前平定蜀地叛乱的将士，不想再对这件事过多声张，只是诛杀了李顺，给陈文琏加官晋级，让他做了阁门祇候。陈文琏是泉州人，康定年间告老还乡回泉州的时候，我还和他认识。陈文琏家有一本书叫作《李顺案款》，对李顺的事情记录得很详细。李顺本来是味江王小波的妻弟，刚开始的时候王小波在蜀地造反，不能够安抚众人，于是大家就共推李顺为起义军的首领。李顺刚开始起事的时候，召集了乡里所有的富人，让他们呈报家中所有的粮食财宝，除了留下家里面口粮日用全部都征调，赈济穷人，任用有才能的人，保护善良的人，军纪非常严明，所到之处秋毫无犯。当时两蜀地区发生了大饥荒，十来天的时间里就有几万群众参加起义军，他们所进攻的州县全部都开门迎接，檄文到了哪里，哪里就被攻破。直到起义失败，老百姓仍然怀念他，所以李顺能够逃脱三十余年才被杀。

474　交趾[①]乃汉、唐交州[②]故地。五代离乱，吴文昌[③]始据安南[④]，稍侵交、广之地[⑤]。其后文昌为丁琏[⑥]所杀，复有其地。国朝开宝六年，琏初归附，授静海军节度使[⑦]，八年封交趾郡王。

景德元年，土人黎桓[8]杀琏自立。三年，桓死，安南大乱，久无酋长，其后国人共立闽人李公蕴[9]为主。天圣七年，公蕴死，子德政立。嘉祐六年，德政死，子日尊立。自公蕴据安南，始为边患，屡将兵入寇。至日尊乃僭称[10]法天应运崇仁至道庆成龙祥英武睿文尊德圣神皇帝，尊公蕴为太祖神武皇帝，国号大越。熙宁元年，伪改元宝象，次年又改神武。日尊死，子乾德立，以宦人李尚吉与其母黎氏号燕鸾太妃同主国事。熙宁八年，举兵陷邕[11]、钦[12]、廉[13]三州。九年，遣宣徽使[14]郭仲通[15]、天章阁待制赵公才[16]讨之，拔[17]广源州，擒酋领[18]刘纪，焚甲峒，破机郎、决里，至富良江。尚吉遣王子洪真率众来拒，大败之，斩洪真，众歼于江上，乾德乃降。是时乾德方十岁，事皆制于尚吉。

广源州者，本邕州羁縻[19]。天圣七年，首领侬存福归附，补存福邕州卫职[20]，转运使章频[21]罢遣[22]之，不受其地，存福乃与其子智高东掠笼州[23]，有之七源[24]。存福因其乱，杀其兄，率土人刘川，以七源州归存福。庆历八年，智高自领广源州，渐吞灭右江[25]、田州[26]一路蛮峒。皇祐元年，邕州人殿中丞昌协奏乞招收智高，不报。广源州孤立，无所归。交趾觇[27]其隙，袭取存福以归。智高据州不肯下[28]，反欲图交趾，不克，为交人所攻。智高出奔右江文村，具金函表[29]投邕州，乞归朝廷，邕州陈拱拒不纳。明年，智高与其匹[30]卢豹、黎貌、黄仲卿、廖通等拔横山寨[31]入寇，陷邕州，入二广[32]。及智高败走，卢豹等收其余众，归刘纪，下广河。至熙宁二年，豹等归顺。未几，复叛从纪。至大军南征，郭帅遣别将燕达[33]下广源，乃始得纪，以广源为顺州。

甲峒者，交趾大聚落，主者甲承贵，娶李公蕴之女，改姓甲氏。承贵之子绍泰，又娶德政之女。其子景隆，娶日尊之女。世为婚姻，最为边患。自天圣五年，承贵破太平寨，杀寨主李绪。嘉祐五年,绍泰又杀永平寨主李德用,屡侵边境。至熙宁大举[34],乃讨平之,收隶机郎县。

【注释】

①交趾:又名交阯,中国古代地名。指五岭以南、两广以及越南北部地区。越南古称交趾国。

②交州:汉代的辖境相当于现在两广的大部以及越南北部地区;唐代的辖境相当于今越南河内一带。

③吴文昌:《新五代史》又称"吴昌文"。五代时期,交州地区属于南汉刘氏政权,后来南汉政权动荡后,交州为吴权割据,越南史上把吴权开创的政权称之为"吴朝"。吴文昌就是吴权的后代。

④安南:唐代改交州为安南都护府,治所在今越南河内。

⑤交、广之地:交州和广州地区。

⑥丁琏:吴文昌死后,管辖区域内群雄争霸,混乱不堪,越南史称为"十二使君之乱"。968年,丁琏与其父平定了叛乱,其父自称皇帝,越史称之为"丁朝"。

⑦静海军节度使:唐代设置,管辖交州等十二州(今越南北部)。

⑧黎桓:本是丁朝大将,后来自立为帝,越史称之为"前黎朝"。

⑨李公蕴:本在前黎朝任殿前指挥使,后来被拥立为帝,越史称之为"李朝"。

⑩僭称:非法自称皇帝。

⑪邕(yōng):即邕州,治所在今广西南宁。

⑫钦:即钦州,治所在今广西灵山。

⑬廉:即廉州,治所在今广西合浦。

⑭宣徽使:北宋初一个无实际职权的官职,常用来优待罢政的老臣。

⑮郭仲通:即郭逵(1022年—1088年),字仲通,北宋政治家、军事家。

⑯赵公才:即赵卨(xiè),字公才,宋依政(今四川邛崃)人。

⑰拔:攻克。

⑱酋领：对少数民族首领的贬称。

⑲羁縻(jī mí)：唐宋时期对边远少数民族的一种统治方式，即以其原有的部落人员成立州县，长官由当地首领世袭担任，每年向朝廷进贡，受这一地区的都护府或节镇管辖。

⑳卫职：指的是州中的低级武官。

㉑章频：字简之，宋建州浦城(今福建浦城)人。

㉒罢遣：罢免遣散。

㉓笼州：当作“龙州”，治所在今广西龙州北。

㉔七源：即七源州，治所在今越南谅山省七溪地区。

㉕右江：广西西部的一条河流。

㉖田州：治所在今广西田阳。

㉗觇(chān)：偷偷地察看。

㉘不肯下：不肯放弃。

㉙具金函表：准备好进贡的金银，用盒子装着降表，这里表示归顺的意思。

㉚匹：同伙。

㉛横山寨：今广西田东县。

㉜二广：广南东路和广南西路。

㉝燕达：字逢辰，宋开封(今河南开封)人，出身于行伍，喜爱读书，历仕神宗、哲宗两朝。

㉞大举：派大军讨伐。

【译文】

交趾是汉、唐的交州故地。五代战乱时期，吴文昌最先割据安南，不久就占据了交州和广州。后来，吴文昌被丁琏所杀，他的地盘全部归丁琏所有。宋开宝六年，丁琏前来归顺，被皇上授予了静海军节度使，开宝八年的时候，被封为交趾郡王。景德元年时，当地有一个叫黎桓的人杀掉了丁琏自立为王。景德三年时，黎桓死了，安南地区大乱，很长时间没有首领，后来当地人共同拥戴福建人李公蕴为王。天圣七年时，李公蕴死了，他的儿子李德政继承王位。嘉祐六年时，李德政死了，他的儿子李日尊继位。自从李公蕴在安南地区称王之后，就开始成为边地的隐患，数次引兵来犯。到了李日尊时便僭称法天应运崇仁至道庆成龙祥英武睿文尊德圣神皇帝，尊李公蕴为太祖神武皇帝，国号大越。熙宁元年的时候，非法改年号为宝象，第二年又改为神武。李日尊死后，他的儿子李乾德继位，由他的母亲燕鸾太妃黎氏和宦官李尚吉共同执掌朝政。熙宁八年时，派遣大军进犯邕州、钦州和廉州。熙宁九年时，皇上派宣徽使郭仲通和天章阁待制赵公才前去讨伐，攻克了广源州，生擒了敌方首领刘纪，焚烧了甲峒，攻破了机郎、决里两县，到达了富良江。李尚吉派王子李洪真带兵前来抵御，被打得大败，李洪真也被诛杀，他的军队都被消灭在富良江一带，李乾德只能投降。当时李乾德只有十岁，朝政都由李尚吉把持。

广源州这个地方，本来是邕州管辖的羁縻州。天圣七年时，首领侬存福归附我朝，被委任为州中一个小官，转运使章频罢免了他，不接受他的地盘，侬存福和他的儿子侬智高向东攻打笼州，然后又进攻七源州。侬存福趁乱杀死了那里的首领，当地人刘川就把七源州送给了侬存福。庆历八年的时候侬智高自任广源州的首领，逐渐吞并了右江、田州一带的少数民族部落。皇祐元年时，邕州人殿中丞昌协向皇上请求接纳侬智高，皇上没有回复他。广源州非常孤立，没有地方归属。交趾国抓住了这个机会，攻打了侬存福并把他抓了回去。侬智高却占据着广源州不肯投降，反而想攻打交趾，没有成功，被交趾人转而攻打。侬智高逃到了右江文村，准备好了金银和降表送到邕州请求归附，邕州知州陈拱拒绝接受。第二年，侬智高和他的部下卢豹、黎貌、黄仲卿、廖通等攻克了横山寨，占领了邕州，进入了两广地区。后来侬智高失败逃走后，卢豹等人带领剩下的人归附了刘纪，攻下了广河。到了熙宁二年的时候，卢豹等人归顺了朝廷。不久，又叛变归顺了刘纪。等到朝廷大军南征交趾时，郭逵另派将领燕达攻下了广源，才抓到了刘纪，把广源州改为顺州。

甲峒，是交趾的一个大部落，首领是甲承贵，娶了李公蕴的女儿为妻，就改姓甲氏。甲承贵的儿子甲绍泰又娶了李德政的女儿。甲绍泰的儿子甲景隆又娶了李日尊的女儿。他们两家世代结为婚姻，是边疆地区的一大祸患。自天圣五年甲承贵攻破太平寨，杀死了寨主李绪。嘉祐五年，甲绍泰又杀死了永平寨主李德用，数次侵犯边境。直到熙宁年间大举进攻交趾才平定了甲氏，并把甲峒收隶于机郎县。

475　太祖朝[①]，常[②]戒[③]禁兵[④]之衣，长不得过膝；买鱼肉及酒入营门者，皆有罪。又制更戍[⑤]之法，欲其习山川劳苦，远妻孥[⑥]怀土之恋。兼外戍之日多，在营之日少，人人少子，而衣食易足。又京师卫兵请粮[⑦]者，营在城东者，即令赴城西仓，在城西者，令赴城东仓，仍不许佣[⑧]僦[⑨]车脚[⑩]，皆须自负。尝亲登右掖门[⑪]观之。盖使之劳力，制[⑫]其骄惰，故士卒衣食无外慕[⑬]，安辛苦而易使。

【注释】

①太祖朝：太祖当政的时期。太祖，即宋太祖赵匡胤，北宋王朝的建立者。

②常：曾经。

③戒：禁止。

④禁兵：北宋朝廷直辖的军队。

⑤更戍(shù)：定期轮换守卫边防。

⑥孥(nú)：子女。

⑦请粮：领取粮食。

⑧佣：雇佣。

⑨僦(jiù)：租。

⑩车脚：车马脚力。

⑪右掖门：宫城的右边门。

⑫制：抑制。

⑬慕：羡慕。

【译文】

太祖当政的时候，曾经约束禁兵衣服的长度不能超过膝盖，买了鱼肉进军营的都要治罪。又制定了更戍的方法，想要士兵们适应爬山涉水的辛苦，减少对妻子儿女和故乡的依恋。又因为在外面驻守的日子很多，在军营的日子很少，每个士兵的孩子都很少，所以生活容易富足。而且凡是京城的禁兵领取粮食的，军营在城东的士兵让他们去城西仓库领取，军营在城西的士兵让他们去城东仓库领取，而且不允许他们使用车马脚力，必须是自己背。太祖有时还亲自登上右掖门观看。这样的目的就是使士兵们劳动出力，抑制他们的懒惰习气，因此士兵们除了生活上的吃穿外不再羡慕其他的东西，这样就使他们安于辛苦而便于指挥。

476　青堂羌[①]，本吐蕃[②]别族。唐末，蕃将尚恐热[③]作乱，率众归中国，境内离散。国初，有胡僧立遵[④]者，乘乱挟其主籛逋之子唃厮啰[⑤]，东据宗哥邈川城[⑥]。唃厮啰，人号瑕萨，籛逋者胡言赞普也。唃厮，华言佛也；啰，华言男也。自称佛男，犹中国之称天子也。立遵姓李氏，唃厮啰立，立遵与邈川首领温殕、温逋相之，有汉陇西[⑦]、南安[⑧]、金城[⑨]三郡之地，东西二千余里。宗哥邈川，即所谓三河间[⑩]也。祥符九年，立遵与唃厮啰引众十万寇边，入古渭州[⑪]，知秦州曹玮[⑫]攻败之，立遵归乃死。唃厮啰妻李氏，立遵之女也，生二子，曰瞎毡、磨毡角。立遵死，唃厮啰更取乔氏，生子董毡，取契丹之女为妇。李氏失宠，去为尼；二子亦去其父，瞎毡居河州[⑬]，磨毡角居邈川。唃厮啰往来居青堂城。赵元昊叛命[⑭]，以兵遮厮啰，遂与中国绝。屯田员外郎[⑮]刘涣[⑯]献议通唃厮啰，乃使涣出古渭州，循末邦山至河州国门寺，绝河，逾廓州[⑰]，至青堂，见唃厮啰，授以爵命，自此复通。

磨毡角死，唃厮啰复取邈川城，收磨毡角妻子质于结罗城。唃厮啰死，子董毡立，朝廷复授以爵命。瞎毡有子木征，木征者，华言头龙也，以其唃厮啰嫡孙，昆弟行最长，故谓之龙头，羌人语倒[18]，谓之头龙。瞎毡死，青堂首领瞎药鸡罗及胡僧鹿尊共立之，移居滔山[19]。董毡之甥瞎征伏，羌蕃部李钺星之子也，与木征不协，其舅李笃毡挟瞎征居结古野反河[20]，瞎征数与笃毡及沈千族首领常尹丹波合兵攻木征，木征去居安乡城[21]。有巴欺温[22]者，唃氏族子，先居结罗城，其后稍强。董毡河南之城遂三分：巴欺温、木征居洮河间[23]，瞎征居结河，董毡独有河北之地。熙宁五年秋，王子醇[24]引兵始出路骨山，拔香子城[25]，平河州；又出马兰州，擒木征母弟结吴叱[26]，破洮州，木征之弟巳毡角[27]降。尽得河南熙、河、洮、岷、叠、宕六州之地[28]，自临江寨至安乡城，东西一千余里，降蕃户三十余万帐。明年，瞎木征降[29]，置熙河路。

【注释】

①青堂羌：也作“青唐羌”，吐蕃族，生活在青海青唐城（今西宁市）。

②吐蕃：古代藏族建立的政权，始建于公元7世纪。

③尚恐热：《宋史·吐蕃传》中记载为“论恐热”。

④立遵：姓李，宗哥城僧人。

⑤唃厮啰：本名欺南陵温（997年—1065年），是吐蕃王族的后人。

⑥宗哥邈川城：宗哥城位于今青海西宁市东南，邈川城位于宗哥东南，是两个地方，沈括误以为一个。

⑦陇西：郡名。战国秦置，因在陇山之西得名。治狄道（今甘肃临洮）。

⑧南安：郡名，辖今甘肃陇西东以及定西、武山地区。

⑨金城：西汉时辖今甘肃兰州以西，青海湖以东的河、湟二水流域和大通河下游等地。

⑩三河间:出自《后汉书·西羌传》,今青海东部的河、湟等地区。

⑪古渭州:唐代管辖之地有今甘肃陇西、定西、漳县、渭源、武山等地,唐末的管辖范围有今甘肃平凉、华亭、崇信和宁夏泾源等地。所以宋人称变化之前的管辖范围为古渭州,称变化之后的管辖范围为新渭州。

⑫曹玮(973年—1030年):字宝臣,宋名将曹彬之子。大中祥符八年,面对日益强大的唃厮啰,朝廷任命曹玮前去安抚镇压,《宋史·吐蕃传》中有所记载。

⑬河州:在今甘肃兰州西南。

⑭赵元昊叛命:赵元昊于公元1038年称帝。

⑮屯田员外郎:尚书省六部中的工部下属的屯田的副长官。

⑯刘涣(1000年—1080年):字仲章,《宋史》有传。

⑰廓州:在今青海西宁东南。

⑱羌人语倒:藏语的语言系统中,形容词修饰名词时,要放在名词后面。此即指此。

⑲移居滔山:"滔山"应为"洮州",洮州位于今甘肃临潭县。

⑳结(gě)河:今甘肃临洮北岸,洮水和结河的交汇处。

㉑安乡城:《宋史·吐蕃传》中作"安江城",在今甘肃永靖西南。

㉒巴欺温:《宋史·吐蕃传》中作"溪巴温"。

㉓洮河间:"间"原作"涧",据稗海本改。

㉔王子醇:王韶,字子醇,《宋史》本传中写作"子纯"。

㉕香子城:今甘肃和政县。

㉖结吴叱:《宋史·吐蕃传》作"瞎吴叱",后来被赐名赵绍忠。

㉗巳毡角:《宋史·吐蕃传》作"巴毡角",后来被赐名赵醇忠。

㉘六州之地:此六州大多是唐代时期的行政区域,后被吐蕃占领。

㉙瞎木征降:瞎木征在熙宁七年投降,被赐名为赵思忠,此处为沈括的讹误。

【译文】

青堂羌本来是吐蕃的别族。唐末,吐蕃将领尚恐热作乱,率领大家归顺中央,吐蕃族内部分崩离析。本朝初年,有一位胡僧叫李立遵,乘乱挟持了他主上籛逋的儿子唃厮啰,在东边占据宗哥邈川城。唃厮啰,人们称他为瑕萨,籛逋在吐蕃族中被称为赞普。唃厮,在汉语中的意思是佛;啰,在汉语中的意思是儿子。自称佛男,就像中原自称天子一样。立遵姓李,唃厮啰成为首领,立遵和邈川首领温殆、温逋担任丞相辅佐他,占领了汉朝的陇西、南安、金城三处郡县,东西绵延二千多里。宗哥邈川,就是所谓的三河间。祥符九年,立遵和唃厮啰率领十万将士入侵大宋边境,进入古渭州,秦州知州曹玮将其打败,立遵回去之后就过世了。唃厮啰的妻子李氏,是立遵的女儿,生育了两个儿子,一个叫瞎毡,一个叫磨毡角。立遵死后,唃厮啰又娶了乔氏,生了一个儿子董毡,娶了契丹族的女子作妻子。李氏失宠后,离开去当尼姑;两个儿子也离开他们的父亲,瞎毡居住在河州,磨毡角居住在邈川。唃厮啰在这几个地方往来,居住在青堂城。赵元昊称帝后,派兵阻隔了唃厮啰和宋朝的联系。屯田员外郎刘涣提议要和唃厮啰恢复联系,于是派刘涣出使古渭州,沿着末邦山到河州国门寺,渡过黄河,翻越廓州,抵达青堂,见到唃厮啰,授以他爵命,从此又恢复了联系。磨毡角死后,唃厮啰又占领邈川城,把磨毡角的妻子和孩子当作人质,囚禁在结罗城。唃厮啰死后,他的儿子董毡作为首领,朝廷又授以他爵命。瞎毡有个儿子叫木征,木征,汉语的意思是头龙,因为他是唃厮啰的嫡孙,众多兄弟中排行最大的,所以叫作龙头,羌人的语言习惯正好和我们相反,所以叫头龙。瞎毡死后,青堂羌的首领瞎药鸡罗和胡僧鹿尊共同立木征为首领,移居到洮州。董毡的外甥瞎征伏,是羌族吐蕃部啰李钺星的儿子,与木征不和,他的舅舅李笃毡挟持瞎征居住结古野反河,瞎征多次和笃毡联合沈千族的首领常尹丹攻打木征,木征离开,居住在安乡城。有个叫巴欺温的人,是唃厮啰的后人,先是居住在结罗城,后面稍稍强大了。董毡在黄河以南的地盘于是被一分为三:巴欺温、木征居住在洮河间,瞎征居住在结河,董毡独自占据黄河以北的地区。熙宁五年秋,王子醇带领军队出路骨山,攻下香子城,平定河州;又攻打马兰州,擒获木征的胞弟结吴叱,攻破洮州,木征的弟弟已毡角投降。于是,完全占据了黄河以南的熙、河、洮、岷、叠、宕六州的土地,从临江寨到安乡城,东西绵延一千多里,投降的百姓多达三十余万户。第二年,瞎木征投降,朝廷设置了熙河路。

477 范文正[①]常言:史称诸葛亮能用度外人[②]。用人者莫不欲尽天下之才,常患近己之好恶而不自知也,能用度外人,然后能周[③]大事。

【注释】

①范文正:即范仲淹(989 年—1052 年),字希文,宋吴县(今江苏苏州)人,北宋著名的政治家、思想家、军事家和文学家。卒谥文正。

②度外人:指与自己关系不密切的人。

③周:成全,完备。

【译文】

范仲淹曾经说道:史书上说诸葛亮能够起用与自己关系不密切的人。用人的人没有不想网罗天下的人才,但往往担心无法确定与自己关系亲近的人的好坏,能够起用与自己关系不密切的人,然后才能成就大事。

478 元丰中,夏戎之母梁氏[①]遣将引兵卒至保安军[②]顺宁寨,围之数重。时寨兵至少,人心危惧。有倡姥[③]李氏,得梁氏阴事[④]甚详,乃掀衣登陴[⑤],抗声[⑥]骂之,尽发其私。虏人皆掩耳,并力[⑦]射之,莫能中。李氏言愈丑,虏人度[⑧]李终不可得,恐且得罪,遂托以他事,中夜[⑨]解去。鸡鸣狗盗[⑩]皆有所用,信有之[⑪]。

【注释】

①梁氏:当时西夏统治者赵秉常的母亲梁氏。

②保安军：治所在今陕西志丹。

③倡姥(mǔ)：老年娼妇。

④阴事：私事。

⑤陴(pí)：城墙。

⑥抗声：大声。

⑦并力：合力。

⑧度：估计。

⑨中夜：半夜。

⑩鸡鸣狗盗：战国时期齐国的孟尝君在秦国遇险，多亏门客中能够有会偷盗和学鸡叫的人，才得以脱险。后来比喻卑下的技能。

⑪信有之：确实有这样的情况。

【译文】

元丰年间，西夏国太后梁氏率领大军进犯保安军顺宁寨，把寨子围了好几层。当时寨子的兵力很少，人们都感到害怕。这时有一个姓李的老年娼妇，对梁氏的私事知道很多，于是就提着衣襟爬上城墙大声辱骂，把梁氏的私事全部说出来了。西夏人全部捂住了耳朵，并且全力向城楼射击，都没有射中。李氏越骂越难听，西夏人估计李氏终不能被射死，怕因此而得罪梁太后，就找了一个借口半夜撤走了。不管什么卑下的技能都有它的用处，确实有这样的情况。

479　宋宣献[①]博学，喜藏异书[②]，皆手自校雠[③]。常谓"校书如扫尘，一面扫，一面生，故有一书每三四校，犹有脱谬[④]"。

【注释】

①宋宣献：即宋绶(991年—1040年)，字公垂，宋赵州平棘(今河北赵县)人。他历仕真宗、仁宗两朝，博通经史百家，家有藏书万卷并亲自校雠。卒谥宣献。

②异书：珍奇的书籍。

③校雠(chóu):又称校勘,指同一本书用不同版本相互核对,比勘其文字、篇章的异同,以校正讹误。

④脱谬:错字和漏字。

【译文】

宋宣献学识广博,喜欢收藏珍奇的书籍,全部是亲自加以校勘。他常常说"校勘书籍就好像是打扫灰尘,一面扫去,一面产生,所以会有一部书往往校勘了三四次仍然还有错字和漏字"。

药　议

这里所谓药议，指与医药相关的知识。主要介绍了人的脏腑，以及许多可以作药用的食材，也谈论了关于采药的时间这个问题。如第480条纠正了当时社会指人有水喉、食喉、气喉三个喉的说法，清楚解析人只有咽、喉而已，并进一步说明食物如何进入胃部至排泄，以此纠正《欧希范真五脏图》画图之误；第482条则对《药性论》一书中定义的君药、臣药、佐药、使药等药品提出怀疑；而第483条则说明了时人处理金罂子不得其法，错误使用，以致无法发挥其药性；第484条也解析了药被制成汤、散或丸的原因。通过阅读《药议》门，可知沈括有一定的医学药理知识，并且说法皆有其依据及实验之基础。

480　古方[①]言“云母[②]粗服，则著[③]人肝肺不可去”，如枇杷[④]、狗脊[⑤]毛不可食，皆云“射入[⑥]肝肺”。世俗[⑦]似此之论甚多，皆谬说也。又言“人有水喉、食喉、气喉”者，亦谬说也。世传《欧希范真五脏图》[⑧]，亦画三喉，盖当时验之不审[⑨]耳。水与食同咽，岂能就口中遂分入二喉？人但有咽、有喉二者而已。咽则纳饮食，喉则通气。咽则咽入胃脘[⑩]，次入胃中，又次入广肠[⑪]，又次入大小肠；喉则下通五脏，为出入息[⑫]。五脏之含气呼吸，正如冶家[⑬]之鼓鞴[⑭]。人之饮食药饵，但自咽入肠胃，何尝能至五脏？凡人之肌骨、五脏[⑮]、肠胃虽各别，其入肠之物，英精[⑯]之气味，皆能洞达[⑰]，但滓秽[⑱]即入二肠。凡人饮食及服药既入肠，为真气[⑲]所蒸，英精之气味，以至金石[⑳]之精者，如细研硫黄、朱砂、乳石[㉑]之类，凡能飞走融结[㉒]者，皆随真气洞达肌骨，犹如天地之气，贯穿金石土木，曾无留碍。自余[㉓]顽石草木，则但气味洞达耳。及其势尽㉔，则滓秽传入大肠，润湿渗入小肠，此皆败物，不复能变化，惟当退泄㉕耳。凡所谓某物入肝、某物入肾之类，但气味到彼耳，凡质岂能至彼哉？此医不可不知也。

【注释】

①古方：古代的药方。

②云母：矿物名，制粉后可入药。

③著：黏附。

④枇杷：此处指的是枇杷叶，可入药，有清肺和清胃的疗效。

⑤狗脊：中草药名，根茎可入药，有清热解毒、杀虫散瘀的疗效，入药时须剔除根上的细毛。

⑥射入：进入。

⑦世俗：当时社会上的风俗习惯。

⑧《欧希范真五脏图》：欧希范是庆历年间广西少数民族农民起义的领袖，起义失败后其尸体被解剖，并画成了五脏图，也就是《欧希范真五脏图》。

⑨验之不审：观察检验得不详细。

⑩胃脘（wǎn）：胃部。

⑪广肠：直肠。

⑫出入息：指吐气和吸气的过程。

⑬冶家：冶炼的人。

⑭鼓鞴（bèi）：鼓动风箱。

⑮五脏：指的是心、肝、脾、肺、肾。

⑯英精：精华。

⑰洞达：通达。

⑱滓秽（zǐ huì）：渣滓和污秽等人体不能吸收的物质。

⑲真气：元气，指人体正常的生理机能。

⑳金石：矿物类药物。

㉑乳石：石钟乳。

㉒飞走融结：挥发融化。

㉓自余：其余。

㉔势尽：药物的养分被完全吸收完了。

㉕退泄：排泄。

【译文】

古代的药方说"云母如果没有研成细粉就直接服用，就会黏附在人的肝肺上不能去除"，就像枇杷和狗脊的毛不能吃一样，都说会进入肝肺。当时社会上像这一类的说法很多，全部都是错误的。又说人有水喉、食喉、气喉，也是错误的说法。现在流传的《欧希范真五脏图》，也画有三个喉，大概当时观察检验得不够仔细。水和食物同时被咽下，怎么能在口腔里就分开进入两喉呢？人只有咽、喉两个部分而已。咽是用来接纳食物的，喉是用来通气的。咽一下就会进入胃，紧接着就会进入胃的内部，再接着就会进入直肠，又接着进入大、小肠；喉以下连接着五脏，是气息的出入口。五脏的呼吸就像冶炼家的鼓风箱。人的饮食药物只能从咽进入肠胃，怎么能够到达五脏呢？每个人的肌骨、五脏和肠胃虽然各不相同，但是进入肠内的食物，其精华的气味都能通达，只有渣滓和污秽才进入大、小肠。人们的饮食药物进入大、小肠后，为人的元气所蒸发，精华的气味，乃至金石药物中的精华如细硫黄、朱砂、乳石之类的东西，只要能够挥发融化的，都能够随同真气通达肌肉骨骼，就好像天地的灵气贯穿世间万物一样，没有一点阻碍。其余的顽石草木，只有气味能够通达。等到精华散发完了之后，渣滓和污秽就会进入大肠，液质就会进入小肠，这些都是没有用的东西，也不能够再起变化，只有排泄出去。凡是某物入肝、某物入肾的说法，只是气味能够到达，但是物质本身怎么能够到达呢？这一点医生是不能不知道的。

481　予集《灵苑方》①，论鸡舌香以为丁香母②，盖出陈氏

《拾遗》[3]。今细考之尚未然。按《齐民要术》[4]云:"鸡舌香,世以其似丁子,故一名丁子香。"即今丁香是也。《日华子》[5]云鸡舌香治口气。所以三省[6]故事,郎官口含鸡舌香,欲其奏事对答,其气芬芳。此正谓丁香治口气,至今方书为然。又古方五香连翘汤用鸡舌香,《千金》[7]五香连翘汤无鸡舌香却有丁香,此最为明验。《新补本草》[8]又出丁香一条,盖不曾深考也。今世所用鸡舌香,乳香中得之,大如山茱萸,剉开中如柿核,略无气味,以治疾,殊极乖谬。

【注释】

①《灵苑方》:沈括编撰的医学著作,共二十卷,今已佚,在《政和本草》中可见残卷。

②丁香母:丁香是常绿乔科植物,果实称为丁香母。

③陈氏《拾遗》:唐陈藏器编撰的《本草拾遗》。

④《齐民要术》:北魏贾思勰编撰,共十卷,是一部综合性农学著作。

⑤《日华子》:是《日华子诸家本草》的简称,作者姓名说法不一。

⑥三省:唐宋时,中书省、门下省和尚书省合称"三省"。

⑦《千金》:《千金方》,唐孙思邈编撰,是《备急千金要方》和《千金翼方》的统称。

⑧《新补本草》:全称是《嘉祐补注神农本草》,共二十卷,已亡佚,其内容收录进《证类本草》。

【译文】

我编撰了一个集子叫《灵苑方》,里面谈论说鸡舌香就是丁香母,这个说法出自陈藏器的《本草拾遗》。现在细细考量其实并不全是这样。考察《齐民要术》,里面记载说:"鸡舌香,世人因为它外形像丁子,所以又叫它丁子香。"就是现在我们说的丁香。《日华子》中记载说鸡舌香能够治疗口气。所以三省的成例,官员口中都要含鸡舌香,以使上奏对答的时候口气清新。这就是说的丁香能够治疗口气,至今医书上都是这样说的。此外，古代药方中五香连翘汤用的就是鸡舌香，《千金方》中记载的五香连翘汤中没有用鸡舌香却用了丁香，这是最为直接的证据。《新补本草》中又列出丁香一条，大概是不曾进行深入考究。现在世人所用的鸡舌香，是从乳香中提取的，像山茱萸一样大小，剖之后中间像柿核一样，毫无气味，用来治疗疾病，是极其错误的。

482 旧说有“药用一君、二臣、三佐、五使[①]”之说。其意以谓药虽众，主病[②]者专在一物，其他则节级相为用[③]，大略相统制[④]，如此为宜，不必尽然[⑤]也。所谓君者，主此一方[⑥]者，固无定物也。《药性论》[⑦]乃以众药之和厚者定以为君，其次为臣、为佐，有毒者多为使，此谬说也。设若[⑧]欲攻坚积[⑨]，如巴豆[⑩]辈[⑪]岂得不为君哉！

【注释】

①一君、二臣、三佐、五使：中医组成处方的用语。君药指的是处方中的主药，臣药、佐药和使药都是指处方中协助君药治疗的药物。

②主病：主治疾病。

③节级相为用：按照主次搭配加以运用。

④统制：制约。

⑤尽然：完全这样。

⑥方：处方。

⑦《药性论》：唐代甄权编写，已亡佚。

⑧设若：假如。

⑨坚积：顽固的食积阻滞疾病。

⑩巴豆：常绿乔木，有大毒，入药多用巴豆霜（即榨去大部油分的残渣，以减弱它的毒性）。

⑪辈：类。

【译文】

过去所说的用药处方，有用一味主药、两味臣药、三味佐药、五味使药的说法。它的意思是药物虽然很多，但是主治疾病的只在一种药物，其他的药物就按照主次搭配加以运用，大体上是相互引导和制约的，这样是恰当的，但也不一定完全都是这样的。所谓的君药，就是在一个处方中起主要作用的，本来就没有固定不变的药物。《药性论》却将性质平和气味浓厚的药定为君药，其次为臣药和佐药，有毒的大都定为使药，这是错误的说法。假如要医治顽固的食积阻滞，像巴豆之类的药物难道不能成为君药吗？

483　金罂子[①]止遗泄[②]，取其温且涩也。世之用金罂者，待其红熟时，取汁熬膏用之，大误也。红则味甘，熬膏则全断涩味，都失本性。今当取半黄时采，干捣末用之。

【注释】

①金罂子：也称金樱子，属蔷薇目蔷薇科的植物，叶子和根可入药。

②遗泄：不自觉地排泄，如遗尿、遗精等。

【译文】

金罂子可以治疗遗尿等不自觉地排泄，是取它温且涩的药性。人们在使用金罂子的时候，都等到它果实红熟的时候，把果汁榨出来熬成膏服用，这是大错特错了。果实红熟味道就很甘甜，熬成膏的话就会使它的涩味消失，失去了它的药性。应当在果实半黄的时候采摘，干后捣成末服用。

484　汤、散、丸[①]各有所宜[②]。古方用汤最多，用丸、散者殊少。煮散[③]古方无用者，唯近世人为之。大体欲达五脏四肢者莫如汤，欲留膈[④]胃中者莫如散，久而后散[⑤]者莫如丸。又无毒者宜汤，小毒者宜散，大毒者须用丸。又欲速[6]者用汤，稍缓者用散，甚缓者用丸。此其大概也。近世用汤者全少，应汤者皆用煮散。大率汤剂气势完壮[7]，力与丸、散倍蓰[8]。煮散者一啜[9]不过三五钱极矣，比功较力，岂敌[10]汤势？然汤既力大，则不宜有失消息[11]。用之全在良工[12]，难可以定论拘也。

【注释】

①汤、散、丸：中药剂型名。汤是药物煮成的汤汁，散是药物制成的药粉，丸是药物制成的圆形颗粒。

②各有所宜：各有各的用途。

③煮散：把药物制成粗末的散剂，用水煮汤后，去渣服用。

④膈：人体内胸腔和腹腔的横膈膜。

⑤散：发散、分散。

⑥速：药效快。

⑦气势完壮：药物功效好。

⑧蓰(xǐ)：五倍。

⑨一啜(chuò)：吃一次。

⑩敌：敌得过，比得上。

⑪消息：剂量多少。消，消减。息，增长。

⑫良工：高明的医生。

【译文】

汤、散、丸各有各的用途。古代药方中用汤的最多，用丸和散的较少。在古代药方中，煮散是不会用的，只有现在的人们才用。大体上说，要使药物通达五脏和四肢的没有比汤更合适的，要使药物留在膈胃中的没有比散更合适的，要想长期保持疗效的没有比丸更合适的。再者说，没有毒性的药物适宜用汤，有一点毒性的适宜用散，有大毒的应该用丸。又想使疗效快的最好用汤，稍缓的用散，非常慢的用丸。这就是汤、散、丸的大致使用情况。现在全部用汤的很少，应该用汤的全部都是煮散。

大体上汤的疗效最为强盛，药力是散和丸的五倍。煮散每服药只不过就三五钱，比较功效和药力，怎么能比得上汤呢？虽然汤的药力大，但是在用量上就不应该有差错。如何使用全凭高明医生的医术，不能拘泥于一成不变的方法。

485　古法采草药多用二月、八月，此殊未当[①]。但二月草已芽，八月苗未枯，采掇[②]者易辩识耳，在药则未为良时。大率[③]用根者，若有宿根[④]，须取无茎叶时采，则津泽[⑤]皆归其根。欲验之，但取芦菔[⑥]、地黄[⑦]辈观，无苗时采，则实而沉[⑧]；有苗时采，则虚而浮[⑨]。其无宿根者，即候苗成而未有花时采，则根生已足而又未衰。如今之紫草[⑩]，未花时采，则根色鲜泽；花过而采，则根色黯恶[⑪]，此其效也。用叶者取叶初长足时，用芽者自从本说，用花者取花初敷[⑫]时，用实者成实时采，皆不可限以时月。缘[⑬]土气[⑭]有早晚，天时有愆伏[⑮]。如平地三月花者，深山中则四月花。白乐天[⑯]《游大林寺》诗云："人间四月芳菲[⑰]尽，山寺桃花始盛开。"盖常理也，此地势高下之不同也。始筀[⑱]竹笋，有二月生者，有三四月生者，有五月方生者，谓之晚筀；稻有七月熟者，有八九月熟者，有十月熟者，谓之晚稻。一物同一畦[⑲]之间，自有早晚，此物性之不同也。岭峤[⑳]微草[㉑]，凌冬[㉒]不凋，并、汾[㉓]乔木，望[㉔]秋先陨；诸越[㉕]则桃李冬实[㉖]，朔漠[㉗]则桃李夏荣[㉘]，此地气之不同也。一亩之稼[㉙]，则粪溉[㉚]者先牙；一丘之禾，则后种者晚实，此人力之不同也。岂可一切拘以定月[㉛]哉？

【注释】

①此殊未当：这很不恰当。

②采掇（duō）：采摘。

③大率：大抵，大概。

④宿根：多年生草本植物的老根。

⑤津泽：植物的养分。

⑥芦菔(fú)：即萝卜，其根茎和种子皆可入药。

⑦地黄：玄参科植物，根茎可入药。

⑧实而沉：饱满而有分量。

⑨虚而浮：空虚而没有分量。

⑩紫草：多年生草本植物，可入药。

⑪黯恶：颜色灰暗。

⑫敷：铺开。

⑬缘：因为。

⑭土气：土壤的温度和湿度。

⑮愆(qiān)伏：指气候的变化无常。

⑯白乐天：即白居易(772年—846年)，字乐天，晚年又号香山居士，唐代著名诗人。

⑰芳菲：花的香味，这里指花。

⑱筀(guī)：竹笋。

⑲畦(qí)：田块。

⑳岭峤：五岭的别称，指的是今广东、广西一带。

㉑微草：小草。

㉒凌冬：严冬。

㉓并、汾：并州和汾州，均是宋代州名，在今山西一带。

㉔望：接近。

㉕诸越：泛指我国广东、广西一带。

㉖冬实：冬天结果。

㉗朔漠：泛指我国北方一带。

㉘夏荣：夏天开花。

㉙稼：庄稼。

㉚粪溉：施肥。

㉛定月：固定的月份。

【译文】

古代的做法，采草药大多在二月和七月，这很不恰当。仅仅因为二月的时候草已经发芽，八月的时候植物还没有枯萎，采药的人容易辨别罢了，但是药材却不是最好的时候。凡是使用根入药的，如果有隔年老根，应该在它没有根茎和叶子的时候采摘，那么植物的养分全部在它的根部。想要验证这一点，可以拿萝卜和地黄做实验，没有植株的时候采摘就饱满而有分量，有植株的时候采摘就空虚而没有分量。那些没有隔年老根的，就等到植株长成却没有开花时采，这时的根部已经长大而没有衰老。就像现在的紫草，没有开花的时候采摘，根部的颜色就会鲜艳有光泽；花期过后再采摘的话，那么根部的颜色就会暗淡无光泽，这些都是采集药材的时间是否恰当的验证。想要使用叶子的在叶子刚长大的时候采摘，想要使用芽的也要按照这种方法，想要用花的在花朵刚刚开放的时候采摘，想要用果实的在果实成熟时采摘，都不可能限定时间。这是因为地气有早有晚，气候的变化有时候也会出现异常。例如平地上三月开花的植物，在深山里却是四月开花。白居易在《游大林寺》这首诗中说道："人间四月芳菲尽，山寺桃花始盛开。"讲的就是这个一般的道理，这就是地势高低不同导致的结果。再比如说筀竹笋，有二月份长出来的，有三四月长出来的，也有五月份长出来的，叫作晚筀；水稻有七月份成熟的，有八九月成熟的，也有十月份成熟的，叫作晚稻。同一种植物长在同一块地里，它们本身的成长自有早晚，这就是植物本身的特性造成的。岭峤一带的小草，寒冬的时候也不会凋零；并、汾一带的乔木，临近秋天就开始落叶；两广的桃李都是冬天结果，而朔漠的桃李都在夏天开花，这是各地的气候不同造成的。长在同一片田里的庄稼，如果有充足的肥料的话就会先发芽；同一块地里的禾苗，后种的果实一定结得晚，这是因为人力的不同。怎么能够都限定在某个固定的月份呢？

486 《本草》[1]注“橘皮味苦,柚皮味甘”,此误也。柚皮极苦,不可向口,皮甘者乃橙耳。

【注释】

①《本草》:这里说的是唐《新修本草》中的注文,元丰年间成书的《证类本草》中记载:“柚皮厚味甘,不如橘皮味辛而苦。”

【译文】

《本草》注中写道“橘皮味苦,柚皮味甘”,这是一个谬误。柚皮非常苦涩,不能吃,皮甘甜可以吃的是橙子。

487 按《月令》[1]“冬至麋[2]角解[3],夏至鹿角解”,阴阳相反如此。今人用麋、鹿茸作一种,殆疏也。又有刺麋、鹿血以代茸,云茸亦血耳,此大误也[4]。窃详古人之意,凡含血之物,肉差易长,其次筋难长,最后骨难长。故人自胚胎至成人,二十年骨髓方坚。唯麋角自生至坚,无两月之久,大者乃重二十余斤,其坚如石,计一昼夜须生数两。凡骨之顿成,生长神速,无甚于此。虽草木至易生者,亦无能及之。此骨血之至强者,所以能补骨血,坚阳道[5],强精髓也。头者诸阳之会[6],众阳之聚上钟于角,岂可与凡血为比哉!麋茸利补阳,鹿茸利补阴。凡用茸,无乐太嫩,世谓之茄子茸[7],但珍其难得耳,其实少力;坚者又太老。唯长数寸,破之肌如朽木,茸端如玛瑙、红玉[8]者最善。又,北方戎狄中有麋、麖、麈[9],驼鹿[10]极大而色苍,尻[11]黄而无斑,亦鹿之类。角大而有文,坚莹如玉[12],其茸亦可用。

【注释】

①《月令》:《礼记》中的一篇。

②麋(mí):哺乳类动物,鹿的一种,角像鹿,尾像驴,蹄像牛,颈像骆驼,故俗称“四不像”。

③解：脱落。

④此大误也：《本草纲目》卷五十一引《梦溪笔谈》中的本篇，此大误也以下作“麋茸利补阳，鹿茸利补阴，须佐以他药则有功效。……”

⑤坚阳道：增强男子的性能力。

⑥头者诸阳之会：传统医学认为人是阴阳对立的统一体，头部是人的中枢神经，所以是“诸阳之会”。

⑦茄子茸：《本草纲目》卷五十一有引用《本草衍义》，并参考本篇，对“茄子茸”进行解释，茄子茸就是指不破不出血，像紫茄子一样的茸最佳。

⑧玛瑙、红玉：二者都是矿物名，色泽鲜艳红润。

⑨麖（jǐng）、麈（zhǔ）：都是鹿的一种。

⑩驼鹿：鹿的一种，是鹿科中体型最大的动物。“鹿”原作“麈”。

⑪尻（kāo）：臀部，原作“麃”，据《苏沈良方》改。

⑫坚莹如玉：原作“莹莹如玉”，据《苏沈良方》改。

【译文】

《礼记·月令》记载“冬至麋角解，夏至鹿角解”，阴阳相反就是这样。现在人们把麋、鹿茸当作同一种，大概是种疏忽。又有刺伤麋、鹿，取它们的血来代替茸，说“茸亦血耳”，这是极其荒谬的。我揣测古人的意思，凡是含血的动物，肉是比较容易生长的，其次是筋稍微难以生长，最后是骨头最难生长。所以人从胚胎长成人，二十年才能骨髓发育坚实。只有麋角从初生到坚实，不过只用两个月，大的重达二十多斤，它坚固得像石头，计算下来一天一夜要生长好几两。凡是骨头能像这样瞬间生长成的，没有比它更厉害的了。虽然说草木也是非常容易生长的，也比不上这个速度。这是骨血中最强壮的，所以能够补养人的骨头、血肉，增强男子的性能力，强壮精髓。头是人阳气会集的地方，头上的阳气又聚集到角，难道普通血肉能够和角相比较吗？麋茸利于补阳，鹿茸利于补阴。凡是用茸，不要认为太嫩的最好，世上所说的茄子茸，只是很珍贵不容易获得，其实它的功效不大；坚固的又太老。只有几寸长短的，把它剖开就像朽木一样，茸的顶端像玛瑙、红玉的是最好的。此外，北方戎狄部落中有麋、麞、麈这一类的动物，驼鹿特别大颜色呈苍灰，臀部是黄色但是没有斑点花纹，也是鹿的一种。角很大上面有花纹，坚固莹亮像玉一样，它的茸也能够使用。

488 枸杞，陕西极边[①]生者，高丈余，大可作柱，叶长数寸，无刺，根皮如厚朴[②]，甘美异于他处者，《千金翼》[③]云“甘州[④]者为真，叶厚大”者是。大体出河西诸郡[⑤]，其次江池间圩埂[⑥]上者，实圆如樱桃，全少核，暴干如饼，极膏润[⑦]有味。

【注释】

①陕西极边：相当于今天陕西、甘肃的北部及青海、宁夏的部分地区。

②厚朴：一种落叶乔木，树皮厚，褐色，不开裂，可入药。

③《千金翼》：即唐朝孙思邈著的药书《千金翼方》。

④甘州：治所在今甘肃张掖。

⑤河西诸郡：汉代设置的酒泉、武威、张掖、敦煌、金城等郡，相当于黄河上游以西地区。

⑥圩埂：堤坝和田埂。

⑦膏润：滋润。

【译文】

枸杞生长在陕西的边缘地区，有一丈多高，大的能够做柱子，叶子有好几寸长，没有刺，根皮就像厚朴一样，口味甘美和其他地方不一样，就是《千金翼方》上说“甘州者为真，叶片很大”的品种。以河西诸郡产的枸杞为上品，其次是长在江河湖边的堤坝和田埂上，果实圆得像樱桃，很少有核，晒干后就像饼一样，非常滋润有滋味。

489 淡竹[①]对苦竹[②]为文。除苦竹外，悉谓之淡竹，不应别有一品谓之淡竹。后人不晓，于《本草》[③]内别疏淡竹为一物。

今南人食笋，有苦笋、淡笋两色[④]，淡笋即淡竹也。

【注释】

①淡竹：竹的一种，质地韧密，可以制成精美的工艺品。

②苦竹：禾本科植物，嫩叶、嫩苗、根茎等均可供药用，具有清热、解毒、凉血、清痰等功效。

③《本草》：当指宋代的《嘉祐本草》，是一部记载药物的书。

④色：种类。

【译文】

淡竹是相对苦竹而言的。除了苦竹之外都称为淡竹，不应该有另一个品种称为淡竹。后来的人不知道，在《本草》中另外区分淡竹为一个种类。现在南方人吃笋，有苦笋和淡笋两个种类，淡笋就是淡竹。

490　东方、南方所用细辛[①]，皆杜衡[②]也，又谓之马蹄香[③]，色黄白，拳局而脆，干则作团，非细辛也。细辛出华山，极细而直，深紫色，味极辛，嚼之习习如生椒[④]，其辛更甚于椒。故《本草》[⑤]云细辛水渍令直，是以杜衡伪为之也。襄汉[⑥]间又有一种细辛，极细而直，色黄白，乃是鬼督邮[⑦]，亦非细辛也。

【注释】

①细辛：属马兜铃科，是一种多年生草本，根可入药，有祛风散寒、温肺化饮等功效。

②杜衡：别名南细辛、苦叶细辛，属马兜铃科，全草可入药。晋张华《博物志》中有“杜衡乱细辛”的说法；《本草纲目》有“杜衡叶似葵，形似马蹄，故名马蹄香”的记载；《植物名实图考》中记载“叶大而圆者为杜衡，叶尖长者为细辛”，但都没有对二者进行确指。

③马蹄香：别名冷水丹，属马兜铃科，是一种多年生直立草本，苏颂《本草图经》和《本草衍义》中均有杜衡被称作马蹄香的说法。

④生椒：“生”字原脱，据《苏沈良方》补。

⑤《本草》：可能是唐代《新修本草》。

⑥襄汉：指襄州、汉水地区。

⑦鬼督邮：几种野生药用植物的总称，有驱邪除虐的功效。

【译文】

东方、南方所用的细辛都是杜衡，又被称作马蹄香，呈黄白色，能卷曲而且质地很脆，干了之后就成团，不是细辛。细辛出产于华山，极其细小而且直，是深紫色，味道极其辛辣，咀嚼它就像嚼花椒一样，而且它的辛辣比花椒更强烈。所以《本草》记载细辛泡在水中能让它伸直，就是用杜衡冒充的假货。襄汉之间又有一种细辛，极其细长并且直，呈黄白色，这是鬼督邮，也不是细辛。

491 《本草》[①]注引《尔雅》云"蘦[②]，大苦"，注[③]："甘草[④]也。蔓延生，叶似荷，青黄[⑤]，茎青赤。"此乃黄药也，其味极苦，故谓之大苦，非甘草也。甘草枝叶悉如槐[⑥]，高五六尺，但叶端微尖而糙涩，似有白毛，实作角生如相思[⑦]角，四五角[⑧]作一本生，熟则角坼。子如小匾豆，极坚，齿啮不破。

【注释】

①《本草》：宋《嘉祐本草》。

②蘦(líng)：一种野生植物。

③注：这里的注是晋郭璞为《尔雅》作的注。

④甘草：属豆科，多年生草本，夏季开紫花，根茎可入药，有清热解毒、祛痰止咳等功效。

⑤青黄：原缺，据《尔雅》郭璞注补。

⑥槐：一种落叶乔木，属豆科，夏季开白花，果实是荚果。

⑦相思：又名红豆，属豆科，木质藤本植物。

⑧四五角："四五"原缺，据《苏沈良方》补。

【译文】

《本草》注引《尔雅》说"蘦，非常苦"，郭璞注释说："甘草也。蔓延生，叶似荷，青黄，茎青赤。"这是黄药，它的味道非常苦，所以叫它大苦，并非甘草。甘草的枝叶都像槐树，有五六尺高，但是叶子顶端微尖而且很粗糙，好像有白毛，果实是荚形，像相思角，四五个角长在一个枝头，熟了后就裂开。籽像小扁豆一样，非常坚硬，用牙齿咬都咬不破。

492 胡麻①直是②今油麻③，更无他说，予已于《灵苑方》④论之。其角⑤有六棱者，有八棱者。中国之麻，今谓之大麻⑥是也，有实为苴⑦麻；无实为枲⑧麻，又曰牡⑨麻。张骞⑩始自大宛⑪得油麻之种，亦谓之麻，故以胡麻别之，谓汉麻为大麻也。

【注释】

①胡麻：芝麻科一年生草本。种子可榨油，也可入药。

②直是：就是。

③油麻：芝麻。

④《灵苑方》：沈括著的医书，现已佚。

⑤角：胡麻的果壳。

⑥大麻：又称火麻，其茎皮可作织布原料，是一种重要的经济作物。

⑦苴(jū)：大麻的雌株，开花结果。

⑧枲(xǐ)：大麻的雄株，只开花不结果。

⑨牡：雄性。

⑩张骞(?—前114年)：汉中成固(今陕西城固)人，汉代卓越的探险家、旅行家与外交家，对丝绸之路的开拓有重大贡献。

⑪大宛：西域少数民族古国，大概在今费尔干纳盆地。

【译文】

胡麻就是现在的油麻，再也没有其他的说法，我已经在《灵苑方》里谈论过。它的果壳有六条棱的，也有八条棱的。中原地区的麻就是现在所说的大麻，开花结果的叫苴，只开花不结果的叫枲，也叫牡麻。张骞首次从大宛得到的油麻品种也叫麻，所以称胡麻来加以区别，称汉麻为大麻。

493　赤箭[①]，即今之天麻也，后人既误出天麻一条[②]，遂指赤箭别为一物。既无此物，不得已又取天麻苗为之，滋[③]为不然。《本草》明称"采根阴干"，安得[④]以苗为之？草药上品，除五芝之外，赤箭为第一，此神仙补理[⑤]、养生上药。世人惑[⑥]于天麻之说，遂止用之治风，良可惜哉。或以谓其茎如箭，既言赤箭，疑当用茎，此尤不然。至如鸢尾[⑦]、牛膝[⑧]之类，皆谓茎叶有所似，用则用根耳，何足疑哉！

【注释】

①赤箭：多年生寄生草本，属兰科，块茎肉质肥厚，可入药。

②条：条目。

③滋：更。

④安得：哪能。

⑤补理：补养调理。

⑥惑：迷惑。

⑦鸢尾：鸢尾科植物，叶子很像鸢尾，根茎可入药，又称紫蝴蝶。

⑧牛膝：苋科植物，根可入药。

【译文】

赤箭，就是现在的天麻，后来的人既然错误地把天麻列为一条，于是就说赤箭是另外一种东西。既然没有这个东西，不得已仍然用天麻的植株来代替，就更加不对了。《本草》上明明说"采根阴干"，怎么能够用植株来代替呢？草部药物的上品，除了五芝之外，赤箭是最好的，这是神仙补养调理、养生的上好药材。世人被天麻的说法蒙蔽了，所以就只用它来治疗风症，这是多么可惜啊！有人说它的根茎就像箭一样，既然称呼它为赤箭，怀疑茎部用药，这是尤其不对的。就像鸢尾和牛膝之类的药物，都说根茎和叶子很相像，但是入药却是用根部，有什么可怀疑的呢？

494　地菘即天名精[1]也，世人既不识天名精，又妄认地菘为火蔹[2]，《本草》[3]又出鹤虱一条，都成纷乱。今按，地菘即天名精，盖其叶似菘[4]又似蔓菁蔓菁即蔓精也，故有二名，鹤虱即其实也。世间有单服火蔹法，乃是服地菘耳，不当用火蔹，火蔹，《本草》名豨莶[5]，即是猪膏莓[6]，后人不识，亦重复出之。

【注释】

①天名精：又名天蔓精，多年生草本植物，属菊科，根、叶、果实可入药，有治疗蚊虫咬伤等功效。首先将地菘列为一条的是陈藏器《本草拾遗》。

②火蔹（liǎn）：一种多年蔓生草本植物，叶子多且细，五月开黄白色花，根可入药。

③《本草》：此处是唐《新修本草》。

④菘（sōng）：即白菜。

⑤豨莶：原作“稀蔹”，据《证类本草》改。

⑥猪膏莓：原作“猪膏苗”，《本草纲目》卷十五引用此篇时作“猪膏莓”，《证类本草》卷十一草部下品有“猪膏莓”条，故改。

【译文】

地菘就是天名精，世人既不认识天名精，又错误地认为地菘是火蔹，唐《新修本草》中又重新列出鹤虱一条，这样就越发纷杂错乱了。现今考察，地菘就是天名精，大概因为它的叶子好像地菘又好像蔓菁蔓菁就是蔓精，所以有两个名称，鹤虱就是它的果实。世间有只服用火蔹的药方，其实是服用地菘，不是服用火蔹，火蔹，唐《新修本草》中称它为豨莶，就是猪膏莓，后人不认识它，也重复列出一条。

495　南烛草木[1]，记传、《本草》所说多端，今少有识者。为其作青精饭[②]色黑，乃误用乌柏[③]为之，全非也。此木类也，又似草类，故谓之南烛草木，今人谓之南天烛者是也。南人多植于庭槛之间[④]，茎如蒴藋[⑤]，有节，高三四尺，庐山有盈丈者，叶微似楝[⑥]而小，至秋则实赤如丹，南方至多。

【注释】

①南烛草木：又名南烛、南天烛，南方称之为乌饭树，属杜鹃花科，是一种常绿灌木，秋季开白花，果实味甜。全树皆可入药，有强筋益气、固精之效。

②青精饭：江浙一带寒食节的食物，由道家发明，据《本草纲目》转引陶弘景《登真隐诀》，做法大概是用南烛的茎叶浸泡出来的水泡米煮熟。

③乌柏：属大戟科，是一种落叶乔木，夏季开黄花。

④南人多植于庭槛之间：这里说的并非南烛，而是另外一种常绿灌木，属小檗科。

⑤蒴藋(shuò zhuó)：别名乌头、堇草，一种草本植物，茎叶可入药。

⑥楝(liàn)：一种落叶乔木，属楝科，种子、花、叶、皮、根均可入药。

【译文】

南烛草木，记传和《本草》上面的说法有很多，如今很少有人认识它。因为用它做出来的青精饭呈黑色，于是误用乌柏造成，完全不对。这是木类，又像草类，所以叫它南烛草木，就是现在人们叫的南天烛。南方人很多把它种植在庭院中间，它的茎像蒴藋，上面有节，有三四尺高，庐山上有超过一丈的，叶子略微像楝但是比楝的叶子小，到秋天结的果实是红色，像朱丹一样，南方有很多。

496　太阴玄精[①]生解州盐泽大卤中，沟渠土内得之。大者如杏叶，小者如鱼鳞，悉皆六角，端正似刻，正如龟甲。其裙襕[②]小堕，其前则下剡[③]，其后则上剡，正如穿山甲，相掩之处，全是龟甲，更无异也。色绿而莹彻；叩之则直理而折[④]，莹明如鉴，折处亦六角如柳叶。火烧过则悉解折，薄如柳叶，片片相离，白如霜雪，平洁可爱。此乃禀积阴之气凝结，故皆六角[5]。今天下所用玄精，乃绛州[6]山中所出绛石耳，非玄精也。楚州盐城[7]古盐仓下土中又有一物，六棱，如马牙硝[8]，清莹如水晶，润泽可爱。彼方亦名太阴玄精，然喜暴润[9]，如盐碱之类，唯解州所出者为正。

【注释】

①太阴玄精：又称玄精石、太乙玄精石等，是一种晶体石，和石膏类似。

②裙襕(lán)：古人束腰的腰巾，这里是说龟甲边缘的部分。

③下剡(yǎn)：下削，向下倾斜，这里说晶体呈向下的斜面。

④直理而折：沿着它的纹理裂开。

⑤故皆六角：按照阴阳五行的观点，北方水的成数是六，易卦中阴爻也称六。

⑥绛州：治所在今山西新绛。

⑦楚州盐城：治所在今江苏盐城。

⑧马牙硝：即芒硝(硫酸钠)的晶体，中医常用。

⑨暴润：吸水潮解。

【译文】

太阴玄精石是从解州盐泽含盐量很高的卤水中提取出来的，沟渠中的泥土能得到。大的像杏叶，小的像鱼鳞，都是呈六角，端正得就像是雕刻出来的，形状像龟甲。它边缘部分稍稍向下倾斜，前端的斜面向下，后端的斜面向上，就像穿山甲，它的背甲与腹甲相遮掩的地方，完全是龟甲的形状，几乎没有差别。颜色呈绿色，晶莹剔透；敲击它就会沿着上面的纹理折断，像镜子一样光洁可鉴，而且折断处的横截面也是像柳叶一样的六角形。如果用火烧，就会全都变成薄片而折断，像柳叶一样薄，片片分离，像霜雪一样洁白，平滑光洁，令人喜爱。这是长期承受积累的阴气凝结成的，因此都是六角。如今天下所用的玄精石，是绛州山中出产的绛石，并非玄精。楚州盐城古盐仓下面的土中又有另一种物体，像马牙硝一样的六棱形，像水晶一样清莹，润泽可爱。那里也称它太阴玄精，然而它容易吸水潮解，像盐碱之类的东西，只有解州出产的才是正宗的太阴玄精。

497　稷[1]乃今之穄[2]也。齐晋[3]之人谓即、积皆曰祭，乃其土音，无他义也。《本草》[4]注云又名穈子。穈子乃黍属，《大雅》[5]："维秬维秠，维穈维芑。"秬、秠、穈、芑皆黍属，以色别，丹黍谓之穈穈音门。今河西[6]人用穈字而音穈。

【注释】

①稷：古代一种粮食作物。

②穄(jì)：稷的别称。

③齐晋：相当于今山东、山西地区。

④《本草》：此是指唐《新修本草》。

⑤《大雅》：此引文出自《诗·大雅·生民》。

⑥河西：泛指黄河上游以西地区。

【译文】

稷就是今天的穄。齐晋一带的人称即、积都说祭，这是当地的方言，没有其他意思。《新修本草》注中又叫它穈子。穈子是黍属，《大雅》中说："维秬维秠，维穈维芑。"秬、秠、穈、芑都是黍属，凭借颜色区别，红色的黍叫作穈穈读音是门。如今河西一带的百姓用穈字，但是把它读作穈。

498　苦耽即《本草》酸浆[1]也。新集《本草》[2]又重出苦耽一条。河西番界[3]中酸浆有盈丈者。

【注释】

①酸浆：俗称挂金灯、红姑娘等，属茄科，果实可入药，有清热化痰的

功效。

②新集《本草》:宋嘉祐年间苏颂编写的《本草图经》。

③河西番界:河套地区以西的西夏统治区,相当于今内蒙古西部。

【译文】

苦耽就是《本草》中记载的酸浆。新集《本草》又重新列出苦耽一条。河西番界中的酸浆有超过一丈的。

499 今之苏合香[①]如坚木,赤色。又有苏合油,如糖胶[②],今多用此为苏合香。按刘梦得[③]《传信方》[④]用苏合香云:"皮薄,子如金色,按之即小,放之即起,良久不定如虫动,气烈者佳也[⑤]。"如此则全非今所用者,更当精考之。

【注释】

①苏合香:落叶乔木,树脂称苏合香,可提制苏合香油。

②糖胶:《集韵》:"糖,熬米坏也。"疑今天所说的麦芽糖。

③刘梦得(772年—842年):刘禹锡,字梦得,唐代著名诗人,两《唐书》中有传。

④《传信方》:刘禹锡编撰的医方,《新唐书·艺文志》著录成两卷。

⑤气烈者佳也:"气"原缺,据《苏沈良方》补。

【译文】

如今的苏合香像坚硬的木头,是红色。又有苏合油,就像糖胶,现在多用它作为苏合香。刘梦得《传信方》采录了苏合香,说:"皮薄,颜色像黄金,手按上去就会变小,放手就会弹起,就像摇摆不定的虫子在爬动一样,气味辛烈的特别好。"如此说来就完全不是如今所用的东西,更应当细细考查。

500 薰陆即乳香[①]也,本名薰陆,以其滴下如乳头者谓之乳头香，镕塌在地上者谓之塌香，如腊茶[2]之有滴乳、白乳之品，岂可各是一物？

【注释】

①薰陆即乳香：薰陆香，又称乳头香或乳香。

②腊茶：建州所产的茶。

【译文】

薰陆就是乳香，本名叫薰陆，将其滴下来像乳头一样的叫作乳头香，融化摊在地上的就叫塌香，就像建茶中有滴乳、白乳的品种一样，难道能是不一样的东西吗？

501　山豆根[1]味极苦，《本草》[2]言味甘者，大误也。

【注释】

①山豆根：一种药用植物，性寒味苦，有清热解毒的功效。

②《本草》：此处是指宋开宝年间官修的《开宝新详定本草》和《开宝重订本草》。

【译文】

山豆根的味道极其苦涩，《本草》中记载说味道甘甜，是极大的谬误。

502　蒿之类至多，如青蒿[1]一类，自有两种，有黄色者，有青色者，《本草》谓之青蒿，亦恐有别也。陕西绥、银[2]之间有青蒿，在蒿丛之间，时有一两株，迥然[3]青色，土人谓之香蒿，茎叶与常蒿悉同，但常蒿色绿，而此蒿色青翠，一如松桧[4]之色。至深秋，余蒿并黄，此蒿独青，气稍芬芳，恐古人所用，以此为胜[5]。

【注释】

①青蒿（hāo）：一种草本植物，植株有香气，夏、秋开花，我国各地均有分布，可入药。

②绥、银：绥德军和银州。绥德军，治所在今陕西绥德。银州，治所在今陕西榆林。

③迥然：形容差别很大。

④桧：一种常绿乔木，柏科类，在我国分布极广。

⑤胜：优秀。

【译文】

蒿的种类很多，比如说青蒿这一类就有两种，有黄色的，也有青色的，在《本草》里就被称为青蒿，也恐怕有另外的品种。陕西的绥、银之间有青蒿，在蒿丛之间，有时有一两株完全不一样的青色，当地人称之为香蒿，它的茎叶和平常的蒿一样，只是平常的蒿颜色是绿的，而这种蒿的颜色是青翠，就像松桧的颜色。到了深秋，其他的蒿颜色都黄了，唯独这种蒿的颜色还是青的，气味还有点芬芳，恐怕古人所用的青蒿以这种品质的为好。

503 按，文蛤[①]即吴人所食花蛤也，魁蛤[②]即车螯[③]也，海蛤今不识，其生时但海岸泥沙中得之，大者如棋子，细者如油麻[④]粒。黄白或赤相杂[⑤]，盖非一类。乃诸蛤之房为海水砻砺[⑥]光莹，都非旧质。蛤之属，其类至多，房之坚久[⑦]莹洁者皆可用，不适指一物，故通谓之海蛤耳。

【注释】

①文蛤：蛤类的一种，表面有紫红色斑纹。

②魁蛤：蛤类的一种，暗褐色，外壳较厚，上面有隆起的放射脉数十条。

③车螯(áo)：外形和文蛤非常相似。

④油麻：芝麻。

⑤黄白或赤相杂：《本草纲目》卷四十六引用本篇，将此句写作："黄白色或黄赤相杂。"

⑥砻砺(lóng lì)：冲刷磨砺。

⑦坚久：陈藏器《本草拾遗》中记载："海蛤，……以小者久远为佳。"

【译文】

文蛤就是江浙一带人们吃的花蛤，魁蛤就是车鳌，海蛤现在人们都不认识它了，它只能在海岸泥沙中找到，大的就像棋子一样，细小的就像芝麻粒。颜色是黄白色或者黄赤色相互夹杂，可能不是一类。这些蛤的外壳，被海水冲击磨砺得非常光洁晶莹，都不是以前的样子了。蛤的种类非常多，外壳坚硬晶莹洁白的，都可当作药材，不专指一种，所以就通称为海蛤了。

504 今方家所用漏芦①乃飞廉②也，飞廉一名漏芦，苗似苦芺③，根如牛蒡④、绵头者是也。采时用根。今闽中所用漏芦，茎如油麻，高六七寸，秋深枯黑如漆，采时用苗。《本草》自有条⑤，正谓之漏芦。

【注释】

①漏芦：又作“漏卢”，是一种多年生草本植物，属菊科，根可入药，有清热解毒的功效。

②飞廉：《神农本草》中将其列入上品，下品别列漏芦、飞廉两条。李时珍《本草纲目》中论述二者的功能、气味等都很相似，疑可通用。

③苦芺(ǎo)：一种药用植物，味苦。

④牛蒡(bàng)：一种二年生草本植物，属菊科，可入药，籽实有清热散风、消肿解毒的功效。

⑤《本草》自有条：《日华子诸家本草》中有“鬼油麻”一条，其中的记载和此条相吻合，故这里说的应该是“鬼油麻”一条。

【译文】

现在医家所用的漏芦就是飞廉，飞廉又名漏芦，它的主干像苦芺，根像牛蒡、上面还有白色的绒毛。采摘的时候用根。如今福建等地所用的漏芦，茎像油麻，高六七寸，深秋的时候就枯萎了，变得漆黑，采摘时用植株。《本草》中专门列出一条，正叫漏芦。

505 《本草》所论赭魁[①]皆未详审，今赭魁南中[②]极多，肤黑肌赤似何首乌[③]。切破，其中赤白理如槟榔[④]，有汁赤如赭，南人以染皮制靴，闽、岭人谓之余粮。《本草》禹余粮[⑤]注中所引，乃此物也。

【注释】

①赭魁：一种药用植物，根部可入药，有治疗心腹积聚、除三虫的功效。

②南中：今四川一带。

③何首乌：多年生缠绕草本植物，属蓼科，黑褐色，分雌雄二种，根茎可入药，有补肝肾、益精血、强筋骨等功效。

④槟榔：常绿乔木，槟榔属，籽实入药有消积杀虫、下水行气等功效。

⑤禹余粮：一种褐铁矿矿石，入药称禹余粮。

【译文】

《本草》中记载的赭魁都没进行详细考察，现在赭魁在四川一带种植很多，皮是紫黑色像何首乌。切破，中间是赤白色的纹理像槟榔一样，有像红色的汁，南方人用它来染制皮革靴子，福建岭南一带的人叫它余粮。《本草》中禹余粮条目下注释中所引用的，就是这种东西。

506 石龙芮[①]今有两种，水生者[②]叶光而末圆，陆生者[③]叶毛而末锐，入药用生水者。陆生亦谓之天灸，取少叶揉系臂上，一夜作大泡如火烧者是也。

【注释】

①石龙芮：一年生草本植物，属毛茛科，籽实可入药，有治疗风寒、祛除邪气等功效。

②水生者：原“水”字下有“中”字，据下文改。

③陆生者：李时珍《本草纲目》卷十七认为这里的“陆生者”是毛茛。

【译文】

石龙芮现在有两种，生长在水中的叶片光滑而且末端圆润，生长在陆地上的叶子上有毛而且末端尖锐，入药用生长在水中的。生长在陆地上的也被称作天灸，取少量的叶子揉碎敷在手臂上，一晚就会被灼烧出一个大水泡，就像被火烧过一样。

507　麻子[①]，海东[②]来者最胜，大如莲实，出毛罗岛[③]。其次上郡、北地[④]所出，大如大豆，亦善。其余皆下材[⑤]。用时去壳，其法取麻子帛包之[⑥]，沸汤中浸，候汤冷，乃取悬井中一夜，勿令著水。明日日中暴干，就新瓦上轻挼[⑦]，其壳悉解。簸扬取肉，粒粒皆完。

【注释】

①麻子：芝麻。

②海东：泛指我国东部沿海地区。

③毛罗岛：不详，有可能是今南海澎湖列岛中的一个小岛。

④上郡、北地：汉代的郡名，大致是今天的内蒙古、宁夏部分地区。

⑤下材：下等的材料。

⑥帛包之：用布帛包好。

⑦挼(ruó)：揉搓。

【译文】

麻子，东部沿海传过来的最好，来自毛罗岛的有莲子那么大。其次是上郡和北地所出产的，有大豆那么大，也很好。其他的都是下等。药用时要把壳子去掉，其方法是用布帛把麻子包起来，浸在煮沸的汤中，等到汤冷却之后，就悬挂在水井中一个晚上，不要使它沾着水。第二天在太阳下晒干，放在新制成的瓦片上轻轻揉搓，它的壳子就全部都掉了。扬去壳所剩下的果实，粒粒都是完整的。

补笔谈

故 事

508 故事，不御前殿[①]，则宰相一员押[②]常参官[③]再拜而出。神宗初即位，宰相奏事，多至日晏[④]。韩忠献[⑤]当国，遇奏事退晚，即依旧例，一面放班[⑥]，未有著令[⑦]。王乐道[⑧]为御史中丞，弹奏语过当[⑨]，坐谪陈州[⑩]。自此令宰臣奏事至辰时[⑪]未退，即一面放班，遂为定制[⑫]。

【注释】

①不御前殿：皇上不在前殿召见大臣。

②押：押班，即带领百官。

③常参官：按照规定每天都必须上朝的官员。

④日晏：傍晚。

⑤韩忠献：即韩琦（1008年—1075年），字稚圭，相州安阳（今属河南）人，北宋著名的政治家、军事家。天圣进士，历仕仁宗、真宗、神宗三朝。封魏国公，卒谥忠献。

⑥放班：放出站班的官员。

⑦著令：明文规定。

⑧王乐道：即王陶（1020年—1080年），字乐道，宋京兆万年（今陕西西安）人，仁宗庆历二年进士，神宗时拜御史中丞。

⑨过当：过分。

⑩陈州：宋代州名，治所在今河南周口市淮阳区。

⑪辰时：相当于上午七点到九点。

⑫定制：确定了的制度。

【译文】

按照以前的惯例，皇上如果不在前殿上朝的话，就由一名宰相带领上朝的官员在殿上行礼后退出。神宗即位初期，宰相们奏事，一直到傍晚。韩琦担任宰相的时候，遇到奏事晚出时就按照过去的惯例将前殿站班的官员放出，但是没有形成正式的明文规定。王陶时任御史中丞，因为弹劾韩琦放班之事的话说得太过分而被贬谪陈州。自此皇上下令，如果遇到宰相奏事到辰时还没有结束的话，其他官员可以自行退出，于是就成了定制。

509　故事，升朝官[①]有父致仕[②]，遇大礼[③]则推恩[④]迁一官，不增俸。熙宁中，张丞相杲卿[⑤]以太子太师[⑥]致仕，用子荫当迁仆射[⑦]。廷议[⑧]以为执政官非可以子荫迁授，罢之。前两府致仕，不以荫迁官，自此始。

【注释】

①升朝官：可以入朝见到皇上的中、高级官员。

②致仕：官员年老辞官退休。

③大礼：指三年一次的郊祀典礼。

④推恩：指施恩惠。

⑤张丞相杲(gǎo)卿：即张昪(992 年—1077 年)，字杲卿，大中祥符八年(1015 年)进士，历任御史中丞、参知政事兼枢密使等职，最后以太子太师之职退休。卒谥康节。

⑥太子太师：宋朝时这一官职名义上是太子的师傅之一，但多作为宰相致仕时所授的官职。

⑦仆射(yè)：在宋代实际上是宰相一职。

⑧廷议：朝廷大臣会议讨论。

【译文】

按照以前的惯例，升朝官如果遇到父亲退休，郊祀大礼便可以受恩惠升官一级，不增加俸禄。熙宁年间，张昪丞相以太子太师的官职退休，他的儿子受到荫庇应该升任仆射。官员们开会讨论后认为，执政官不能由受荫庇的子孙来担任，所以就没有批准这个人事任免。中书省和枢密院的官员退休后，不能再使子孙荫庇授官的规矩就从这件事开始。

510 故事，初授从官[①]、给谏[②]未衣紫[③]者，告谢日，面赐金紫。何圣从[④]在陕西就任除[⑤]待制[⑥]，仍旧衣绯。后因朝阙，值大宴殿上，独圣从衣绯[⑦]，仁宗问所以[⑧]，中筵起，乃赐金紫，遂服以就坐。近岁许冲元[⑨]除知制诰[⑩]，犹著绿，告谢日，面赐银绯，后数日，别因对[⑪]，方赐金紫。

【注释】

①从官：非正位之官。

②给谏：门下省的给事中和司谏等官。

③衣紫：穿着紫色的衣服。《宋史·舆服志》记，"三品以上服紫，五品以上服朱"。

④何圣从：即何郯，字圣从，历仕仁宗和英宗两朝。

⑤除：任命。

⑥待制：宋在诸阁学士和直学士下设置待制，作为文臣本官之外所加的美称之一。

⑦衣绯：穿着红色的朝服。

⑧所以：原因。

⑨许冲元：即许将，字冲元，宋福建闽县人。嘉祐八年举进士第一，其人文武双全，廉洁奉公，曾任兵部侍郎、尚书右丞、尚书左丞等职。

⑩知制诰：官名。宋代的翰林学士都授知制诰官衔，专为皇帝起草文书。

⑪别因对：因为另外一次奏对。

【译文】

按照以前的惯例，初次被授予从官和给谏而没有穿上紫色朝服的官员在向皇上谢恩时会被当面赐予金鱼袋、紫袍服。何郯在陕西就任待制的时候，仍然穿着红色的衣服。后来进京上朝，在一次大型的宴会上，只有何郯穿着红色的衣服，仁宗问是什么原因，并在宴会的中间赐给他紫袍服，于是他当场换了袍服就座。近年许将担任知制诰后仍然穿着绿色的衣服办公，他在向皇上当面谢恩的时候，被赐予了银鱼袋、绯色袍服，后来在另外一次奏对中才被赐予金鱼袋、紫袍服。

511　自国初[①]以来，未尝御正衙[②]视朝[③]，百官辞见[④]，必先过正衙，正衙既不御[⑤]，但望殿两拜而出，别日却[⑥]赴内朝。熙宁中，草[⑦]视朝仪[⑧]，独不立见辞谢班。正御殿日[⑨]，却谓之无正衙，须候次日依前望殿虚拜[⑩]，谓之过正衙，盖阙文也。

【注释】

①国初：宋朝建立以来。

②正衙：皇上在前殿接受百官朝拜，设置正式的仪式，名为正衙。

③视朝：皇上接见百官听证。

④辞见：辞行或参见。

⑤御：皇上亲临。

⑥却：再。

⑦草：起草。

⑧视朝仪：皇上视朝的礼仪。

⑨正御殿日：应该正式驾临前殿的日子。

⑩虚拜：皇上虽然不在殿上，但仍然向殿礼拜。

【译文】

从我朝建立以来，皇上从来就没有到过正衙视朝，但是官员们辞或见皇上都必须先过正衙，皇上既然不在正衙，他们就会对着正衙大殿磕两个头退出，再找个日子又到内朝。熙宁年间，起草了朝会礼仪，唯独没有规定皇上接见官员们辞谢的礼仪。皇上在前殿上朝的日子称之为无正衙，还要等到第二天再到正衙对着大殿虚拜称之为过正衙，这是礼仪上的忽略。

512　熙宁三年，召对[①]翰林学士承旨[②]王禹玉[③]于内东门小殿，夜深，赐银台烛[④]双引[⑤]归院。

【注释】

①召对：皇上召见大臣。

②翰林学士承旨：长期担任翰林学士者特加的官衔，不常设。

③王禹玉：即王珪(1019年—1085年)，字禹玉，北宋著名文学家、政治家。

④银台烛：在银制烛台上的蜡烛。

⑤双引：由两个人提着灯笼引路。

【译文】

熙宁三年，皇上在内东门小殿召见了翰林学士承旨王禹玉，一直谈到夜深，皇上派了两名内官打着银制烛台上的蜡烛灯把他送回了学士院。

513　夏郑公[①]为忠武军[②]节度使，自河中府[③]徙知蔡州[④]，道经许昌[⑤]。时李献臣[⑥]为守，乃徙居他室，空使宅[⑦]以待之，时以为知体[⑧]。庆历中，张邓公[⑨]还乡，过南阳[⑩]，范文正公[⑪]亦虚室以待之，盖以其国爵也。遂守为故事[⑫]。

【注释】

①夏郑公：即夏竦(985—1051年)，字子乔，宋江州德安(今属江西)人，因封郑国公，故称之。

②忠武军:治所在今河南许昌。

③河中府:治所在今山西永济蒲州镇。

④蔡州:治所在今河南汝南。

⑤许昌:许州的治所,今河南许昌。

⑥李献臣:即李淑,字献臣,宋徐州丰(今江苏徐州)人。宋真宗时赐进士及第,累迁龙图阁直学士。智慧过人,博习诸书,熟知朝廷典故。

⑦使宅:节度使的官署。

⑧知体:识大体。

⑨张邓公:即张士逊(964—1049 年),字顺之,北宋大臣。仁宗朝曾三度拜相,封邓国公。卒谥文懿。

⑩南阳:今河南南阳。

⑪范文正公:即范仲淹(989—1052 年),字希文,宋吴县(今江苏苏州)人,北宋著名的政治家、思想家、军事家和文学家,卒谥文正。

⑫守为故事:成为惯例。

【译文】

夏竦为忠武军节度使的时候,从河中府到蔡州任知州,途中经过许昌。当时李淑为许昌知州,他就到别的地方休息,空出自己的官署给夏竦休息,当时人们都说李淑识大体。庆历年间,张士逊返回家乡,经过南阳,范仲淹也曾经把自己的官署空出来供张士逊休息,那是因为他有“国公”封爵。这种情况在以后成为了惯例。

514　国朝仪制[①],亲王[②]玉带不佩鱼。元丰中,上特制玉鱼袋,赐扬王[③]、荆王[④]施于玉带之上。

【注释】

①仪制:礼仪制度。

②亲王:皇室子弟被封王的人。

③扬王:宋神宗赵顼的弟弟赵颢。

④荆王：宋神宗赵顼的弟弟赵頵。

【译文】

我朝的礼仪制度规定：亲王玉带上不准佩鱼。元丰年间，皇上特地制作了玉鱼袋，分别赏赐给了扬王和荆王，让他们佩在玉带上。

515 旧制，馆职[①]自校勘以上，非特除[②]者皆先试[③]，唯检讨[④]不试。初置检讨官，只作差遣[⑤]，未比馆职故也。后来检讨给职钱[⑥]，并同带职在校勘之上，亦承例[⑦]不试。

【注释】

①馆职：在史馆、昭文馆、集贤院三馆任职的一般官员。

②特除：特别任命的。

③试：考试。

④检讨：官名，史馆等部门的属官，多以他官充任。

⑤差遣：指官员的实际任职。宋代官员一般有正官和差遣两个头衔，正官是官阶，定品级、俸禄等，也称寄禄官；差遣则是官员的实际职务，也称职事官。

⑥职钱：按官阶支领的俸禄。

⑦承例：承袭前例。

【译文】

旧制规定：自校勘以上的馆职，除特别任命者都要经过考试，只有检讨官不用考试。刚开始设置检讨官只是作为实际职务，不像其他馆职作为虚衔兼带。后来，检讨官也正常领取俸禄，与兼任馆职没有区别，其级别在校勘官之上，仍旧按照以前的规矩不必考试。

516 旧制，侍从官[①]学士以上方腰金[②]。元丰初，授陈子雍[③]以馆职，使高丽还，除集贤殿修撰[④]，赐金带。馆职腰金出特恩，非故事也。

【注释】

①侍从官：泛指皇上的近臣。

②腰金：指使用金腰带。

③陈子雍：即陈睦，字和叔，一字子雍，莆田(今福建莆田)人，嘉祐六年进士第一。

④集贤殿修撰：馆阁集贤院下设置的官名，一般多以他官兼任。

【译文】

旧制规定：侍从官中学士以上的人方可使用金腰带。元丰初年，陈子雍被授予馆职而出使高丽，回来后又被任命为集贤殿修撰，被赏赐了一条金带。馆职人员佩金腰带来自皇上特殊的赏赐，这不是成例。

517　今之门状[①]称"牒件状如前，谨牒"[②]，此唐人都堂[③]见宰相之礼。唐人都堂见宰相，或参辞谢□事，皆[④]先具事因，申取处分。有非一事，故称"件状如前"。宰相状后判"引"，方许见。后人渐施于执政私第。小说记施于私第自李德裕[⑤]始，近世谄敬者无高下一例用之，谓之大状。予曾见白乐天[⑥]诗稿，乃是新除寿州刺史[⑦]李忘其名门状，其前序住京因宜及改易差遣[⑧]数十言，其末乃言"谨祇候辞，某官"。至如稽首之礼唯施于人君，大夫家臣[⑨]不稽首，避人君也。今则虽交游皆稽首。此皆生于谄事上官者始为流传，至今不可复革。

【注释】

①门状：古代登门拜访时投递的自我介绍的文书，类似于今天的名片。

②牒件状如前，谨牒：门状格式是：第一行写自己的官名、姓名，需顶格；第二行写"右某(按，某是自己的姓名)，谨祇候，某官(按，某官指自己的官职)，候听处分。牒件状如前，谨牒"，须比第一行低一格。据《书仪》

记载，宋元丰以后，这种形式的门状就不再被使用了。

③都堂：指尚书省总办公处。

④皆：原缺，据文义补。

⑤李德裕(787年—850年)：字文饶，唐代著名的政治家，曾两度为相，后封为卫国公。

⑥白乐天：即白居易(772年—846年)，字乐天，晚年又号香山居士，唐代著名诗人。

⑦刺史：官名，主管监察。

⑧改易差遣：调任官职。

⑨家臣：周代卿大夫私人宗族中任用的官员。

【译文】

现在的门状称“牒件状如前，谨牒”，这是唐朝官员在都堂参见宰相时的礼仪。唐朝官员在都堂参见宰相，有辞别、致谢之类的事宜，都要先陈述事情的起因，请求听候安排。如果并非只有一件事情，就写“件状如前”。宰相在门状后面批示“引”，才允许觐见。后人渐渐把这种做法用到宰相私人府邸中。小说中记载门状被运用于私人府邸是从李德裕开始的，近年来世上阿谀谄媚的人不论官职高低都这样使用，被称作大状。我曾经见到白乐天的诗稿，反面是新任寿州刺史李某忘记他的名字的门状，门状前面写了住在京城的原因以及调任官职等数十字，末尾写“谨祗候辞，某官”。至于像稽首这样的礼节只对君王叩拜，卿大夫中的家臣也不行稽首之礼，是对人君的避讳。如今即使朋友都要行稽首礼。这都是谄媚侍奉上级官员的人引领的，到现在不可能革除了。

辩　证

518　今人多谓廊屋为庑，按《广韵》[①]“堂下曰庑”，盖堂下屋檐所覆处，故曰立于庑下。凡屋基皆谓之堂[②]，廊檐之下亦得谓之庑，但庑非廊耳。至如今人谓两廊为东、西序[3]，亦非也。序乃堂上东、西壁，在室之外者，序之外谓之荣[4]。荣，屋翼[5]也。今之两徘徊又谓之两厦[6]，四注屋[7]则谓之东、西溜[8]，今谓之金厢道者是也。

【注释】

①《广韵》："韵"原作"雅"，查阅两书，《广雅·释宫》"庑，舍也"，《广韵》"庑，堂下也"，据此改。《广韵》是由陈彭年等人以《切韵》为基础，并参考唐其他韵书的基础上编撰而成的。

②凡屋基皆谓之堂：建造在平台上的房屋是"堂"。《说文解字》："堂，殿也。"段玉裁注："古曰堂，汉以后曰殿；古上下皆称堂，汉上下皆称殿，至唐以后人臣无有称殿者矣。"

③序：隔开正堂东西夹室的墙，也指东西两厢。

④荣：顺着屋顶上的斜坡钉在房梁上的木板。《说文解字》："屋梠之两头起者为荣。"

⑤屋翼：屋檐上两端向上翘起的角。

⑥厦：《玉篇》："厦，今之门庑也。"

⑦四注屋：屋顶四个角都是攒尖样式的房子。

⑧溜：屋檐滴水处。

【译文】

现在人们大多把廊屋叫作庑，按《广韵》记载"堂下曰庑"，堂下屋檐所遮蔽的地方就是庑，所以说立于庑下。凡是房屋的基台都叫作堂，廊檐下面也得以被称作庑，但庑并非廊。至于现在人们说的两廊就是东、西序，也并非这样。序是堂屋的东、西两壁或外面的厢房，序的外侧被称作荣。荣是屋檐挑角结合之处。如今又把两侧的回廊叫作两厦，四注屋则被称作东、西溜，就是现在说的金厢道。

519　梓榆[1]，南人谓之朴，齐鲁[2]间人谓之驳马。驳马即梓榆也，南人谓之朴，朴亦言驳也，但声之讹耳，《诗》“隰[③]有六驳”是也。陆玑《毛诗疏》[④]：“檀木[⑤]，皮似系迷[⑥]，又似驳马，人云‘斫檀不谛得系迷，系迷尚可得驳马’。”盖三木相似也。今梓榆皮甚似檀，以其班驳似马之驳者，今解《诗》用《尔雅》之说以为兽，“倨牙，食虎豹[⑦]”，恐非也。兽，动物，岂常止于隰者，又与苞栎、苞棣、树檖非类，直是当时梓榆耳。

【注释】

①梓榆：出自《诗·秦风·晨风》“山有苞栎，隰有六驳”，“山有苞棣，隰有树檖”。

②齐鲁：今山东一带。

③隰：低温的地方。

④陆玑《毛诗疏》：即《毛诗草木鸟兽虫鱼疏》二卷，原书已亡佚。陆玑，《隋书·经籍志》《毛诗正义》中都作“陆机”，后人因有个同时期、同姓名的文学家也叫陆机，所以改为“陆玑”，实误。

⑤檀木：一种树木名，《毛诗》《本草》中记载的檀木似乎并无定指。

⑥系迷：一种落叶灌木，《本草》中作“荚蒾”。

⑦倨牙，食虎豹：出自《尔雅·释畜》：“驳如马，倨牙，食虎豹。”倨，通“锯”。

【译文】

梓榆，南方人叫作朴，山东一带的人叫作驳马。驳马就是梓榆，南方人叫它朴，朴也就是驳，只是读音上有所变化，就是《诗·秦风·晨风》所说的“隰有六驳”。陆机《毛诗疏》中记载：“檀木，皮似系迷，又似驳马，人云‘斫檀不谛得系迷，系迷尚可得驳马’。”大概是这三种树木很相似。如今梓榆的皮和檀非常相似，因为它外皮斑驳，好像斑驳的马，现在解释《诗》的人采用的是《尔雅》中的说法，以为这是一种兽，“倨牙，食虎豹”，恐怕并非这样。兽，是一种动物，怎么能经常在低矮潮湿的地方停留呢，并且又不是和苞栎、苞棣、树檖一类，只能是说的梓榆。

520 自古言楚襄王[①]梦与神女遇,以楚辞[②]考之似未然。《高唐赋》序云:“昔者先王尝游高唐[③],怠而昼寝,梦见一妇人,曰:‘妾巫山之女也,为高唐之客,朝为行云,暮为行雨。’故立庙,号为朝云。”其曰“先王尝游高唐”,则梦神女者怀王[④]也,非襄王也。

又《神女赋》序曰:“楚襄王与宋玉[⑤]游于云梦之浦,使玉赋高唐之事。其夜王寝,梦与神女遇。王异之,明日以白玉,玉曰:‘其梦若何?’对曰:‘晡[⑥]夕之后,精神恍惚,若有所熹[⑦],见一妇人,状甚奇异。’玉曰:‘状如何也?’王曰:‘茂矣美矣,诸好备矣;盛矣丽矣,难测究矣;瑰姿玮态,不可胜赞。’王曰:‘若此盛矣,试为寡人赋之。’”

以文考之,所云“茂矣”至“不可胜赞”云云皆王之言也。宋玉称叹之可也,不当却云“王曰‘若此盛矣,试为寡人赋之’”。又曰“明日以白玉”,人君与其臣语,不当称白。又其赋曰:“他人莫睹,玉览其状,望余帷而延视[⑧]兮,若流波之将澜。”若宋玉代王赋之若王[⑨]之自言者,则不当自云“他人莫睹,玉览其状”,既称“玉览其状”,即是宋玉之言也,又不知称“余”者谁也。以此考之,则“其夜王寝,梦与神女遇”者,“王”字乃“玉”字耳;“明日以白玉”者,“以白王”也。“王”与“玉”误书之耳。前日梦神女者,怀王也;其夜梦神女者,宋玉也。襄王无预焉,从来枉受其名耳。

【注释】

①楚襄王:即楚顷襄王,楚怀王之子,芈姓,熊氏,名横,公元前298年至前263年在位。

②楚辞:具有战国时期楚地地方语言特色和风格的一种文学作品。

③高唐:战国时期,楚王室为了打猎,在云梦之地建造的高台。

④怀王：楚怀王，名槐，公元前328年至前299年在位。

⑤宋玉：相传是屈原的学生，也是战国后期楚国著名的辞赋作家。任过楚怀王、顷襄王的文学侍从。本篇引用的《高唐赋》《神女赋》一般都认为是宋玉所作。

⑥晡：傍晚。

⑦憙：《文选》中收录的《神女赋》作“喜”。

⑧延视：目光流连。

⑨若王：原作“若玉”，据文义改。

【译文】

自古都说楚襄王梦见和神女相遇，根据楚辞的记载好像不是这样的。《高唐赋》的序言说：“从前先王曾经在高唐游猎，疲惫了就白天去睡觉，梦见一个妇人，说：‘我是巫山之女，在高唐作客，清晨化作流动的云彩，傍晚变作飘洒的雨水。’楚王因此为她立了一个庙，号为朝云。”文中记载“先王曾经在高唐游历”，那么梦见神女的就是怀王，并非襄王。

此外《神女赋》的序言说：“楚襄王和宋玉在云梦之浦游猎，使宋玉作赋记述高唐发生的事。当夜楚襄王睡觉，梦见和神女相遇。襄王觉得甚是奇异，第二天和宋玉讲述了此事，宋玉说：‘这个梦是怎样的？’回答说：‘傍晚之后，精神恍惚，好像很欢喜，见到一个妇人，外貌甚是奇异。’宋玉说：‘神女长什么样呢？’襄王说：‘茂矣美矣，诸好备矣；盛矣丽矣，难测究矣；瑰姿玮态，不可胜赞。’襄王说：‘像这样美丽，尝试为寡人作一篇赋吧。’”

按照文本来考证，从所说的“茂矣”到“不可胜赞”都是襄王说的话。宋玉称叹是可以的，但是不应该说“王曰‘若此盛矣，试为寡人赋之’”。又说“明日以白玉”，人君和他的臣子说话，不应该称白。赋中又说：“他人莫睹，玉览其状，望余帷而延视兮，若流波之将澜。”如果是宋玉代替襄王作赋，像王自言自语，就不应该说“他人莫睹，玉览其状”，既然说了“玉览其状”，就是宋玉说的话，这样又不知道其中“余”指代的是谁。以此考证，那么“其夜王寝，梦与神女遇”一句中，“王”字应该是“玉”字；“明日以白玉"应该是"以白王"。"王"与"玉"应该是书写上发生了错误。前天梦见与神女相遇的,是楚怀王;那天夜里梦见和神女相遇的,是宋玉。和襄王没有什么关系,一直是白白承担了这个名声。

521 《唐书》[①]载武宗[②]宠王才人[③],尝欲以为皇后。帝寝疾[④],才人侍左右,熟视[⑤]曰:"吾气奄奄,顾与汝辞,奈何?"对曰:"陛下万岁[⑥]后,妾得一殉[⑦]。"及大渐[⑧],悉取所常贮[⑨]散遗[⑩]宫中,审帝已崩,即自经[⑪]于幄下[⑫]。宣宗[⑬]即位,嘉其节,赠贤妃。按李卫公[⑭]《文武两朝献替记》云:"自上临御[⑮],王妃有专房之宠,以娇妒忤旨[⑯],日夕而殒[⑰],群情无不惊惧,以为上成功之后,喜怒不测。"与《唐书》所载全别。《献替记》乃德裕手自记录,不当差谬,其书王妃之死,固已不同。据《献替记》所言,则王氏为妃久矣,亦非宣宗即位乃始追赠。按《张祐集》[⑱]有《孟才人叹》一篇,其序曰:"武宗皇帝疾笃[⑲],迁便殿,孟才人以歌笙获宠者,密侍其右。上目之曰:'吾当不讳[⑳],尔何为哉?'指笙囊泣曰:'请以此就缢。'上悯然。复曰:'妾尝艺歌[㉑],愿对上歌一曲,以泄其愤。'上以其恳,许之。乃歌一声《何满子》,气亟立殒。上令医候[㉒]之,曰:'脉尚温而肠已绝。'"详此,则《唐书》所载者,又疑其孟才人也。

【注释】

①《唐书》:指的是宋欧阳修等人编纂的《新唐书》。

②武宗:即唐武宗李瀍(chán)。

③才人:宫中女嫔妃的称号之一。

④寝疾:卧病。多指重病。

⑤熟视:注目细看。

⑥万岁:对皇帝死亡的委婉说法。

⑦殉：殉葬。

⑧大渐：病情越来越严重。

⑨常贮：平时储存的财物。

⑩散遗：分发给宫中的伙伴。

⑪自经：自缢身亡。

⑫幄下：宫室帷帐之中。

⑬宣宗：即唐宣宗李忱。

⑭李卫公：即李德裕(787年—850年)，字文饶，两度为相，后封为卫国公。

⑮临御：指的是皇上亲自处理政事。

⑯忤旨：违背皇上的旨意。

⑰殒：死亡。

⑱《张祐集》：应为《张祜集》，前人著作中常将张祜误写为张祐。张祜，字承吉，中唐诗人。

⑲疾笃：疾病日益严重。

⑳不讳：死亡。

㉑艺歌：会唱歌。艺，指才能。

㉒候：检查，检验。

【译文】

《唐书》记载说唐武宗宠爱王才人，曾经想立她为皇后。武宗卧病时，才人在床边侍奉着，武宗看了她很久说道："我现在已经气息奄奄，不久就要和你分别了，该怎么办呢？"才人回答说："陛下去世之后，我会陪你殉葬。"等到武宗病危时，才人把平时积累的所有财物都分发给了宫中的伙伴们，得知武宗已经逝世后，随即就在宫室的帷帐中自缢身亡了。唐宣宗继位后，为了嘉奖她的操守，特意追封她为贤妃。按照李德裕《文武两朝献替记》说："自从武宗皇帝亲政以来，就专宠王才人，因傲慢妒忌而违背旨意，在某一天的晚上死亡了，大臣们无不感到惊慌恐惧，都觉得皇上继位之后喜怒哀乐都揣摩不透了。"这与《唐书》所记载的完全不一样。《文武两朝献替记》是李德裕亲自记录的，应该不会有错误，他记载王妃的死亡原因固然不一样。而根据《文武两朝献替记》所说，王氏早就已经是妃子了，而不是宣宗继位后才追封的。张祜的文集中有一篇叫《孟才人叹》，其序说："武宗皇帝病情越来越严重，迁居到了别殿，因为吹笙而得到宠爱的孟才人服侍左右。皇上看着她说：'我就快要不行了，你应该怎么办呢？'才人指着装笙的袋子流着眼泪说：'我就用它来上吊自杀。'武宗露出了哀悯的表情。才人又说：'我曾经学过唱歌，请求你让我唱一首歌来抒发心中的不平。'皇上看到她的态度很诚恳，就同意了。于是就唱了一首《何满子》，唱完之后立马就死了。皇上命令太医来检查，太医说：'脉搏还有温热，但是肠子已经断裂。'"按照这种说法，那么《唐书》所记载的，又怀疑是孟才人了。

522　建茶之美者号北苑茶[①]。今建州凤凰山[②]，土人相传谓之北苑，言江南[③]尝置官领之，谓之北苑使。予因读李后主[④]文集有《北苑诗》及《文苑纪》，知北苑乃江南禁苑，在金陵[⑤]，非建安也。江南北苑使，正如今之内园使[⑥]。李氏时有北苑使善制茶，人竞贵之，谓之北苑茶，如今茶器中有学士瓯之类，皆因人得名，非地名也。丁晋公[⑦]为《北苑茶录》[⑧]云："北苑，地名也，今曰龙焙[⑨]。"又云："苑者，天子园囿之名。此在列郡之东隅，缘何却名北苑？"丁亦自疑之。盖不知北苑茶本非地名，始因误传，自晋公实之于书，至今遂谓之北苑。

【注释】

①北苑茶：宋徽宗《大观茶论》、赵汝砺《北苑别录》二书中均记载"北苑茶"最为上品。

②建州凤凰山：建州治所在今福建建安。《北苑别录》："建安之东三十里，有山曰凤凰，其下直北苑。"

③江南：指五代时的南唐。

④李后主：南唐后主李煜，初名从嘉，字重光，精书法，工绘画，通音律，善诗文。

⑤金陵：南唐都城，即今江苏南京。

⑥内园使：官名，主要负责管理皇宫内的园圃。

⑦丁晋公：丁谓（966年—1037年），字谓之，北宋苏州长洲（今江苏苏州）人，宋真宗时被立为相，封晋国公。

⑧《北苑茶录》：又名《建安茶录》，共三卷，已亡佚。

⑨龙焙（bèi）：烤制龙凤贡茶的场所。

【译文】

建茶中最好的茶被称作北苑茶。现在建州的凤凰山，当地百姓相传叫北苑，传闻说南唐曾经设立官员兼管此地的茶叶征收事务，这种官员被称作北苑使。我因为读过李煜的文集，其中收录了《北苑诗》和《文苑纪》，才知道北苑是南唐的皇家园林，修建于金陵，不是在建安。南唐的北苑使，就像如今的内园使。南唐时期，有个北苑使善于制作茶叶，人们竞相以他所制的茶最珍贵，就叫这种茶为北苑茶，像现在的茶具中有学士瓯之类的一样，都是因人而得名，北苑并不是地名。丁谓《北苑茶录》中记载："北苑是地名，如今称作龙焙。"又说："苑是天子园圃的名称。该地在天下州郡的东南角，为何叫作北苑呢？"丁谓自己也很疑惑。大概人们不知道北苑茶中的北苑本来就不是地名，最初是因为误传，从丁谓在书中称它为地名之后，至今也就叫北苑了。

523　唐以来，士人文章好用古人语而不考其意。凡说武人，多云"衣[①]短后衣[②]"，不知短后衣作何形制。短后衣出《庄子·说剑篇》[③]，盖古之士人衣皆曳[④]后，故时有衣短后之衣者。近世士庶人[⑤]衣皆短后，岂复更有短后之衣？

【注释】

①衣：穿。

②短后衣：衣服的后襟较短，便于劳动。

③《庄子·说剑篇》：是《庄子·杂篇》之一。《庄子》，战国时期的哲学家庄子及其后学所著，又被称为《南华经》，书分内、外、杂篇。

④曳：拖。

⑤士庶人：士人和庶人。庶人，老百姓。

【译文】

唐朝以来，读书人写文章喜欢用古人的词汇而不考究它本来的意思。只要说到武人，大都会说“衣短后衣”，不知道短后衣是什么式样。短后衣出自《庄子·说剑篇》，大概古时候读书人的衣服都拖有后摆，所以经常有穿缩短后摆之衣的人。现在读书人和老百姓的衣服都缩短了后摆，怎么可能还有短后衣呢？

524 班固论司马迁为《史记》，“是非颇谬于圣人，论大道[1]则先黄老而后六经，序[2]《游侠》[3]则退[4]处士而进[5]奸雄，述《货殖》[6]则崇势利而羞[7]贫贱，此其蔽也”。予按，后汉王允[8]曰：“武帝不杀司马迁，使作谤[9]书流于后世。”班固所论，乃所谓谤也，此正是迁之微[10]意。凡《史记》次序、说论，皆有所指，不徒为之。班固乃讥迁“是非颇谬于圣贤”，论甚不慊[11]。

【注释】

①大道：大道理。

②序：叙述。

③《游侠》：指的是《史记·游侠列传》。

④退：贬低。

⑤进：突出。

⑥《货殖》：指的是《史记·货殖列传》。

⑦羞：鄙视。

⑧王允(137年—192年)：字子师，东汉末大臣。献帝时官至司徒，

曾用美人计杀死董卓，后被董卓部下杀死。

⑨谤：诽谤。

⑩微：精微。

⑪不慊：不能使人满意。

【译文】

班固在谈论司马迁的《史记》时，说“大大违背了圣人们的是非标准，谈论大道理的时候先颂扬黄老，而把六经放在后面，在《史记·游侠列传》里面是贬低隐士而突出奸诈的人，在《史记·货殖列传》里则是推崇势利而羞辱贫贱，这就是它的不足之处。”我考查，东汉大臣王允说：“汉武帝不杀司马迁，使他写出了诽谤的书籍来流传后世。”班固所说的就是所谓的诽谤，这也正是司马迁的精辟见解。《史记》中的篇目次序、叙述评论都有所指向的意思，不是随便这样做的。班固居然讥笑司马迁“大大违背了圣人们的是非标准”，这个结论是不能让人满意的。

525 人语言中有“不”字可否世间事，未尝离口也，而字书[①]中须读作“否”音也。若谓古今言音[②]不同，如云“不可”，岂可谓之“否可”，“不然”岂可谓之“否然”？古人曰“否，不然也”，岂可曰“否，否然也”？古人言音，决非如此，止是字书谬误耳。若读《庄子》“不可乎不可”须云“否可”，读《诗》须云“曷否肃雍”“胡否佽焉”，如此全不近人情。

【注释】

①字书：可能说的是《说文解字》。

②言音：语音。

【译文】

我们的口语中有一个“不”字可以用来否定世间一切事物，在口语中也经常使用，可是在字书中却读作“否”。如果说这是古今语音的不同，那么“不可”难道要读作“否可”，“不然”难道读作“否然”？古人说“否，不然也”，怎么能说“否，否然也”？古人的读音绝不是这样的，大概只是字书的错误罢了。如果把《庄子》“不可乎不可”读作“否可”，读《诗》“曷否肃雍”“胡否佽焉”，这就完全不符合人们的语言习惯了。

526　古人谓章句之学[①]，谓分章摘句，则今之疏义[②]是也。昔人有鄙章句之学者以其不主于义理耳，今人或谬以诗赋声律为章句之学，误矣。然章句不明亦所以害义理，如《易》云“终日乾乾”，两“乾”字当为两句，上乾“知至至之”，下乾“知终终之”也。“王臣蹇蹇”，两“蹇”字为王与臣也。九五、六二，王与臣皆处蹇[③]中。王任蹇者也，臣或为冥鸿[④]可也。六二所以不去者，以应乎五故也。则六二之蹇“匪躬之故”也。后人又改“蹇蹇”字为“謇”[⑤]，以謇謇比谔谔，尤为讹谬。“君子夬夬”，夬夬，二义也，以义决其外，胜己之私于内也。凡卦名而重言之，皆兼上下卦[⑥]，如“来之坎坎”是也。先儒多以为连语，如虩虩、哑哑之类读之，此误分其句也。又“履虎尾咥人凶”当为句，君子则夬夬矣，何咎之有，况于凶乎？“自天祐之吉”当为句，非吉而利，则非所当祐也。《书》曰“成汤既没，太甲元年”[⑦]，孔安国[⑧]谓：“汤没至太甲方称元年。”按《孟子》，成汤之后尚有外丙、仲壬[⑨]，而《尚书疏》[⑩]非之；又或谓古书缺落，文有不具。以予考之，《汤誓》《仲虺之诰》《汤诰》[⑪]皆成汤时诰命，汤没，至太甲元年始复有《伊训》著于书，自是孔安国离其文于“太甲元年”下注之，遂若可疑。若通下文读之曰“成汤既没，太甲元年伊尹作《伊训》”，则文自足，亦非缺落。尧之终也，百姓如服考妣之丧三年[⑫]。百姓，有命者也，为君斩衰[⑬]，礼也。邦人无服，三年四海[⑭]无作乐者，况畿内[⑮]乎！《论语》曰“先行”[⑯]当为句，“其言”自当后也。似此之类极多，皆义理所系，则章句亦不可不谨。

【注释】

①章句之学：汉儒所创的一种研究儒家经典的学问，侧重在于用分章、析句的方法来解释典籍的意义。

②疏义：也称义疏、讲疏，疏通和阐发文义。产生于南北朝时期，根据某一家的注，在“疏不破注”的原则下，对典籍进行逐句阐发。

③九五、六二，王与臣皆处蹇：在《易·蹇》的六个“爻辞”中，其余四个都是“往蹇”，而“六二”“九五”都已经处在“蹇”中。过去的注家一般认为“六二”代表臣，“九五”代表王，而沈括认为“六二”“九五”都包括了王和臣在内。

④冥鸿：指高飞的鸿雁。此指避开险难。

⑤改“蹇蹇”字为“謇”：《离骚》王逸注、《后汉书·杨震传》李贤注等引《易·蹇》时，“六二”爻辞都写作“王臣謇謇”。

⑥上下卦：《易》中每一卦都是由六爻组成，从下到上依次是初爻、二爻、三爻、四爻、五爻、上爻，一般把前三爻称为下卦，把后三爻称为上卦。

⑦成汤既没，太甲元年：出自《尚书·伊训》前面列的序，现在一般称它“书序”。一般认为它产生于汉代，后人将其分散在现存《尚书》各篇之前。

⑧孔安国：字子国，西汉经学家。孔子后裔。

⑨成汤之后尚有外丙、仲壬：《孟子·万章上》：“汤崩，太丁未立，外丙二年，仲壬四年。”

⑩《尚书疏》：指唐孔颖达等人编撰的《尚书正义》。

⑪《汤誓》《仲虺之诰》《汤诰》：都是《尚书》的篇目。

⑫百姓如服考妣之丧三年：出自《书·尧典》：“百姓如丧考妣，三载四海遏，密八音。”沈括认为此处的句读应该是：“百姓如丧考妣三载，四海遏，密八音。”

⑬斩衰(cuī)：旧时丧服名，为五服之一。五服中最重的一种。用极粗生麻布制成，不缝边，以示无饰。服期三年。衰，同“缞”。

⑭四海：此处指四方的少数民族。

⑮畿内：由天子直接管辖之地。

⑯先行：出自《论语·为政》“先行其言而后从之”，意思是应该先做了之后再说。沈括认为此句的句读应该是“先行，其言而后从之”，意思是自己应该先做出榜样，然后才能教育别人。

【译文】

古人所谓的章句之学，是说用分章析句的方法来阐释，就是如今的疏义。从前人们有的鄙薄章句之学，认为它不是主要阐发义理，现在人们有的错误地把诗赋声律之学当作章句之学。然而对章句不明白也对义理的理解有害，像《易》说“终日乾乾”，两个“乾”字应该断成两句，上一个乾是“知至至之”，下一个乾是“知终终之”。“王臣蹇蹇”中两个“蹇”字分别指代王与臣。“九五”“六二”，王与臣都是处于蹇中。王是灾难的承担者，臣是有可能避开的。臣不避开是因为想要和王一起躲避灾难。这就是“六二”中说的“匪躬之故”。后来人们又把“蹇蹇”两字改成“謇謇”，把謇謇解释成忠贞直言，是尤其荒谬的。“君子夬夬”，夬夬有两层意义，对外要把“义”当作处事的准则，对内要用“义”来战胜自己的私欲。凡是卦名在爻辞中重叠来说的，都兼指上下卦，像“来之坎坎”就是这样的。以前的学者大多认为这是连绵词，就像虩虩、哑哑那样来断句，这样就错分了句读。又“履虎尾咥人凶”应该断作一句，君子夬夬，会有什么灾祸，更何况凶险呢？“自天祐之吉”应该断作一句，不吉而得利，就并非上天应该保佑的。《书》云“成汤既没，太甲元年”，孔安国说：“成汤去世后，一直到太甲才称为元年。”考查《孟子》，成汤之后还尚有外丙、仲壬做过王，《尚书疏》却认为不是这样；又有人说这是因为古书文字脱漏，文章没有记载。我自己考证，《汤誓》《仲虺之诰》《汤诰》都是成汤时的文书，成汤去世后，到太甲元年才又开始有《伊训》被《书》收入，自从孔安国在“太甲元年”下进行注释，于是好像出现了疑问。如果通读下文，记载说“成汤既没，太甲元年伊尹作《伊训》”，那么文义是完备的，也没有缺失。尧去世时，百姓如丧考妣一样服丧三年。百姓，是有爵位的大臣，给国君服斩衰，这是礼制。平民没有穿丧服，但是三年内四方少数民族也没有奏乐，更何况君王直接统治的管辖之地！《论语·为政》中的“先行”应该断作一句,“其言”自然应该处于行为之后。像这类的例子很多,都是与义理相关,可见在章句之学上也不能不谨慎。

527　古人引《诗》,多举《诗》之断章[①]。断音段,读如断截之断,谓如一诗之中,只断取一章或一二句取义,不取全篇之义,故谓之断章。今之人多读为断章,断音锻,谓诗之断句,殊误也。诗之末句,古人只谓之卒章,近世方谓断句。

【注释】

①断章:从整首诗中选取某一部分。

【译文】

古代人在引用《诗》的时候,多截取《诗》中的断章。断读作段,就是断截的断,意思是在一篇诗中只截取一章或者一二句的含义,不取整篇诗的涵义,所以叫作断章。现在的人多把断章的断读作锻,用来表示诗的结句,这是完全把意思搞错了。诗的结句古人只称为卒章,近世才称为断句。

528　古人谓币[①]言“玄纁五两[②]”者,一玄一纁为一两。玄,赤黑,象天之色[③]。纁,黄赤,象地之色。故天子六服皆玄衣纁裳[④],以朱渍丹秫染之。《尔雅》“一染谓之縓”,縓,今之茜也,色小赤;“再染谓之竀[⑤]”,竀,赪也;“三染谓之纁”,盖黄赤色也。玄、纁二物也,今之用币以皂帛为玄纁,非也。古之言束帛者以五匹屈而束之[⑥],今用十匹者非也。《易》曰“束帛戋戋”,戋戋者寡也;谓之盛者非也[⑦]。

【注释】

①币:礼物。

②玄纁五两:出自《仪礼·士昏礼》:“纳徵,玄纁束帛。”郑玄注:“束

帛，十端也。”又《周礼·地官·媒氏》：“凡嫁子娶妻入币，纯帛无过五两。”郑玄注：“五两，十端也。”贾公彦疏：“五两十端者，古者二端相向卷之共为一两，五两故十端也。”

③象天之色：古人有天玄地黄的说法，所以把玄、黄作为天、地的象征色，因此，沈括把红黑的玄称作象天之色，把黄红的纁称作象地之色。

④故天子六服皆玄衣纁裳：《周礼·春官·司服》把王用于祭祀的吉服分为六种，即大裘而冕、衮冕、鷩冕、毳冕、希冕、玄冕，郑玄注：“凡冕服皆玄衣纁裳。”

⑤再染谓之竀：转引自《周礼·考工记》郑玄注。在传本《尔雅》中，“竀”作“赪”。

⑥古之言束帛者以五匹屈而束之：古代婚礼使用的束帛是把两匹布帛重叠起来，从两端相向卷起来，直至相遇为止，称作一两。五两就是五个这样的布帛束成一束，代表成双成对的含义。

⑦谓之盛者非也：《易》王弼注和孔颖达正义都认为“戋戋”是多的意思。如果仅仅是婚礼中使用的束帛，在其数量上有多、少两种不同的观点，但是《周礼·地官·媒氏》中有“无过五两”的记载，故“戋戋”应是少的意思。

【译文】

古人把婚礼中用的礼物叫作“玄纁五两”，一玄一纁就是一两。玄，红黑色，是天的颜色。纁，黄红色，是地的颜色。所以天子六服都是玄衣纁裳，用朱砂浸渍的丹秫染色。《尔雅》记载“一染谓之縓”，縓是现在的茜色，颜色淡红；“再染谓之竀”，竀，是浅红色；“三染谓之纁”，就是黄红色。玄、纁是两种东西，现在用的礼物把皂帛作为玄纁，并非如此。古代说的束帛是用五匹相向卷起的布帛束在一起的，现在用十匹是不对的。《易》记载“束帛戋戋”，戋戋是少的意思；把它解释为多是错误的。

529 《经典释文》[①]如熊安生[②]辈，本河朔[③]人，反切[④]多用北人音；陆德明[⑤]，吴人，多从吴音；郑康成[⑥]，齐人，多从东音。

如璧有肉好[⑦]，肉音揉者[⑧]，北人音也；“金作赎刑[⑨]”，赎音树者[⑩]，亦北人音也，至今河朔人谓肉为揉、谓赎为树。如打字音丁梗反[⑪]，罢字音部买反[⑫]，皆吴音也；如疡医“祝药劀杀之齐”[⑬]，祝音咒，郑康成改为“注”，此齐鲁人音也，至今齐谓注为咒；官名中尚书本秦官[⑭]，尚音上[⑮]，谓之尚书者秦人音也，至今秦人谓尚为常。

【注释】

①《经典释文》：解释儒家经典文字音义的著作，唐陆德明撰，共三十卷。

②熊安生：字植之，北朝经学家。撰有《周礼》《礼记》《孝经》等义疏，均已佚。清马国翰《玉函山房辑佚书》辑有《礼记熊氏义疏》四卷。

③河朔：泛指黄河以北地区。

④反切：古代的一种注音方法，用两个字拼读出第三个字的读音，通过取前一个字的声母，后一个字的韵母和声调进行拼读。

⑤陆德明（约 550—630 年）：名元朗，以字行。苏州吴县人。唐代经学家、训诂学家。撰《经典释文》。

⑥郑康成：即郑玄（127 年—200 年），字康成，北海高密（今属山东）人，东汉经学家。

⑦璧有肉好：璧是古代一种玉器，圆形，正中间有一孔，这个孔被称作“好”，孔以外的部分被称作“肉”。《尔雅·释器》中记载，璧的规格是肉的宽度要大于孔的直径。

⑧肉音揉者：《经典释文》卷二十九云，肉“如字，又如授反”。

⑨金作赎刑：出自《书·舜典》。

⑩赎音树者：《经典释文》卷三云：“赎，石欲反，徐音树。”“徐”是东晋学者徐邈，编撰了《周易音》《尚书音》。

⑪打字音丁梗反：《说文解字·手部》“新附”中有“打”字，云“击也，从手丁声，都挺切”。《广韵》中，“打”除了有“都挺切”，另有一个读音“德

冷切”。

⑫罢字音部买反:《广韵》中“罢”有两个读音,一个表示停止的意思,读作 bà;另一个表示疲惫的意思,读作 pí。

⑬祝药劀杀之齐:出自《周礼·天官·疡医》。

⑭尚书本秦官:据《汉书·百官公卿表》,少府是秦官,尚书是它的属官。

⑮尚音上:《集韵》中“尚”有两个读音,一个是表示官名,读作常音;另一个是用作词语,读上音。

【译文】

《经典释文》中收录的各家切音中,像熊安生,本来是河朔人,反切注音时多用北方口音;陆德明,是江浙人,反切注音时多用吴音;郑康成,是齐人,反切注音时多用山东口音。像璧有肉好,“肉”读音“揉”的,是北方人的口音;“金作赎刑”,“赎”读音“树”的,也是北方人的口音,至今河朔人还是把“肉”读作“揉”、“赎”读作“树”。就像“打”字切音是丁梗反,“罢”字切音是部买反,都是南方口音;像疡医“祝药劀杀之齐”,“祝”读音是“咒”,郑康成改为“注”,这是山东一带的口音,至今山东一带还是把“注”念作“咒”;官名中,尚书是秦朝所设立的官职,尚读音是上,把它读作“尚书”的“尚”,是秦地的口音,至今秦人还是把“尚”读作“常”。

乐 律

530　兴国[①]中,琴待诏[②]朱文济[③]鼓琴为天下第一。京师僧慧日大师夷中尽得其法,以授越僧义海[④]。海尽夷中之艺,乃入越州[⑤]法华山习之,谢绝过从[⑥],积十年不下山,昼夜不释弦,遂穷其妙。天下从海学琴者辐辏[⑦],无有臻[⑧]其奥[⑨]。海今老矣,指法[⑩]于此遂绝。海读书,能为文,士大夫多与之游,然独以能琴知名。海之艺不在于声,其意韵萧然,得于声外,此众人所不及也。

【注释】

①兴国:即太平兴国,宋太宗赵光义的年号,公元976年至984年。

②待诏:指供奉内廷的艺人。

③朱文济:北宋著名的琴师,著有《琴杂调谱》十二卷,今已佚。

④义海:北宋著名的琴师,夷中的入门弟子,提出了“急若繁星不乱,缓若流水不绝”的演奏理论。

⑤越州:宋代州名,治所在今浙江绍兴。

⑥过从:互相来往。

⑦辐辏(fú còu):形容人或物聚集像车辐集中于车毂一样。

⑧臻(zhēn):达到。

⑨奥:奥妙。

⑩指法:演奏技巧。

【译文】

太平兴国年间,琴待诏朱文济鼓琴的技艺是天下第一。京城的僧人慧日大师夷中全部学到了他的技艺,并把自己的心得传授给了越地的僧人义海。义海也全部学到了夷中的技艺,于是就到越州法华山去练习,不跟任何人来往,在山上待了十年没有下来,日夜手不离弦,于是终于掌握了其中的奥妙。天下想跟义海学琴的人像车辐集中于车毂那么多,却都没有达到他的水平。义海现在年纪大了,他的技艺于是就绝迹了。义海博学能文,士大夫多和他一起游玩,然而他单单以擅长琴技而知名。义海的技艺不在于音声,其意韵潇洒深远而来自声音之外,这是众人达不到的地方。

531　十二律[①],每律名用各别,正宫、大石调、般涉调[②]七声,宫、羽、商、角、徵、变宫、变徵也。今燕乐二十八调用声各别,正宫、大石调、般涉调皆用九声,高五、高凡[③]、高工、尺、上、高一、高四、六[④]、合;大石角同此,加下五,共十声。中吕宫、双调、中吕调皆用九声，紧五、下凡、高工、尺、上、下一、四[5]、六、合；双角同此，加高一，共十声。高宫、高大石调、高般涉皆用九声，下五、下凡、工、尺、上、下一、下四、六、合；高大石角同此，加高四，共十声。道调宫、小石调、正平调皆用九声，高五、高凡、高工、尺、上、高一、高四[6]、六、合；小石角加勾字，共十声。南吕宫、歇指调、南吕调皆用七声，下五、高凡、高工、尺、高一、高四、勾；歇指角加下工，共八声。仙吕宫、林钟商、仙吕调皆用九声，紧五、下凡、工、尺、上、下一、高四、六、合；林钟角加高工，共十声。黄钟宫、越调、黄钟羽皆用九声，高五、下凡、高工、尺、上、高一、高四、六、合；越角加高凡，共十声。外则为犯[7]。

燕乐七宫，正宫、高宫、中吕宫、道调宫、南吕宫、仙吕宫、黄钟宫；七商，越调、大石调、高大石调、双调、小石调、歇指调、林钟商；七角，越角、大石角、高大石角、双角、小石角、歇指角、林钟角；七羽，中吕调、南吕调又名高平调、仙吕调、黄钟羽又名大石调、般涉调、高般涉、正平调。

【注释】

①十二律：古代音乐分阴阳，各六个音，律是阳，吕是阴，合称为“十二律”，分别是黄钟、太簇、姑洗、蕤（ruí）宾、夷则、无射（yì）、大吕、应钟、南吕、林钟、仲吕（中吕）、夹钟。

②正宫、大石调、般涉调：均为燕乐调名，本篇中的“中吕宫”“正平调”也是燕乐调名。

③高五、高凡：是古代记谱时候用的字，用这些字所记的乐谱就是“工尺谱”。

④六：原作“勾”，据张文虎《学乐杂说》改。

⑤四：原作“下四”，据张文虎说改。

⑥高四：原作“下四”，据张文虎说改。

⑦犯：也称“犯声”“犯调”，是在既定音调中改换音声侵犯了其他音

调。分为异宫相犯和同宫相犯。

【译文】

音乐中有十二律，在不同的音调上的名称和用法都不一样，正宫、大石调、般涉调都是七声，就是宫、羽、商、角、徵、变宫、变徵。现在的燕乐二十八调所用的音声各不一样，正宫、大石调、般涉调都是用九声，高五、高凡、高工、尺、上、高一、高四、六、合；大石角和这个相同，加下五，共十声。中吕宫、双调、中吕调都是用九声，紧五、下凡、高工、尺、上、下一、四、六、合；双角和这个相同，加上高一，共十声。高宫、高大石调、高般涉都用九声，下五、下凡、工、尺、上、下一、下四、六、合；高大石角与此相同，加上高四，共十声。道调宫、小石调、正平调都是用九声，高五、高凡、高工、尺、上、高一、高四、六、合；小石角加上勾字，一共十声。南吕宫、歇指调、南吕调都用七声，下五、高凡、高工、尺、高一、高四、勾；歇指角加上下工，共八声。仙吕宫、林钟商、仙吕调都用九声，紧五、下凡、工、尺、上、下一、高四、六、合；林钟角加上高工，共十声。黄钟宫、越调、黄钟羽都用九声，高五、下凡、高工、尺、上、高一、高四、六、合；越角加上高凡，共十声。超过这个范围就称犯调。

燕乐包括七个宫调，正宫、高宫、中吕宫、道调宫、南吕宫、仙吕宫、黄钟宫；七个商调，越调、大石调、高大石调、双调、小石调、歇指调、林钟商；七个角调，越角、大石角、高大石角、双角、小石角、歇指角、林钟角；七个羽调，中吕调、南吕调又叫高平调、仙吕调、黄钟羽又名大石调、般涉调、高般涉、正平调。

532　十二律并清宫当有十六声，今之燕乐[①]止有十五声，盖今乐高于古乐二律以下[②]，故无正黄钟声。今燕乐只以合字[③]配黄钟，下四字配大吕，高四字配太蔟，下一字配夹钟，高一字配姑洗，上字配中吕，勾字配蕤宾，尺字配林钟，下工字配夷则，高工字配南吕，下凡字配无射，高凡字配应钟，六字配黄钟清，下五字配大吕清，高五字配太蔟清，紧五字配夹钟清。虽如此，然诸调杀声④亦不能尽归本律，故有祖调⑤、正犯、偏犯、傍犯，又有寄杀、侧杀、递杀、顺杀⑥。凡此之类皆后世声律渎乱，各务新奇，律法流散。然就其间亦自有伦理，善工皆能言之，此不备纪。

【注释】

①燕乐：即“宴乐”，指在宫廷宴饮时所演奏的音乐。

②今乐高于古乐二律以下：古乐即“唐乐”，唐乐尺长为267.3665厘米，其黄钟律管长为240.6299厘米。宋乐尺长为245.1644厘米，其黄钟律管长为220.6480厘米。所以宋代的乐律比唐代的乐律高二律不到一点。

③合字：是古代记谱时用的字，用这些字所记的乐谱就是“工尺谱”。

④杀声：也称结声、煞声，音乐的结束音。

⑤祖调：转调或犯调前的原调。

⑥正犯、偏犯、傍犯、寄杀、侧杀、递杀、顺杀：具体含义不详。

【译文】

十二律加上清音应当有十六声，如今的燕乐只有十五声，因为现在的音乐比古乐高二律不到一点，因此没有准确的黄钟声。现在的燕乐只用“合”字配黄钟，“下四”字配大吕，“高四”字配太蔟，“下一”字配夹钟，“高一”字配姑洗，“上”字配中吕，“勾”字配蕤宾，“尺”字配林钟，“下工”字配夷则，“高工”字配南吕，“下凡”字配无射，“高凡”字配应钟，“六”字配黄钟清，“下五”字配大吕清，“高五”字配太蔟清，“紧五”字配夹钟清。虽然是这样，然而诸调的结束音也不能全都归到本律，所以有祖调、正犯、偏犯、傍犯，又有寄杀、侧杀、递杀、顺杀。凡是这类都是因为后世声律被混淆了，各自追求新奇，律法流散。然而其中也有各自的秩序，通晓音律的乐工都能讲述，在此就不赘述了。

533　乐有中声、有正声。所谓中声者，声之高至于无穷，声之下亦无穷，而各具十二律，作乐者必求其高下最中之声，不如是不足以致大和之音①、应天地之节②；所谓正声者，如弦之有十三泛韵③，此十二律自然之节也。盈丈之弦，其节亦十三；盈尺之弦，其节亦十三，故琴④以为十三徽。不独弦如此，金石⑤亦然。《考工》⑥为磬之法："已上则磨其旁⑦，已下则磨其耑⑧。"磨之至于击而有韵处即与徽应，过之则复无韵；又磨之至于有韵处，复应以一徽。石无大小，有韵处亦不过十三，犹弦之有十三泛声也，此天地至理，人不能以毫厘损益其间，近世金石之工盖未尝及此。不得正声，不足为器；不得中声，不得为乐。

【注释】

①大和之音：阴阳和谐的声音。"大和"出自《易·乾》之《文言》。

②天地之节：指自然的节律、韵律。

③泛韵：也称"泛声"，演奏时，按徽位轻触琴弦时发出的声音。古代的琴有十三个徽位，所以有"弦之有十三泛韵"的说法。

④琴：中国古代的一种弹弦乐器，琴体是用两块长方形木板镶合成的音箱，最初的琴上是五根弦，后为七根弦，琴面上有"徽"来标明音位。

⑤金石：钟磬(qìng)等敲击乐器，古代将乐器分为八类，"金石"居众乐器之首。

⑥《考工》：即《考工记》，《周礼》中的名篇。

⑦旁：原作"耑"，据《考工记》改。

⑧耑：原作"旁"，据《考工记》改。

【译文】

音乐有中声和正声。所谓的中声，就是声音很高，可以高到无穷，声音很低，也可以低到无穷，而且各自具备十二律，制作音乐的人必须从中找到高低最合适的中声，不这样的话就不能够奏出阴阳和谐之声、应和自然的节律；所谓的正声，就像琴弦有十三个泛韵，这是十二律本来就有的韵节。一丈的琴弦，它的韵节也有十三个；一尺的琴弦，它的韵节也是十三个，所以琴上将其作为十三个徽位。不只琴弦是这样，金石也是这样。《考工记》中记载的制作磬的方法："音声太高就磨两侧，音声太低就磨两头。"磨到能够击打出声音的时候就会和徽音相应和，过了就没有乐音了；再磨到有乐音的程度，又会出现另一个徽音相应和。石料无论大小，有韵的地方也不过十三次，就好像弦有十三个泛声一样，这就是天地间的至理，不能以人力有丝毫的损益，现在世人制作金石乐器的工匠大概还没有认识到这一点。得不到正声就不能够制作出乐器；得不到中声就不能制定乐律。

534　律有四清宫①，合十二律为十六，故钟磬以十六为一堵。清宫所以为止于四者，自黄钟而降，至林钟宫、商、角三律皆用正律，不失尊卑之序；至夷则即以黄钟为角，南吕以大吕为角，则民声皆过于君声，须当折而用黄钟、大吕之清宫；无射以黄钟为商、太蔟为角，应钟以大吕为商、夹钟为角，钟不可不用清宫，此清宫所以有四也。其余徵、羽，自是事物用变声，过于君声无嫌②，自当用正律，此清宫所以止于四而不止于五也。君臣民用从声，事物用变声，非但义理次序如此，声必如此然后和，亦非人力所能强也。

【注释】

①四清宫：黄钟清宫、大吕清宫、太蔟清宫、夹钟清宫。

②民声皆过于君声、过于君声无嫌：《宋史·乐志三》："宫为君，商为臣，角为民，徵为事，羽为物。君者，法度号令之所出，故宫生徵；法度号令所以授臣而承行之，故徵生商；君臣一德，以康庶事，则万物得所，民遂其生，故商生羽，羽生角……"如果某调的主音用律音，那么音调中的宫、商、角也是律音，徵、羽就是吕音；主音用吕音，那么这个调中的宫、商、角是吕音，徵、羽就是律音。所以商、角超过宫音就会淆乱音阶而徵、羽超

过宫音就毫无关系。

【译文】

音律中有四个清音，加上十二律就是十六，所以钟磬以十六个编作一组。清音只设置四个的原因是，从黄钟以下到林钟宫，它的宫、商、角三个音阶都在正律的范围之内，不会缺少尊卑的秩序；到夷则宫应该以黄钟为角，南吕宫应该以大吕为角，这样民声都高于君声，必须转而用黄钟、大吕的清音；无射宫以黄钟为商、太蔟为角，应钟宫应该以大吕为商、夹钟为角，这些不能不用清音，这就是清音有四个的原因。其余的徵、羽，由于与事、物相配属于变声，超过君声也没有什么关系，自然应当用正律，这就是清音只有四个而不是五个的原因。君、臣、民用从声，事、物用变声，不但道理和次序是这样，音律也必须像这样才能和谐，也不是人力所能强行改变的。

535　本朝燕部乐[①]经五代离乱，声律差舛，传闻国初比唐乐高五律[②]，近世乐声渐下，尚高两律。予尝以问教坊[③]老乐工，云："乐声岁久势当渐下，一事验之可见，教坊管色[④]，岁月浸深则声渐差，辄复一易，祖父所用管色今多不可用，唯方响[⑤]皆是古器。铁性易缩，时加磨莹，铁愈薄而声愈下。乐器须以金石为准，若准方响则声自当渐变。"古人制器用石与铜，取其不为风雨燥湿所移，未尝用铁者，盖有深意焉。律法既亡，金石又不足恃，则声不得不流亦自然之理也。

【注释】

①燕部乐：即"燕乐"，也即"宴乐"，指在宫廷宴饮时所演奏的音乐。

②国初比唐乐高五律：《宋史·乐志一》："始，太祖以雅乐声高，不合中和，乃诏和岘以王朴律准洛阳铜望臬石尺为新度，以定律吕……仁宗留意音律，判太常燕肃言器久不谐，复以朴准考正。时李照以知音闻，谓朴准高五律，与古制殊。"

③教坊：官廷中负责掌管教习音乐的机构。

④管色：泛指管类乐器。

⑤方响：古代打击乐器。

【译文】

本朝燕部乐经过五代的离乱，声律参差错乱，传闻国初的乐律比唐乐高五律，近年来乐声逐渐低下，仍然比唐代高两律。我曾经就此请教教坊的老乐工，回答说："乐律时间长了之后势必会逐渐低下，有一件事情可以说明，教坊的管色，岁月长了之后它的音色就会逐渐发生变化，需要重新更换，祖父时期所用的管色如今大多不可用了，只有方响都是古器。铁性容易收缩，要不时加以磨砺，铁愈薄声律就愈低下。乐器要用金石为标准，如果用方响为标准那么声音自然会逐渐发生变化。"古人制作乐器用石与铜，就是因为它们不会被风雨燥湿所影响而发生改变，没有用铁来制作的，其中自有深意。乐律的标准已经不存在了，金石又不能作为依据，那么声律发生误差也是很自然的道理。

536　古乐钟皆扁，如合瓦盖。盖钟圆则声长[①]，扁则声短[②]。声短则节，声长则曲，节短处声皆相乱[③]，不成音律。后人不知此意，悉为扁钟，急叩之多晃晃[④]尔，清浊不复可辨。

【注释】

①长：指的是敲击时发出的声音很长。

②短：指的是敲击时发出的声音比较短促。

③乱：指的是余音相互干扰，造成了声音杂乱。

④晃晃：象声词，表示钟声轰鸣共振。

【译文】

古代用来演奏音乐的钟都是扁的，就像两块瓦对合起来的样子。这大概是因为钟圆的时候敲击时发出的声音很长，扁的话敲击时发出的声音比较短促。声音短的话就比较容易形成节奏，声音长的话就会走音，在节奏急促的时候音声就会杂乱无章，不成音调。后来人不知道这个原理，都把钟做成扁的，急促演奏时常常会发出晃晃的声响，音声的高低都不能再分辨了。

537 琴瑟[①]弦皆有应声，宫弦则应少宫，商弦即应少商，其余皆隔四相应[②]，今曲中有声者须依此用之。欲知其应者，先调诸弦令声和，乃剪纸人加弦上，鼓其应弦则纸人跃，他弦即不动。声律高下苟同，虽在他琴鼓之，应弦亦震，此之谓正声[③]。

【注释】

①瑟：古代一种弹弦乐器，形状似琴，上面一般有二十五根弦，按五声音阶定弦。

②隔四相应：因为琴瑟两种乐器都是按照五声音阶定弦，所以每相隔四根弦的两弦能相互应和。

③正声：标准的音声。

【译文】

琴、瑟弦都有应声，宫弦就对应少宫，商弦就对应少商，其余都是每隔四根弦相互对应，如今曲子中有应声的都必须按照这个规律来运用。想要知道它相互对应的乐弦，先要调节每根弦让它们的音声和谐，再剪个纸人放置在琴弦上，当弹奏到相应的弦，纸人就会震动，弹奏其他的弦就不会动。声律的高低如果相同，即使在其他的琴上弹奏，这张琴上对应的弦也会震动，这就是所谓的正声。

538 乐中有敦、掣、住[①]三声。一敦、一住各当一字[②]，一大字住当二字，一掣减一字[③]，如此迟速方应节，琴瑟亦然。更有折声[④]，唯合字无，折一分、折二分至于折七八分者皆是。举指有浅深，用气有轻重，如笙箫则全在用气，弦声只在抑按。如中吕宫一字、仙吕宫工字[⑤]，皆比他调低半格[⑥]方应本调。唯禁伶[⑦]能知，外方常工多不喻也。

【注释】

①敦、掣、住：古代乐谱中用来表示音乐节拍的符号，敦也作“墩”“顿”。一般而言敦表示顿挫、掣表示加快、住表示延长。郑孟津在《词源解笺》中持“掣表示升音”的看法。

②当一字：相当于一拍。

③减一字：缩短一拍。如果掣表示升音，那么此处应该是升高半音的意思。

④折声：古代乐谱中表示降音的符号。

⑤工字：原作“五字”，据郑孟津《词源解笺》改。

⑥低半格：低，原作“高”，据郑孟津《词源解笺》改。半格指半音。

⑦禁伶：宫中的乐工。

【译文】

乐谱中有敦、掣、住三种表示音乐节拍的符号。一敦、一住各相当于一个音，一大字住相当于两个音，一掣是缩短一个音，这样，快慢才能和节奏相互对应，演奏琴瑟也是这样。此外还有折声，只有“合”字没有，折一分、折二分一直到折七八分的都是属于这一类。指头弹奏有浅深，用气发声有轻重，像笙箫就全凭用气，弦乐只在于用指。像中吕宫的“一”字、仙吕宫的“工”字，都比其他的调降低半个音才能和本调对应。只有宫中的乐工才能知道这些乐理，民间的乐工很多都不知道。

539　熙宁中宫宴，教坊伶人徐衎奏稽琴[①]，方进酒而一弦绝[②]，衎更不易琴，只用一弦终其曲。自此始为一弦稽琴格[③]。

【注释】

①稽琴：一种琴的名称，即奚琴，古代北方少数民族奚族的一种演奏乐器，有两根弦。

②绝：崩断。

③一弦稽琴格：用一根弦演奏稽琴的方法。

【译文】

熙宁年间，在一个宫廷宴会上，教坊伶人徐衍演奏了稽琴，刚刚开始进酒时琴弦就断了一根，徐衍并没有换琴，只用一根弦就演奏完了这支曲子。从此开始形成了一根弦演奏稽琴的方法。

540　律吕宫、商、角声各相间一律，至徵声顿间二律，所谓变声也。琴中宫、商、角皆用缠弦[①]，至徵则改用平弦，隔一弦鼓之皆与九徽[②]应，独徵声与十徽应，此皆隔两律法也。古法唯有五音，琴虽增少宫、少商[③]，然其用丝各半本律，乃律吕清倍法也，故鼓之六与一应、七与二应皆不失本律之声。后世有变宫、变徵者，盖自羽声隔八相生[④]再起宫，而宫生徵，虽谓之宫、徵而实非宫、徵声也。变宫在宫、羽之间，变徵在角、徵之间，皆非正声，故其声庞杂破碎，不入本均，流以为郑、卫，但爱其清焦而不复古人纯正之音。惟琴独为正声者，以其无间声以杂之也。世俗之乐惟务清新，岂复有法度，乌足道哉？

【注释】

①缠弦：把几根丝弦绞在一起之后，外面用细弦缠绕的弦，用以弹奏弦乐器中的低音。如果外面没有用细丝缠绕的弦就被称作平弦。

②九徽：琴面上的第九个徽位。琴面共有十三个徽位，从右到左依次为一至十三徽。

③增少宫、少商：指第六、第七根琴弦。最初的古琴只有五根琴弦，后来增加了两根，就是少宫、少商，变成七弦琴。

④隔八相生：即三分损益的代名词。三分损益相生次序是：宫三分损一生徵，徵三分益一生商，商三分损一生羽，羽三分益一生角。

【译文】

十二音律中宫、商、角之间各相隔一律，到徵声顿时变成间隔二律，这就是所谓的变声。琴上的宫、商、角都用缠弦，到徵就改用平弦，隔一弦弹奏都和第九个徽位的泛音相应，只有徵声和第十个徽位相应，这都是因为隔了两律。古代的乐法只有五音，琴虽然增加了少宫、少商，然而这两根弦都只有宫、商的一半，这是乐律清半浊倍的法度，所以弹奏第六根弦和第一根弦相应、第七根弦和第二根弦相应，都不失本律的音声。后世出现的变宫、变徵，是从羽声角之后再进行损益产生的变宫，而变宫产生变徵，虽然也叫宫、徵但其实并非宫、徵的音声。变宫之音在宫、羽之间，变徵之音在角、徵之间，都不是标准的音声，所以它们的音声庞杂破碎，不列入正音，流为郑、卫之音，人们只是喜爱它们的高昂急促而不再使用古人纯正的乐音。只有琴还是正声，因为没有间声掺杂在内。世俗的音乐只追求清新，又怎会还有法度，哪里还值得称道呢？

541　十二律配燕乐二十八调，除无徵音[①]外，凡杀声，黄钟宫[②]今为正宫，用六字[③]；黄钟商今为越调，用六字；黄钟角今为林钟角，用尺字；黄钟羽今为中吕调，用六字；大吕宫今为高宫，用四字；大吕商、大吕角、大吕羽、太蔟宫，今燕乐皆无；太蔟商今为大石调，用四字；太蔟角今为越角，用工字；太蔟羽今为正平调，用四字；夹钟宫今为中吕宫，用一字；夹钟商今为高大石调，用一字；夹钟角，夹钟羽，姑洗宫、商，今燕乐皆无；姑洗角今为大石角，用凡字；姑洗羽今为高平调，用一字；中吕宫今为道调宫，用上字；中吕商今为双调，用上字；中吕角今为高大石角，用六字；中吕羽今为仙吕调，用上字；蕤宾宫、商、羽、角，今燕乐皆无；林钟宫今为南吕宫，用尺字；林钟商今为小石调，用尺字；林钟角今为双角，用四字；林钟羽今为黄钟调[④]，用尺字；夷则宫今为仙吕宫，用工字；夷则商、角、羽，南吕宫，今燕乐皆无；南吕商今为歇指调，用工字；南吕角今为小石角，用一字；南吕羽今为般涉调，用工字；无射宫今为黄钟宫，用凡字；无射商今为林钟商，用凡字；无射角，今燕乐无；无射羽今为高般涉调，用凡字；应钟宫、应钟商，今燕乐皆无；应钟角今为歇指角，用尺字；应钟羽，今燕乐无。

【注释】

①无徵音：徵音只是有其声，而无其调。

②黄钟宫：调名。唐宋时期对调名的称呼分为均调名和律调名，均调名中的黄钟宫是以黄钟均之宫音为调首主音；律调名中的黄钟宫是以黄钟律高为宫音。沈括本篇中的调名都是律调名。

③六字：古代记谱的用字。

④黄钟调：律调名的林钟羽，相当于均调名的无射羽，相应的燕乐调名是黄钟羽。

【译文】

十二律的调式和燕乐二十八调相对应，除了没有徵音之外，黄钟宫在现在的燕乐中是正宫，杀声用“六”字；黄钟商现在是越调，杀声用“六”字；黄钟角现在是林钟角，杀声用“尺”字；黄钟羽现在是中吕调，杀声用“六”字；大吕宫现在是高宫，杀声用“四”字；大吕商、大吕角、大吕羽、太簇宫，现在的燕乐中都没有了；太簇商现在是大石调，杀声用“四”字；太簇角现在是越角，杀声用“工”字；太簇羽现在是正平调，杀声用“四”字；夹钟宫现在是中吕宫，杀声用“一”字；夹钟商现在是高大石调，杀声用“一”字；夹钟角，夹钟羽，姑洗宫、商，现在的燕乐中都没有了；姑洗角现在是大石角，杀声用“凡”字；姑洗羽现在是高平调，杀声用“一”字；中吕宫现在是道调宫，杀声用“上”字；中吕商现在是双调，杀声用“上”字；中吕角现在是高大石角，杀声用“六”字；中吕羽现在是仙吕调，杀声用“上”字；蕤宾的宫、商、羽、角，现在的燕乐中都没有了；林钟宫现在是南吕宫，杀声用“尺”字；林钟商现在是小石调，杀声用“尺”字；林钟角现在是双角，杀声用“四”字；林钟羽现在是黄钟调，杀声用“尺”字；夷则宫现在是仙吕宫，杀声用“工”字；夷则商、角、羽和南吕宫，现在的燕乐中都没有了；南吕商现在是歇指调，杀声用“工”字；南吕角现在是小石角，杀声用“一”字；南吕羽现在是般涉调，杀声用“工”字；无射宫现在是黄钟宫，杀声用“凡”字；无射商现在是林钟商，杀声用“凡”字；无射角，今天的燕乐中没有了；无射羽现在是高般涉调，杀声用“凡”字；应钟宫、应钟商，如今的燕乐都没有了；应钟角现在是歇指角，杀声用“尺”字；应钟羽，如今的燕乐中没有了。

象 数

542 又一说[①]，子午属庚此纳甲之法。震初爻纳庚子、庚午也，丑未属辛巽初爻纳辛丑、辛未也，寅申属戊坎初爻纳戊寅、戊申也，卯酉属己离初爻纳己卯、己酉也，辰戌属丙艮初爻纳丙辰、丙戌也，巳亥属丁兑初爻纳丁巳、丁亥也。一言[②]而得之者，宫与土也假令庚子、庚午，一言便得庚；辛丑、辛未，一言便得辛；戊寅、戊申，一言便得戊；己卯、己酉，一言便得己，故皆属土。余皆仿此；三言而得之者，徵与火也假令戊子、戊午，皆三言而得庚；己丑、己未，皆三言而得辛；丙寅、丙申，皆三言而得戊；丁卯、丁酉，皆三言而得己，故皆属火；五言而得之者，羽与水也假令丙子、丙午，皆五言而得庚；丁丑、丁未，皆五言而得辛；甲寅、甲申，皆五言而得戊；乙卯、乙丑，皆五言而得己，故皆属水；七言而得之者，商与金也假令甲子、甲午，皆七言而得庚；乙丑、乙未，皆七言而得辛；壬申、壬寅，皆七言而得戊；癸丑、癸酉，皆七言而得己，故皆属金；九言而得之者，角与木也假令壬子、壬午，皆九言而得庚；癸丑、癸未，皆九言而得辛；庚寅、庚申，皆九言而得戊；辛卯、辛酉，皆九言而得己，故皆属木。此出于《抱朴子》[③]，云是《河图玉版》[④]之文。然则一何以属土，三何以属火，五何以属水？其说云："中央总天之气一，南方丹天之气三，北方玄天之气五，西方素天之气七，东方苍天之气九。"皆奇数而无偶数，莫知何义，都不可推考。

【注释】

①又一说：指纳音的又一种解释。

②一言：指与地支相配的天干，像"子午属庚"等六十个甲子，都是"一言得之"。

③《抱朴子》：晋葛洪创作的一本道家著作，共二十篇，谈论的都是和神仙鬼怪、延年益寿相关的话题。

④《河图玉版》：古代谶纬的篇目，已亡佚。葛洪《抱朴子·仙药》中说，上面引用的话都是出自"《玉策记》和《开明经》"，并非《河图玉版》。

【译文】

纳音的另一种解释，子午属庚这是纳甲的方法。震的初爻纳庚子、庚午，丑未属辛巽的初爻纳辛丑、辛未，寅申属戊坎的初爻纳戊寅、戊申，卯酉属己离的初爻纳己卯、己酉，辰戌属丙艮的初爻纳丙辰、丙戌，巳亥属丁兑的初爻纳丁巳、丁亥。当位就能得到的，是宫和土例如庚子、庚午，当位便得到了庚；辛丑、辛未，当位便得到了辛；戊寅、戊申，当位便得到了戊；己卯、己酉，当位便得到了己，所以都是属土。其余都是这样的；下推三位才得到的，是徵与火比如戊子、戊午，都是下推三位而得到庚；己丑、己未，都是下推三位而得到辛；丙寅、丙申，都是下推三位而得到戊；丁卯、丁酉，都是下推三位而得到己，所以都是属火；下推五位才得到的，是羽与水比如丙子、丙午，都是下推五位而得到庚；丁丑、丁未，都是下推五位而得到辛；甲寅、甲申，都是下推五位而得到戊；乙卯、乙丑，都是下推五位而得到己，所以都是属水；下推七位才得到的，是商与金比如甲子、甲午，都是下推七位而得到庚；乙丑、乙未，都是下推七位而得到辛；壬申、壬寅，都是下推七位而得到戊；癸丑、癸酉，都是下推七位而得到己，所以都属金；下推九位才得到的，是角与木比如壬子、壬午，都是下推九位而得到庚；癸丑、癸未，都是下推九位而得到辛；庚寅、庚申，都是下推九位而得到戊；辛卯、辛酉，都是下推九位而得到己，所以都属木。这种说法出自《抱朴子》，记载说是《河图玉版》上面的文字。然而为何一是属土，为何三是属火，为何五是属水？解释说："中央总天之气一，南方丹天之气三，北方玄天之气五，西方素天之气七，东方苍天之气九。"这些都是奇数而没有偶数，不知其中的意思，完全无法推究。

543 世俗，十月遇壬日[①]，北人谓之入易[②]，吴人[③]谓之倒布。壬日气候如本月，癸日差温[④]类九月，甲日类八月，如此倒布之，直至辛日如十一月。遇春秋时节即温，夏即暑，冬即寒。辛日以后，自如时令。此不出阴阳书[⑤]，然每岁候[⑥]之，亦时有准，莫知何谓。

【注释】

①遇壬日：我国农历干支纪年法中遇壬的一天，即壬子、壬丑……壬亥，共十二日。

②入易：古代北方称十月遇壬日为入易。

③吴人：指的是居住在我国江浙一带的人。

④差温：稍微缓和些。

⑤阴阳书：占卜术数类书籍。

⑥候：验证。

【译文】

民间的习俗，在十月份的时候遇到壬日，北方人叫作入易，江浙一带人叫作倒布。壬日的气候就像本月一样，癸日稍微暖和些就像九月一样，甲日就像八月，就像这样有顺序地颠倒，直到辛日像十一月一样。如果对应的月份属于春秋的季节，那么该日的气候就会温暖；如果是属于夏季，那么就会炎热；属于冬季就会寒冷。辛日以后气候就会自动和季节相一致。这在占卜术数类书籍中没有明确记载，但是在每年气候的检验中，也时常准确，不知道是什么原因。

544　卢肇[①]论海潮，以谓日出没所激而成，此极无理。若因日出没，当每日有常[②]，安得复有早晚？予常考其行节[③]，每至月正临子午，则潮生，候之万万无差此以海上候之，得潮生之时。去海远，即须据地理[④]增添时刻。月正午而生者为潮[⑤]，则正子而生者为汐[⑥]；正子而生者为潮，则正午而生者为汐。

【注释】

①卢肇(zhào)(818年—882年)：字子发，宜春(今江西宜春)人，唐代文学家。

②常：固定不变的涨潮时间。

③行节：指海水涨落的规律。

④地理：指的是观测地点的地理位置。

⑤潮：早潮。

⑥汐：晚潮。

【译文】

卢肇在谈论海潮的时候，认为它是由于太阳出没海中激荡海水而形成的，这是完全没有道理的。如果因为太阳出没，那么应该每天发生在固定的时间，怎么还有早晚呢？我曾经考察过海水涨落的规律，每当月亮正好在子午圈上时潮汐就会产生，据此观测的话一点都没有差错这是在海边等待潮汐时所得的时刻。如果离海较远，需要另外根据地理位置添加时刻。如果月正午时产生的是潮，那么月正子时就是汐；如果月正子时出现潮，那么月正午时就会产生汐。

545　历法见于经者，唯《尧典》[①]言“以闰月定四时成岁”。置闰之法自尧时始有，太古以前又未知如何。置闰之法，先圣王所遗，固不当议，然事固有古人所未至而俟后世者，如岁差[②]之类方出于近世，此固无古今之嫌也。凡日一出没谓之一日，月一盈亏谓之一月。以日月纪天虽定名，然月行二十九日有奇复与日会[③]，岁十二会而尚有余日[④]，积三十二月复余一会[⑤]，气与朔渐相远，中气[6]不在本月，名实相乖，加一月谓之闰。闰生于不得已，犹构舍之用橝楔[7]也，自此气朔交争，岁年错乱，四时失位，算数繁猥。凡积月以为时，四时以成岁，阴阳消长，万物生杀变化之节皆主于气而已，但记月之盈亏，都不系岁事之舒惨[8]。今乃专以朔定十二月，而气反不得主本月之政[9]。时已谓之春矣而犹行肃杀之政，则朔在气前者是也，徒谓之乙岁之春而实甲岁之冬也；时尚谓之冬也而已行发生之令，则朔在气后者是也，徒谓之甲岁之冬乃实乙岁之春也。是空名之正、二，三、四反为实，而生杀之实反为寓[10]，而又生闰月之赘疣[11]，此殆古人未之思也。今为术，莫若用十二气为一年，更不用十二月，直以立春之日为孟春之一日，惊蛰为仲春之一日，大尽三十一日、小尽三十日，岁岁齐尽，永无闰余；十二月常一大一小相间，纵有两小相并，一岁不过一次。如此，则四时之气常正，岁政不相陵夺，日、月、五星亦自从之，不须改旧法。唯月之盈亏，事虽有系之者如海、胎育之类，不预岁时寒暑之节，寓之历间可也。借以元祐元年为法，当孟春小，一日壬寅、三日望、十九日朔；仲春大，一日壬申、三日望、十八日朔。如此，历日岂不简易端平，上符天运，无补缀之劳？予先验天百刻[12]有余有不足，人已疑其说；又谓十二次斗建[13]当随岁差迁徙，人愈骇之。今此历论，尤当取怪怨攻骂，然异时必有用予之说者。

【注释】

①《尧典》：《尚书》中的篇名，记录了尧时期的历史。

②岁差：春分点沿黄道向西缓慢运行而使回归年（又称太阳年，即太阳两次经过春分点所历时间）比恒星年（地球绕太阳公转一周所历时间）短的现象。我国最早发现岁差的是东晋虞喜（约发现于公元330年）。

③月行二十九日有奇复与日会：根据现代天文学的计算，一个朔望

月的长度是29.5306天。

④岁十二会而尚有余日：十二个朔望月一共354.3672天，和一个回归年的长度365.25天相差10.8828天。

⑤积三十二月复余一会：过了三十二个朔望月，和回归年相差近一个朔望月。

⑥中气：古代历法以太阳历二十四气配阴历十二月，阴历每月二气：在月初的叫节气，在月中以后的叫中气。

⑦欂楔(xiē)：欂，是檐的别名，原作“礡”，据文义和《营造法式》改；楔，指门框上面的横木和两边的立柱。

⑧舒惨：盛衰变化。

⑨政：与节令相适应的人事活动。

⑩寓：变成从属地位。

⑪赘疣(zhuì yóu)：皮肤上长的肉瘤，也用作比喻多余无用的东西。

⑫百刻：指一昼夜。古人以漏壶计时，一昼夜分为一百刻。

⑬斗建：古人用北斗星的斗柄所指的方向，等分圆周的十二地支，推算月份，称为斗建、月建。

【译文】

古代经书中对历法有记载的，只有《尚书·尧典》记载说“以闰月定四时成岁”。设置闰月的办法是从尧的时代才开始有，远古前的情况就无从知晓了。设置闰月的方法，是古代先圣流传下来的，本来不应该提出异议，然而事情本来就有古人未曾做到等待后人来做的，像岁差之类的，直到近世被人发现，这就没有古今的嫌隙。只要太阳出没一次就叫作一日，月亮盈亏一次就叫作一月。用日月记录天体运行虽然确定了名称，然而月亮运行二十九天才会与太阳再一次会合，一年会合十二次都还有剩余的时日，累积三十二个月就会剩余一次会合的时日，节气和朔日的错位就会越来越久，以致中气不在本来的月份，名称和实际就相互背离了，为此就要增加一个月，叫闰月。闰月的产生也是不得已而为之，就像造房子要在檐下使用楔子那样，从此节气和朔日之间就相互冲突，以至于历法上的年岁错乱，四季失序，测算的数据也变得繁琐复杂。凡是积累三个月作为一季，积累四季形成一年，阴阳消长，万物盛衰，其中的变化规律都依赖于节气的改变，只是按照月亮的盈亏来创造历法，就都和岁时运转、阴阳变化没有什么关系了。现在只用朔日来确定十二个月，节气反而不能主导人事活动了。例如季节上已经是春天了，但是人事活动还是按万物萧条的冬天进行，这是朔日在节气之前的情况，因此只是名义上说是第二年的春天，实际上它还是上一年的冬天；反之，季节上还是称为冬天，但是人事活动已经开始按春天的节令开展了，这是朔日在节气之后的情形，因此只是名义上说是今年的冬天，实际上它已经是第二年的春天了。这样一来，徒有其名的是正月、二月，三月、四月反而成为实际，反映万物生长或萧条的节气反而下降到从属地位了，并且还产生了闰月，这恐怕是古人所没想到的。现在的办法，就采用十二气作为一年，不再使用十二月，直接把立春当天当作春天第一个月的第一日，惊蛰作为春天第二个月的第一日，大月都是三十一日、小月都是三十日，这样每年都完完整整没有多余的时间，永远不会用到闰月；十二个月通常是一大一小相间着，即使两个小月并连，每年也只有一次。如此一来，四时节气总是正常的，岁时活动也不会出现相互侵夺的情况，日、月、五星的运行也按照自然的规律，不需要再修改旧的历法。只有月亮的盈亏，虽然有些现象像潮汐、胎育之类的跟它有关系，但它和节气变化没什么关联，把它附在历法上就行了。以元祐元年为例：春季的第一个月是小月，那么一日为壬寅、三日为望、十九日为朔；春季的第二个月是大月，那么一日为壬申、三日为望、十八日为朔。这样，历法岂不是简单整齐，既符合天体的运行规律，又没有修补测算历法的烦劳？我曾测验过一昼夜的一百刻，发现有时会超过，有时又不足，有人怀疑我的说法；又曾说每年十二次斗建应当跟随岁差而改变，人们更惊诧。现在这种历法议论，当然更会招致指责谩骂，但是将来必定会有人采用我的这种方法。

546　天事以辰名者为多，皆本于辰巳之辰，今略举数事。

十二支[①]谓之十二辰，一时谓之一辰，一日谓之一辰，日、月、星谓之三辰[②]，北极谓之北辰[③]，大火谓之大辰[④]，五星中有辰星[⑤]，五行之时[⑥]谓之五辰《书》曰“抚于五辰”[⑦]是也，已上皆谓之辰。今考，子、丑至于戌、亥谓之十二辰者，《左传》云“日、月之会是谓辰”，一岁日、月十二会，则十二辰也。日、月之所舍始于东方，苍龙角，亢之星起于辰[⑧]，故以所首者名之。子、丑、戌、亥之月既谓之辰，则十二支、十二时皆子、丑、戌、亥，则谓之辰无疑也。一日谓之一辰者，以十二支言也。以十干言之谓之今日，以十二支言之谓之今辰，故支干谓之日辰。日、月、星谓之三辰者，日、月、星至于辰[⑨]而毕见，以其所见者名之，故皆谓之辰四时所见有早晚，至辰则四时毕见，故日加辰为晨，谓日始出之时也。星有三类，一经星[⑩]，北极为之长；二舍星，大火为之长；三行星，辰星为之长，故皆谓之辰北辰居其所而众星拱之，故为经星之长；大火，天王之座，故为舍星之长；辰星，日之近辅[⑪]，远乎日不过一辰[⑫]，故为行星之长。五行之时谓之五辰者，春、夏、秋、冬各主一时，以四时分属五行，则春、夏、秋、冬虽属木、火、金、水，而建辰、建未、建戌、建丑之月[⑬]各有十八日属土[⑭]，故不可以时言，须当以月言。十二月谓之十二辰，则五行之时谓之五辰也。

【注释】

①十二支：指十二地支。

②三辰：《国语·鲁语》：“帝喾能序三辰以固民。”韦昭注：“三辰，日、月、星。”

③北辰：北极星的别名。

④大火谓之大辰：《公羊传·昭公十七年》：“大火为大辰。”大火就是心宿二，古代曾用它确定季节。

⑤辰星：五大行星中的水星。

⑥五行之时:《礼记·礼运》:"播五行于四时。"指五行和四季相配合。

⑦抚于五辰:出自《书·皋陶谟》,此句原为正文,现根据行文例处理为附注。

⑧苍龙角,亢之星起于辰:苍龙指二十八宿中的东方苍龙七宿,角、亢是这七宿中开始的两宿,对应的地支是辰。

⑨辰:时辰,即上午七时至九时。

⑩经星:古人将恒星称作经星,行星被称作纬星。

⑪日之近辅:水星在五大行星中最接近太阳。

⑫一辰:古人把一天分成十二次,一辰就是一次。

⑬建辰、建未、建戌、建丑之月:分别指农历三、六、九、十二月。

⑭十八日属土:把四季和五行相配,土无所依,五行家认为土在一年中的三、六、九、十二月,这样每季的最后一个月各有十八天属土。

【译文】

天上的事象用辰来命名的很多,都是源于辰、巳中的辰,现在简略列举几例。十二支被称作十二辰,一时叫作一辰,一天叫作一辰,日、月、星被称作三辰,北极星称作北辰,大火称作大辰,五大行星中有辰星,和五行相配的季节叫作五辰即《书·皋陶谟》记载的"抚于五辰",以上这些都叫作辰。现在考证,子、丑到戌、亥叫作十二辰,《左传》说"日、月之会是谓辰",一年终日、月交汇十二次,就是十二辰。日、月的运行都是从东方开始的,苍龙七宿的角宿、亢宿是从辰开始的,所以用开头的方位进行命名。子、丑、戌、亥的月份既然叫作辰,那么十二支、十二时都是子、丑、戌、亥,把它们称作辰也就毫无疑问了。一日被称作一辰,是根据十二支来说的。根据十干而言就被称作今日,根据十二支而言就被称作今辰,所以用干支记录的日子就被称作日辰。日、月、星被称作三辰,日、月、星到了辰时则会同时出现,按照它们所出现的时辰来命名,所以都被称作辰日、月、星在四季中出现的时间有早晚之别,到了辰时就无论是哪个季节都同时出现,所以日加辰就是晨,是太阳刚升起的时间。星有三类,第一类是经星，北极星是它们的首领；第二类是舍星，大火是它们的首领；第三类是行星，辰星是它们的首领，所以都被称作辰北辰星处在自己的位置上，四周的星星都围绕着它，所以是经星的首领；大火是天王的座次，所以是舍星的首领；辰星是最靠近太阳的行星，距离太阳不超过一辰，所以是五大行星的首领。五行相配合的季节就叫作五辰，春、夏、秋、冬各主一个季节，把四季分属到五行中，那么春、夏、秋、冬虽属木、火、金、水，而三、六、九、十二月中每月有十八日属土，所以不能按照季节来说，须按照月份来说。十二月叫作十二辰，那么和五行相配合的季节就被称作五辰了。

547 《黄帝素问》[1]有五运六气[2]。所谓五运者，甲己为土运[3]，乙庚为金运，丙辛为水运，丁壬为木运，戊癸为火运。如甲己所以为土，戊癸所以为火，多不知其因。予按，《素问·五运行大论》[4]黄帝问五运之所始于岐伯，引《太始天元册文》曰“始于戊己之分”，“所谓戊己分者奎壁、角轸，则天地之门户[5]也”；王砅[6]注引《遁甲经》[7]：“六戊为天门，六己为地户。”天门在戌亥之间，奎壁之分；地户在辰巳之间，角轸之分。凡阴阳皆始于辰，上篇所论十二月谓之十二辰，十二支亦谓之十二辰，十二时亦谓之十二辰，日、月、星谓之三辰，五行之时谓之五辰。五运起于角轸者，亦始于辰也。甲己之岁，戊己黅天之气[8]经于角轸，故为土运角属辰、轸属巳，甲己之岁得戊辰、己巳，干皆土，故为土运。下皆同此；乙庚之岁，庚辛素天之气经于角轸，故为金运，庚辰、辛巳也；丙辛之岁，壬癸玄天之气经于角轸，故为水运，壬辰、癸巳也；丁壬之岁，甲乙苍天之气经于角轸，故为木运，甲辰、乙巳也；戊癸之岁，丙丁丹天之气经于角轸，故为火运，丙辰、丁巳也。《素问》曰，始于“奎壁、角轸，则天地之门户也”。凡运临角轸，则气在奎壁以应之，气与运常同天地之门户。故曰“土位之下，风气承之”者[⑨]，甲己之岁戊己土临角轸，则甲乙木在奎壁奎属戌、壁属亥，甲己之岁得甲戌、乙亥。下皆同此；曰“金位之下，火气承之”者，乙庚之岁庚辛金临角轸，则丙丁火在奎壁；曰“水位之下，土气承之”者，丙辛之岁壬癸水临角轸，则戊己土在奎壁；曰“风位之下，金气承之”者，丁壬之岁甲乙木临角轸，则庚辛金在奎壁；曰“相火之下，水气承之”者，戊癸之岁丙丁火临角轸，则壬癸水在奎壁。古今言《素问》者皆莫能喻，故具论如此。

【注释】

①《黄帝素问》：现存最早的中医理论著作《黄帝内经》分为《灵枢》与《素问》两部分，《素问》主要以人与自然的统一观、阴阳五行学说、脏腑经络学说为主线，论述生理学、病理学、诊断学等。

②五运六气：传统中医学基本理念之一。五运指金、木、水、火、土五气的运行，六气指风、寒、湿、火、燥、暑六种气象。中医学常根据五运六气来诊断气候变化和疾病之间的关系。

③甲己为土运：《素问·五运行大论》：“土主甲己，金主乙庚，水主丙辛，木主丁壬，火主戊癸。”每运的天干都是一阴一阳，但是和天干与五行的搭配不同，医家将其称之为“十干化运”。

④五运行大论：原作“五运大论”，据《素问》补。

⑤天地之门户：即《素问·天元纪大论》所谓“天以阳生阴长，地以阳杀阴藏”，是说阴阳消长从此而生。

⑥王砅：号召玄子，唐代研究《黄帝内经》的注释家，今传本《黄帝内经》中有其注释。

⑦《遁甲经》：原作《遁甲》，据《素问》注补。

⑧黅(jīn)天之气：和素天之气、玄天之气、苍天之气、丹天之气并称为五运在天之气。黅，黄色。

⑨“土位之下，风气承之”者：出自《素问·六微旨大论》。“者”原脱，据下文补。

【译文】

《黄帝素问》记载了五运六气。所谓的五运，甲己为土运，乙庚为金运，丙辛为水运，丁壬为木运，戊癸为火运。至于甲己为何为土运，戊癸为何为火运，大多不知道其中的原因。我认为，《素问·五运行大论》黄帝问岐伯关于五运的问题是五运的开端，引用《太始天元册文》说“始于戊己之分”，“所谓戊己分者奎壁、角轸，则天地之门户也”；王砅注引用《遁甲经》：“六戊为天门，六己为地户。”天门在戌亥之间，相当于奎壁宿的位置；地户在辰巳之间，相当于角轸宿的位置。凡是阴阳都是从辰开始的，上篇所论的十二月被称作十二辰，十二支也被称作十二辰，十二时也被称作十二辰，日、月、星被称作三辰，五行之时被称作五辰。五运是从角轸宿开始的，也是从辰开始的。逢甲年、己年，戊己黅天之气经过角轸宿，所以是土运角宿属辰、轸宿属巳，甲己之年得戊辰、己巳，天干都属土，所以是土运。下面都和这个相同；乙年、庚年，庚辛素天之气经过角轸宿，所以是金运，就是庚辰、辛巳；丙年、辛年，壬癸玄天之气经过角轸宿，所以是水运，就是壬辰、癸巳；丁年、壬年，甲乙苍天之气经过角轸宿，所以是木运，就是甲辰、乙巳。戊年、癸年，丙丁丹天之气经过角轸宿，所以是火运，就是丙辰、丁巳。《素问》说，五运之气开始于“奎壁宿、角轸宿，是天地的门户”。凡运到达角轸宿，那么气就在奎壁宿相呼应，气和运常常是一同位于天地的门户。所以说“土位之下，风气承之”，甲年、己年，戊己土抵达角轸宿，那么甲乙木就在奎壁宿奎属戌、壁属亥，甲年、己年得甲戌、乙亥。下面都是这样；“金位之下，火气承之”，乙年、庚年庚辛金抵达角轸宿，那么丙丁火就在奎壁宿；“水位之下，土气承之”，丙年、辛年壬癸水抵达角轸宿，那么戊己土就在奎壁宿；“风位之下，金气承之”，丁年、壬年甲乙木抵达角轸宿，那么庚辛金就在奎壁宿；“相火之下，水气承之”，戊年、癸年丙丁火抵达角轸宿，那么壬癸水就在奎壁宿。古今说起《素问》的人都没有谁知道这些，因此在此详细谈论。

548 世之言阴阳者，以十干寄于十二支，各有五行相从，唯戊己则常与丙丁同行①。五行家则以戊寄于巳，己寄于午②。六壬家③亦以戊寄于巳而以己寄于未。唯《素问》以奎壁为戊分，轸角为己分。奎壁在亥戌之间，谓之戊分，则戊当在戌也；轸角在辰巳之间，谓之己分，则己当在辰也。《遁甲》以六戊为天门，天门在戌亥之间，则戊亦当在戌；六己为地户，地户在辰巳之间，则己亦当在辰。辰戌皆土位④，故戊己寄焉，二说正相合。按字书，戌从戊从一⑤，则戊寄于戌盖有从来；辰文从厂音汉从㐆。㐆音身，《左传》“亥有二首六身”⑥亦用此㐆字，㐆从乙音隐从己，则己寄于辰与《素问》《遁甲》相符矣。五行，土常与水相随。戊，阳土⑦也；一，水之生数也。水乃金之子⑧，水寄于西方金之末者⑨，生水也，而旺土包之，此戊之理如是。己，阴土也；六，水之成数也。水乃木之母⑩，水寄于东方木之末者，老水也。而衰土相与隐于厂下者，水土之墓也。厂，山岩之可居者⑪。乙，隐也⑫。

【注释】

①戊己则常与丙丁同行：《五行大义》卷二：“戊己辰戌丑未，土也。位在中央，分王四季，寄治丙丁。”

②戊寄于巳，己寄于午：丙丁属火，巳午未亦属火，所以说“戊寄于巳，己寄于午”。

③六壬家：古代占卜吉凶的方术，和遁甲、太乙并称“三式”。

④辰戌皆土位：与辰、戌、丑、未四个地支相配的五行是土。

⑤戌从戊从一：《说文》：“戌，灭也。……五行土生于戊，盛于戌。从戊含一。”

⑥亥有二首六身：出自《左传·襄公三十年》。

⑦阳土：天干和五行相配，每行两干，一为阳一为阴。戊己与土相配，戊为阳土，己为阴土。

⑧水乃金之子：在五行相生的规律中，金生水，所以“水乃金之子”。

⑨水寄于西方金之末者：地支和五行相配，土寄于辰戌丑未。戌是西方金的最后一支，所以叫“西方金之末者”。下文“东方土之末者”，与此意同。

⑩水乃木之母：在五行相生的规律中，水生木，所以“水乃木之母”。

⑪山岩之可居者：《说文》：“厂，山石之崖岩，人可居。”

⑫隐也：《说文》：“乙，象春草木冤曲而出，阴气尚强，其出乙乙也。”“丙”一般会解释为“物生炳然”，沈括在此认为“乙，隐也”，就是综合这两种学说，并联系音训而言。

【译文】

世上提及阴阳的人，把十干寄于十二支，并各有五行相依从，只有戊己常常和丙丁分在一起。五行家把戊寄于巳，己寄于午。六壬家也把戊寄于巳，但是把己寄于未。只有《素问》中把奎壁宿作为戊分，轸角宿作为己分。奎壁宿在亥戌之间，被称作戊分，那么戊应该在戌；轸角宿在辰巳之间，被称作己分，那么己应该在辰。《遁甲经》把六戊作为天门，天门应该在戌亥之间，那么戊也应该在戌；把六己作为地户，地户应该在辰巳之间，那么己也应该在辰。辰戌都属土位，所以寄托在戊己，两种学说正好相互吻合。考察字书，戌字从戊从一，那么戊寄于戌是一直都有的；辰字从厂音汉从㠯。㠯音身，《左传》记载“亥有二首六身”，也是用的这个㠯字，㠯从乙音隐从己，那么己寄托在辰和《素问》《遁甲经》中的说法相互吻合。五行中，土经常和水相随。戊，是阳土；一，是水的生数。水是由金生出，水寄托在西方金的最末位，是生水，有旺土包围起来，这也是戌的道理。己，是阴土；六，是水的成数。水能够生出木，水寄托在东方木的最末位，是老水。衰土和它一起隐在厂下，是水土的墓地。厂是可以居住的山岩。乙是隐蔽的意思。

549　律有实积之数，有长短之数，有周径[①]之数，有清浊[②]之数。所谓实积之数者，黄钟管[③]长九寸，围九分[④]，以黍实其中,其积九九八十一,此实积之数也。太蔟[⑤]长八寸,围九分,八九七十二《前汉书》[⑥]称八八六十四,误也,解具下文,余律准此。所谓长短之数者,黄钟九寸,三分损一[⑦]下生林钟,长六寸;林钟三分益一上生太蔟,长八寸,此长短之数也,余律准此。所谓周径之数者,黄钟长九寸,围九分古人言"黄钟围九分",举盈数[⑧]耳,细率之当周九分七分之三;林钟长六寸,亦围九分十二律皆围九分,《前汉志》言"林钟围六分"者误也,予于《乐论》[⑨]辩之甚详,《史记》称"林钟五寸十分四"。此则六九五十四[⑩],足以验《前汉》误也,余律准此。所谓清浊之数者,黄钟长九寸为正声,一尺八寸为黄钟浊宫,四寸五分为黄钟清宫倍而长为浊宫,倍而短为清宫,余律准此。

【注释】

①周径:标准乐管的周长口径。

②清浊:十二律有正、清、浊之分。清宫比正声高八度音,浊宫比正声低八度音,在管径同样大小的情况下,清宫各律管长只有正声同律的一半,浊宫各律管长就是正声同律的一倍。

③管:古代用来定律音的标准乐管。

④围九分:原作"径九分",如此算来和"八十一"不符,据下文文义改。

⑤太蔟:原作"林钟",据《汉书·律历志》改。

⑥《前汉书》:即《汉书》,是东汉班固编的一本纪传体断代史史书。此处的引文出自《汉书·律历志》。

⑦三分损一:和"三分益一"都是指以某一音律的标准乐管长为基础,用三分损益法计算其他音律标准乐管长度的方法。早在《管子·地员》中就记载了用三分损益法来计算五声的长短,《吕氏春秋·音律》中也有用三分损益法来计算十二律的记载。

⑧盈数:整数。

⑨《乐论》:沈括编写的音乐著作,已亡佚。

⑩六九五十四：原作“六分九五十四”，据前文“九九八十一”“八九七十二”，删“分”字。

【译文】

乐律有实积之数，有长短之数，有周径之数，有清浊之数。所谓实积之数，就像黄钟管长九寸，周长九分，把黍装在管中，它的容积是九九八十一，这就是实积之数。太蔟长八寸，周长九分，八九七十二《汉书》中记载八八六十四，这是错误的，在下文详细解释，其他的律管都依此类推。所谓长短之数，就像黄钟管长九寸，用三分损一下生林钟，管长六寸；林钟用三分益一上生太蔟，管长八寸，这就是长短之数，其他的律管以此类推。所谓周径之数，比如黄钟管长九寸，周长九分古人说“黄钟围九分”，是列举的整数而已，准确地说应该是周长九又七分之三；林钟管长六寸，周长也是九分十二律的周长都是九分，《汉书·律历志》记载“林钟围六分”是错的，我在《乐论》中已经很详细地辨别过了，《史记》记载说“林钟五寸十分四”。这样计算它的积就是六九五十四，足以验证《汉书》记载的错误，其他律管以此类推。所谓清浊之数，比如黄钟管长九寸能奏出正声，一尺八寸就是黄钟浊宫，四寸五分就是黄钟清宫长一倍是浊宫，短一半是清宫，其他律管以此类推。

550　八卦有过揲之数，有归余之数，有阴阳老少之数，有河图之数。所谓过揲之数者，亦谓之八卦之策。乾九揲而得之，揲必以四，四九三十六；坤六揲而得之，揲必以四，四六二十四。此乾、坤之策，过揲之数也，余卦准此前卷叙之已详。所谓归余之数者，乾一爻三少，初变之初五，再变之、三变之初各四，并卦为十四，爻三合四十二，此乾卦归余之数也；坤一爻三多，初变之初九，再变、三变各八，并卦为二十六，爻三合之七十八，此坤卦归余之数也，余卦准此。阴阳老少之数，乾九揲而得之，故曰老阳之数九；坤六揲而得之，故曰老阴之数六；震、艮、坎皆七揲而得之，故曰少阳之数七；巽、离、兑皆八揲而得之，故曰少阴之数八。所谓河图[①]之数者，河图北方一、南方九、东方三、西方七、东北八、西北六、东南四、西南二、中央五，乾得东、东南、西南[②]、中、北，故其数十有五；坤得西、南、东北、西北，故其数三十；震得东南、西南、东、西、北，故其数十有七；巽得南、中、东北、西北，故其数二十有八；坎得东南、西南、东北、西北、中，故其数二十有五；离得东、西、南、北，故其数二十；艮得南、东、西、东北、西北，故其数三十有三；兑得东南、西南、中、北，故其数十有二，具图如后图缺。

【注释】

①河图：《易·系辞上》有"河出图，洛出书，圣人则之"，后人以"一六居下，二七居上，三八居左，四九居右，五十居中"的数图为《河图》，以"戴九履一，左三右七，二四为肩，六八为足，五居中央"的数图为《洛书》。宋代学者对《河图》《洛书》的称谓不一，沈括认为上述的《河图》应该是《洛书》，而《洛书》应该是《河图》。

②东、东南、西南：原作"南"，据文义及排比各卦方位校补。

【译文】

八卦有过揲之数，有归余之数，有阴阳老少之数，有河图之数。所谓过揲之数，又被称作八卦的策数。乾卦经过九次揲数才得出，每揲必须四根蓍草，四九得三十六；坤经过六次揲数才得出，每揲必须四根蓍草，四六得二十四。这就是乾、坤的策数，也就是过揲之数，其余卦的过揲之数以此类推前面的篇目已经说得很详细了。所谓归余之数，乾卦的每一爻三变都是"少"，初变的归余数是五，二变、三变的归余数各是四，加上卦爻本身是十四，三爻的总和是四十二，这就是乾卦的归余之数；坤卦每一爻三变都是"多"，初变的归余数是九，二变、三变的归余数各是八，加上卦爻本身是二十六，三爻的总和是七十八，这就是坤卦的归余之数，其余卦的归余之数以此类推。阴阳老少之数，乾卦经过九次揲数才得出，所以说老阳之数是九；坤卦经过六次揲数才得出，所以说老阴之数是六；震、艮、坎都是经过七次揲数才得出，所以说少阳之数是七；巽、离、兑都是经过八次揲数才得出，所以说少阴之数是八。所谓河图之数，河图的北方是一、南方是九、东方是三、西方是七、东北是八、西北是六、东南是四、西南是二、中央是五，乾卦的方位是东、东南、西南、中、北，所以它的得数是十五；坤卦的方位是西、南、东北、西北，所以它的得数是三十；震卦的方位是东南、西南、东、西、北，所以它的得数是十七；巽卦的方位是南、中、东北、西北，所以它的得数是二十八；坎卦的方位是东南、西南、东北、西北、中，所以它的得数是二十五；离卦的方位是东、西、南、北，所以它的得数是二十；艮卦的方位是南、东、西、东北、西北，所以它的得数是三十三；兑卦的方位是东南、西南、中、北，所以它的得数是十二，图像都在后面图缺。

551 揲蓍[①]之法，凡一爻含四卦[②]凡一阳爻，乾为老阳，两多一少，非震即坎，非坎即艮。少在前，震也；少在中，坎也；少在后，艮也。三揲之中含此四卦方能成一爻。阴爻亦如此，三爻坤为老阴，两少一多，非巽即离，非离即兑，多在前则巽也，多在中离也，多在后兑也，积三爻为内卦[③]，凡含十二卦一爻含四卦，三爻共十二卦也。所以含十二卦，自相重为六卦爻[④]，凡得六十四卦重卦之法，以下爻四卦乘中爻四卦得十六卦，又以上爻四卦乘之得六十四卦；外卦三爻，亦六十四卦。以内外六十四卦复自相乘，为四千九十六卦，方成《易》之卦此之卦法也。揲蓍凡十有八变成《易》之一卦，一卦之中含四千九十六卦在其间，细算之乃见。凡一卦可变为六十四卦此变卦法，《周易》是也[⑤]，六十四卦之为四千九十六卦此之卦法也，如乾之坤、之屯、之蒙，尽六十四卦每卦皆如此，共得四千九十六卦，今焦贡《易林》[⑥]中所载是也，四千九十六卦方得能却成一卦，终始相生，以首生尾，以尾生首，积至微之数以成至大，积至大之数却为至微，循环无端，莫知首尾，故《罔象成名图》[⑦]曰“其大无外，其小无内，迎之不见其首，随之不见其尾”一卦变为六十四卦，六十四卦之为四千九十六卦，四千九十六卦却变为一卦，循环相生，莫知其端。大小[8]一也，积小以为大，积大复为小，岂非一乎？往来一也，首穷而成尾，尾穷而反成首，岂非一乎？故至诚可以前知，始末无异故也。以夜为往者，以昼为来；以昼为往者，以夜为来。来往常相代，而吾所以知之者一也，故藏往知来不足怪也。圣人独得之于心而不可言喻，故设象以示人。象安能藏往知来，成变化而行鬼神？学者当观象以求圣人所以自然得者，宛然可见，然后可以藏往知来[9]，成变化而行鬼神矣。《易》之象皆如是，非独此数也。知言象为糟粕，然后可以求《易》。

【注释】

①揲蓍：成卦的方法，用50根蓍草(也称“策”)，抽去1根后，将剩余的49根分为两堆，从里面抽出一根放在指间(称“挂”)，然后将两堆蓍草以4根作为一组进行分数(称为“揲”)，余下的数量正好是4或者不足4，再将余下的蓍草夹在指间，称为“归奇”或“归余”，这样“挂”的蓍草是5根或者9根，剩下的蓍草是40根或44根，上述的四步(分、挂、揲、归余)称为“一变”。再用剩下的蓍草重复上述四个步骤，称为“二变”，之后所剩蓍草数量可能是40、36、32，再用剩下的蓍草重复上述四个步骤，称为“三变”，之后所剩蓍草数量可能36、32、28、24。最后将所剩蓍草按4根一组进行分组，36根可分9次，32根可分8次，28根可分7次，24根可分6次。易学中，单数为阳，双数为阴，9和7分别称为老阳、少阳；8和6分别称为少阴、老阴。阴数是阴爻，阳数是阳爻，要得到“一爻”要经过“三变”。每卦都是由六爻组成，所以要得出一卦必须经过“十八变”。

②一爻含四卦：占卜时，要得到“一爻”要经过“三变”，除了该爻本身是老阴、老阳、少阴、少阳其中一种的情况外，根据“三变”的三个“归余”数也可得出一卦，所以说“一爻含四卦”。

③内卦：六十四卦中每卦由上、下两个卦组成，占卜定卦时由下而上

一爻一爻确定，所以下卦被称为内卦，上卦被称为外卦。

④自相重为六卦爻：意思可能是十二个单卦自相重叠，就能组成六十四卦中的六个卦。

⑤《周易》是也：相传古《易》有《连山》《归藏》《周易》三家，其主要区别是“名、占异也”，孙诒让《周礼正义》：“名异，谓《连山》《归藏》卦名与《周易》或同或异；占异，谓《连山》《归藏》以不变为占，与《周易》以变为占异。”这里讨论的是变卦，故曰“《周易》是也”。

⑥焦贡《易林》：指汉焦延寿《易林》，共十六卷。另有《易林变占》十六卷，已亡佚。

⑦《罔象成名图》：唐代道士张果编撰。

⑧大小：《否》卦是外乾内坤，卦辞“大往小来”，意思是阳刚衰亡离去，阴柔生长出来；《泰》卦是外坤内乾，卦辞“小往大来”，意思是阴柔衰亡离去，阳刚生长出来。“大小”“往来”就是据此而言。

⑨藏往知来：出自《易·系辞上》：“神以知来，知以藏往。”

【译文】

揲蓍成卦的方法，一爻能得出四卦如果是阳爻，归余三多的老阳就是乾，归余两多一少的，不是震就是坎，不是坎就是艮。少在前的是震，少在中的是坎，少在后的是艮。三次变揲之中含有这四卦之一才能得出一爻。阴爻也是这样，归余三少的老阴就是坤，归余两少一多的，不是巽就是离，不是离就是兑，多在前的就是巽，多在中的就是离，多在后的就是兑，积上三爻就是内卦，总共含十二卦一爻含有四卦，三爻一共十二卦。所含的十二卦，自相重叠可以得出六卦，一共能得到六十四卦重卦的方法，把下爻的四卦乘中爻四卦得到十六卦，又用上爻的四卦来乘得到六十四卦；外卦三爻，也能得出六十四卦。用内外六十四卦又自行相乘，就是四千九十六卦，方才穷尽《易》中的变卦此之卦法。揲蓍总共经过十八变能确立《易》中的一卦，一卦之中包含了四千九十六卦，仔细计算才能得出。每一卦都可变成六十四卦这就是变卦法，《周易》记载的就是变卦，六十四卦变出四千九十六卦此之卦法，像乾之坤、之屯、之蒙，六十四卦中每卦都是如此，总共得到四千九十六卦，如今焦贡《易林》中记载的就是这样，四千九十六卦才能了结一卦，终始相生，以首生尾，以尾生首，积累极小的数以成极大之数，积累极大之数却能变成极小的数，循环无端，不知首尾，所以《罔象成名图》记载“其大无外，其小无内，迎之不见其首，随之不见其尾”一卦变为六十四卦，六十四卦变成四千九十六卦，四千九十六卦却又变为一卦，循环相生，不知开端。大小都是一样的，积累小数以成大数，又积大数变成小数，难道不是一样的吗？往来相同，开头穷尽了就变成了结尾，结尾穷尽了反变成了开头，难道不是一样的吗？所以把握了大道就能预知未来，这是因为始末没有差别。把夜晚当作往昔，把白天当作未来；把白天当作往昔，把夜晚当作未来。来往经常相互更替，我们之所以知道这一点是因为没有差别，所以暗藏往昔预知未来就不足为怪了。圣人独自了然于心但不能说清楚，所以设立象数来告诉人们。象怎么能藏往知来，成就变化而驱使鬼神呢？学者应该观象来寻求圣人从自然中得到的东西，弄清楚了这一点，然后可以藏往知来，成就变化驱使鬼神了。《易》中的象都是这样的，并非只是这个数理。知晓了象中的糟粕，然后可以通晓《易》的精髓。

官　政

552　有一朝士，与王沂公[①]有旧[②]，欲得齐州[③]。沂公曰：“齐州已差人。”乃与庐州[④]。不就[⑤]，曰：“齐州地望[⑥]卑于庐州，但于私便尔耳。相公不使一物失所[⑦]，改易前命，当亦不难。”公正色曰：“不使一物失所，唯是均平[⑧]。若夺一与一，此一物不失所，则彼一物必失所。”其人惭沮而退。

【注释】

①王沂公：即王曾（978 年—1038 年），字孝先，青州益都（今属山东）人。北宋名相，封沂国公。

②有旧：有老交情。

③齐州：宋代州名，治所在今山东济南。

④庐州：宋代州名，治所在今安徽合肥。

⑤就：上任。

⑥地望：地方的声望。

⑦失所：失当。

⑧均平：公平，公正。

【译文】

有一位朝士，与王曾有些老交情，想要去齐州任职。王曾说："齐州已经委派别人了。"于是就让他去庐州。他不愿意去上任，说："齐州地位要比庐州低，但这只是对于我有便利而已。您不让一个人的使用失当，改变前面的任命应该不会太难。"王曾严肃地说："不让一个人的使用失当，这只有公平公正。如果夺去一个给另一个，这样一个人使用不失当，那么另一个人使用就必定失当了。"这个人惭愧沮丧地走了。

553　孙伯纯[①]史馆[②]知海州[③]日，发运司[④]议置洛要、板浦、惠泽三盐场，孙以为非便。发运使亲行郡，决欲为之。孙抗论排沮[⑤]甚坚。百姓遮[⑥]孙，自言置盐场为便。孙晓[⑦]之曰："汝愚民，不知远计。官买盐虽有近利，官盐患在不售，不患盐不足。盐多而不售，遗患在三十年后。"至孙罢郡，卒置三场。近岁连、海间刑狱、盗贼、差徭比旧浸[⑧]繁多，缘三盐场所置积盐如山，运卖不行，亏失欠负，动辄破人产业，民始患之。朝廷调发军器，有弩桩箭干之类，海州素无此物，民甚苦之，请以鳔胶[⑨]充折[⑩]。孙谓之曰："弩桩箭干，共知非海州所产，盖一时所须耳。若以土产物代之，恐汝岁被科[⑪]无已时也。"其远虑多类此。

【注释】

①孙伯纯：即孙冕，字伯纯，宋新淦（今江西樟树）人，曾在雍熙年间

中进士。

②史馆：纂修史书的机构。

③海州：治所在今江苏连云港。

④发运司：宋代专管漕运的机构。

⑤排沮：排斥抑制。

⑥遮：拦住。

⑦晓：告知使明白；开导。

⑧浸：更加。

⑨鳔(biào)胶：鱼鳔制成的胶，黏物甚固。

⑩充折：折算。

⑪科：课税。

【译文】

孙冕主政海州的时候，发运司商量要在洛要、板浦、惠泽三地设置盐场，孙冕认为对百姓不利。发运司的长官就亲自来到海州，坚决要求要在那三个地方设置盐场。孙冕态度也很坚决地反对他们。百姓们拦住孙冕，纷纷说起设置盐场的好处。孙冕告知他们说："你们真是一群糊涂的人啊，不为长远着想。官府卖盐，虽然对于你们来说短期可以获利，然而官府担心的是盐卖不出去，而不担心盐不充足。盐多了却卖不出去，这遗留下的祸害将在三十年后显现出来。"等到孙冕被罢免了职务时，最终还是在那三个地方设置了盐场。近年来，连、海一带的刑事犯罪、盗窃事件、徭役比过去多了很多，是因为三个盐场所生产的盐堆积如山，卖不出去，造成了大量亏损和欠债的局面，人们动不动就失去产业，民众也开始担心起来。朝廷要从海州征收军器，有弩桩、箭杆之类的东西，海州向来没有这些东西，老百姓对此感到很痛苦，请求以鳔胶来折算。孙冕对他们说："弩桩、箭杆，大家都知道并不是海州的特产，完全是朝廷一时的需要罢了。如果以土产品来代替，恐怕你们每年都将被征收这些东西，永无停止的日子了。"孙冕的远见大多像这样。

554 孙伯纯史馆知苏州，有不逞[①]子弟与人争“状”字当从犬、当从大，因而构讼[②]。孙令褫[③]去巾带，纱帽下乃是青巾。孙判其牒[④]曰：“偏旁从大，书传无闻；巾帽用青，屠沽[⑤]何异？量决[⑥]小杖八下。”苏民闻之，以为口实[⑦]。

【注释】

①不逞：不长进。

②构讼：构成官司。

③褫(chǐ)：剥夺。

④牒：公文。

⑤屠沽：杀猪的人和卖酒的人。

⑥量决：量刑判决。

⑦口实：笑柄。

【译文】

孙冕任苏州知州的时候，有一个不长进的男子跟别人争论“状”字到底应该是从犬还是从大，并由此结成了官司。孙冕命令扒掉他帽子上的带子，帽子下是青色的布巾。孙冕就在判决的文书上这样写道：“偏旁从大，书上都没有见到过；帽子上的巾带用青色，与杀猪的卖酒的人有什么区别呢？判决小杖八下。”苏州的人群中将此事传开了，当作一种笑话。

555 忠定张尚书[①]曾令鄂州崇阳县[②]。崇阳多旷土[③]，民不务耕织，唯以植茶为业。忠定令民伐去茶园，诱[④]之使种桑麻。自此茶园渐少，而桑麻特盛于鄂、岳之间。至嘉祐中，改茶法，湖、湘之民苦于茶租，独崇阳茶租最少，民监[⑤]他邑，思公之惠，立庙以报之。民有入市买菜者，公召谕之曰：“邑居之民，无地种植，且有他业，买菜可也。汝村民，皆有土田，何不自种而费钱买菜？”笞[⑥]而遣之。自后人家皆置圃，至今谓芦菔[⑦]为张知县菜。

【注释】

①忠定张尚书：即张咏(946年—1015年)，字复之，号乖崖，谥号忠定，山东鄄城人。他是北宋太宗、真宗两朝的名臣，尤以治蜀著称。

②鄂州崇阳县：今湖北崇阳。

③旷土：荒废的田野。

④诱：说服，劝告。

⑤监：察看。

⑥笞：鞭打。

⑦芦菔(fú)：萝卜。

【译文】

张咏曾经担任过鄂州崇阳县的县令。崇阳县有很多荒废的田野，老百姓不从事耕种、织布的劳作，只以种茶为业。张咏命令大家砍去茶树，劝说他们种植桑麻。从此以后茶园渐渐少了，桑麻就在鄂州和岳州之间兴盛起来。到了嘉祐年间，朝廷改变了茶的税法，湖、湘一带的农民苦于茶租很高，唯独崇阳县的茶租最少，百姓们从旁看邻近县，都感受到了张咏的恩惠，立庙堂来报答他。百姓中有进市场来买菜的，张咏把他召来告诉他："居住在城镇的农民没有地可以种，而且有其他的产业，可以买菜。你是一个农民，都有田地，怎么不自己种菜反而要花钱买菜呢?"鞭打了他几下把他打发走了。从这以后，村民们都开辟了菜园，到现在人们都称萝卜为张知县菜。

权　智

556　王子醇枢密[①]帅熙河[②]日，西戎[③]欲入寇，先使人觇[④]我虚实，逻者[⑤]得之。索其衣缘[⑥]中，获一书，乃是尽记熙河人马刍粮[⑦]之数，官属皆欲支解[⑧]以殉。子醇忽判杖背二十，大刺面[⑨]“蕃贼决讫[⑩]放归”六字，纵之。是时适有戍兵步骑甚众，刍粮亦富。虏人得谍书，知有备，其谋遂寝[⑪]。

【注释】

①王子醇枢密：即王韶(1030年—1081年)，字子醇，北宋名将。

②熙河：即熙河路，北宋熙宁五年(1072年)设置经略安抚使，治所在熙州(今甘肃临洮)。

③西戎：此指西夏。

④觇(chān)：偷偷察看。

⑤逻者：巡逻的人。

⑥衣缘：衣服的边缝。

⑦刍(chú)粮：军用粮草。

⑧支解：分裂肢体。

⑨大刺面：在人的额头上刺字。

⑩决讫：审判完毕。

⑪寝：停止。

【译文】

王韶在熙河任主帅的时候，西夏想来侵扰，先派人来窥探我军的虚实，被巡逻兵捕获了。在其衣服的边缝里搜到了一封文书，上面详细记述了熙河的人马、粮草的数目，官员们都要把他肢解。王韶忽然判罚杖打他后背二十下，并在其额头上刺了“蕃贼决讫放归”六个大字，就让他走了。当时正好驻扎的军队人数很多，粮草也很丰富。西夏得到这样的情报后，知道我方有所防备，于是停止了他们的阴谋。

557 宝元[①]元年，党项围延安[②]七日，邻于危者数矣。范侍郎雍[③]为帅，忧形于色。有老军校[④]出，自言曰：“某边人，遭围城者数次，其势有近于今日者，虏人不善攻，卒不能拔[⑤]。今日万万无虞[6]，某可以保任[7]，若有不测[8]，某甘斩首。”范嘉其言壮，人心亦为之小安。事平，此校大蒙赏拔，言知兵善料敌者，首称之。或谓之曰：“汝敢肆妄言，万一不验，须伏法。”校笑曰：“君未之思也。若城果陷，何暇杀我邪？聊欲安众心耳。”

【注释】

①宝元：是宋仁宗赵祯的年号，公元1038年至1040年。

②延安：治所在今陕西延安。

③范侍郎雍：即范雍(981年—1046年)，字伯纯，北宋名臣。

④军校：泛指低级军官。

⑤拔：攻克。

⑥无虞：不必忧虑。

⑦保任：担保。

⑧不测：意外。

【译文】

宝元元年，党项围攻延安已经七天了，多次接近危亡的境地。当时范雍为延安主帅，非常担忧。有一位老军校站了出来，自己说道：“我是边境上的人，遭遇围城已经很多次了，那种状况和今天也差不多，敌方不善于进攻，延安最终肯定不能被攻克。今天肯定不会有意外，我可以担保，如果有什么不测的话，我甘愿被斩首。”范雍称许他的话豪壮，城里人心也因此稍安。等到事情平定的时候，这位老军校被大大地赏赐和提拔，都说善于带兵，料敌如神的人，首先要数他了。也有人说：“你怎么敢随便说大话，万一不灵验，那么必须依法被处死刑了。”老军校笑着说：“你没有好好想想啊。如果城池被攻破的话，他们哪儿来的时间杀我啊？我只想安定大伙的心罢了。”

558　韩信[1]袭赵，先使万人背水阵[2]，乃建大将旗鼓，出井陉口[3]，与赵人大战，佯败，弃旗鼓走水上。军背水而阵，已是危道；又弃旗鼓而趋之，此必败势也。而信用之者，陈余[4]老将，不以必败之势邀[5]之，不能致[6]也。信自知才过余，乃敢用此耳。向使[7]余小黠[8]于信，信岂得不败？此所谓知彼知己，量敌为计[9]。

后之人不量敌势，袭[10]信之迹，决败无疑。汉五年，楚汉决胜于垓下[11]，信将三十万，自当之，孔将军[12]居左，费将军[13]居右，高帝[14]在其后，绛侯[15]、柴武[16]在高帝后。信先合[17]不利，孔将军、费将军纵，楚兵不利，信复乘之，大败楚师。此亦拔赵策也。信时威震天下，籍[18]所惮者，独信耳。信以三十万人不利而却，真却也，然后不疑。故信与二将得以乘其隙，此"建成堕马"[19]势也。信兵虽却，而二将维其左右，高帝军其后，绛侯、柴武又在其后，异乎背水之危，此所以待项籍也。用破赵之迹，则歼矣。此皆信之奇策。

观古人者，当求其意，不徒视其迹。班固[20]为《汉书》[21]，乃削此一事，盖固不察所以得籍者，正在此一战耳。从古言韩信善用兵，书中不见信所以善者。予以谓信说高帝，还用三秦[22]，据天下根本[23]，见其断[24]；虏魏豹[25]，斩龙且[26]，见其智；拔赵、破楚，见其应变；西向师亡虏，见其有大志。此其过人者。惜乎《汉书》脱略，漫见于此。

【注释】

①韩信（？—前196年）：淮阴（今江苏淮安）人，西汉开国功臣，中国历史上杰出的军事家。

②背水阵：背靠大河布阵作战，表示没有退路。

③井陉口：在今河北西部地区，是太行山进入华北平原的重要隘口，自古为军事重地。

④陈余：秦末农民起义领袖之一，后来与张耳一起辅佐赵王，后被韩

信所杀。

⑤邀：引诱。

⑥致：招致。

⑦向使：假如。

⑧黠（xiá）：聪明又狡猾。

⑨量敌为计：估计敌人的能力再决定计谋。

⑩袭：按照。

⑪垓下：古地名，位于今安徽省灵璧县东南地区，是刘邦围困项羽的地方，项羽在这里被围失败。

⑫孔将军：指孔藂，封为蓼侯。

⑬费将军：指陈贺，封为费侯。孔藂和陈贺都是韩信部将。

⑭高帝：指的是汉高祖刘邦。

⑮绛侯：指的是周勃，西汉开国功臣，封为绛侯。

⑯柴武：西汉初大将，参加了刘邦与项羽的垓下决战，封为棘蒲侯。

⑰合：交锋，交战。

⑱籍：指的是项羽（前232年—前202年），名籍，字羽，下相（今江苏宿迁）人，秦末起义军领袖，自封为西楚霸王，与刘邦争天下，兵败自刎。

⑲建成堕马：指的是唐高祖李渊的次子李世民发动玄武门之变，射杀太子李建成和齐王李元吉于马上，最终被立为皇太子而继承皇位。

⑳班固（32年—92年）：字孟坚，扶风安陵人（今陕西咸阳东北）人，东汉著名的史学家和文学家，《汉书》的作者。

㉑《汉书》：是由班固编纂的，中国第一部纪传体断代史，叙述了西汉一朝的历史。

㉒三秦：秦朝灭亡后，项羽以中国最高统治者自居，大封诸侯，他将陕西的关中和陕北一分为三，分别封给原秦朝的三位降将：章邯为雍王、董翳（yì）为翟王、司马欣为塞王。这就是三秦的由来。

㉓天下根本：指的是关中地区。

㉔断：果断。

㉕魏豹:即魏王豹。原战国时魏国的贵族,秦末大乱时自立为王,后来被韩信俘获。

㉖龙且:楚汉战争时项羽手下大将,后被韩信所杀。

【译文】

韩信袭击赵王时,先派一万人排成了一个背水的阵势,然后才竖起大将的旗鼓,向井陉口出兵,与赵王兵大战,假装失败,丢掉旗鼓后跳到水里。军队背水已经很危险了,又放弃了旗鼓逃跑,这必定是失败的迹象。但是韩信用这一做法,是因为对手陈余是一位年长的将领,如果不以必败的阵势引诱的话,就不能让他上当。韩信自信地表示自己才能超过了陈余,才敢用这个计策。假如陈余比韩信略微聪明、狡猾一点,韩信哪有不失败的道理呢?这就是知己知彼,根据敌情制定计策的道理。

后来的人没有先估计敌方的形势,完全按照韩信的做法,自然是必败无疑。汉高祖五年时,楚、汉在垓下决战,韩信领兵三十万,独自抵挡一面,孔将军在左面,费将军在右面,汉高祖在后面,绛侯和柴武又在汉高祖的后面。韩信初次交战时并不顺利,等到孔将军和费将军的军队出击时,楚兵才处于不利的境地,韩信再一次进攻,打败了楚军。这也是打败赵王的计策。韩信当时威震天下,项羽所怕的只有韩信一人。韩信用三十万的兵力失败后退却,这是真的退却,项羽对此深信不疑。所以韩信与孔、费二位将军一起才得以乘机利用项羽军队的漏洞,这就是"建成堕马"的阵势。韩信的兵力虽然退却,但是孔将军和费将军的军队却连接着韩信的两翼,汉高祖的军队又在韩信的后面驻扎着,绛侯和柴武的军队又在汉高祖后面保护着,这不同于当时背水之战的危险,这完全是为了对付项羽的军队。如果用击破赵王的计策来攻打项羽,就会被歼灭。这全都是韩信的奇妙计策。

对古人用兵之道的认识,应该认真推求他们的意图,而不能只看到他们的表面做法。班固写的《汉书》删掉了这一战役,大概是班固不了解汉高祖之所以能够打败项羽,关键就在这一战。自古以来都说韩信善于带兵打仗,但是史书中并没有提及韩信之所以善于带兵打仗的地方。我认为韩信说服汉高祖回到三秦之地，占据了天下的根本，可见他的果断；俘虏魏王豹，斩杀龙且，可见他的智慧；打败赵王和楚王的军队，可见他的应变能力；降低自己的地位并拜被俘的李左车为师，可见他向来有大志。这就是韩信过人的地方。对于《汉书》的遗漏，我感到很可惜，我就姑且把自己的意见写在这里。

559　种世衡[①]初营青涧城[②]，有紫山寺僧法崧，刚果有谋，以义烈[③]自名。世衡延置门下，恣其所欲，供亿[④]无算。崧酗酒狎博[⑤]无所不为，世衡遇之愈厚。留岁余，崧亦深德世衡，自处不疑。一日，世衡忽怒谓崧曰："我待汝如此，而阴与贼连，何相负也？"拽下械系捶掠[⑥]，极其苦楚。凡一月，滨[⑦]于死者数矣。崧终不伏，曰："崧，丈夫也！公听奸人言，欲见杀，则死矣。终不以不义自诬。"毅然不顾。世衡审其不可屈，为解缚沐浴，复延入卧内，厚抚谢之曰："尔无过，聊相试耳。欲使为间，万一可胁，将泄吾事。设虏人以此见穷[⑧]，能不相负否？"崧默然曰："试为公为之。"

世衡厚遗遣之，以军机密事数条与崧曰："可以此藉手，仍伪报西羌。"临行，世衡解所服絮袍赠之曰："胡地苦寒，以此为别。至彼须万计[⑨]求见遇乞[⑩]，非此人无以得其心腹。"遇乞，虏人之谋臣也。崧如所教，间关求通遇乞。虏人觉而疑之，执于有司。数日，或发袍，领中得世衡与遇乞书，词甚款密[⑪]。崧初不知领中书，虏人苦之备至，终不言情。虏人因疑遇乞，舍崧，迁于北境。久之，遇乞终以疑死[⑫]。崧邂逅[⑬]得亡归，尽得虏中事以报。朝廷录其劳，补右侍禁[⑭]，归姓为王。崧后官至诸司使[⑮]，至今边人谓之王和尚。世衡本卖[⑯]崧为死间，邂逅得生还，亦命也。

康定[17]之后，世衡数出奇计。予在边，得于边人甚详，为新其庙像，录其事于篇。

【注释】

①种世衡(985年—1045年)：字仲平，洛阳(今属河南)人，北宋边疆名将。

②青涧城：今属陕西榆林地区。

③义烈：既讲情义又很刚直。

④供亿：按需要供给。

⑤狎博：无节制的赌博。

⑥捶掠：用棍子或鞭子打。

⑦滨：接近。

⑧见穷：追问到底。

⑨万计：想尽一切办法。

⑩遇乞：即野利遇乞，元昊的重要谋臣，西夏文字的创造者。

⑪款密：友好。

⑫以疑死：因为受到怀疑而被处死。

⑬邂逅：偶然得到机会。

⑭右侍禁：官名。在皇帝宫禁中侍奉的官吏，有左、右之分。

⑮诸司使：宋代的一种阶官名，共四十使，官阶均为正七品。其副为诸司副使。

⑯卖：有意放出。

⑰康定：宋仁宗赵祯的年号，公元1040年至1041年。

【译文】

种世衡刚刚开始经营青涧城的时候，紫山寺有一位和尚叫法崧，为人刚正果断而腹有良谋，以讲情义、性情刚烈自称。种世衡邀请他来到自己的门下，并放纵他的要求，他需要什么，就给什么。法崧喝酒、赌博，没有什么不干的，种世衡反而更加优待他。留下来已经一年多了，法崧也很感激种世衡，自己安心接受这一切，没有什么好怀疑的。有一天，种世衡忽然对法崧发火，并说道："我这样对待你，你却暗中和贼人勾结，你怎么能这样背弃我?"并叫人把法崧拖下去捶打，让他感到无限的痛苦。一个月后，法崧已经数次接近死亡。法崧最终还是没有屈服，说道："我法崧是一个男子汉。你听信小人的话，如果要杀我，那就来吧。我肯定不会以不道义之事来诬陷自己。"态度非常坚决。种世衡知道法崧是不可能屈服的，就解开了他身上的绳子，并让他洗了澡，然后把他叫到自己的卧室内，深深安慰并向他道歉说："你没有过错，我只是试一试。我想派你做间谍，万一你受到威胁的话，可能会泄露我的计谋。假如敌人这样严刑拷问，你能够不背弃我吗?"法崧沉默了一会儿说："我就试着为你做这件事吧。"

种世衡给了法崧很多东西，就派遣他出行，并给他几张写有军机秘密的纸条，告诉他说："可以以此为借口，向西羌报告。"等到临走的时候，种世衡解下自己身上所穿的棉袍赠给法崧，并说道："胡地很冷，就用这件棉袍当作送别的礼物吧。到了那里一定要想尽一切办法结交遇乞，不通过这个人就不可能打入敌人的心脏。"遇乞是敌方的谋臣。法崧就按照种世衡所教的那样，暗中找门路请求与遇乞交往。敌人觉察到非常可疑，就把他送到了相关部门。几天之后，有人检查棉袍，在领子里发现了种世衡与遇乞来往的书信，语气十分亲密友好。法崧当初不知道领子里的书信，敌人用尽一切办法来折磨他，也没能让他讲出实话。敌人因为怀疑遇乞，就不再理会法崧，把他迁移到更北边的地方。经过很长的时间之后，遇乞终于因为受到怀疑而被处死。法崧碰巧也得到了一个机会逃了回来，就把敌方的事情向朝廷汇报。朝廷记下了他的功劳，授予他右侍禁一职，并让他还俗后恢复以前的王姓。法崧后来做官做到诸司使，到现在边境的人仍然会说到王和尚。种世衡本来是有意放出法崧去做必死的间谍，认为他必死无疑，没想到能够碰巧生还，这也是命运啊。

康定以后，种世衡多次创用了非凡的计谋。我在边境的时候，从边境人口中了解得非常详细，边境人为他重新修了庙宇，并立了塑像，我就在文章中记录了这件事。

560 祥符中，禁[①]火。时丁晋公[②]主营复[③]宫室，患取土远，公乃令凿通衢[④]取土，不日皆成巨堑[⑤]，乃决汴水[⑥]入堑中，引诸道[⑦]竹木排筏及船运杂材，尽自堑中入至宫门。事毕，却以斥弃[⑧]瓦砾灰壤实[⑨]于堑中，复为街衢。一举而三役济[⑩]，计省费以亿万计。

【注释】

①禁：皇宫。

②丁晋公：即丁谓（966年—1037年），字谓之，苏州长洲（今江苏苏州）人。宋真宗时被立为相，封晋国公。

③营复：修复。

④通衢（qú）：城中的主干道。

⑤堑（qiàn）：挖土后留下的壕沟。

⑥汴水：今河南开封境内的一条河流。

⑦诸道：泛指各地。

⑧斥弃：废弃。

⑨实：填充。

⑩济：完成。

【译文】

祥符年间，皇宫失火。当时丁谓负责修复一事，担心取土太远会影响工程的进度，他就下令在皇宫门前的城中道路上挖沟取土，没几天就形成了一个巨大的壕沟，于是就打开汴河的堤坝，引汴河水流入壕沟当中，然后使各地的竹木排筏以及船只运来的材料全部通过壕沟运到皇宫门口。等到皇宫修复以后，又把废弃的材料填埋到壕沟中，重新成为街道。干一件事派上了三件事的用场，总共节省了亿万钱的费用。

561 国初，两浙献龙船[①]，长二十余丈，上为宫室层楼，设御榻[②]，以备游幸[③]。岁久腹败[④]，欲修治，而水中不可施工。

熙宁中，宦官黄怀信[5]献计，于金明池[6]北凿大澳[7]，可容龙船，其下置柱，以大木梁[8]其上，乃决水入澳，引船当梁上，即车出澳中水，船乃笐[9]于空中。完补讫，复以水浮船，撤去梁柱，以大屋蒙[10]之，遂为藏船之室，永无暴露之患。

【注释】

①龙船：皇上乘坐的游船。

②御榻：皇上的卧榻。

③游幸：皇上外出游玩。

④败：腐烂。

⑤黄怀信：宋神宗时的太监。

⑥金明池：北宋著名别苑，始凿于五代后周时。旧迹在今河南开封。

⑦澳：水边凹进可以停船的地方。

⑧梁：架上。

⑨笐(hàng)：架。

⑩蒙：覆盖。

【译文】

宋朝初年，两浙地区进献了一条龙船，有二十多丈长，上层为宫殿式的多层楼房，设有皇上的卧榻，用来供皇上游玩时使用。时间久了，船肚腐烂了，想要修复它，但在水中不能施工。

熙宁年间，宦官黄怀信出了一个主意，在金明池北边挖一个深水池容纳龙船，池子的下面安放柱子，用大木头做梁架在上面，然后把水放入池子，把龙船停在梁上，再把池中的水排出去，那么龙船就会架在梁上了。修补完成后，又把水重新放进池子里，撤走梁柱，在池子上面盖一个大屋顶，这就成了藏船室，再也不用担心受到风雨的损害了。

艺 文

562 李学士世衡[①]，喜藏书。有一晋人墨迹，在其子绪处。长安石从事[②]尝从李君借去，窃摹一本，以献文潞公[③]，以为真迹。一日，潞公会客，出书画，而李在坐，一见此帖，惊曰："此帖乃吾家物，何忽至此？"急令人归，取验之，乃知潞公所收乃摹本，李方知为石君所传，具以白潞公。而坐客墙进[④]，皆言潞公所收乃真迹，而以李所收为摹本。李乃叹曰："彼众我寡，岂复可伸[⑤]？今日方知身孤寒。"

【注释】

①李世衡：生平不详。

②从事：官名。

③文潞公：即文彦博（1006年—1097年），字宽夫，号伊叟，汾州介休（今属山西）人，北宋时期政治家、书法家。他历仕仁、英、神、哲四帝，出将入相，封为潞国公。

④墙进：指屋里坐满了人。

⑤伸：申述。

【译文】

李世衡学士喜欢收藏书法。有一幅晋人的墨迹，在他的儿子李绪家中。长安的一位石从事曾向李绪借来了这幅墨迹，偷偷临摹了一幅，并把它献给了文彦博，文彦博自认为这是真迹。有一天，文彦博大会宾客，就把这幅书法拿了上来，当时李世衡也在场，一看到这个字帖，就吃惊地说："这个字帖是我家的东西，怎么突然到这里来了呢？"急忙派人回去取出来查验，才知道文彦博拿出来的是摹本，还知道了是石从事所临摹的，就把这件事告诉了文彦博。可是满屋子的人都说文彦博拿出来的字帖是真迹，而李世衡家里面的那一幅是摹本。李世衡感叹地说："他们人多，我就一个人，怎么能够得到申述呢？今天才知道人微言轻呀。"

563　章枢密子厚[①]善书，尝有语："书字极须用意，不用意而用意，皆不能佳。此有妙理，非得之于心者，不晓吾意也。"尝自谓墨禅。

【注释】

①章枢密子厚：即章惇（1035年—1105年），字子厚，建州浦城（今属福建）人，北宋政治家。宋哲宗时曾知枢密院事。

【译文】

枢密使章惇擅长书法，曾经说道："练书法的时候一定要用心，一会儿用心，一会儿不用心，是写不来好的作品的。这中间所具有的道理，不是用心体会的人，是不能领悟我说的话的。"章惇又曾经自称为墨禅。

564　世上论书者，多自谓书不必有法，各自成一家。此语得其一偏。譬如西施、毛嫱[①]，容貌虽不同，而皆为丽人[②]，然手须是手，足须是足，此不可移者。作字亦然，虽形气不同，掠[③]须是掠，磔[④]须是磔，千变万化，此不可移也。若掠不成掠，磔不成磔，纵其精神筋骨犹西施、毛嫱，而手足乖戾[⑤]，终不为完人。杨朱[⑥]、墨翟[⑦]，贤辩过人，而卒不入圣域[⑧]。尽得师法，律度备全，犹是奴书[⑨]，然须自此入[⑩]。过此一路，乃涉妙境，无迹可窥，然后入神。

【注释】

①西施、毛嫱：都是古代著名的美女。

②丽人：美女。

③掠：书法当中的长撇。

④磔(zhé):书法当中的捺笔。

⑤乖戾:言语或性情不合常理。

⑥杨朱:战国时期魏国人,先秦哲学家,反对墨子的“兼爱”,主张“贵生”“重己”,重视个人生命的保存。

⑦墨翟:即墨子,是春秋战国时期著名的思想家,主张“兼爱”“非攻”“尚贤”。

⑧圣域:这里指孔孟儒学正统的领域。

⑨奴书:只是一味模仿他人而没有自己创造性的墨迹。

⑩自此入:从临摹入手。

【译文】

世间谈论书法的人,都说练书法不必有法则,都自成一家。这句话有其片面性。比如说西施和毛嫱两位美女,虽然容貌不同,但都是美女,然而她们的手必须是手,脚必须是脚,这个是不能变的。练书法也是这个道理,虽然字的形体、结构和气韵不一样,但是撇是撇,捺是捺,尽管有千变万化,但这也是不能变的。如果撇不是撇,捺也不是捺的话,纵然字的精神筋骨和西施、毛嫱一样,可是手和脚却不正常,终究也不是一个完整的人。杨朱和墨翟都有雄辩的口才,但最终也不能进入圣人的领域。尽管完全学到了师法,也完全符合前人书法的规格法度,还只是奴书,但又必须从这里入门。只有经过这一步,才能达到妙品的水准,等到写出来的字完全看不出临摹的痕迹时,然后才可以进入神品的境界。

565　今世俗谓之隶书[①]者,只是古人之八分书[②]。谓初从篆文变隶,尚有二分篆法,故谓之八分书。后乃全变为隶书,即今之正书[③]、章草[④]、行书[⑤]、草书[⑥]皆是也。后之人乃误谓古八分书为隶书,以今时书为正书,殊不知所谓正书者,隶书之正者耳。其余行书、草书,皆隶书也。杜甫《李潮八分小篆歌》云:“陈仓石鼓文已讹[⑦],大小二篆生八分。苦县光和尚[⑧]骨立[⑨],书贵瘦硬方通神。”苦县，《老子朱龟碑》也。《书评》[10]云：“汉、魏牌榜碑文和《华山碑》，皆今所谓隶书也，杜甫诗亦只谓之八分书。”又《书评》云：“汉、魏牌榜碑文，非篆即八分，未尝用隶书。”知汉、魏碑文皆八分，非隶书也。

【注释】

①隶书：字体的一种，是由篆书演化而成的一种字体。把篆书圆转的笔画变成方折。

②八分书：汉代隶书的别称。

③正书：字体名，也叫楷书、真书。笔画平整，形体方正。

④章草：早期的草书，由草写的隶书演变而成，与“今草”的区别主要是还保留隶书笔画的形迹，每个字独立而不连写。

⑤行书：在楷书的基础上发展起源的，介于楷书、草书之间的一种字体。不像草书那样潦草，也没有楷书那样端正。

⑥草书：汉字的一种书体，特点是结构简省、笔画连绵，是为书写简便在隶书基础上演变出来的。

⑦讹：假。

⑧尚：崇尚。

⑨骨立：指的是字体外观的挺拔瘦硬。

⑩《书评》：南朝梁武帝萧衍所撰，专论汉至梁诸家书法。

【译文】

现在社会上流行这样一种说法：隶书就是古人的八分书。这是说隶书从篆书演变而来的时候，还有二分篆体文的写法，所以叫它八分书。后来就全部变成隶书了，也就是说现在的正书、章草、行书和草书都可以称为隶书。后来的人就误认为八分书就是隶书，并用现在的字体作为正书，这真是完全不知道正书就是隶书的正体。其他的像行书和草书，都是源于隶书的。杜甫在《李潮八分小篆歌》中写道：“陈仓石鼓文已讹，大小二篆生八分。苦县光和尚骨立，书贵瘦硬方通神。”其中提到的苦县，是指《老子朱龟碑》。《书评》上说:"汉、魏牌榜碑文和《华山碑》都是今天人们所说的隶书,而杜甫的诗中也只讲它是八分书。"另外,《书评》又说道:"汉、魏牌榜碑文,不是篆文就是八分书,没有用过隶书。"由此可以得出结论:汉、魏碑文都是八分书,而不是隶书。

566 江南[①]府库中,书画至多。其印记有"建业文房之印""内合同印"。"集贤殿书院印"以墨印之,谓之金图书,言惟此印以黄金为之。诸书画中,时有李后主[②]题跋[③],然未尝题书画人姓名;唯钟隐画,皆后主亲笔题"钟隐笔"三字。后主善画,尤工翎毛[④]。或云:"凡言钟隐笔者,皆后主自画。后主尝自号钟山隐士,故晦[⑤]其名,谓之钟隐,非姓钟人也。今世传钟画,但无后主亲题者,皆非也。"

【注释】

①江南:宋代路名,即江南路,治所在今江苏南京。

②李后主:即南唐后主李煜(937年—978年),精书法,善绘画,通音律,诗词均有一定造诣,其中词的成就最高。

③题跋:写在书籍、字画前后的文字。

④翎(líng)毛:指的是以花鸟为题材的中国画。

⑤晦:隐藏。

【译文】

江南路的府库中有很多珍贵书画。那些书画中的印章有"建业文房之印""内合同印"。其中"集贤殿书院印"的印章是用墨色加盖的,称为"金图书",也就是说这枚印章是用金子制作的。在众多的书画中,常有李后主写的题跋,但是没有写书画人的姓名;只有钟隐的画,李后主都会亲笔写上"钟隐笔"三个字。李后主擅长画画,尤其擅长以花鸟为题材的画。有人说:"凡是写钟隐笔的,都是李后主自己画的。李后主曾经自号钟山隐士,所以隐藏他的名字,称为钟隐,不是姓钟的人。现在流传下来的钟隐所画的画,如果没有李后主的亲笔题写,都不是真的。"

器用

567 熙宁八年，章子厚与予同领军器监[①]，被旨讨论兵车制度。本监以《周礼·考工记》及《小戎》诗考定：车轮崇[②]六尺，轵[③]崇三尺三寸，毂末至地也，并轸[④]轐[⑤]为四尺。牙围一尺一寸，厚一尺三分寸之二车罔[⑥]也。毂长三尺二寸，径一尺三分寸之二。轮之薮[⑦]三寸九分寸之五毂上劄辐[⑧]凿眼是也，大穿内径四寸五分寸之二记谓之"贤"[⑨]，毂之里穿也，小穿内径三寸十五分寸之四记谓之"轵"，毂之外穿也。辐九寸半，辐外一尺九寸，并辐三寸半，共三尺二寸，乃毂之长，金厚一寸大小穿，其金皆一寸，辐广三寸半深亦如之。舆六尺六寸，车队四尺四寸，队[⑩]，音遂，谓车之深。盖深四尺四寸，广六尺六寸也。式[⑪]深一尺四寸三分寸之二七寸三分寸之一在轸内，崇三尺三寸半舆之广为之崇，较崇二尺二寸，通高五尺五寸较，两輢上出式者，并车高五尺五寸。轸围一尺一寸车后横木，贰围七寸三分寸之一，较围四寸九分寸之八，轵围三寸二十七分寸之七此轵乃輢木之植者，衡者与毂末同名，轛[⑫]围二寸八十一分寸之十四此式之植者，衡者如较之植轵而名互异，任正围一尺四寸五分寸之二此舆下三面材，持车正者，辀[⑬]深四尺七寸此梁舡辀也，轵崇三尺三寸。此辀如桥梁，矫上四尺七寸，并衡颈为八尺七寸；国马高八尺，除衡颈则如马之高，长一丈四尺四寸，軓前十尺，队四尺四寸。軓[⑭]前一丈。策[⑮]长五尺。衡围一尺三寸五分寸之一，长六尺六寸；轴围一尺三寸五分寸之一；兔围一尺四寸五分寸之二辀当伏兔[⑯]者，与任正相应；颈围九寸十五分寸之九颈，辀前持衡者；踵[⑰]围七寸七十五分寸之五十一踵，辀后承辕下。轨[⑱]广八尺两辙之间，阴如轨之长侧于轨前。靷[⑲]二，前著骖辔，后属阴在骖之外，所以止出。胁驱长一丈皮为之，前系于衡，当骖马内，所以止入，服马颈当衡[20]轭[21]两服齐首，骖马齐衡两骖雁行，谓小却也。辔六服马二辔，骖马一辔。度皆以周尺一尺当今七寸三分少强。以法付作坊制车，兼习五御法。是秋八月，大阅，上御延和殿亲按。藏于武库，以备仪物而已。

【注释】

①军器监：官署名，主管兵器制造。

②崇：高。

③轵（zhǐ）：车毂外端的小孔。

④轸（zhěn）：车厢底部四周的横木。

⑤轐（bú）：车伏兔，即车厢底板下两个扣住横轴的装置。作用是连接车厢，固定车轴。

⑥罔：通“辋”，车轮的外围。

⑦薮（còu）：车毂中心穿孔以承轴的部分。

⑧辐：车轮中用来连接轴心和轮围的直木条。

⑨贤：车毂内用来贯穿车轴的孔。

⑩队：同“隧”。

⑪式：同“轼”，车厢前面用作扶手的横木。

⑫轛（duì）：轼下面横直相交的栏木。

⑬辀（zhōu）：车辕。

⑭軓（fàn）：车前的挡板。

⑮策：赶马时使用的棍子。

⑯伏兔：古代车上的部件，勾连车厢底板和车轴，以其形如蹲伏之兔，故名。

⑰踵：辀后承车厢横木处。

⑱轨：两个车轮的间距。

⑲靷：引车前行的皮带，一端系在车轴上，一端系在骖马胸前的皮

革上。

⑳衡：车辕前的横木。

㉑轭：车辕前脚的横木。

【译文】

熙宁八年，章子厚和我一同管理军器监，皇帝下旨讨论兵车的规格。军器监根据《周礼·考工记》和《小戎》诗考定：车轮高六尺，轵高三尺三寸，毂末端到地面，并加上轸轐是四尺。牙围一尺一寸，厚一尺三分之二寸是车罔。毂长三尺二寸，径一尺三分之二寸。轮的辐条汇集之处三又九分之五寸毂上剒辐凿眼，大穿内径四又五分之二寸《考工记》中把它叫作"贤"，毂的里穿，小穿内径三又十五分之四寸《考工记》中把它叫作"轵"，毂的外穿。辐九寸半，辐外一尺九寸，加上辐三寸半，一共三尺二寸，是毂的长度，包的金属片厚度是一寸大、小穿，它们的金属片都是一寸，辐的宽度是三寸半厚度也是三寸半。舆是六尺六寸，车队四尺四寸，队，读音是遂，是车的深度。长度是四尺四寸，宽度是六尺六寸。式是一尺四又三分之二寸七又三分之一寸在轸内，高三尺三寸车厢宽的一半是高，较高二尺二寸，通高五尺五寸较是两壁高出式的地方，加上车一共高五尺五寸。轸围是一尺一寸是车后横木，贰围是七又三分之一寸，较围四又九分之八寸，轵围三又二十七分之七寸轵就是輢木插入的地方，衡与毂末同名，轛围二又八十一分之十四寸式是贰插入的地方，衡是较的植轵，名称不一样，任正围一尺四又五分之二寸这是车厢下面的三方木，让车保持平衡的，辀深四尺七寸这是梁舡辀，轵高三尺三寸。这个辀像桥梁一样，娇上是四尺七寸，加上衡颈是八尺七寸；国马高八尺，除开衡颈就像马一样高，长一丈四尺四寸，軓前十尺，队四尺四寸。軓前一丈。策长五尺。衡围一尺三又五分之一寸，长六尺六寸；轴围一尺三又五分之一寸；兔围一尺四又五分之二寸辀是伏兔，和任正相对应；颈围九又十五分之九寸颈，辀前面用来保持平衡的地方；踵围七又七十五分之五十一寸踵，辀后承辕处。轨宽八尺两辙的间距，阴和轨一样长在轨的侧前方。軜二，前面有骖辔，后面连接着阴在骖的外面，防止它出去。胁驱长一丈是牛皮做成的，前面系在衡上，安在骖马内侧，用来制止它进入，服马颈架在衡轭上两服马马头对齐，骖马齐衡两骖像大雁一样排列，称作小却。辔绳六根服马二辔，骖马一辔。长度都用周尺一尺相当于今天的七寸三分稍多。用这种方法让作坊制造车,还学习五种驾驭的方法。这年秋天八月,皇上大阅兵,亲临延和殿察看。这辆车藏在武库中,仅作为备用的展览品而已。

568　古鼎[①]中有三足皆空,中可容物者,所谓鬲[②]也。煎和[③]之法,常欲湇[④]在下,体[⑤]在上,则易熟而不偏烂[⑥]。及升鼎,则浊滓皆归足中。

《鼎卦·初六》[⑦]:"鼎颠趾,利出否。"[⑧]谓浊恶下,须先泻而虚之[⑨];九二阳爻,方为鼎实[⑩]。今京师大屠善熟彘[⑪]者,钩悬而煮,不使著釜底,亦古人遗意也。

又,古铜香炉多镂其底,先入火于炉中,乃以灰覆其上,火盛则难灭而持久。又防炉热灼席,则为盘荐[⑫]水,以渐[⑬]其趾,且以承灰炧[⑭]之坠者。其他古器,率有曲意,而形制文画,大概多同。盖有所传授,各守师法,后人莫敢辄改。

今之众学[⑮],人人皆出己意,奇邪浅陋。弃古自用,不止器械而已。

【注释】

①鼎:一种三足两耳的容器,用来煮东西。

②鬲(lì):古代炊具,形状像鼎,足部中空。在商周时代,鼎、鬲都是贵族才能使用的礼器。

③煎和:烧煮食物,让它们调和在一起。

④湇(qì):肉汤。

⑤体:此指肉。

⑥偏烂:一边尚未煮好,一边已经煮烂。

⑦鼎卦:《周易》卦名。初六:《周易》六十四卦每卦都是由六爻组成,每爻都有爻辞。卦象自下而上分别是初、二、三、四、五、上。阳爻称九,阴爻称六。鼎卦初爻是阴,所以叫初六。

⑧鼎颠趾，利出否：把鼎倒过来，脏东西易于清理。

⑨泻而虚之：煮东西残留的渣滓可以沉淀下去。

⑩鼎实：鼎卦“九二”的爻辞有“鼎之实”，意思是鼎中煮了食物。

⑪彘：猪。此指猪肉。

⑫荐：盛放。

⑬渐：覆盖、淹过。

⑭灺（xiè）：灯芯燃烧后的灰。

⑮众学：各种学问。

【译文】

古鼎中有三足都是镂空的，中间可以盛放东西的，就是所说的鬲。烹饪、烧煮的方法，通常想要把肉汤放在下面，肉食放在上面，那么容易煮熟而且不会出现一边煮烂了一边还没熟的情况。等烧煮完毕，那么浊滓都落在足中镂空的地方了。

《鼎卦·初六》：“鼎颠趾，利出否。”说煮肉前要先把鼎中的脏东西清理了，需要先让煮东西残留的渣滓可以沉淀下去；九二阳爻，系辞说鼎有实。现在京师中有善于烹饪猪肉的大厨，用钩子把肉悬挂起来烹饪，不让它碰到釜底，也是古人流传下来的烹饪方法。

此外，古铜香炉大多都镂空了它们的底部，使用时先把着火的香块放入炉中，再把灰覆盖在香块上面，火旺盛之后就不容易熄灭而且还能持久燃烧。为了防止炉子烧热后灼坏席子，就拿盘子盛放一些水，把炉足浸在水中，还能承接坠落下来的灰烬。其他的古器，大多有此用意，然而它们的外形、绘制的图案，大概是相同的。大概前人传授之后，各自遵守老师的做法，后人也不敢随意改变。

现在的众多学问，不少是个人自己想出来的，制作一些奇怪浅陋的器物。看来抛弃前人的做法而用自己的做法，不只是在制作器械上面这样。

569　“大夫七十而有阁。”①“天子之阁，左达五，右达五。”[②]阁者，板格，以庋[③]膳羞者，正是今之立鐀[④]。今吴人谓立鐀为厨者，原起于此。以其贮食物也，故谓之厨。

【注释】

①大夫七十而有阁：出自《礼记·内则》。阁，储藏食物的柜子。

②天子之阁，左达五，右达五：出自《礼记·内则》。达，夹室。

③庋（guǐ）：置放，收藏。

④立鐀：贮藏器物的柜子，直立形。

【译文】

“大夫七十而有阁。”“天子之阁，左达五，右达五。”阁是板格，用来放置美味食物的，就是现在的立鐀。如今吴地一带的百姓把立鐀叫作厨，也是起源于此。用它来贮藏食物，所以叫厨。

异　事

570　韩魏公[①]庆历中以资政殿学士[②]帅淮南[③]，一日，后园中有芍药一干分四岐[④]，岐各一花，上下红，中间黄蕊间之。当时扬州芍药未有此一品，今谓之金缠腰者是也。公异之，开一会，欲招四客以赏之，以应四花之瑞。时王岐公[⑤]为大理寺评事[⑥]通判[⑦]，王荆公[⑧]为大理评事佥判[⑨]，皆召之，尚少一客，以判钤辖诸司使[⑩]忘其名官最长，遂取以充数。明日早衙，钤辖者申状暴泄[⑪]不至，尚少一客，命取过客历，求一朝官足之。过客中无朝官，唯有陈秀公[⑫]时为大理寺丞[⑬]，遂命同会。至中筵，剪四花，四客各簪[⑭]一枝，甚为盛集。后三十年间，四人皆为宰相。

【注释】

①韩魏公：即韩琦（1008 年—1075 年），字稚圭，相州安阳（今属河南）人，北宋著名的政治家、军事家。封魏国公，卒谥忠献。

②资政殿学士：宋代特设的官职，专门授予那些被罢免的宰相或其他大臣。

③淮南：宋代路名，治所在今江苏扬州。

④岐：分支。

⑤王岐公：即王珪（1019年—1085年），字禹玉，北宋著名文学家、政治家。封岐国公。

⑥大理寺评事：中央审判机构中审断疑案的官员。

⑦通判：宋代在各州府设置，辅佐知州或知府处理政务，凡兵民、钱谷、户口、赋役、狱讼等州府公事，须通判连署方能生效，并有监察官吏之权，号称监州。

⑧王荆公：即王安石（1021年—1086年），字介甫，号半山，抚州临川（今江西抚州）人，封荆国公。北宋著名政治家、文学家、思想家。

⑨佥（qiān）判：宋代官名，协助州长官处理政务及文书案牍。

⑩钤（qián）辖诸司使：宋代在诸路设置钤辖司，负责军事训练。

⑪暴泄：严重腹泻。

⑫陈秀公：即陈升之（1011年—1079年），建州建阳（今福建建阳）人，封为秀国公。北宋大臣。

⑬大理寺丞：中央审判机关中的副长官。

⑭簪（zān）：将某东西插在头发上。

【译文】

庆历年间，韩琦以资政殿学士的身份主帅淮南，有一天，后花园中一株芍药的枝干上长出了四根分支，每个分支上各有一朵花，花的上下都是红色，中间还有黄色的花蕊相隔。当时长在扬州的芍药没有这个品种，就是现在的金缠腰。韩琦感到很奇异，准备开一个宴会，想请四个客人一同来观赏，来应和四朵鲜花的祥瑞。当时把大理寺评事、通判王珪，大理评事、佥判王安石都请到了，还少一位，就想到了判钤辖诸司使的官员，他的官职最大，但是忘记了他的姓名，就请他来凑数。第二天早上，这位钤辖大夫说腹泻严重，不能来了，尚且少了一位客人，所以就命令人拿来路过官员的花名册，从中寻找一名京官充数。可是路过的官员中没有升朝官，只有陈升之当时是大理寺丞，于是就请他来一起聚会。到了宴会中途，剪下了那四朵花，并在每个人的头上各插一枝，这真是一次隆重的聚会。此后三十年间，这四个人都成为了宰相。

571 濒海素少士人。祥符中，廉州[①]人梁氏卜地[②]葬其亲。至一山中，见居人说："旬日前，有数十龟负一大龟葬于此山中。"梁以为龟神物，其葬处或是福地，与其人登山观之，乃见有丘墓之象，试发之，果得一死龟。梁乃迁葬他所，以龟之所穴葬其亲。其后梁生三子：立仪、立则、立贤。立则、立贤皆以进士登科。立仪尝预荐[③]，皇祐中，侬智高平[④]，推恩授假板官[⑤]。立则值熙宁立八路选格[⑥]，就二广[⑦]连典[⑧]十余郡，今为朝请大夫[⑨]致仕[⑩]，予亦识之。立仪、立则皆朝散郎[⑪]，至今皆在，徙居广州，郁[⑫]为士族，至今谓之龟葬梁家。龟能葬，其事已可怪，而梁氏适兴，其偶然邪，抑亦神物启之邪？

【注释】

①廉州：宋代州名，治所在今广西合浦。

②卜地：选择地方。

③预荐：被官府举荐。

④侬智高平：指的是皇祐五年(1053年)平定侬智高叛乱一事。

⑤板官：晋、南北朝时，诸王及大臣得自委任属官，在板上书授官之辞，谓之板官。

⑥选格：选拔官员的标准。

⑦二广：广南东路和广南西路。

⑧典：主管。

⑨朝请大夫：文散官名，宋代为从六品。

⑩致仕：辞官退休。

⑪朝散郎：宋代为正七品。

⑫郁：兴旺的样子。

【译文】

沿海地区向来读书人就很少。祥符年间，廉州一位姓梁的人正在选择好地方来埋葬他的亲人。到了一座山中，听当地的居民说："十天前，有数十只乌龟驮着一只大乌龟来这里安葬。"这位姓梁的人认为乌龟是神物，它埋葬的地方或许会是福地，和那位当地人一起登山观看，就看见了坟墓的样子，尝试着挖掘，果然有一只死龟。姓梁的人把乌龟迁到别处埋葬，而用乌龟的墓穴来埋葬自己的亲人。后来这位姓梁的人有三个儿子：立仪、立则、立贤。立则、立贤都考上了进士。立仪曾经被官府举荐过，皇祐年间，朝廷平定了侬智高后，皇上施恩惠授予他代理官。立则遇上了熙宁年间设置的八路选官的标准，在两广地区连续担任十几个州郡的长官，现在以朝请大夫的级别退休了，我也认识他。立仪、立则都是朝散郎，直到今天都还在，等到他们迁居广州后，他们成为了那里的旺族，至今人们称为龟葬梁家。乌龟选择墓地安葬，这已经是很奇怪的事了，可是姓梁的人家恰好能够兴旺起来，这是偶然现象呢，还是神灵之物的启发和开导呢？

杂　志

572　宋景文子京[1]判太常[2]日，欧阳文忠公[3]、刁景纯[4]同知礼院[5]。景纯喜交游，多所过从[6]，到局[7]或不下马而去。一日退朝，与子京相遇，子京谓之曰："久不辱[8]至寺，但闻走马过门。"李邯郸献臣[9]立谈间[10]，戏改杜子美[11]《赠郑广文》诗嘲之曰："景纯过官舍，走马不曾下。忽地退朝逢，便遭官长骂。多罗[12]四十年，偶未识磨毡。赖有王宣庆[13]，时时乞与钱。"叶道卿[14]、王原叔[15]各为一体诗[16]，写于一幅纸上，子京于其后题六字曰“效子美谇[17]景纯”，献臣复注其下曰“道卿著，原叔古篆，子京题篇[18]，献臣小书[19]”。欧阳文忠公又以子美诗书于一绫扇上。高文庄[20]在坐，曰：“今日我独无功。”乃取四公所书纸为一小帖，悬于景纯直舍[21]而去。时西羌首领唃厮罗[22]新归附，磨毡乃其子也。王宣庆大阉[23]求景纯为墓志，送钱三百千，故有磨毡、王宣庆之诮[24]。今诗帖在景纯之孙概处，扇诗在杨次公[25]家，皆一时名流[26]雅谑，予皆曾借观，笔迹可爱。

【注释】

①宋景文子京：即宋祁(998年—1061年)，字子京，北宋文学家、政治家。卒谥景文。

②判太常：担任太常寺的职务。

③欧阳文忠公：即欧阳修(1007年—1072年)，字永叔，号醉翁，又号六一居士，北宋著名的政治家、文学家、史学家。谥号文忠。

④刁景纯：即刁约，字景纯，北宋政治家、文学家。晚年居润州(治所在今江苏镇江)时，与沈括梦溪园相邻，常与沈括来往。

⑤知礼院：太常礼院的长官，负责各项礼仪等职责。

⑥过从：互相来往。

⑦局：所在的官署，这里指礼院。

⑧辱：称人下临的谦辞。

⑨李邯郸献臣：即李淑，字献臣，徐州丰县(今属江苏)人。北宋目录学家。智慧过人，博习诸书，熟知朝廷典故。

⑩立谈间：谈话间。

⑪杜子美：即杜甫(712年—770年)，字子美，唐朝伟大的现实主义诗人，被后世尊为“诗圣”，他的诗也被后世尊为“诗史”。

⑫多罗：鲁莽，碌碌。

⑬王宣庆：当时宫内的宦官。

⑭叶道卿：即叶清臣(1000年—1049年)，字道卿，北宋名臣。

⑮王原叔：即王洙(997年—1057年)，字原叔，一字源叔，北宋目录学家。

⑯一体诗：此指各用一种字体把诗抄一遍。

⑰谇(suì)：责骂。

⑱题篇：为此诗题写篇名。

⑲小书：指用小字注写这一段文字。

⑳高文庄：即高若讷(997年—1055年)，字敏之。卒谥文庄。

㉑直舍：办公地点。

㉒唃厮罗：西夏首领。

㉓大阉：权势比较大的宦官。

㉔诮(qiào)：讥讽。

㉕杨次公：即杨杰，字次公。进士出身，曾任润州(治所在今江苏镇江)知州。

㉖名流：知名人士。

【译文】

宋祁在任判太常寺时，欧阳修和刁约都在太常礼院任职。刁约喜欢与人交往，朋友间的来往很多，他到官署时有时连马都不下就走了。有一天退朝的时候，刁约与宋祁相遇了，宋祁说："很久没有劳你到官署来了，只听到你骑马路过门口。"李淑在他们谈话的时候，戏谑改写了杜甫的《赠郑广文》诗来嘲讽刁约说："景纯过官舍，走马不曾下。忽地退朝逢，便遭官长骂。多罗四十年，偶未识磨毡。赖有王宣庆，时时乞与钱。"叶清臣和王洙就各用一种字体把这首诗抄写在一张纸上，宋祁在后面写了六个字"效子美谇景纯"，李淑又在下面写道"道卿著，原叔古篆，子京题篇，献臣小书"。欧阳修又把杜甫的诗写在一把绫扇上。高若讷在一旁说："今天只有我没有在这件事上出力。"于是就把他们四人所写的纸贴成一张书帖，挂在刁约的办公场所，然后就离开了。当时西夏首领唃厮罗刚刚归附，磨毡是他的儿子。大宦官王宣庆曾请求刁约写墓志铭，送给他三百千润笔费，所以诗中以磨毡和王宣庆来讥讽刁约。现在这个书帖在刁约的孙子刁概手中，欧阳修所写诗的扇子在杨杰的家中，都是当时名流人士之间的高雅玩笑，我都曾借来看过，文笔、书法都很令人称赞。

573　禁中旧有吴道子[①]画钟馗[②]，其卷首有唐人题记曰：

明皇开元讲武骊山，岁□翠华还宫，上不怿[③]，因痁[④]作，将逾月，巫医殚伎[⑤]不能致良。忽一夕，梦二鬼，一大一小。其小者衣绛犊鼻[⑥]，屦[⑦]一足，跣[⑧]一足，悬一屦，搢[⑨]一大筠纸扇[⑩]，窃太真[⑪]紫香囊及上玉笛，绕殿而奔。其大者戴帽，衣蓝裳，袒一臂，鞹[⑫]双足，乃捉其小者，刳[⑬]其目，然后擘[⑭]而啖之。上问大者曰："尔何人也？"奏云："臣钟馗氏，即武举不捷[⑮]之士也。誓与陛下除天下之妖孽。"梦觉，痁若顿瘳[⑯]，而体益壮。乃诏画工吴道子，告之以梦，曰："试为朕如梦图之。"道子奉旨，恍若有睹，立笔图讫以进。上瞠视久之，抚几曰："是卿与朕同梦耳，何肖若此哉！"道子进曰："陛下忧劳宵旰[⑰]，以衡石[⑱]妨膳，而痁得犯之。果有蠲邪之物[⑲]，以卫圣德。"因舞蹈[⑳]，上千万岁寿。上大悦，劳之百金，批曰："灵祇应梦，厥疾全瘳。烈士除妖，实须称奖。因图异状，颁显有司。岁暮驱除，可宜遍识[㉑]。以祛邪魅，兼静妖氛。仍告天下，悉令知委。"

熙宁五年，上令画工摹搨镌板[㉒]，印赐两府[㉓]辅臣各一本。是岁除夜[㉔]，遣入内供奉官梁楷就东西府给赐钟馗之象。观此题相记，似始于开元时。皇祐中，金陵上元县发一冢，有石志，乃宋征西将军宗悫[㉕]母郑夫人墓。夫人，汉大司农郑众[㉖]女也。悫有妹名钟馗。后魏有李钟馗，隋将乔钟馗、杨钟馗，然则钟馗之名从来亦远矣，非起于开元之时，开元之时始有此画耳。"钟馗”字亦作“钟葵”。

【注释】

①吴道子：唐代画家，阳翟（今河南禹州）人，被后世尊称为“画圣”。

②钟馗：中国民间传说中一个驱鬼辟邪的神。

③不怿（yì）：不愉快。

④痁（shān）：疟疾的一种。

⑤伎：通“技”。

⑥绛犊鼻：绛紫色的短裤头。

⑦屦（jù）：鞋。

⑧跣（xiǎn）：光着脚。

⑨搢（jìn）：摇。

⑩筠纸扇：用竹片制成的纸扇。

⑪太真：杨贵妃的道号。

⑫鞟（kuò）：去毛的兽皮。

⑬刳（kū）：挖。

⑭擘（bò）：掰开。

⑮不捷：指落选。

⑯瘳（chōu）：病愈。

⑰宵旰（gàn）：“宵衣旰食”的省称。形容为处理国事而辛勤地工作。

⑱衡石：奏章的重量，形容批阅的奏章很多。

⑲蠲（juān）邪之物：指的是辟邪的人物钟馗。

⑳舞蹈：古代官员拜见皇上的一种礼节。

㉑遍识：指到处张挂。

㉒摹搨镌板：先将画临摹下来，然后刻板印刷。

㉓两府：指的是枢密院和中书省，枢密院为西府，掌管军政；中书省是东府，掌管政务。

㉔除夜：除夕。

㉕宗悫（què）：字元幹，南北朝时期刘宋时人，年少时曾曰“愿乘长风

破万里浪”，历仕文帝、孝武帝，谥肃侯。

㉖郑众：东汉经学家，官大司农，故又曰郑司农。

【译文】

皇宫中有一幅传下来的吴道子所画的钟馗像，画的前面有唐人所写的题记：

唐玄宗开元年间在骊山阅兵，回宫后感到不愉快，患上了疟疾，已经有将近一个月了，巫师和医生用尽了办法也不能将病治愈。忽然有一个夜晚，梦见了两个鬼，一大一小。小的鬼穿绛紫色的短裤头，一只脚穿鞋，另一只脚没有穿鞋，腰间还挂着一只鞋子，还插着一把大的竹纸扇，偷了杨贵妃的紫香囊和唐玄宗的玉笛，绕着宫殿奔跑。大的鬼戴着帽子，穿蓝色的衣裳，露出一条胳膊，双脚穿着皮靴，抓住了那个小鬼，挖出了他的眼睛，然后把他撕碎吃掉了。皇上问那个大鬼：“你是什么人?”他回答说：“我叫钟馗，是武举考试中落榜的人。我发誓要为陛下除掉天下的妖孽。”等到皇上从梦境中醒来的时候，疟疾顿时就痊愈了，而身体也感觉越来越强壮。于是皇上召见了画工吴道子，把这个梦告诉他，说道：“请为我把梦境画出来。”吴道子接受了圣旨，仿佛亲眼看到一样，画好之后立马就交给了皇上。皇上瞪着眼睛盯了好久，扶着几案说：“你肯定与我做了一个同样的梦啊，怎么能画得这么像呢?”吴道子说：“陛下整天操劳国事，每天要批阅很多的奏章而妨碍了饮食，最终得了疟疾。但最终有辟邪的人物来保卫皇上的圣明德行。”于是下拜舞蹈，祝皇上健康长寿。皇上非常高兴，奖励他一百两银子，并批示说：“神灵显灵梦境，疟疾痊愈。忠义之士除尽妖魔，确实应该嘉奖。把他的相貌画出来，交给相关部门。每年的年终驱邪，要在各地张挂，用来祛除妖邪，兼以肃清不祥。布告天下，都要了解实行。”

熙宁五年，皇上命令画工把画临摹下来刻板印刷，赐给两府的辅臣人手一本。这一年的除夕，派内侍官员梁楷到东西府去分送钟馗的画像。从上述的题记来看，好像开始于开元年间。皇祐年间，金陵上元县发现了一个古墓，其中有石刻的墓志铭，是刘宋征西将军宗悫母亲郑夫人的墓。郑夫人是东汉大司农郑众的后裔。宗悫有个妹妹叫作钟馗。北魏有李钟馗，隋朝有将领乔钟馗、杨钟馗，如此看来钟馗的名字由来已经很久了，并非起源于开元年间，不过是开元年间开始有这幅画罢了。“钟馗”这两个字有时也写成“钟葵”。

574 故相陈岐公[①]，有司谥荣灵。太常议之，以荣灵为甚，请谥恭。以恭易荣灵，虽差美，乃是用唐许敬宗[②]故事，适足以为累耳。钱文僖公[③]始谥不善，人有为之申理而改思，亦是用于頔[④]故事，后乃易今谥。

【注释】

①陈岐公：即陈执中(990年—1059年)，字昭誉，北宋宰相。以岐国公致仕。初谥荣灵，后改谥恭。《谥法》：宠禄光大曰荣。不勤成名曰灵。

②许敬宗(592年—672年)：字延族，唐朝大臣，名誉不佳，初谥缪，后改谥恭。《谥法》：名与实爽曰缪。既过能改曰恭。

③钱文僖公：即钱惟演，字希圣，宋钱塘(今浙江杭州)人，初谥思，后改文僖。《谥法》：追悔前过曰思。敏而好学曰文。小心畏忌曰僖。

④于頔(dí)：字允元，唐朝宰相，初谥厉，后改为思。《谥法》：杀戮无故曰厉。

【译文】

刚刚去世的宰相陈执中，有关部门拟定谥号为荣灵。太常礼院讨论时认为荣灵太过分了，请求改谥为恭。用恭来取代荣灵，虽然稍微好一些，但沿用了唐朝许敬宗的老例，这正足以成为陈执中名声的累赘。钱惟演初拟的谥号有贬义，有人申诉改为思，也是用了唐朝于頔的老例，后来才改为现在的谥号。

575 地理之书，古人有飞鸟图，不知何人所为。所谓飞鸟者，谓虽有四至里数[①]，皆是循路步[②]之，道路迂直而不常，既列为图则里步无缘相应，故按图别量径直四至，如空中鸟飞直达，更无山川回屈之差。予尝为《守令图》[③]，虽以二寸折百里为分率[④]，又立准望[⑤]、牙融[⑥]，傍验高下、方斜、迂直七法以取鸟飞之数[⑦]。图成，得方隅[⑧]远近之实，始可施此法，分四至、八到为二十四至，以十二支、甲乙丙丁庚辛壬癸八干、乾坤艮巽四卦名之。使后世图虽亡，得予此书，按二十四至以布郡县立可成图，毫发无差矣。

【注释】

①四至里数：指某一点到东西南北四方周边相邻各地的距离。

②步：测量。

③《守令图》：又称《天下州县图》(《宋史·艺文志》作《天下郡县图》)。由沈括所制于元祐二年(1087年)完成的一套图，大图一轴、小图一轴、各路图十八轴，另有副本二十轴。

④分率：比例尺。

⑤准望：方位。

⑥牙融：两地之间的距离。

⑦鸟飞之数：直线距离。

⑧方隅：方位，指东、西、南、北四方和东南、西南、东北、西北四隅。

【译文】

地理书籍中，记载有古人制作的“飞鸟图”，不知是什么人制作的。所谓的“飞鸟”，指的是过去的地理书虽测量了四至的里数，但都是沿着道路步测的，因为道路弯曲没有一定的规律，绘制出地图之后，和实际距离其实有所偏差，因此就按照地图另外度量四至的直线距离，就像空中鸟飞行的直线距离，这样测量出来的距离也就不会因山川阻隔与道路曲折而造成里数上的误差。我曾经制作了《守令图》，除了用二寸表示一百里为比例尺，又测定了方位和距离，并用高取下、方取斜、迂取直等七种方法来推求各地间的直线距离。地图绘成后，就知道了天下方隅远近的真实情况，于是再用飞鸟法，把四至、八到分为二十四至，并用十二地支、甲、乙、丙、丁、庚、辛、壬、癸八个天干名和乾、坤、艮、巽四个卦名来为二十四至命名。即使到后世地图亡佚了，只要得到我的这部书，按二十四至把郡县分布上去，马上就可以绘制出新地图，不会出现丝毫差错。

576　咸平[①]末，契丹犯边，戍将王显[②]、王继忠[③]屯兵镇定[④]。虏兵大至，继忠力战，为契丹所获，授以伪官，复使为将，渐见亲信。继忠乘间[⑤]进说契丹讲好朝廷，息民为万世利。虏母[⑥]老，亦厌兵，遂纳其言，因寓书[⑦]于莫守[⑧]石普[⑨]，使达意[⑩]于朝廷，时亦未之信。明年，虏兵大下[⑪]，遂至河[⑫]，车驾亲征，驻跸[⑬]澶渊[⑭]，而继忠自虏中具奏戎主请和之意，达于行在[⑮]。上使曹利用[⑯]驰遗契丹书，与之讲平。利用至大名[⑰]，时王冀公[⑱]守大名，以虏方得志，疑其不情，留利用未遣。会围合不得出，朝廷不知利用所在，又募人继往，得殿前散直[⑲]张皓，引见行在。皓携九岁子见曰："臣不得虏情为报，誓死不还，愿陛下录其子。"上赐银三百两遣之。皓出澶州，为徼骑[⑳]所掠，皓具言讲和之意，骑乃引与俱见戎母萧及戎主。萧搴[㉑]车帏召皓，以木横车轭上，令皓坐，与之酒食，抚劳甚厚。皓既回，闻虏欲袭我北塞[㉒]，以其谋告守将周文质及李继隆[㉓]、秦翰[㉔]，文质等厚备以待之。黎明，虏兵果至，迎射其大帅挞览[㉕]坠马死，虏兵大溃。上复使皓申前约，及言已遣曹利用之意。皓入大名，以告王冀公，与利用俱往，和议遂定。乃改元景德[㉖]。后皓为利用所轧[㉗]，终于左侍禁[㉘]。真宗后知之，录其先留九岁子牧为三班奉职，而累赠继忠至大同军节度使兼侍中[㉙]。国史[㉚]所书，本末不甚备，予得其详于张牧及王继忠之子从伾之家。蒋颖叔[㉛]为河北都转运使日，复为从伾论奏，追录其功。

【注释】

①咸平:宋真宗赵恒的年号,公元 998 年至 1003 年。

②王显:字德明,宋开封(今河南开封)人。

③王继忠:宋辽望都大战时兵败被俘,在辽朝为官,在宋辽和议中起积极作用。

④镇定:镇州(治所在今河北正定)和定州(治所在今河北定州)。

⑤乘间:利用机会。

⑥虏母:指的是辽圣宗母萧太后。

⑦寓书:寄书信。

⑧莫守:莫州(治所在今河北任丘)守将。

⑨石普:北宋初期大将,数次参加对辽作战,战功显赫。

⑩达意:传达辽国愿意讲和的意愿。

⑪大下:大规模侵犯。

⑫河:黄河。

⑬驻跸(bì):帝王出行在途中停留暂住。

⑭澶渊:当时的澶州,治所在今河南濮阳。

⑮行在:皇上出行临时居住的地方。

⑯曹利用:字用之,赵州宁晋(今河北宁晋)人,北宋大臣。澶渊之盟签订时宋朝的代表。

⑰大名:指的是大名府的治所,在今河北大名一带。

⑱王冀公:即王钦若(962 年—1025 年),字定国,北宋初期政治家,曾三度任宰相,封冀国公。

⑲殿前散直:皇帝警卫部队中的骑军下级官员。

⑳徼(jiào)骑:敌方的巡逻兵。

㉑搴(qiān):掀开。

㉒北塞:宋军在澶渊以北的防区。

㉓李继隆(950 年—1005 年):字霸图,北宋名将。数次参加与辽国的战斗,屡立战功。

㉔秦翰(952 年—1015 年):字仲文,北宋初期宦官,有一定的军事才能,太宗、真宗时屡次参与抵御辽国的进攻,功勋显著。

㉕挞览:即萧挞凛,辽朝名将,跟随辽主多次入侵中原,景德元年(1004 年)澶州之战,被宋军射杀于城下。

㉖景德:宋真宗赵恒的年号,公元 1004 年至 1007 年。

㉗轧:排挤。

㉘左侍禁:宋前期的武职官阶,级别为九品。

㉙大同军节度使兼侍中:宋代的节度使只是将相及宗室的荣衔,并无实际职权。侍中也是一个荣誉性的虚衔。

㉚国史:政府官修的史书。

㉛蒋颖叔:即蒋之奇(1031 年—1104 年),字颖叔,北宋官员。他当官为民,勤勤恳恳,做了不少有益百姓之事。

【译文】

咸平末年,契丹侵犯边界,守将王显和王继忠在镇定驻扎军队。等到辽国军队到来的时候,王继忠拼命抵抗,最终还是被契丹擒获,被授予官职,仍旧让他担任将领,并渐渐对他信任起来。王继忠就趁机向辽国君主进言与宋朝和好,与民休息使万世子孙得利。辽国萧太后年事已高,也厌倦战争,于是采纳了他的意见,王继忠就写信给莫州守将石普,委托石普向朝廷传达辽国的意愿,当时朝廷还不大相信。第二年,辽国大举南侵,到了黄河,皇上御驾亲征,在澶渊驻扎,而王继忠在辽国军营中转达辽国君主请和意愿的奏章也送到了皇上的住地。皇上就派遣曹利用赶快写信给辽国,与辽国讲和。曹利用到了大名,当时王钦若驻守大名,认为辽国气势正盛,担心与对方此时讲和不合常理,就留住了曹利用没有让他前行。结果大名被辽兵围住没法出城,朝廷不知道曹利用在什么地方,又继续找人与辽国联络,选中了殿前散直张皓,皇上在住地召见了他。张皓带着他九岁的儿子一同拜见说道:“我得不到辽国的情况作为回复,誓死不会回来,请求皇上收留我的儿子。”皇上赐给他三百两银子,派他出发了。张皓出了澶州,被辽国巡逻兵抓获,张皓讲出了朝廷讲和的意愿，骑兵就把他带去见萧太后和辽国君主。萧太后掀开车上的帐幕召见张皓，让人把木头横放在车轭上并让他坐下，给他酒食，大加慰劳。张皓在返回的路上，听说辽军要袭击我军的北部防线，他就把这个消息告诉给了防守的将领周文质、李继隆、秦翰，文质等人都做好了准备。黎明时分，辽军果然来了，交战中辽军统帅萧挞凛被我军射中落马而死，辽军大败。皇上再一次派遣张皓向辽国申明上一次议和的意向以及已经派出去的曹利用的状况。张皓到了大名的时候，把这一切都告诉给了王钦若，和曹利用一起前往，和议最终定下来了。于是皇上改元景德。后来张皓被曹利用排挤，官位只到左侍禁。真宗后来得知这一情况，录用了先前留下来的张皓九岁的儿子为三班奉职，又多次加封王继忠的职位直到大同军节度使兼侍中。国史中对这件事的记叙不是很完备，我从张牧及王继忠的儿子王从伾那里了解到详细情况。蒋之奇担任河北都转运使的时候，再一次替王从伾上奏，皇上就追加表彰了他们的功绩。

577　前世风俗，卑者致书于所尊，尊者但批纸尾[①]答之曰反，故人谓之批反，如官司批状、诏书批答之类。故纸尾多作“敬空”[②]字，自谓不敢抗敌[③]，但空纸尾以待批反耳。尊者亦自处不疑[④]，不务过敬。前世启[⑤]甚简，亦少用联幅[⑥]者。后世虚文浸繁[⑦]，无昔人款款[⑧]之情，此风极可惜也。

【注释】

①纸尾：信的末尾。

②敬空：指的是信的正文结束后，另起一行顶格书写受信长者的称谓，接下来署日期，其下即写“敬空”或“谨空”。

③抗敌：平等对待。

④自处不疑：以长者自居而不怀疑。

⑤启：即书信。

⑥联幅：指的是一张信纸写不完，再接着一张写。

⑦虚文浸繁：空洞无聊的话越来越多。

⑧款款：淳朴、诚恳的样子。

【译文】

以前的习惯，地位低的人向地位高的人写信，地位高的人只在信纸末尾批语作答称为反，所以人们把批函又叫作批反，比如说像官府批复的公文、皇上批阅的奏章之类。所以信纸的末尾都写有“敬空”的字样，即自称不敢与收信者匹敌，空着纸的末尾等待批反。地位高的人也觉得这是应该的，并不怀疑，不追求过分的谦己崇人。过去的书信很简要，也很少有添加信纸的。后来书信空洞的话越来越多，没有以前人们诚恳的情意，因此上面所说的风俗是极其宝贵的。

578　风后八阵①，大将握奇②处于中军，则并中军为九军也。唐李靖③以兵少难分九军，又改制六花阵④，并中军为七军。予按，九军乃方法，七军乃圆法也。算术，方物八裹一，盖少阴之数，并其中为老阳；圆物六裹一，乃老阴之数，并其中为少阳。此物之定行，其数不可改易者，既为方、圆二阵，势自当如此。九军之次，李靖之后始变古法⑤，为前军、策前军、右虞候军、右军、中军、左虞候军、左军、后军、策后军；七军之次，前军、右虞候军、右军、中军、左虞候军、左军、后军，扬奇备伏⑥。先锋、踏白皆在阵外，跳荡⑦、弩手皆在军中。

【注释】

①风后八阵：风后，相传是黄帝辅臣，曾帮助黄帝击败蚩尤。相传兵书《握奇经》（也称《握机经》《幄机经》）是由风后所作。八阵最初见于此书，故称风后八阵。

②握奇（jī）：军阵名。《握奇经》：“八阵四为正，四为奇，余奇为握奇。”汉公孙弘解：“阵数有九，中心奇零者，大将握之，以应赴八阵之

急处。”

③李靖(571年—649年)：本名药师，唐初名将，后因战功被封卫国公，世称李卫公，有《李卫公兵法》。

④六花阵：由李靖创立的一种阵法，但阵法图已失传，宋神宗时期有人对此进行研究。

⑤李靖之后始变古法：唐以前的阵法都是以天、地、风、云等名称给军阵命名，李靖开始用部队的作战序列给军阵命名。

⑥扬奇备伏：据许洞《虎钤经》卷九所载阵法图，该阵法正前方有用于冲击敌阵的扬兵，中央有用于机动的奇兵，左右有用于支援的伏骑，后面有应援的救兵。

⑦跳荡：用于攻坚的突击队。《新唐书·百官志一》：“矢石未交，陷坚突众，敌因而败者，曰跳荡。”

【译文】

风后八阵，大将掌握的机动兵处在中军位置，那么加上中军就是九军。唐李靖因为兵力稀少难以分成九军，又改制出了六花阵，加上中军就有七军。我认为，九军采用的是方形阵法，七军采用的是圆形阵法。算术中，方的东西是八个包裹一个，这是少阴之数，加上中间的一个就是老阳；圆的东西是六个包裹一个，这是老阴之数，加上中间的一个就是少阳。这是事物的固定形式，它的数目是不能轻易改变的，既然是方、圆两种阵法，按道理讲自然应当是这样。九军的次序，李靖之后才改变古代给军队命名的方法，称为前军、策前军、右虞候军、右军、中军、左虞候军、左军、后军、策后军；七军的次序，是前军、右虞候军、右军、中军、左虞候军、左军、后军，承担攻击、机动、救援等任务。先锋、踏白都在阵外，跳荡、弩手都在军中。

579　熙宁中，使六宅使[①]郭固等讨论九军阵法，著之为书，颁下诸帅府[②]，副[③]藏秘阁。固之法，九军共为一营阵，行则为阵，住则为营。以驻队[4]绕之。若依古法，人占地二步，马四步，军中容军，队中容队，则十万人之阵，占地方十里余，天下岂有方十里之地无丘阜、沟涧、林木之碍者？兼九军共以一驻队为篱落[5]，则兵不复可分，如九人共一皮，分之则死，此正孙武[6]所谓縻军[7]也。又古阵法有"面面相向[8]，背背相承[9]"之文，固不能解，乃使阵间士卒皆侧立，每两行为一巷，令面相向而立。虽文应古说，不知士卒侧立，如何应敌？上疑其说，使予再加详定[10]。予以谓九军当使别自为阵，虽分列左右前后，而各占地利，以驻队外向自绕，纵越沟涧林薄[11]，不妨[12]各自成营，金鼓[13]一作，则卷舒合散，浑浑沦沦[14]而不可乱。九军合为一大阵，则中分四衢[15]，如井田法[16]，九军皆背背相承，面面相向，四头八尾，触处为首。上以为然，亲举手曰："譬如此五指，若共为一皮包之，则何以施用？"遂著为令，今营阵法是也。

【注释】

①六宅使：宋代武官官阶名，级别为正七品。

②帅府：指宋朝在各路设置的经略安抚司，掌一路军政之事，又称帅司或帅臣。

③副：副本。

④驻队：为保持战斗队形而设置的警卫部队。

⑤篱落：篱笆，此处指的是规范和限制。

⑥孙武：春秋时期著名的军事家，曾为吴国训练军队，率领吴国军队大破楚国军队，占领了楚国都郢城，几灭楚国。著有《孙子兵法》一书。

⑦縻(mí)军：指受牵制而不能灵活机动的军队。

⑧面面相向：面对面。

⑨背背相承：背靠背。

⑩详定：仔细审定。

⑪林薄：草木茂盛的地方。

⑫不妨：不妨碍。

⑬金鼓：作战时的号令。

⑭浑浑沦沦：比喻作战时军队浩浩荡荡形成的一个整体。

⑮衢(qú)：宽阔的道路。

⑯井田法：井田制是我国古代社会的土地国有制度，那时，道路和渠道纵横交错，把土地分隔成方块，形状像“井”字，因此称作井田。

【译文】

熙宁年间，皇上命令六宅使郭固等人讨论九军阵法，并把它写成了书，颁发给各路的经略安抚使，副本藏在秘阁里。郭固的方法，是九队士兵共同组成一个营阵，行进时称为阵，驻扎时称为营。外面还用驻队来环绕。如果依照古代的方法，每名士兵占地两步，每一匹马占地四步，军中有军，队中有队，那么十万人的军队，占地要纵横十里多，世上哪儿有纵横十里多的地方没有丘陵、溪涧和树林等障碍呢？而且九队士兵由一个驻队制约，队伍就不能再分开行动，就好像九个人共用一个皮肤，分开的话就会死去，这就是孙武所说的縻军。古代的阵法中有“面面相向，背背相承”的条文，郭固不能理解它的含义，于是就命令阵中的士兵都侧面站立，每两行士兵组成一巷道，让他们正面相向而站。虽然在字面上符合古代兵书上的说法，但是不明白士卒侧面站立的时候如何应敌呢？皇上怀疑他的说法，让我再加以详细审定。我就说九军的士兵应该让他们各自为阵，虽然分别排列在左右前后，但是占据有利地形，每个军都以驻地向着外面的一侧派警戒部队环绕守卫，即使穿越溪涧密林，也不妨碍各自成营，战鼓一响，队伍的收缩与展开就会始终保持一个整体而不会错乱。九队士兵合并成一个大阵，那么中间就会分出四条道路，就如同井田的形状，九队士兵都背靠背，面对面，有四个朝向，八个门户，接触敌人的方向就会成为正面。皇上认为我说得很有道理，就亲自举起手来说道：“就好像这五个手指头，如果用一张皮把它们包在一起，那该怎么活动呢？”于是把它写成了条令，就是现在的营阵法。

580 古人尚[①]右，主人居左，坐客在右者，尊宾也。今人或以主人之位让客，此甚无义[②]。惟天子适[③]诸侯，升自阼阶[④]者，主道[⑤]也，非以左为尊也。《礼记》[⑥]曰："主人就东阶，客就西阶。客若降等[⑦]，则就主人之阶。主人固辞，乃就西阶。"盖尝以西阶为尊，就主人阶，所以为敬也。韩信[⑧]得广武君[⑨]，东向坐，西向对而师事[⑩]之，此尊右之实也。今惟朝廷有此礼，凡臣僚登阶奏事，皆由东阶立于御坐之东；不由西者，天子无宾礼[⑪]也。方外[⑫]惟释门[⑬]主人升堂，众宾皆立于西，惟职属[⑭]及门弟子立于东，盖旧俗时有存者。

【注释】

①尚：推崇。

②无义：没有道理。

③适：到。

④阼(zuò)阶：堂前东阶。古代宾主相见，宾升自西阶，主人立于东阶。

⑤主道：主人所走的道路。

⑥《礼记》：是中国古代一部重要的典章制度书籍，由西汉礼学家戴德和他的侄子戴圣编纂，戴德编的叫《大戴礼记》，戴圣编的叫《小戴礼记》，也就是我们现在见到的《礼记》。有郑玄注，孔颖达疏，到宋代被列入"十三经"之中。

⑦客若降等：指客人的地位比主人低。

⑧韩信(？—前196年)：淮阴(今江苏淮安)人，西汉开国功臣，中国历史上杰出的军事家。

⑨广武君：指楚汉相争时赵国谋臣李左车，被赵王封为广武君。

⑩师事：以请教师长的礼节相待。

⑪天子无宾礼：皇上不实行迎接宾客的礼节。

⑫方外：指超然于世俗礼教之外的宗教组织。

⑬释门：佛教。

⑭职属：担任教职的僧人。

【译文】

古代人崇尚右边，主人坐在左边，客人坐在右边，是尊敬客人。现在人常常把客人让到主人的位置上，是很没有道理的。只有天子到诸侯国那儿去时，才从东阶进入，因为那是主人所走的道路，并不是以左为尊。《礼记》上说："主人站在东阶，客人站在西阶。客人地位如果不如主人的话，就站在主人的东阶。主人再三推辞，客人才要站在西阶上。"因为西阶显示尊贵，客人站在主人的东阶是以此来表示敬礼。韩信得到李左车后，让他面东而坐，自己则面向西边与他谈话，以请教师长的礼节对待他，这就是以右为尊的事实。现在只有朝廷有这样的礼节，凡是臣僚上台阶向皇上奏事，都是从东阶而上面向西站在皇上御座的东边；不从右边的西阶而上，是因为对于皇上来说是没有宾客之间礼节的。世俗之外的教门中只有佛教中的主人登上殿堂时，各位宾客全部站在西边，只有担任教职的僧人和门下的弟子站在东面，大概是过去的习俗还有保存下来的。

581　扬州在唐时最为富盛，旧城[①]南北十五里一百一十步[②]，东西七里三十步，可纪者有二十四桥。最西浊河茶园桥，次东大明桥今大明寺前，入西水门[③]有九曲桥今建隆寺前，次东正当帅牙[④]南门有下马桥，又东作坊桥，桥东河转向南，有洗马桥，次南桥见在今州城北门外，又南阿师桥、周家桥今此处为城北门、小市桥今存、广济桥今存、新桥、开明桥今存、顾家桥、通泗桥今存、太平桥今存、利园桥，出南水门有万岁桥今存、青园桥，自驿桥北河流东出，有参佐桥今开元寺前，次东水门今有新桥，非古迹也，东出有山光桥见在今山光寺前。又自衙门下马桥直南有北三桥、中三桥、南三桥，号九桥，不通船，不在二十四桥之数，皆在今州城西门之外。

【注释】

①旧城：唐代扬州由“子城”和“罗城”组成。“子城”也称“衙城”，是汉广陵城的旧址，当时的大都督府和官衙都集中在此；“罗城”是子城下拓展的商业区，呈长方形。这里说的“旧城”是指“罗城”。唐末，扬州城毁于战争，后来在“罗城”的基础上进行了修复。宋初又在距五代州城不远之地修建了筑州城，即今州城。

②步：距离单位，当时五尺是一步，大约等于今天的 1.2289 米。

③水门：进出城墙的水道上设立的门关。

④帅牙：官署。

【译文】

扬州在唐代时最为繁荣富庶，旧城南北长十五里一百一十步，东西长七里三十步，值得记录的桥梁有二十四座。最西面是浊河上的茶园桥，向东走是大明桥位于今天的大明寺前，进入西水门有九曲桥位于今天的建隆寺前，再往东正好在官衙南门的是下马桥，又向东是作坊桥，桥东面的河流转向南行，有洗马桥，向南是南桥位于今天州城的北门外，又向南是阿师桥、周家桥如今这里是城北门、小市桥今存、广济桥今存、新桥、开明桥今存、顾家桥、通泗桥今存、太平桥今存、利园桥，出南水门有万岁桥今存、青园桥，从驿桥北面的河流向东流，有参佐桥位于今天的开元寺前，再往东是水门如今有座新桥，并非古迹，再向东有山光桥位于今天的山光寺前。又从衙门的下马桥径直向南有北三桥、中三桥、南三桥，并称九桥，不能通船，不在二十四桥的名目中，都在如今州城的西门之外。

582　士人李，忘其名，嘉祐中为舒州①观察支使②，能为水丹③。时王荆公④为通判，问其法，云：“以清水入土鼎中，其下以火然之，少日则水渐凝结如金玉，精莹骇目⑤。”问其方，则曰：“不用一切，但调节水火之力。毫发不均，即复化去。此坎、离⑥之粹也。”曰“日月各有进退节度⑦”。予不得其详，推此可以求养生治病之理。如仲春之月，草木奋发，鸟兽孳乳[8]，此定气[9]所化也。今人于春、秋分夜半时，汲井水满大瓮中，封闭七日，发视则皆有水花生于瓮面，如轻冰，可采以为药；非二分时，则无。此中和之在物者。以春、秋分时吐翕咽津，存想[10]腹胃，则有丹砂自腹中下，璀然耀日，术家以为丹药，此中和之在人者。凡变化之物，皆由此道，理穷玄化，天人无异，人自不思耳。深达此理，则养生治疾，可通神矣。

【注释】

①舒州：宋代州名，治所在今安徽潜山一带。

②观察支使：州长官的幕僚。

③水丹：方士所炼的一种丹药。

④王荆公：即王安石。

⑤骇目：光亮耀眼。

⑥坎、离：都是八卦名。坎代表水，离代表火。

⑦节度：节奏、顺序。

⑧孳(zī)乳：繁殖。

⑨定气：一定的自然气候。

⑩存想：由意念所牵引。

【译文】

有一位读书人姓李，忘记了他的名字，嘉祐年间担任舒州观察支使，能够炼制水丹。当时王安石担任通判，询问他炼制的方法，他说："把清水放入陶土容器里，在下面用火烧，过不了几天容器里的水就会渐渐凝结成像金玉一样的东西，光彩夺目。"又询问配方，他说："什么都不用，只需调节水的多少和火的大小。稍微有点不均衡，水丹就会消失不存在了。这就是水火的精华。"他还说"在不同的季节水、火各有增减的法度"。我知道的不是很详细，但是推衍他的方法可以得出养生治病的道理。比如说，早春二月，草木萌发，鸟兽开始繁殖，这是一定的自然气候所衍化的。现在的人在春分或秋分半夜时，在大盆中放满井水，封闭七天后，发现在盆的表面有水花生长，像薄冰一样，可以采集起来作为药物；如果不是春分或秋分，就没有这种东西。这是阴阳中和在物体上的体现。在春分或秋分时呼吸吐纳，吞咽唾沫，使自己的意念专注于下腹部，那么就会有类似丹砂的东西从腹中向下运行，璀璨夺目，方术家认为这就是丹药，是阴阳中和在人体上的体现。凡是变化的东西，都得遵循这个道理，它的道理能够穷尽玄妙的变化，在天地间和人体内都是一样的，只是人们不思考罢了。如果人们能够深刻掌握这个道理，那么养生治病，就会通达神灵了。

药　议

583　世人用莽草[①]，种类最多，有叶大如手掌者，有细叶者，有叶光厚坚脆可拉者，有柔软而薄者，有蔓生者，多是谬误。按《本草》："若石南[②]，而叶稀，无花实。"今考木若石南，信然[③]；叶稀无花实，亦误也。今莽草，蜀道、襄、汉、浙江湖间山中有，枝叶稠密，团栾[④]可爱，叶光厚而香烈，花红色，大小如杏花，六出[⑤]，反卷向上，中心有新红蕊，倒垂下，满树垂动摇摇然，极可玩。襄、汉间渔人竞采以捣饭饴[⑥]鱼，皆翻上，乃捞取之。南人谓之石桂。白乐天[⑦]有《庐山桂》诗，其序曰："庐山多桂树。"又曰："手攀青桂树。"盖此木也。唐人谓之红桂，以其花红故也。李德裕[⑧]《诗序》曰："龙门[⑨]敬善寺[⑩]有红桂树，独秀伊川[⑪]，移植郊园，众芳色沮。乃是蜀道莽草，徒得佳名耳。"卫公此说亦甚明。自古用此一类，仍毒鱼有验。《本草》木部所收，不如何缘谓之草，独此未喻[⑫]。

【注释】

①莽草:常绿灌木或小乔木,又名芒草。

②石南:双子叶植物,常绿灌木或小乔木,可入药。

③信然:确实如此。

④团栾:圆的。

⑤六出:六个花瓣。

⑥饴:喂养。

⑦白乐天:即白居易(772年—846年),字乐天,晚年又号香山居士,唐代著名诗人。

⑧李德裕(787年—850年):字文饶,唐代著名的政治家,曾两度为相,后封为卫国公。

⑨龙门:在今河南洛阳伊水入口处两岸,是著名的风景名胜龙门石窟的所在地。

⑩敬善寺:建造在龙门旁边的一座寺庙。

⑪伊川:即伊水。

⑫喻:明白。

【译文】

世人所使用的莽草,种类最多,有叶子像手掌一样大的,也有叶子很细的,有叶子光洁厚实、坚硬而有脆性可以拉断的,有叶子柔软而又非常薄的,有是蔓生的,这大都是错误的。按照《本草》的说法:"像石南,叶子很稀少,没有花和果实。"现在考察,它的植株像石南是对的,但说它叶子稀少,没有花和果实也是错误的。现在的莽草,长在蜀道、襄、汉、浙一带的湖边山中,枝叶很稠密,圆圆的非常可爱,叶子光洁厚实而香味浓烈,花朵是红色的,大小跟杏花差不多,六个花瓣反卷向上,当中有鲜红色的花蕊,花倒垂,满树垂着花朵动起来摇个不停,极可赏玩。襄汉间的渔民,都竞相采来捣碎拌饭喂鱼,鱼吃了都浮到水面上来,被渔民捞起来了。南方人称为石桂。白居易有一首《庐山桂》诗,序中说:"庐山多桂树。"又说:"手攀青桂树。"大概说的就是这种树木。唐代的人称为红桂,因为它的花朵是红色的。李德裕在《诗序》中说:“龙门敬善寺有红桂树,是伊川最秀美的,把它们移植到城郊的园子里,使其他的花都显得黯然失色。原来是蜀道的莽草,却枉得了好名声。”李德裕在这里也说得很明确。自古以来就用的这个品种,用来毒鱼还是有效验的。《本草》在木部收录,不知道为何称之为草,只有这一点不明白。

584 孙思邈[①]《千金方》人参汤,言须用流水[②]煮,用止水[③]则不验。人多疑流水、止水无异。予尝见丞相荆公[④]喜放生,每日就市买活鱼,纵之江中,莫不洋然[⑤],唯鳅、䱇[⑥]入江中辄死,乃知鳅、䱇但可居止水,则流水与止水果不同,不可不知。又鲫鱼生流水中则背鳞白而味美,生止水中则背鳞黑而味恶,此亦一验。《诗》所谓“岂其食鱼,必河之鲂[⑦]”,盖流水之鱼,品流自异。

【注释】

①孙思邈:京兆华原(今陕西铜川市耀州区)人,唐代著名医学家。著有《备急千金要方》和《千金翼方》,合称《千金方》。

②流水:流动的水。

③止水:静止的水。

④丞相荆公:即王安石。

⑤洋然:舒缓自在的样子。

⑥䱇:同“鳝”。

⑦鲂(fáng):一种鱼名,与鳊鱼相似,银灰色,腹部隆起,生活在淡水中。

【译文】

孙思邈在《千金方》上说人参汤应该用流动的水来煮,用静止的水则没有效果。人们大多怀疑流动的水和静止的水没有什么区别。我曾经见过丞相王安石喜欢放生,每天到市场上买活鱼,放到江中无不舒缓自在,只有泥鳅和黄鳝放到江中立即就死了,这才知道泥鳅和黄鳝只能生活在静止的水中，可见流动的水和静止的水果然有所不同，这不能不知道。此外，生活在流动的水中的鲫鱼背部的鱼鳞白而且味道鲜美，生活在静止的水中的鲫鱼背部的鱼鳞黑而味道粗劣，这又是一个验证。《诗经》所说的“岂其食鱼，必河之鲂”，就是因为在流动的水中的鱼品质自然就不同了。

585 熙宁中，阇婆国[①]使人入贡方物，中有摩娑石[②]二块，大如枣，黄色，微似花蕊；又无名异[③]一块，如莲菂[④]，皆以金函[⑤]贮之。问其人：“真伪何以为验？”使人云：“摩娑石有五色，石色虽不同，皆姜黄汁磨之，汁赤如丹砂者为真。无名异，色黑如漆，水磨之，色如乳者为真。”广州市舶司[⑥]依其言试之，皆验，方以上闻。世人蓄摩娑石、无名异颇多，常患不能辨真伪。小说及古今方书如《炮炙论》[⑦]之类亦有说者，但其言多怪诞，不近人情。天圣中，予伯父吏书新除明州[⑧]，章宪太后[⑨]有旨令于舶船求此二物，内出银三百两为价，值如不足，更许于州库贴支[⑩]。终任求之，竟不可得。医潘璟家有白摩娑石，色如糯米糍，磨之亦有验。璟以治中毒者，得汁栗壳许入口即瘥[⑪]。

【注释】

①阇(shé)婆国：古国名，故地在今印度尼西亚爪哇岛或苏门答腊岛。

②摩娑石：一种含硫的石类药物，能解毒及治疗头痛和瘴疫等。

③无名异：一种矿物，可入药，具有消肿止痛等功效。

④莲菂(dì)：莲子。

⑤金函：金盒子。

⑥市舶司：是中国古代管理对外贸易的机关，大致相当于今天的海关。

⑦《炮炙论》：即《雷公炮炙论》，是我国现存最早的药剂学著作，一般

认为是南朝刘宋医学家雷敩所著。

⑧明州：宋代州名，治所在今浙江宁波一带。

⑨章宪太后：即宋真宗的皇后刘娥。

⑩贴支：财政补贴。

⑪瘥(chài)：病愈。

【译文】

熙宁年间，阇婆国派使者前来进贡土特产，其中有两块摩娑石，有枣子那么大，黄色，有点像花蕊；还有一块无名异，好像莲子，都用金盒子装着。官员询问使者："怎么样辨别真假？"使者说："摩娑石有五种颜色，石头的颜色虽然不同，但是都用姜黄汁研磨后，汁水像丹砂那样红的是真的。无名异颜色就像漆那样黑，用水研磨，颜色是乳白色的就是真的。"广州市舶司的官员按照他的说法试验了一下，都得到了验证，然后才向上报告。世人收藏摩娑石和无名异的很多，常常担心不能辨别真假。小说及古今医药典籍如《炮炙论》之类的也有论说，但是它们的说法很怪诞离奇，不合常理。天圣年间，我的伯父经吏部调任为明州知州，章献太后命令他向外来的船只购买这两种药物，从内府中拨出三百两银子，如果不够的话，还准许由州府垫付。但一直到任期结束，竟然没有买到。医生潘璟家有一块白色的摩娑石，颜色就像糯米糍粑，研磨后也证实是真品。潘璟用它来治疗中毒的人，只要大约一粟壳的容量进入口中就能痊愈。

586　药有用根或用茎叶，虽是一物，性或不同，苟未深达其理，未可妄用。如仙灵脾[①]，《本草》用叶[②]，南人却用根；赤箭[③]，《本草》用根，今人反用苗，如此未知性果同否。如古人远志[④]用根，则其苗谓之小草[⑤]，泽漆之根乃是大戟[⑥]，马兜铃[⑦]之根乃是独行，其主疗各别。推此而言，其根苗盖有不可通者，如巴豆[⑧]能利人，唯其壳能止之[⑨]；甜瓜蒂[⑩]能吐人，唯其肉能解之；坐拿[11]能懵人，食其心则醒；楝[12]根皮泻人，枝皮则吐人；邕州[13]所贡蓝药即蓝蛇[14]之首，能杀人，蓝蛇之尾能解药；鸟兽之肉皆补血，其毛角鳞鬣[15]皆破血；鹰鹯[16]食鸟兽之肉，虽筋骨皆化而独不能化毛，如此之类甚多，悉是一物而性理相反如此。山茱萸能补骨髓者，取其核温涩能秘精气，精气不泄乃所以补骨髓，今人或削取肉用而弃其核，大非古人之意，如此皆近穿凿。若用《本草》中主疗，只当依本说，或别有主疗改用根茎者，自从别方。

【注释】

①仙灵脾：一种多年生草本植物，全草可入药，有补肾阳、强筋骨、祛风湿等功效。

②《本草》用叶：苏颂《本草图经》："五月采叶晒干。"

③赤箭：天麻的别名。

④远志：多年生草本植物，根可入药，具有安神、祛痰等功效。

⑤其苗谓之小草：《神农本草》草部上品，远志"叶名小草"。

⑥泽漆之根乃是大戟：陶弘景《名医别录》记载，泽漆，"大戟苗也"。其实是错误的说法。泽漆是二年生草本，茎叶可入药；大戟是多年生草本，根部可入药，是两种不同的植物。李时珍《本草纲目》卷十七泽漆条中将二者进行辨析。

⑦马兜铃：多年生缠绕草本植物，籽实入药，有清肺、止咳等功效。

⑧巴豆：常绿小乔木，果实可入药。有大毒，须慎用。

⑨唯其壳能止之：李时珍《本草纲目》卷三十五记载，巴豆壳"主治消积滞、治泻痢"。

⑩甜瓜：属葫芦科，瓜蒂可入药。

⑪坐拿：一种药用植物，植株部分入药有治风痹、壮筋骨的功效。

⑫楝(liàn)：一种落叶乔木，属楝科，种子、花、叶、皮、根均可入药。唐《新修草本》注记载楝分雌雄两种，根和木皮有微毒，能催泻，入药一般

用雌株。一般的楝树未见无籽实的，疑文字有误。

⑬邕州：治所在今广西南宁。

⑭蓝蛇：唐陈藏器《本草拾遗》记载，蓝蛇一般生活在苍梧诸县，头部混合毒药可致人死亡，食用其尾可解。

⑮鬣（liè）：兽类等颈脊上的长毛。

⑯鹯（zhān）：鹞类猛禽，也称晨风。

【译文】

用药有用根和用茎叶的区别，虽然是同一种植物，但药性或许不相同，如果未曾深入探求其中的道理，是不可随意使用的。像仙灵脾，《本草》记载用它的叶子，南方人却用它的根；赤箭，《本草》记载用它的根，现在人们反而用它的苗，如此不知道药性是否相同。像古人用远志的根，那么它的苗被称作小草，泽漆的根是大戟，马兜铃的根是独行，它们主治的病症各不一样。由此推论，它们的根苗大概有不能相通的地方，像巴豆能使人腹泻，只有它的壳能止腹泻；甜瓜蒂能使人催吐，只有它的肉能止吐；坐拏能使人昏迷，食用它的心就能使人清醒；楝根皮能使人腹泻，它的枝皮能够催吐；邕州所上贡的蓝药就是蓝蛇的头，能够杀人，蓝蛇的尾巴却能当作解药；鸟兽的肉都可以补血，但它们的毛、角、鳞、鬣却都能使人损耗精血；鹰鹯吃了鸟兽的肉，虽然筋骨能够消化但是唯独不能消化它们的毛，像这样的例子还有很多，虽然都是属于同一种生物，但是其药性竟然可以如此相反。山茱萸能补骨髓，是因为它的核性温涩能藏匿精气，精气不泄所以能补骨髓，如今人们有时却削取它的肉而抛弃它的核，大概并非古人的意思，如此都近于穿凿附会了。如果用《本草》中的主治药物，只能依从本来的说法，如果有其他的主疗方法，改用根、茎，自然应该依从其他的药方。

587　岭南[①]深山中有大竹，有水甚清澈。溪涧中水皆有毒，唯此水无毒，土人陆行多饮之。至深冬，则凝结如玉，乃天竹黄[2]也。王彦祖知雷州[3]日，盛夏之官，山溪间水皆不可饮，唯剖竹取水，烹饪饮啜，皆用竹水。次年被召赴阙，冬行，求竹水不可复得，问土人，乃知至冬则凝结，不复成水。遇夜野火烧林木为煨烬，而竹黄不灰，如火烧兽骨而轻。土人多于火后采拾，以供药品，不若生得者为善。

【注释】

①岭南：泛指五岭以南，相当今广东、广西一带。

②天竹黄：又名竹黄，是几种竹类茎秆内的分泌物，凝结后成块状，入药后有清热、定惊等疗效。

③雷州：治所在今广东雷州。

【译文】

岭南的深山里面有一种大竹子，竹中有水，非常清澈。溪涧中的水都有毒，只有这种水没有毒，当地人在陆地行走大多饮用这种水。到了深冬，这种水就会凝结如玉，成为天竹黄。王彦祖担任雷州知州的时候，是盛夏时节前去赴任的，山林间的水都不能饮用，只有剖开竹子取水，煮食、饮用都用竹子里面的水。第二年，他接到命令赶赴京城，冬天走的时候，再去寻找竹子里面的水却找不到了，去问当地人，才知道到了冬天竹子里的水就会凝结，不会再成为水了。到了夜晚，遇上野火把竹林烧为灰烬，可是竹黄不会被烧成灰烬，就好像火烧兽骨只会让它变轻一样。当地人常在火后采拾，用来当作药物，但是它的品质不如在从没有烧过的竹子内取得的好。

588　以磁石[1]磨针锋，则锐处[2]常指南，亦有指北者，恐石性亦不同。如夏至鹿角解[3]、冬至麋[4]角解，南北相反，理应有异，未深考耳。

【注释】

①磁石：磁铁矿的矿石，即天然的吸铁石。

②锐处：针尖。

③解：脱落。

④麋(mí)：一种哺乳动物，角像鹿，尾像驴，蹄像牛，颈像骆驼，但从整体看哪种动物都不像，俗称四不像。

【译文】

用磁石来摩擦针尖，那么针尖就会经常指向南方，也有指向北方的，恐怕磁石的性质会有所不同。就好像夏至鹿角会脱落、冬至麋鹿的角会脱落那样，南、北方的方向指向相反，按理说应该有所差别，但只是没有深入研究罢了。

589　吴人嗜河豚鱼[①]，有遇毒者，往往杀人，可为深戒。据《本草》："河豚味甘温，无毒，补虚，去湿气，理[②]腰脚。"因《本草》有此说，人遂信以为无毒，食之不疑，此甚误也。《本草》所载河豚，乃今之鳜鱼，亦谓之鮠五回反鱼，非人所嗜者，江浙间谓之回鱼者是也。吴人所食河豚有毒，本名侯夷鱼。《本草注》引《日华子》[③]云："河豚有毒，以芦根[④]及橄榄等解之。肝有大毒。又为鳜鱼、吹肚鱼。"此乃是侯夷鱼，或曰胡夷鱼，非《本草》所载河豚也，引以为注，大误矣。《日华子》称又名规鱼，此却非也，盖差互解之[⑤]耳。规鱼浙东人所呼，又有生海中者，腹上有刺，名海规。吹肚鱼南人通言之，以其腹胀如吹也。南人捕河豚法，截流为栅，待群鱼大下之时，小拔去栅，使随流而下，日暮猥[⑥]至，自相排蹙[⑦]，或触栅则怒而腹鼓，浮于水上，渔人乃接取之。

【注释】

①河豚鱼：一种鱼类的名称，体形长圆，头比较方扁，我国沿海地区均有出产，春季游到江河产卵，幼鱼成长后又游回大海，肉质鲜美，但是肝脏、生殖器官和血液均有毒。下文所叙述的侯夷鱼、胡夷鱼、规鱼、海

规、吹肚鱼都是这种鱼。

②理：治疗。

③《日华子》：是《日华子诸家本草》的简称，作者姓名说法不一。

④芦根：芦苇的根茎，可入药，具有清热解毒等疗效。

⑤差互解之：相互混淆造成的差错。

⑥猥：众多。

⑦排蹙：拥挤。

【译文】

江浙一带的人喜欢吃河豚鱼，有中毒的往往会丧命，应该深为警惕。据《本草》上说："河豚的味道甘温，没有毒，补虚，祛除湿气，治疗腰脚。"因为《本草》有这样的说法，人们所以就对河豚无毒的说法信以为真，食用的时候也没有怀疑，这是很大的错误。《本草》中所记载的河豚，就是现在的鮰鱼，也称为鮠五回反鱼，不是人们所嗜好的河豚鱼，而是江浙一带的回鱼。江浙一带的人所吃的河豚鱼有毒，原来叫侯夷鱼。《本草注》引《日华子》说道："河豚有毒，可以用芦根和橄榄来解毒。肝有大毒。又称为鮰鱼、吹肚鱼。"这是侯夷鱼，或者叫胡夷鱼，不是《本草》所记载的河豚，引来作为注解，是一个大错误。《日华子》说又名规鱼，这却又不是侯夷鱼了，大概是弄混了。规鱼是浙东人的称呼，还有生长在海里面的，腹上有刺，叫作海规。吹肚鱼是南方人的共同称呼，因为它的肚子鼓起来就像吹出来的一样。南方人捕捉河豚的方法，是用栅栏将河道拦截起来，等到鱼群大批下来时，抽去几根栏杆，让它们顺流而下，傍晚的时候鱼群就来了很多，相互拥挤，碰到栅栏的鱼就会发怒而鼓起肚子，浮在了水面上，渔民们便将它们捕获。

590　零陵香本名蕙，古之兰蕙[①]是也，又名薰。《左传》曰[②]"一薰一莸，十年尚犹有臭"，即此草也。唐人谓之铃铃香，亦谓之铃子香，谓花倒悬枝间如小铃也，至今京师人买零陵香须择有铃子者。铃子乃其花也，此本鄙语[3]，文士以湖南零陵郡，遂附会名之，后人又收入《本草》[4]，殊不知《本草》正经[5]自有薰草条，又名蕙草，注释甚明，南方处处有，《本草》附会其名，言出零陵郡，亦非也。

【注释】

①兰蕙：《离骚》中有兰、蕙的名称，后多认为是一种植物。李时珍《本草纲目》卷十四中认为两种植物虽属一科，却是两种不同的植物。

②《左传》曰：引文出自《左传·僖公四年》。

③鄙语：指民间俗语。

④后人又收入《本草》：五代时的《海药本草》引陈藏器的说法，认为取零陵香的名字是因为此地的地名是零陵。但是陈藏器《本草拾遗》中似乎未有零陵香的记录。零陵香第一次被收入是在宋《开宝本草》中，记载其“生零陵山谷”。

⑤《本草》正经：指《神农本草》，但是人们见到的一般是陶弘景重新辑佚的《本草经集注》。《神农本草》中并未记载薰草，陶弘景《名医别录》才将其列入草部中品，同时也在《本草经集注》中对其进行记载。

【译文】

零陵香本名是蕙，就是古代的兰蕙，又叫薰。《左传》说“一薰一莸，十年尚犹有臭”，就是说的这种草。唐人把它叫铃铃香，也称它为铃子香，是说它结的花倒悬在枝上，就像小铃铛，至今京城的人购买零陵香必须选择有铃子的。铃子就是它开的花，这本来是民间俗语，文人雅士因为湖南有个零陵郡，于是便穿凿附会成它的名字，后人又把它收入《本草》，完全不知道《本草》中本来就有薰草一条，记载它又叫蕙草，注释非常明确，南方随处可见，《本草》附会它的名字，说它出自零陵郡，也并非这样。

591　药中有用芦根及苇子、苇叶者，芦、苇之类凡有十数种[①]，芦、苇、葭、菼、薍、萑、葸息理反、华之类皆是也，名字错乱，人莫能分。或谓薍似苇而小[②]，则薍非苇也；舍人云葭一名华[③]，郭璞云葭与苇是一物[④]。按《尔雅》云“菼，薍；葭[⑤]，芦”，盖一物也，名字虽多，会之则是两种耳，今世俗只有芦与荻[⑥]两名。按《诗》疏[⑦]亦将葭、菼等众名判为二物，曰：“此二草[⑧]，初生为菼，长大为薍，成则名为萑；初生为葭，长大为芦，成则名为苇，故先儒释薍为萑，释葭为苇[⑨]。”予今详诸家所释，葭、芦、苇皆芦也，则菼、薍、萑，自当是荻耳。《诗》云“葭菼揭揭”[⑩]，则葭，芦也；菼，荻也。又曰“萑苇”[⑪]，则萑，荻也；苇，芦也。连文言之，明非一物。又《诗》释文[⑫]云“薍，江东人呼之为乌蓲”，今吴中乌蓲草乃荻属也，则萑、薍为荻明矣。然《召南》“彼茁者葭”谓之初生可也，《秦风》曰“蒹葭苍苍，白露为霜”，则散文言之，霜降之时亦得谓之葭，不必初生，若对文须分大小之名耳。荻芽似竹笋，味甘脆可食；茎脆[⑬]，可曲如钩，作马鞭节[⑭]；花嫩时紫，脆老[⑮]则白如散丝；叶色重，狭长而白脊；一类小者可为曲薄[⑯]，其余唯堪供爨耳。芦芽味稍甜，作蔬尤美；茎直；花穗生如狐尾，褐色；叶阔大而色浅；此堪作障席、筐筥[⑰]、织壁、覆屋、绞绳杂用，以其柔韧且直故也。今药中所用芦根、苇子、苇叶，以此证之，芦、苇乃是一物，皆当用芦，无用荻理。

【注释】

①十数种：原作“十数多种”，“多”据语义删。

②薍(wàn)似苇而小：《尔雅·释草》“菼，薍”，郭璞注：“似苇而小，实中。”薍原作“芦”，据《尔雅》及下文“则薍非苇也”改。

③舍人云葭一名华：“舍”原作“今”，据《诗》疏改。“华”字，据阮元校勘记，乃“苇”字之误。此处引《诗·豳风·七月》孔颖达疏。

④郭璞云葭与苇是一物：《尔雅·释草》“葭，芦”，郭璞注“苇也”。此

句原作"郭璞云蒹似苇是一物",据上文郭璞说蒹似苇非一物,故改之。

⑤葭:原作"苇",据《尔雅·释草》改。

⑥荻:一种多年生草本植物,属禾本科。

⑦《诗》疏:引文出自《诗·豳风·七月》孔颖达疏。

⑧此二草:原作"此物",据上文文义及孔颖达疏改。

⑨故先儒释蒹为萑,释葭为苇:《诗·豳风·七月》"八月萑苇",毛亨传:"蒹为萑,葭为苇。"

⑩葭菼揭揭:出自《诗·卫风·硕人》。揭揭,长的意思。

⑪萑苇:出自《诗·小雅·小弁》。

⑫《诗》释文:引文出自《诗·卫风·硕人》。释文即《经典释文》,由唐陆德明撰,共三十卷。

⑬茎脆:"脆"字疑是衍文,也有人认为"脆"字在此处可解释为"弱"。

⑭马鞭节:指植物的外形类似马鞭。陈藏器《本草拾遗》说马鞭草"其节生紫花如马鞭节耳",和荻外形类似。

⑮脆老:原无"老",据吴其清《植物名实图考长编》卷九引文补。

⑯曲薄:也称薄曲,用来养蚕的器物,北方称"曲",南方称"薄",后来连称。

⑰筥(jǔ):盛东西的圆形竹筐。

【译文】

药品中有用芦根及苇子、苇叶的,芦、苇之类总共有十多种名称,芦、苇、葭、菼、蒹、萑、蒠息理反、华之类都是,名字错乱,人不能分辨。有人说蒹像苇但是比苇小,那么蒹并非苇;舍人说葭又叫华,郭璞说葭和苇好像是一种东西。《尔雅》中记载说"菼,蒹;葭,芦",它们都是同一种东西,名字虽然很多,综合起来只有两种,现在世上只有芦、荻两个名字。《诗》疏也把葭、菼等众多名称判成两种东西,说:"这两种草,初生的时候是菼,长大之后就是蒹,长成之后就是萑;初生的时候是葭,长大之后是芦,长成之后就被称作苇,所以先贤把蒹解释为萑,把葭解释为苇。"我现在详细考察各家的解释,葭、芦、苇都属芦类,那么菼、蒹、萑,自然应当是荻了。《诗》中说“葭菼揭揭”，那么葭就是芦，菼是荻。又说“萑苇”，那么萑是荻，苇是芦。连在一起说，并非一种东西。又《诗》释文说“薍，江东人称为乌蓲”，现在吴地一带的乌蓲草就属荻，那么萑、薍是荻就清楚了。然而《诗·召南·驺虞》“彼茁者葭”就是说的初生是可以的，《诗·秦风·蒹葭》说“蒹葭苍苍，白露为霜”，则是分开来说的，那么到霜降之时也能叫作葭，不一定说的是初生，如果对文必须分开来说，那么就是初生和长大的名称了。荻芽就像竹笋，味道甘甜、清脆可食；茎柔弱，可以弯曲得像钩子，像马鞭节一样；花刚开的时候是紫色，老了就发白像散开的丝絮；叶子的颜色很深，呈狭长形而上面有白色的筋；有一种小的可以用来做曲薄，其余的只能当柴烧。芦芽味道稍微有些甜，当作蔬菜时尤其美味；茎是直的；花穗像狐狸的尾巴，是褐色；叶子很阔大但是颜色很浅；这只能用来制作障席、筐筥、织壁、覆屋、绞绳等，因为它柔韧而且挺直。现在的药中所用的芦根、苇子、苇叶，可以证明，芦、苇是一种植物，都应该是芦，没有用荻的道理。

592　扶移即白杨[①]也，《本草》[②]有白杨又有扶移，扶移一条本出陈藏器《本草》，盖藏器不知扶移便是白杨，乃重出之。扶移亦谓之蒲移，《诗》疏曰“白杨，蒲移”是也，至今越中人谓白杨只谓之蒲移。藏器又引《诗》云“棠棣之华，偏其反而”，又引郑注云“棠棣，移也，亦名移杨”，此又误也。《论语》乃引逸《诗》“唐棣之华，偏其反而”，此自是白移，小木，比郁李[③]稍大，此非蒲移也，蒲移乃乔木耳。木只有常棣[④]、有唐棣，无棠棣[⑤]，《尔雅》云“常棣，棣也；唐棣，移也”[⑥]，常棣即《小雅》所谓“常棣之华，鄂不韡韡”者，唐棣即《论语》所谓“唐棣之华，偏其反而”者，常棣今人谓之郁李。《豳诗》云“六月食郁及薁”[⑦]，注云“郁，棣属”，即白移也，以其似棣，故曰棣属，又谓之车下李，又谓之唐棣；薁即郁李也[⑧]，郁、薁同音，注谓之蘡薁[⑨]，盖其实似蘡，蘡即含桃[10]也。《晋宫阁铭》[11]曰华林园中有车下李三百一十四株、薁李一株,车下李即郁也、唐棣也、白移也,薁李即郁李也、薁也、常棣也,与蒲移全无交涉。《本草》续添郁李"一名车下李"[12],此亦误也,《晋宫阁铭》引华林园所种,车下李与薁李自是二物。常棣字或作棠棣,亦误耳,今小木中却有棣棠[13],叶似棣,黄花绿茎而无实,人家庭槛中多种之。

【注释】

①白杨:一种落叶乔木,属杨柳科杨属,树皮可入药,有治疗毒气、脚气肿等功效。

②《本草》:此处指宋开宝年间官修的两部书籍:《开宝新详定本草》《开宝重定本草》。

③郁李:落叶小灌木,属蔷薇科,春季开淡红色花,籽实可入药,有治疗水肿等功效。

④常棣:原作"棠棣",据下文"无棠棣"改。

⑤无棠棣:"棣"字原脱,据吴其濬《植物名实图考长编》卷二十一引文补。

⑥《尔雅》云:出自《尔雅·释木》。常棣,原作"棠棣",据《尔雅》改。

⑦六月食郁及薁:出自《诗·豳风·七月》。

⑧薁即郁李也:出自郭璞注司马相如《上林赋》:"薁即今之郁李也。"

⑨注谓之蘡薁:即《诗·豳风·七月》毛亨传。蘡薁即野葡萄。

⑩含桃:即樱桃。

⑪《晋宫阁铭》:该书作者、内容、卷数均不详。此处引文转引自《诗·豳风·七月》孔颖达疏。

⑫《本草》续添郁李"一名车下李":《神农本草》木部下品记载有郁核"一名爵李";陶弘景《本草经集注》记载郁李"一名爵李,一名车下李",沈括说的"《本草》续添",应该就是说的《本草经集注》中的记载。这种说法是从《吴普本草》开始,陆机《毛诗草木鸟兽虫鱼疏》也有这样的记载。

⑬棣棠：一种落叶灌木，属蔷薇科，夏季开黄花，花可入药，有消肿、止咳、帮助消化等功效。

【译文】

扶移就是白杨，《本草》中列有白杨，又列有扶移，扶移一条本来出自陈藏器《本草拾遗》，大概是陈藏器不知道扶移就是白杨，于是重新列出一条。扶移也叫蒲移，就是《诗》疏记载"白杨，蒲移"，至今浙江一带的人们也只把白杨叫蒲移。陈藏器又引《诗》"棠棣之华，偏其反而"，又引郑玄注"棠棣，移也，亦名移杨"，这也是错误的。《论语》引逸《诗》"唐棣之华，偏其反而"，这里说的自然是白移，是种小树木，比郁李稍微大些，这里说的并非蒲移，蒲移是一种乔木。树木中只有常棣、唐棣，而没有棠棣，《尔雅》说"常棣，棣也；唐棣，移也"，常棣就是《小雅》中所谓的"常棣之华，鄂不韡韡"，唐棣就是《论语》中所谓的"唐棣之华，偏其反而"，常棣，如今人们把它叫作郁李。《豳诗》"六月食郁及薁"，注说"郁，棣属"，就是白移，因为它像棣，所以说棣属，又被称作车下李，又被称作唐棣；薁就是郁李，郁、薁读音相同，注称它为蘡薁，是因为它的果实像蘡，蘡就是含桃。《晋宫阁铭》记载华林园中有车下李三百一十四株、薁李一株，车下李就是郁、唐棣、白移，薁李就是郁李、薁、常棣，和蒲移毫无关系。《本草》中又续添了郁李"一名车下李"的说法，这也是错误的，《晋宫阁铭》说华林园所种的，车下李和薁李本来就是两种不同的植物。常棣字有时写作"棠棣"，也是错误的，如今小木中有棣棠，叶子似棣，黄花绿茎但不结果实，人们的庭院中常常种植它。

593　杜若[①]即今之高良姜[②]，后人不识，又别出高良姜条，如赤箭再出天麻条、天名精再出地菘条、灯笼草再出苦耽条，如此之类极多。或因主疗不同，盖古人所书主疗皆多未尽，后人用久渐见其功，主疗浸广，诸药例皆如此，岂独杜若也。后人又取高良姜中小者为杜若，正如用天麻芦头为赤箭也。又有用北地山姜[③]为杜若者，杜若古人以为香草，北地山姜何尝有香？高良姜花成穗，芳华可爱，土人用盐梅汁淹以为菹[④]，南人亦谓之山姜花，又曰豆蔻花，《本草图经》[⑤]云杜若“苗似山姜，花黄赤，子赤色，大如棘子[⑥]，中似豆蔻[⑦]，出硖州[⑧]，岭南者甚好”，正是高良姜，其子乃红豆蔻[⑨]也，骚人比之兰芷。然药品中名实错乱者至多，人人自主一说，亦莫能坚决，不患多记，以广异同。

【注释】

①杜若：别名竹叶花、竹叶莲。多年生草本，夏季开白花，全草和根供药用，治蛇、虫咬伤及腰痛。

②高良姜：多年生草本植物，属姜科，味辛性热，有散寒止痛等功效。外形和杜若很像，前人多将其认作一种东西，唐《新修本草》已有辨正，李时珍《本草纲目》中也将二者分别立为两条，沈括这里的说法是错误的。

③北地山姜：即苏颂《本草图经》中记载的卫州山姜，卫州治所在今河南汲县。北地山姜是一种多年生草本植物，属姜科，味辛。

④菹(zū)：腌菜。唐刘恂《岭表录异》：“山姜，花茎叶即姜也，根不堪食……南人选未开坼者，以盐腌，藏入甜糟中，经冬如琥珀，香辛。”

⑤《本草图经》：指五代后蜀官修的《重广英公本草》，也称《蜀本草》，保留了唐《新修本草》中的“图经”部分。

⑥棘子：酸枣。

⑦豆蔻：又名白豆蔻，是多年生草本，属姜科，籽实可入药，有行气、化湿等功效。

⑧硖州：原作“峡山”，据《证类本草》引文改，硖州治所在今湖北宜昌。

⑨红豆蔻：原作“红寇”，据《本草纲目》引刘恂说“红豆蔻，生南海诸谷，高良姜子也”补。

【译文】

杜若就是现在说的高良姜，后人不认识，又重新列出高良姜一条，像赤箭再出天麻条、天名精再出地菘条、灯笼草再出苦耽条，这样的例子非常多。有的是因为主要治疗的病症不一样，大概古人所著的医书中记载的主疗病症也大多没有穷尽，后人用药久了逐渐发现其他的功效，主疗的病症逐渐增多，各种药物都是这样，岂止杜若这样。后人又把高良姜中小的当作杜若，就像把天麻芦头作为赤箭。又有把北地山姜当作杜若的，古人认为杜若是种香草，北地山姜何尝有香味呢？高良姜的花像穗一样，芳华可爱，当地人用盐梅汁把它腌制成腌菜，南方人也把它叫作山姜花，又叫豆蔻花，《本草图经》记载杜若"苗似山姜，花黄赤，子赤色，大如棘子，中似豆蔻，出硖州，岭南者甚好"，就是说的高良姜，它的籽实是红豆蔻，文人骚客把它比作兰芷。然而药物中名实错乱的很多，人人都自行主张一种说法，我也不能肯定，不厌其烦地尽量记载下来，用来增广见闻、比较异同。

594　钩吻[①]，《本草》一名野葛，主疗甚多，注释者多端[②]，或云可入药用；或云有大毒，食之杀人。予尝到闽中[③]，土人以野葛毒人及自杀，或误食者，但半叶许入口即死。以流水服之，毒尤速，往往投杯已卒矣。经官司[④]勘鞫[⑤]者极多，灼然[⑥]如此。予尝令人完取一株观之，其草蔓生，如葛；其藤色赤，节粗，似鹤膝[⑦]；叶圆有尖，如杏叶，而光厚似柿叶，三叶为一枝，如绿豆之类，叶生节间，皆相对；花黄细，戢戢然[⑧]一如茴香花，生于节叶之间。《酉阳杂俎》[⑨]言花似栀子稍大，谬说也。根皮亦赤。闽人呼为吻莽，亦谓之野葛，岭南人谓之胡蔓，俗谓断肠草。此草人间至毒之物，不入药用，恐《本草》所出，别是一物，非此钩吻也。予见《千金》[⑩]《外台》[⑪]药方中，时有用野葛者，特宜子细[⑫]，不可取其名而误用，正如侯夷鱼与鳐鱼同谓之河豚，不可不审也。

【注释】

①钩吻：又称断肠草。多年生常绿缠绕灌木，根、茎、叶有剧毒，误食能致命，亦供药用。

②多端：多种说法。

③闽中：泛指今福建一带。

④官司：官府。

⑤勘鞫(jū)：推究审讯。

⑥灼然：明显。

⑦鹤膝：古人将上下细而中间粗的东西比作鹤膝。

⑧戢(jí)戢然：聚集的样子。

⑨《酉(yǒu)阳杂俎(zǔ)》：唐代段成式撰写的笔记小说集，内容广泛驳杂，记载了神仙鬼怪、动物植物、天文地理、历史政治、矿产医药、风俗民情等。

⑩《千金》：是唐代医学家孙思邈著的《备急千金要方》和《千金翼方》的合称。

⑪《外台》：即《外台秘要》，唐代王焘所著。

⑫子细：仔细，细致。

【译文】

钩吻，在《本草》中又称为野葛，主治的疾病很多，注释的人也有很多说法，有的人说可以入药；有的人说有大毒，可以毒死人。我曾经去过福建，当地人用野葛来毒人或者用来自杀，有的人误食野葛，只是吃了半片叶子就死了。用流水来服用，毒性发作得非常快，往往是放下杯子就已经死了。这类事经官府审讯的很多，其毒性就是如此明显。我曾经让人拿来一株完整的野葛观看，这种草是蔓生，像葛；它的藤是红色的，节粗，类似鹤膝；叶子是圆的，有尖，好像杏叶，但是光滑厚实却像柿子的叶子，三片叶子为一枝，就好像绿豆一样，叶子生长在节上，都相互对生；花是黄颜色的，很细小，聚集在一起就好像茴香花一样，长在节与叶片之间。《酉阳杂俎》说花像栀子花，但比栀子花稍微大一点，这是错误的说法。

它的根皮也是红色的。福建人称之为吻莽，也叫作野葛，岭南人叫作胡蔓，俗称断肠草。这种草是世上最毒的东西，不能入药，恐怕《本草》里面提到的，是另外一种东西，而不是这种钩吻。我在《千金》《外台》的药方中，发现时常有用到野葛的，特别应该仔细小心，不能取其名称而误用，正如侯夷鱼与鳐鱼都可以称为河豚鱼，不能不加以仔细辨别。

595 黄镮，即今之朱藤[①]也，天下皆有。叶如槐[②]，其花穗悬，紫色，如葛花，可作菜食，火不熟亦有小毒。京师人家园圃中作大架种之，谓之紫藤花者是也，实如皂荚[③]。《蜀都赋》[④]所谓“青珠黄镮”者，黄镮即此藤之根也。古今皆种以为亭槛[⑤]之饰。今人采其茎，于槐干上接之，伪为矮槐。其根入药用，能吐[⑥]人。

【注释】

①朱藤：一种高大木质藤本，春季开花，花青紫色，是我国久经栽培的观赏花果，果实可入药。

②槐：槐树，一种高大落叶乔木，花可入药。

③皂荚：一种落叶乔木，果实和刺均可入药，古代也曾用作洗涤剂。

④《蜀都赋》：晋代著名文人左思所作的《三都赋》之一，另外两篇是《吴都赋》《魏都赋》。

⑤亭槛：这里泛指庭院和园林。

⑥吐：使人呕吐。

【译文】

黄镮就是现在的朱藤，天下各地都有。叶子好像槐树的叶子，花朵成穗状悬挂在枝条上，紫色，好像葛花一样，可以用来做菜，如果不煮熟会有小毒。京城人家的庭院中常常会搭起高大的架子来栽种，叫作紫藤花的就是这种，它的果实就好像皂荚一样。《蜀都赋》提到的“青珠黄镮”，其中黄镮指的就是这种藤的根。古今都有人把它当作庭园的装饰品来种植。现在还有人截取它的枝干，嫁接在槐树上，假装成矮槐。它的根可入药，具有使人呕吐的功效。

596 栾有二种，树生，其实可作数珠[①]者谓之木栾，即《本草》栾花[②]是也；丛生，可为杖棰[③]者谓之牡栾，又名黄荆，即《本草》牡荆[④]是也。此两种之外，唐人补《本草》[⑤]又有栾荆一条，遂与二栾相乱，栾花出《神农》正经，牡荆见于前汉《郊祀志》[⑥]，从来甚久，栾荆特出唐人新附，自是一物，非古人所谓栾、荆也。

【注释】

①数珠：佛教徒念经时用来计数的串珠。唐《新修本草》注，栾华"堪为数珠"。

②《本草》栾花：《神农本草》木部下品列有栾华条。华，同"花"。

③棰：原作"捶"，据唐《新修本草》注，牡荆"即作棰杖荆是也"改。

④《本草》牡荆：陶弘景《本草经集注》将其列入木部上品。牡荆是一种落叶灌木，属马鞭草科，全草可入药。

⑤唐人补《本草》：指唐《新修本草》。

⑥前汉《郊祀志》：即《汉书·郊祀志》，记载了汉武帝征讨南岳时，用牡荆画幡日月北斗等形象，来象征太一三星。颜注："以牡荆为幡竿，而画幡为日月龙及星。"

【译文】

栾分二种，树生的，籽实可以用来制作数珠的叫作木栾，就是《本草》记载的栾花；丛生的，可以用来制作棰杖的叫作牡栾，又叫黄荆，就是《本草》记载的牡荆。这两种之外，唐《新修本草》又增列了栾荆一条，于是两种栾相互混乱了，栾花出自《神农》正经，牡荆见于《汉书·郊祀志》，这样的记载由来已久，栾荆只是出于唐人的新增而已，自然是另外一种植物，并非古人所说的栾、荆。

597　紫荆[①]，陈藏器云“树似黄荆[②]，叶小，无丫，至秋[③]子熟，正紫[④]，圆如小珠”，大误也。紫荆丛生小木[⑤]，叶如麻叶，三丫而小；黄荆[⑥]稍大，圆叶，实如樗荚[⑦]，著树连冬不脱，人家园庭多种之。

【注释】

①紫荆：落叶乔木或灌木，多以树皮入药，有活血行气、消肿解毒的功效。因树枝一般分为三叉，古人曾用来比喻汉田氏兄弟友爱之事，又称为田氏之荆、三荆。

②黄荆：落叶灌木或小乔木，属马鞭草科，和牡荆属同科不同物。陈藏器在《本草拾遗》中记载的紫荆应该是紫珠，和紫荆不是同一种植物，陈藏器自己已经在文献中记载说“非田氏之荆也”，故沈括评价“大误也”是没有仔细辨析。

③至秋：原作“夏秋”，据《证类本草》引文改。

④正紫：“紫”原脱，据《证类本草》引文补。

⑤紫荆丛生小木：原作“紫荆与黄荆叶丛生小木”，据下文文义改。

⑥黄荆：原作“紫荆”，与上文“紫荆”重复，按文义改。

⑦樗(chū)荚：原作“樗英”，据文义改。樗即臭椿，是一种落叶乔木，根皮可入药。

【译文】

紫荆，陈藏器《本草拾遗》记载“树形像黄荆，叶子小，没有枝丫，到秋天籽实成熟，紫色，像圆形的小珠子一样”，这是极其错误的。紫荆是一种丛生小木，叶子像芝麻叶，有三根枝丫而形状小；黄荆稍微大些，圆形叶子，果实像樗的果实，挂在树枝上整个冬天不落，人们的庭院中多种它。

598　六朝[①]以前医方，唯有枳实[②]，无枳壳，故《本草》亦只有枳实。后人用枳之小嫩者为枳实，大者为枳壳，主疗各有所宜，遂别出[③]枳壳一条，以附枳实之后，然两条主疗，亦相出入。

古人言枳实者，便是枳壳，《本草》中枳实主疗，便是枳壳主疗。后人既别出枳壳条，便合于枳实条内摘出枳壳主疗别为一条，旧条内只合留枳实主疗。后人以《神农》本经不敢摘破[4]，不免两条相犯[5]，互有出入。予按《神农》本经枳实条内称："主大风[6]在皮肤中，如麻豆[7]苦痒[8]，除寒热结，止痢，长肌肉，利五脏，益气轻身，安[9]胃气，止溏泄[10]，明目。"尽是枳壳之功，皆当摘入枳壳条。后来别见[11]主疗，如通利关节[12]、劳气咳嗽、背膊闷倦，散瘤结[13]、胸胁痰滞[14]，逐水[15]，消胀满[16]、大肠风[17]，止痛之类，皆附益[18]之，只为枳壳条。旧枳实条内称："除胸胁痰癖，逐停水，破结实[19]，消胀满、心下急痞痛[20]、逆气[21]。"皆是枳实之功，宜存于本条，别有主疗亦附益之可也。如此，二条始分，各见所主，不至甚相乱[22]。

【注释】

①六朝：指三国的吴、东晋和南朝的宋、齐、梁、陈这六个朝代。

②枳(zhǐ)实：枳树未成熟的果实叫作枳实，成熟的果实叫作枳壳。枳，落叶灌木或小乔木，小枝多刺，果实黄绿色，味酸不可食，可入药。

③别出：另外生出。

④摘破：摘取和破除。

⑤犯：抵触。

⑥大风：指麻风病。

⑦麻豆：指麻疹、天花等疾病。

⑧苦痒：皮肤痒得难受。

⑨安：稳定。

⑩溏泄：大便溏薄和腹泻。

⑪别见：另外发现的。

⑫通利关节：减轻关节的疼痛。

⑬散瘤结：消除身体内生长的一种肿块。

⑭痰滞：痰浊而阻滞。

⑮逐水：消除水肿。

⑯消胀满：消除胸闷和腹胀。

⑰大肠风：大便时出血。

⑱附益：增加。

⑲结实：一种聚集而阻塞的病。

⑳心下急痞痛：指胸腹间感到紧迫、阻塞和疼痛。

㉑逆气：指气不顺、打嗝或呕吐。

㉒相乱：互相混乱。

【译文】

六朝以前的药方中，只有枳实，没有枳壳，所以《本草》中也只有枳实。后人便把枳的小而嫩的果实称为枳实，大一点的果实叫枳壳，主治的病症各有不同，于是就另外列出枳壳一条，放在枳实的后面，但是这两条的主治也相互有所出入。古人所说的枳实，就是枳壳，《本草》中枳实的主治病症就是枳壳的主治病症。后人既然另外列出枳壳的条目，便应该在枳实条内摘出枳壳的主治病症另作一条，旧的条目内只应保留枳实的主治病症。后人因为不敢割裂《神农本草》的经文，不免使这两个条目相互矛盾，有所出入。我查考《神农本草》的枳实条目说“治疗麻风病，治疗麻疹等皮肤瘙痒，解除寒热，治疗痢疾，增长肌肉，有利五脏，益气轻身，稳定胃的消化功能，治疗大便溏薄和腹泻，明目”，这都是枳壳的功劳，应当摘入枳壳的条目。后来另外发现的主治病症，如减轻关节疼痛，治疗因元气消耗而引发的咳嗽，治疗后背烦闷倦怠，消除身体内生长的一种肿块，治疗痰浊，排除积水，消除胸闷和腹胀，治疗大便时出血，止痛之类，都补充增加进去，另外设立枳壳的条目。旧的枳实条目所说“消除痰浊积聚成块，排除积水，治疗结实，消除腹胀，治疗胸腹间的阻塞和疼痛，治疗气不顺、打嗝或呕吐”，这都是枳实的功劳，应该存于本条目内，另外发现的主治病症也可补充增加进去。这样这两个条目才可以区别开来，各显示所主治的病症，不至于相互混乱得很厉害。

续笔谈

599 鲁肃简公[①]劲正不徇[②]，爱憎出于天性。素与曹襄悼[③]不协。天圣[④]中，因议茶法，曹力挤肃简，因得罪去。赖上察其情，寝前命，止从罚俸，独三司使[⑤]李谘[⑥]夺职，谪洪州[⑦]。及肃简病，有人密报肃简，但云“今日有佳事”。鲁闻之，顾婿张昷之[⑧]曰：“此必曹利用去也。”试往侦之，果襄悼谪随州[⑨]。肃简曰：“得上殿乎？”张曰：“已差人押出门矣。”鲁大惊曰：“诸公误也，利用何罪至此？进退大臣，岂宜如此之遽[⑩]！利用在枢密院[⑪]，尽忠于朝廷，但素不学问，倔强不识好恶耳，此外无大过也。”嗟惋久之，遽觉气塞。急召医视之，曰：“此必有大不如意事动其气，脉已绝，不可复治。”是夕，肃简薨[⑫]。李谘在洪州，闻肃简薨，有诗曰：“空令抱恨归黄壤[⑬]，不见崇山[⑭]谪去时。”盖未知肃简临终之言也。

【注释】

①鲁肃简公：即鲁宗道（966年—1029年），字贯之，亳州人，北宋著名谏臣。为人刚正不阿，谥曰肃简。

②劲正不徇：刚正不阿，不徇私枉法。

③曹襄悼：即曹利用，字用之，宋赵州宁晋（今河北宁晋）人，参与澶渊之盟的和谈，后任宰相，以功臣自居，为宦官所排挤，贬为房州安置，自缢途中。后追谥襄悼。

④天圣：宋仁宗赵祯的年号，公元1023年至1032年。

⑤三司使：北宋盐铁、户部、度支三司的长官。

⑥李谘（zī）：字仲询，宋新喻（今属江西）人，真宗朝进士，累官翰林学士、户部侍郎等职。

⑦洪州：宋代州名，治所在今江西南昌。

⑧张昷(wēn)之：字景山，进士及第出身，曾任常州通判、温州知州等职，精于吏事。

⑨随州：今湖北随州。

⑩遽(jù)：立刻。

⑪枢密院：官署名，宋代为执掌军事的中央机构。

⑫薨(hōng)：古代称王公大臣死亡为薨。

⑬归黄壤：回归到黄土，比喻死亡。

⑭崇山：《尚书》载舜放驩兜于崇山。此以喻曹利用。

【译文】

鲁宗道刚正不阿，爱憎分明完全出自他的天性。他向来与曹利用相处得不是很好。天圣年间，因为讨论茶税法，曹利用大力排挤鲁宗道，而鲁宗道也因为此事遭到罢免。幸亏皇上查看了详情，停止了前面所下的贬官命令，只是作了减轻俸禄的处罚，仅罢免了三司使李谘的职务，把他贬到洪州。等到鲁宗道生病的时候，有人悄悄来报告，只说“今日有佳事”。鲁宗道听说后，回头对女婿张昷之说：“这一定是曹利用被罢免了。”就试着派人前去探听，果然是曹利用被贬到随州。鲁宗道说：“曹利用临行之前拜见过皇上吗？”张昷之说：“皇上已经派人押他出门了。”鲁宗道吃惊地说：“大臣们都错了，曹利用到底犯了什么罪，竟然到了如此地步呢？使用或罢免大臣，怎么能够如此迅速呢！曹利用在枢密院任职时，对朝廷很尽忠，只是不勤学多问，性情倔强不能辨识好坏，除此之外并没有其他大的过错。”嗟叹惋惜了很久，突然感到气息堵塞。家人急忙找来医生，医生说：“这肯定是有不顺心的事触发了他的怒气，现在脉息已经断了，不可能再治疗了。”当天夜晚，鲁宗道便死了。李谘在洪州的时候，听说鲁宗道死了，就写了一首诗说：“空令抱恨归黄壤，不见崇山谪去时。”大概他不知道鲁宗道临死之前所说的话啊。

600 太祖皇帝[①]尝问赵普[②]曰：“天下何物最大？”普熟思[③]

未答间，再问如前，普对曰："道理[4]最大。"上屡称善。

【注释】

①太祖皇帝：即宋太祖赵匡胤(927 年—976 年)，北宋王朝的建立者。

②赵普(922 年—992 年)：字则平，北宋初年宰相，在太祖、太宗两朝都为宰相，卒谥忠献。

③熟思：认真思考。

④道理：事理，天理人情。

【译文】

太祖皇帝曾经问赵普："天下什么东西最大？"赵普在深思熟虑还没有回答的时候，太祖皇帝又问了一遍，赵普回答说："道理最大。"太祖皇帝称赞他说得好。

601　杜甫诗有"家家养乌鬼，顿顿食黄鱼"之句。近世注杜甫诗，引《夔州图经》称："峡中人谓鸬鹚[1]为乌鬼。"蜀人临水居者，皆养鸬鹚，系绳其颈，使之捕鱼，得鱼则倒提出之，至今如此。

又，尝有近侍奉使过夔[2]、峡[3]，见居人相率十百为曹[4]，设牲酒于田间，众操兵仗，群噪而祭，谓之养鬼养读从去声，言乌蛮[5]战殇，多与人为厉，每岁以此禳[6]之。又疑此所谓养乌鬼者。

【注释】

①鸬鹚(lú cí)：水鸟名，也叫鱼鹰，驯化后可使其捕鱼。

②夔(kuí)：夔州，治所在今重庆奉节。

③峡：峡州，治所在今湖北宜昌。

④曹：群。

⑤乌蛮：古族名，源于氐羌。

⑥禳(ráng)：祈祷消除灾殃。

【译文】

杜甫诗有“家家养乌鬼，顿顿食黄鱼”的句子。近代注杜甫诗的人，引用《夔州图经》称：“峡中人把鸬鹚称作乌鬼。”蜀人临水居住的，都驯养鸬鹚，把绳子系在它颈上，让它去捕鱼，捕获鱼后就倒提着把鱼倒出来，至今也是如此。

此外，曾经有位近侍奉使经过夔州、峡州，看见当地百姓互相邀约，十个百个一群，在田野间放置牲畜水酒，大家操拿着各种兵器，叫喊着举行祭祀仪式，把这个叫作养鬼养读从去声，说乌蛮战死沙场，大多会化为厉鬼，每年都要通过举行这样的仪式来祈福消灾。又疑惑这就是所谓的养乌鬼。

602 寇忠愍[①]拜相白麻[②]，杨大年[③]之词，其间四句曰：“能断大事，不拘小节。有干将之器[④]，不露锋芒；怀照物之明[⑤]，而能包纳。”寇得之甚喜，曰：“正得我胸中事。”例外别赠白金百两。

【注释】

①寇忠愍：即寇准(961年—1023年)，字平仲，华州下邽(今陕西渭南)人，曾官至宰相，是北宋著名的政治家。谥号忠愍。

②白麻：用白麻纸写的诏书。

③杨大年：即杨亿(974年—1020年)，字大年，建州浦城(今属福建)人，北宋文学家。曾与钱惟演、刘筠等人唱和，他将唱和诗编为《西昆酬唱集》，时号西昆体。

④干将之器：用利剑比喻寇准有能为朝廷建功立业的才干。

⑤照物之明：比喻寇准能够明察事理，刚正不阿。

【译文】

寇准被授予宰相时，是杨亿写的诏书，其中的四句是这样写的：“能断大事，不拘小节。有干将之器，不露锋芒；怀照物之明，而能包纳。”寇准听说这几句话后非常高兴，说："这些话正符合我心中对自己的要求。"于是又额外赠给杨亿一百两银子。

603　陶渊明[①]《杂诗》："采菊东篱下，悠然见南山。"往时校定《文选》[②]，改作"悠然望南山"，似未允当[③]。若作"望南山"，则上下句意全不相属[④]，遂非佳作。

【注释】

①陶渊明：字元亮，名潜，号五柳先生，浔阳柴桑（今江西九江）人，东晋末期南朝刘宋初期著名诗人、文学家。私谥靖节。

②《文选》：又称《昭明文选》，是中国现存最早的一部诗文总集，由南朝梁武帝的长子萧统组织文人共同编选。萧统死后谥昭明，所以他主编的这部文选称作《昭明文选》。

③允当：合适。

④相属：相互关联。

【译文】

陶渊明《杂诗》中说："采菊东篱下，悠然见南山。"以前校订的《文选》改写作"悠然望南山"，好像并不是很合适。如果改为"望南山"，那么诗句上下的意思就完全不相连贯了，也就不能称其为上乘的佳作了。

604　狄侍郎棐[①]之子遵度[②]，有清节美才[③]。年二十余，忽梦为诗，其两句曰："夜卧北斗寒挂枕，木落霜拱雁连天。"虽佳句，有丘墓间意[④]，不数月卒。

高邮[⑤]士人朱适，予舅氏之婿也。纳妇之夕[⑥]，梦为诗两句曰："烧残红烛客未起，歌断一声尘绕梁。"不逾月而卒。

皆不祥之梦，然诗句清丽，皆为人所传。

【注释】

①狄侍郎棐：即狄棐（fěi），字辅之，宋潭州长沙（今湖南长沙）人，历

任太常少卿、龙图阁直学士等职。

②遵度：即狄遵度，狄棐之子，字元规，少颖悟，以父任为襄阳主簿，又嗜杜甫诗。

③清节美才：有公正廉洁的节操，又有智慧聪颖的才干，即品学兼优的意思。

④丘墓间意：坟墓荒冢间凄冷的景象。

⑤高邮：今江苏省高邮市。

⑥纳妇之夕：新婚娶妻的夜晚。

【译文】

侍郎狄棐的儿子狄遵度，有公正廉洁的节操，又有智慧聪颖的才干。年纪有二十多岁，忽然梦见自己作了一首诗："夜卧北斗寒挂枕，木落霜拱雁连天。"虽然说是上好的句子，但是有在坟墓荒冢间的凄冷景象，没几个月狄遵度就死了。

高邮的读书人朱适，是我舅父家的女婿。在他新婚娶妻的夜晚，梦见自己写了一首诗，其中有这样两句："烧残红烛客未起，歌断一声尘绕梁。"没过一个月，朱适就去世了。

这两个都是不祥的梦境，但诗句清丽，所以被人们所传诵。

605　成都府知录[①]，虽京官[②]，例皆庭参[③]。苏明允[④]常言：张忠定[⑤]知成都府日，有一生，忘其姓名，为京寺丞[⑥]、知录事参军[⑦]。有司责其庭趋[⑧]，生坚不可。忠定怒曰："唯致仕[⑨]即可免。"生遂投牒[⑩]乞致仕，自袖牒立庭中，仍献一诗辞忠定，其间两句曰："秋光都似宦情薄，山色不如归意浓。"忠定大称赏，自降阶执生手曰："部内有诗人如此而不知，咏罪人也。"遂与之升阶置酒，欢语终日，还其牒，礼为上客。

【注释】

①知录：宋代官名，为"知录事参军"的简称，是一种掌管文书的

属官。

②京官：指的是不能朝谒的京师官员。

③庭参：官员在公堂上按照礼节拜见长官。

④苏明允：即苏洵(1009年—1066年)，字明允，眉州眉山(今属四川)人，北宋著名文学家，与其子苏轼、苏辙合称“三苏”，均被列入“唐宋八大家”。

⑤张忠定：即张咏(946年—1015年)，字复之，号乖崖，谥号忠定。北宋太宗、真宗两朝的名臣，尤以治蜀著称。

⑥京寺丞：宋代官名，为大理寺、太常寺、光禄寺等的通称。

⑦录事参军：宋代官名，各州府的属官。

⑧庭趋：同“庭参”。

⑨致仕：辞官退休。

⑩投牒：呈送公文。

【译文】

成都府知录，虽然是京官，也要按照礼节拜见上级。苏洵曾经讲了这样一个故事：在张咏任成都府知府的日子里，有一个青年书生，忘掉了他的姓名，为京寺丞知录事参军。官员命令他去大厅拜见，他坚决不肯。张咏生气地说：“只有退休可以免除这一礼节。”这位青年就呈送公文请求辞去官职，先将文书藏在袖内，站立在公堂上，朗诵了一首诗向张咏告别，其中有两句说：“秋光都似宦情薄，山色不如归意浓。”张咏听了之后大加称赞，主动走下公堂拉住青年的手说：“我的部属中竟然还有你这么好的一位诗人，而我却不知道，这是我的罪过啊。”于是就拉着他走上了公堂的台阶，摆上酒席谈笑了一天，又把辞官的文书还给他，并待他为上宾。

606 王元之①知黄州②日，有两虎入郡城夜斗，一虎死，食其半。又群鸡夜鸣。司天③占之曰：“长吏灾。”时元之已病，未几移刺蕲州[4]，到任谢上表两联曰："宣室鬼神之问[5]，绝望生还；茂陵封禅之书[6]，付之身后。"上闻之愕然，顾近侍曰："禹偁安否？何以为此语？"不逾月，元之果卒，年四十八，遗表曰："岂知游岱[7]之魂，遂协[8]生桑之梦[9]。"

【注释】

①王元之：即王禹偁(chēng)(954 年—1001 年)，字元之，济州巨野(今属山东)人。进士出身，官至知制诰，兼翰林学士，北宋文学家。

②黄州：治南安(今湖北武汉市新洲区，唐中和时移今黄冈市)。

③司天：掌管天象事务的官员。

④蕲(qí)州：治今湖北蕲春一带。

⑤宣室鬼神之问：汉朝的贾谊从长沙来京述职，汉文帝在宣室召见了他，并向他询问鬼神之事，贾谊返回长沙不久就忧郁而死，时年 33 岁。

⑥茂陵封禅之书：汉司马相如死后，汉武帝得到他的遗著《封禅书》。茂陵是汉武帝陵墓所在地。

⑦岱：泰山。

⑧协：符合。

⑨生桑之梦：比喻死期将至。

【译文】

王禹偁任黄州知州的时候，有一个晚上，两只老虎在郡城内打斗，一只老虎死了，并且被吃掉了一半。另外，一大群鸡在半夜里鸣叫。掌管天象的官员说："地方长官将出现灾难。"当时王禹偁已经生病了，不到几天，他就被调到蕲州，到了任上，他在向皇上写的表示感谢的表文中，有两联这样写道："宣室鬼神之问，绝望生还；茂陵封禅之书，付之身后。"皇上看了之后很是吃惊，回头对身边的近侍说："王禹偁还好吗？怎么会说出这样的话呢？"不到一个月，王禹偁果然去世了，时年四十八岁，他在遗留下来的一份奏章中这样写道："岂知游岱之魂，遂协生桑之梦。"

607 元祐六年,高丽使人入贡,上元节[①]于阙前[②]赐酒,皆赋《观灯诗》,时有佳句。进奉副使[③]魏继延句有“千仞彩山擎日[④]起,一声天乐漏云来”。主簿[⑤]朴景绰句有“胜事年年传习久,盛观今属远方宾”。

【注释】

①上元节:即正月十五元宵节。

②阙前:皇宫前。

③进奉副使:高丽派来进奉的副使臣。

④擎日:托举太阳。

⑤主簿(bù):古代掌管官府文书账簿的官员。

【译文】

元祐六年,高丽派使臣入贡,当时恰逢元宵节,皇上在宫殿门前赐酒给众臣,人人都奉命创作《观灯诗》,也有不少好的句子。进奉副使魏继延有“千仞彩山擎日起,一声天乐漏云来”的诗句。主簿朴景绰也写出了“胜事年年传习久,盛观今属远方宾”的诗句。

608 欧阳文忠[①]有《奉使回寄刘原甫[②]》诗云:“老我倦鞍马,谁能事吟嘲[③]?”王荆公[④]《赠弟和甫[⑤]》诗云:“老我孤主恩[⑥],结草[⑦]以为期。”言“老我”则语有情,上下句皆有惜老之意。若作“我老”,与“老我”虽同,而语无情,诗意遂颓惰[⑧]。此文章佳语,独可心喻[⑨]。

【注释】

①欧阳文忠:即欧阳修。

②刘原甫:即刘敞(1019年—1068年),字原父,一作原甫,新喻(今江西新余)人,北宋著名经学家,与欧阳修交往较多。

③吟嘲:吟诗以嘲讽。

④王荆公：即王安石。

⑤和甫：即王安石的弟弟王安礼，字和甫。

⑥孤主恩：辜负了皇上的厚恩。

⑦结草：古人有结草衔环来报恩的典故，后来比喻感恩报德，至死不忘。

⑧颓惰：消沉、萎靡。

⑨喻：明白。

【译文】

欧阳修在《奉使回寄刘原甫》诗中写道："老我倦鞍马，谁能事吟嘲？"王安石在《赠弟和甫》诗中写道："老我孤主恩，结草以为期。"诗句中的"老我"显得语意有情味，上下句都有惜老的意思。如果写作"我老"，与"老我"虽然相同，但是语意就没有情味了，诗的意境也显得萎靡、消沉。这是文章中上乘的词语，只能够用心体会。

609 韩退之[1]诗句有"断送一生唯有酒"，又曰"破除万事无过酒"。王荆公戏改此两句为"一字题"四句曰："酒，酒，破除万事无过，断送一生唯有。"不损一字，而意韵如自为之。

【注释】

①韩退之：即韩愈(768年—824年)，字退之，河南河阳(今河南孟州)人，自谓郡望昌黎，世称韩昌黎，谥号文，又称韩文公。唐代文学家、哲学家、思想家，明人推他为"唐宋八大家"之首。

【译文】

韩愈曾写过这样一句诗"断送一生唯有酒"，还写过"破除万事无过酒"。王安石曾经开玩笑地把这两句改为"一字题"的诗四句："酒，酒，破除万事无过，断送一生唯有。"没有减少一个字，但全诗的意蕴却好像是自己写的一样。

图书在版编目（CIP）数据

梦溪笔谈译注评 / 罗昌繁，郑诗傧，温燎原译注
. -- 武汉 : 崇文书局，2023.12
（中华经典全本译注评）
ISBN 978-7-5403-7438-9

Ⅰ. ①梦… Ⅱ. ①罗… ②郑… ③温… Ⅲ. ①《梦溪笔谈》—译文②《梦溪笔谈》—注释 Ⅳ. ① I207.62

中国国家版本馆 CIP 数据核字（2023）第 194605 号

选题策划：王重阳
丛书统筹：郑小华
责任编辑：何　丹
封面设计：杨　艳
责任校对：董　颖
责任印刷：李佳超

梦溪笔谈译注评
MENGXIBITAN YI ZHU PING

出版发行：长江出版传媒 | 崇文书局
地　　址：武汉市雄楚大街 268 号 C 座 11 层
电　　话：(027)87677133　　邮政编码：430070
印　　刷：中印南方印刷有限公司
开　　本：880mm×1230mm　1/32
印　　张：25.625
字　　数：666 千
版　　次：2023 年 12 月第 1 版
印　　次：2023 年 12 月第 1 次印刷
定　　价：98.00 元